벤허
그리

## 일러두기

1. 히브리어에서 Ben은 '~의 아들'이라는 의미로 벤허는 후르 가문의 아들이라는 뜻이다. 본문에 나오듯 성서 표기대로라면 '벤훌' 또는 '벤후르'가 맞으나 영어식 발음에 익숙하므로 벤허로 표기했다.

2. 본문에도 설명되어 있듯이 헤롯 왕이 죽은 후 유대는 시리아의 속주가 되었으므로 시리아는 총독이, 유대는 그 아래 직급인 프로쿠라토르(지방행정장관)가 통치했다. 따라서 당시 유대의 프로쿠라토르였던 그라투스나 빌라도의 직위도 '지방행정장관'으로 번역함이 마땅하나 성경에 따라 관습적으로 쓰이고 있는 '총독'으로 번역했다.

3. 작품에 나오는 성경 인명이나 직접 인용문은 『개역개정판 성경』에서 인용했고, 간접 인용문은 문장에 맞게 적절히 옮겼다.

4. 옮긴이 주는 각주로 처리했다.

5. 원서는 Wilder Publications에서 출간한 『Ben-Hur: A Tale of the Christ, Complete and Unabridged Paperback』를 선택하여 번역했고, 소제목들은 다른 판본들을 참고하여 본문의 내용을 잘 드러낼 수 있게 일부 수정했다.

현대지성 클래식 **10**

# 벤허
## 그리스도 이야기

BEN-HUR: A TALE OF THE CHRIST

루 월리스 | 서미석 옮김

현대
지성

## 등장인물

**1. 유다 벤허 :** 유대 왕가의 후손인 예루살렘의 귀족. 이타마르의 아들. 로마인들에 의해 갤리선 노예로 전락했다가 나중에 전차경주 선수가 되고 그리스도를 따르게 된다. 벤허라는 이름은 솔로몬 왕 시대에 온 이스라엘 지역의 관리를 지휘하는 열두 장관 가운데 하나인 벤훌에서 유래한 히브리 이름이다. 또한 '하얀 린넨의 아들'이라는 의미도 있는데, 작품 속에서 처음 소개될 때 '하얀 린넨' 의복을 걸친 17살 소년으로 묘사되고 있다. 작가는 쓰고 발음하기가 쉬워서 벤허라는 성서 속 이름을 선택했다고 한다.

**2. 벤허의 어머니 :** 남편과 일찍이 사별했지만 꿋꿋하게 두 자녀를 키운다. 유다에게 유대인으로서의 자부심을 심어준다. 절망적인 상황에서도 하나님에 대한 신앙을 잃지 않는다.

**3. 티르자 :** 유다의 여동생

**4. 시모니데스 :** 유다의 생부인 이타마르의 충실한 노예. 안티오크에서 거상이 된다.

**5. 에스더 :** 시모니데스의 정숙한 딸. 유다의 아내가 되어 유다의 자식들을 낳는다. 작가의 어머니인 에스더 윌리스에서 이름을 따왔다.

**6. 말루크 :** 시모니데스의 하인. 유다의 친구가 된다.

**7. 암라흐 :** 이집트 노예. 벤허 가문이 몰락하기 전 유다의 유모이자 하녀였다.

**8. 메살라 :** 로마의 귀족이자 로마 세금 징수관의 아들. 유다의 어릴 적 친구이자 적수.

**9. 발레리우스 그라투스 :** 유대의 4대 총독. 유다에게 암살 미수의 죄명을 뒤집어씌워 재산을 몰수하고 갤리선의 노예로 보내버린다.

**10. 퀸투스 아리우스 :** 로마 함선의 사령관. 자신의 목숨을 구해준 유다를 노예 신분에서 풀어준 후 양자로 입양하여 모든 재산을 물려준다.

**11. 발타사르 :** 이집트인. 성서 속에 나오는 동방박사 중 한 사람으로 인도인 멜키오르와 그리스인 가스파르와 함께 나사렛 예수의 탄생을 보기 위해 베들레헴으로 온다.

**12. 이라스 :** 발타사르의 아름다운 딸. 아리우스의 아들이라는 벤허의 지위와 재산 때문에 그를 유혹하지만 나중에 배신하고 돌아선다. 아버지를 버리고 떠나 메살라의 정부가 되지만 후에는 그를 죽인다.

**13. 일데림 족장 :** 유다가 안티오크에서 전차경주에 출전할 수 있게 말들을 빌려주고 환대해 준 아랍인 족장.

**14. 본디오 빌라도 :** 발레리우스 그라투스의 후임 총독. 취임조치로 유다의 어머니와 여동생을 지하 감옥에서 풀어준다.

**15. 토르드 :** 유다를 죽이도록 메살라가 고용한 북구인. 메살라를 배반하고 유다를 살려준다.

**16. 나사렛 예수 :** 그리스도. 유대인의 왕. 마리아의 아들.

**17. 마리아 :** 예수의 어머니. 나사렛 요셉의 아내.

**18. 나사렛 요셉 :** 유대인 목수. 그리스도의 어머니 마리아의 남편.

# 목차

역자 서문

## 21세기에 읽는 벤허의 의미

학창시절에 벤허를 보고는 그 방대한 스케일과 서사의 매력에 빠져 3시간이 넘는 상영시간이 언제 지나갔는지 모를 정도로 감동적으로 보았던 기억이 난다. 여러 가지 장면들이 여전히 뚜렷이 떠오르지만 주연 배우였던 찰턴 헤스턴의 그 푸른 눈빛이 잊히지가 않는다. 메살라를 향한 미칠 듯한 증오의 눈길과, 에스더를 향한 사랑의 눈길, 또 원수를 갚고도 어머니와 여동생의 끔찍한 상황을 알고 절망하는 눈길, 죽을 것 같던 순간 예수님이 건네주는 물 한 모금을 마시며 예수님과 조우하는 눈길, 십자가에 달리신 예수님을 쳐다보는 눈길 등 모든 것들을 그 강렬한 눈빛에 담아내었다. 그래서 그 감동을 잊지 못해 가끔 비디오로 보고는 했었는데, 최근 어느 날 밤에 또 불현듯 보고 싶은 생각에 다시 본 적이 있었다. 그런데 참으로 기묘하게도 며칠 후 출판사에서 연락이 와서 벤허를 완역하려고 하는데 번역할 의향이 있는지 물어보는 것이었다. 원전의 분량과 내용이 만만치 않은 데다 시간을 내기가 쉽지 않아 고민이 되기는 했지만 왠지 이끄심이라는 생각이 강하게 들어서 번역하기로 결정하게 되었다.

사실 원작이 소설이었다는 것과, 'A Tale of Christ'라는 부제가 달린 것도 그때 처음 알게 되었다. 작품을 쭉 읽어나가면서 그동안 본 영화가 사실 영화적 재미를 위해 원작과는 좀 다르게 각색되었다는 것을 알게 되었다. 큰 흐름은 같지만 이라스와 암라흐 등 중요인물이 빠져 있고, 작품 중반부에 몇 쪽 분량으로 등장하는 전차경주 장면이 영화에서는 거의 클라이맥스처럼 상당히 길게 펼쳐져 있어서 스펙터클한 부분이 강조되어 있다. 또한 벤허가 시모니데스나 발타사르와 벌이는 논쟁 등을 통해 예수님에 대해 알아가며 겪게 되는 심리적 갈등이 중요한 모티브임에도 잘 부각되지 않았다.

내가 이해하기에 이 작품은 월리스가 그리스도교에 대해 조사하고 연구하며 자신이 이해한 것을 소설이라는 형식을 빌려 써내려갔다고 생각된다. 허구 인물인 유대인 귀족 벤허를 내세워 그의 상세한 모험을 다루고 있지만 그 배경에는 예수님의 이야기가 깔려 있다. 친구 메살라의 음모로 갤리선의 노예 신세로 전락한 벤허는 우여곡절 끝에 로마 사령관의 양자가 되어 높은 신분을 회복하고 막대한 재산을 상속받는다. 오랜 숙적과 전차경주를 벌여 복수를 한 후, 나병에 걸린 어머니와 여동생 때문에 마음에서 증오를 몰아내지 못하지만 예수님에 대해 알아가며 그리스도인으로 거듭난다. 벤허의 이야기는 같은 유대인이며 연령이 비슷한 예수님의 이야기와 나란히 전개된다. 벤허의 삶과 예수님의 삶을 병행하여 보여주면서 지극히 세상에 속한 벤허라는 한 인물이 영적으로 변화해가는 과정을 다루고 있다. 벤허는 한 인간이 인생을 살면서 겪거나 누릴 수 있는 모든 것들을 경험한다. 사랑과 증오, 우정과 배신의 극단적 감정을 오가며 최하층 계층인 노예로 전락했다가 갑작스러운 신분 상승, 막대한 부와 힘을 얻게 된다.

저자 월리스는 우리 인간이 상상하는 메시아로서의 그리스도의 모습과 인간으로 오셔서 인간으로 살다 가신 예수님의 참 모습을 대비시켜 보여주려 한 것 같다. 부와 명예와 힘이 인간을 구원해 줄 것이라고 믿는 세상의 방식에 맞서 구원은 오히려 그런 것들을 내려놓을 때 가능하다는 예수님의 방식을 이해할 수도 받아들일 수도 없어서 계속 질문을 던지며 고뇌하는 벤허의 모습은 어쩌면 참된 그리스도인으로 거듭나기 전에 모든 그리스도인들이 겪는 과정일 것이다. 예수님 시대 당시에도 그랬겠지만 오늘날에도 대부분의 사람들이 예수님이 보여주는 힘과 치유의 기적에 이끌려 그분을 따라다니게 되었을 것이다. 인생에서 피하고 싶은 모든 고통과 어려움들을 일시에 날려 보내고 행복의 전제조건이라 여겨지는 건강이나 재물, 권세 등을 계속 청하면서 말이다. 그러나 믿음이 깊어져가는 과정에서 우리는 계속 군중의 태도로 그분을 따를 것인가, 제자의 태도로 따를 것인가 하는 선택의 기로에 서게 된다. 예수님은 우리 삶에서 고통을 몰아내기 위해 오신 분이 아니다. 오히려 나약하고 삶에서 맞닥뜨리는 온갖 상황에 속수무책인 우리 인간들이 자신의 한계에도 불구하고 하나님의 사랑을 깊이 깨닫고 그 한계를 뛰어넘는 영적인 존재로 거듭나 선물로 주어진 우리 인생을 어떻게 잘 살아갈 수 있을지 알려주신 분이다. 세상 사람들이 추구하는 것과는 완전히 다른 새로운 길을 삶을 통해 온몸으로 보여주셨다.

작품을 통해 작가가 전하고자 하는 핵심 내용은 서두 부분과 뒷부분에 강조되어 있다. 앞부분에 동방박사들의 이야기가 상세하게 다루어져 있는데, 원래 월리스가 처음에 구상했던 것은 동방박사들의 이야기가 출발점이었다. 각기 인도인, 그리스인, 이집트인으로 등장하는 동방박사들은 세상의 기존 가치관이 아닌 새로운 삶의 가치관을 갖고 사랑으로 인생을 살기를 열망하는 모든 사람들을 상징한다고 할 수 있다. 그래서 자신들만 구원의 대상이라고 믿으며 지나친 선민의식에 빠져 있던 유대인을 넘어서 온 세상을 구원할 보편적 신앙을 애타게 갈구하고 있음을 발타사르의 입을 통해 역설하고 있다.

지극히 세상적인 사고방식에 사로잡혀 있던 벤허는 마지막 장면에 예수님의 수난과 죽음에 이르는 과정을 함께 하며 내적인 변화를 겪는다. 예수님은 죽으면 모든 것이 끝이라는 생각에서 벗어나 우리의 유한한 인생도 영원함 안에서 한 부분이라는 것을 받아들일 수 있으며 또한 하늘나라는 죽어서만 가는 곳이 아니라 지금부터 시작될 수 있다는 것을 알려 주셨다. 지금 현재 가진 것에 감사하고 사랑하려고 애쓰며 매 순간을 충실하게 살아가는 것, 그것이 바로 하늘나라의 시발점이라는 것을 예수님은 당신의 삶을 통해 직접 보여주셨다. 하지만 세상은 그 방식을 따르지 않는 사람에게는 가혹하다. 힘과 지배의 논리로 지탱되는 세상에 사랑이라는 새로운 논리는 체제를 뒤엎을 만큼 강력하므로 결국 모든 기득권은 예수님을 죽음으로 몰아간다. 그러나 예수님은 죽음을 회피하지도 거부하지도 않은 채 당신의 방식으로 맞선다. 세상이 육신은 죽여도 영혼마저 죽일 수는 없기 때문이고 죽음이 곧 끝이 아니라는 것을 믿으셨기 때문이다. 그것을 쉽사리 받아들일 수 없었던 벤허는 여전히 자신의 방식을 고수한다. 예수님이 메시아라는 것을 힘으로 드러내지 않을까 고대하며 계속 지켜보다가 상황이 급박해지자 자신이 무력으로 구해 내면 받아들이겠냐고 묻기까지 한다. 그러나 일순간 깨달음을 통해 예수님의 방식을 받아들이면서 결국 그리스도인으로 거듭나고 이후에 그의 삶은 달라진다. 마음속 가득한 복수에 대한 집념과 증오에서 자유로워지고 자신에게 재물과 힘을 주신 하나님의 뜻을 깨닫고 그것을 자신을 위해서가 아니라 고통 받는 이들을 위해서 쓰게 된다.

나 또한 신앙인으로서 때로는 성서 속에 단편적으로 드러난 모습 말고 눈앞에서 예수님의 말과 행동이나 눈빛 등을 직접 볼 수 있다면 얼마나 더 그분을 깊이 알고 이해하고 따르기가 쉬울까라고 생각한 적이 있었다. 그냥 내 인생과는 아무런 상관 없이 저 높은 곳 위에 고고하게 앉아 흠숭과 추앙의 대상으로 외롭게 앉아 계시는 것이 아니라 내 일상의 삶에서 내게 말을 거시고 나아갈 길을 알려주면 좋겠다고. 그분을 더 잘 알고 이해하게 될 때 사랑하게 되고 그분처럼 살고 싶은 열망이 더 커질 것이기 때문에. 그런데 이 작품은 그것을 펼쳐서 보여준 느낌이 든다. 예수님에 대한 사람들의 오해, 신앙인으로서 빠지기 쉬운 유혹, 그분이 사람들에게 알려주고 보여주고자 했던 길을 벤허라는 한 인물을 통해 생생히 드러내고 있다.

나는 저자가 성서에 단편적으로 등장하는 이야기들을 모티프로 하여 이렇게 방대한 소설을 엮어냈다는 점이 놀랍다. 그리고 장면마다 등장하는 세부 묘사가 너무도 세밀하여 마치 눈앞에 그려질 듯이 생생하게 다가온다. 저택의 모습, 갤리선, 전차경기장, 사막의 풍경, 사람들의 옷차림, 예루살렘 거리의 모습 등 마치 독자가 장면 속에 들어가 있는 것처럼 느껴질 정도로 입체적이고 생동감이 넘친다. 그런데 놀랍게도 윌리스는 예루살렘은커녕 로마나 중동에 한 번도 가 보지 않은 상태에서 오로지 자료에 의거해 작품을 썼다고 한다. 소설이 발표되고 난 후 터키 공사로 재직하며 작품의 배경이 된 곳들을 방문할 기회가 있었는데, 자기가 묘사한 부분들을 하나도 고칠 필요가 없을 정도로 정확했다는 것을 알고 기뻐했다고 한다.

사실 서양문화의 근간이 헤브라이즘과 헬레니즘이라는 것을 이보다 더 잘 보여주는 작품도 없을 것이다. 그리스 로마 신화와 성서에 대한 기본지식이 없으면 읽기가 쉽지 않을 정도로 신화와 성경 속 인물과 이야기들이 수시로 등장하고, 거기에 이집트와 인도의 신화와 이야기까지 아우르는 작가의 방대한 배경지식에 혀를 내두르게 된다.

　게다가 130여 년 전에 쓰인 데다 현학적인 표현이 많아서 번역하기가 까다로웠다. 또한 소설이다 보니 우리말로 전달하는 것 못지않게 작가의 문체나 표현을 살리는 것도 중요했다. 그래서 불가피한 경우가 아니면 편의상 만연체 문장을 쪼갠다거나 짧은 단문들을 이어붙이지 않고 가급적 원문의 흐름 그대로 이어가려고 했다. 원문의 맛을 잃지 않으면서도 자연스럽게 읽힐 수 있는 의역의 균형점을 찾는데 역점을 두었다. 그리고 어느 정도의 수준에 맞춰 주를 달아야 할지가 고민이 되었는데 소설이라는 점을 생각하면 잦은 역주가 가독에 방해가 될 수 있을 것 같아 본문의 흐름상 이해가 필요한 부분에서만 최소한으로 달았다.

　요즘처럼 흥미와 재미가 모든 것을 결정하는 시대에 독자에 따라 이 소설이 고리타분하고 전형적이라고 느껴지는 부분이 없잖아 있을 것이다. 그리고 개인적으로 벤허가 완전한 깨달음으로 이르는 심리적 과정이 좀 더 세밀하게 다루어졌으면 하는 아쉬움이 있기는 하다. 그러나 굳이 신앙인이 아니더라도 우리 인생이 어떤 의미가 있는지, 어떻게 살아야 할지 근원적 질문을 한 번이라도 던져본 사람들이라면 지금과 별로 다르지 않게 힘이 곧 모든 것이라고 생각되던 시대에 모든 인간이 하나님의 사랑받는 존엄한 존재라는 사실과 사랑이라는 대안의 삶이 있다는 것을 알려준 한 사람의 위대한 여정과 그 여정에 동참하는 사람들의 이야기로 읽어보면 어떨까 싶다. 그 한 사람이 남긴 향기와 발걸음은 2천년이 지난 지금까지 여전히 많은 사람들의 삶을 변화시키며 이끌고 있으니 충분히 그럴만한 가치가 있지 않을까.

서미석

# 제1부

"보라 저 멀리 동쪽 길에서
유향을 들고 별빛의 인도로 발길을 재촉하는 동방박사들을.
…

그러나 밤은 더 없이 평온하다네.
그날 밤 빛의 왕자께서 나시어
지상에 평화의 시대가 시작되었네.
고요한 경이로움에 사로잡힌 바람은
물살에 부드럽게 입 맞추며
잔잔한 바다에 탄생의 기쁨을 전하네.
바다는 일렁거림을 잊고,
새들도 매혹당한 물결에 내려앉아 고요히 생각에 잠기네."

— 존 밀턴, 「그리스도의 탄생 아침에」

## 1. 사막으로 향하는 길

주블레 산맥은 길이가 80킬로미터가 넘는데다 폭이 매우 협소하여 지도에서 보면 남쪽에서 북쪽으로 기어가는 애벌레와 비슷해 보인다. 붉은색과 흰색 지층으로 이루어진 벼랑 위에 서서 해가 솟아오르는 길 아래쪽을 굽어보면 아라비아 사막이 끝없이 펼쳐져 있다. 이곳에는 여리고의 포도재배업자들이 그리도 싫어하는 동풍이 아득한 옛날부터 위세를 떨치고 있었다. 그러나 산이 그렇게 바람막이가 되어준 덕분에 서쪽의 모압과 암몬의 목초지는 사막으로 바뀌지 않았고, 산자락에는 유프라테스 강에서 동풍에 실려 온 모래가 수북이 쌓인다.

남유대와 동유대의 모든 것은 아라비아어의 영향을 많이 받았는데 역시 아라비아어로 산을 의미하는 예벨은 골짜기를 의미하는 와디의 발원지이다. 산꼭대기에서 시작된 수많은 골짜기는 지금은 그저 희미하게 흔적만 남아 메카로 오가는 시리아 순례자들이 이용하는 먼지투성이 길에 불과한 로마 가도를 가로지르며 심심산골을 이루고, 우기가 되면 골짜기에 불어난 급류가 요르단 강이나 종착지인 사해로 흘러들어간다. 이러한 골짜기 가운데 예벨 끝단에서 솟아올라 북동쪽으로 뻗어나가다 얍복 강바닥이 되는 골짜기가 하나 있었는데 한 나그네가 그곳을 지나 사막의 고원으로 향하고 있었다. 독자들은 이 나그네를 주목하기 바란다.

나그네는 생김새로 보아 족히 마흔 다섯은 되어보인다. 가슴 위를 더부룩하게 뒤덮은 턱수염은 한때는 짙은 검정색이었겠지만 지금은 백발이 희끗희끗하게 서려 있다. 붉은 커피열매만큼이나 짙은 갈색 얼굴은 붉은 카피에(이 당시 사막의 후예들은 머리두건을 이렇게 불렀다)에 가려져 잘 보이지 않는다. 이따금 시선을 들 때마다 크고도 검은 눈망울이 드러난다. 동방에서 흔히 볼 수 있는 기다란 옷을 걸치고 있지만 커다란 단봉낙타를 타고 작은 차양 아래에 앉아 있었으므로 어떤 모양인지는 더 자세히 보이지 않는다.

온갖 장구를 갖추고 짐을 싣고 사막으로 향하는 낙타를 본 서양 사람들은 그 강렬한 첫인상에서 오래도록 헤어나지 못한다. 진기한 것도 자주 보면 느낌이 무디어지기 마련이지만 낙타에 대한 강렬한 인상은 꽤나 오래 간다. 몇 년 동안 사막의 유목민인 베두인 족과 함께 지내고, 대상과 오랜 여행을 한 뒤에도 어디에서나 이 위풍당당한 동물과 마주치게 되면 멈춰 서서 지나갈 때까지 기다리게 될 것이다. 낙타의 매력은 도대체 무엇일까. 아무리 사랑스러운 눈길로 보더라도 아름다운 모습이라고 할 수는 없으니 생김새에 매력이 있는 것은 아니다. 그렇다고 동작이나 조용한 걸음걸이나 널따란 몸통이 매력이라고 할 수도 없다. 낙타가 매력적인 점은 배가 험한 바다를 거칠 것 없이 나아가듯 아무도 쉽사리 발을 들여놓을 수 없는 사막을 자유롭게 활보하는데 있다. 낙타는 사막의 온갖 신비로움을 품고 있다. 그래서 사람들은 낙타를 보며 사막의 신비로움에 이끌리고 감탄하는 것이다. 지금 골짜기에서 나타난 낙타 역시 찬탄을 자아내기에 충분했다. 색깔과 키, 발굽의 넓이, 군살 하나 없이 근육으로 뒤덮인 커다란 몸집, 백조처럼 굴곡이 진 길고 가느다란 목, 양미간은 넓지만 주둥이는 숙녀의 팔찌도 끼울 수 있을 정도로 좁은 머리, 길고도 가볍게 내딛는 탄탄하고도 고요한 발걸음은 흠잡을 데 없었다. 그 모든 것이 키루스(Cyrus)[1] 대왕 시절만큼이나 오래된 몹시 귀한 시리아 혈통이라는 점을 드러내고 있었다. 굴레는 평

---

1) 페르시아제국의 건설자(재위 BC 559-BC 529). 성경에는 고레스 왕으로 나온다.

범한 것으로서, 이마는 진홍색 술장식으로 뒤덮여 있고 목에는 댕그랑 거리는 은방울이 달린 청동 사슬이 감겨져 있었다. 그러나 굴레에는 낙타를 타는 사람이 잡을 고삐나 몰이꾼이 이끌고 갈 끈도 달려 있지 않았다. 잔등에 올려놓은 가마는 창시자인 동방의 사람들보다도 다른 곳의 사람들이 그것을 더 유명하게 만든 발명품이었다. 그것은 1미터 가량 되는 나무 상자 두 개로 이루어져 있었는데 양쪽에 매달려 있도록 균형이 잡혀 있었다. 안쪽 공간은 보드라운 안감을 대고 카펫을 깔아 낙타 주인이 앉거나 반쯤 기대어 누울 수 있게 되어 있었다. 가마 위는 초록색 차양으로 뒤덮어 햇빛을 차단했다. 수많은 매듭과 묶음으로 등과 가슴에 단단히 매어놓은 널따란 혁대와 뱃대끈 덕분에 가마는 움직이지 않고 잘 고정되어 있었다. 구스[2]의 영리한 후예들은 사막의 이글거리는 길을 그렇게 안락하게 갈 수 있는 방법을 궁리해 냈고, 덕분에 여행 길에서 의무감 못지않게 즐거움도 느낄 수 있었다.

나그네를 태운 낙타는 옛 암몬인 엘 벨카 경계를 지나쳐 골짜기의 마지막 입구를 벗어나 모습을 드러냈다. 때는 아침이었다. 앞에는 흐릿한 연무에 반쯤 가린 태양이 떠 있고, 끝없는 사막이 펼쳐져 있다. 하지만 바람에 휘날리는 모래로 뒤덮인 사막은 아직 한참 더 가야 나타날 것이고, 그 지역에는 키 작은 관목들이 산재해 있다. 지표면은 화강암 바위와 회갈색 돌들로 뒤덮여 있고 시들어가는 아카시아와 낙타 잔디 수풀이 간간이 흩어져 있다. 그 너머로는 참나무와 가시나무와 진달래가 줄지어 있는데, 물 한 방울 없는 사막을 바라보며 두려움에 사로잡힌 듯 웅크린 모습이었다.

길은 거기에서 끝이 났다. 낙타는 자기도 모르게 점점 발걸음을 재

---

2) Cush. 노아의 아들 함(Ham)의 자손(창세기 10:6)

촉하는 듯 성큼성큼 내딛는 발걸음이 점점 빨라졌다. 머리는 지평선을 향해 곧추 세운 채 넓은 콧구멍으로 몹시도 메마른 바람을 들이마셨다. 가마는 이리저리 흔들리며 덜거덕거렸고 파도에 휩쓸리는 배처럼 느껴졌다. 군데군데 쌓여 있던 바싹 마른 나뭇잎들은 발굽에 밟혀 부스럭거렸다. 때로는 쑥 향기가 온 사방에 향긋이 퍼졌다. 종달새와 딱새와 바위갈색제비가 힘차게 날아올랐고, 흰 자고새들은 지저귀며 길섶에서 달려 나왔다. 아주 가끔은 여우나 하이에나가 달려와 사막의 침입자들을 멀찍이서 지켜보았다. 저 멀리 오른쪽으로는 예벨 산맥의 구릉들이 솟아 있고, 진주빛이 감도는 회색 산꼭대기 부분은 떠오르는 햇빛을 받아 시시각각 색깔이 변해가다 잠시 후에는 비길 데 없이 아름다운 자줏빛으로 물들었다. 가장 높은 봉우리 위로는 독수리 한 마리가 날개를 활짝 펴고 큰 원을 그리며 유유히 날고 있다. 그러나 초록색 차양 아래의 낙타 주인은 이 모든 것을 보지 못하거나 전혀 의식하지 못하는 듯 어느 한 곳을 멍하니 바라보며 꿈을 꾸고 있는 것 같았다. 낙타와 마찬가지로 그 사나이 역시 누군가에게 이끌려가는 것 같았다.

두 시간 동안 낙타는 속도를 유지하며 동쪽으로 나아갔다. 그동안 나그네는 몸을 움직이거나 주위에 한눈을 팔지 않았다. 사막에서는 거리를 잴 때 마일이나 리그가 아니라 시간을 의미하는 사트나, 쉼터를 의미하는 만질로 나타낸다. 1사트는 대략 17킬로미터, 1만질은 72킬로미터에서 120킬로미터 정도의 거리에 해당한다. 그러나 이것은 보통 낙타가 가는 속도이고, 시리아 순종 낙타의 경우 15킬로미터쯤은 단숨에 주파하고 전속력으로 달리면 웬만한 바람마저 따라잡는다. 얼마나 빨리 나아가는지 주변의 풍경이 휙휙 바뀔 정도다. 산은 연푸른 리본처럼 서쪽 지평선을 따라 뻗어 있다. 진흙과 굳은 모래가 엉겨 형성된 오래된 언덕이 여기저기에 솟아 있다. 가끔 현무암 바위들이 드넓은 평원에 맞서는 산의 전초기지처럼 우뚝 솟아 있다. 그러나 그 외에는 온통 모래였다. 때로는 바닷물에 씻긴 해변처럼 완만하다가도 때로는 굽이치는 파도처럼 솟아오른 모습이 일렁이는 잔물결 같기도 하고 길게 굽이치는 너울 같기도 했다. 대기의 상태 역시 그렇게 시시각각 변했다. 이미 중천에 뜬 태양의 열기로 이슬과 안개는 자취를 감추었고, 차양 아래의 나그네를 스치는 산들바람은 어느새 뜨겁게 달구어져 있었다. 태양의 열기로 달구어진 대지 곳곳에서 유백색 아지랑이가 아른거리며 하늘로 피어오르고 있다.

낙타는 잠시 멈추거나 쉬지도 않은 채 꼬박 두 시간을 갔다. 이제 초목은 완전히 자취를 감추었다. 지면에 딱딱하게 굳어 있던 모래는 발걸음이 닿을 때마다 바스락거리며 곱게 부서졌다. 어느덧 산은 보이지 않고 특별히 눈에 띄는 표지라고는 없었다. 뒤로 드리워져 있던 그림자는 이제 북쪽으로 방향이 바뀌어 그림자 주인과 나란히 걷고 있었다. 그리고 좀처럼 멈출 기미가 보이지 않는 나그네의 행동은 점점 더 이해할 수 없었다.

즐거움을 찾아 사막을 찾는 사람은 없다. 수많은 깃발 못지않게 죽은 사람들의 뼈가 수북이 묻혀 있는 길을 따라 사막을 오가는 이유는 생업과 볼일 때문이다. 우물과 우물 사이에, 목초지와 목초지 사이에 난 길도 그러했다. 가장 노련한 족장은 길이 없는 지역에 홀로 있게 될 때 심장이 점점 빨리 뛰며 흥분하기 마련이다. 그런 점에서 지금 나타난 이 사내 또한 즐거움을 찾아 길을 나선 것 같지는 않다. 그렇다고 한 번도 뒤돌아보지 않는 점으로 보아 도망자인 것 같지도 않다. 쫓기는 상황에서 제일 흔히 느끼는 감정은 두려움과 호기심일 텐데 그에게는 그런 기색이 전혀 없다.

인간은 외로움을 느낄 때 어떤 것과도 친해지고 싶어 한다. 예를 들면 개를 말벗으로 삼거나 말을 친구처럼 대하여 마구 끌어안거나 사랑의 말을 퍼부어도 전혀 부끄러워할 이유는 없다. 그런데 사내는 낙타에게 그러한 애정공세를 퍼붓기는커녕 쓰다듬거나 말 한 마디 건네지 않는다.

낙타는 정확히 정오가 되자 스스로 걸음을 멈추더니 울음소리인지 신음소리인지 알 수 없는 애처로운 소리를 냈다. 짐이 너무 무거운데 항의하거나 돌봐 달라고 하거나 쉬게 해 달라고 애원할 때 내는 특유의 소리였다. 그제야 낙타 주인은 마치 잠에서 깨어난 듯 몸을 움직였다. 가마에 드리운 커튼을 들어올려 해를 바라본 후 그곳이 약속 장소가 맞는지 확인하기라도 하듯 사방을 오래도록 꼼꼼히 살펴보았다. 그리고는 만족했는지 "드디어 도착했구나!"라고 말하듯이 깊이 숨을 들이마시고 고개를 끄덕이고 나서 가슴에 두 손을 모으고 머리를 숙인 채 조용히 기도하기 시작했다.

잠시 후 기도를 끝내자 낙타에서 내릴 준비를 했다. 그의 목에서는 틀림없이 욥[3]이 가장 총애하던 낙타들이 냈을 소리가 흘러나왔다. 이크! 이크! 무릎을 꿇으라는 신호였다. 낙타는 쿵쿵거리며 천천히 무릎을 꿇었다. 그러자 사내는 호리호리한 낙타의 목을 딛고는 모래 위로 내려섰다.

---

3) 온갖 가혹한 시련에 시달리면서도 하나님에 대한 믿음을 굳게 지킨 인물로 잘 알려진 구약성서 《욥기》의 주인공. 노아, 다니엘과 더불어 의인의 전형으로 꼽힌다.

## 2. 동방박사들의 만남

이제야 모습이 훤히 드러난 사내는 그다지 큰 키는 아니지만 건장해 보였다. 머리에 두른 카피에를 고정시킨 비단 띠를 풀고 술장식이 달린 접힌 부분을 뒤로 젖히자 거무스름한 강인한 얼굴이 드러났다. 그러나 낮고 넓은 이마, 매부리코, 약간 위로 치켜 올라간 눈 꼬리, 여러 가닥으로 꼬아져 어깨로 떨어지는 윤기 흐르는 풍성한 머리칼로 보아 어느 혈통인지 확연히 알 수 있다. 파라오나 더 후대인 프톨레마이오스 왕조나, 이집트 민족의 시조인 미스라임의 후예인 것이 분명했다. 그는 소매통이 좁고 앞이 트였으며 발목까지 내려오는데다 깃 아래로 가슴까지 수가 놓인 흰 면 셔츠인 카미스(kamis)를 입고 있었다. 그 위로는 지금처럼 당시에도 아바(aba)라고 불렸을 갈색 모직 외투를 걸치고 있었다. 아바는 긴 자락에 짧은 소매가 달린 겉옷으로서 면과 비단 혼방으로 안감을 대었고 가장자리에는 노란색 끝단을 둘렀다. 신발로는 부드러운 가죽 끈이 달린 샌들을 신고 있었고, 허리에는 카미스를 묶는 장식 띠를 두르고 있었다. 표범이나 사자들은 물론 그에 못지않게 위험한 사람들이 자주 출몰하는 사막을 홀로 여행하면서도 아무런 무기 없이, 심지어 낙타를 모는데 쓰는 지팡이조차 없이 가는 점이 매우 특이해 보였다. 그런 까닭에 적어도 그가 평화로운 임무를 띠고 왔으며, 유달리 대담하거나 특별한 보호를 받고 있다고 짐작할 수 있다.

오랫동안 피곤하게 낙타를 타고 오느라 사지가 뻣뻣이 굳었으므로 나그네는 손을 비비고 발을 굴러 몸을 풀었다. 낙타는 초롱초롱한 두 눈을 감고 만족스러운 듯 조용히 되새김질을 하고 있었다. 사내는 낙타 주위를 빙 돌며 자주 멈춰 서서 손등으로 해를 가린 채 눈길이 미치는 끝까지 사막을 살폈다. 별다른 것이 보이지 않자 얼굴에는 약간 실망한 기색이 떠올랐지만 자세히 살펴보면 그가 약속한 것은 아니어도 누군가를 기다리고 있는 것만은 확실해 보인다. 도대체 안온한 집을 놔두고 그렇게 외딴 곳에서 무슨 볼일이 있는 것인지 사뭇 호기심을 자아낸다.

실망한 기색을 보이긴 했어도 나그네는 일행이 나타나리라 굳게 믿고 있기라도 하듯 먼저 가마로 가서 올 때 타고 왔던 상자의 반대편에서 해면과 작은 물병을 꺼내어 낙타의 눈과 얼굴, 콧구멍을 닦아 주었다. 그 일이 끝나자, 이번에는 상자에서 붉은색과 흰색 줄무늬가 쳐진 둥근 천, 막대 한 다발, 탄탄한 장대를 꺼냈다. 몇 개의 연결부위를 이어 한데 합치자 장대는 머리보다도 높은 중심 기둥이 되었다. 기둥을 바닥에 박고 막대를 기둥 주위에 설치한 후 그 위로 천을 씌웠더니 말 그대로 집과 다름없었다. 왕족이나 족장의 것에 견주어 규모는 훨씬 작지만 다른 점은 흠잡을 데 없었다. 그는 가마에서 다시 네모난 깔개를 꺼내와 햇빛이 드는 쪽 바닥에 깔았다. 그러고 나서는 천막 밖으로 나가 전보다 더 주의 깊게 열심히 주위를 둘러보았다. 자칼 한 마리가 멀리서 평지를 가로질러 달려가고 독수리 한 마리가 아카바 만을 향해 날아가고 있을 뿐 드넓은 창공과 그 아래 사막에 살아 있는 것이라고는 전혀 보이지 않았다.

사내는 낙타 쪽으로 몸을 돌리더니 사막에서는 잘 들을 수 없는 언어로 나지막이 속삭였다. "집에서 멀리도 떠나왔구나, 제일 빠른 바람에도 뒤지지 않는 녀석아. 아주 멀리 왔지만 하나님께서 함께 하신다. 좀 더 기다려보자꾸나."

사내는 이제 안장주머니에서 콩을 좀 꺼내어 낙타 코 아래에 매달린 자루에 넣어주었다. 충실한 낙타가 먹이를 맛있게 먹는 것을 보자 고개를 돌려 높이 치솟아 이글거리는 태양빛 때문에 흐릿한 사막을 다시 둘러보았다.

그는 다시 차분하게 중얼거렸다. "그들은 꼭 올 거야. 나를 이끌어 주신 분께서 그들을 인도하고 계실 테니. 그동안 식사준비나 해야겠다."

좌대 안쪽에 있던 자루와 버드나무 바구니에서 식재료들을 꺼내놓았다. 종려나무 잎으로 촘촘히 짠 큰 접시, 작은 가죽주머니에 담긴 포도주, 훈제해서 말린 양고기, 씨 없는 시리아산 석류, 중앙 아라비아의 과수원에서 재배한 놀랄 정도로 맛있는 엘 셸레비 대추야자, 다윗의 '치즈 열 덩이'4)와도 같은 치즈, 도시 빵가게에서 사온 누룩 빵 등 가져온 모든 것을 꺼내어 천막 아래 깔개에 차려놓았다. 그리고 마지막 마무리로 식사 중에 손님들이 무릎에 놓을 수 있도록 동방의 예법을 아는 사람들이 사용하는 세 장의 명주 천을 펼쳐 놓았다. 세 장의 명주 천은 식사할 사람들의 수를 의미하므로 그가 기다리고 있는 사람이 몇 명인지 짐작이 간다.

이제 모든 것이 준비되었다. 그는 밖으로 걸어 나왔다. 아! 사막의 동쪽 지평선에 까만 점 하나가 나타났다. 그는 얼어붙은 듯 그대로 멈춰 섰다. 눈은 휘둥그레지고 불가사의한 존재를 느끼기라도 한 듯이 온몸에 소름이 돋았다. 까만 점은 점점 커져서 처음에는 주먹만해지더니 마침내 형체를 알아볼 수 있을 정도가 되었다. 잠시 후에는 자기 낙타와 똑같이 생긴 늘씬하고 하얀 낙타가 등에 인도인이 탄 가마를 싣고 흔들거리며 걸어오는 모습이 눈에 들어왔다. 이집트인은 두 손을 가슴 위에 포개고 하늘을 우러러 보았다.

"오직 하나님만이 위대하시다!" 외치는 그의 눈에는 눈물이 그렁거렸고, 영혼은 경외감으로 가득 찼다.

---

4) 사무엘상 17:18

이방인은 점점 가까이 다가오더니 마침내 멈춰 섰다. 그 역시 막 꿈에서 깨어난 듯했다. 그는 무릎을 꿇고 앉아 있는 낙타와 천막과, 천막 입구에서 기도를 올리며 서 있는 사나이를 보았다. 새로 나타난 이방인 역시 손을 모으더니 고개를 숙이고 조용히 기도를 올렸다. 그러고 나서 잠시 후 낙타의 목을 딛고 바닥으로 내려왔다. 서로를 향해 다가간 두 사람은 잠시 상대를 바라보다가 껴안고 인사를 나누었다. 각자 오른손은 상대의 어깨에, 왼손은 허리에 두르고는 턱을 왼쪽 가슴에 댔다가 오른쪽 가슴에 대었다.

"참되신 하나님의 종이여, 평화를 빕니다!" 이방인이 먼저 말문을 열었다.

"어서 오십시오, 참된 믿음의 형제여! 평화를 빕니다!" 이집트인은 벅찬 마음으로 대답했다.

막 도착한 이방인은 큰 키에 마른 체격이었다. 야윈 얼굴에 눈은 움푹 들어갔고, 머리와 수염은 백발이 성성했고, 얼굴색은 계피와 청동이 가미된 색조를 띠었다. 역시 무기는 지니지 않았고, 인도인 복장을 하고 있었다. 머리에는 챙 없는 모자 위에 숄을 겹겹이 감은 터번을 두르고 있었다. 발목 언저리에서 오므라드는 헐렁한 바지가 밖으로 보일 정도로 아바가 좀 더 짧다는 점을 제외하면 입고 있는 의복은 이집트인의 것과 거의 같았다. 발에는 샌들 대신에 붉은 가죽으로 만든 뾰족한 슬리퍼 비슷한 것을 신고 있었다. 슬리퍼를 제외하면 머리부터 발끝까지 모든 의복이 흰색 리넨으로 만들어진 것이었다. 풍채는 어찌나 고귀하고 위풍당당하며 엄격해 보이는지 인도 서사시에 등장하는 가장 위대한 금욕적 영웅 비슈바미트라(Visvamitra)[5]가 환생한 것 같았다. 그는

---

5) 힌두 전설에 나오는 현자. 원래는 크샤트리아 계급의 왕이었으나 현자 바시슈타와의 싸움에서 패

아마도 철두철미 브라흐마(Brahma)의 법대로 사는 사람으로서 신앙의 화신이라고 불렸을 것이다. 오직 눈길에만 자애의 모습이 드러나 있었다. 이집트인의 가슴에 묻었던 얼굴을 들었을 때 눈에는 눈물이 글썽이고 있었다.

"오직 하나님만이 위대하십니다!" 포옹을 끝낸 인도인이 소리쳤다.

자기가 조금 전에 했던 말을 똑같이 되풀이하는데 놀란 이집트인이 대답했다. "하나님을 섬기는 이는 복되도다! 하지만 기다려봅시다. 기다립시다. 보세요, 저기 또 다른 이가 오고 있군요!"

두 사람의 시선은 북쪽으로 향했는데, 이미 세 번째 낙타가 다가오는 것이 보였다. 두 사람의 낙타처럼 하얀 낙타가 배처럼 기우뚱거리며 걸어오고 있었다. 두 사람은 함께 서서 기다렸다. 마침내 새로 나타난 이가 도착하더니 낙타에서 내려 두 사람을 향해 다가왔다.

"오 형제들이여, 평화가 함께 하기를!" 새로 온 이는 인도인을 끌어안으며 인사했다.

그 말에 인도인이 대답했다. "하나님의 뜻이 이루어졌습니다!"

마지막으로 도착한 이는 앞서 온 이들과 같지 않았다. 체격은 더 호리호리했고, 얼굴색은 희었다. 굽슬굽슬한 밝은 머리칼은 작지만 아름다운 머리를 왕관처럼 완벽하게 뒤덮고 있었다. 짙푸른 눈에 감도는 온기는 섬세한 마음과 따뜻하지만 용감한 천성을 드러냈다. 머리에는 아무것도 쓰지 않았고 또한 아무런 무기를 지니고 있지 않았다. 아무렇게나 걸쳤어도 우아해 보이는 티레풍 외투 아래로 짧은 소매에 목이 깊이 파이고 허리에서 끈으로 묶고 거의 발목까지 내려오는 튜닉이 드러났다. 목과 팔과 다리는 맨살이 드러났고 발에는 샌들을 걸치고 있었다.

---

한 후 무력보다 정신력이 강함을 깨닫고 고행을 통해 브라만이 되었다.

몸에 밴 진중한 태도와 사려 깊은 어투로 보아 아마도 쉰 살은 족히 넘어보였다. 몸집과 정신의 총기는 정정했다. 그가 어느 종족 출신인지 굳이 말하지 않아도 알 수 있었다. 아테네 출신이 아니라면, 그곳 출신의 후예임이 틀림없었다.

포옹을 풀자 이집트인이 떨리는 목소리로 말했다. "성령께서 저를 이곳으로 제일 먼저 보내셨기에 제가 두 분을 맞을 준비를 하도록 뽑힌 것 같습니다. 천막을 쳐놓았고 식사도 준비되어 있습니다. 자 함께 드시지요."

양손으로 두 사람을 잡고 천막으로 안내한 이집트인은 신발을 벗기고 발을 씻어준 후 손 위에 물을 부어주고 나서 수건으로 닦아주었다.

그러고 나서 자기도 손을 씻은 후 말했다. "형제들이여, 오늘 임무를 마저 끝내려면 기력을 회복해야 하니 먼저 식사부터 하십시다. 먹으면서 각자 이름과 출신지를 밝히고 어떻게 부르심을 받아 이곳까지 오게 되었는지 나누기로 하지요."

그는 두 사람을 식사가 차려진 곳으로 데리고 가서 서로 마주 보고 앉게 했다. 세 사람은 약속이라도 한 것처럼 고개를 숙이고 두 손을 가슴에 얹은 채 큰 소리로 다음과 같이 기도했다.

"만물의 아버지이신 하나님, 여기에 있는 모든 것을 주심에 감사드립니다. 당신의 뜻이 이루어지도록 저희를 지켜 주소서."

마지막 말이 끝나기 무섭게 그들은 놀라서 고개를 들어 서로 바라보았다. 각자의 언어로 기도한 탓에 처음 듣는 언어인데도 서로 무슨 말을 하는지 완벽히 알아들었던 것이다. 그들의 영혼은 신성한 감동으로 전율했다. 기적을 통해 하나님이 함께 하신다는 것을 알아보았기 때문이다.

## 3. 그리스인 가스파르가 전하는 말 - 믿음

그 당시 연력으로 표현하면 방금 묘사한 만남은 로마력 747년에 일어났다. 그 달은 12월이었으므로 겨울이 지중해 동쪽 전 지역에 맹위를 떨치고 있었다. 이런 계절에 사막을 여행하다보면 얼마 못가 몹시 허기지기 마련이다. 지금 천막 안에 있는 일행 역시 예외일 수 없었다. 그들은 몹시 시장했으므로 양껏 먹었다. 그리고 어느 정도 배가 부르자 포도주를 기울이며 이야기를 나누었다.

그 자리를 마련한 이집트인이 먼저 말을 꺼냈다. "낯선 곳을 여행하는 나그네에게 친구가 자기 이름을 불러주는 것만큼 흐뭇한 일은 없을 겁니다. 앞으로 오랜 시간을 함께 하게 될 테니 서로 통성명이나 하십시다. 괜찮으시다면, 제일 나중에 오신 분이 먼저 시작하는 것이 어떨까요?"

그러자 그리스인이 생각에 잠긴 듯이 천천히 말을 꺼냈다.

"제가 하려는 이야기는 너무 이상해서 어디서부터 어떤 말로 시작해야 할지 잘 모르겠습니다. 아직 저 스스로도 이해가 안 되니까요. 그저 확신할 수 있는 것은 제가 하나님의 뜻을 행하고 있다는 점과 그 일에 늘 커다란 희열을 느낀다는 거죠. 저를 보내신 목적을 생각할 때마다 제 안에는 형언할 수 없는 기쁨이 솟아올라 그것이 바로 하나님의 뜻이라는 것을 알 수 있답니다."

그리스인은 가슴이 벅차올라 말을 잇지 못했고, 다른 사람들도 똑같은 마음에 시선을 떨구었다.

"이곳에서 먼 서쪽에는 결코 잊을 수 없는 나라가 있습니다. 세상에 무척이나 많은 것들을 주었고, 사람들에게 더할 나위 없는 기쁨을 안겨 주었기 때문이지요. 그렇다고 해서 예술, 철학, 웅변, 시, 전쟁에 대해 말하고자 하는 것은 아닙니다. 오 여러분, 그 나라의 영예는 완전해진 글자로 길이 빛나게 될 것입니다. 지금 우리가 찾아내어 선포하게 될 그분께서 바로 그 나라의 언어를 통해 온 세상에 알려지시게 될 것이기 때문입니다.[6] 제가 말하고 있는 나라는 바로 그리스입니다. 저는 아테네 사람 클레안테스의 아들 가스파르입니다."

그는 계속 말했다. "우리 민족은 학업에 전념하였고 저 역시 같은 열정을 물려받았습니다. 많은 이들 가운데에서도 가장 위대한 두 철학자가 있는데 한 사람은 모든 사람에게 깃들어있는 영혼과 그 불멸성에 대해 알려 주었고, 다른 한 사람은 한없이 정의로우신 유일한 신에 대해 알려 주었습니다. 많은 학파들이 논쟁한 많은 주제들이 있었지만 저는 그것들만이 해답을 얻기 위해 애쓸 가치가 있다고 판단했습니다. 하나님과 영혼 사이에는 아직 밝혀지지 않은 관계가 있다고 생각했기 때문이죠. 이 주제에 대해서 이성은 어느 점까지는, 넘을 수 없는 죽음의 벽까지는 사유할 수 있습니다. 그런데 일단 죽음의 벽에 도달하면 이성의 힘으로는 넘을 수 없는 한계에 부딪쳐 모든 이들이 더 이상 나아가지 못하고 울부짖으며 도움을 청할 수밖에 없게 됩니다. 저도 그랬었지요. 그러나 그 장벽 너머에서는 아무런 소리도 들리지 않았습니다. 저는 절망에 사로잡힌 나머지 도시와 학파를 떠났습니다."

이 말에 공감이 된다는 듯 인도인의 야윈 얼굴에 진지한 미소가 떠올랐다.

그리스인은 말을 이었다. "저의 조국 북쪽 지방 테살리아(Thessaly)에는 신들의 거처로 유명해진 산이 있습니다. 저희 고장 사람들이 최고

---

6) 예수님의 가르침을 전하는 신약성서는 처음에 그리스어로 기록되었다.

의 신이라 믿는 제우스 신이 사는 곳인데 일명 올림포스(Olympus)라 하지요. 저는 그곳으로 갔는데, 산이 서쪽에서 뻗어 나오다 남동쪽으로 굽은 곳에 있는 언덕에서 동굴을 하나 발견했습니다. 저는 그곳에 살면서 명상에 매진했습니다. 아니요, 매순간 간절히 간구하고 있었던 것을 기다리고 있었습니다. 바로 계시였지요. 눈으로 볼 수는 없지만 전지전능하신 하나님을 믿으며 제 영혼을 다해 간구한다면 저를 불쌍히 여기시어 응답해 주시리라고 믿었습니다."

"하나님은 응답해주시었지요, 그렇고말고요!" 무릎에 간 명주 천에서 손을 번쩍 치켜 올리며 인도인이 소리쳤다.

"좀 더 들어주십시오." 그리스인은 마음을 가라앉히려고 애쓰며 계속 말했다. "제가 은거하고 있던 동굴의 입구에서는 테르마이코스 만 하구가 훤히 내려다보였습니다. 어느 날 저는 지나가던 배에서 떨어진 한 사내를 보았습니다. 그는 해안으로 헤엄쳐 왔고 저는 그 사람을 맞아들여 보살펴 주었습니다. 그는 자기 민족의 역사와 율법에 정통한 유대인이었는데, 제가 그렇게 기도를 드렸던 하나님께서 정말로 존재하신다는 것을 알려 주었습니다. 그리고 하나님께서 대대손손 그들에게 계명을 주시고, 통치하시고, 왕이 되어 주셨다는 것도 알게 되었습니다. 그것이 제가 바라던 계시가 아니고 무엇이겠습니까? 저의 믿음은 헛되지 않았습니다. 하나님께서 응답해 주셨던 것입니다."

"그렇게 굳은 믿음으로 간구하는 사람에게는 모두 응답해 주시지요." 인도인이 맞장구를 쳤다.

"그러나 안타깝게도, 하나님께서 언제 응답해 주실지 알 만큼 현명한 이는 별로 없죠!" 이집트인도 한 마디 거들었다.

"그뿐만이 아니었습니다. 그 사람은 제게 더 많은 것을 알려 주었습니다. 최초의 계시 이후 하나님과 함께 걸으며 이야기를 나누었던 예언자들이 그분께서 다시 오실 것이라고 선포했다고 말해 주었습니다. 그는 예언자들의 이름을 알려 주었고 경전에 기록된 예언자들의 말을 그대로 전해 주었습니다. 게다가 다시 오실 날이 얼마 남지 않았다고, 곧 예루살렘에서 보게 될 것이라고 말해 주었습니다."

이 대목에서 잠시 말을 끊은 그리스인의 얼굴에서 밝은 표정이 점차 사라졌다.

"정말입니다. 그 사람은 자기가 말한 계시와 하나님은 오로지 유대인들만을 위한 분이므로 다시 오실 그분 역시 그러할 것이라고 했습니다. 장차 오실 그분은 유대인의 왕이 될 것이라고 말이죠. 그래서 제가 '그분은 나머지 세상에는 아무런 관심도 없으시단 말인가요?'라고 묻자 그는 자랑스러운 음성으로 대답했습니다. '그렇소, 우리는 선택받은 민족이오.' 그러나 그의 대답에도 불구하고 저는 희망을 버리지 않았습니다. 그렇게 위대하신 분께서 그 크신 사랑과 자비를 한 나라, 말하자면 한 민족에만 한정하실 까닭이 무엇이란 말입니까? 저는 이 문제에 온 마음을 쏟은 끝에 마침내 그 사내의 자만심을 꺾고 그의 조상들은 온 세상이 알게 되어 구원 받을 수 있도록 진리가 살아있게 지키도록 선택받은 종에 불과하다는 것을 깨닫게 되었습니다. 그 유대인이 가버리자 저는 다시 혼자가 되었습니다. 저는 새로운 기도로 영혼을 정화했습니다. 왕께서 오실 때 그분을 뵙고 경배할 수 있게 해 달라고 말이죠. 어느 날 밤 저는 동굴 입구에 앉아 하나님에 대해 제대로 깨닫고, 제 존재의 신비를 더 깊이 이해하려고 생각에 잠겨 있었습니다. 그때 갑자기 저 아래 바다에서, 아니 수면을 뒤덮고 있는 어둠 속에서 별 하나가 빛나기 시작했습니다. 별은 천천히 떠올라 가까이 다가오더니 언덕과 동굴 위에 멈춰 섰고 그 빛이 저를 가득 비추었습니다. 저는 정신을 잃고 쓰러져 잠이 들었고, 꿈속에서 들려오는 소리를 들었습니다.

'오 가스파르! 네 믿음이 이겼노라! 기뻐하여라. 구원이 다가왔다. 세상 끝에서 온 다른 두 사람과 함께 너는 구세주를 보게 될 것이고 그분이 오셨다는 것을 증거하게 될 것이다. 날이 밝는 대로 그들을 만나러 나서라. 그리고 그대를 인도하는 성령을 믿으라.'

그리고 아침이 되자 제 안에 태양보다도 강렬한 성령의 빛을 느끼며 잠에서 깨어났습니다. 저는 그때까지 입고 있던 은자의 옷을 벗어버리고 예전의 옷을 입었습니다. 도시에서 가져와 숨겨두었던 보물도 꺼내었습니다. 그리고 지나가던 배를 불러 세워 얻어 타고 안티오크(Antioch)에서 내린 후 그곳에서 낙타와 필요한 장구를 샀습니다. 오론테스(Orontes) 강둑을 아름답게 수놓은 정원과 과수원을 지나 에메사, 다마스쿠스, 보스라, 빌라델비아를 거쳐 여기까지 오게 된 것입니다. 자, 형제들이여. 제 이야기는 이것으로 끝났습니다. 이제 당신들의 이야기를 들려주시죠."

## 4. 인도인 멜키오르가 전하는 말 - 사랑


이집트인과 인도인은 서로 바라보다가 먼저 하라는 이집트인의 손짓에 인도인이 고개를 끄덕이고 이야기를 시작했다.

"말씀을 잘하시는군요. 저도 잘했으면 좋겠는데……."

그는 말을 끊고 잠시 생각했다가 본론으로 들어갔다.

"저는 멜키오르라고 합니다. 저는 지금 여러분께 세계에서 가장 오래되지는 않았더라도 적어도 가장 먼저 문자를 가진 언어, 즉 인도의 산스크리트어로 말씀드리고 있습니다. 저는 인도인입니다. 저희 민족은 지식을 탐구하고, 그것을 세분화하여 발전시킨 최초의 민족이지요. 앞으로 무슨 일이 일어난다 해도 종교와 유용한 지혜의 원천으로서 4베다[7]는 살아남을 것입니다. 이 네 가지 베다로부터 브라흐마가 전수해 준 의학, 궁술, 건축, 음악, 예순네 개의 기술을 다루는 우파베다(Upa-Veda)가 생겨났습니다. 신의 계시를 받은 성자들이 알려 주는 베당가(Ved-Anga)는 점성술, 문법, 작시법, 발음, 주문과 주술, 종교의식과 의례를 다룹니다. 현자 브야사(Vyasa)가 쓴 우팡가(Up-Anga)는 창조, 연대기, 지리를 다룹니다. 또한 그 안에는 신들과 반신(半神)들을 영원히 찬양하기 위해 만들어진 서사시 라마야나(Ramayana)와 마하바라타(Mahabharata), 영웅시도 들어 있습니다. 이러한 것들이 바로 성스러운

---

7) 고대 인도의 종교 지식과 제례규정을 담고 있는 문헌. 브라만교의 성전(聖典)을 총칭하는 말로도 쓰인다. 구전되어 오던 내용을 기원전 1500~1200년에 산스크리트어로 편찬한 것으로 추정되며 고대인도의 종교, 철학, 우주관, 사회상을 보여주기 때문에 역사·문학적 가치가 높다. '안다'라는 고대 산스크리트어 비드(vid-)에서 파생한 베다(Veda)는 '지식'이나 '지혜'를 뜻하며, 넓은 의미로는 '기록될 가치가 있는 지식 전체'를, 좁은 의미로는 '성스러운 지식이나 종교적 지식'을 의미한다. 《리그베다》, 《사마베다》, 《야주르베다》, 《아타르바베다》를 4베다라고 하는데, 리그베다는 찬가, 사마베다는 노래, 야주르베다는 공물 제의, 아타르바베다는 마법과 주술에 관한 지식을 주로 담고 있다.

경전인 샤스트라(Shastra)[8]입니다. 이것들은 앞으로도 계속 저희 민족이 지혜를 꽃피우는데 도움이 될 테지만 저에게는 이제 아무 의미가 없습니다. 이러한 경전들은 인간이 빨리 완벽해지게 할 수 있다고 약속했습니다. 그런데 왜 그 약속대로 되지 않았을까요? 안타깝게도 경전들은 그 자체로 모든 발전의 문을 닫아 버렸습니다. 경전을 쓴 사람들은 인간을 염려한다는 구실을 들어 하늘이 인간에게 필요한 모든 것을 주셨기 때문에 인간은 발견이나 발명에 힘을 쏟아서는 안 된다는 치명적인 원칙을 내세웠습니다.

그런 조건이 신성한 율법이 되자 힌두교 지혜의 등불은 좁은 우물에 갇혀 그 안에서 헤어 나올 수가 없게 되었습니다.

형제들이여, 이런 비유를 든 것은 결코 자랑하려는 것이 아닙니다. 들어보시면 아실 것입니다. 샤스트라에 의하면 최고신은 브라흐마입니다. 우팡가에 나오는 성스러운 시들인 푸라나(Purana)는 덕과 선행, 영혼에 대해 알려줍니다. 그래서 드리는 말씀인데, 만일 형제께서 이렇게 말하는 것을 허락하신다면," 그는 공손하게 그리스인에게 고개를 숙이며 말했다.

"당신의 민족들이 알려지기 훨씬 전에 하나님과 신성이라는 위대한 두 사상이 힌두 정신의 모든 힘을 빨아들였습니다. 좀 더 자세히 설명해 보겠습니다. 이 경전에 의하면 우주의 근본원리인 브라만은 브라흐마, 비슈누(Vishnu), 시바(Shiva) 삼주신이 가르쳐준 것이라고 합니다. 이 가운데 브라흐마가 저희 민족을 창조했는데, 창조 과정에서 네 계급으로 나누었습니다. 먼저 하계와 하늘에 사람들이 생겨나게 했습니

---

8) 산스크리트(Sanskrit)어로 '경전·지식·규범'을 의미한다. 주로 4~5세기 기술·전문 서적의 제목에 주로 붙여 사용하는 단어이며, 종교적으로 불교 또는 힌두교에서 논서(論書)를 지칭하는 말로 사용되었다.

다. 그런 다음에 지상에도 천상의 영혼들이 살 수 있게 준비했습니다. 그리고 브라흐마 신의 입에서는 신과 가장 닮은 브라만이 튀어나왔습니다. 그와 동시에 모든 지식을 담고 있는 완벽한 상태의 베다가 흘러나왔습니다. 가장 높고 고귀한 브라만 계급만이 그 베다를 가르칠 수 있습니다. 팔에서는 전사 계급인 크샤트리야(Kshatriya)가 나왔고, 생명이 자리 잡은 가슴에서는 목동, 농부, 상인과 같은 생산계급인 바이샤(Vaisya)가, 비천의 상징인 발에서는 다른 이들을 위해 비천한 일들을 하도록 타고난 농노, 하인, 일꾼, 장인과 같은 농노계급인 수드라(Sudra)가 생겨났습니다. 중요한 점은 태초에 인간이 창조될 때 함께 생겨난 법에 따라 인간은 타고난 계급을 바꿀 수 없다는 것입니다. 브라만으로 태어났더라도 더 낮은 계급으로 들어갈 수는 없고, 자기 계급의 율법을 어겼을 경우에는 쫓겨나게 되며 같은 처지의 추방자 외에는 다른 사람들과 어울릴 수 없게 됩니다."

이 순간, 그와 같이 몰락한 사람의 처지가 어떨지 재빨리 머릿속에 그려본 그리스인이 참지 못하고 소리쳤다. "오, 그런 상황에서는 자애로운 하나님이 얼마나 필요할까요!"

이집트인도 동조했다. "그렇죠, 우리의 자애로운 하나님이 절실하죠."

인도인은 고통스럽게 미간을 찌푸렸다. 고통스러운 감정이 지나가자 그는 누그러진 음성으로 말을 이었다.

"저는 브라만 계급으로 태어났습니다. 그래서 제 삶은 마지막 순간까지 극도로 제약을 받았습니다. 처음에 먹을 음식, 복잡한 이름 짓기, 태양을 보도록 처음으로 밖으로 데리고 나가기, 재생족9) 가운데 하나

---

9) 드비자(dvija). 인도 카스트 중에서 종교적으로 재생할 수 있다고 여긴 브라만, 크샤트리아, 바이샤 계급에 속하는 사람들. 이 세 계급에 속한 사람은 성인이 되면 입문식을 하고 비로소 《베다》를 학습할 수 있었으며, 이로써 새로운 종교생활에 들어가 재생하게 된다고 생각하였다.

로 다시 태어나게 해 줄 세 겹의 실을 감기, 제1계급으로의 입문식 등등 이 모든 것들이 성스러운 경문과 엄격한 예식에 따라 거행되었답니다. 저는 계율을 어길까 두려워 걷거나 먹거나 마시거나 잠을 자는 것도 함부로 할 수 없었습니다. 계율을 어길 경우에는 영혼이 벌을 받게 되니까요! 계율을 어기는 정도에 따라 영혼은 낮은 인드라(Indra)에서 가장 높은 브라흐마가 있는 천상의 어느 한 곳으로 가거나 벌레, 새, 물고기, 짐승의 삶으로 환생하기도 합니다. 계율을 완벽하게 잘 지킨데 대한 보상은 우주의 근본원리인 브라만에 흡수되어 사실상 완전한 해탈, 즉 무(無)의 상태인 열반에 드는 것입니다."

인도인은 잠시 생각에 잠기더니 계속 이야기했다. "브라만의 4주기10) 삶 가운데 1주기는 학문에 힘쓰는 시기입니다. 2주기로 들어갈 시기, 즉 결혼하여 가정을 꾸릴 준비가 되었을 때 저는 모든 것, 심지어 우주의 최고원리인 브라만에 대해서도 의심하게 되었습니다. 저는 이단자가 되었습니다. 갇혀 있던 우물 깊은 곳에서 저는 위에서 비치는 한 줄기 빛을 발견하였고 도대체 그 빛이 무엇인지 올라가서 알아보고 싶은 열망에 사로잡혔습니다. 그리고 마침내 수년 동안 애쓰며 정진한 결과 그 빛 속에 서게 되었습니다. 삶의 원리이자 종교의 본질이며, 영혼과 하나님을 이어주는 것이 바로 사랑이라는 진리를 깨닫게 된 것입니다!"

주름진 그의 얼굴은 선명히 빛났고 그는 두 손을 꼭 잡았다. 잠시 침묵이 이어지는 동안, 두 사람은 그를 바라보았다. 어느덧 그리스인의

---

10) 힌두교에서는 이상적인 삶의 방식을 범행기, 가주기, 임주기, 유행기의 4단계로 나누었다. 일곱 살이 되면 집을 떠나 스승을 찾아 학문을 익힌 후, 집으로 돌아와 결혼을 하고 돈을 벌며 대를 이을 자식을 낳고 살다가, 나이가 들어 머리가 희어지면 숲으로 들어가 나무 아래에서 살며 수행을 하고, 마지막 단계에서는 탁발걸식하며 현세의 모든 집착을 끊고 해탈을 추구하는 단계에 이른다.

눈에는 눈물이 맺혀 있었다. 잠시 후 인도인이 다시 입을 열었다.

"사랑의 기쁨은 실천하는데 있습니다. 다른 사람을 위해 기꺼이 행동하는 것으로 드러나지요. 저는 가만히 있을 수 없었습니다. 브라만 때문에 이 세상에는 온갖 비참함이 넘치게 되었습니다. 수드라 계급의 사람들을 보니 마음이 아팠고, 수많은 신자들과 희생자들도 불쌍하게 느껴졌습니다. 강가 라고르 섬은 성스러운 갠지스 강물이 인도양으로 흘러들어가는 지점에 있습니다. 저는 그곳으로 갔고 현자 카필라[11]에게 바쳐진 사원 그늘에서 그 성인에 대한 거룩한 기억 때문에 그곳을 지키고 있는 제자들과 함께 기도하며 안식을 찾으려 했습니다. 하지만 2년마다 힌두교 순례자들이 몸과 마음을 정화하기 위해 강을 찾았습니다. 그들의 비참한 모습이 더욱 가엾게 느껴졌습니다. 말을 걸고 싶었지만 입을 악물고 참아야 했습니다. 브라만이나 삼주신이나 샤스트라에 반대하는 이야기를 한 마디만 했다가는 그걸로 끝장입니다. 추방되어 이글거리는 사막을 전전하다 죽어가는 브라만 계급 사람에게 위로의 말이나 물 한 모금 건네는 조그만 친절이라도 베풀었다가는 똑같은 신세로 전락하고 말지요. 가족, 고향, 특권, 브라만 계급까지 모두 잃어버리고 말지만 저는 결국 그 길을 택했습니다. 사랑에 무릎 꿇었던 것이죠! 저는 사원에 있던 현자의 제자들에게 제 생각을 말했습니다. 그들은 저를 쫓아냈습니다. 순례자들에게도 설교했지만 그들은 돌을 던져 저를 섬에서 쫓아냈습니다. 대로에서도 설교하려고 했습니다. 사람들은 저를 피하거나 죽이려고 덤벼들었습니다. 마침내 인도 어디에도 안전하거나 쉴 수 있는 곳이 없었습니다. 추방자들에게도 배척당하기는 마찬가지였습니다. 세상에서 버림받았어도 그들 역시 여전히 브

---

11) 고대 인도의 철학자·선인(仙人). 기원전 5세기경 상키아학파를 창시했다고 알려져 있다.

라만을 굳게 믿고 있었기 때문이죠. 최후의 수단으로 저는 하나님 외에 모든 것으로부터 숨을 수 있는 곳을 찾아 나섰습니다. 갠지스 강을 거슬러 히말라야 산 높은 곳으로 올라갔습니다. 말할 수 없이 맑은 강물이 진흙투성이 저지대 사이로 흘러들기 시작하는 하르드와르[12] 산길로 접어든 저는 저희 민족을 위해 기도하며 이제 그들과는 영영 이별이라고 생각했습니다. 산골짜기를 지나고 절벽을 오르고 빙하를 건너고 하늘에 닿을 듯 치솟은 봉우리들을 넘어 랑초 호수로 향했습니다. 그곳은 만년설로 뒤덮인 거봉들인 티세 강그리, 구를라, 카일라스 파르밧 자락에 잠들어 있는 놀랍도록 아름다운 곳이죠. 지구의 중심인 그 호수는 인더스, 갠지스, 브라마푸트라 강이 각기 갈라져 발원하는 곳이요, 인류가 최초로 살게 된 곳이기도 하지요. 사람들은 태초의 도시인 발흐(Balkh)를 떠나 세상으로 퍼져나갔습니다. 그리고 그곳은 자연이 원시 상태 그대로 광대함을 잃지 않고 있으므로 안전한 동시에 은거할 수 있다는 희망을 품고 많은 현자와 추방자들이 찾아가는 곳이 되었습니다. 바로 그곳에서 죽는 그날까지 기도하고 단식하며 오로지 하나님과 함께 살려고 간 것입니다."

어느새 음성이 잦아지더니 그는 앙상한 두 손을 단단히 마주 잡았다.

"어느 날 밤 저는 호숫가를 거닐다 침묵 가운데 듣고 계시는 하나님께 외쳤지요. '하나님, 도대체 언제 오셔서 당신을 드러내실 것인가요? 정녕 구원은 없단 말인가요?' 그때 갑자기 물 위로 한줄기 빛이 밝게 빛나기 시작했습니다. 이윽고 별 하나가 떠올라 저를 향해 다가오더

---

12) 힌두교에서 '신의 문(Gateway to God)'으로 통하며 힌두교 7대 성지에 속한다. 강고트리 빙하(Gangotri Glacier) 가장자리, 갠지스강 상류 연안에 자리잡고 있어 산악지대에서 발원한 갠지스강이 처음으로 힌두스탄 평야로 흘러들어가는 곳이다.

니 제 머리 위에 멈춰 섰습니다. 그 밝은 빛에 저는 정신을 잃고 말았습니다. 누워 있는 동안 헤아릴 수 없이 다정한 음성이 들려왔습니다. '너의 사랑이 이겼노라. 기뻐하라 인도의 아들아! 구원이 다가왔다. 세상 끝에서 온 다른 두 사람과 함께 너는 구세주를 보게 될 것이고 그분이 오셨다는 것을 증거하게 될 것이다. 날이 밝는 대로 그들을 만나러 나서라. 그리고 그대를 인도하는 성령을 믿으라.'

그 시간 이후로 그 빛은 늘 저와 함께 했습니다. 그래서 저는 그것이 바로 성령의 현시라는 것을 알게 되었습니다. 아침이 되자 저는 산속으로 들어왔던 길을 되짚어 세상으로 나왔습니다. 골짜기에서 발견한 값비싼 보석 원석을 들고 나와 하르드와르에서 팔았습니다. 그리고 라호르, 카불, 야즈드를 거쳐 이스파한으로 갔습니다. 그곳에서 낙타를 한 마리 사서 대상들을 기다릴 틈도 없이 곧장 바그다드로 향했습니다. 아무 두려움 없이 홀로 길을 나섰지요. 성령께서 함께 해주셨고, 지금도 함께 하시기 때문입니다. 아, 형제들이여 이 얼마나 영광스러운 일입니까! 구원자를 만날 테니까요, 그분께 말을 걸고 경배하게 될 테니까요! 제 이야기는 이걸로 끝입니다."

## 5. 이집트인 발타사르가 전하는 말 - 선행

쾌활한 그리스인은 함께 기뻐하며 축하해 주었다. 마지막 차례가 된 이집트인이 특유의 진지한 어조로 이야기를 시작했다.

"반갑습니다. 그렇게 어려움을 겪고도 이겨내셨다니 축하드립니다. 두 분께서 기꺼이 제 말을 들어주신다면 제가 누군지, 어떻게 부르심을 받고 왔는지 말씀드리겠습니다. 잠시 실례하겠습니다."

그는 밖으로 나가 낙타를 잠시 살핀 후 돌아와 자리에 앉았다.

"두 분은 성령에 대해 말씀해 주셨고, 저 역시 성령의 도우심으로 그 말씀을 알아듣습니다. 두 분의 나라에 대해 상세히 말씀해 주셨지요. 거기에는 하나님의 큰 뜻이 있는데 차차 말씀드리겠습니다. 하나님의 뜻을 온전히 이해하기 위해서 우선 저와 저희 민족에 대해 말씀드리겠습니다. 저는 이집트 사람 발타사르라고 합니다."

마지막 말은 나지막이 말했지만 무척이나 위엄이 있어 두 사람은 고개를 숙였다.

"저희 민족은 자랑할 것이 많지만 한 가지만 소개하지요. 역사는 저희 민족과 더불어 시작되었지요. 저희가 최초로 여러 가지 일들을 기록으로 남겨 후대에 전했으니까요. 그래서 저희에게는 구전이라는 것이 없습니다. 입으로 전하는 시 대신에 확실한 사실을 전하죠. 왕궁과 신전 정면, 오벨리스크, 무덤 내벽에, 왕들의 이름과 업적을 새겨 놓았습니다. 그리고 정교한 파피루스에 철학자의 지혜와 종교의 비의를 적어놓았습니다. 이제부터 말씀드리려는 한 가지를 제외하고는 모두 적어놓았지요. 오 멜키오르 형제, 바라-브라만의 베다나 브야사의 우팡가보다도 오래되었고, 오 가스파르 형제, 호메로스의 시가나 플라톤의 형이상학보다도 오래되었습니다. 중국의 경전이나 역대왕조와 마야 부인의 아들 부처의 경전보다도 오래되었고 히브리인 모세가 등장하는 창세기보다도 오래되었지요. 인간의 기록 가운데 가장 오래된 것이 바로 저희 민족 최초의 왕 메네스의 기록이랍니다." 이집트인은 잠시 쉬었다가 그 큰 눈으로 그리스인을 다정히 바라보며 말했다. "오 가스파르 형제여, 그리스 태동기에 그리스의 스승들이 어디에게 가르침을 얻었겠습니까?"

그리스인이 웃으며 끄덕였다.

발타사르는 말을 이었다. "이 기록을 보면 저희 조상은 저 먼 동방, 멜키오르 당신이 말씀하신 성스러운 세 강의 발원지요 세상의 중심인 페르시아로부터 오면서 대홍수에 대한 이야기와 그 이전의 역사서를 가지고 왔다는 것을 알 수 있습니다. 그 역사서는 노아의 자손들이 아리안 족에게 전해준 것인데 창조주요, 만물의 시작이요, 영이시요, 불멸이신 하나님에 대해 알려 주고 있습니다. 저희를 부르신 이 임무가 무사히 끝나는 날, 괜찮으시다면 저희 제사장들의 성스러운 도서관으로 안내하겠습니다. 다른 어떤 것보다도 꼭 보여드리고 싶은 것은 바로 『사자의 서(the Book of the Dead)』[13]인데, 이 책에는 죽은 후 심판을 받으러가기까지 영혼이 지켜야 할 의식이 들어 있답니다. 하나님과 불멸의 영혼에 대한 그 가르침은 사막을 건너 이집트의 시조 미스라임에게 전해졌고, 다시 미스라임에 의해 나일강 유역까지 전해졌습니다. 하나님

---

13) 고대 이집트에서 미라와 함께 매장한 사후세계(死後世界)의 안내서라고 할 수 있는 두루마리. 고대 이집트인들은 죽음을 육체와 영혼의 분리 현상으로 보았으므로, 죽음이란 분리된 영혼이 잠시 저승으로 가서 심판을 받는 기간에 불과했다. 그러나 심판의 결과가 부활이 아닌 '영원한 지옥'으로 판정되면 영혼은 육체가 남아있는 현세로 돌아오지 못해, 부활할 수 없는 진정한 죽음을 맞게 된다. 따라서 '사자의 서'는 지상에 남은 미라의 온전한 보존과 심판을 받으러 사후세계로 가는 영혼을 위한 주의, 주술 등으로 채워져 있다. 특히 사자의 영혼이 만나게 될 신들을 달래고, 영혼이 올바른 행로를 갈 수 있도록 길잡이 역할을 하는 것이 그 목적이다.

께서는 늘 우리의 행복을 바라시기 때문에 당시 그 가르침은 단순하고 이해하기 쉬웠습니다. 또한 기쁨과 희망과 조물주를 사랑하는 영혼이 자연스레 바치는 찬가이자 기도인 최초의 예식도 그렇게 단순하고 이해하기 쉬웠지요.”

이쯤에서 그리스인은 손을 들어 올리며 외쳤다. “오, 성령의 빛이 더욱 깊이 느껴집니다!”

그러자 인도인도 뒤질세라 열렬히 외쳤다. “저도 그렇습니다!”

이집트인은 두 사람을 다정하게 바라보더니 말을 이어나갔다. “신앙은 단순하게 말하면 인간과 창조주 사이에 맺는 계약입니다. 하나님과 인간의 영혼과 그 둘의 상호인식, 이 세 기본 원리가 구체적으로 드러난 것이 경배, 사랑, 보답입니다. 하나님이 만드신 모든 것, 예를 들면 땅과 태양의 관계처럼 이 계약은 태초부터 창조주께서 완전하게 만드셨습니다. 이것이 바로 첫 민족의 신앙이었습니다. 창조의 원리를 분명히 알고 있었던 저희 시조 미스라임의 신앙도 그러했습니다. 창조의 원리는 최초의 신앙과 가장 초기의 경배에 가장 잘 드러나 있지요. 하나님께서는 완전함이십니다. 완전함은 단순함이고요. 인간이 이와 같은 진실을 가만히 놔두지 않는다는 것이 가장 끔찍한 재앙이죠.”

그는 어떻게 말을 이어야할지 생각하기라도 하듯 잠시 멈췄다.

“에티오피아인, 팔리푸트라인, 히브리인, 아시리아인, 마케도니아인, 로마인 등 많은 민족들이 아름다운 나일 강을 탐냈고, 이들 가운데 히브리인을 제외하고는 모두 한 번쯤 이집트의 주인이 되었죠. 그렇게 여러 민족들이 번갈아 이집트를 지배하게 되면서 옛 미스라임의 신앙을 타락시켰습니다. 종려나무 골짜기가 신들의 골짜기로 변해버렸죠. 최고신은 암몬-레를 수장으로 여덟 신으로 나뉘어, 자연의 생성 요소를 각기 의인화한 신으로 바뀌었습니다. 그러고 나서 이시스와 오시리스, 물, 불, 공기, 다른 힘들을 상징하는 신들이 생겨났습니다. 이러한 증식과정은 계속되어 힘, 지식, 사랑, 호감 등과 같은 인간의 특성을 암시하는 또 다른 종류의 신들이 생겨났습니다."

그러자 그리스인이 충동적으로 외쳤다. "어리석기 짝이 없군요! 오로지 손댈 수 없는 것만 원래 모습으로 남아 있군요."

이집트인은 고개를 끄덕이고 계속 말을 이었다.

"오 형제여, 조금 있으면 제 얘기로 넘어갈 테니까 좀 더 기다려주시지요. 지금 하려는 말은 이제까지의 그 무엇과도 비교할 수 없을 정도로 섬뜩해 보이니까요. 기록에 의하면 미스라임이 나일 강에 왔을 때 그곳을 다스리고 있던 민족은 에티오피아인들이었는데, 그들은 아프리카 사막을 지나 그곳에 퍼진 것이었고, 온전히 자연을 숭배하는 상상력이 풍부한 민족이었죠. 감성이 풍부한 페르시아인들은 자신들의 신인 오르무즈드(Ormuzd)[14]의 완벽한 모상인 태양에 제물을 바치고, 나무와 상아에 신의 형상을 새겼습니다. 그러나 글도, 책도, 어떤 종류의 도구를 다룰 능력이 없었던 에티오피아인들은 동물이나 새, 곤충 등을 숭배함으로서 영혼을 침묵하게 했습니다. 고양이가 태양신 레(Re)를, 황소가 이시스(Isis)[15] 여신을, 딱정벌레가 프타(Ptah)[16] 신을 나타낸다고 생각하여 신성하게 여겼죠. 그들의 미개한 신앙은 오랫동안 다투다 결국 새로운 제국의 종교로 받아들여졌습니다. 그러다 나일 강 유역과 사막 곳곳에 오벨리스크, 미궁, 피라미드, 악어의 무덤과 뒤섞인 왕의 무

---

14) 조로아스터교의 빛의 신이자 선신 아후라마즈다의 중세 페르시아어 표현
15) 고대 이집트 신화에 나오는 여신으로 이집트의 9주신 중의 한 명. 이시스는 세트에게 살해당한 오시리스의 아내이자 여동생이다. 오시리스가 세트에 의해 살해된 후, 오시리스의 시체를 모아 다시 살린 것으로 이야기되고 있다.
16) 고대 이집트 신화에 나오는 공예와 기술의 신. 미라의 모습으로 표현되는, 고왕국 시대의 수도 멤피스의 수호신이다.

덤 등 거대한 기념물들이 들어섰습니다. 아, 아리안의 후손들이 그렇게 타락할 줄이야!"

이제까지 차분했던 이집트인은 여전히 표정에는 변화가 없었지만 흥분하여 목청을 높였다.

그는 다시 말을 시작했다. "저희 이집트인을 너무 경멸하지는 마십시오. 그들이 완전히 하나님을 잊은 것은 아니었습니다. 아까 말씀드렸는데, 저희 민족이 단 하나만을 제외하고는 우리 종교의 모든 비의들을 파피루스에 기록했다는 것을 기억하실 테죠? 기록되지 않았다는 그 하나에 관해 말씀드리지요. 옛날에 어느 파라오가 있었는데, 그는 낡은 것을 고수하기보다는 새로운 변화를 꾀하는데 열심이었습니다. 새로운 체제를 구축하기 위해 마음에서 낡은 것들을 완전히 몰아내려고 했습니다. 당시 노예로 끌려와 함께 살고 있던 히브리인들은 자기들의 하나님을 굳게 믿고 있었습니다. 극심하게 박해를 당하던 그들은 아주 극적으로 구출되었습니다. 저는 지금 기록을 바탕으로 말씀드리는 겁니다. 히브리인이었던 모세는 왕궁으로 찾아와 수백만 명의 히브리 노예들이 이집트를 떠날 수 있게 해 달라고 요청했습니다. 그것은 이스라엘의 하나님의 이름으로 요청된 것이었습니다. 하지만 파라오는 거절했습니다. 그 뒤에 무슨 일이 일어났을까요. 먼저, 호수와 강, 우물과 그릇에 담긴 모든 물이 피로 변했습니다. 왕은 그래도 거절했습니다. 그러자 개구리들이 기어 나와 온 땅을 뒤덮었습니다. 그래도 왕은 요지부동이었습니다. 모세가 공중에 재를 뿌리자 온 이집트에 전염병이 돌기 시작했습니다. 곧 히브리인들의 가축을 제외하고는 모든 가축들이 죽어 나갔습니다. 메뚜기 떼들이 날아와 골짜기의 곡식이란 곡식은 모조리 먹어 치웠습니다. 대낮인데도 칠흑 같은 어둠에 잠겼고 등불에는 불이 붙지도 않았습니다. 결국에는, 그날 밤 이집트의 모든 장자들이 죽어 버렸고, 파라오의 아들도 죽음의 손길을 피할 수 없었습니다. 마침내 마지못해 허락한 파라오는 히브리인들이 떠나자 곧 군대를 이끌고 그들을 뒤쫓았습니다. 쫓기던 히브리인들은 긴박한 순간에 홍해가 갈라져 발에 물 한 방울 안 묻히고 바다를 건넜습니다. 그러나 뒤쫓던 이집트 추격자들이 발을 들여놓기 무섭게 바닷물이 도로 밀려와 말, 사람들, 전차, 왕 할 것 없이 모두 물에 빠져 죽고 말았습니다. 가스파르, 당신은 계시에 대해 말씀하셨죠⋯⋯."

그리스인의 푸른 눈이 빛났다.

"오, 발타사르! 저는 그 이야기를 유대인에게 들었는데, 당신 말씀을 들으니 사실이었군요."

"그렇지요. 저는 모세가 아니라 이집트인들의 기록을 통해서 말씀드리는 것입니다. 저는 서판에 쓰인 것을 읽을 수 있습니다. 당시의 사제들은 직접 목격한 것을 자기들만의 방식으로 기록해 놓았고, 그 덕분에 계시가 지금까지 전해진 것입니다. 그럼 이제 기록되지 않은 비밀에 관해 말씀드리겠습니다. 사실 그 불행한 파라오의 시절부터 이집트에는 늘 두 개의 종교가 있었습니다. 하나는 보통 사람들이 숭배하던 공적인 다신교였고, 다른 하나는 오로지 제사장들만 개인적으로 믿던 유일신교였습니다. 형제들이여 함께 기뻐해 주십시오. 수많은 민족이 짓밟고, 왕들이 온갖 약탈을 일삼고, 적들이 갖은 중상모략을 꾸미고, 유구한 세월이 흘렀어도 그 종교는 살아남았습니다. 영광스러운 진리는 산 밑에 숨어 때를 기다리는 한 알의 씨앗처럼 살아남았습니다. 오늘이 바로 그 진리가 밝혀지는 날입니다!"

인도인의 노쇠한 몸이 기쁨으로 떨렸고 그리스인은 큰 소리로 외쳤다.

"사막이 노래를 하고 있는 것 같군요."

이집트인은 옆에 있던 물통의 물을 한 모금 마시더니 계속했다.

"알렉산드리아에서 왕자이자 사제로 태어난 저는 그에 걸맞은 교육을 받았습니다. 그러나 아주 일찍부터 저는 불만을 품게 되었습니다. 제가 배운 신앙에 따르면, 육신이 죽은 직후 영혼은 인류가 진화해 온 것처럼 가장 하등생물로부터 마지막 최고 단계의 존재인 인간으로 진화한다고 합니다. 이승에서의 행위와는 아무런 상관 없이 말입니다. 페르시아인들이 말하는 빛의 나라, 오로지 신들만 갈 수 있다는 치네바트(Chinevat) 다리 건너의 낙원에 대해 들었을 때 저는 그 생각이 자꾸 떠올랐습니다. 저는 밤이나 낮이나 끝없는 윤회와 그에 반대되는 천상에서의 영원한 삶에 대한 생각에서 벗어날 수 없었습니다. 스승의 가르침대로 신께서 공정하시다면 선한 자들과 악한 자들이 왜 똑같은 길을 걸어야 한단 말입니까? 그러다 마침내 신앙을 단순하게 환원하여 한 가지 추론을 선명하게 떠올릴 수 있었습니다. 죽음은 악한 사람과 선한 사람을 가르는 분기점일 뿐이라고요. 악한 사람은 그대로 죽거나 사라지고, 선한 사람은 더 높은 차원의 삶으로 올라가지요.

오 멜키오르 형제여, 그것은 부처의 열반도 브라흐마의 부정적인 영면도 아닙니다. 가스파르 형제여, 그것은 그리스 신앙에서 표현하는 저승에서의 더 나은 상태를 의미하지도 않습니다. 그 삶은 역동적이고 기쁨에 넘치는 영원한 삶, 즉 하나님과 함께 하는 삶이지요! 그러한 깨달음은 또 다른 질문으로 이어졌습니다. 사제들의 이기적 위안을 위해 언제까지 이 진리를 비밀로 해야 하는가? 저는 더 이상 감출 이유가 없다고 생각했습니다. 철학을 하면 적어도 다른 종교에 대해 너그러워집니다. 이제 이집트는 람세스 왕조가 아니라 로마인들의 지배를 받게 되었습니다. 어느 날, 저는 알렉산드리아에서 가장 번화하고 붐비는 브루케이움(Brucheium) 지역에서 설교했습니다. 동방과 서방 사람들이 제 설교에 귀를 기울였습니다. 도서관으로 향하던 학생들, 세라피스 신전 사제들, 박물관에서 어슬렁거리던 사람들, 경마를 즐기는 사람들, 라코티스에서 온 시골 사람들, 많은 군중이 멈춰 서서 제 말을 들었습니다. 저는 하나님, 영혼, 옳고 그름과 선한 삶을 산 보답으로 가게 될 하늘나라에 대해 설교했습니다. 멜키오르 당신은 돌팔매질을 당했다고 하셨나요. 제 설교를 듣던 사람들은 처음에는 호기심을 보이더니 곧 비웃기 시작했습니다. 저는 다시 한 번 말하려고 했습니다. 그러자 사람들은 제게 온갖 조소를 쏟아내며 저의 하나님을 조롱하고 저의 하늘나라를 비웃었지요. 더 이상 머뭇거릴 필요가 없었으므로 저는 미련 없이 자리를 떴습니다.”

인도인이 긴 한숨을 들이쉬며 말했다. “인간의 적은 인간이랍니다.”

발타사르는 잠시 입을 다물었다가 다시 이야기를 시작했다.

“저는 무엇 때문에 사람들의 마음을 얻는데 실패했는지 생각에 생각을 거듭하다가 마침내 깨달았습니다. 시내에서 강 상류로 하루만 거슬러 올라가면 목동과 정원사들이 살고 있는 마을이 있습니다. 저는 배를 타고 그곳으로 갔습니다. 저녁이 되자 저는 남녀, 빈부 가릴 것 없이 사람들을 불러 모았습니다. 그리고 브루케이움에서 설교했던 대로 똑같이 그들에게 설교했습니다. 그런데 그들은 비웃지 않았습니다. 다음 날 저녁에 또다시 설교하자 그들은 제 말을 기쁘게 받아들였고, 그 소식을 외지로 전했습니다. 세 번째 모임에서는 기도회가 조직되었습니다. 그 어느 때보다도 가까이서 환히 빛나는 별빛을 받으며 강을 따라 알렉산드리아로 돌아가는 길에 저는 다음과 같은 교훈을 얻었습니다. 무엇인가 변혁을 시작하려면 높은 자들이나 부자들이 사는 곳으로 가지마라. 오히려 행복의 잔이 비어 있는 사람들, 즉 가난하고 미천한 사람들에게로 다가가라. 그리고 나서 저는 계획을 세우고 제 일생을 바쳤습니다. 우선, 고통 받는 이들을 언제라도 도울 수 있는 수입이 확실히 들어오도록 막대한 재산을 안전하게 관리했습니다. 오 형제여, 그날부터 저는 하나님, 올바른 삶, 하늘나라에서의 보상에 대해 설교하면서 나일 강을 오르내리며 모든 마을과 부족들을 찾아다녔습니다. 얼마나 많이 베풀었는지 제 입으로 말할 수는 없지만 저는 어쨌든 계속 선행을 베풀었습니다. 저는 또한 이 세상에는 우리가 찾아가고 있는 그분을 맞아들일 준비가 되어 있는 사람들이 있다는 것을 알고 있습니다.”

이집트인의 가무잡잡한 볼이 붉게 물들었지만 그는 이내 감정을 추스르고 다시 말을 이었다.

“오 형제들이여, 그렇게 주어진 몇 년 동안 저는 한 가지 생각에 시달렸습니다. 내가 죽어 버린다면 내가 시작한 이 불씨는 어찌될 것인가? 나와 함께 끝나 버릴 것인가? 내 과업을 수행하기에 꼭 맞는 조직을 여러 번 구상해 보았습니다. 그리고 솔직히 말하자면 그것을 실행에 옮겨보려 했지만 실패했습니다. 형제들이여, 이제 세상은 옛 미스라임의 신앙을 회복하기 위해서 단순히 인간의 지지만으로는 안 될 상황이 되었습니다. 단순히 하나님의 이름을 부르짖는 것만으로는 안 되고 그 말에 합당한 증거를 보여야 합니다. 하나님이라 할지라도 말하는 모든 것을 행위로 드러내야 합니다. 지금 세상은 온갖 신화와 학설에 현혹되어 있습니다. 땅, 대기, 하늘, 도처에 거짓 신들이 난무합니다. 온통 거짓 신들이 판치고 있으니 최초의 신앙으로 돌아가는 길은 피 흘리는 박해의 가시밭길이 될 수밖에 없습니다. 즉 개종자들은 신앙을 지키기 위해서는 죽음도 불사해야 합니다. 그러니 이런 시대에 하나님 자신이 아니라면 어느 누가 그 정도까지 신앙을 굳건히 지킬 수 있겠습니까? 인류를 구원하기 위해, 제 말은 인류를 멸망시키는 것이 아니라, 인류를 구원하기 위해 하나님께서 다시 한 번 자신을 드러내시지 않으면 안 됩니다. 그분께서 몸소 오실 수밖에 없습니다."

세 사람은 강렬한 감정에 사로잡혔다.

그리스인이 외쳤다. "그분을 찾으러 가야하지 않을까요?"

이집트인이 냉정을 되찾고 대답했다. "제가 조직을 만들려고 하다가 왜 실패했는지 아시겠죠. 저는 사람들로부터 지지를 받지 못했습니다. 과업이 실패하리라는 것을 알고 저는 견딜 수 없이 비참했습니다. 저는 기도의 힘을 믿었고, 두 분과 마찬가지로 순수하고 굳게 청하기 위해 속세를 벗어나 사람의 발길이 닿지 않는 곳, 오로지 하나님만이 계시는 곳으로 갔습니다. 제5폭포[17]를 넘고, 센나르의 세 강의 합류점을 지나, 백나일 강을 거슬러 아프리카의 오지로 깊숙이 들어갔습니다. 그곳은 아침이면 하늘처럼 새파란 산이 서쪽 사막에 서늘한 그림자를 드넓게 드리우고, 산에서 눈이 녹아 흘러내리는 폭포수가 동쪽 끝자락의 드넓은 호수로 흘러들고 있었습니다. 그 호수가 바로 거대한 나일 강의 발원지입니다. 1년이 넘도록 그 산은 제게 안식처가 되어 주었습니다. 주린 배는 대추야자로 채웠고, 주린 영혼은 기도로 채웠습니다. 어느 날 밤 저는 호숫가의 숲을 거닐고 있었습니다. '세상은 죽어가고 있습니다. 당신은 언제나 오시렵니까? 오 하나님, 왜 저는 구원을 볼 수 없습니까?' 저는 그렇게 기도했습니다. 유리처럼 맑은 호수 수면에 비친 별이 반짝이고 있었습니다. 그런데 갑자기 별 하나가 움직이더니 수면 위로 스윽 떠올라 눈을 태워 버릴 듯이 이글거리는 광채로 변했습니다. 그 광채는 점점 다가오더니 손을 뻗으면 닿을 만큼 제 머리 위

---

17) 나일 강에 있는 폭포 중 하나. 하류인 이집트 쪽에서 발원지인 아프리카까지 제1폭포부터 제6폭포가 있다. 숫자가 커질수록 이집트에서 멀어진다.

에 가깝게 멈춰 섰습니다. 저는 놀라서 엎드려 얼굴을 가렸습니다. 그러자 이 세상의 소리가 아닌 것 같은 음성이 들려 왔습니다. '너의 선행이 이겼노라. 기뻐하라 미스라임의 후손아! 구원이 다가왔다. 세상 끝에서 온 다른 두 사람과 함께 너는 구세주를 보게 될 것이고 그분이 오셨다는 것을 증거하게 될 것이다. 날이 밝는 대로 그들을 만나러 나서라. 그리고 너희 세 사람이 모두 거룩한 도성 예루살렘에 가거든 사람들에게 새로 태어나신 유대인의 왕이 어디에 있는지 물어라. 동방에서 그분의 별을 보고 그분께 경배하기 위해 왔다고 말하라. 성령이 인도할 테니 모든 것을 믿고 맡겨라.'

그리고 그 빛은 의심할 여지 없이 마음을 비추는 빛이 되어 제 안에 머무르며 이끄는 길잡이가 되었습니다. 빛의 인도를 받아 저는 나일 강을 따라 멤피스로 갔고, 그곳에서 사막으로 갈 채비를 갖추었습니다. 낙타를 사서 타고 수에즈와 쿠필레를 거쳐 모압과 암몬 땅을 지나 이곳까지 쉬지 않고 온 것입니다. 형제들이여, 하나님께서 우리와 함께 계십니다!"

그가 잠시 말을 중단하자 세 사람은 자기도 모르게 일어나 서로를 바라보았다.

이집트인이 다시 말을 이었다. "우리가 각자의 민족과 역사에 대해 이야기한 데에는 특별한 목적이 있다고 말씀드렸습니다. 우리가 찾으려고 하는 분은 '유대인의 왕'이라고 불렸습니다. 그 이름으로 그분을 찾으라고 명령받았지요. 그러나 이제 우리가 만나서 서로의 이야기를 듣고 나니 우리는 그분이 유대인만 구원하실 분이 아니라 이 세상 온 민족을 구원하실 분이라는 것을 알게 되었습니다. 대홍수에서 살아남은 노아에게는 세 아들이 있었는데, 그 아들의 자손들로부터 이 세상에 다시 사람들이 퍼져나가게 되었습니다. 아시아 중심부에 있으며 빛의 지역으로 기억되는 옛 아리야나 바에조[18])에서부터 그들은 각기 다른 곳으로 퍼져나갔습니다. 큰아들의 후손은 인도와 극동에 정착했습니다. 막내아들의 후손은 북쪽을 거쳐 유럽으로 흘러들어갔습니다. 둘째 아들의 후손들은 아프리카를 지나 홍해 부근의 사막으로 들어갔고, 이들 대부분은 여전히 유목 생활을 하고 있지만, 그 가운데 일부가 나일 강을 따라 도시를 건설했지요."

갑작스러운 충동에 휩싸여 세 사람은 손을 맞잡았다.

발타사르가 말을 이었다. "이보다 더 뛰어난 신의 섭리가 있을까요? 형제들이여, 우리가 주님을 찾게 된다면 우리의 모든 후손들은 우리와 마찬가지로 그분께 무릎 꿇고 경배드리게 될 겁니다. 그리고 우리가 헤어져 각자의 길로 가게 되면 세상에 새로운 가르침을 전하게 될 것입니다. 하늘나라는 칼이나 인간의 지혜에 의해서가 아니라 믿음과 사랑과 선행에 의해 이루어진다는 것을 말이죠."

그들은 침묵 가운데 가끔 한숨을 내쉬고 흘리는 눈물로 정화되었다. 그들은 기쁨에 겨워 어쩔 줄 몰랐다. 그것은 영혼이 생명의 강가에서 구원받은 이들과 함께 하나님의 현존을 느끼며 안식을 얻는 말할 수 없는 기쁨이었다.

이윽고 세 사람은 맞잡은 손을 놓고 함께 천막 밖으로 나왔다. 사막은 하늘처럼 고요했다. 해가 빠르게 저물고 있었다. 어느새 낙타도 잠들어 있었다.

잠시 후 세 사람은 천막을 거두어 남은 식량과 함께 가마의 나무상자에 실었다. 일행은 낙타에 올라탔고 이집트인을 선두로 한 줄로 출발했다. 갈 길은 밤공기가 싸늘한 서쪽 방향이었다. 낙타들은 마치 선도자

---

18) Aryana-Vaejo. 고대 이란

의 발자국을 그대로 밟는 것처럼 열과 간격을 유지하며 일정한 속도로 나아갔다. 낙타에 탄 사람들은 단 한 마디도 하지 않았다.

달이 두둥실 떠올랐다. 창백한 달빛 아래 조용히 길을 재촉하는 낙타의 그림자는 마치 암흑 사이로 헤엄치는 유령과도 같았다. 그런데 갑자기 앞쪽의 낮은 산등성이 위에서 어렴풋이 빛이 빛나는 것이 보였다. 그들이 바라보고 있노라니 희미하던 빛이 눈부시게 타오르는 한 줄기 빛으로 변했다. 세 사람의 심장은 빠르게 뛰었고, 영혼은 전율했다. 그리고 모두 한 소리로 외쳤다. "성령의 별이다! 성령의 별이야! 하나님께서 우리와 함께 계신다!"

## 6. 욥바 시장 풍경

예루살렘의 서쪽 성벽 한쪽 입구에는 베들레헴 또는 욥바 문이라 불리는 '떡갈나무 문'이 걸려 있었다. 문 외곽 지역은 예루살렘의 명소 가운데 하나이다. 다윗 왕이 시온을 탐내기 훨씬 전, 그곳에는 요새가 있었다. 이새(Jesse)의 막내아들인 다윗이 드디어 여부스 족을 몰아내고 성벽을 건설하기 시작했을 때 요새가 있던 곳은 새로운 성벽의 북서쪽 모퉁이로 남기고, 예전보다도 훨씬 으리으리한 망루를 세워 방어했다. 그러나 욥바 문이 있는 곳은 크게 손을 댈 수 없었다. 아마도 성문 앞에서 교차하는 길들이 많아 성문을 다른 곳으로 쉽게 옮길 수 없었고, 한편으로는 문 밖이 유명한 시장터가 되었기 때문일 것이다. 솔로몬 왕 시절에도 이 지역은 이집트 장사꾼과 티레와 시돈의 부유한 상인들의 발걸음이 끊이지 않던 요충지였다.

거의 3천년이 지난 지금도 그 자리를 고수하며 장사를 하는 사람들이 있다. 머리핀에서 권총, 오이나 멜론, 낙타나 말, 집이나 융통할 돈, 렌즈콩이나 대추야자, 통역인이나 안내인, 비둘기나 당나귀 등 무엇이든 필요한 순례객은 욥바의 문에서 말만 하면 못 구할 것이 없다. 때로는 그 광경이 무척이나 활기차서 헤롯 왕 시절에는 옛 시장이 얼마나 근사했을지 짐작하게 한다. 그러면 독자 여러분, 그 시절, 그 장터로 가 보기로 하자.

유대력[19)에 따르면, 앞 장에서 묘사했던 동방박사들의 만남은 그 해

---

19) 유대력 가운데 성경에 중요하게 등장하는 달은 티쉬리 월과 니산 월이다. 지금의 9~10월에 해당하는 티쉬리 월은 나팔절, 초막절 등의 절기가 있고, 3~4월에 해당하는 니산 월은 무교절을 비롯한 유월절이 있는 달이다. 민간력에서는 티쉬리 월이 정월이지만, 종교력에서는 출애굽 이후에 니산 월이 정월이 되었다(출애굽기 12:2).

의 셋째 달 스물다섯 번째 날, 즉 12월 25일 오후에 일어났다. 그 해는 기원전 4년으로서 193회 고대 올림픽 경기가 열린 다음해였고 로마력으로는 747년, 재위 35년인 혜롯 대왕이 67세 되던 때였다. 유대인의 관습에 의하면 하루의 시간은 일출(지금의 6시 무렵)을 기점으로 시작되어, 일출 후 첫 시간이 제1시가 되었다. 그래서 정확히 말하자면 7시에서 8시 사이에 욥바 문 시장은 가장 북적였고 활기가 넘쳤다. 육중한 성문은 새벽부터 활짝 열려 있었다. 언제나 적극적인 장사치들은 아치 모양의 입구를 지나 거대한 성벽을 통과하여 도시로 통하는 좁은 골목길과 성벽 안뜰로 밀고 들어와 있었다. 예루살렘은 높은 지대에 있었으므로 이 무렵의 아침 공기는 적잖이 상쾌했다. 더위를 예감하게 하는 햇빛은 비둘기 소리와 바삐 오가는 새들의 날갯짓 소리가 들리는 위풍당당한 흉벽과 포탑 위에 성가시게 비쳐든다.

앞으로 전개될 이야기를 어느 정도 이해하려면 주민은 물론 나그네에 이르기까지 이 거룩한 도성의 사람들에 대해 짧게나마 알아둘 필요가 있으므로 성문에 멈춰 서서 그 풍경을 다시 살펴보는 것이 좋을 것 같다. 지금과는 사뭇 다른 기분에 잠겨 나타날 사람들을 지켜보기에는 더없이 좋은 기회일 것이다.

시장의 풍경은 소란스러움 자체였다. 온갖 행위와 소리와 색채와 물건들이 뒤섞여 혼잡하기 이를 데 없었다. 특히 골목길과 안뜰이 그랬다. 땅은 모양이 제각각인 넓은 판석으로 포장되어 있었고, 판석에서 울리는 고함 소리, 항아리, 말발굽 소리가 한데 뒤섞여 우뚝 솟은 단단한 성벽 사이로 퍼져나갔다. 그러나 인파 속에 조금만 섞여 있으면, 한창 성업 중인 상점들을 조금만 들여다보면, 그 소리들을 하나씩 분간할 수 있을 것이다.

시장터 한 귀퉁이에 갈릴리의 채소밭에서 막 가져온 렌즈콩, 콩, 양파, 오이 등이 잔뜩 담긴 바구니를 진 당나귀 한 마리가 졸며 서 있었다. 나귀 주인은 손님이 없을 때는 초짜만 알아들을 수 있는 목소리로 물건을 사라고 외치고 있었다. 그의 복장은 더할 나위 없이 소박했다. 샌들을 신고 하얀 무지 천을 어깨 너머로 엇갈린 후 허리에서 졸라맨 겉옷을 걸치고 있었다. 그리고 옆에는 나귀만큼 참을성은 없지만 훨씬 위풍당당하고 괴상하게 생긴 낙타 한 마리가 무릎을 꿇은 채 앉아 있었다. 목과 목덜미, 몸통 아래로 길고 더부룩한 연갈색 털이 난 거칠고 말라빠진 낙타는 커다란 안장 위에 기묘하게 배열되어 있는 상자와 바구니를 지고 있었다. 낙타 주인은 작고 나긋나긋한 이집트인이었는데 길 먼지와 사막의 모래로 단련된 피부색을 지니고 있었다. 그는 빛바랜 모자, 목에서 무릎까지 떨어지는 민소매의 허리띠 없는 헐렁한 옷차림에 맨발이었다. 짐에 짓눌려 제대로 쉴 수도 없었던 낙타는 끙끙거리며 이따금 이를 드러냈다. 그러나 주인은 아랑곳하지 않고 낙타 고삐 줄을 쥔 채 이리저리 오가며 포도, 대추야자, 사과, 석류 등 기드론 골짜기의 과수원에서 가져온 신선한 과일들을 사라고 외치고 다녔다.

광장으로 이어지는 골목길 모퉁이에는 서민층이 주로 입는 차림새를 한 아낙네 몇 명이 회색 성벽에 기대어 앉아 있었다. 온몸을 감싸고 허리 부근에서 헐겁게 조이는 아마포 겉옷에 머리를 뒤덮고 어깨까지 감쌀 정도로 넉넉한 두건을 쓰고 있었다. 그들이 파는 물건은 동방에서 우물물을 길어올 때 여전히 쓰고 있는 질그릇 항아리와 가죽자루가 고작이었다. 항아리와 가죽자루 사이에서 대여섯 명의 아이들이 지나는 인파와 추위에도 아랑곳하지 않은 채 반벌거숭이 차림으로 돌투성이 길바닥을 구르며 놀고 있었다. 갈색 몸과 칠흑 같은 눈동자, 무성한 검은 머리칼로 보아 이스라엘 혈통임이 분명했다. 어머니들은 두건에 묻힌 얼굴을 가끔 들어 아이들을 쳐다보았다. 그 고장 말로 '꿀처럼 단 포도주'라고 쓰인 가죽자루와 '독주'라고 쓰인 항아리로 보아 그들이 무슨 일을 하는지 대충 드러났다. 하지만 간절히 외쳐보아도 대개는 잡다한 소음에 묻히기 일쑤여서 많은 장사치들 틈바구니에서 장사하기가 쉽지는 않았다. 그들의 경쟁자인 건장한 사내들은 더부룩한 수염과 지저분한 행색을 하고 등에 가죽자루를 동여매고 "꿀처럼 단 포도주요! 엔게디의 포도주 사려!"라고 외치며 맨발로 이리저리 돌아다녔다. 그러다 고객이 멈춰 세우면 가죽자루를 앞으로 돌려서 주둥이를 막은 엄지손가락을 떼어 피처럼 검붉은 달콤한 과실주를 준비된 잔에 콸콸 부어 주었다.

비둘기와 집오리, 그리고 흔히 노래하는 나이팅게일, 가장 흔히는 큰 비둘기 등 조류를 파는 장사치들도 그에 못지않게 떠들썩했다. 그리고 손님들은 새장에서 새를 넘겨받으면서 새잡이들의 삶이 얼마나 위험할까 생각한다. 벼랑도 마다않고 오르거나, 손발에 의지해 험한 바위를 타거나 조롱을 가지고 산골짜기 깊숙이 내려가 새를 잡아오니 늘 위험이 따르는 삶이다.

온갖 장사치들 사이에 거대한 흰 터번 아래로 위쪽이 두툼한 청홍색 외투를 걸친 약아빠진 사내들이 있었다. 그들은 화려한 리본과 팔찌나 목걸이 또는 손가락이나 코에 끼는 장신구에서 호화롭게 번쩍이는 금빛이 발휘하는 힘을 충분히 의식하고 있었다. 그 밖에도 가재도구를 파는 행상인, 옷장수, 약장수, 필수품은 물론 갖가지 별난 물건들을 파는 행상인들과 함께 당나귀, 말, 송아지, 양, 구슬프게 우는 새끼염소, 다루기 어려운 낙타 등 동물을 파는 장사치들이 고삐와 밧줄을 적당히 당기며 호통을 치거나 구슬리면서 돌아다녔다. 매매가 금지된 돼지를 제외하고는 온갖 종류의 짐승들이 거래되었다. 이 모든 것들이 그곳에 있었다. 어딜 가나 장사치들로 북적였고, 그들은 시장 도처를 옮겨 다니며 물건을 팔았다.

지금까지는 골목길과 시장터에서 장사꾼과 그들이 파는 물건을 살펴보았다면 이제 성문 밖으로 눈을 돌려 시장을 찾은 사람과 물건을 사는 사람들을 유심히 살펴보기로 하자. 성문 밖에는 천막, 가판, 노점이 늘어서 있는데다 공간도 훨씬 넓었고 더 많은 인파가 있어서 더욱 다채로운 풍경을 자아내고 있었다. 거기에 자유로운 분위기와 동방의 찬란한 햇빛까지 더해져 활기가 넘쳐흘렀다.

## 7. 예루살렘의 인간 군상

끊임없이 들어오고 나가는 인파에서 조금 떨어져 성문 옆에 서서 눈과 귀를 열고 주시해 보자.

때마침 어느 계급인지 확실히 알 수 있을 것 같은 두 남자가 나타났다.

"세상에! 더럽게 춥구먼!" 두 사람 가운데 갑옷을 걸친 강인한 인상의 사내가 외쳤다. 놋쇠로 만든 투구를 쓰고 번쩍거리는 흉갑과 치마처럼 늘어진 쇠사슬갑옷을 걸치고 있었다. "되게도 춥구먼! 카이우스, 신관들이 저승으로 가는 입구라고 말하던 코미티움[20]의 그 천정 기억나나? 제기랄! 이곳의 오늘 아침처럼 춥다면 차라리 그곳에 서서 몸을 녹이는 편이 낫겠어!"

동료는 군용 외투의 두건을 젖혀 머리와 얼굴을 드러낸 채 비웃으며 대답했다. "마르쿠스 안토니우스를 물리친 군단의 투구에는 갈리아의 눈이 가득 찼다네. 하지만, 아 불쌍한 친구여, 자네는 이집트에서 막 돌아오지 않았나. 혈기에 아직 이집트의 여름이 남아 있어서 더 춥게 느껴지는 거겠지."

마지막 말과 함께 그들은 입구를 지나 성안으로 사라졌다. 비록 별말 안 했지만 갑옷과 힘찬 걸음걸이로 보아 로마 병사인 것이 확실했다.

다음에는 깡마른 체구와 구부정한 등에 초라한 갈색 외투를 걸친 유대인이 나타났다. 덥수룩한 머리칼이 눈과 얼굴과 등을 뒤덮고 있었다. 행색이 조금이라도 나아보이는 사람들은 혼자인 그를 보고 비웃었

---

20) 로마 공화정시대 민회가 열리던 집회장소

다. 왜냐하면 그는 모세오경[21]을 거부하고 남들은 기피하는 맹세를 하며 맹세를 지키는 동안에는 머리털이나 수염을 깎지 않는다고 멸시받는 나실 인이었기 때문이다.

나실 인이 사라지고 나자 갑자기 날카롭고 단호한 외침소리와 함께 군중들 사이에서 소란이 일어나면서 사람들이 좌우로 갈라졌다. 소동을 일으킨 장본인이 곧 모습을 드러냈는데 생김새와 차림새로 보아 히브리 사람이 분명했다. 새하얀 아마포 두건은 노란 비단 끈으로 묶어 어깨까지 늘어뜨렸고, 호화로운 자수를 놓은 겉옷 위로는 금술 장식이 달린 붉은 허리띠를 몇 겹으로 두르고 있었다. 그의 행동은 침착했다. 그렇게 볼썽사납게 황급히 길을 내준 사람들에게 미소를 지어보이기까지 했다. 혹시 나환자인가? 아니었다, 그는 그저 사마리아인이었다. 움찔한 군중에게 왜 그렇게 놀라서 피했냐고 물어본다면 옷깃만 닿아도 재수 없다고 생각되던 아시리아계 혼혈이어서 그랬다고 할 것이다. 그래서 이스라엘 사람은 당장 목숨이 위태로운 처지라고 해도 살려 주겠다는 그들의 도움을 받아들이지 않을 것이었다. 사실 유대인과 사마리아인이 반목하는 이유는 혈통 때문이 아니었다. 다윗이 이곳 시온 산에서 왕좌에 올랐을 때 오로지 유다 지파만이 그를 지지했고, 10개 지파는 훨씬 오래된 도시이자 그 당시 훨씬 성스러운 추억이 풍부하게 서린 세겜(Shechem)으로 갔다. 지파들의 마지막 회합은 그렇게 시작된 갈등을 풀지 못했다. 사마리아인들은 그리심(Gerizim) 산에 세운 자신들의 성전을 고수하였고, 자신들이 더 고결하다고 주장하며 예루살렘의 분

---

21) 구약성서의 첫 다섯 편으로, <창세기>, <출애굽기>, <레위기>, <민수기>, <신명기>를 말한다. 구약성서의 핵심인 이집트 탈출 사건을 다루고 있으며 유대교에서 가장 중요한 문서이다. 본래는 히브리어로 '가르침' 또는 '율법'을 뜻하는 '토라'로 불리며 하나님이 모세에게 계시했다고 하여 모세오경으로도 불린다.

노한 식자들을 비웃었다. 세월이 아무리 흘러도 증오는 가라앉지 않았다. 헤롯 왕 치세에서는 모든 사람들이 유대교로 자유롭게 개종할 수 있었지만 사마리아인들만은 예외였다. 그래서 그들만이 유일하게 유대인들과의 관계가 영원히 단절되어 버렸다.

사마리아인들이 성문의 아치 아래로 들어가는 사이 세 사내가 나왔는데 그들은 이제껏 보아온 사람들과는 너무도 다른 모습이어서 의식적이든 무의식적이든 시선이 쏠리지 않을 수 없었다. 그들은 거구인데다 완력이 대단했다. 눈은 푸른색에 피부는 어찌나 하얀지 핏줄이 살갗 사이로 푸른 연필 선처럼 비쳤다. 머리카락은 금발에 짧았고, 작고 둥근 머리는 나무줄기처럼 둥그런 목 위에 곧게 자리 잡고 있었다. 앞섶이 트인 헐거운 민소매 모직 튜닉은 몸통 부분을 감싸고 팔과 다리는 그대로 드러냈는데, 잘 발달된 팔다리로 보아 영락없는 검투사였다. 게다가 주위 시선에 전혀 아랑곳하지 않는 당당하고 오만한 태도로 활보했다. 그래서 그들이 다가오기 무섭게 사람들이 길을 내주고 지나간 후에는 다시 보려고 멈춰서는 것이 하나도 이상할 것이 없었다. 그들은 로마인들이 오고 나서야 유대에 알려지기 시작한 검투사로서 레슬링, 달리기, 권투, 검술에 능했다. 그들은 훈련을 하지 않는 시간에는 왕의 동산을 어슬렁거리거나 왕궁 문의 보초들과 앉아 있는 것이 눈에 띄었던 작자들이거나 어쩌면 카이사레아(Caesarea)나 세바스테, 또는 여리고에서 놀러온 자들일 수도 있었다. 유대 취향보다는 그리스 취향이 강했던 헤롯은 로마의 온갖 경기와 피비린내 나는 볼거리를 한껏 좋아하여 궁전에 거대한 극장들을 지었고 지금은 갈리아 지방이나 도나우 강변의 슬라브 족을 데려다 검투사로 육성시키고 있었다.

검투사 일행 가운데 한 사람이 주먹으로 어깨를 치며 말했다. "바쿠스 신에 맹세컨대 놈들의 대갈빡이야 계란 껍데기만도 못하지!"

그 잔인한 몸짓은 보기에도 역겨웠다. 이제 좀 더 유쾌한 쪽으로 시선을 돌려보자.

맞은편에는 과일을 파는 노점이 있다. 주인은 대머리에 길쭉한 얼굴에 매부리코였다. 땅바닥에 펼쳐 놓은 카펫 위에 성벽을 등진 채 앉아 있었다. 머리 위에는 옹색한 커튼이 걸려 있었고 손닿을 거리에 작은 의자를 놓고 그 위에 아몬드, 포도, 무화과, 석류가 가득 담긴 바구니를 진열해 놓았다. 과일 노점에 한 손님이 나타났다. 조금 전의 검투사들과는 다른 이유에서였지만 이 사내 역시 시선을 뗄 수가 없었다. 그는 정말로 잘 생긴 그리스인이었다. 곱슬머리로 뒤덮인 관자놀이 주위로 밝은 꽃잎과 반쯤 익은 열매가 아직 달려 있는 도금양 관목으로 만든 화관을 쓰고 있었다. 진홍색 튜닉은 아주 보드라운 모직 천으로 만든 것이었고, 반짝이는 근사한 금장식으로 앞에서 여미게 만든 물소 가죽 허리 띠 아래로는 금박 자수로 가득 찬 주름 잡힌 하의가 무릎까지 내려왔다. 흰색과 노란색이 섞인 모직 스카프는 목을 휘감은 후 등 뒤로 넘겨져 있었다. 드러난 팔과 다리는 상아처럼 희었고, 목욕, 오일, 솔, 족집게 등으로 완벽하게 관리 받지 않고서는 불가능할 정도로 윤이 났다.

과일 장수는 자리에 앉은 채, 합장하는 자세로 두 손을 공손히 모아 몸을 숙이며 인사했다. 젊은 그리스인은 키프로스 장사꾼보다는 과일 바구니를 바라보며 물었다. "파포스의 아들이여, 오늘 아침에는 뭐가 있나? 배가 고프군, 아침거리로 요기할 만한 것이 있을까?"

"페디우스에서 가져온 과일이 있습죠. 안티오크의 가수들이 쉰 목소리를 회복하려고 아침으로 먹는 것들이랍니다." 상인은 코멩멩이 소리로 대답했다.

"안티오크의 가수들에게는 자네 물건 중 최상의 무화과를 주지 않나

보군! 자네나 나나 아프로디테를 숭배하지 않나. 내가 쓰고 있는 도금 양이 그 증거지. 그래서 말인데 안티오크 가수들의 목소리에는 카스피 해 바람의 냉기가 묻어 있단 말이야. 이 허리띠 보이는가? 대단하신 살로메 공주님으로부터 선물로 받은 거라네."

"왕의 여동생 말씀이신가요!" 키프로스 장사꾼은 다시 한 번 몸을 숙여 인사하며 외쳤다.

"공주님은 왕실의 기품과 뛰어난 판단력을 지니고 계신 분이지. 왜 아니겠어? 공주님의 취향은 왕보다도 더 그리스적이니까. 하지만, 내 아침을 달라고! 여기 돈 받게, 키프로스 주화일세. 포도 좀 주게, 그리고……."

"대추야자도 드릴까요?"

"아니, 됐어. 나는 아랍인이 아니니까."

"무화과도 필요 없으세요?"

"그걸 먹으면 유대인이 될 거야. 됐어, 포도면 충분해. 순수 그리스 혈통에 포도만큼 어울리는 것도 없지."

더럽고 혼잡한 시장에서 한껏 궁정의 분위기를 뽐내던 가수는 한번 보면 뇌리에서 쉽게 잊히지 않을 모습이었다. 그러나 일부러 꾸미기라도 한 듯, 앞의 모든 인물을 능가하는 한 사람이 뒤이어 나타났다. 그는 얼굴을 아래로 숙인 채 천천히 길을 걸어왔다. 이따금 멈춰 서서 가슴 위에 두 손을 포개고는 엄숙한 표정으로 마치 기도라도 드리려는 듯이 하늘을 우러러 보았다. 그와 같은 인물은 오로지 예루살렘에서만 볼 수 있었다. 이마 위에는 망토를 고정하는 띠에 달려 있는 사각 모양의 가죽 성구함이 튀어나와 있었다. 또 다른 비슷한 함이 왼쪽 팔에 가죽 끈으로 묶여 있었다. 그리고 망토 끝자락은 기다란 술로 장식되어 있었다. 성구함, 넓은 옷단, 온몸에 밴 거룩한 분위기로 보아 그는 그 완고함과 권력으로 얼마 안 있어 온 세상에 비탄을 몰고 올 조직(종교 분파인 동시에 정치적으로는 정당)의 구성원인 바리새인이라는 것을 알 수 있었다.

성 밖에서 욥바 문으로 이어지는 길에는 군중이 빼곡히 들어서 있었다. 이제 바리새인에게서 눈길을 거두어 때마침 혼잡한 군중으로부터 떨어져 나온 일행을 살펴보자. 그들 가운데 제일 먼저 눈길을 끈 사람은 매우 고귀한 용모를 지닌 남자였다. 피부색은 깨끗하고 건강해 보였고, 반짝이는 검은 눈에, 풍성한 수염은 길게 흘러내렸다. 계절에 맞는 값비싼 의복은 몸에 잘 어울렸다. 지팡이를 들고 있었고, 커다란 황금 인장을 끈으로 매달아 목에 걸고 있었다. 허리띠에 단도를 찬 하인 몇 사람을 대동하고 있었다. 하인들은 그에게 말을 할 때 최대한 공손하게 예의를 차렸다.

다른 사람들은 호리호리하고 강단있는 사내들로서 짙은 구릿빛 피부에 움푹 들어간 볼, 거의 악마처럼 번쩍이는 눈을 지닌 순수한 사막 혈통의 두 아랍인이었다. 머리에는 터키모자를 쓰고 있었고 왼쪽 어깨와 몸통은 네모난 천으로 감싸고 오른쪽 팔은 그대로 드러낸 채였다. 두 아랍인이 말을 팔려고 끌고 다니며 흥정하는 소리가 크게 들려왔다. 흥정이 열기를 띠었으므로 그들의 목소리가 높고 날카로워졌다. 대개 하인들이 말을 하게 내버려 둔 채 점잖은 주인은 가끔 위엄 있게 대답할 뿐이었다.

잠시 후 그는 키프로스 과일 장수를 보더니 멈춰 서서 무화과를 좀 샀다. 일행 전체가 바리새인 뒤를 바싹 좇아 성 안으로 들어가고 난 후 만일 누군가가 과일 장수에게 다가간다면 그는 다시 멋진 절을 하며, 조금 전 무화과를 산 사람이 예루살렘의 대공으로서, 여러 곳을 여행하여 시리아의 평범한 포도와 해풍으로 익어 맛이 깊은 키프로스 포도의 차이점을 알고 있다고 말해 주었을 것이다.

그래서 정오까지, 때로는 정오가 지난 후에도 끊임없는 장사치 물결이 온갖 종류의 인물들과 함께 욥바 문으로 흘러들어왔다가 나갔다. 그들 가운데에는 이스라엘의 온 지파, 옛 신앙을 모아 잘 갈고 닦은 모든 종파들, 온갖 종교적 사회적 분파들, 방탕한 헤롯 왕에 기대어 예술과 쾌락을 추구하는 대담한 어중이떠중이들, 언제라도 황제들과 황실에 빌붙어보려는 지중해권의 유명 인사들도 끼여 있었다.

거룩한 역사와 거룩한 예언자들을 자랑했던 예루살렘, 은이 돌처럼 흔하고, 삼나무가 골짜기의 플라타너스나무처럼 흔해빠졌던 솔로몬 왕 시대의 거룩한 도성 예루살렘이 이제는 로마를 모방하여 권모술수가 판치는 중심지이자 이교도가 권력을 휘두르는 온상으로 전락하고 말았다. 그 옛날에는 웃시야 왕이 제아무리 왕이라 해도 하나님의 뜻을 거역하고 제사장 옷을 입고 분향단에서 분향하려고 성전 지성소에 들어갔다가 벌을 받아 나병에 걸린 때가 있었다.[22] 그러나 지금은 폼페이우스가 헤롯의 성전과 지성소에 제멋대로 들어갔다가 나와서 하나님의 흔적은커녕 아무것도 없다고 큰소리쳐도 멀쩡한 시대가 되고 말았다.

---

22) 역대하 26:16-20

## 8. 요셉과 마리아, 베들레헴으로 향하다

독자 여러분, 이제 욥바 문을 지나 성벽 안뜰로 가보기로 하자. 일출로부터 세 시간이 흘렀으므로 많은 사람들이 돌아갔지만 그래도 눈에 띌 정도로 혼잡함이 줄지는 않았다. 남쪽 성벽 부근에 새로 온 사람들 가운데 남자와 여자, 좀 더 자세히 살펴야 보이는 나귀로 이루어진 일행이 있었다.

남자는 나귀 옆에 서서 고삐를 쥐고 나귀를 모는 데도 쓰고 지팡이로도 쓰려고 가져온 것 같은 막대기에 기대어 서 있었다. 그의 차림새는 산뜻하다는 점만 제외하면 주위에서 흔히 볼 수 있는 유대인의 복장이었다. 머리에서부터 망토를 걸치고 있었고, 목부터 발끝까지 감싸는 겉옷은 아마도 안식일에 회당에 갈 때 으레 입는 차림일 것이다. 얼굴은 드러나 있었는데 검은 수염 사이로 희끗희끗 보이는 흰 수염으로 추정컨대 쉰 살은 되어 보였다. 그는 촌에서 와서 낯설다는 듯 신기해하면서도 넋이 나간 모습이었다.

당나귀는 시장터에 지천으로 널린 싱싱한 풀을 한가로이 먹고 있었다. 나른한 만족감에 취해 주위의 웅성거림과 아우성에 아랑곳하지 않았다. 또한 쿠션을 댄 안장을 깔고 자기 등에 앉아 있는 여인에 대해서도 전혀 신경 쓰지 않았다. 여인은 성긴 모직 천으로 만든 겉옷으로 온몸을 감싼 반면 하얀 쓰개로 머리와 목을 가리고 있었다. 이따금 호기심이 발동하는지 주위상황을 살피려고 쓰개를 옆으로 내렸지만, 아주 살짝만 내렸으므로 여전히 얼굴은 보이지 않았다.

드디어 사내에게 다가와 말을 거는 사람이 있었다.

"나사렛 사람 요셉 아닙니까?"

말을 건 사람은 어느새 바로 옆에 서 있었다.

요셉은 침착하게 주위를 돌아보며 대답했다. "그렇습니다만, 아 사무엘 랍비[23]시로군요, 평화를 빕니다!"

"당신에게도 평화를." 랍비는 잠시 쉬었다가 여인을 바라보며 덧붙였다. "당신과, 당신의 가문과, 당신을 돕는 모든 이들에게도 평화가 있기를."

마지막 말과 함께 그는 한 손을 가슴에 대고 머리를 여인에게 숙였다. 여인은 이 무렵엔 남자를 보기 위해 얼굴이 충분히 드러날 만큼 쓰개를 내렸는데 이제 막 소녀티를 벗은 얼굴이 드러났다. 두 남자는 손에 입맞춤이라도 할 듯이 서로 오른손을 쥐었으나 마지막 순간에는 악수를 풀고 각자 자기 손에 입을 맞춘 후 손을 이마에 댔다.

"흙먼지를 그다지 뒤집어쓰지 않은 걸 보니 어제 이곳에 도착했나 보군요."

"아니요, 어두워지기 전에 겨우 베다니까지밖에 못 와서 그곳의 여관에서 묵고 날이 밝자 다시 출발한 거랍니다."

"갈 길이 먼가요, 여기 욥바가 목적지는 아닐 테죠."

"베들레헴까지만 가면 됩니다."

그때까지 만면에 희색을 띠었던 랍비의 안색이 어두워지며 안 좋아지더니 헛기침을 하며 목소리를 가다듬었다.

"그래요, 그럴 테죠. 당신은 베들레헴에서 태어났으니 황제의 명령대로 호적 등록을 하러 딸과 함께 그곳으로 가는 거군요. 야곱의 후손

---

23) Rabbi. 유대교의 율법 토라를 가르치는 선생을 가리키는 존칭. '나의 주인님', '나의 선생님'이라는 뜻의 아람어 랍오니에서 유래했다. 학식이나 인품이 높은 사람에 대한 경칭으로 쓰이다가 1세기에 이르러 율법교사를 지칭하는 뜻으로 보편화되었고, 이후에는 유대교의 지도자를 가리키는 용어가 되었다.

신세가 모세와 여호수아가 나기 전 이집트에서 종살이하던 때의 우리 민족과 흡사하군요. 위대한 가문이 어쩌다 이리 몰락했는지!"

요셉은 자세나 표정을 바꾸지 않은 채 대답했다.

"이 여인은 내 딸이 아닙니다."

그러나 정치 생각에 깊이 빠져 있던 랍비는 요셉의 말은 알아듣지 못한 채 자기 할 말만 계속했다. "그래 열심당원들은 갈릴리에서 뭘 하고 있습니까?"

"나는 목수일 뿐이고 나사렛은 작은 고을에 불과한 걸요." 요셉은 조심스럽게 대답했다. "한적한 시골 벽촌이니 뭐가 어찌 돌아가는지 알 수 없죠. 나무를 자르고 널빤지를 톱질하다보면 바빠서 정치 논쟁에 낄 겨를이 없습니다."

랍비는 이에 질세라 열심히 응수했다. "하지만 당신은 유대인이지 않습니까. 그것도 다윗의 후손이잖아요. 옛 관습에 따라 여호와께 바치는 세겔 외에 다른 세금을 내는 것이 달가울 리 없잖아요."

요셉은 잠자코 있었고, 사무엘이 계속했다.

"나는 세금이 많다고 불평하는 게 아니랍니다. 1데나리온 정도야 별 것 아니지만 과세 자체가 모욕이지요. 게다가, 세금을 낸다는 것 자체가 폭정에 굴복한다는 것 아니고 뭐겠습니까? 말해보시죠, 유다라는 자가 메시아라고 주장한다는 것이 사실입니까? 당신이 사는 곳 주위에는 그자들의 추종자들이 많이 있잖아요."[24]

"예, 유다를 따르는 추종자들이 그가 메시아라고 말하는 것을 들은

---

24) BC4년의 폭동이 일어난 이후 이스라엘 전역에서는 크고 작은 폭력집단들이 각기 자기네 두목을 메시아라고 주장하며 횡행했다. 그 중에서 가장 강력했던 집단은 '젤롯' 즉 열심당으로서 그 우두머리인 갈릴리 사람 유다는 로마에 세금을 바치고 로마 황제를 주인으로 삼는 일은 하나님을 거부하는 비겁한 일이라고 주장하며 AD6년 지포리(세포리스)를 거점으로 큰 반란을 일으켰다

적이 있죠.”

이 순간에 여인이 쓰개를 옆으로 끌어내렸으므로 잠시 여인의 얼굴이 완전히 드러났다. 시선이 그쪽으로 향한 랍비는 여인의 빼어난 미모를 보게 되었고 표정에 강렬한 호기심이 드러났다. 그러자 여인은 얼굴을 붉히며 다시 쓰개로 얼굴을 가렸다.

사무엘은 자기가 무슨 이야기를 하고 있었는지도 잊어버리고 낮게 속삭였다.

“따님이 아름다우시네요.”

“딸이 아닙니다.”

그 말에 사무엘이 호기심을 보이자 요셉은 서둘러 덧붙였다.

“이 사람은 베들레헴의 요아킴과 안나의 여식입니다. 두 분의 명성이 자자하니 당신도 들어본 적이 있을 테죠…….”

랍비는 존경스러운 어조로 대답했다. “알고말고요. 다윗 왕의 직계 자손 아닙니까. 저도 두 분을 잘 알고 있지요.”

“그게 두 분은 이미 나사렛에서 돌아가셨어요. 요아킴은 부유하지는 않았지만 두 딸 마리안과 마리아에게 나누어줄 집과 정원을 남겼는데, 이 사람이 마리아입니다. 자기 몫의 재산을 상속받으려면 율법에 따라 가까운 친척과 결혼해야 했기에 제 아내가 되었지요.”

“그럼 당신은…….”

“먼 삼촌뻘이지요.”

“아하 그렇군요! 당신 두 사람이 모두 베들레헴에서 태어났으니 로마인들의 명령으로 그곳에 가서 호적등록을 하려는 거군요.”

랍비는 두 손을 모으고 분개하여 하늘을 바라보며 외쳤다. “이스라엘의 하나님은 아직 살아계십니다! 하나님께서 복수해 주시길!”

그 말과 함께 그는 갑자기 가 버렸다. 옆에 있던 행인이 당황한 요셉을 보고는 조용히 말해주었다. "사무엘 랍비는 열심당원이랍니다. 유다보다도 더 과격하지요."

말을 섞고 싶지 않았던 요셉은 못들은 척 당나귀가 먹다가 흘린 풀을 분주하게 긁어모은 다음 다시 지팡이에 기대어 기다렸다.

한 시간이 지난 후 성문을 빠져나온 요셉 일행은 왼쪽으로 틀어 베들레헴으로 가는 길로 들어섰다. 힌놈(Hinnom) 골짜기로 들어가는 내리막길은 매우 울퉁불퉁했고 야생올리브 나무들이 여기저기 제멋대로 자라고 있어 내려가기가 쉽지 않았다. 요셉은 당나귀 고삐를 손에 쥐고 조심스럽게 살살 여인의 곁에서 걸어갔다. 왼쪽으로는 시온(Zion) 산의 남동쪽 자락으로 성벽이 뻗어 있었고 오른쪽으로는 힌놈 골짜기의 서쪽 경계를 형성하는 가파른 절벽이 솟아 있었다.

기혼(Gihon) 샘을 지나자, 해가 뉘엿뉘엿 넘어감에 따라 성벽의 그림자는 점점 작아졌다. 그들은 솔로몬 연못의 수로를 따라 천천히 나아가 현재는 '악한 음모의 언덕'[25]이라 불리는 곳에 서 있는 대저택 터 부근에 도착했고, 거기서부터 르바임(Rephaim) 고원으로 오르기 시작했다. 태양은 그 유명한 현장의 돌투성이 지표면 위로 사정없이 내리 쬐었고, 뜨거운 햇빛에 요아킴의 딸 마리아는 쓰개를 완전히 벗어버려 머리가 완전히 드러났다. 요셉은 블레셋 사람의 진영을 급습한 다윗의 이야기를 해 주었다. 그는 재미없는 사람 특유의 진지한 표정과 맥 빠진 말투로 이야기를 지루하게 이어나갔다. 따분했는지 가끔은 마리아도 건성으로 흘려들었다.

육지를 여행하든, 바다를 여행하든 어디서나 마주치는 유대인의 모

---

25) the Hill of Evil Counsel. 이 언덕의 이름은 대제사장 가야바와 그의 동료들이 예수님을 체포하기로 결심한 데서 유래되었다.

습은 낯설지 않다. 유대 민족은 생김새가 항상 비슷하기 때문이다. 그런데도 개인적으로는 약간씩 차이가 있다. "그는 볼이 불그레하고 눈매가 아름다운 잘생긴 모습이었다."[26] 예언자 사무엘 앞에 불려간 이새의 아들 다윗의 모습이다. 그 이후로 이 묘사의 이미지가 굳어져 사람들은 다윗의 후손도 다 그럴 것이라고 생각했다. 그래서 솔로몬처럼 모든 이상적인 왕들은 잘 생긴 얼굴과, 그늘에서는 밤색이었다가 햇빛을 받으면 황금빛이 감도는 머리칼과 수염을 지니고 있다. 또한 다윗이 가장 아낀 셋째 아들이자 뛰어난 미모의 소유자 압살롬의 머리카락도 그러했을 것이다. 확실하게 기술된 역사가 없는 상황에서 전승은 지금 예루살렘으로 향하고 있는 마리아 역시 그 조상의 미모를 타고 난 것으로 표현하고 있다.

여인은 열다섯 정도밖에 안 되어 보였다. 몸매, 목소리, 자태는 이제 막 소녀티를 벗어났다. 얼굴은 완전한 타원형이었고, 피부색은 하얗다기보다는 창백했다. 코는 흠잡을 데 없었고 약간 벌어진 입술은 완전히 무르익어 입매가 다감하고 부드러우며 신뢰를 주었다. 눈동자는 크고 푸른색이었으며 내리깐 눈꺼풀과 기다란 속눈썹에 그늘져 있었다. 그리고 유대 신부 특유의 머리모양으로 등 뒤로 허리까지 치렁치렁 흘러내린 긴 머리칼은 다른 모습과 전체적으로 조화를 이루었다. 목과 목덜미는 화가들이 그림으로 그린다면 윤곽선 효과인지 색채의 효과인지 알 수 없을 정도로 솜털처럼 보드라웠다. 생김새와 인품에서 풍기는 이러한 매력 말고도 뭐라고 설명할 수 없는 다른 매력이 있었다. 영혼에서만 뿜어 나오는 순수한 자태, 신비한 일들에 대해 곰곰이 생각하는 사람들에게서 자연스레 드러나는 초현실적 분위기가 풍겼다. 가

---

26) 사무엘상 16장 12절. 사무엘 앞에 처음 나타난 다윗의 모습을 설명함.

끔은 입술을 파르르 떨며, 눈동자만큼이나 푸르른 하늘을 향해 눈을 들어올렸다. 또 이따금 가슴에 두 손을 모아 찬미와 기도를 드렸고, 하늘에서 들려오는 소리에 귀를 기울이듯 머리를 쳐들기도 했다. 천천히 이야기를 하다가 간간이 마리아를 돌아본 요셉은 마리아의 빛나는 표정을 감지하고는 하던 말을 잊고 고개를 숙인 채 생각에 잠겨 터벅터벅 걸어갔다.

그렇게 그들은 넓은 고원의 가장자리를 따라 나아가다 마침내 엘리야 산등성이에 도착했다. 골짜기 너머는 잎이 다 떨어진 빛바랜 갈색 과수원 위로 산꼭대기의 흰 성벽이 빛나는 아주 오래된 도시 베들레헴('떡집'이라는 뜻)이었다. 두 사람은 잠시 멈춰서 쉬었고, 그동안 요셉은 성경에 나오는 유명한 유적지들을 설명해 주었다. 그리고 골짜기를 내려가 다윗의 용사들이 놀라운 업적을 이룬 현장인 우물로 향했다. 그 좁은 공간은 사람과 동물로 북적였다. 그때 요셉에게는 한 가지 걱정거리가 떠올랐다. 만약 시내도 그렇게 붐빈다면 마리아가 쉴 수 있는 숙소가 남아 있지 않을지도 모른다. 그는 더 이상 지체하지 않고 서둘러 라헬(Rachel)[27]의 무덤을 나타내는 돌기둥을 지나 잘 꾸며진 경사지를 올라갔다. 그리고는 길에서 만나는 많은 사람들에게 인사도 하지 않은 채 계속 나아가다 도로가 교차하는 부근의 성문 밖에 있는 여관 입구에 멈춰 섰다.

---

27) 야곱의 아내

## 9. 베들레헴의 동굴

　여관에서 나사렛 사람 요셉에게 일어난 일을 제대로 이해하려면 동방의 여관이 서방의 여관과는 사뭇 다르다는 점을 알아두어야겠다. 동방의 여관은 칸(khan)이라 불렸는데 페르시아에서 유래했으며 가장 단순한 형태로서 집이나 가축우리, 흔히는 대문이나 입구도 없이 울타리로 둘러쳐진 구내에 불과했다. 이곳에서는 대개 쉬어가는 사람들에게 그늘과 울타리와 물을 제공한다. 밧단아람에서 신붓감을 찾으러 가는 도중 야곱이 묵어갔던 곳도 바로 이러한 여관이었다. 오늘날에도 사막의 중간 기착지에 흡사한 것들이 있는 것을 볼 수 있다. 다른 한편으로, 예루살렘이나 알렉산드리아 같은 대도시를 잇는 가도에는 왕의 신앙심을 보여주는 증거로 지어진 웅장한 건물도 있었다. 그러나 대개는 업무를 보거나 부족을 통치하는 족장 소유의 집이 겨우 있을 뿐이었다. 그 집에 나그네를 재우는 일은 지극히 드물었다. 그곳의 용도는 시장이요, 공장이요, 요새였고, 길을 가던 나그네가 하루 정도 쉬어가는 안식처인 동시에 상인과 장인의 회합 터요 거주지였다. 그 울타리 안에서는, 일 년 내내 그 고을의 수많은 거래가 매일 일어나고 있었다.

　서양인들로서는 여관이 운영되는 이러한 독특한 방식이 쉽사리 이해되지 않았을 것이다. 여관에는 주인도, 안주인도 없었고, 직원도, 요리사도, 부엌도 없었다. 이곳이 운영되고 있거나 관리되고 있다는 것을 알 수 있는 것은 대문 앞에 있는 문지기 한 사람이 전부였다. 이곳에 온 나그네들은 마음껏 머물러도 비용을 지불하지 않았다. 다른 시설이 없었으므로 돈을 내지 않는 대신 식료품과 조리도구를 챙겨오거나 칸에 있는 업자에게서 사야 했다. 이부자리와 침구류, 짐승에게 먹일 먹이도 사정은 마찬가지였다. 물, 휴식, 비를 피할 곳, 안전이야말로 여행객이 집주인에게서 얻을 수 있는 전부였다. 그리고 그것들은 무상으로 제공되었다. 때때로 언쟁을 벌이는 토론자들로 평화로움이 깨지는 회당과는 달리 여관에서는 평화로움이 깨지는 법은 없었다. 집들과 그 모든 부속물들은 신성하게 생각되었다. 우물도 예외는 아니었다.

요셉과 마리아가 들르기 전 베들레헴의 여관은 그리 낡지도 그다지 호화롭지도 않은 평범한 것이었다. 건물은 전형적인 동방풍의 네모난 단층 석조 건물인데, 출입구가 하나 있었고, 현관문을 제외하면 창문은 하나도 없었다. 동쪽이나 정면에서 보면 출입구가 현관이었다. 길이 문 옆으로 바싹 나 있어 상인방은 석회암 먼지로 반쯤은 뒤덮여 있다. 평평한 돌을 쌓아 만든 돌담이 건물 북동쪽 모퉁이에서부터 완만한 비탈을 따라 석회암 절벽을 향해 서쪽으로 쭉 뻗어 있다. 그 덕분에 가축을 안전하게 가두어둘 수 있었으므로 여관치고는 최상의 입지조건을 갖추고 있었다.

베들레헴 같은 고을에서는 족장이 한 명밖에 없었으므로 대개는 여관도 한 군데밖에는 없었다. 사정이 그러했으니 비록 그곳 태생이기는 하지만 오랫동안 외지에서 살았던 요셉으로서는 마을 사람에게 신세를 질 수는 없었다. 더구나 그곳에 얼마나 머물게 될지 알 수 없었다. 그 고을의 로마 관리들은 느려터지기로 유명했다. 그렇게 얼마가 될 지 알 수 없는 기간 동안 두 사람이 지인이나 친척에게 의탁하기란 불가능할 것 같았다. 그래서 당나귀를 끌고 비탈길을 올라가면서 어쩌면 마땅히 묵어갈 곳을 잡지 못할지도 모른다는 두려움이 물밀듯이 밀려왔다. 이미 길은 사람들로 가득 차서 혼잡하기 그지없었기 때문이다. 소와 말, 낙타들을 데리고 물을 찾거나 근처의 동굴을 찾아 골짜기를 들고 나는 사내들로 주위는 온통 북적거렸다. 그리고 목적지 가까이 왔을 때에는 수많은 사람들이 입구를 에워싸고 있고 넓은 울타리 안쪽에도 이미 사람들로 꽉 차 있는 것을 보고는 자기 우려가 적중했음을 알았다.

요셉은 특유의 느릿느릿한 어조로 말했다. "입구까지 가지도 못하겠군. 잠시 멈춰서 상황이 어떤지 알아봅시다."

아내는 아무런 대답 없이 조용히 쓰개를 옆으로 내렸다. 처음에는 피곤해 보이던 표정이 호기심으로 바뀌었다. 대규모 대상들이 흔히 지나는 가도 가까이 있는 여관에서는 흔히 볼 수 있는 풍경이었지만 수많은 무리들이 모여 있는 끝자락에 서 있던 마리아에게는 매우 신기한 풍경이었다. 이리저리 뛰어다니거나 걸으면서 시리아어로 크게 소리지르는 사람들, 낙타를 탄 사람들에게 고함치는 말 탄 사람들, 말 안 듣는 소들과 겁 많은 양들을 몰고 다니느라 애먹는 사람들, 빵과 포도주를 팔러 다니는 행상들, 사람들 사이로 개들을 쫓아다니는 개구쟁이 아이들로 북새통을 이루고 있었다. 모든 사람들과 모든 것들이 동시에 움직이고 있는 것처럼 보였다. 보통 구경꾼이라면 그 광경이 너무 정신없어서 오랫동안 마냥 보고 있지는 못한다. 마리아도 곧 지쳤는지 한숨을 쉬며 안장에 앉았고, 쉬려는 것인지 누군가를 기다리는 것인지 남쪽으로 시선을 두더니 석양 아래에서 희미하게 붉어진 시온 산의 우뚝 솟은 절벽을 바라보았다.

그때 한 남자가 인파 틈을 헤집고 나오더니 화가 난 표정으로 당나귀 가까이 멈춰 섰다. 요셉이 그에게 말을 걸었다.

"실례합니다. 당신도 저처럼 유다 지파인 것 같아서 여쭤보는 건데요, 왜 이렇게 사람들이 북적거리는 겁니까?"

사나이는 거칠게 돌아보았지만 깊고 느릿한 음성과 말투에 어울리는 요셉의 진지한 표정을 보고는 누그러졌는지 격의 없이 손을 들어 인사하며 대답했다.

"안녕하세요, 선생. 같은 유다 지파이니 대답해드리죠. 저는 아시 다시피 한때 단족의 땅이었던 벳다곤에 살고 있답니다."

"모딘에서 욥바로 가는 길목에 있는 곳이로군요."

그 말을 듣자 남자의 표정이 한층 부드러워졌다. "아, 당신도 벳다 곤에 와 본 적이 있군요. 우리 유다 지파가 이렇게 떠돌다니요! 우리 선 조 야곱이 예전에 에브라다(Ephrath)라고 부르신 저 베들레헴 산마루를 떠나 몇 년 동안이나 나가 있었죠. 타지에 나가 있는 모든 유대인들은 출생지로 돌아가 호구 등록을 하라는 칙령이 내려와서…… 그것 때문 에 돌아온 거랍니다."

요셉은 무표정한 얼굴로 대답했다. "저도 그일 때문에 아내와 온 겁 니다."

남자는 마리아를 흘깃 보고는 입을 다물었다. 마리아는 그돌(Gedor) 산의 벌거숭이 꼭대기를 바라보고 있었다. 위로 치켜든 마리아의 얼굴 위로 햇살이 쏟아지자 푸른 눈동자가 보랏빛으로 물들었다. 벌어진 입 술은 인간의 것이라고는 할 수 없는 열망에 파르르 떨리고 있었다. 일 순간 마리아의 아름다움은 이 세상 사람이 아니라고 생각될 만큼 초연 해 보였다. 천상의 거룩한 빛 속에서 천국의 문 옆에 앉아 있는 천사와 흡사했다. 벳다곤 사람의 눈에 비친 마리아는 그로부터 수백 년 후 비 범한 화가 라파엘로 산지오가 그려 불후의 명성을 얻게 된 성모의 모습 이었다.

"어, 어디까지 얘기했더라? 아, 기억났다. 이곳으로 오라는 칙령을 들었을 때 화가 났다는 말을 하려던 참이었습니다. 처음에는 화가 났지 만 오래된 언덕과 마을, 기드론 깊은 곳으로 떨어지는 골짜기, 보아스 와 룻 시절 이래로 기대를 저버리지 않는 포도나무와 과수원, 곡식이 자라는 들판, 여기 그돌 산, 저쪽의 기브아 산, 저기 엘리야 산 등 친숙한 산들을 떠올렸지요. 어린 시절 이 산들은 제게 온 세상과도 같았죠. 그래서 로마 폭군들에 대한 화를 삭이고 이곳으로 왔습죠. 아내인 라헬과 샤론의 장미와도 같은 두 딸 드보라와 미갈도 데려왔지요."

남자는 잠시 쉬었다가 이제 자기를 바라보며 말을 듣고 있던 마리아를 갑자기 쳐다보더니 말했다. "선생, 부인을 제 아내가 있는 곳에 가 있게 하는 게 어떻겠습니까? 저기 길이 굽어지는 곳에 기울어 있는 올리브 나무 아래에 집사람과 아이들이 있습니다. 제 말은," 그는 요셉 쪽으로 향하더니 단호하게 말했다. "장담하건대 여관은 꽉 찼습니다. 대문까지 가서 물어보나마나 입니다."

요셉은 생각하는 것만큼이나 결심하는 것도 굼떴다. 잠시 망설이더니 결국에는 대답하고 말았다. "생각해 주셔서 감사합니다. 정말로 묵을 공간이 있는지 없는지 알아보고 가족이 계신 곳으로 가겠습니다. 문지기에게 직접 물어보고 올 테니 잠시만 기다려 주시죠."

그리고는 당나귀 고삐를 사내에게 맡기고는 소란한 인파 틈으로 밀고 들어갔다.

문지기는 대문 밖 커다란 삼나무 토막 위에 앉아 있었다. 뒤에는 투창 하나를 담벼락에 세워 놓았고, 옆에는 개 한 마리가 토막 위에 웅크리고 있었다.

드디어 문지기와 마주하게 된 요셉이 먼저 말을 건넸다.

"여호와의 평화가 함께 하시길."

"당신과 당신 가족에게도 평화가 몇 배나 함께 하기를." 문지기는 꼼짝도 않고 진지하게 대꾸했다.

요셉은 최대한 신중하게 말했다. "저는 베들레헴 사람입니다, 혹시 방이 ……"

"없습니다."

"들어보셨는지 모르겠지만 저는 나사렛의 요셉이라고 합니다. 이곳은 제 선조들의 집입니다. 저는 다윗 가문 혈통이니까요."

나사렛 사람 요셉은 이 말에 일말의 희망을 걸고 있었다. 이 말이 먹히지 않는다면 많은 세겔을 쥐어주며 애원해봐야 소용이 없을 것이었다. 유다 지파의 후손이라는 말은 내세울 만한 것이었다. 이스라엘 민족이 생각하기에는 대단한 것이었다. 하물며 다윗 가문은 말할 필요도 없었다. 히브리인에게 그보다 더 큰 자랑거리는 없었다. 양치기 소년에 불과했던 다윗이 사울의 후계자가 되어 왕조를 세운 후 천 년이 넘는 세월이 흘렀다. 운명 앞에 장사 없듯 전쟁과 온갖 고난과 다른 왕들, 헤아릴 수 없는 암울한 시간의 흐름으로 다윗의 자손도 어느덧 유대 평민과 같은 처지로 몰락하여 땀 흘려 일해야 겨우 입에 풀칠할 정도였다. 그렇긴 해도 처음부터 끝까지 혈통을 중시하는 거룩한 역사의 덕을 보는 면도 있었다. 역사를 중시하는 이스라엘에서 그들을 모르는 사람이 있을 수 없었다. 그가 다윗의 후손이라는 것을 알면 사람들이 친근하게 대하며 존경심을 보이기까지 했다.

예루살렘이나 다른 곳에서 그런 대접을 받는 상황이니, 그 거룩한 혈통의 고향인 베들레헴에서라면 더구나 충분히 통할 만했다. 요셉의 말 "이곳은 제 선조들의 집입니다."는 아주 단순하면서도 글자 그대로 사실이었다. 그곳은 바로 룻(Ruth)이 보아스(Boaz)의 아내가 되어 가정을 꾸렸던 집이요, 다윗의 아버지 이새와 이새의 아들들과 막내 다윗이 태어난 집이요, 왕이 될 재목을 찾으러 온 사무엘이 다윗을 찾아낸 집이기도 했고, 다윗이 아끼던 길르앗(Gileadite) 사람 바르실래(Barzillai)의 아들에게 준 집이기도 했다. 또한 예레미야가 쳐들어온 바빌로니아인들의 손아귀에서 살아남은 이스라엘 사람들을 기도로 구해낸 것도 바로 이 집이었다.

요셉의 말은 전혀 효과가 없지는 않았다. 문지기는 앉아 있던 나무토막에서 몸을 일으키더니 수염을 쓰다듬으며 정중하게 말했다. "선생, 이 문이 언제 처음으로 나그네들을 맞이하여 열렸는지는 확실히 몰라도 족히 천 년은 되었을 것입니다. 그 오랜 동안 빈 공간이 없이 꽉 찰 경우를 제외하고는 손님을 못 받겠다고 거절한 경우는 단 한 번도 없었습니다. 잘 모르는 나그네에게도 그럴진대, 이 문지기가 다윗 가문의 후손에게 안 된다고 할 때에는 그만한 이유가 있는 것입니다. 그런 까닭에 그만 가시는 것이 좋겠습니다. 제 말이 안 믿기신다면 저와 함께 가서 직접 확인해 보시지요. 집 안이든, 천막 아래든, 안뜰이든, 심지어 옥상조차도 묵을 만한 공간이 없단 말입니다. 그런데 이곳에는 언제 오셨나요?"

"방금 전이요."

그 말에 문지기는 어이없다는 듯 웃었다. "'너와 함께 묵는 나그네는 네 형제와 마찬가지이니 네 자신처럼 사랑해야 한다.' 이게 율법 아닌가요, 선생?"

요셉은 잠자코 있었다.

"율법이 그러한데, 훨씬 먼저 온 사람에게 이렇게 말할 수 있을까요? '저리 비키게, 네 자리를 차지할 다른 이가 있으니.'"

요셉은 여전히 말이 없었다.

"그러니 제가 그렇게 말한다면, 그 자리를 누구에게 줘야 한단 말입니까? 계속 기다리고 있는 저 많은 사람들이 안 보이십니까, 개중에는 정오부터 기다리고 있는 사람도 있단 말입니다."

"이 사람들은 다 누굽니까?" 요셉은 사람들을 바라보며 물었다. "그리고 도대체 이 시간에 왜 여기에 있는 겁니까?"

"그야 두말할 것도 없이 당신과 같은 용무겠지요. 황제의 칙령 말입니다." 문지기는 요셉에게 묻는 듯한 눈초리를 던지며 말을 이었다.
"이곳에 묵는 사람들은 대부분 그 칙령 때문에 온 거랍니다. 게다가 어제는 다마스쿠스에서 아라비아와 하 이집트로 가는 대상이 도착했어요. 여기 있는 사람들과 낙타들이 다 그 일행입니다."

그래도 요셉은 순순히 물러서지 않았다.

"마당이 넓지 않습니까."

"넓기야 하죠. 하지만 비단 곤포, 향신료 자루, 온갖 종류의 짐들이 잔뜩 쌓여 있어서 발디딜 틈도 없죠."

그러자 잠시 동안 애원하던 요셉의 표정에서 둔감함이 사라졌다. 활기 없이 응시하던 눈초리는 사라지고 좀 더 간절한 표정으로 애원했다. "저는 어찌 되어도 상관없지만 아내를 데려왔습니다. 이곳은 고지대라 나사렛보다도 무척 춥습니다. 아내는 노숙을 견디지 못할 겁니다. 마을에 가면 방이 있을까요?"

문지기는 문 앞에 있는 인파를 가리키며 대답했다. "이 사람들이 모두 마을 구석구석 다니며 알아보았지만 이미 다 차 있다고 하더군요."

요셉은 다시 땅바닥을 보더니 반쯤은 혼자 중얼거리듯 말했다. "아내는 아직 어립니다! 서리가 내리는 한데서 자다가는 얼어 죽고 말 겁니다."

그러고 나서 문지기에게 다시 애원했다. "한때 베들레헴에 사셨던 아내의 부모님인 요아킴과 안나 어르신을 아시는지요. 그분들도 저처럼 다윗의 후손이시죠."

"예, 알고말고요. 훌륭한 분들이었죠, 젊었을 때 일이긴 합니다만."

이번에는 문지기가 생각에 잠긴 듯 땅바닥을 쳐다보다가 갑자기 머리를 쳐들고 말했다.

"방을 구해 줄 수는 없지만 그렇다고 나 몰라라 돌려보낼 수도 없군요. 선생, 제가 할 수 있는 한 최선을 다해 보겠소. 일행이 몇 분이나 되시는지?"

요셉은 잠시 생각하더니 대답했다. "아내와, 욥바 근처의 작은 고을인 벳다곤에서 온 친구 가족까지 모두 여섯 사람입니다."

"잘됐군요. 산등성이에서 자지는 않아도 될 것 같으니. 일행을 빨리 데려오세요. 해가 지고나면 순식간에 어두워진다는 것을 아실 테죠. 지금쯤 그곳은 거의 밤이 되었겠군요."

"이렇게 고마울 데가! 갈 곳 없는 나그네를 거두어 주시니 정말 감사합니다. 주님의 축복을 빕니다."

그렇게 말하며 요셉은 마리아와 벳다곤 사람이 기다리고 있는 곳으로 기쁘게 돌아갔다. 잠시 후에는 벳다곤 사람이 나귀에 탄 아내와 두 딸을 데려왔다. 아내는 점잖았고, 딸들은 어머니의 젊은 시절 모습을 빼닮았다. 그들이 문 가까이 다가오자 문지기는 그들이 하찮은 신분이라는 것을 알아차렸다.

요셉이 소개했다. "여기가 제 아내고, 이쪽은 친구 가족입니다."

마리아가 쓰개를 들어올렸다.

문지기는 마리아에게만 눈길을 주며 혼자 중얼거렸다. "푸른 눈에 금발이라. 사울 앞에 노래 부르러 갔을 때의 다윗 모습이 저랬을까."

그러고는 요셉에게서 당나귀 고삐를 넘겨받고 마리아에게 인사했다. "오 다윗의 자손이여, 평화를 빕니다." 그리고 다른 사람들에게도 인사한 후 요셉에게 따라오라고 했다.

일행은 돌로 포장된 넓은 통로로 안내되었고, 그 길을 통해 여관의 마당으로 들어섰다. 낯선 사람에게 그 광경은 매우 흥미로웠을 것이다. 그러나 그들은 온 사방에 어둡게 입을 벌리고 있는 천막과 마당을 보고는 그곳이 얼마나 혼잡스러운지 알아차렸다. 짐들이 쌓인 사이로 나 있는 좁은 길과 입구에 있는 것과 비슷한 통로를 지나 집에 붙어 있는 담장 안으로 들어가 보니 밧줄에 묶인 채 빽빽이 무리지어 졸고 있는 낙타, 말, 나귀 등과 마주쳤다. 그곳에는 여러 고장에서 온 목동들도 있었는데 가축과 마찬가지로 잠을 자거나 조용히 망을 보고 있었다. 요셉 일행은 사람들로 북적이는 마당의 비탈길을 천천히 내려갔다. 여인들을 실은 굼뜬 나귀들이 쉽사리 말을 안 들었기 때문이다. 마침내 그들은 서쪽으로 여관을 내려다보고 있는 회색 석회암 절벽으로 나 있는 길로 접어들었다.

요셉이 짧게 말했다. "동굴로 가는 겁니까."

문지기는 마리아가 옆으로 올 때까지 잠시 기다렸다.

"우리가 가고 있는 동굴은 분명히 당신들의 조상 다윗 왕이 자주 가던 곳이었을 겁니다. 아래에 있는 들판과 골짜기의 우물에서 양 떼를 몰아 그곳으로 안전하게 데려가곤 했을 겁니다. 왕이 되신 후에도 많은 가축 떼를 이끌고 돌아오셔서 휴식과 요양을 취하셨답니다. 그 시절에 썼던 여물통이 그대로 남아 있습니다. 마당이나 길가의 한데보다는 다윗 왕이 주무셨던 동굴 바닥에 잠자리를 마련하는 것이 훨씬 나을 겁니다. 자, 여깁니다!"

마련해준 숙소가 변변치 않아서 이렇게 변명한 것으로 생각해서는 안 된다. 굳이 변명할 필요도 없었다. 그곳은 오늘 밤 얻을 수 있는 최고의 숙소였다. 요셉 일행은 쉽사리 만족하는 습관이 몸에 밴 소박한 사람들이었다. 게다가 그 시대의 유대인들에게 동굴에서 자는 것은 다반사로 일어나는 일이었고, 안식일에 회당에서 익히 듣던 일이기도 했다. 유대 역사에서 얼마나 많은 일들이, 얼마나 많은 흥미로운 사건들이 동굴에서 일어났던가? 게다가 이들은 베들레헴의 유대인이었으므로 특히 그렇게 생각하는 것이 지극히 당연했다. 그 근방에는 크고 작은 동굴들이 많이 있었고, 그중에는 에밈(Emim) 족과 호리 족 시대부터 거처로 사용되어 오던 것들도 있었다.[28] 상황이 그러했으므로 지금 그들이 향하고 있는 곳이 예전에, 아니 지금도 마구간으로 쓰이고 있다는 사실에 전혀 기분상할 것이 없었다. 그들은 양치기 민족의 후예였으므로 가축과 함께 기거하고 이동하는 것이 늘 몸에 배어 있었기 때문이었다. 아브라함 시대부터 유래된 관습에 따라 베두인 족의 천막에는 여전히 말과 아이들이 한데 기거한다. 그래서 요셉 일행은 기분 좋게 문지기의 말을 따랐고, 그저 자연스러운 호기심에서 그곳을 바라보았다. 다윗의 역사와 관련이 있었으므로 그들에게는 모든 것이 흥미로웠다.

동굴로 들어가는 입구는 작은 오두막이었다. 낮고 비좁은 오두막은 바위 앞으로 약간 튀어나와 있었는데 창문은 전혀 없었다. 휑한 앞쪽에는 황토 진흙을 두툼하게 바른 문이 하나 있었는데, 거대한 경첩 위에서 흔들거리고 있었다. 나무 빗장을 여는 동안 여인네들은 부축을 받으며 안장에서 내렸다. 문이 열리자 문지기가 소리쳤다.

"자, 들어오세요!"

일행은 안으로 들어갔고 주위를 응시하였다. 알고 보니 오두막은 암굴의 입구를 가리거나 뒤덮고 있는 은폐물에 불과했다. 동굴은 길이가 12미터, 높이가 3미터, 너비가 4, 5미터쯤 되었다. 입구에서 들어오는 빛이 울퉁불퉁한 바닥과 곡식과 가축의 먹이, 질그릇과 가재도구 위로 비추더니 동굴 한가운데까지 떨어졌다. 구석에는 양들도 고개를 들이밀 수 있을 만큼 충분히 낮은 돌로 단단히 만들어진 구유가 있었다. 어떤 종류의 칸막이도 없었다. 먼지와 겉겨가 모든 틈새마다 누렇게 박

---

28) 신명기 2:10-12

혀 있고, 더러운 아마포 조각처럼 천정에 드리운 거미줄도 먼지가 쌓여 두툼했다. 그것 말고는 그런대로 깨끗했고, 마당에 있는 아치 모양의 어떤 천막 못지않게 안락했다. 사실, 천막은 동굴의 아치 모양을 본떠 만든 것이니 동굴이 천막의 전신이라고 할 수 있다.

문지기가 말했다. "들어오세요. 바닥에 깔아 놓은 짚들은 나그네를 위해 준비해 놓은 것이니 필요한 만큼 쓰세요."

그리고는 마리아에게 말을 걸었다. "주무실 수 있겠어요?"

"그럼요, 거룩한 곳인걸요."

"그럼 저는 이만 가 보겠습니다. 여러분 모두에게 평화가 함께 하기를!"

문지기가 가고나자 그들은 서둘러 잘 준비를 했다.

## 10. 하늘에 나타난 빛

저녁에 어느 정해진 시각이 되면 여관에 드나들거나 주위를 돌아다니던 사람들의 웅성거림과 부산한 움직임이 일시에 멈춘다. 모든 이스라엘 사람들이 동시에 일어나서 엄숙한 표정으로 예루살렘 쪽을 바라보며 두 손을 가슴에 모으고 기도를 올렸다. 하나님이 계시다고 생각되는 모리아(Moriah) 산의 성전에서 번제물이 봉헌되는 '성9시'였기 때문이다. 기도가 끝나고 나면 다시 소란스러워지기 시작했다. 모든 이들이 서둘러 식사를 하거나 잠자리를 마련했다. 잠시 후 불이 모두 꺼지면 사방이 고요해지고 사람들은 모두 잠이 들었다.

자정 무렵, 옥상에 있던 누군가가 갑자기 소리쳤다. "하늘에 저 빛이 뭐지? 다들 일어나요, 일어나 저것 좀 보라고요!"

아직 잠이 덜 깬 상태로 일어난 사람들은 소리친 사람이 가리키는 쪽을 바라보고는 깜짝 놀라 잠이 확 달아났다. 웅성거림은 아래쪽 마당으로 퍼졌다가 천막이 있는 곳으로 이어졌다. 곧 집 안과 마당, 담장 안쪽에 있는 모든 사람들이 일어나서 하늘을 쳐다보았다.

밤하늘에 나타난 것은 빛이었다. 가장 가까운 별 너머 까마득히 먼 곳에서 시작된 한 줄기 빛이 비스듬히 땅 쪽으로 떨어지고 있었다. 윗부분은 작은 점이지만 아래쪽은 너비가 수백 미터는 되어 보였다. 옆부분은 한밤의 암흑 속으로 서서히 퍼져 들어가고 중심부는 장밋빛으로 밝게 빛나고 있었다. 그렇게 나타난 빛이 마을의 남동쪽 가장 가까운 산꼭대기를 비추듯 멈춰 서자 정상 부근에는 희미한 후광이 생겨났다. 그 바람에 여관은 대낮처럼 밝아져 옥상에 있던 사람들의 놀라움에 사로잡힌 얼굴이 훤히 보였다.

몇 분 동안이나 빛이 사라지지 않고 비추고 있자 사람들의 놀라움은 경외심과 두려움으로 바뀌었다. 겁 많은 사람들은 벌벌 떨었고, 대담한 사람들은 수군거렸다.

누군가가 말을 꺼냈다. "저런 빛을 전에 본 적이 있나요?"

"산 너머에 있는 것 같긴 한데 뭔지는 모르겠네. 내 평생 저런 것은 처음 봐요."

그 말에 누군가가 더듬거리며 물었다. "별이 폭발해서 떨어진 걸까요?"

"별이 떨어지면 빛이 곧 사라진다오."

그러자 한 사람이 자신만만하게 외쳤다. "알겠다! 목동들이 사자를 보고는 양 떼를 지키기 위해 불을 피운 게 분명해요."

옆에 있던 사람은 그 소리를 듣고 안도의 한숨을 내쉬며 말했다. "맞아, 그랬군요! 오늘 저 너머 골짜기에서 양들이 풀을 뜯고 있었으니까요."

그러자 구경꾼 가운데 한 사람이 안도감에 찬물을 끼얹는 말을 내뱉었다.

"아니, 아니! 유다의 모든 골짜기에 있는 나무를 다 가져다 쌓아놓고 불태워도 불길이 저토록 강하고 높이 치솟지는 않을 거란 말이오."

그 이후로 옥상에 있는 사람들 사이에서는 아무 말이 없었지만 그 신비로운 빛이 계속 빛나고 있는 동안 다시 한 번 정적이 깨졌다.

경건한 모습의 한 유대인이 소리쳤다. "형제들이여! 지금 우리가 보고 있는 것은 우리의 선조 야곱이 꿈에서 보았던 사다리요. 선조들의 주 하나님을 찬송하리로다!"

## 11. 그리스도께서 나시다

　베들레헴 남동쪽으로 대략 3킬로미터쯤 떨어진 곳에 산에 가로막혀 외떨어진 평원이 있었다. 평원 양측은 산 덕분에 북풍이 차단되고 있었으므로 골짜기에는 플라타너스, 개곽향, 소나무 등이 울창하게 들어서 있었고, 인접한 작은 계곡에는 올리브와 뽕나무 덤불이 무성했다. 이 모든 것들은 이 시기에 방목하는 양과 염소와 소들을 살찌우는 귀중한 먹잇감이 되었다.

　성읍에서 가장 멀리 떨어진 벼랑 바로 아래에는 오래 된 넓은 양 우리가 있었다. 언제였는지 모르게 까마득한 옛날에 받은 습격으로 지붕은 남아 있지 않았고 건물도 거의 허물어져 있었다. 그러나 주위의 울타리만은 온전한 상태로 남아 있었다. 사실 양 떼를 몰고 그곳으로 오는 목동들에게는 건물보다도 울타리가 더 중요했다. 대지를 둘러싼 돌담은 어른 머리만큼 높았다. 그래도 아주 높은 것은 아니어서 가끔은 황야를 헤매던 표범이나 사자들이 대범하게 뛰어올라 들어오는 경우도 있었다. 그에 대비하여 돌담 안쪽에는 갈매나무 관목들을 빼곡히 심어 울타리를 만들어 놓았다. 이제는 창처럼 단단한 가시덤불이 무성해 참새도 꼭대기 가지들을 뚫고 지날 수 없을 만큼 훌륭한 방벽이 되어 주었다.

　앞장에서 말한 모든 사건이 일어난 그날, 목동들은 양 떼가 노닐 신선한 목초지를 찾아 이 평원으로 이끌고 왔다. 그래서 이른 아침부터 작은 숲에는 가축을 부르는 소리, 나무를 베는 도끼 소리, 양과 염소의 울음소리, 방울소리, 소 울음소리, 개 짖는 소리 등이 울려 퍼졌다. 해가 지면 목동들은 가축을 몰고 와서 우리에 집어넣었으므로, 밤이 되면 모든 것이 안심이 된다. 그러면 그들은 문 옆에 불을 피우고는 소박한 저녁을 먹은 후 불침번을 한 사람만 세워 두고 나머지는 둘러앉아 쉬거나 이야기를 나누었다.

불침번을 제외한 목동은 모두 여섯이었는데, 불 가까이에 모여서, 더러는 앉아 있고 더러는 엎드려 있었다. 그들은 평소에 모자를 쓰지 않았으므로 머리털은 햇볕에 그을려 뻣뻣하고 무성했으며 수염은 목을 뒤덮고 가슴까지 뒤엉켜 있었다. 거죽에 양털이 그대로 붙어 있는 양가죽으로 만든 헐렁한 민소매 겉옷은 목부터 무릎까지 몸을 감쌌고 넓은 허리띠로 동여매 있었다. 샌들은 변변치 않았다. 오른쪽 어깨에는 먹을 것과 팔매질 무기로 쓸 돌멩이가 든 전대가 매어져 있었다. 각자의 옆에는 양치기의 상징이자 공격용 무기로도 쓰이는 지팡이가 놓여 있었다.

유대 목동들의 모습은 그러했다. 겉모습은 모닥불 주위에 함께 앉아 있는 말라빠진 개들처럼 거칠고 험악해 보인다. 그러나 사실 그들은 심성이 순진하고 온화했다. 그렇게 된 데에는 자연에 묻혀 살고 있는 이유도 있지만 주로는 사랑스럽고 힘없는 가축들을 돌보느라 그리 된 것이었다.

그들은 쉬면서 이야기를 나누었다. 이야기라고 해봤자 온통 양 떼에 관한 것으로 세상의 잣대로 보면 별 볼일 없는 주제였지만 그들에게는 그 주제가 세상 전부이기도 했다. 양치는 동안에 생긴 사소하고 하찮은 일도 장황하게 이야기하거나, 잃어버린 양에 대해서도 하나도 안 빼먹고 시시콜콜 이야기한다. 양치기와 양과의 끈끈한 유대 관계를 생각해 보면 당연한 일이었다. 양치기는 양이 태어나는 날부터 보살피기 시작하여 물을 건너도록 도와주고 골짜기로 데리고 내려가 이름을 지어주고 훈련을 시킨다. 양은 양치기의 반려자요, 생각과 관심의 대상이요, 의지의 대상이었다. 또한 들판을 함께 떠돌며 활기를 불어넣는 존재였다. 양을 지키려고 사자나 강도와 맞서기도 하고 죽음을 불사하기도 했다.

어쩌다 나라들이 멸망하거나 세계의 패권이 바뀌는 중대한 사건들을 알게 되더라도 목동들에게는 하찮게 생각될 뿐이었다. 그들은 헤롯이 궁전과 경기장들을 짓고 금지된 짓거리를 일삼으며 이 도시 저 도시에서 벌이고 있는 일들에 대해서도 가끔 들었다. 이 시대에 흔히 그랬듯이 로마제국은 사람들이 제국에 대해 물어볼 때까지 더디게 기다리지 않고 직접 모습을 드러냈다. 구릉 위에서 한가로이 풀을 뜯고 있거나 가축과 함께 숨어 있는 은신처에서 양치기들은 군대나 때로는 군단이 행진하는 것을 엿보고 나팔 소리에 놀라는 경우가 드물지 않게 있었다. 반짝이는 투구의 행렬이 사라지고 난 후 낯선 이들의 갑작스러운 출현에 놀란 가슴이 진정되고 나면 몸을 웅크린 채 군대의 군기에 그려진 독수리와 금박 구형의 의미와 자기의 삶과는 그토록 반대되는 삶의 매력이 무엇일지 곰곰이 생각했다.

비록 거칠고 단순하기는 했지만, 목동들에게도 자기들만의 지식과 지혜가 있었다. 안식일에는 몸을 깨끗이 씻고, 회당으로 올라가 언약궤에서 가장 떨어진 뒷자리에 앉는다. 회당시중이 토라를 들고 돌면 누구보다도 열렬하게 거기에 입을 맞추었고, 성경봉독이 이루어질 때면 누구보다도 철저한 믿음으로 통역자의 말에 귀를 기울였다. 또한 장로의 설교에 열중했으며 예배가 끝난 후에도 깊이 생각했다.[29] 주님은 하나님 한 분뿐이며 온 마음을 다하여 주님을 사랑해야한다는 셰마 기도

---

29) 회당 예배는 매 안식일마다 조금씩 다르며, 보통 다음과 같은 순서로 진행되었다. 셰마 암송 – 기도 – 율법과 예언서의 낭독 – 설교 – 축도.

30)에서 양치기들은 모든 지식과 자신들의 소박한 삶의 모든 율법을 터득했다. 그들은 누구보다도 하나님을 사랑했는데, 그것이야말로 왕들의 지혜를 능가하는 그들만의 지혜였다.

양치기들은 그렇게 두런두런 이야기를 나누다가, 첫 번째 불침번이 끝나기도 전에 각자 앉아 있던 자리에 누워 한 사람씩 한 사람씩 잠이 들었다.

지방의 겨울밤이 대부분 그러하듯 그날 밤도 맑고 상쾌하여 별들로 반짝였고 바람 한 점 없었다. 공기는 더할 나위 없이 깨끗했고, 침묵보다 더한 적막감이 흘렀다. 그것은 바로 지상에 좋은 소식을 전하러 하늘이 가까이 다가오고 있다는 전조인 거룩한 고요함이었다.

문 옆에서 불침번을 서던 양치기는 외투를 단단히 여민 채 천천히 거닐다 이따금 걸음을 멈추고 잠들어 있는 양 떼 사이의 움직임이나 산허리에서 들려오는 자칼의 울음소리에 귀를 기울였다. 그날따라 유난히 시간이 더디 흐르는 것 같았지만 드디어 교대시간인 자정이 되었다. 이제는 고단한 몸의 피곤을 풀기 위해 쥐 죽은 듯이 잠들 시간이었다! 그는 모닥불 쪽으로 다가가다가 갑자기 걸음을 멈추었다. 달빛과도 같이 부드럽고 하얀 한줄기 빛이 주위에 나타나고 있었다. 놀란 그는 숨을 죽이고 기다렸다. 빛이 점차 강렬해지자 조금 전까지 보이지 않던 물체들이 보이기 시작했다. 온 평원이 다 눈에 들어왔고 그 안에 있는 것들도 모두 보였다. 차가운 공기보다도 더 날카로운 한기가, 오싹한 두려

---

30) 히브리어로 '들어라'라는 뜻으로 신명기 6:4-9; 11:13-21; 민수기 15:37-41에 나오는 성경 구절을 두루 이르는 말로서, 유대인들이 매일 아침 저녁으로 예배 때에 읊는 기도를 말한다. 하나님에 대한 이스라엘 사람의 열렬한 믿음과 사랑을 표명하는 세 절로 되어 있으며, 유대교 신앙의 핵심을 이루고 있다. "이스라엘은 들으십시오. 주님은 우리의 하나님이시요, 주님은 오직 한 분뿐이십니다. 당신들은 마음을 다하고 뜻을 다하고 힘을 다하여, 주 당신들의 하나님을 사랑하십시오."

움이 엄습했다. 위를 쳐다보았더니 별들은 자취를 감추고 없었다. 마치 하늘의 창문에서 나타나기라도 하듯이 빛이 뚝 떨어지고 있었다. 쳐다보고 있는 동안 빛은 광채로 변했다. 그러자 그는 겁에 질려 소리쳤다.

"일어나, 일어나라고!"

개들이 벌떡 일어나 짖어대며 달려 나왔다.

양 떼는 놀라서 이리저리 뛰었다.

다른 양치기들은 손에 주섬주섬 지팡이를 챙기며 이구동성으로 물었다.

"무슨 일인데?"

"저것 봐! 하늘이 불타고 있어!"

갑자기 빛이 견딜 수 없을 정도로 밝아졌으므로 그들은 눈을 감고 무릎을 꿇었다. 얼굴을 가리고 엎드린 채 벌벌 떨다가 정신을 잃을 지경이었다. 곧 죽을 것만 같았으나 빛에서 어떤 음성이 들려왔다.

"두려워하지 마라!"

양치기들은 그 소리에 귀를 기울였다.

"두려워하지 마라. 보라, 세상 모든 사람에게 큰 기쁨이 될 소식을 너희에게 전하러 왔다."

인간의 그 어떤 소리보다도 감미롭고 위로하는 그 소리는 낮으면서도 분명하게 그들의 온 존재에 스며들며 안심하게 만들었다. 그들이 무릎을 꿇고 몸을 일으켜 경배하며 바라보니 커다란 광채 한가운데에 새하얀 옷을 입은 남자의 모습이 보였다. 어깨 위에는 반짝이는 접힌 날개가 솟아 있었고 이마 위에는 샛별처럼 찬란하게 빛나는 별이 반짝이고 있었다. 그는 목동들에게 손을 뻗어 축복해 주었다. 그 얼굴은 평온했고 천상의 아름다움이 서려 있었다.

양치기들은 가끔 천사에 대해 전해 듣고 소박하게 이야기를 나누기도 했었으므로 더 이상 의심하지 않고 마음속으로 확신했다. 하나님의 영광이 우리 가까이 있으며, 이분은 그 옛날 을래(Ulai) 강가에서 다니엘 예언자에게 나타났던 가브리엘 천사이시다.

천사가 다시 말했다.

"오늘 다윗의 고을에서, 구원자이신 주 그리스도께서 너희들에게 태어나셨다!"

잠시 말이 끊겼고, 그동안 천사의 말은 그들의 마음에 스며들었다.

"너희들은 강보에 싸여 구유에 누워 있는 아기를 보게 될 것인데 그것이 바로 너희에게 주는 표지이다."

천사는 더 이상 아무 말도 하지 않았다. 기쁜 소식을 전해주고는 말없이 잠시 머물렀다. 잠시 후 천사를 에워싸고 있던 빛이 갑자기 장밋빛으로 변하더니 떨리기 시작했다. 그러더니 양치기들이 볼 수 있는 저 높은 곳에서 하얀 날개들이 눈부시게 퍼덕거리며 내려오더니 수많은 사람이 하나로 찬송하는 음성이 들려왔다.

"지극히 높은 곳에서는 하나님께 영광이요 땅에서는 하나님이 기뻐하신 사람들 중에 평화로다!"

찬미는 한 번이 아니라 여러 번 이어졌다.

이윽고 천사는 저 멀리 계신 분의 승인을 구하듯 눈을 들어올렸다. 그의 날개가 움직이더니 서서히 펼쳐졌다. 그 광경이 어찌나 위풍당당하던지 날개의 윗면은 눈처럼 하얗고, 그늘진 쪽은 진주층처럼 다채로운 색이었다. 키보다도 넓은 날개가 수 미터나 펼쳐지자 천사는 가볍게 날아올라 힘들이지 않고 빛과 함께 하늘로 오르더니 시야에서 사라졌다. 천사가 사라지고 난 후에도 하늘에서는 한참동안 찬미소리가 아련하게 들려왔다. "지극히 높은 곳에서는 하나님께 영광이요 땅에서는 하나님이 기뻐하신 사람들 중에 평화로다!"

양치기들은 멍하니 상대방을 쳐다보기만 하다가 제정신으로 돌아오자 한 사람이 입을 열었다. "저 분은 주님께서 보내신 가브리엘 천사였어."

그 말에 아무도 대꾸하지 않았다.

"그리스도이신 주님께서 태어나셨다. 그렇게 말씀하지 않았어?"

다른 사람이 비로소 입을 열어 대답했다. "그래 그렇게 말씀하셨지."

"또한 다윗의 고을이라고 하지 않았어, 저기 있는 우리 베들레헴 말이야. 그리고 강보에 싸인 아기의 모습으로 오신 그분을 보게 될 거라고 했지?"

"구유에 누워 있다고 했지."

처음으로 말을 꺼냈던 양치기가 곰곰이 모닥불을 응시하더니 갑작스럽게 결심한 듯 말을 꺼냈다. "베들레헴에서 구유가 있는 곳이라고는 한 곳밖에 없어. 오래된 여관 부근 동굴에 있잖아. 자, 그럼 가서 어찌된 일인지 알아보자. 제사장들과 학자들은 오래 전부터 그리스도를 고대하고 있었어. 이제 그분이 태어나셨고, 주님께서 그분을 알아볼 수 있는 표지를 주셨어. 어서 가서 그분을 경배하자고."

"하지만 양 떼는 어쩌고?"

"주님께서 돌보아 주시겠지. 어서 서두르자."

양치기들이 산자락을 돌고 성읍을 지나 여관 입구에 다다르니 문지기가 있었다.

"무슨 일로 왔나?"

"저희들은 오늘 밤 대단한 것을 보고 들었습니다."

"우리도 불가사의한 것을 보긴 했지만 아무 소리도 듣지 못했지. 그래 자네들은 무슨 말을 들었나?"

"저희와 함께 동굴로 내려가 보시죠. 확인하고 나서 모두 말씀해드릴게요. 함께 가서 직접 보시죠."

"말도 안 되는 소리로군."

"아닙니다. 그리스도께서 태어나셨어요."

"그리스도라고! 그걸 자네들이 어떻게 아나?"

"먼저 가서 보자니까요."

그러자 사내는 기가 막힌다는 듯 비웃었다.

"정말로 그리스도라고! 너희들이 그분인 줄 어떻게 안단 말이야?"

"그분께서 오늘 밤 태어나셨고, 지금 구유에 누워 계신답니다. 그렇게 들었어요. 그리고 베들레헴에서 구유가 있는 곳은 한 곳밖에 없잖아요?"

"동굴 말인가?"

"예, 저희와 함께 가세요."

아직까지 잠들지 않고 놀라운 빛에 대해 말하고 있는 사람들이 있었지만 그들은 사람들 눈에 띄지 않은 채 마당을 가로질러 갔다. 동굴의 입구는 열려 있었다. 안에서 등불이 새어나오는 것을 본 그들은 격식을 차리지 않고 들어갔다.

문지기가 요셉과 벳다곤 사람에게 말했다. "평화를 빕니다. 여기 이 사람들은 오늘 밤 탄생한 아기를 찾고 있다는데, 강보에 싸여 구유에 누워 있는 모습을 보면 알 것이라고 하는군요."

둔감한 요셉의 얼굴에 잠시 동안 감동한 표정이 떠올랐다. 그리고 고개를 돌리며 말했다. "아기는 여기 있습니다."

구유 가운데 하나로 다가가니 과연 거기에 아기가 있었다. 등불을 가져와 비추니 양치기들은 할 말을 잃고 서 있었다. 어린 아기는 아무런 표지도 없이 태어난 다른 아기들과 똑같이 평범했다.

문지기가 물었다. "아기 어머니는 어디 계십니까?"

그 말에 여인들 가운데 한 사람이 아기를 안아들더니 가까이 누워 있던 마리아의 품에 안겨 주었다. 그러자 구경꾼들이 두 사람 주위로 모여들었다.

"그리스도이시다!" 마침내 한 양치기가 입을 열었다.

"그리스도이시다!" 다른 양치기들도 모두 무릎을 꿇고 경배를 드렸다. 그들 가운데 한 사람이 몇 번이고 반복했다. "이 분은 주님이시다. 주님의 영광이 온 땅과 하늘에 가득하도다."

그리하여 순진한 사람들은 의심하지 않은 채 아기 어머니의 옷자락에 입 맞추고는 기쁜 얼굴로 떠나갔다. 그들은 잠에서 깨어나 주위로 몰려드는 여관의 모든 사람들에게 그 이야기를 전했다. 마을을 지나 양 우리로 되돌아오며 목동들은 천사에게 들은 찬미가를 불렀다. "지극히 높은 곳에서는 하나님께 영광이요 땅에서는 하나님이 기뻐하신 사람들 중에 평화로다!"

많은 사람들이 그날 밤의 빛을 목격했기 때문에 그 이야기는 순식간에 퍼져나갔다. 다음날부터 며칠 동안은 호기심 때문에 동굴을 찾는 사람들의 발길이 이어졌다. 대부분의 사람들은 웃어넘겼지만 개중에는 굳게 믿은 사람들도 있었다.

## 12. 동방박사들, 예루살렘에 도착하다

　동굴에서 아기가 탄생한 지 열하루 되던 날 오후 무렵 세겜에서 오는 길을 따라 동방박사 세 사람이 예루살렘에 접근하고 있었다. 기드론 시냇물을 건넌 후에는 많은 사람들과 마주쳤는데, 누구든 그들을 본 사람은 멈춰 서서 신기한 듯이 바라보았다.

　당시 유대 지방은 국제적 요충지였다. 동쪽으로는 사막이 펼쳐져있고 서쪽은 바다로 막혀 있어 외관상 융기해 있는 좁은 산맥이 사실상 지역의 전부에 해당했다. 그러나 산맥을 따라 동쪽과 남쪽 사이에 형성된 길이 자연스레 교역로가 되었고 그것은 유대의 자원이었다. 다시 말해서 예루살렘은 그곳을 지나는 상품에 부과된 통행세로 부를 축적했다. 그 결과 당시 로마를 제외하고는 예루살렘만큼 외국 사람이 많이 모여드는 곳은 없었다. 다른 도시들과 달리 예루살렘 성벽 안과 교외에 거주하는 주민들에게는 이방인이 전혀 낯설어 보이지 않았다. 그럼에도 동방박사들은 성문으로 이르는 길에서 만난 모든 사람들에게 놀라움을 불러일으켰다.

　왕들의 무덤 반대편 길가에 앉아 있던 여인들과 함께 있던 꼬마가 동방박사들이 다가오는 것을 보고는 즉시 손뼉을 치며 소리쳤다. "저것 좀 봐요! 방울이 너무 근사해요! 낙타가 엄청 커요!"

　낙타에 달린 방울은 은으로 만든 것이었다. 앞에서 이미 보았듯이 보기 드물게 몸집이 큰 하얀 낙타들은 한 줄로 곧게 열을 지어 나아갔다. 낙타를 장식한 품으로 보아 그들이 사막을 지나왔으며 오랫동안 여행했다는 사실과 낙타 주인들이 많은 재산을 소유하고 있다는 사실을 알 수 있었다. 그들은 산 너머에서 집결했을 때 타고 왔던 그 가마의 차양 아래에 앉아 있었다. 그러나 그토록 놀라웠던 것은 방울이나, 낙타나, 마구 또는 낙타를 타고 있는 사람들의 품행이 아니었다. 그것은 바로 세 사람 가운데 맨 앞에서 가고 있던 사람이 던진 질문이었다.

북쪽으로부터 예루살렘으로 가는 길은 골짜기에 있는 다마스쿠스 성문을 떠나 남쪽으로 경사진 평원을 가로질러 뻗어 있다. 길은 좁지만 오랫동안 왕래가 있었던 탓에 깊게 패였고, 비에 쓸려 삐져나온 마른 자갈 때문에 군데군데 지나기가 힘들었다. 그러나 예전에는 양쪽에 비옥한 들판과 근사한 올리브 숲이 자랐다. 울창하게 자랐을 그 숲은 황량한 사막을 지나온 나그네들에게 특히 반갑게 느껴졌을 것이다. 이 길 위 무덤 앞에 모여 있던 일행 앞에서 세 사람은 멈춰 섰다.

꼬인 턱수염을 어루만지며 가마에서 몸을 굽혀 발타사르가 물었다. "잠깐 말씀 좀 물읍시다, 예루살렘까지 가려면 아직 멀었나요?"

품으로 움츠러드는 아이를 데리고 있던 여인이 대답했다. "아니요. 저기 언덕의 나무들이 좀 더 낮아지면 시장 터의 탑들이 보일 겁니다."

발타사르는 그리스인과 인도인을 흘깃 보고는 다시 물었다. "유대인의 왕으로 탄생하신 분은 어디에 계십니까?"

여인들은 서로 바라보기만 할 뿐 대답이 없었다.

"그분에 대해 들어보지 못했나요?"

"네."

"그렇다면, 우리가 동방에서 그분의 별을 보고 그분을 경배하러 왔다고 모든 사람들에게 전해 주시오."

그리고 나서 동방박사 일행은 낙타를 타고 떠났다. 다른 사람들에게도 똑같이 물어보았지만 대답은 마찬가지였다. 예레미야의 암굴로 가는 길에 만났던 그 많은 사람들이 나그네들의 모습과 질문에 깜짝 놀라서 가던 길을 바꾸어 그들을 따라 시내로 들어왔다.

세 사람은 자신들의 사명에 온통 정신이 팔려 있어 지금 눈앞에 펼쳐진 멋진 광경이 전혀 눈에 들어오지 않았다. 베제타에서 그들을 처음으로 맞이한 마을에도 관심이 없었고, 왼쪽에 있는 미스바와 올리브 산31), 내구성을 높이고 깐깐한 왕의 취향에 맞추기 위해 증축된 크고 단단한 마흔 개의 탑들이 에워싸고 있는 마을 뒤쪽의 성벽도 눈에 들어오지 않았다. 오른쪽으로 굽어져 세 개의 망루인 파사엘 탑, 마리암네 탑, 히피쿠스 탑32)으로 이어지는, 많은 문과 모퉁이들이 여기저기 들어서 있는 성벽에도 관심이 없었다. 우뚝 솟은 산 정상부에 대리석 궁전이 자리 잡은 멋진 시온 산에도 관심이 없었고, 세계의 불가사의 가운데 하나로 인정되는 모리아 산 성전의 반짝이는 테라스에도 흥미가 없었으며, 성스러운 도시가 마치 커다란 수반에 담긴 것처럼 둥그렇게 에워싼 우뚝 솟은 산맥에도 눈길조차 주지 않았다.

마침내 그들 일행은 성문을 굽어보는 높은 망루에 도착했다. 현재의 다마스쿠스 성문에 해당하는 그곳은 세겜, 여리고, 기브온으로부터 오는 세 길의 교차점이기도 해서 로마 경비병이 입구를 지키고 있었다. 이 무렵 낙타를 따라오는 사람들의 행렬은 성문 근처를 서성거리던 사람들까지 가세할 정도로 불어나 있었다. 그래서 발타사르가 멈춰 서 경비병에게 말을 걸자 무슨 말을 하는지 놓치지 않으려고 어느새 사람들이 가까이 다가와 에워싸고 있었다.

발타사르가 분명한 음성으로 말을 건넸다. "안녕하십니까."

---

31) Mount Olive, Mount Olivet, Mount of Offence(죄악의 동산) 등 다양한 별칭으로 불린다.

32) 헤롯왕은 BC 37년부터 약 3년에 걸쳐 예루살렘의 방어 및 시온 산기슭에 위치한 왕궁 보호를 위해서 세 개의 거대한 망루를 건설하고, 형의 이름을 딴 파사엘 탑, 두 번째 부인의 이름을 딴 마리암네 탑, 친구의 이름을 딴 히피쿠스 탑으로 불렀다. 오늘날에는 '다윗의 탑'으로 불리는 파사엘 탑만 남아 있다.

경비병은 아무런 대답도 하지 않았다.

"우리는 유대인의 왕으로 태어나신 분을 찾아 먼 곳에서 왔소. 그분이 어디에 계신지 알려줄 수 있겠소?"

경비병은 투구의 면갑을 올리더니 큰 소리로 누군가를 불렀다. 그러자 통로 오른쪽의 경비실에서 한 장교가 나타났다.

"길을 비켜라." 장교는 더 빽빽이 모여드는 군중에게 소리쳤다. 그리고 사람들이 별 반응을 보이지 않자 투창을 이쪽저쪽 휘두르며 나아갔다. 그 덕분에 공간이 생겼다.

"무슨 일인가?" 장교는 발타사르에게 히브리어로 물었다.

발타사르 역시 히브리어로 대답했다.

"유대인의 왕으로 나신 분이 어디에 계십니까?"

"헤롯 왕 말인가?" 어리둥절해진 장교가 되물었다.

"헤롯은 황제의 허락을 받아 왕이 되었잖습니까. 헤롯 왕은 아닙니다."

"유대인에게 다른 왕은 없소."

"그러나 우리는 그분의 별을 보았습니다. 그래서 그분을 찾아 경배하러 왔습니다."

로마 장교는 당황했다.

"다른 데로 가 보시오. 다른 곳에 가서 알아보시오. 나는 유대인이 아니니 성전의 학자들이나 안나스 제사장이나, 그것도 아니면 헤롯 왕한테 직접 물어보시오. 만일 다른 유대인 왕이 있다면, 헤롯 왕이 찾아낼 테니."

로마 장교는 그렇게 말하고는 이방인들에게 길을 비켜 주었고, 그들은 성문을 통과했다. 그러나 좁은 거리로 들어서기 전에 발타사르는 친구들에게 천천히 말했다. "이제 물어볼 만큼 충분히 물어본 것 같군요.

자정 무렵이면 도시 전체가 우리와 우리의 사명에 대해 알게 될 것입니다. 이제는 여관으로 가 봅시다."

## 13. 헤롯 앞에 선 동방박사들

그날 저녁 해가 지기 전에 여인 몇 명이 실로암 연못가로 내려가는 층계 위 계단에서 각기 넓은 질그릇 대야 앞에 무릎을 꿇고 앉아 빨래를 하고 있었다. 층계참 바닥에 있던 한 소녀가 여인들에게 물을 길어다주고 있었는데, 물동이를 채우면서 노래를 불렀다. 소녀가 부르는 노래는 신나는 것이어서 힘든 일을 잊게 해 주었다. 그들은 가끔 쪼그리고 앉아 오벨(Ophel) 산기슭을 올려다보다가 지는 석양에 흐릿하게 빛나는 올리브 산 정상을 돌아보았다.

빨래터의 여인들이 대야에 담긴 빨래를 헹구거나 짜면서 부지런히 손을 놀리고 있노라니 각자 어깨에 빈 물동이를 멘 두 여자가 다가왔다.

그중 한 여자가 말을 걸었다. "안녕하세요."

빨래하던 여인들은 일손을 멈추고 손에서 물을 털어내더니 대꾸했다.

"밤이 다 되었네. 이제 그만 끝내야지."

"일에 끝이 어디 있어."

"하지만 쉴 시간은 있잖아, 그리고……

"무슨 일이 일어나고 있는지 듣기도 하고." 다른 사람이 끼어들었다.

"무슨 소식이라도 있어?"

"아직 못 들은 거야?"

"뭔데?"

"사람들이 그러는데 그리스도께서 탄생하였데." 말 퍼뜨리기 좋아하는 한 여인이 불쑥 끼어들며 말했다.

흥미롭게도 아낙네들의 얼굴은 호기심으로 환해졌다. 맞은편 아낙네들은 어느새 물동이를 엎어 놓고 그 위에 앉았다.

"그리스도라고!"

"사람들이 그렇대."

"누가?"

"모두 다. 다들 그렇게 말하던걸."

"다들 그걸 믿는다고?"

"오늘 오후에 세겜에서 세 남자가 기드론 강을 건너왔데요." 말한 사람은 다른 여인들의 의심을 해소할 목적으로 자세히 대답했다. "그 사람들은 각자 낙타를 타고 왔는데 예루살렘에서는 눈 씻고 찾아봐도 없을 만큼 그렇게 크고 얼룩 하나 없이 새하얀 낙타래요."

듣는 사람들은 놀라서 눈과 입이 떡 벌어졌다.

"그들이 얼마나 대단하고 부유한지 가마에 달린 차양은 비단으로 만든 거래요. 낙타의 안장이나 조임쇠, 고삐의 술장식은 금으로 만든 거고, 방울은 은으로 만들어서 소리가 정말 좋데요. 그들이 누군지는 아무도 모른데요. 마치 세상 끝에서 온 사람들처럼 보인데요. 그들 가운데 오직 한 사람만 말을 하는데 길에서 만난 모든 이에게, 심지어 여자와 아이들에게까지 이렇게 묻고 다닌다더군요. '유대인의 왕으로 태어나신 분은 어디에 계십니까?' 무슨 뜻인지 몰라서 아무도 대답하지 못 했데요. 그래서 그들은 사람들에게 이런 말을 남기고 지나갔데요. '우리는 동방에서 그분의 별을 보고 그분을 경배하러 왔소.' 그들은 성문에 있는 로마 병사에게도 물어보았데요. 그 병사도 무슨 소리인지 몰라서 결국 헤롯 왕에게 보냈데요."

"그 사람들은 지금 어디에 있는데?"

"여관에 있데요. 벌써 수백 명이 다녀갔고, 보러 가려는 사람도 수 없이 많데요."

"그들이 누군데?"

"아무도 모른데요. 별을 보고 점을 친다는 페르시아 사람이라는 말도 있고, 엘리야나 예레미야처럼 예언자일 수도 있겠죠."

"유대인의 왕이라니 무슨 뜻이지?"

"그리스도라네요, 그분이 지금 막 탄생하였데요."

그러자 여인들 가운데 한 사람이 피식 웃고는 다시 일을 시작하며 말했다. "글쎄, 나는 내 눈으로 직접 봐야 믿겠는걸."

또 다른 여인도 맞장구를 쳤다. "나는 죽은 사람을 살리는 걸 보면 믿겠어."

세 번째 여자는 조용히 대꾸했다. "그분은 오래 전부터 오시기로 약속된 분이야. 그분이 나환자 한 사람을 고치는 것을 보여주는 것만으로도 나는 충분해."

여인들은 밤이 올 때까지 앉아서 이야기를 주고받다가 한기가 느껴지자 집으로 돌아갔다.

저녁 늦게 파수꾼이 첫 불침번을 설 무렵, 시온 산 위의 궁전에서는 50여명으로 구성된 공회가 소집되었다. 그들은 오로지 헤롯이 누군가에 대해서 또는 유대 율법과 역사에 대해 좀 더 깊이 알고자 할 때에, 그의 요청에 의해서만 소집되었다. 공회의 구성원은 율법 교사들, 대제사장들, 예루살렘에서 학식으로 가장 명망 있는 학자들이었다. 말하자면 여론을 이끄는 사람들이요, 어려운 교리들을 상세히 설명해 주는 사람들로서 사두개파 고관들, 바리새인 논객들, 말투가 부드럽고 재산을 공유하는 금욕주의 에세네파 지도자들이 있었다.

공회가 열리고 있던 방은 궁전의 안뜰에 면해 있었으며 매우 웅장하고 로마네스크 풍으로 꾸며져 있었다. 바닥은 대리석이 모자이크 모양으로 깔려 있고, 창문 없는 노란 벽에는 프레스코화가 그려져 있었다. 방 중앙에는 연노란 천이 깔린 침상의자가 U자 형태로 입구를 향해 배치되어 있었다. 좌단의 곡선으로 구부러진 부분에는 금박과 은박으로 진귀하게 장식된 커다란 청동 삼각대가 있고 그 위에는 천장에서 내려온 샹들리에가 걸려 있었는데, 샹들리에의 일곱 촛대에는 모두 불이 켜져 있었다. 침상의자와 등불은 전통 유대양식이었다.

동방 풍의 침상의자에 앉아 있는 사람들은 색깔은 각기 다르지만 모양은 모두 같은 동방의 옷을 입고 있었다. 대부분 노인으로 무성한 수염이 얼굴을 뒤덮고 있었고, 커다란 매부리코에, 커다란 검은 눈은 짙은 눈썹으로 깊이 그늘져 있었다. 표정은 진지하고 근엄하며 심지어 권위적이었다. 그 모임은 바로 산헤드린(Sanhedrin) 공회33)였다.

그러나 수석 자리라고 할 만한 삼각대 앞에 앉아 양 옆과 앞쪽에 의원들을 거느리고 회합을 주재하고 있는 사람이 있었는데, 그야말로 보는 사람의 이목을 끌기에 충분했다. 그는 한때는 거구였을 테지만 지금은 비쩍 마르고 지독하게 허리가 굽어 있었다. 어깨에서 주름져 흘러내린 하얀 옷으로 보아 앙상한 피골 외에 근육의 흔적이라고는 찾아볼 수 없었다. 흰색과 진홍색 줄무늬의 비단 소매로 뒤덮인 두 손을 무릎 위에서 깍지 낀 채 이따금 뭐라고 말을 할 때면 부들부들 떨리는 오른손 집게손가락을 내미는 것이 그가 유일하게 할 수 있는 동작이었다. 그러

---

33) 유대인의 최고회의, 지방회의. 기원은 분명치 않으며 그리스, 로마시대에 있던 유대인의 종교적 재판소이다. 상류층인 장로회의가 다스렸고 의장은 대제사장이었다. 70인 의원과 대제사장인 의장으로 구성되었다. 그 의원들은 대제사장들과 서기관과 장로들이었다(마16:21). 그리스도 당시에는 유대인들의 율법에 따라 제한적이기는 하지만 형사상의 재판까지도 맡아보았다. 모세의 율법과 관련된 제반 문제를 상소할 수 있는 최종 재판소였다. 사형선고를 내릴 수는 있었지만 집행은 로마 총독의 비준이 있어야만 가능했다.

나 그의 대머리에서는 빛이 났다. 가늘게 뽑은 은보다도 하얀 몇 올 안 되는 머리카락은 귀 옆에만 남아 있었다. 넓고 휑한 두개골 위에 착 달라붙은 피부는 방 안의 빛에 반사되어 반짝였고, 관자놀이는 깊게 패였으며, 그 사이로는 이마가 주름진 산봉우리처럼 툭 튀어나와 있었다. 안색은 창백하고 칙칙했으며, 코는 초췌했고 하관은 아론의 수염처럼 거룩하게 드리워진 턱수염에 완전히 가려져 있었다. 그는 바로 바빌로니아 출신 힐렐이었다! 이스라엘에서는 오래 전에 끊긴 예언자의 명맥이 이제는 학자의 명맥으로 계승되고 있었는데, 그는 학식에 있어서 최고봉이었고 신의 영감을 받지 않는다는 점만 빼면 모든 면에서 예언자와도 같았다! 백여섯 살이라는 나이에도 그는 공회 의장을 맡고 있었다.

그의 앞에 있던 삼각 탁자 위에는 히브리어가 적힌 양피지 두루마리가 펼쳐져 있었다. 그의 뒤에는 화려하게 차려 입은 시종이 서 있었다.

이제껏 토의가 진행되다가 지금 막 결론이 났는지 사람들은 각기 쉬는 자세를 취하고 있었다. 존엄한 힐렐만이 꼼짝도 않은 채 시종을 불렀다.

"흠!"

시종이 공손하게 앞으로 나아갔다.

"전하께 가서 답을 드릴 준비가 되었다고 아뢰어라."

청년은 서둘러 사라졌다.

잠시 후 두 무관이 들어와 문 양쪽에 자리 잡고 섰다. 그들 뒤로 매우 인상적인 인물이 천천히 걸어 들어왔다. 진홍색 끝단으로 장식한 보라색 곤룡포를 걸치고 섬세하게 연결되어 가죽처럼 유연한 금띠를 허리에 두르고 있는 노인이었다. 신발끈은 보석으로 반짝였고, 머리를 감싸고 옆 목과 어깨를 뒤덮은 진홍빛 벨벳 모자 위에 금은세공으로 만든 빛나는 왕관을 쓰고 있었다. 허리띠에는 인장 대신 단검이 달려 있었다. 그는 지팡이를 짚고 절뚝거리며 걸어 들어왔다. 도중에 멈추거나 위를 쳐다보지 않은 채 곧장 걸어오다가 좌단 어귀에 이르자 비로소 주위 사람들의 기척을 느꼈는지 고개를 들어 주위를 둘러보았다. 깜짝 놀라 적을 찾고 있는 사람처럼 오만하게 둘러보는 그 눈길은 어둡고 의심이 많았으며 위협적이었다. 그는 바로 헤롯 대왕이었다. 육신은 질병에 시달리고 양심은 온갖 죄로 얼룩졌지만, 무엇이든 능히 할 수 있는 마음과 황제에 견주어도 뒤지지 않을 정신의 소유자였다. 그는 현재 예순일곱이었지만 한시도 경계를 늦추지 않는 질투심과 누구에게도 뒤지지 않을 횡포한 권력과 더 이상 냉혹할 수 없는 잔인함으로 권좌를 지키고 있었다.

왕이 들어오자 의원들이 제각기 인사를 했다. 나이가 지긋한 사람들은 이마에 손을 대고 몸을 굽혀 인사했고, 좀 더 예의를 갖춘 사람들은 일어서서 두 손을 턱이나 가슴에 모으고 한쪽 무릎을 꿇어 낮게 인사했다.

좌중을 쭉 둘러본 후 헤롯은 힐렐을 마주보며 삼각대까지 나아가서 고개를 약간 기울이고 손을 든 채 차가운 눈길로 쳐다보았다.

"답은!" 왕은 힐렐 앞에서 지팡이로 바닥을 내리치며 오만할 정도로 단순하게 물었다. "답은 무엇이오?"

힐렐의 눈이 온화하게 반짝였다. 고개를 들고 왕을 정면으로 쳐다보며 대답하는 그에게 모든 사람들의 눈길이 쏠렸다.

"전하, 아브라함과 이삭과 야곱의 평안이 함께 하시길!"

그는 마치 기도하는 것처럼 말했으나 이내 태도를 바꾸어 말했다.

"그리스도가 어디에서 태어날지 저희에게 물으셨지요?"

왕은 음험한 눈빛으로 힐렐의 얼굴을 주시하며 고개를 끄덕였다.

"그렇소."

"여기 모인 모든 의원들이 만장일치로 동의한 내용을 제가 대표로 말씀드리겠습니다. 그곳은 바로 유대 지방의 베들레헴이옵니다."

힐렐은 삼각 탁자 위의 양피지를 흘깃 보고는 떨리는 손가락으로 가리키며 말을 이었다. "예언자에 의해 이렇게 기록되어 있기 때문입니다. '너 베들레헴 에브라다야, 너는 유다의 여러 족속 가운데서 작은 족속이지만, 이스라엘을 다스릴 자가 네게서 내게로 나올 것이다. 34)'"

당혹한 기색이 역력한 헤롯은 양피지를 바라보며 생각에 잠겼다. 왕을 바라보던 사람들은 숨을 죽이며 한 마디도 하지 않았고, 왕도 마찬가지였다. 마침내 헤롯은 몸을 돌리더니 방을 나가버렸다.

힐렐이 선언했다. "여러분, 폐정하겠소."

그러자 좌중은 일어섰고 삼삼오오 떠나갔다.

힐렐이 다시 말했다. "시므온."

그러자 족히 쉰 살은 되었지만 한창 활력이 넘치는 사내가 다가왔다.

"성경을 받아 잘 말아두어라."

시므온은 힐렐의 명에 따랐다.

"이제 나를 좀 부축해다오. 가마를 타야겠다."

시므온이 몸을 굽히자 힐렐은 말라빠진 두 손으로 부축하는 손길을 잡고 일어나서 문으로 겨우겨우 걸음을 옮겼다.

저 유명한 공회 의장 힐렐과 그로부터 지혜와 학식, 직위를 승계하게 될 그의 아들 시므온은 그렇게 그 자리를 떠났다.

밤이 늦었는데도 동방박사들은 여관의 마당 한 구석에서 잠들지 않

---

34) 미가 5:2

은 채 누워 있었다. 베개 삼아 베고 누운 돌이 머리를 높여 주었으므로 허공의 밤하늘을 볼 수 있었다. 반짝거리는 별들을 지켜보며 다음 계시에 대해 생각했다. 어떻게 나타날까? 계시는 무엇일까? 이제 드디어 예루살렘에 들어와 있다. 찾고 있던 분에 대해서는 성문에서 이미 물어보았고, 그분이 탄생하셨다는 말을 전했다. 이제 그분을 찾는 일만 남았다. 그리고 그 일에 대해서는 모든 것을 성령께 의탁했다. 하나님의 음성을 들었거나 하늘로부터 표징을 기다리고 있는 그들은 쉽게 잠들 수 없었다.

그들이 그렇게 잠 못 이루고 있는 동안 그림자를 드리우며 아치 아래로 한 남자가 걸어 들어왔다.

"일어나시죠! 급한 소식을 전하러 왔습니다."

그들은 벌떡 일어났다.

이집트 사람 발타사르가 물었다. "누가 보냈습니까?"

"헤롯 대왕이 보냈습니다."

그 말에 모두들 정신이 바짝 들었다.

"당신은 여관의 문지기가 아니오?"

"그렇습니다."

"왕이 우리한테 무슨 볼일이 있어서?"

"전령이 밖에 있으니 직접 가서 들어보시죠."

"곧 갈 테니 기다리라고 전해 주시오."

문지기가 사라지고 나자 그리스 사람 가스파르가 말했다. "당신 말씀대로군요! 길에서 사람들에게 묻고 성문에서 경비병에게 물어본 덕분에 저희 말이 빨리 전해졌군요. 참을 수 없습니다, 어서 갑시다."

그들은 자리에서 일어나 신발을 신고 겉옷을 두르고는 밖으로 나갔다.

전령은 찾아온 용건을 밝혔다.

"안녕하십니까, 죄송합니다만 여러분을 궁전으로 모시라는 분부를 받고 찾아뵈었습니다. 전하께서 긴히 하실 말씀이 있답니다."

세 사람은 입구에 걸려 있는 등불 빛에 서로의 얼굴을 바라보고는 성령이 함께 하신다는 것을 느꼈다. 발타사르가 문지기에게 걸어가 다른 사람들에게는 들리지 않게 속삭였다. "우리 짐들이 마당 어디에 있는지, 낙타들을 어디에 두었는지 알고 있겠지. 우리가 나가고 나면 만약을 대비해 언제든 출발할 수 있게 준비해 주게."

"걱정 말고 가 보십시오, 저만 믿으시죠." 문지기가 대답했다.

발타사르는 전령에게 다시 말했다. "왕의 명령에 따르겠소. 따라갈 테니 앞장서시오."

예루살렘 도성의 거리는 지금처럼 당시에도 좁았지만 그렇게 울퉁불퉁하거나 더럽지 않았다. 심미안이 높았던 위대한 건설자 헤롯이 청결과 편리함을 강조했기 때문이다. 동방박사들은 아무 말 없이 전령을 따라 나아갔다. 별빛이 희미한데다 양쪽의 성벽이 가로막아 더 어두웠으므로 집의 옥상들이 연결되어 있는 구름다리 밑을 지날 때는 거의 아무것도 보이지 않았다. 저지대를 벗어나자 언덕이 나타났다. 그리고 마침내 길 건너편에 궁전 입구가 보였다. 문 앞에 타오르고 있는 커다란 화톳불에 건물 전체가 시야에 들어왔고, 창을 짚고 꼼짝 않고 서 있는 경비병도 보였다. 그들은 아무런 제지도 받지 않은 채 궁전 건물 안으로 들어갔다. 통로와 아치 모양의 홀을 통과한 후 궁정과 띄엄띄엄 불을 밝힌 주랑 아래를 지났다. 그리고 긴 계단을 올라가 수많은 회랑과 방들을 지난 후 높이 솟은 탑으로 올라갔다. 안내하던 전령이 갑자기 어떤 방 앞에 멈춰서더니 열린 문을 가리키며 말했다.

"들어가시죠, 안에서 전하가 기다리고 계십니다."

방 안의 공기는 백단향 나무 향기로 가득 찼고 방안의 가구들은 매우 화려했다. 방 중앙 부분 바닥에는 융단이 깔려 있었고 그 위에 왕좌가 놓여 있었다. 방 안을 둘러볼 여유가 있었던 동방박사들은 그곳의 모습이 어딘가 부자연스럽다는 인상을 받았다. 조각 장식과 금박을 입힌 터키풍 의자와 침상의자들, 부채와 자기와 악기들, 번쩍거리는 황금 촛대, 그리스풍으로 호사롭게 채색된 벽으로 꾸며진 모습을 바리새인이 보았다면 불경스럽다고 생각하여 얼굴을 가렸을 것이다. 조금 전 의원들과 회의할 때의 복장으로 왕좌에 앉아 동방박사들을 맞이한 헤롯 왕은 당장 그들의 마음을 사로잡았다.

세 사람은 융단이 있는 곳까지 나아가 절을 하였다. 왕이 종을 울리자 시종이 들어와 왕좌 앞에 의자를 세 개 가져다놓았다.

"앉으시오." 왕이 정중하게 말했다.

동방박사들이 모두 자리에 앉자 왕이 말을 이었다. "오늘 오후에 북문으로부터 진귀하게 장식한 낙타를 타고 먼 곳에서 온 세 이방인이 도착했다는 보고를 받았는데 그대들이 그 장본인인가?"

가스파르와 멜키오르가 눈짓을 하자 발타사르가 최대한 공손하게 절을 하며 대답했다. "그 명성이 온 세상에 자자하신 위대한 헤롯 왕께서 저희가 그들이 아니었다면 이곳으로 부르시지 않으셨겠지요. 맞사옵니다. 저희가 바로 그 이방인들이옵니다."

헤롯은 손을 들어 그 말을 인정했다.

"그대들은 누구인가? 어디에서 왔는가?" 그리고 의미심장하게 덧붙였다. "각자 한 사람씩 대답하도록 하라."

동방박사 세 사람은 각기 자신들이 출생한 나라와 도시, 예루살렘까지 오게 된 노정만 간단히 대답했다. 약간 실망한 헤롯은 좀 더 직접적으로 다그쳤다.

"성문의 경비병에게 무언가 물었다고 하던데, 그것이 무엇인가?"

"유대인의 왕으로 나신 분이 어디에 계시냐고 물었습니다."

"사람들이 왜 그렇게 관심을 가졌는지 이제야 알겠군. 나 또한 흥미가 생기는군. 유대인의 왕이 또 있단 말이로군?"

발타사르는 떨지 않고 대답했다.

"새로 태어나신 분이 계십니다."

마치 마음에 괴로운 기억이 떠오르기라도 했는지 왕의 어두운 얼굴에 고통스러운 빛이 떠올랐다.

"내 자식은 아닌 것 같은데!"

아마도 자기가 죽인 자식들[35]의 원망하는 모습이 눈앞에 아른거렸던 것 같다. 어쨌거나 감정을 추스른 후 왕은 집요하게 물었다. "새로운 왕은 어디에 있는가?"

"전하, 그것이야말로 저희가 묻고 싶은 말씀입니다."

그러자 왕이 이어서 말했다. "그대들은 내게 솔로몬의 수수께끼보다도 풀기 힘든 수수께끼를 가져왔군. 알다시피 나는 지금 어린아이처럼 호기심이 왕성한 시기인데 그것을 갖고 놀다니 잔인하기 짝이 없구나. 좀 더 자세히 말해보라, 그러면 왕이 부럽지 않게 포상하겠노라. 새로 태어난 아기에 대해 아는 것을 전부 말해주면 나도 그 아기를 찾아보도록 하겠네. 그리고 그 아기를 찾아내면 그대들의 소원을 모두 들어주겠다. 그를 예루살렘으로 데려와 왕도를 가르쳐 주겠노라. 그리고 황제와의 친분을 이용해 높은 지위와 영예를 얻게 해 주겠다. 그 아이

---

35) 여섯 번 결혼한 헤롯 왕은 많은 피붙이를 죽인 것으로 유명하다. 권력욕과 질투심에 눈이 멀어 가장 사랑했던 둘째 부인 마리암네와 그 사이에서 태어난 두 아들까지도 죽여 버렸다. 그리고 후계자 문제를 두고 몇 차례 유언을 번복하기도 하고, 결국 왕위를 물려준 맏아들 안티파테르마저 재판에 회부하여 아우구스투스의 허락을 받고 처형했다.

를 조금도 질투하지 않겠다고 맹세하지. 하지만 먼저 말해주게. 바다와 사막으로 가로막혀 그토록 멀리 떨어진 곳에서 그대들이 어떻게 그에 대해 듣게 되었는지 말이야."

"사실대로 아뢰겠습니다."

"말해보라."

발타사르가 먼저 일어나 근엄하게 말했다.

"전능하신 하나님이 계십니다."

헤롯은 그 말에 깜짝 놀란 것처럼 보였다.

"하나님께서 온 세상의 구원자를 만나게 될 것이라고 약속하시며 저희들에게 이곳으로 오라고 명령하셨습니다. 그분을 만나 뵙고 경배하고, 그분이 오셨음을 증거하라고 하셨습니다. 그 표징으로 저희들에게 각각 별을 보내 주셨습니다. 성령이 저희와 함께 하셨습니다. 오, 왕이시여, 성령이 지금 저희와 함께 계십니다!"

그들은 강렬한 느낌에 사로잡혔다. 가스파르는 간신히 비명을 삼켰다.

헤롯은 재빨리 한 사람씩 쏘아보았다. 그는 전보다 훨씬 더 미심쩍어하며 불쾌해졌다.

"나를 놀리는 건가. 아니라면 더 말해보라. 새로운 왕이 오면 어떻게 된단 말인가?"

"사람들을 구원할 겁니다."

"무엇으로부터?"

"사악함으로부터 말입니다."

"어떻게?"

"하나님의 섭리, 즉 믿음, 사랑, 선행으로요."

"그렇다면," 헤롯이 잠시 말을 멈추었고, 그가 어떤 감정으로 말을 잇는지 표정으로는 전혀 알 수가 없었다. "그렇다면 그대들은 그리스도의 사자로군. 그게 다인가?"

발타사르가 낮게 머리를 숙이며 말했다.

"저희는 전하의 종입니다."

왕이 종을 울리자 시종이 나타났다.

"선물을 가져오너라."

시종은 나갔다가 잠시 후 돌아와 손님들 앞에 무릎을 꿇고 진홍색과 푸른색이 섞인 외투와 금으로 만든 허리띠를 각기 주었다. 세 사람은 동방의 절로 영예에 감사를 표했다.

의례가 끝나자 헤롯이 말했다. "한 가지만 더 묻겠노라. 그대들은 성문의 경비병에게, 그리고 지금은 나에게 동방에서 별을 보았다고 했노라."

"그렇사옵니다. 그분의 별, 새로 나신 분의 별이지요."

"언제쯤 그 별이 나타났는가?"

"이곳으로 가라고 명령받았을 때이옵니다."

헤롯은 알현이 끝났다는 표시를 하며 자리에서 일어났다. 그리고 그들을 향해 걸어 내려와 한껏 정중하게 말했다.

"오 현자들이여! 내가 믿고 있듯이 그대들이 정말로 갓 태어난 그리스도의 사자라면 한 가지 알려 주겠노라. 내가 오늘 밤 유대의 제일 박식한 사람들에게 물어보았더니 이구동성으로 그 아기가 유대의 베들레헴에서 태어날 거라고 했네. 그러니 그곳으로 가 보도록 하라. 가서 부지런히 그 아기를 찾게나. 그리고 만약 찾거든 나도 가서 경배할 수 있게 내게 다시 전갈을 보내도록 하라. 그곳까지 가는 동안 아무도 막아서거나 방해하지 않을 것이다. 평화가 함께 하기를!"

그 말과 함께 헤롯은 외투를 여미고 방에서 나갔다.

곧장 안내인이 나타나 그들을 거리로 데리고 나가 다시 여관으로 이끌었다. 여관 정문에 이르자 가스파르가 참을 수 없다는 듯 말했다. "형제들이여, 왕이 일러준 대로 베들레헴으로 갑시다."

그러자 멜키오르가 외쳤다. "그럽시다. 제 안에 성령이 타오르고 계십니다."

발타사르 역시 열렬히 대답했다. "그럽시다. 낙타가 준비되었소."

그들은 문지기에게 선물을 준 뒤 낙타에 올라타고 욥바 문으로 가는 길을 확인하고 출발했다. 성문 앞에 이르자 문을 열어 주었으므로 성문 밖으로 나가 요셉과 마리아가 얼마 전에 지나간 길을 따라갔다. 힌놈 골짜기를 빠져나와 르바임 평원에 이르자 한 줄기 빛이 나타났다. 그들의 심장이 뛰기 시작했다. 빛은 처음에는 어렴풋이 희미하게 비쳤지만 이내 강렬해져서 너무 눈부셔 눈을 뜨고 있을 수 없을 정도였다. 감았던 눈을 겨우 뜨니 하늘에 뜬 것과 똑같은 별이 내려와 그들 앞에서 서서히 움직이고 있었다. 그들은 너무나 기쁜 나머지 손을 맞잡고 외쳤다.

"하나님께서 함께 계십니다! 하나님께서 함께 계십니다!"

엘리야 산 너머 골짜기에서 떠오른 별은 계속 움직이더니 이윽고 성읍 가까운 산비탈에 있는 오두막에 멈춰 섰다. 흥분이 채 가시지 않은 세 사람은 별을 따라가는 내내 쉴 새 없이 계속해서 외쳤다.

## 14. 동방박사들, 아기 예수께 경배하다

세 번째 파수꾼이 불침번을 시작할 무렵, 베들레헴에서는 동쪽 산 위로 먼동이 트고 있었지만, 여명은 약해서 골짜기는 아직 어둠에 잠겨 있었다. 오래된 여관 옥상 위의 파수꾼은 사람들이 잠에서 깨어나 새벽을 맞이하는 소리가 들려오는지 귀를 기울이며 냉기에 떨고 있었다. 그때 한 줄기 빛이 그곳을 향해 언덕으로 올라오고 있었다. 처음에는 누군가의 손에 들린 횃불인 줄 알았고, 조금 뒤에는 유성인 줄만 알았다. 하지만 광채는 점점 커지더니 하나의 별이 되었다. 깜짝 놀라 소리를 지르자 담 안에 있던 사람들이 모두 옥상으로 올라왔다. 기이하게 움직이던 물체는 계속 다가왔다. 그 아래 있던 바위, 나무, 길들이 번갯불의 섬광에 비추듯 환히 빛났다. 빛이 어찌나 부시던지 그 광채에 눈이 멀 지경이었다. 겁이 많은 사람들은 무릎을 꿇고 얼굴을 가린 채 기도했다. 좀 더 대담한 사람들은 눈을 가린 채 웅크리고 있다가 이따금씩 두려운 눈길로 흘깃 바라보았다. 이윽고 강렬한 빛이 여관과 근방의 모든 것들을 비추고 있었다. 용감한 사람들만이 아기가 태어난 동굴 앞의 오두막 위에 멈춰 서 있는 별을 볼 수 있었다.

그 와중에 여관 입구에 도착한 동방박사들은 낙타에서 내려 들여보내 달라고 소리쳤다. 조금 전 광경에 두려워 떠느라 미처 그들을 보지 못했던 문지기가 빗장을 당겨 문을 열어 주었다. 낙타들은 초자연적인 빛을 받아 유령처럼 보였고, 세 사람의 표정과 태도에서도 이상한 흥분과 열기가 느껴졌으므로 문지기는 혼비백산했다. 너무 놀라 뒤로 벌렁 자빠진 문지기는 한동안 아무 말도 할 수 없었다.

"이곳이 유대의 베들레헴 아닙니까?"

그러나 다른 사람들이 나타나자 문지기는 안도감이 들었다.

"아닙니다. 이곳은 여관에 불과합니다. 마을은 좀 더 가야 나옵니다."

"이곳에 새로 태어난 아기가 없습니까?"

구경꾼들은 서로 놀라서 쳐다보았고 그 가운데 몇 사람이 대답했다. "있어요, 있어요."

그러자 가스파르가 참지 못하고 외쳤다. "우리를 거기로 데려다주시오!"

침착함을 벗어던지고 발타사르 또한 외쳤다. "당장 그곳으로 데려다주시오! 우리는 그분의 별을 보고 왔습니다. 저기 집 위를 비추고 있는 별을 보고 그분을 경배하러 온 것이오."

멜키오르는 두 손을 맞잡고 외쳤다. "하나님께서는 진정 살아계십니다! 서두릅시다, 서둘러요! 구세주를 찾았어요. 이 얼마나 감사한 일입니까!"

사람들은 옥상에서 내려와 이방인들이 마당을 통과하여 담장으로 들어가자 그 뒤를 따라나섰다. 전보다는 빛의 밝기가 줄었지만 여전히 동굴 위에서 빛나는 별을 보고는 두려움에 사로잡혀 되돌아가는 사람도 있었다. 대부분의 사람들은 계속 나아갔다. 이방인들이 오두막 가까이 다가가자 빛이 위로 올라가기 시작했다. 드디어 입구에 도착하자 별은 높이 올라가더니 시야에서 점점 멀어져갔다. 그리고 안으로 들어가자 이제는 완전히 사라져 보이지 않았다. 그때까지 일어난 일을 지켜본 사람들은 그 별과 이방인들 사이에 신성한 관계가 있음을 확신하게 되었고, 또한 동굴에 있는 사람들까지도 그렇게 생각하게 되었다. 문이 열리자 사람들은 안으로 들어갔다.

실내에는 등불이 비추고 있었으므로 아기 어머니와 어머니 무릎에 안겨 있는 아기가 보였다.

발타사르가 마리아에게 물었다. "당신 아기입니까?"

행여 아기에게 해가 미칠까 조심하고 있던 여인은 마음속으로 곰곰이 생각하더니 아기를 불빛에 비추며 대답했다.

"제 아들입니다!"

그러자 동방박사들은 그 자리에 엎드려 아기에게 경배했다.

그들이 보기에 아기는 여느 아기와 다를 바 없었다. 머리 위에는 후광이나 왕관 같은 것이 없었다. 살짝 벌어진 입으로 말이 흘러나오지도 않았다. 그들의 환성과 기원과 기도를 들었을 텐데 아무런 반응도 보이지 않았다. 보통 아기처럼 등불의 불길을 뚫어지게 쳐다보았다.

잠시 후 그들은 일어서서 낙타 있는 곳으로 되돌아갔다가 황금과 유황과 몰약을 선물로 가지고 와서 경배의 말과 함께 아기 앞에 놓았다. 사려 깊은 사람이라면 순수한 마음에서 우러나오는 순수한 경배는 예나 지금이나 늘 그렇듯 영감에 찬 노래라는 것을 알고 있었기에 그들은 한 부분도 빼먹지 않았다.

그리고 이 아기는 그들이 그렇게 멀리까지 찾아온 구세주였다!

그럼에도 그들은 일말의 의심 없이 경배하였다.

왜일까?

그들은 이제까지 우리가 '하늘에 계신 아버지'로 알고 있는 그분이 보낸 징표를 믿었기 때문이다. 그리고 그들은 하나님의 약속은 그것으로 충분하여 그 길에 대해 아무것도 묻지 않는 사람들이었다. 하나님께로부터 온 표징을 보고 약속을 들은 몇 안 되는 사람들, 즉 성모 마리아와 요셉, 양치기들, 동방박사 세 사람은 모두 똑같이 믿었다. 구원을 계획한 이 무렵 하나님은 전지전능하시지만 갓 태어난 아기는 아직 연약한 존재에 불과했다. 하지만 독자들이여, 장래를 생각하길! 하나님의 아들로부터 모든 표징들이 나오게 될 때가 올 터이니. 그때에 그분을 믿는 사람들은 복되도다.

그때가 오기를 기다려보자.

동방박사들의 경배, 알브레히트 뒤러

# 제2부

"영혼의 불꽃은
자기 존재의 좁은 틀 안에 갇히지 않고
욕망으로 가득한 현실 너머를
꿈꾸며 꿈틀댄다.
그 불꽃에 붙은 불 영원히 꺼지지 않네.
고결한 모험심에 사로잡혀
쉼 없이 모든 것을 섭렵한다네."

— 바이런의 「차일드 해롤드의 순례」 중에서

## 1. 로마 치하의 유대

이제 스물한 해를 건너 뛰어 유대의 네 번째 총독인 발레리우스 그라투스의 부임 초기 무렵으로 가보자. 이때는 정확히 유대인과 로마인들 사이의 마지막 투쟁이 본격적으로 시작되지는 않았어도 예루살렘의 불안한 정치적 상황으로 어지러운 시기였다.

그 사이 유대는 여러 면에서 변화를 겪었지만, 그 중에서도 가장 큰 변화는 정치 상황이었다. 아기 예수가 태어난 지 일 년도 못 되어 헤롯 왕이 갑작스럽게 죽었다. 너무도 비참하게 죽어서 그리스도인들 사이에서는 그가 하나님의 분노를 샀다고 믿게 된 이유가 있었다. 자신의 권력을 절대적인 것으로 만들기 위해 평생을 바친 다른 위대한 통치자들과 마찬가지로 그 역시 자신의 왕위와 왕관을 세습하는 꿈, 즉 한 왕조의 창시자가 되는 꿈을 꾸었다. 그런 의도에서 그는 자신의 영토를 세 아들인 안티파스, 필립보, 아켈라오에게 나누어 주고, 왕위는 아켈라오에게 양위한다는 유언장을 남겼다. 그 유언장은 반드시 아우구스투스 황제에게 보내어 알려야 했는데, 황제는 한 가지만 제외하고는 유언장의 모든 사항을 승인했다. 황제는 아켈라오가 능력과 자신에 대한 충성을 입증할 때까지 왕의 칭호를 쓰지 못하게 유보했다. 그래서 아켈라오는 분봉왕으로 임명되었고 9년 동안 통치하도록 허용되었다. 그러나 실정을 일삼고 불온한 상황이 계속되는데도 제대로 대처하지 못한 탓에 갈리아로 유배되었다.

황제는 아켈라오를 폐위하는데 만족하지 않았다. 그는 유대인의 자존심을 건드리는 방식으로 예루살렘 사람들을 공격하여, 성전을 찾는 도도한 사람들의 자존심에 매우 심한 상처를 입혔다. 유대 독립성을 박탈하고 시리아 속주로 편입시켜 버리고 만 것이다. 지금까지는 헤롯이 시온 산에 건설한 궁전에서 왕이 통치해 왔지만 이제부터는 시리아의 총독보다도 못한 2류 총독이 예루살렘을 다스리게 하였다.[36] 예루살 렘의 총독은 황제가 아니라 안티오크에 주재하는 시리아의 총독으로부 터 명령을 받았다. 상처 받은 자존심을 더 쓰리게 한 것은 그 총독이 예 루살렘에 주재할 수 없다는 점이었다. 그의 행정 소재지는 카이사레아 였다. 하지만 더욱 굴욕적이고 분노를 불러일으키며 고의성이 엿보이 는 대목은 온 세상이 가장 멸시해마지 않는 사마리아를 유대와 같은 주 로 합병시킨 사실이었다! 편협한 바리새인들은 카이사레아에 있는 총 독의 면전에서 그리심 산의 성전을 신봉하는 사마리아인들에게 떼밀리 고 비웃음을 당하며 동급으로 취급당하게 되었으니 이 얼마나 치욕스 러운 일인가![37]

거듭되는 불행 중에 이 버림받은 백성들이 그나마 유일하게 위안으 로 삼는 것은 바로 대제사장이 시장터에 있는 헤롯 궁전을 차지하여 그 곳에서 조정의 모양새를 유지하게 된 점이었다. 그의 권한은 사실상 손 쉽게 판단할 수 있는 일들뿐이었다. 생사여탈권은 총독이 보유하고 있 었다. 정의는 로마의 칙령에 따라, 그 이름으로 집행되었다. 그리고 더욱 중요하게도 왕궁은 과세담당관과 보좌관, 호적등록관, 세금징수

---

36) 시리아는 황제의 명령을 받는 총독이 다스리고, 예루살렘은 총독의 명령을 받는 지방행정장관 인 프로쿠라토르가 다스렸다. 그러나 두 직급을 굳이 구분하지 않고 예루살렘의 프로쿠라토르 도 성경의 표현대로 '총독'으로 옮겼다.

37) 유대인과 사마리아인은 아브라함의 자손이요 가나안 정복 전쟁에 함께 참여했던 족속임에도 서 로 반목했다. 이스라엘 왕국은 솔로몬 왕의 아들 르호보암에 이르러 북이스라엘과 남유대 왕 조로 나뉜다. 북이스라엘의 본거지인 사마리아가 BC721년 아시리아제국에 멸망한 후 남유대 왕조의 유대인들은 이방인들의 피가 섞인 혼혈족이라고 사마리아인들을 멸시하기 시작했다. BC4세기에 사마리아인들이 그리심 산에 별도로 성전을 세우고 모세오경을 제외한 구약성경을 거부하기 시작하자 유대인들은 사마리아인들을 인종과 종교 양면에서 잡종이라고 멸시하며 상 종도 하지 않으려 했다.

원, 세리, 보고인, 첩자 등으로 이루어진 제국의 관리들이 함께 점령하고 있었다. 상황은 그렇게 암울해도 자유가 올 것이라 꿈꾸는 사람들에게는 왕궁의 수석 지도자가 유대인이라는 사실만으로도 분명히 위안이 되었다. 그가 단지 그곳에 있다는 사실만으로도 그들은 매일매일 구약의 법궤와 예언자들의 약속, 여호와께서 아론의 아들들을 통해 이스라엘 민족을 다스리신 시절을 떠올렸다. 그것은 여호와께서 아직 자신들을 버리지 않았다는 확실한 표징이었다. 그래서 그들은 희망을 잃지 않았고 그 희망으로 견딜 수 있었고 이스라엘을 다스리러 오실 유대의 아들을 굳게 기다릴 수 있었던 것이다.

유대가 로마의 영토로 편입되고 나서 팔십여 년이 흐르는 동안, 황제들은 유대 민족이 제아무리 자부심이 강하더라도 종교만 존중해 주면 쉽사리 지배할 수 있다는 사실을 충분히 깨달았다. 이러한 정책에 따라 그라투스의 전임자들은 유대인의 종교적 계율 등에 대해서는 되도록 간섭하지 않으려고 조심했다. 하지만 그라투스는 다른 길을 선택했다. 그가 부임하자마자 한 첫 조치는 안나스를 대제사장 자리에서 쫓아내고 그 자리에 파비의 아들 이스마엘을 앉힌 것이었다.

이 처사가 아우구스투스 황제의 명령에 의한 것인지 또는 그라투스 자신이 추진한 것인지 모르지만 어쨌든 실정이었음이 곧바로 드러난다. 앞으로 전개될 이야기를 이해하는데 꼭 필요할 테니 당시 유대의 정치상황에 대해 몇 가지만 짚고 넘어가기로 하자. 출신지를 배제하고 보면, 그러투스가 부임하기 전 유대에는 귀족세력을 대표하는 사두개파와 민중의 지지를 받는 바리새파가 있었다.[38] 헤롯이 죽자 이 두 세

---

38) 다윗과 솔로몬 당시 제사장 사독의 이름에서 연유한 것으로 알려진 사두개파는 자손 대대로 예루살렘 성전의 대제사장직을 장악했다. 귀족 계급에 속했던 사두개인들은 모세오경만을 믿었고 내세나 부활을 믿지 않았다. 철저한 현실주의자이자 합리주의자였고, 자유주의, 진보주의

력은 아켈라오에 맞서 연합했다. 성전에서 왕궁에, 예루살렘에서 로마에 이르기까지 그들은 때로는 음모로, 때로는 실제 무기를 들고 아켈라오와 싸웠다. 모리아 산의 성전 주랑에서 싸우는 전사들의 외침이 울려 퍼진 것은 한두 번이 아니었다. 마침내 그들은 아켈라오를 유배지로 쫓아내는데 성공한다. 한편 투쟁이 진행되는 동안 두 세력은 각기 다른 목적을 품고 있었다. 사두개파는 백성들이 세운 당시의 대제사장 요아자르를 싫어한 반면 바리새파는 열렬히 지지했다. 그런데 아켈라오의 실각으로 헤롯 왕조가 무너지자 요아자르도 대제사장 자리에서 쫓겨났다. 사두개파가 셋(Seth)의 아들 안나스를 대제사장으로 뽑은 것이다. 그 일로 사두개파와 바리새파는 갈라섰다. 안나스가 대제사장 자리에 오르자 두 세력은 드러내놓고 격렬하게 대립했다.

불운한 아켈라오와 싸우는 와중에 사두개인들은 로마 쪽에 붙는 편이 상책이라고 생각했다. 기존 체제가 무너지면 일종의 정부형태가 필요하리라는 것을 알아채고는 유대를 로마의 속주로 편입할 것을 제안했다. 그 사실은 바리새인들에게 공격할 또 하나의 명분을 안겨주었다. 그리고 사마리아가 유대와 병합되자 소수파로 전락한 사두개인들이 의지할 데라고는 로마 황실과 자신들의 높은 지위와 재산으로 누리는 특권밖에 없었다. 그럼에도 발레리우스 그라투스가 부임할 때까지 15년이 흐르는 동안 그들은 궁전과 성전에서 그럭저럭 버텼다.

사두개인들을 대표하던 안나스는 로마 후원 세력의 입맛에 맞게 자

---

자였다. 분리주의자들이었던 바리새인과 달리 타협주의자로서 세속권력과 타협하여 유대 사회의 지배권을 행사했다. '바리새인'은 '분리주의자'를 의미하는데, 이들은 자신들이 '보통 사람과 다르다'고 생각하며 스스로 '성별된 자'로 자처하였다. 율법과 조상의 전통을 존중하여, 안식일 준수, 십일조 헌납에 철저했으며 깨끗한 것과 불결한 것을 구별하여, 자신들을 세속에서 분리시키려고 노력했다. 육체의 부활과 천사의 존재, 영혼불멸과 지상의 정치세력을 회복시킬 메시야의 출현을 믿었다. 율법을 해석하고 가르쳐 민중으로부터 존경을 받았으나 극단적인 독선과 형식주의에 빠졌다.

기의 권력을 충실히 활용했다. 로마 경비대가 안토니아(Antonia) 성채를, 로마인 근위대가 궁전의 문을 지켰고, 로마인 재판관이 민사재판과 형사재판을 관장했다. 무자비하게 실행된 로마식 납세 제도에 도시나 시골 할 것 없이 모두 착취당하고 있었다. 이처럼 여러 가지 방법으로 매일 백성들은 쉴 새 없이 시달리고 박해를 당했으므로 독립된 삶과 예속된 삶의 차이를 뼈저리게 느꼈다. 하지만 안나스는 유대인들이 비교적 잠잠한 상태로 있게 만들었다. 로마 제국에 안나스처럼 충실한 조력자는 없었고, 로마가 자신을 몰아낸 결과가 어떤 것인지 깨닫게 해 주었다. 새로 임명된 이스마엘에게 자리를 물려주고 대제사장에서 물러난 안나스는 바리새파가 장악한 산헤드린 공회에 입성하여 요아자르를 배출한 보에투스 가문과 셋 가문이 손잡은 새로운 연합세력을 이끌었다.

이제 자신에게 우호적인 유대 종파가 하나도 없자 그라투스 총독은 한동안 잠잠했던 반로마 저항세력의 움직임이 심상치 않다는 것을 파악했다. 그래서 이스마엘이 대제사장으로 취임하고 나서 한 달 후 그라투스는 예루살렘에 있는 그를 방문할 필요가 있다고 생각했다. 성벽에서 그라투스에게 비난과 야유를 퍼붓던 유대인들은 그의 수비대가 예루살렘의 북문으로 들어가 안토니아 성채로 행진하는 것을 보고는 그가 방문한 진짜 목적이 무엇인지 알게 되었다. 기존 수비대에 1개 군단을 추가 주둔시킴으로써, 유대인들을 더욱 손쉽게 옥죌 수 있게 된 것이다. 그리고 총독이 본보기를 보이는 것이 중요하다고 생각하고 있다면, 그 첫 번째 희생양에게 닥칠 재앙은 얼마나 끔찍할지!

## 2. 메살라와 유다

　독자들이여 앞의 설명을 염두에 두면서 시온 산의 궁전에 있는 정원들 가운데 하나로 가 보자. 때는 여름의 열기가 절정에 달하는 7월 중순의 한낮이었다.

　정원을 사방으로 에워싸고 있는 건물은 곳곳이 이층으로 되어 있었고 베란다를 갖추고 있었다. 베란다는 아래층의 문과 창문에 그늘을 만들어 주는 한편 탄탄한 난간으로 에워싼 회랑이 위층을 장식하고 보호해 주는 역할을 했다. 게다가 건물 여기저기에는 주랑이 나 있는 덕분에 불어오는 바람이 잘 통하고 저택의 다른 부분이 잘 보여서 저택의 위용과 아름다움을 돋보이게 해 주었다. 정원의 배치 또한 그에 못지않게 보기에 좋았다. 산책로가 나 있고, 잔디밭과 관목이 늘어선 길도 있었고, 진귀한 야자나무 품종과 커다란 나무들 사이로 구주콩, 살구, 호두나무도 간간이 눈에 띄었다. 정원 한가운데에는 깊은 대리석 저수조가 있었고 그 주위는 완만하게 경사가 져 있다. 저수조에 난 작은 수문들을 들어올리게 되면 산책로를 따라 난 수로로 물이 흘러들게 되어 있었다. 그 지역의 메마른 다른 곳과 달리 가뭄에 시달리지 않게 해 주는 멋진 장치였다.

　저수조로부터 멀지 않은 곳에는 맑은 연못이 있어 요르단 강변과 사해 부근에서 흔히 자라는 등나무와 협죽도 덤불에 물을 대주고 있었다. 덤불과 연못 중간쯤에 열아홉과 열일곱쯤 되어 보이는 두 소년이 숨 막힐 듯 강렬하게 내리쬐는 햇빛도 아랑곳하지 않은 채 대화에 몰두해 있었다.

　둘 다 잘 생긴 외모에, 얼핏 보면 형제라고 할 만큼 닮았다. 검은 머리와 검은 눈에 얼굴은 짙은 구릿빛이었다. 앉은키는 나이차만큼 차이가 났다.

　나이가 많은 쪽은 머리에 아무것도 쓰고 있지 않았다. 샌들과 벤치 위에 펼쳐서 깔고 앉은 연하늘색 외투를 제외하면 몸에는 무릎까지 내려오는 헐렁한 튜닉만 걸치고 있었다. 팔과 다리는 그대로 드러나 있었는데, 얼굴만큼이나 구릿빛이었다. 그럼에도 불구하고 어딘지 모르게 세련된 몸가짐과 섬세한 용모, 우아한 목소리로 보아 상류계층임을 알 수 있었다. 목과 깃, 하의의 끝단이 붉은 색이고 술 달린 비단 허리끈으로 묶은 매우 부드러운 모직의 연회색 튜닉으로 보아 로마인이라는 것을 알 수 있었다. 게다가 로마에서조차 대단한 명문가 출신이었으므로 말을 할 때 가끔 친구를 건방지게 응시하거나 아랫사람 대하듯 하더라도 용인이 되었다. 그 당시는 세도가의 자식이 아무리 건방지게 굴어도 전혀 문제되지 않는 시대였다. 초대 황제가 숙적들과 벌인 끔찍한 전쟁에서 메살라 가문은 브루투스의 편이었지만 필리피 전투 이후 그는 명예를 잃지 않은 채 승자와 화해하게 되었다. 그리고 나중에 옥타비아누스가 제국을 차지하려고 했을 때에도 메살라는 그를 지지했다. 이제 아우구스투스 황제가 된 옥타비아누스는 메살라의 공로를 기억하여 그 가문에 온갖 영예를 안겨 주었다. 다른 무엇보다도 유대가 속주로 강등되었으므로, 황제는 오랜 신하의 아들을 예루살렘으로 보내어 그 지역에 부과되는 세금을 징수하고 관리할 책임을 맡겼다. 새로 부임한 메살라의 아들은 임무를 수행하기 위해 대제사장과 궁전을 함께 쓰며 그곳에 체류하고 있었다. 방금 전 묘사한 청년은 메살라의 손자로서 그가 풍기는 모든 습성은 할아버지와 로마 고위인사들과의 친밀한 관계를 충분히 떠올리게 했다.

　메살라의 상대는 좀 더 호리호리했고 예루살렘에서 흔히 볼 수 있는 고운 흰색 아마포로 만든 옷을 입고 있었다. 머리에 쓴 천은 노란 끈으로 묶었고 이마 아래쪽에서 뒷목으로 떨어졌다. 복장보다는 용모로 보아 그가 유대인이라는 사실이 확연히 드러났다. 로마인은 이마가 좁고 튀어나온 데다 코는 매부리코였다. 입술은 얇고 한일자이며, 눈은 차갑고 눈썹 바로 아래에 있었다. 반면에 이스라엘인의 이마는 덜 튀어나온 데다 코는 콧망울이 크고 길었다. 아랫입술보다 도톰한 윗입술은 짧고 오목한 끝 쪽으로 큐피드의 활처럼 굽어 있었다. 둥근 턱과 두툼한 눈, 포도주 빛으로 발그레하게 물든 타원형의 두 뺨 덕분에 그의 얼굴은 유대인 특유의 부드러움과 강인함과 아름다움이 배어났다. 로마인은 차갑고 기품이 있는 반면 유대인은 여유롭고 육감적이었다.

"새 총독이 내일 도착한다고 하지 않았어?"

두 친구 가운데 나이 어린 유대인이 그리스어로 물었다. 기묘하게도 그리스어는 당시 유대 상류사회에서 흔히 쓰던 언어였다. 처음에는 궁전에서 쓰이다 군대와 학교로 퍼졌고, 언제 어떻게 퍼졌는지는 정확히 알 수 없지만 성전으로까지 확대되었다. 성전 문과 방들을 넘어 이방인에게는 허용될 수 없는 성스러운 영역인 성전 경내에까지 퍼져 있었다.

"그래, 내일이야."

"누구한테 들었어?"

"궁전의 새 수장, 너희들은 대제사장이라고 부르는 이스마엘이 지난 밤 아버지에게 그렇게 말하는 것을 들었어. 네 말대로, 진실이 무엇인지 잊어버린 이집트인이나 진실이 무엇인지 전혀 모르는 이두매(에돔)인에게서 이 소식을 들었다면 더 믿을 만했을 텐데. 하지만 확실히 하자면, 오늘 아침 성에서 온 백인대장에게 들었는데 총독을 맞이할 준비를 하느라 바쁘다고 하던데. 병기창에서 투구와 방패를 닦고 독수리 문장에 다시 금박을 입히고 있데. 그리고 주둔군을 보강할 계획인지 오랫동안 안 쓰던 숙소들을 청소하고 환기를 시킨다던데. 아마도 총독의 근위대겠지."

글로는 미묘한 부분까지 온전히 살릴 수 없기 때문에 메살라가 어떤 말투로 대답했는지 제대로 전달할 수는 없다. 이 부분에서는 독자들이 상상력을 발휘해 주기 바란다. 로마인들의 뛰어난 자질이었던 경건한 태도가 빠르게 무너지고 있거나 다소 구식이 되어가고 있었던 사실을 떠올려 보라. 그들의 오래된 종교는 거의 신앙이라고 할 수 없었고, 기껏해야 단순한 사고방식과 표현방식으로 전락하여 성전에서 돈벌이를 일삼는 사제들과 운문 표현에서 신들을 들먹일 수밖에 없는 시인과 가수들에 의해 명맥이 유지되었을 뿐이다. 철학이 종교의 자리를 대신하고 있듯이 경건한 태도를 제치고 풍자가 활개를 쳤다. 심지어 로마인들은 음식에 뿌리는 소금이나 포도주의 향기처럼 풍자가 모든 연설과 대화에 빠져서는 안 된다고 생각했다. 로마에서 교육받았고 최근에 돌아온 젊은 메살라는 그 풍조에 완전히 물들어 있었다. 아래쪽 눈꺼풀 끝을 살짝 씰룩이거나 코 끝을 단호하게 찡그리거나 심드렁한 말투는 대체로 무관심을 전달하는 수단이었지만, 말 중간에 잠시 쉬는 것은 그효과를 배가시켰다. 듣는 사람에 따라 기분 좋게 받아들이기도 하고, 풍자의 따끔한 맛을 볼 수도 있기 때문이었다. 메살라는 조금 전 대답에서 이집트인과 이두매인을 비꼬아 말한 후 잠시 쉬었다. 마음이 상한 유대 청년은 얼굴을 붉혔고, 뒷이야기는 귀에 제대로 들어오지 않는 것같았다. 그저 멍하니 연못 한가운데를 응시하고 있었다.

"우리들은 이 정원에서 마지막으로 작별했었지. 너는 '하나님의 평화가 함께 하기를'이라고 작별인사를 했고, 나는 '신들의 가호가 있기를!'이라고 대답했지. 기억나? 그 후로 몇 년이 흘렀지?"

"5년이야." 유대 청년이 연못 속을 바라보며 대답했다.

"그렇군. 너는 신들에게 감사해야 할 것 같아. 어쨌든 멋지게 자랐잖아. 그리스식으로 표현하면 네가 멋지다고, 몇 년 사이에 준수해졌다고 할 만해! 제우스 신이 술시중을 들었던 트로이의 미소년 가니메데스에 만족한다면, 너는 황제의 술시중 시종이 되고도 남겠어! 그런데 말해봐, 유다. 어째서 총독이 오는데 그렇게 관심이 많아진 거지?"

커다란 눈으로 메살라를 응시한 유다는 진지하고 생각에 잠긴 시선으로 대답했다. "그래, 5년이지. 네가 로마로 가던 날 헤어질 때가 생각나. 네가 출발하는 것을 보고 나는 울었지. 너를 무척 좋아했기 때문이야. 세월이 흘러 너는 세련되고도 당당한 모습으로 내게 돌아왔어. 진심이야. 하지만 나는 네가 떠날 때의 메살라 그대로였으면 좋겠어."

풍자가 메살라는 멋진 콧망울을 씰룩이더니, 한층 더 느릿느릿한 어투로 말했다. "아니, 아니, 유다. 가니메데스가 아니라 신탁을 전하는 이가 되어야겠다. 포룸에서 열심히 가르쳐 주신 수사학 선생님이 계시는데 내 제안을 받아들일 만큼 네가 충분히 현명해지면 그 선생님께 추천장을 써주지. 아무튼 그 선생님께 조금만 배우고 신비의식 기술만 조금 익히면 델포이에서 너를 아폴로 신으로 받아들이겠는걸. 너의 그 장엄한 목소리에 델포이의 무녀 피티아가 왕관을 가지고 네게 다가오겠어. 그래, 이제 농담은 그만두고, 어째서 너는 내가 예전의 메살라가 아니라고 하는 거지? 언젠가 세계에서 가장 위대한 논리학자가 하는 말을 들은 적이 있는데, 그가 가르친 주제는 논쟁이었지. 그분이 했던 말한 마디가 기억나는데, '대답하기 전에 상대를 이해하라.'였지. 무슨 말인지 알아듣게 말해봐."

유대 청년은 자신을 깔보는 시선에 얼굴이 붉어졌지만 단호하게 대꾸했다.

"기회를 잘 잡은 것 같구나. 막힘없이 술술 말하는 것을 보니 선생님께 많은 지식과 세련된 표현들을 전수받았구나. 하지만 너의 말에는 어딘지 가시가 들어 있어. 메살라, 예전의 너에게는 독기라고는 없었어. 절대로 친구의 기분을 상하게 하지 않았지."

메살라는 마치 칭찬이라도 들은 것처럼 미소를 지으며 의기양양하게 고개를 더 빳빳이 쳐들었다.

"오 심각한 유다. 우리는 지금 신탁소에 있는 게 아니야. 이제 신탁 같은 애매한 말투는 집어치우고 솔직해지자. 어떤 점이 기분 나쁘게 했단 말이야?"

유다는 긴 숨을 들이마시고는 허리띠를 조이며 대답했다. "그 5년 동안 나도 좀 배운 게 있어. 힐렐 선생님을 네가 들었다는 그 논리학자에 비길 수는 없을 테지. 시므온과 샴마이 선생님도 네가 포룸에서 열심히 배웠다던 너의 선생보다 못할 수도 있겠지. 그분들은 금지된 영역까지 가르치지는 않으니까. 그분들에게 가르침을 받은 사람들은 하나님과 율법과 이스라엘에 대한 지식으로 충만해지고, 만물에 대한 존중심과 사랑이 커지지. 율법학교에 가서 배운 바에 따르면 지금의 유대는 예전의 유대가 아니지. 독립 왕국으로서 존재할 때의 유대와 로마의 조그만 속주에 불과할 때의 유대의 차이점을 알아. 조국의 몰락에 분개하지 않는다면 나는 사마리아인보다도 더 비열하고 형편없을 거야. 이스마엘은 대제사장 감이 아닐 뿐더러 고귀한 안나스가 살아 있는 한 대제사장이 될 수는 없어. 하지만 그는 레위인이니까. 수천 년 동안 우리가 믿고 섬겨온 하나님께 제사를 드리도록 선택된 지파 말이야. 그의 ……"

메살라는 가시 돋친 웃음을 터뜨리며 유다의 말을 가로챘다.

"그래, 알았어, 알았다고. 네 말은 이스마엘이 대제사장 자리를 꿀꺽한 작자라는 거지. 그래도 이스마엘보다 이두매인을 믿는 것은 독사

를 상대하듯 성가신 일이야. 디오니소스를 걸고 맹세컨대 도대체 유대
인이란! 모든 사람과 만물이, 심지어 하늘과 땅도 변하지. 하지만 유대
인은 절대 변하지 않아. 앞으로 나아가지도 뒤로 물러서지도 않고 그대
로 머물러 있지. 태초의 선조들 모습 그대로야. 이 모래에 원을 하나 그
려볼 테니 봐! 유대인의 삶에 또 뭐가 있는지 말해 보라고. 그저 돌고 또
돌기만 한다고. 여기엔 아브라함이, 저기엔 이삭과 야곱이, 한가운데
에는 하나님이 계시지. 그리고 이 원은, 유피테르 신의 이 우주는 너무
커. 자, 내가 원을 다시 그려보지."

　메살라는 잠시 말을 멈추더니 엄지손가락을 땅바닥에 놓더니 나머
지 손가락으로 그 주위를 휙 돌렸다. "봐, 엄지손가락으로 찍은 점은
성전이고, 손가락 선들은 유대야. 성전이라는 작은 울타리를 벗어나면
아무 가치도 없지? 예술은 어찌 됐지? 헤롯은 건축을 많이 했지. 그래
서 저주를 받았고. 그림과 조각은 어떻지? 그것들을 바라보는 것은 죄
악이지. 시는 제단에나 바치는 것이고. 회당에서가 아니라면 너희 가
운데 누가 수사법을 쓰려고 하겠어? 전쟁에서는 엿새 동안 정복한 것을
이레째에 모두 잃어버리고 말지. 그것이 너희 민족의 삶이고 한계야.
내가 비웃는다 해도 누가 아니라고 하겠어? 그러한 백성의 경배에 만족
하다니 너희 하나님은 우리가 온 세상을 에워싸도록 자신의 독수리를
내어주는 우리 로마의 유피테르 신에 비하면 도대체 뭐란 말이야? 모든
것은 알 만한 가치가 있다고 가르치는 선생들에게 비하면 힐렐, 시므
온, 샴마이, 압탈리온(Abtalion) 같은 랍비가 뭐 대단하겠어?"

　유다는 얼굴이 시뻘게진 채 일어났다.

　"아니, 아니. 그대로 있어, 유다 그대로 있으라니까." 메살라는 손
을 뻗치며 소리쳤다.

　"너는 나를 비웃고 있어."

"조금만 더 들어봐." 메살라는 냉소적으로 웃으며 말을 이었다. "곧 유피테르와 그 온가족, 즉 그리스와 로마의 신들로 심각한 이야기를 끝낼 테니, 제발 네가 너희 선조들의 옛 집에서 걸어 나와 나를 다시 환대하고…… 우리가 할 수만 있다면 어릴 적 옛정을 다시 회복했으면 좋겠어. 나의 선생님이 마지막 수업에서 말씀하셨지. '가라, 가서 원대하게 살아라. 마르스가 득세하고 에로스는 눈꺼풀이 벗겨졌다.' 그의 말은 사랑은 아무것도 아니고 모든 것이 투쟁이라는 의미지. 로마에서는 바로 그래. 결혼은 이혼으로 가는 첫 걸음이고, 장사꾼의 보석이 곧 미덕이지. 클레오파트라는 죽으면서 사랑의 기교를 남겼고 앙갚음을 했지. 모든 로마 가정에 후계자를 둔 셈이니. 세상이 비슷하게 돌아가고 있어. 그러니 우리의 미래도 마찬가지고. 에로스는 지고 마르스가 뜨고 있지! 나는 군인이 될 거야. 유다, 너는? 가여운 녀석. 너는 뭐가 될 수 있을 것 같니?"

유다는 연못 쪽으로 더 가까이 다가갔다. 메살라의 말투는 한층 더 느릿느릿해졌다.

"네가 정말 안 됐어, 유다. 율법학교에서 회당으로, 그리고 다시 성전으로 가겠지. 그러고 나면 오 유다, 산헤드린 공회의 의원이 되는 영예로운 즉위식이 있겠군! 별 가능성은 없는 삶이지. 신들이 너를 돕기를! 하지만 나는…… ."

유다가 쳐다보니 메살라의 거만한 얼굴에는 자만심의 불길이 활활 타오르고 있었다.

"그러나 나는 …… 세상이 아직 다 정복되지는 않았지. 바다에는 아직 알려지지 않은 섬들도 있고. 북쪽에는 우리가 아직 가 보지 않은 나라들도 있어. 극동까지 나아가려 했던 알렉산드로스 대왕의 진군을 완성하는 영예도 아직 남아 있지. 로마인 앞에 어떤 가능성들이 펼쳐져 있는지 보라고."

"아프리카로의 진격, 그 다음에는 스키타이인(Scythian)들을 정복해야지. 그리고 나면 군단을 맡고! 대부분 사람들은 거기까지가 끝이지만 나는 아니지. 나는, 유피테르 신의 가호로! 생각만 해도 짜릿한데! 나는 군단을 포기하고 장관이 되겠어. 돈으로 가득 찬 로마에서의 삶을 생각해 봐. 돈, 포도주, 여자, 연회의 시인들, 궁정의 암투, 일년 내내 벌이는 노름으로 가득 찬 삶 말이야! 그런 삶을 쭉 맛보려면 아마도 유복한 장관직 정도는 돼야겠지, 그 자리는 내 거고. 오 유다, 여기 시리아가 있잖아! 유대는 부유해. 안티오크는 신들을 위한 수도야. 나는 퀴리니우스 시리아 총독의 뒤를 이을 거야. 그러면 너한테도 내 행운을 나누어 줄게."

로마의 공공장소에서 귀족 자제들을 가르치는 일을 거의 독점하고 있는 궤변론자와 수사학자들은 메살라의 이 말투가 당시 유행을 따르고 있었으므로 높이 평가했을 것이다. 그러나 젊은 유대인인 유다에게 그러한 말투는 전혀 새로운 것이었고, 이제까지 익숙해 있던 근엄한 말투나 대화와는 매우 달랐다. 게다가 유대인은 율법과 관습과 사고방식에서 풍자와 해학을 금하고 있었으므로 유다는 친구의 말을 들으며 온갖 감정이 올라왔다. 한순간 화가 치밀다가도 어떻게 받아들여야 할지 몰랐다. 메살라의 거만한 태도에 처음에는 모욕을 느꼈다가, 곧 분개했다가 결국에는 마음이 몹시 쓰렸다. 이쯤 되면 누구나 분노가 치밀어 오르기 마련이다. 그리고 메살라는 또 다른 식으로 자극했다. 헤롯 시대의 유대인들에게 애국심이란 평상시 기분에서도 숨길 수 없는 격렬한 감정이었는데, 하물며 특히 유대의 역사와 종교와 하나님을 조롱하기라도 하면 금세 불타올랐다. 그런 까닭에 메살라의 느릿느릿한 어투는 듣고 있던 유다에게 고문에 가까운 고통이었다. 이쯤 되자 유다는 더 이상 참지 못하고 억지웃음을 지으며 말했다.

"미래를 조롱할 여유가 있는 사람은 거의 없다고 들었는데. 오 메살라, 나는 그런 사람이 아니라는 것을 깨닫게 해 주었군."

메살라는 유다를 유심히 살피더니 대답했다. "비유에만 진리가 있다고 생각하는 거야? 농담에는 없을 것 같아? 저 대단한 풀비아(Fulvia)[39]가 어느 날 낚시를 갔는데 함께 했던 일행 중에 가장 많은 고기를 잡았다는군. 사람들 말로는 그녀의 낚싯 바늘이 금으로 도금되었기 때문이라지."

"그렇다면 단순히 농담이 아니라는 거야?"

"유다, 내 제안이 시원찮지 않았다는 걸 알겠다." 메살라는 눈을 반짝이며 재빨리 대답했다. "나는 유대 덕분에 부자가 될 테니 너를 대제사장 자리에 앉혀 주지."

그 말을 들은 유다는 화가 나서 돌아섰다.

"가지마."

유다는 망설이며 멈춰 섰다.

"오, 유다, 햇볕이 너무 뜨거워!" 유다의 곤혹스러운 모습을 지켜보며 메살라가 큰 소리로 말했다. "그늘로 가자."

유다는 냉담하게 대답했다.

"이제 그만 헤어지는 게 좋겠어. 오지 말걸 그랬어. 친구를 만나러 왔지만, 알고 보니……."

"로마인이란 말이지." 메살라가 재빨리 말을 받았다.

유다는 주먹을 불끈 쥐었지만 분을 삭이고 걸음을 옮겼다. 메살라

---

39) 카이사르가 죽은 뒤 권력투쟁에 참여한 여인. 유명한 세 정치가와 결혼해 권력에 깊이 관여함. 마지막으로 마르쿠스 안토니우스와 결혼하여 막대한 영향력을 행사했으니 옥타비아누스에 맞서 반란을 일으켰다가 패한 후 유배지에서 죽음.

도 자리에서 일어나 벤치에서 외투를 집어 어깨 위에 걸치고는 그 뒤를 따랐다. 유다 옆에 이르자 메살라는 유다와 어깨동무를 하고는 나란히 걸었다.

"어렸을 때 이렇게 어깨동무를 하고 걷던 길이로군. 대문까지만 이렇게 하고 가자."

몸에 밴 그 비꼬는 듯한 표정은 완전히 지울 수 없었지만 메살라는 겉으로는 진지하고 다정한 척했다. 유다는 메살라의 손을 내치지 않고 그대로 두었다.

"너는 아직 어리지만 나는 어른이야. 내가 어른으로서 한 마디 해 줄 테니 들어봐."

메살라의 자만심은 하늘을 찌르고도 남았다. 젊은 텔레마코스[40]를 가르치는 멘토르도 울고갈 정도였다.

"너는 운명의 여신 파르카이[41]를 믿니? 아, 참. 네가 사두개파라는 것을 깜박했군. 에세네파는 너희 민족 가운데 의식있는 사람들이지. 그들은 운명을 믿는다며. 나도 마찬가지야. 우리가 하고 싶은 것을 할라치면 운명의 여신들이 늘 훼방을 놓지! 나는 앉아서 계획을 세운 후 이 길로도 가보고 저 길로도 가 볼 거야. 아아! 내가 세상을 손 안에 막 거머쥘 무렵이면 뒤에서 가위 가는 소리가 들릴 테지. 돌아보면 그곳에 운명의 여신이, 망할 아트로포스[42]가 있겠지! 그러나 유다, 내가 저 늙은 퀴리니우스를 이어 총독이 되고 싶다고 했을 때 왜 그렇게 분개했

---

40) 이타카의 왕 오디세우스와 페넬로페 사이의 아들이다. 오디세우스 왕이 트로이 전쟁에 나서며 가장 친한 친구 멘토르에게 아들을 부탁하고 떠났고, 멘토르는 텔레마코스를 훌륭하게 성장시켰다. 여기서 '멘토'라는 말이 유래되었다.
41) 그리스 신화의 운명의 여신 모이라이에 해당하는 로마 신화의 운명의 세 여신.
42) 운명의 세 여신 중 막내로 생명의 실타래를 자르는 역할을 한다. 인간의 죽음의 시기와 방법을 결정하는데 가차없는 가위질로 인간의 생명을 거두어들인다.

지? 내가 너의 유대 민족을 수탈하여 내 배를 불릴 작정이라고 생각한 게지. 그렇다 치자. 어차피 나 아니어도 누군가 다른 로마인이 그렇게 할 텐데 내가 하면 안 될 이유라도 있어?"

유다는 발걸음을 재촉하며 손을 들어올렸다.

"로마인들 전에도 유대를 지배한 이방인들은 많았지. 그런데 그들은 어디 있지, 메살라? 그들은 모두 멸망했지만 유대는 살아남았지. 이 제껏 그랬으니 앞으로도 계속 그럴 거야."

메살라는 거드름을 피우며 느릿느릿 말을 이었다.

"이제 보니 에세네파 말고도 운명을 믿는 사람들이 있었군. 어서 와, 유다, 운명을 믿다니 대 환영이야."

"아니, 메살라. 나와 그들을 한데 엮지 마. 내 믿음은 아브라함 이전의 선조들의 믿음의 반석 위에 있어. 바로 이스라엘의 주님의 언약에 말이야."

"너무 열내지마, 유다. 내가 선생님 앞에서 너처럼 열을 냈다면 얼마나 놀라셨을까! 너한테 꼭 해야 할 이야기가 있었는데 지금 말해도 될지 모르겠군."

몇 걸음 더 간 후에 메살라가 다시 말했다.

"이제는 좀 진정이 되어 내 말을 들을 수 있을 것 같은데, 특히 내가 하려는 말은 너와 관계가 있으니까. 가니메데스 못지않게 잘생긴 너를 도와주고 싶어. 진심으로 힘닿는 데까지 너한테 도움이 되고 싶어. 너를 사랑하니까. 나는 군인이 될 거라고 했지. 너도 군인이 되는 게 어때? 내가 이미 알려 주었듯이 너희의 그 고상한 체하는 율법과 관습에만 갇혀 있지 말고 이제 그만 좁은 울타리에서 벗어나는 것이 어때?"

유다는 아무 대답도 하지 않았다.

"오늘날 누가 현명한 사람들이지? 죽은 것들과 바알, 유피테르, 여호와에 관해, 또 철학과 종교에 관해 논쟁하느라 허송세월하는 자들은 아니지. 유다, 네가 알고 있는 위대한 사람의 이름을 대봐. 로마든 이집트든 동방이든 아니면 여기 예루살렘 사람이든 상관없어. 내 목숨을 걸고 말하는데, 그 사람들은 현재 자기가 가지고 있는 것을 활용해 명성을 쌓았을 거야. 아무리 거룩한 것이라도 목적에 도움이 되지 않으면 버리고, 목적에 도움이 되면 아무리 하찮아도 움켜쥐면서 말이야. 헤롯은 어떻게 했지? 마카베오(Maccabee)는 어떻게 했고? 초대 황제와 2대 황제는 어땠느냐 말이야? 그들을 본받으란 말이야. 지금 당장 가까이서 로마를 보란 말이야. 이두매인 안티파테르 헤롯처럼 충성을 다하면 로마는 너를 도울 준비가 되어 있다고.”

유다는 분노로 몸을 떨었다. 그리고 정원 문 가까이 이르자 벗어나고 싶은 마음에 발걸음을 재촉했다.

“오, 로마, 로마라!” 그는 혼자 중얼거렸다.

“이제 그만 현명해져. 어리석은 모세의 율법이나 전통 따위는 잊어버리라고. 현실을 직시하라고. 운명의 여신 파르카이의 얼굴을 똑바로 보라고. 그러면 너에게 말해 줄 거야. 로마가 바로 세계라고. 유대에 대해 물어봐. 그러면 이렇게 대답해 줄 거야. 유대는 로마의 뜻에 달려 있다.” 메살라는 말했다.

이제 문에 이르자 유다는 멈춰 서서 자기 어깨에 얹힌 메살라의 손을 부드럽게 뿌리쳤다. 그리고 눈물이 그렁그렁한 눈으로 메살라를 마주 보았다.

“무슨 말인지 알겠어, 너는 로마인이니까. 하지만 너는 나를 이해 못해, 나는 이스라엘인이니까. 오늘 네 모습을 보니 우리가 결코 예전과 같은 친구로 돌아갈 수 없는 것이 확실하구나. 그게 너무 가슴 아프다. 그만 헤어지자. 내 선조들의 하나님의 평화가 함께 하기를!”

메살라는 손을 내밀었지만 유다는 그대로 나가 버렸다. 그가 가 버리고나자 메살라는 한동안 잠자코 있다가 머리를 꼿꼿이 치켜들고 문밖으로 나가며 중얼거렸다.

"그렇다면 할 수 없지. 사랑은 끝났어, 전쟁의 시대야!"

## 3. 유다의 집

현재의 스데반의 문[43]에 해당하는 예루살렘 입구에서 서쪽으로 뻗어 있는 길이 있다. 그 길은 안토니아 성에서 한 블록 떨어져 있기는 하지만 성의 북쪽 면과 나란히 나 있다. 길은 계속 서쪽으로 이어지다가 티로포에온 계곡에서 약간 남쪽으로 바뀌었다가 방향을 바꾸어 다시 서쪽으로 이어진다. 그렇게 약간 가다가 심판의 문이라고 알려진 곳에 이르러 길은 갑자기 남쪽으로 꺾인다. 성지에 대해 잘 알고 있는 여행자나 학생이라면 그 길이 비아 돌로로사(Via Dolorosa)[44]의 일부 구간에 속한다고 익히 알고 있을 테고, 좀 더 관심이 있는 그리스도인에게는 슬프긴 하지만 예수가 십자가를 지고 걸어간 길로 잘 알려져 있다. 현재로서는 길 전체를 살펴볼 필요가 없으므로 남쪽으로 방향이 바뀌는 곳이라고 언급한 모퉁이에 서 있는 한 집에 주목해 보기로 하자. 그리고 이 집은 매우 중요하므로 특별히 약간의 설명이 필요할 것 같다.

북쪽과 서쪽 도로에 접한 양쪽 면이 120미터쯤 되는 건물은 대부분의 위풍당당한 동방 건축물처럼 2층 높이의 완전한 사각형 구조였다. 서쪽 면의 거리는 폭이 3.6미터 정도였고 북쪽면의 거리는 3미터가 넘지 않았다. 그래서 벽 가까이 걸으며 건물을 올려다본다면 거칠고 다듬어지지 않아 매력은 없지만 강건하고 웅장한 인상을 받을 것이다. 그 이유는 거대한 돌덩어리를 쌓아 지었기 때문인데 돌들은 마치 채석장

---

43) St. Stephane's Gate. 예루살렘 동쪽 성벽 북쪽에 위치한 성문. 사자문, 양 문, 베냐민의 문으로 불렸으며 스데반 성인이 순교를 당한 후에는 스데반의 문으로도 불렸다.

44) 고통의 길 또는 십자가의 길. 예수께서 십자가를 지고 골고다 언덕까지 걸어가신 사건을 기념하는 길이다. 예수에게 사형 언도가 내려진 빌라도의 법정에서 시작하여 십자가가 세워진 골고다 언덕을 비롯하여 예수님을 장사지낸 무덤까지 이르는 길로서 14처로 나뉘어져 있다.

에서 그대로 가져온 것처럼 외양이 다듬어지지 않은 모습이었다. 이 시대에 대한 전문가가 본다면 이 집이 특이하게 장식된 창문과 유별난 장식으로 마무리된 대문과 현관을 제외하면 요새처럼 생겼다고 할 것이다. 네 개나 되는 서쪽 창과 겨우 두 개인 북쪽 창들은 모두 2층에 일렬로 나 있어 거리를 내려다보게 되어 있었다. 1층에는 유일하게 출입문만 나 있었다. 공성용 무기에 견딜 수 있을 만큼 두툼한 쇠 빗장이 달린 점 외에 문들은 멋진 대리석 처마로 덮이고 대담하게 튀어나와 있어 그곳에 거주하는 부유한 사람이 정치적으로나 신앙적으로나 사두개파 사람이라는 것을 드러내고 있었다.

시장터 위에 있는 궁전에서 메살라와 헤어진 지 얼마 되지 않아 유다는 방금 묘사된 집의 서쪽 문 앞에 멈춰서 문을 두드렸다. 커다란 대문 옆에 달린 쪽문이 열렸다. 유다는 황급히 안으로 걸어 들어가느라 문지기가 낮게 절하는 것을 미처 알아보지 못했다.

건물의 내부 구조가 어떻게 생겼는지 살펴보고 유다에게 어떤 일이 닥칠지 좀 더 알아볼 겸 그를 따라가 보기로 하자.

유다가 들어간 출입구는 벽이 달리고 천장이 난 좁은 터널과 크게 다르지 않게 생겼다. 양쪽에는 오랫동안 사용하여 손때가 묻고 반들반들해진 석조 벤치들이 있었다. 열두 걸음에서 열다섯 걸음 정도 옮기자 남북으로 길게 늘어선 안마당이 나왔다. 안마당은 동쪽을 제외하고는 사방이 2층 건물의 정면으로 둘러싸여 있었다. 집의 아래층은 칸막이로 나뉘어져 있는 반면 위층은 테라스가 나 있고 탄탄한 난간이 세워져 있었다. 하인들은 테라스를 따라 이리저리 오갔고, 곡식을 가는 맷돌 소리가 들려왔다. 이쪽 끝에서 저쪽 끝으로 묶어 놓은 빨랫줄에 널린 옷들이 펄럭이고, 병아리와 비둘기들이 활개를 치고 다니고, 칸막이 외양간에는 염소와 소와 당나귀와 말들이 있었다. 공용으로 쓰는 것이 분명한 커다란 물독으로 보아 이 마당이 주인의 살림살이에 딸린 곳이라는 것을 알 수 있었다. 동쪽으로는 담장이 있었는데, 처음의 출입구와 모든 면에서 똑같이 생긴 또 다른 통로가 나 있었다.

두 번째 통로를 지나 유다는 두 번째 안마당에 들어섰다. 그곳은 널찍하고 네모반듯하며, 북쪽 현관 가까이 세워져 있는 저수조에서 나오는 물로 신선하고 아름답게 유지되고 있는 온갖 관목들과 포도나무들로 꾸며져 있었다. 이곳의 칸막이는 높고 바람이 잘 통하며 흰색과 빨간색 줄무늬 차양으로 그늘을 드리우고 있었다. 칸막이의 아치는 늘어선 기둥 위에 자리하고 있었다. 남쪽으로 난 계단은 위층의 테라스로 이어져 있었고, 위에는 햇볕을 막기 위해 차양이 쳐져 있었다. 또 다른 계단이 테라스로부터 옥상지붕으로 이어져 있었고, 네모반듯한 옥상지붕은 진흙을 구워 만든 육각형의 새빨간 타일난간과 장식처마로 둘러져 있었다. 이곳은 귀퉁이에 먼지 한 톨, 심지어 관목 위에 시든 잎하나 없을 정도로 세심하게 청결을 유지하여 무척이나 상쾌했다. 그래서 그 집을 찾은 손님이 상쾌한 공기를 마시면 소개를 하기도 전에 그 가족의 세련됨을 알아차릴 수 있을 정도였다.

두 번째 안마당으로 몇 걸음 들어간 유다는 오른쪽으로 꺾어져 드문드문 꽃이 피어 있는 관목 사이로 걷더니 테라스로 올라갔다. 흰색과 갈색의 판석이 촘촘히 박힌 널찍한 테라스는 사람의 발길로 많이 닳아 있었다. 차양 아래의 북쪽 출구로 나아간 유다는 어느 방으로 들어갔고 뒤로 문 가리개를 내리자 방은 칠흑 같은 어둠에 잠겼다. 어두운 방안을 성큼성큼 가로질러 타일이 깔린 바닥을 지나자 침상의자 위에 몸을 던지고는 엎드린 채 포개 두 손에 머리를 괴었다.

해질 무렵에 한 여인이 문간에 나타나더니 유다를 불렀다. 유다가 대답하자 안으로 들어와 말을 걸었다.

"저녁시간이 지났어요, 벌써 밤이네요. 배고프지 않아요?"

"아니."

"어디 아프세요?"

"졸려."

"어머니가 부르셔요."

"어디 계신데?"

"옥상 정자에요."

유다는 몸을 뒤척이더니 일어나 앉았다.

"알았어. 먹을 것 좀 갖다 줘."

"뭘 드시겠어요?"

"아무거나, 암라흐. 아픈 건 아닌데 의욕이 없어. 사는 게 오늘 아침만큼 즐거운 것 같지 않아. 새로운 고민거리가 생겼어. 오 암라흐, 나를 아주 잘 알고 있잖아. 어떤 음식과 약이 필요한지 잘 알고 있을 테니 알아서 갖다줘."

암라흐의 질문과 동정심과 염려가 잔뜩 배인 나지막한 음성으로 보아 두 사람이 얼마나 친밀한지 알 수 있었다. 암라흐는 손을 유다의 이마에 대보고는 만족했다는 듯이 "알았어요."라는 말과 함께 밖으로 나갔다.

잠시 후 그녀는 나무 쟁반에 우유 한 잔, 얇게 썬 흰 빵, 밀가루로 만든 맛있는 과자, 새 구이, 꿀과 소금을 들고 돌아왔다. 쟁반 한쪽 끝에는 포도주가 가득 담긴 은 잔, 다른 쪽 끝에는 불이 켜진 놋쇠 등불이 놓여 있었다.

그제야 방의 모습이 드러났다. 벽에는 부드럽게 회칠이 되어 있었고, 천장은 빗방울 얼룩과 세월의 흔적으로 누렇게 된 커다란 오크 서까래가 가로 놓여 있었고, 바닥은 매우 단단하고 내구성 좋은 작은 다이아몬드 모양의 청백 타일이 깔려 있었다. 사자 발을 본떠 조각된 다리가 달린 의자 몇 개가 있었고, 바닥에서 한 단 올라간 곳에는 침상이 놓여 있었다. 침상 위에는 커다란 줄무늬 모직 담요와 숄이 덮여 있었다. 어느 모로 보나 전형적인 히브리 풍의 침실이었다.

불빛에 여인의 모습도 드러났다. 여인은 침상 가까이 의자를 하나 끌어오더니 그 위에 쟁반을 놓고는 음식 시중을 들기 위해 무릎을 꿇었다. 쉰 살 정도 되어 보이는 여인의 얼굴은 검은색 피부에 검은 눈이었고, 그 순간에는 거의 모성애가 느껴질 정도로 다정해 보였다. 머리에는 흰 터번을 쓰고 귓불이 드러나 있었는데 귓불에 난 굵은 송곳 자국으로 보아 신분을 알 수 있었다. 그녀는 이집트 출신의 노예로서 희년인 50년을 맞이하고도 자유를 얻지 못한 상태였다. 아니 설령 자유가 주어졌다 해도 받아들이지 않았을 것이다. 그녀에게 유다는 목숨과도 같은 존재였기 때문이다. 갓난 아기였을 때부터 젖을 물려 키우며 돌보아 왔으므로 섬기는 것을 그만둘 수 없었다. 사랑하는 마음으로 보면 그는 언제나 아기였다.

유다는 식사하는 동안 딱 한 번만 입을 열었다.

"암라흐, 메살라 기억나? 예전에 가끔씩 찾아와 며칠씩 묵고 갔던 친구 말이야."

"기억나요."

"그는 몇 년 전에 로마로 갔다가 이제 돌아왔어. 오늘 그를 찾아갔었어."

유다는 역겨움에 몸서리를 쳤다.

암라흐는 깊은 관심을 보이며 대답했다. "무슨 일이 있었는지 알겠어요. 나는 메살라가 마음에 든 적이 없어요. 나한테 전부 털어놔 봐요."

그러나 유다는 생각에 잠겼고 암라흐의 계속되는 질문에도 이렇게만 답할 뿐이었다. "그는 너무 변했어, 이제 다시는 볼 일이 없을 거야."

암라흐가 쟁반을 내가자 유다도 방에서 나가 테라스에서 옥상으로 올라갔다.

독자들은 동방의 평지붕의 쓰임새에 대해 어느 정도 알고 있을 것이다. 풍습의 관점에서 보면 어느 곳이나 기후가 모든 것을 좌우한다. 시리아에서는 한여름 낮에 사람들이 아래층의 어두운 칸막이 방에서 더위를 피하지만 밤이 되기 무섭게 밖으로 나온다. 해가 지면 키르케[45]처럼 노래하는 새들을 흐릿하게 뒤덮듯이 산허리로 어둠이 드리우지만 산은 멀리 떨어져 있었다. 반면 지붕은 가까이 있었고 어스름한 지면 위로 서늘한 바람이 통하기에 충분히 높은 위치에 있었다. 게다가 별들이 더 잘 보일 정도로, 적어도 더 밝게 빛나는 것을 볼 수 있을 만큼 나무들보다도 위에 있었다. 그래서 평지붕은 쾌적한 안식처였다. 놀이터, 침실, 내실, 가족 회합실이요, 음악과 춤과 대화를 즐기고, 갖가지 상상의 나래를 펴고, 기도도 드리는 공간이었다.

약간 더 서늘한 지방에서는 실내장식에 아낌없이 돈을 쏟아 붓지만 동방사람들은 평지붕을 꾸미는데 사치를 부렸다. 모세가 주문했던 발코니 난간은 도공의 업적이 되었다. 후대에는 지붕 위에 멋진 탑을 올렸다. 그리고 더 후대에는 왕이나 귀족들이 지붕에 대리석과 금으로 정자를 올렸다. 바빌로니아의 공중정원은 사치의 극치를 보여준다.

유다는 옥상을 가로질러 북서쪽 모퉁이 위에 지어진 탑으로 천천히

---

45) 그리스 로마 신화에 등장하는 마녀. 아름다운 노래로 사람들을 홀린 후 요술 지팡이로 쳐서 돼지로 만들었다고 한다.

걸어갔다. 만약 그 집을 방문한 사람이었다면 가까이 다가가는 동안 그 탑에 눈길을 주었을 테고, 어둠에 잠겨 있긴 해도 격자무늬 장식과 기둥과 둥근 천장이 눈에 들어왔을 것이다. 그는 반쯤 쳐진 커튼 아래를 지나 안으로 들어갔다. 실내는 완전히 어둠에 잠겨 있었는데 사방에 출입구처럼 나 있는 아치형 통로를 통해 별들이 반짝이는 하늘이 보였다. 주름진 흰 옷을 걸친 한 여인이 한쪽 통로에 있는 침상의자의 쿠션에 기대어 있는 모습이 흐릿하게 보였다. 그의 발걸음이 들리자 화려한 보석 장식이 박혀 별빛에 반짝이던 부채가 멈추었다. 여인은 부채질을 멈추고 일어나 앉아 아들의 이름을 불렀다.

"유다로구나!"

유다는 재빨리 다가가며 대답했다. "네, 어머니. 저예요."

유다가 다가가 무릎을 꿇자 어머니는 아들을 품에 꼭 끌어안고 입 맞추었다.

## 4. 유다와 어머니의 대화

어머니는 다시 쿠션에 편하게 기대었고, 유다는 침상의자에 자리를 잡고 머리를 어머니 무릎에 올려놓았다. 두 사람 다 통로 밖으로 내다보이는 주변의 더 낮은 지붕들과 서쪽으로 솟아 있는 짙은 남빛 산허리, 별들이 총총히 빛나고 있는 어두운 밤하늘을 볼 수 있었다. 도시는 고요했다. 오로지 바람만이 살랑이고 있었다.

어머니는 유다의 뺨을 어루만지며 말했다. "암라흐 말로는 네게 무슨 일이 있었다고 하던데. 네가 어렸을 때에야 작은 일들로 속을 태워도 괜찮았지만 이제는 어른이잖니. 명심하렴, 너는 언젠가 내 영웅이 될 테니."

그녀는 그 땅에서 거의 쓰이지 않는 언어로 말했다. 재산과 명망을 모두 갖춘 가문에서 순수하게 지켜온 그 히브리어 때문에 그들은 다른 이방인들과 더욱 뚜렷이 구분되었다. 그 옛날 사랑스러운 리브가와 라헬이 베냐민[46]에게 노래를 불러줄 때 썼던 언어이기도 했다.

어머니가 한 이 말로 유다는 다시 생각에 잠긴 것 같았다. 그러나 잠시 후 부채질해 주던 어머니의 손을 잡고 말했다. "어머니, 저는 이제껏 결코 염두에 둔 적이 없던 일들을 생각하게 되었어요. 먼저, 말씀해 주세요. 저는 무엇이 되면 좋을까요?"

"말했잖니, 너는 나의 영웅이 될 거라고."

어머니의 얼굴을 볼 수는 없었지만 농담이라는 것을 알고 있었으므로 이번에는 좀 더 진지하게 말했다.

---

46) 리브가는 야곱의 어머니, 라헬은 야곱의 아내, 베냐민은 라헬의 아들.

"어머니는 매우 상냥하시고 다정하세요. 어머니만큼 저를 사랑하는 사람은 없을 거예요."

유다는 어머니의 손에 몇 번이나 입을 맞추었다.

"그 질문을 못하게 왜 막으시는지 알 것 같아요. 이제까지는 제 삶이 어머니께 속해 있었죠. 어머니가 그렇게 지켜 주시는 것이 얼마나 평온하고 즐거웠는지요! 영원히 지속될 수만 있다면 얼마나 좋겠어요. 그러나 현실은 그럴 수 없죠. 저도 언젠가는 스스로를 책임져야 하는 것이 주님의 뜻이죠. 어머니께는 두려운 날이 되겠지만 어머니로부터 독립할 날이 오겠지요. 용기를 내어 진지하게 직면해요. 저는 어머니의 영웅이 될 거예요. 하지만 어머니는 저를 세상에 내보내셔야 해요. 어머니도 율법을 아시잖아요. 이스라엘 남자라면 누구나 직업을 가져야 한다는 것을요. 저라고 예외일 수는 없으니 이제 찾을 때가 되었죠. 가축을 돌보는 목동이 될까요, 땅을 일구는 농부, 아니면 톱질하는 목수가 될까요? 아니면 성직자나 율법학자가 될까요? 뭐가 되어야 할까요? 어머니, 제가 답을 찾을 수 있게 도와주세요."

어머니는 생각에 잠겨 대답했다. "오늘 가말리엘(Gamaliel)[47] 선생님의 말씀을 들었나보구나."

"아니요."

"그렇다면 사람들 말로 가문 대대로 천재라는 시므온 선생님께 들었구나."

"아니요, 뵙지도 못했어요. 오늘은 성전이 아니라 시장터에 다녀왔어요. 메살라를 찾아갔어요."

---

47) 힐렐의 손자며 시므온의 아들로서. 바리새파의 유명한 율법학자였다. 산헤드린 공회원이고 사도 바울의 스승이었다. 사도행전 5장 33–40절에 보면 뛰어난 언변으로 사도들을 변론해 주었다.

어머니는 유다의 음성이 변한 것을 느끼고 불길한 예감에 사로잡혀 가슴이 두근거렸다. 어느새 부채질도 멈추었다.

"메살라를 만났다고! 그가 뭐라고 했기에 그렇게 마음이 쓰이는 거니?"

"그는 너무 많이 변했어요."

"로마인이 되어 돌아왔다는 거구나."

"네."

어머니는 반은 혼자말로 중얼거렸다. "로마인이라고! 그 말은 전 세계에 주인을 의미하지. 그가 얼마나 나가 있었지?"

"5년 동안이요."

어머니는 고개를 쳐들어 저멀리 어둠을 응시했다.

"이집트와 바빌로니아의 거리에서야 로마의 분위기가 물씬 풍기지. 하지만 예루살렘, 하나님의 언약이 살아 있는 우리 예루살렘에서는 어림도 없지."

그리고 어머니는 생각에 깊이 잠겨 다시 편안한 자세를 취했다. 유다가 먼저 입을 열었다.

"어머니, 메살라가 한 말은 그 자체로 신랄했어요. 하지만 오만한 태도까지 더하니 어떤 말은 참을 수 없을 정도였어요."

"무슨 말인지 알 것 같구나. 로마에서는 시인, 웅변가, 원로원 의원, 궁전 사람들 너나 할 것 없이 풍자라고 하는 것에 온통 미쳐 있다더구나."

유다는 자기도 모르게 불쑥 끼어들었다. "위대한 민족들은 모두 자부심이 대단하다는 것은 알겠지만 로마인의 자부심은 다른 민족에 비해 유별난 것 같아요. 요 근래에는 어찌나 심해졌는지 신들조차 우습게 알 정도예요."

"신들을 우습게 안다고! 숭배 받는 것을 자신의 신성한 권리로 여기는 로마인이 한둘이 아니지."

"글쎄요, 메살라도 늘 그렇게 불손한 구석이 있었어요. 그가 어렸을 때 헤롯왕조차도 정중하게 맞아들인 이방인들을 업신여기는 것을 본 적이 있어요. 그렇긴 해도 유대인들에게는 뭐라 하지 않았었죠. 그런데 오늘 저와 말하던 중에 처음으로 저희 관습과 하나님을 조롱하더라고요. 어머니도 원하셨을 테지만, 이제 그와는 완전히 절교했어요. 그래서 말인데요, 어머니. 로마인이 우리를 그렇게 깔볼 만한 근거가 있는지 더 확실히 알고 싶어요. 제가 어떤 면에서 그보다 못할까요? 저희가 하등한 민족인가요? 제아무리 황제의 면전이라 하더라도 왜 노예처럼 비굴한 기분을 느껴야 할까요? 무엇보다도 제가 용기를 내어 마음먹고 모든 방면에서 세상의 영예를 쫓으면 안 되는지 알려 주세요. 칼을 들고 전쟁터에 나가면 안 될 까닭이 있나요? 시인이 되어 모든 것을 노래하면 안 되나요? 금속세공인도 될 수 있고, 목동도 될 수 있고, 상인도 될 수 있는데 왜 그리스인들처럼 예술가가 되면 안 되는 거죠? 오 어머니, 알려 주세요. 제 고민은 이거예요. 왜 이스라엘의 자손은 로마인들처럼 하면 안 되는 거지요?"

독자들은 유다가 메살라와 주고받았던 대화를 떠올려보면 이 질문들이 이해가 갈 것이다. 온 힘을 다해 열심히 듣고 있던 어머니는 유다에게 깊이 관심을 기울이지 않는 사람은 놓쳤을 그 무엇, 즉 논점의 맥락이라든가 질문의 요점, 어쩌면 말투나 어조로 그가 한 말을 재빨리 알아들었다. 어머니는 일어나 앉아 아들 못지않게 날렵한 목소리로 대답했다. "알았단다, 알았어! 소년 시절에 가까이서 본 메살라는 거의 유대인에 가까웠지. 그 아이가 이곳에 계속 남아 있었다면 아마도 개종하여 우리 삶을 성숙시키는 좋은 영향을 받을 수 있었을 텐데. 하지만 로마에 있었던 세월이 너무 길었던 것 같구나. 그렇게 변한 것이 전혀 이상할 것이 없다만 … 적어도 너에게만은 상냥하게 굴었어야지. 하기야 소싯적 우정을 잊어버릴 수 있는 것이 청춘의 잔인한 본성이기도 하지."

어머니는 시선은 저 높은 별빛에 두면서도 손을 살며시 아들 이마에 놓고 손가락으로 사랑스럽게 머리칼을 쓰다듬었다. 어머니의 자부심 역시 아들 못지않았지만, 아들을 완전히 이해하고 느끼는 자부심이었다. 어머니는 아들의 말에 대답하려고 했다. 절대로 불만스러운 대답을 하면 안 되었다. 열등감을 인정한다면 평생 아들의 용기를 꺾을 것이기 때문이다. 그녀는 자신에게 그럴 힘이 있을지 염려되어 망설였다.

"유다야, 네 질문은 여자인 이 어미가 감당할 만한 주제가 아닌 것 같구나. 내일까지 대답하는 것을 미루는 것이 어떨지, 그러면 현명하신 시므온 선생님께서……."

"선생님께 가는 건 싫어요." 유다가 퉁명스럽게 대꾸했다.

"그러면 선생님을 오시라고 하마."

"아니요. 물론 지식이야 어머니보다 선생님이 더 잘 알려 주시겠지만 저는 지식 이상의 것을 알고 싶어요. 어머니야말로 선생님이 주실 수 없는 것을 더 잘 알려 주실 수 있어요. 말하자면 남자의 기개를 살리는 결의 같은 거요."

어머니는 재빨리 하늘을 훑어보며 아들의 질문에 담긴 모든 뜻을 헤아려보려고 애썼다.

"정의롭게 대우받길 원하면서 다른 이들에게 부당하게 구는 것은 현명하지 못하지. 우리가 무찌른 적의 용맹함을 부인하는 것은 우리의 승리를 깔보는 것이나 마찬가지란다. 그리고 적이 우리를 궁지에 몰아넣고, 나아가 우리를 무찌를 만큼 강한 상황에서는 자긍심이 있다면 적의 부족한 점을 헐뜯기보다는 우리가 불행을 겪게 된 이유가 무엇인지 곰곰이 생각해 보는 것이 낫겠지."

어머니는 유다에게 말한다기보다 자신에게 말하듯 중얼거리기 시작했다.

"용기를 내렴, 아들아. 메살라는 뼈대 있는 집안 출신이지. 그의 가문은 대대손손 이름을 떨쳤으니까. 얼마나 오래되었는지 알 수는 없지만 공화정 로마 시절에는 유명했었지. 더러는 무관으로 더러는 문관으로 말이다. 유일하게 한 집정관의 이름은 기억할 수 있구나. 그들은 원로원 의원도 지냈고 늘 부유했으므로 사람들은 그들이 뒷배를 봐주길 원했지. 설령 그렇다 하더라도 오늘 네 친구가 자기 조상을 들먹여 자랑했다면 너도 선조들의 이름을 내세워 그를 면박하면 될 것이다. 그 아이가 부득이한 상황이 아닌데도 가문이나 조상의 업적이나, 높은 지위, 또는 부를 언급했다면 그러한 자랑질은 자신이 소인배라는 것을 드러내는 짓에 불과하지. 만일 자기의 우월성을 그런 식으로 드러내려 한다면 두려워할 것 없다. 너도 기록으로 조목조목 반박하면 되니까."

어머니는 잠시 생각하더니 말을 이었다.

"어미 생각은 이렇단다. 고귀한 민족이나 가문은 유구한 역사를 자랑하기 마련인데 그런 점에서 로마인은 이스라엘 민족의 상대가 안 되지. 로마인들은 건국과 함께 시작되었으므로 그 이전으로 거슬러 올라갈 수는 없단다. 의심의 여지가 없지. 그런 점에서 전통에 의지하는 것을 빼면 그들의 주장을 뒷받침해 줄 만한 것은 하나도 없단다. 메살라도 분명 그렇고. 그러면 이제 우리들을 살펴보자. 우리가 더 나을까?"

약간만 밝았더라도 유다는 어머니의 얼굴 위로 퍼진 자긍심을 볼 수 있었을 것이다.

"로마인이 우리에게 도전한다면 이 어미는 주눅들거나 자랑하지 않고 당당히 대답하련다."

어머니는 목소리가 떨렸다. 따뜻한 옛 추억이 떠오르자 말투가 바뀌었다.

"오 유다, 네 아버지는 오래 전 돌아가셔서 지금은 조상들과 함께 잠들어 계시지만 너를 주님께 봉헌하러 많은 친지들과 함께 기뻐하며 성전으로 올라갔던 때가 마치 조금 전인 듯 생생하구나. 비둘기를 번제물로 바치고 제사장에게 네 이름을 알려 주니 그분이 내 면전에서 이렇게 적으셨지. '허 가문의 이타마르(Ithamar)의 아들 유다'. 네 이름은 그렇게 전달되어 거룩한 가문의 족보에 적혔지.

이렇게 등재되는 관습이 언제 시작되었는지 정확히 알 수는 없지만 이집트에서 탈출하기 전부터 널리 퍼져 있었던 것만은 확실하단다. 힐렐 선생님 말씀으로는, 다른 모든 민족과 구별하여 가장 높고 고귀하게 만드시어 이 세상의 선택된 민족으로 만드시겠다는 주님의 약속에 감동하여 아브라함이 자신의 이름과 이어서 아들들의 이름을 처음으로 그렇게 기록했다고 하는구나. 하나님께서는 야곱과도 비슷한 약속을 하셨단다. 천사가 여호와이레(Jehovah-jireh)에서 아브라함에게 나타나 말했지. '네 씨로 말미암아 천하 만민이 복을 받으리라.'[48] 주님은 또한 하란(Haran)으로 가는 도중 베델(Bethel)에서 잠든 야곱에게도 친히 나타나 이렇게 말씀하셨다. '네가 누워 있는 땅을 내가 너와 네 자손에게 주겠다.'[49] 그 후로 현명한 사람들은 약속된 땅이 공정히 나누어지기를 기다렸는데 아마도 자기 몫을 받게 된 각 지파 시절에 족보가 시작

---

48) 창세기 22:18
49) 창세기 28:13

되었다고 알려져 있단다. 아브라함을 통해 모든 땅에 축복을 내리겠다는 약속은 먼 훗날까지 이어졌단다. 그 축복과 관련하여 한 이름이 언급되었는데, 아마도 선택된 가문 중 가장 작았을 거란다. 우리의 주님께서는 지위나 부로 차별하지 않으시니. 그래서 대대손손 그것을 보게될 사람들에게 분명히 하기 위해, 그 가문에 속한 사람에게 영예가 주어지도록 기록을 확실히 남길 필요가 있었단다. 그렇지 않겠니?"

어머니는 손부채질을 했고 참다못한 유다가 질문을 되풀이했다. "그 기록이 정말로 맞는 걸까요?"

"힐렐 선생이 그렇다고 하셨다. 지금까지 그 주제에 대해 그분보다 해박한 사람은 없었단다. 우리 민족이 때로는 율법서에서 소홀히 다룬 부분이 있기는 하지만 이 부분은 절대로 그런 적이 없다. 훌륭한 학자라면 족보를 세 시기로 나누어 살핀단다. 하나님의 약속의 시대에서 성전 건립기, 그 때부터 바빌론 포로 시기, 그리고 그 이후로 현재까지이지. 단 한 번 기록이 흐트러진 때가 있었는데 바로 바빌론 포로 시절이었지. 하지만 우리 민족이 오랜 포로 생활을 끝내고 돌아왔을 때 하나님께 대한 첫 번째 의무로 스룹바벨(Zerubbabel)[50]이 족보를 부활시킨 덕분에 다시 한 번 유대 가문이 2천년 동안 끊이지 않고 이어져올 수 있게 된 거란다. 그리고 이제⋯⋯."

어머니는 유다가 말 속에 내포된 시간을 헤아릴 여유라도 주려는 듯 잠시 쉬었다.

"그러면, 어머니, 저는, 족보에 의하면 저는 대체 누구죠?"

"아들아, 이제껏 어미가 한 말은 네 질문과 관계가 있단다. 대답해

---

50) 다윗의 후예 스알디엘의 아들로서 바빌론 포로 시절 그곳에서 태어나 자라다가 페르시아왕 키루스가 유대인을 석방하여 고국으로 귀환시킬 때 인솔자가 되어 고국에 돌아와 성전과 성곽을 재건하였다.

주마. 메살라가 이 자리에 있었더라면, 다른 사람들과 마찬가지로 우리의 혈통은 아시리아인들이 예루살렘을 빼앗고 모든 귀중품과 함께 성전을 파괴했을 때 끊겼다고 말할지 모르지. 하지만 그렇게 따지자면 로마가 서쪽에서 온 야만인의 침공을 받아 6개월이나 점령당했을 때 로마인들의 혈통도 끊겨 버렸다고 할 수 있지 않을까? 또 우리 민족은 스룹바벨의 거룩한 조치 덕분에 족보가 사라지지 않았다고 반론을 펼 수도 있지 않겠니? 로마 정부가 가문의 족보를 지켜 주었겠니? 만일 그렇다면 그 무서운 시절의 역사는 어찌 되었지? 아니, 아니, 우리의 족보에는 진실이 있단다. 그리고 바빌론 포로 시절로 올라가고, 첫 성전을 세웠던 시절, 더 거슬러 이집트에서 탈출했을 때까지 올라가면 우리는 네가 여호수아의 동료였던 허(Hur)의 후손이라는 것을 전적으로 확신할 수 있단다. 유구한 역사를 자랑하는 혈통이라는 점에서 본다면 그보다 완벽한 명예가 어디 있겠니? 좀 더 알아보고 싶니? 그렇다면 토라(Torah)[51]를 가져다 민수기를 뒤져 아담 이후 일흔두 세대에 관해 찾아보렴. 그러면 네 가문의 창시자를 찾을 수 있을게다."

정자 안에는 잠시 동안 침묵이 흘렀다.

"감사합니다, 어머니." 유다는 어머니의 두 손을 꼭 잡으며 말했다. "진심으로 감사드려요. 선생님을 부르지 않기를 잘했어요. 어머니보다 더 흡족한 답을 해 주진 못했을 테니까요. 그런데요, 역사가 유구하다고 해서 무조건 고귀한 가문이라고 할 수 있을까요?"

"아 그게 아니야, 잊었구나. 우리는 유구한 역사만 내세우는 것은 아니란다. 주님께서 우리를 총애하신다는 것이 바로 우리의 특별한 영

---

51) 구약성서의 첫 다섯 편으로, 창세기·출애굽기·레위기·민수기·신명기를 말한다. 흔히 모세오경이나 모세율법이라고 하며 유대교에서 가장 중요한 문서이다. 히브리어로 '가르침' 혹은 '법'을 뜻한다.

예란다."

"아, 어머니는 민족을 말씀하시는 거죠. 근데 저는 우리 가문에 대해 알고 싶어요. 아브라함 선조 이후로 저희 가문은 어떤 일을 이룩했죠? 무엇을 했나요? 어떤 위업으로 우뚝 서게 되었죠?"

어머니는 이제껏 아들의 의도를 잘못 이해한 것 같아 아차 싶었다. 아들이 그런 것을 알고 싶어하는 이유는 단지 상처받은 자존심을 회복하고 싶은 마음 때문만은 아닐 수도 있다. 청춘은 그 안에서 남자의 기개라는 놀라운 것이 발현되기를 기다리며 계속 성장하고 있는 조가비와도 같다. 누군가는 그 발현이 다른 사람보다 빨리 나타날 수도 있다. 아들이 지금 그런 순간이라는 것을 깨닫고는 오싹해졌다. 갓난아기들이 어둠을 부여잡듯이 손을 내밀며 울어대는 것처럼 어쩌면 그의 영혼도 캄캄한 가운데 알 수 없는 미래를 잡으려고 발버둥치고 있는 것이다. 소년으로부터, 저는 누군가요, 그리고 무엇이 될까요? 라고 질문을 받는 사람들은 그 어느 때보다도 신중해야 한다. 그들의 대답 한 마디 한 마디는 진흙을 빚고 있는 예술가의 손놀림처럼 한 사람의 평생을 결정지을 만큼 중요하기 때문이다.

"나는 어떤 느낌인가 하면, 유다." 어머니는 아들이 잡고 있던 손으로 그의 볼을 쓰다듬으며 말했다. "이제껏 내가 말했던 모든 것은 실제가 아닌 상상의 적과 경쟁한 것 같다는 생각이 드는구나. 만일 메살라가 적이라면 이 어미가 아무것도 모르는 채 그와 싸우게 두지 마렴. 메살라가 무슨 말을 했는지 전부 말해 보렴."

## 5. 로마 대 이스라엘

유다는 그제야 메살라와 주고받았던 대화를 자세히 말하기 시작했는데, 특히 메살라가 유대인과 유대인의 관습과 삶이 너무 답답하다고 멸시한 부분을 자세히 설명했다.

유다의 말에 묵묵히 귀 기울이고 있던 어머니는 어찌된 상황인지 분명히 알아차렸다. 유다는 몇 년 전 헤어진 친구가 그대로일 것으로 생각하고 사랑하는 마음에 이끌려 시장터에 있는 궁전에 갔다. 그런데 미래에 대한 야심으로 가득 차 있던 친구는 과거의 추억담이나 웃음 대신 앞으로 거머쥘 영광과 부와 권력에 대해 이야기했다. 유다는 자존심에 상처를 입게 되었지만 자기도 모르게 자연스레 야망이 꿈틀거렸던 것이다. 사려 깊은 어머니는 그것을 알아차렸고 아들의 야망이 어떻게 바뀔 지 알 수 없었으므로 유대인으로서 우려하는 마음이 들었다. 아들이 야망에 사로잡혀 조상 대대로 내려온 신앙에서 멀어지기라도 한다면? 생각만 해도 끔찍한 일이었다. 그러한 사태를 피하기 위한 길은 하나밖에 없다. 그것을 재빨리 말로 옮긴 어머니는 아들에 대한 사랑이 얼마나 절절했던지 어조에는 남성의 힘과 때로는 시인의 열정이 묻어났다.

"자기 민족이 다른 민족과 똑같다고 생각한 민족은 이제껏 없었단다. 아들아, 큰 나라치고 자기들이 제일 뛰어나다고 생각하지 않은 나라가 없었잖니. 로마인이 이스라엘을 깔보고 비웃는다면 예전에 이집트인과 아시리아인과 마케도니아인들이 저지른 어리석은 짓을 되풀이하는 것에 지나지 않는단다. 그리고 하나님을 비웃은 거나 마찬가지이므로 결과는 불 보듯 뻔할 거란다."

그녀의 음성은 더욱 단호해졌다.

"특별히 어느 나라가 더 우월하다고 결정짓는 법은 이 세상 어디에도 없다. 하물며 그런 주장은 다 허황되고, 논쟁을 벌여봤자 쓸데없는 일일 뿐이지. 어느 민족이든 융성하여 절정을 이루었다가 스스로 멸망하거나 다른 민족 손에 망하고 말지. 그 힘을 이어받아 자리를 꿰찬 다른 민족들은 자신들의 기념물에 새로운 이름을 새겨 넣지. 역사란 그런 것이란다. 만일 나더러 하나님과 인간을 가장 단순한 형태로 나타내라고 한다면 나는 직선과 원을 그려놓고 직선을 가리키며 '이것은 하나님이오, 오로지 그분만이 언제나 앞으로 나아가시기 때문이오.'라고 말할 것이고, 원을 가리키면서는 '이것은 인간이오, 인간이 나아가는 모습이 이러하니까.'라고 대답하겠다. 그렇다고 모든 민족들이 똑같은 길을 걷는다는 의미는 아니란다. 같은 경우는 없으니까. 그러나 누군가 말하는 것처럼 차이란 그들이 그리는 원의 정도나 차지하는 땅의 크기에 있는 것이 아니라 그들의 활동범위, 즉 하나님께 얼마나 가까워지려고 했는가에 있다고 할 수 있지.

여기서 멈춘다면 이제껏 논의한 것들이 아무것도 아닐 테니 계속해 보자. 각 민족이 살아가는 동안 얼마나 높은 차원에 이르렀는지 평가할 수 있는 표지들이 있으니 그것에 의거해 히브리인과 로마인을 비교해 보자꾸나.

모든 표지들 가운데 가장 간단한 것은 그 민족의 일상을 보는 것이란다. 이것에 관해서 일러두고 싶은 것은 하나밖에 없다. 이스라엘 민족도 가끔 하나님을 잊을 때가 있었지만, 로마인은 하나님을 아예 알지 못했지. 그러니 비교 자체가 불가능하지.

내가 네 말을 제대로 이해한 게 맞는다면, 네 친구, 아니 옛 친구가, 유대인 중에는 시인이나 예술가나 전사가 없다고 비난했다는 거지. 내 생각에는 두 번째로 확실한 표지인 위대한 인물들이 있다는 것을 부인할 목적이었던 같구나. 이러한 비난을 제대로 살펴보려면 먼저 위대한 인물이란 누구를 뜻하는 것인지 확실히 할 필요가 있단다. 아들아, 위대한 인물이란 그 삶이 하나님의 부름까지는 아니더라도 인정을 받은 사람이란다. 하나님은 한 페르시아인[52]을 이용하여 비겁한 우리 선조들을 벌하시고 포로로 끌려가게 하셨고, 또 다른 페르시아인[53]을 선택하시어 이스라엘 후손을 거룩한 땅으로 되돌려 보내게 하셨지. 그러나 이 두 사람보다 더 위대한 사람은 페르시아를 멸망시킨 마케도니아인[54]으로서 그를 통해 허물어진 유대와 성전의 원한을 갚은 셈이 되었지. 그들이 특별한 이유는 각자 거룩한 목적을 위해 주님께서 선택하셨다는 점이란다. 그리고 이방인들이라고 해서 달라질 것은 없단다. 위대한 인물에 대한 이 정의를 잊지 말거라.

인간이 벌이는 가장 고귀한 일이 전쟁이요, 전쟁터를 넓히는 것이 가장 숭고한 위대함이라고 생각하는 사람들이 있단다. 세상에는 그런 생각이 만연하니까 너는 거기에 속아 넘어가지 않도록 하렴. 이해하지 못하는 것이 존재하는 한 인간의 숭배심은 사라지지 않는단다. 야만인들의 기도는 두려움에 휩싸여 신의 유일한 자질이라고 확신하는 힘을 청하는 울부짖음에 불과하단다. 그래서 영웅숭배가 나온 거지. 유피테르야말로 로마인의 영웅이 아니고 무엇이겠니? 그리스인들이 영예로운 이유는 지성이 힘을 능가한다고 처음으로 생각했기 때문이란다. 아테네에서는 웅변가나 철학자가 전사보다도 더 존경을 받았단다. 전차 경주 선수나 가장 빠른 달리기 선수는 여전히 경기장에서 인기를 누리지만 가장 달콤한 노래를 부르는 이는 불후의 명성을 얻는단다. 위대한

---

52) 유다 왕국을 멸망시킨 후 바빌론으로 끌고 간 네부카드네자르(느브갓네살)
53) 유대인들이 예루살렘으로 돌아가도록 풀어준 키루스 2세
54) 알렉산드로스 대왕

시인을 배출한 곳은 일곱 도시에 필적할 정도로 가치가 있지. 그러나 이전의 야만적 신앙을 제일 먼저 버린 사람들이 그리스인일까? 아니란다, 아들아. 그 영예는 바로 우리들 것이란다. 우리 선조들이 세운 하나님은 잔인한 분이 아니시란다. 우리는 하나님을 섬기면서 두려움에 찬 울부짖음을 찬미와 찬송으로 바꾸어 놓았지. 그러니 히브리인과 그리스인 덕분에 모든 인류는 한 걸음 앞으로, 그리고 한 단계 위로 올라갔다고 할 수 있단다. 하지만 안타깝게도! 세상의 지배자는 전쟁이 영원할 거라고 생각하고 있지. 그런 까닭에 로마인들은 황제를 지성과 하나님보다도 위에 두고 모든 힘을 집중시켜 다른 위대함은 설 자리가 없게 만들었지.

그리스가 지배했던 시기는 지혜가 꽃을 피운 시대였다. 그 시대가 향유한 자유 덕분에 얼마나 많은 사상가들이 지성을 이끌었느냐? 모든 면에서 뛰어난 영광이 있었고 전쟁을 제외한 모든 것이 얼마나 완벽했던지 로마인들조차 고개를 숙이고 모방하지 않았느냐. 이제 그리스식 웅변은 공공광장에서 웅변가들의 귀감이 되었다. 그리고 들어보렴, 그러면 모든 로마 노래에서 그리스의 리듬을 듣게 될 것이다. 로마인이 입을 열어 제아무리 도덕이나 추상적 개념, 자연의 신비를 떠들어봤자 이미 그리스인이 창시한 학파를 추종하거나 베낀 것에 불과할 뿐이지. 다시 말하지만 로마인은 전쟁에서만 독창성을 발휘하지. 로마의 오락과 구경거리는 그리스인이 창안한 것을 어리석은 대중의 잔인함을 만족시키기 위해 선혈이 낭자하게 변형한데 지나지 않는단다. 그들의 종교는, 뭐 종교라고 불러도 될지 모르겠지만, 다른 모든 민족의 신앙에서 이것저것 긁어모은 것에 불과하지. 그들이 가장 숭배해 마지않는 신들이라야 전부 올림포스의 신들이다. 그런 점에서 본다면 심지어 전쟁의 신 마르스와 그들의 최고신인 유피테르조차도 다 그리스에서 온 신들 아니냐. 사정이 이러하니 온 세상에서 우리 이스라엘만이 그리스인들의 우월성에 필적할 수 있단다. 독창적인 지혜를 두고 그들과 겨룰 수 있는 사람은 우리밖에 없단다.

로마인의 자만심은 자기네 갑옷의 가슴받이만큼이나 단단하여 다른 민족의 탁월함을 알아보지 못한단다. 오 무자비한 날강도들 같으니! 세상은 그들의 발 아래 짓밟혀 신음하고 있고 다른 민족과 마찬가지로 우리 민족 또한 굴복당하고 말았구나. 아아, 내 입으로 그 말을 해야 하다니! 그들은 우리의 가장 높은 자리와 가장 거룩한 곳을 차지하였고, 그것이 언제 끝날지는 아무도 모르지. 그러나 이것 하나는 알고 있단다. 그들이 망치로 부숴버린 아몬드처럼 유대를 짓이긴다 해도, 젖과 꿀이 흐르는 예루살렘을 먹어 치운다 해도 이스라엘 사람들의 영광은 저 너머 손댈 수 없는 하늘나라에 한 줄기 빛으로 남게 될 것이다. 왜냐하면 이스라엘의 역사는 바로 하나님이 함께 한 역사이기 때문이지. 적어도 하나님께서 그들의 손을 통해 직접 쓰시고 그들의 혀를 통해 말씀하시고, 그들이 행한 모든 선으로 자신을 드러내셨지 않니. 이스라엘과 더불어 사셨고, 시나이 산에서는 십계명을 주셨고, 광야에서는 사람들을 이끄셨고, 전쟁터에서는 지휘관이, 다스리는 왕이 되어 주시지 않았느냐. 다시 한 번 하늘의 장막을 걷고 나오시어 사람이 사람에게 말하듯이, 우리에게 정의에 대해, 행복에 이르는 길과 어떻게 살아야 하는지에 대해 알려 주시고, 당신의 전능한 힘으로 우리와 영원한 언약을 맺으셨단다. 아들아, 그렇게 여호와와 함께 하며 그분을 잘 아는데 우리가 하나님께 아무것도 물려받지 못할 수가 있을까? 우리 유대인의 삶이나 행위를 보면 보통의 인간적 자질에 어느 정도는 하나님의 거룩한 자질이 섞이거나 가미되지 않았겠니? 오랜 세월이 흐른 후라 하더라도 그 지혜에 하늘의 지혜가 어느 정도 배어 있지 않겠니?"

한동안 방에는 부채질하는 소리 외에는 아무 소리도 들리지 않았다.

"예술을 조각과 회화로 국한시킨다면 그런 의미에서 이스라엘에는 예술가가 없다는 말이 맞기는 하다."

어머니는 심히 유감스럽게 인정하지 않을 수 없었는데 그녀가 사두개파였음을 기억하면 당연한 일이었다. 바리새파와 다르게 사두개파는 그 기원에 관계없이 온갖 형태의 미를 애호하는 것을 허용했기 때문이다.

"정의로운 사람이라면 우리의 손재주는 '너희는 어떤 것이든지, 그 모양을 본떠서 우상을 만들지 못한다.'[55]는 금지에 얽매여 있었음을 잊지 않을 것이다. 율법교사들은 심술궂게도 이 금지의 의도와 시대 상황을 무시하고 너무 확대해석했지. 그리고 또 잊지 않아야 할 것이 있단다. 그 옛날 아티카에 다이달로스가 출현한 덕분에 그리스 조각은 코린토스와 아이기나에 많은 예술양식이 생겨날 정도로 융성하였고 결국에는 로마인들의 포에실리와 카피톨리움을 제압하게 되었지. 그런데 그 다이달로스보다 훨씬 오래 전에 두 이스라엘 사람 브살렐과 오홀리압이 있었단다. '온갖 일솜씨'에 능숙했다고 전해지는 그들은 최초의 성막을 지은 이들로서 언약궤 위의 속죄판의 그룹(Cherubim)[56]들을 만들었단다. 그것들은 조각칼을 대지 않고 순금을 두드려 만들어졌으며 인간과 천상의 존재의 형태를 갖춘 조각상이란다. '그룹들은 날개를 위로 펴서…… 얼굴들은 속죄판 쪽으로 서로 마주보게 하여라.'[57] 그것들이 아름답지 않다고, 또는 최초의 조각품이 아니라고 누가 감히 말할 수 있겠느냐?"

---

55) 출애굽기 20:4
56) 천사
57) 출애굽기 25:20

"오, 왜 그리스인들이 저희를 능가했는지 이제야 알겠어요." 유다는 지대한 관심을 보이며 대꾸했다. "그 언약궤 말이에요. 그것을 파괴하다니 망할 놈의 바빌로니아인들이여!"

"아니다, 유다야. 믿음을 가지렴. 그것은 잃어버린 것이지 파괴된 것이 아니란다. 단지 산의 어느 동굴에 안전하게 숨겨져 있단다. 언젠가는, 힐렐과 샴마이 두 분 다 그렇게 말씀했는데, 언젠가 주님의 때가 되면 그것을 찾아 다시 가져와 오래 전에 그랬던 것처럼 이스라엘 사람들은 그 앞에서 노래하며 춤추게 될 것이다. 그리고 설령 미네르바 조각상의 얼굴을 본 사람이라 하더라도 우리 그룹의 얼굴을 보게 된다면 수천 년 동안 잠들어 있던 그 비범한 재능에 대한 사랑으로 유대인의 손에 입 맞추게 될 것이다."

어머니는 너무 열심히 말하다보니 웅변가처럼 빠르고 열정적인 어조로 바뀌어 있었지만 이제는 마음을 가다듬고 생각을 그러모으기 위해 잠시 쉬었다.

"어머니는 참으로 훌륭하십니다." 유다는 고마워하며 말했다. "뭐라 감사드려야 할지 모르겠어요. 샴마이 선생님이라도 힐렐 선생님이라도 그보다 더 훌륭하게 말해 주진 못했을 거예요. 제가 이스라엘의 후예라는 것이 다시 자랑스러워요."

"과찬이구나! 네가 몰라서 그러는데 이제껏 내가 한 말은 언젠가 힐렐 선생님이 로마에서 온 궤변론자와 벌인 논쟁에서 하신 말을 그대로 되풀이한 것이란다."

"그래도 어머니 말씀에는 진심이 담겨 있어요."

어머니는 금세 진지한 표정으로 되돌아왔다.

"어디까지 했더라? 그래, 우리 히브리 조상들이 최초의 조각을 만들었다고 얘기하고 있었지. 그런데 유다야, 조각 솜씨가 예술의 전부도 아니요, 예술 말고도 더 위대한 것이 있단다. 나는 수백 년에 걸쳐 무리를 지어 나타났다 사라지는 위대한 인물들에 대해 늘 생각하는데, 그들은 민족성에 따라 분류할 수 있지. 때로는 인도인이, 때로는 이집트인이, 또 언젠가는 아시리아인들이 나타났다 사라졌단다. 그들 위로는 나팔소리와 아름다운 깃발이 울려 퍼지고, 양 옆에는 수세대에 걸쳐 헤아릴 수 없이 많은 경건한 구경꾼들이 서 있었지. 내 생각에 그리스인들은 지나가며 이렇게 말하는 것 같다. '보라! 우리 그리스인들이 선두에 있다.' 그러면 로마인들이 대답하지. '조용히 해라! 너희 자리는 이제 우리 차지가 되었다. 우리는 짓밟힌 먼지처럼 너희를 뭉개 버렸다.' 그런데 역사가 이어지는 내내 아득한 과거부터 아주 먼 미래에 이르기까지 다투는 자들을 영원히 이끌고 있는 한줄기 빛이 있는데, 그들은 그런 사실만을 알고 있을 뿐 그 빛에 대해서는 전혀 모르고 있단다. 그것은 바로 계시의 빛이란다! 그 빛을 누가 간직하고 있느냐? 아, 그야 오래된 유대 자손이 아니겠느냐? 생각만으로도 이 얼마나 가슴 벅찬 일이냐! 이 빛으로 우리는 안단다. 하나님의 종이요, 언약궤의 수호자들인 우리 선조는 그 얼마나 복된 존재이더냐! 하나님, 당신은 산 자든 죽은 자든 인간을 이끄시는 분이십니다. 전선은 당신 것입니다. 모든 로마인이 황제라고 해도, 당신께서는 늘 승리하실 것입니다!"

유다는 깊이 감동하여 외쳤다.

"어머니, 제발 멈추지 마세요. 마치 손북 소리가 들리는 것 같아요. 저는 미리암과 그녀와 함께 노래하며 춤추는 여인들을 기다립니다."[58]

어머니는 유다의 기분을 알아차리고 그의 말에 장단을 맞추어 주었

---

58) 아론의 누이요 예언자. 하나님이 보인 홍해의 기적으로 이스라엘 민족이 바다를 건넌 후 파라오의 군대가 바다에 빠졌을 때 미리암이 선창하자 여인들이 모두 그를 따라나와 손북을 치며 함께 춤을 추었다.

다.

　"그래 잘 알았다. 네가 만일 미리암의 손북 소리를 들을 수 있다면 내가 하려는 말도 알아들을 수 있을 것이다. 이 어미와 함께 길가에 서서 선택된 이스라엘 민족이 행렬의 선두에서 지나가고 있는 모습을 상상해 보렴. 열조들이 제일 먼저 오고, 그 다음에 부족의 선조들이 오는구나. 낙타 방울소리와 가축 울음소리도 들리는구나. 사람들 사이에서 홀로 걸어오는 이는 누구더냐? 나이는 들었지만 눈에는 여전히 총기가 있고 조금도 노쇠하지 않았다. 주님과 직접 대면한 분, 바로 모세란다! 전사이자 시인이자 웅변가이자, 율법을 만드신 분, 예언자이시다. 그분의 위대함은 그 찬란한 빛으로 다른 모든 빛들을 압도해 버리는 아침의 햇살과도 같다. 제아무리 으뜸가는 황제의 빛이라도 당할 재간이 없다. 그분 뒤로는 사사들이 따르고 있다. 그 다음에는 왕들이, 이새의 아들이요 전쟁의 영웅, 바다의 노래만큼 영원한 노래를 부르는 시인인 다윗 왕이 오신다. 그리고 그분의 아들이신 솔로몬 왕이 계시지. 부와 지혜에서 다른 모든 왕들을 능가하신 그분은 주님께서 지상의 권좌로 선택하신 예루살렘을 잊지 않고 광야를 사람이 살 수 있는 곳으로, 그 황폐한 땅에 도시를 건설하셨지. 아들아, 고개를 더 숙이렴! 이제 오실 분들은 전에도 없었고 후에도 없을 분들이란다. 그분들은 마치 하늘의 음성을 듣고 있는 것처럼 당당히 고개를 드셨다. 그들의 삶은 고난의 연속이었다. 그들의 옷에서는 무덤과 동굴의 냄새가 난다. 그들 가운데 한 여인이 말하는 것을 들어보라. '주님을 찬송하여라. 그지없이 높으신 분!'[59] 아니, 그들 앞에서는 네 머리를 땅에 조아리거라! 그들은 바로 하나님의 입이요, 하나님의 종으로서 천상을 꿰뚫어보고는 모든

---

59) 출애굽기 15:21

미래를 아시므로, 자신들이 본 것을 적고 세월에 의해 입증되도록 기록으로 남겨 놓으셨단다. 그분들이 다가가면 왕들도 파랗게 질리고 그분들의 음성에 온 백성이 떨었다. 자연의 힘들도 그분들 앞에서는 무릎을 꿇었다. 그분들의 손에 모든 은총과 재앙이 달려 있었단다. 디셉 사람 엘리야 예언자와 그의 종 엘리사(Elisha)를 보렴! 힐기야(Hilkiah)와 그분의 비참한 아들 예레미야 예언자를 보거라! 그발(Chebar) 강 옆에서 환상을 본 에스겔(Ezekiel) 예언자도 지나가는구나! 바빌로니아의 우상 숭배를 거부한 다니엘과 세 젊은이[60]도 있구나. 보아라! 수천 명의 귀족들이 참석한 연회에서 점성가들의 코를 납작하게 한 저 분 다니엘 예언자를 보아라! 그리고 저기, 아들아, 다시 머리를 땅에 조아리거라! 저기 세상에 메시아가 오리라는 약속을 전한, 아모스의 아들 위대한 이사야 예언자께서 온다!"

이제까지 부지런히 움직이던 부채가 이 구절에서 갑자기 멈추었고 어머니의 목소리는 낮게 가라앉았다.

"피곤한 게로구나."

"아니요, 이스라엘의 새로운 노래를 듣고 있었습니다."

아직 할 말이 많았던 어머니는 유쾌하게 말을 이어나갔다.

"유다야, 이제까지는 족장, 율법학자, 전사, 시인, 예언자 등 우리의 위대한 인물들을 열거해 보았다. 그렇다면 로마의 최고인물을 살펴보자. 모세 대 카이사르, 다윗 대 타르퀴니우스 프리스쿠스[61], 마카베오 대 술라[62], 사사 대 로마의 집정관, 솔로몬 대 아우구스투스, 이제

---

60) 다니엘과 함께 볼모로 바빌로니아에 끌려간 세 청년 하나냐, 미사엘, 아사랴. 다니엘서 1장
61) 로마의 5대 왕으로서 에트루리아 출신. 선진 에트루리아의 기술을 받아들여 로마제국 발전의 기초를 닦았다.
62) 로마 집정관 코르넬리우스 술라

끝났다. 더 비교할 것이 있겠니. 하지만 예언자들에 대해 생각해보렴, 위인 중에서도 가장 위대하신 분들을."

어머니는 조롱하듯이 웃었다.

"용서하렴, 율리우스 카이사르에게 3월 15일을 조심하라고 경고한 점성가[63]에 대해 생각하고 있었단다. 그는 병아리 내장에 든 악의 불길한 조짐을 보고 경고했지만 그의 주인은 그 말을 무시했지. 그 장면에서 눈을 돌려, 사마리아로 가는 도중 병사들의 시신이 불타오르는 가운데 산꼭대기에 앉아 아합의 자손에게 하나님의 진노가 내릴 것이라고 경고한 엘리야를 생각해 보렴. 결국 유다야, 외람된 말이지만, 그 종들이 주인의 이름으로 행한 행위들을 보지 않고서 우리가 무슨 수로 여호와와 유피테르를 판단할 수 있겠느냐? 그리고 네가 해야 할 것은……."

어머니는 갈수록 떨리는 어조로 천천히 말했다.

"네가 해야 할 것은 바로 주님을, 로마가 아니라 이스라엘의 주 하나님을 섬기는 것이란다. 아브라함의 자손으로서 주님의 길을 제외하고는 영예란 있을 수 없고, 오로지 주님의 길에만 많은 영예가 있단다."

"그러면 군인이 되어도 좋단 말씀인가요?"

"물론이지, 모세도 하나님을 전사라고 부르지 않았느냐?"

정자에는 기다란 침묵이 흘렀다.

어머니는 마침내 결론을 내렸다. "네가 황제 대신 주님을 섬기기만 한다면 그렇게 해도 좋다."

그제야 만족한 유다는 점차 잠에 빠져들었다. 그러자 어머니는 자리

---

63) 3월 15일은 카이사르가 암살당한 날이다. 한 예언가가 카이사르에게 암살을 예고했을 때 한 말로서 여기에서 유래한 '3월 15일을 조심하라'라는 말은 안 좋은 일에 대비하라는 관용어구가 되었다.

에서 일어나더니 아들의 머리에 베개를 베어주고 숄을 덮어준 후 다정
하게 입을 맞추고 밖으로 나갔다.

## 6. 불의의 사고와 메살라의 배신

악하든 선하든 인간은 누구나 죽기 마련이다. 그러나 신앙의 가르침을 생각하면 선한 사람과 그의 죽음에 대해서는 이렇게 말한다. "어쨌든 천국에서 다시 깨어나겠지." 살면서 이것에 가까운 체험은 단잠에서 깨어났을 때 맞이하는 행복한 광경과 소리일 것이리라.

유다가 잠에서 깨어났을 때는 해가 이미 중천에 떠 있었다. 비둘기들은 가득 무리지어 번쩍이는 흰 날개로 허공을 날아다니고 있었다. 저 멀리 남동쪽으로는 푸른 하늘에 우뚝 선 황금빛 성전이 보였다. 그러나 이러한 풍경은 낯익은 것이었으므로 유다는 그저 흘긋 볼 뿐이었다. 침상 끝에는 열다섯 살이 채 안 된 소녀가 유다 가까이 앉아서 무릎에 놓은 악기를 우아하게 뜯으며 노래를 부르고 있었다. 유다는 소녀의 노래에 귀를 기울였는데, 노랫말은 이러했다.

> 깨지 말고 듣기만 해요, 내 사랑!
> 잠의 바다에 떠서
> 그대의 영혼 내 소리를 들으러 올 테니.
> 깨지 말고 듣기만 해요, 내 사랑!
> 평온의 왕 잠에게서 온 선물,
> 늘 행복한 꿈을 가져올게요.
>
> 깨지 말고 듣기만 해요, 내 사랑!
> 모든 꿈의 세상에서 이것은 당신 것
> 이번에는 가장 신성한 것을 골라요.

그렇게 골라서 잠들어요, 내 사랑!

하지만 만일, 만일 내 꿈을 꾸지 않았다면

다시는 마음대로 선택하지 말아요.


    소녀는 악기를 내려놓은 후 두 손을 무릎에 놓고 유다가 말하기만을 기다렸다. 그리고 이제 이 소녀에 대해 무엇인가 말해야 할 시점이 되었으니, 이 기회를 이용하여 독자들 바람대로 이 가족에 대해 자세히 살펴보기로 하자.

    당시에는 헤롯의 총애를 받아 그의 사후에도 방대한 영지를 갖고 있는 사람들이 많았다. 유다 지파의 한 유명한 가문의 후손에게도 그러한 행운이 따랐는데, 그 행복한 주인공은 바로 예루살렘의 한 대공이었다. 덕분에 그는 동족으로부터는 경의와, 사업이나 거래관계를 맺은 이방인들로부터도 존경을 받기에 충분했다. 우리가 지금 살펴보고 있는 유다의 아버지만큼 생전에 사적으로나 공적으로나 인망이 높은 사람은 없었다. 동포들을 한시도 잊은 적이 없으며 국내에 있을 때나 해외에 있을 때나 늘 충성을 다해 왕을 섬겼다. 그는 업무상 로마에 갈 일이 있었는데, 그의 인품에 매료된 아우구스투스 황제로부터도 총애를 받았다. 따라서 그의 집에는 황제로부터 받은 많은 하사품이 넘쳐났다. 보라색 관복과 상아 의자, 금으로 만든 가구 같은 것들은 영광스럽게도 황제가 직접 하사했다는 점에서 말할 수 없이 귀중했으므로 그는 부유하지 않으려야 않을 수 없었다. 그러나 그가 부유한 이유는 전적으로 왕실의 후원 때문만은 아니었다. 그는 일을 해야 한다고 규정된 법을 기꺼이 받아들여 하나가 아니라 많은 일에 종사했다. 목축업에 손을 대어 옛 레바논에 이르기까지 먼 곳의 평원과 산 구릉에서 가축을 돌보는 목동들을 많이 고용했다. 해안가 도시와 내륙 도시에는 무역관을 세웠다. 그의 배는 당시 가장 부유한 광산을 소유한 것으로 알려진 스페인으로부터 은을 가져왔고, 그의 대상들은 일 년에 두 번 동방으로부터 비단과 향료를 싣고 돌아왔다. 또한 히브리 신자로서 율법과 모든 중요한 예식을 준수했다. 회당이나 성전 예배를 게을리하지 않았고 성경에 통달했으며 학자들과의 교우를 즐겼다. 랍비인 힐렐에 대한 존경은 거의 숭배에 가까웠다. 그럼에도 전혀 분리주의자가 아니었고 모든 나라에서 온 이방인들을 환대하여 맞아들였다. 트집 잡기 좋아하는 바리새인들은 그가 여러 번 사마리아인들과 함께 식사했다고 비난할 정도였다. 그가 만일 유대인이 아니었고 오래 살았더라면 아마 헤로데스 아티코스[64]에 견줄 만한 인물로 세상에 이름을 떨쳤을 것이다. 그러나 안타깝게도 10여 년 전 그는 한창 나이에 바다에서 죽고 말았다. 그 바람에 온 유대 땅이 통곡했다. 유족 가운데 두 사람, 즉 미망인과 아들은 이미 소개했고 이제 남은 사람은 딸인데, 조금 전 오빠인 유다에게 노래를 불러주었던 소녀가 바로 그 딸이다.

소녀의 이름은 티르자였고 유다와 서로 바라보면 분명 닮았다. 오빠의 용모를 빼닮아 전형적인 유대인의 모습이었다. 또한 아직 어린아이처럼 천진난만한 매력이 있었다. 집 안이었고 편한 마음이었으므로 옷차림에는 그다지 신경 쓴 것 같지 않았다. 오른쪽 어깨에서 단추를 채운 속옷은 가슴과 등 위로 헐렁하게 흘러내려 왼쪽 팔 아래로 떨어졌지만 허리 위의 몸체는 반쯤 가린 반면 팔은 완전히 드러냈다. 허리띠 아래로 잡힌 주름은 하의가 시작되는 부분을 나타냈다. 머리 장식은 매

---

64) Herodes Atticus. 아테네의 원로원이자 대부호였다. 문학과 예술을 후원했으며 죽은 아내 레기나를 기념하여 161년에 음악당을 지어 아테네 시민에게 기증했다. 그의 이름을 딴 헤로데스 아티쿠스 음악당은 별다른 스피커 장치가 없어도 육성이 다 들릴 정도로 훌륭하게 설계되었으며 지금도 가장 뛰어난 아티스트만 설 수 있는 공연장으로 유명하다.

우 단순하고 잘 어울렸는데, 자줏빛으로 물들인 비단 모자를 쓰고 있었다. 그 위에는 같은 비단 재질로 만들고 아름답게 수놓은 줄무늬 스카프로 머리에 두툼하게 감지는 않고 머리 모양만 드러낼 수 있게 얇게 접어서 두르고 있었다. 그리고 마지막 마무리는 모자의 정수리 부분에서 떨어지는 장식술로 마감되었다. 소녀는 반지와 귀걸이를 하고 있었다. 모두 순금으로 만든 팔찌와 발찌도 차고 있었고, 목에는 섬세한 줄로 이어져 진기하게 장식된 금목걸이와 진주 펜던트가 걸려 있었다. 눈화장을 했고, 손톱 끝에도 물을 들였다. 머리카락은 두 갈래로 길게 땋아 등 뒤로 넘겼고 귀 앞의 양 볼에 고수머리를 늘어뜨렸다. 티르자의 모습에서는 우아하고 세련된 아름다움이 넘쳐흘렀다.

"아주 예쁜데, 티르자, 아주 예뻐!" 유다가 쾌활하게 말했다.

"노래가?"

"그래, 그리고 노래를 부른 주인공도. 어딘지 그리스풍이 느껴지는데. 어디서 배웠니?"

"지난 달 극장에서 노래했던 그리스 사람 기억하죠? 사람들 말로는 그가 헤롯 왕과 누이인 살로메 궁정의 가수였데요. 그는 레슬링 선수들의 경기 직후에, 한창 떠들썩할 때 나왔잖아요. 그가 첫 소절을 부르자 장내가 쥐죽은 듯 조용해져서 가사를 다 알아들을 수 있었죠. 이 노래는 그 사람이 부른 거예요."

"하지만 그는 그리스어로 불렀잖아."

"그리고 나는 히브리어로 부르고."

"그래 알았다. 대단한 여동생인걸. 또 다른 좋은 노래 없니?"

"아주 많지요. 하지만 그게 문제가 아니에요. 암라흐가 아침식사를 가져다줄 테니 내려올 필요 없다고 오빠에게 전하라고 해서 온 거예요. 지금쯤 들어올 거예요. 암라흐 생각에는 오빠가 아픈 것 같데요. 어제 오빠에게 끔찍한 일이 생겼다고. 그게 뭐였어요? 말해 줘요, 그러면 암라흐가 오빠를 치료하게 도울 게요. 암라흐는 어리석은 작자들이긴 하지만 이집트인들의 치료법을 알고 있어요. 그러나 아랍인들의 비법이라면 나도 많이 알고 있어요……."

"그들은 이집트인들보다도 훨씬 더 어리석지." 유다는 고개를 흔들며 대답했다.

"그렇게 생각해요? 그렇다면 좋아요." 티르자는 왼쪽 귀를 손으로 만지작거리며 쉬지 않고 말했다. "그런 것들은 신경 쓰지 말아요. 여기 훨씬 더 확실하고 좋은 것이 있으니까요. 언제인지는 알 수 없지만 무척 오래 전에 페르시아의 마법사가 우리 민족 사람에게 주었다는 부적이 있어요. 봐요, 글씨가 거의 닳아서 안 보이잖아요."

티르자가 내민 귀걸이를 받아들고 이리저리 살핀 후 유다는 도로 돌려주며 웃음을 터뜨렸다.

"티르자, 설령 내가 죽어가고 있더라도 이 부적은 쓸 수 없단다. 이 것은 아브라함의 믿음 깊은 모든 아들과 딸에게 금지되어 있는 우상 숭배의 잔재란다. 받으렴, 하지만 다시는 차지 말려무나."

"금지되어 있다고요! 설마. 할머니도 이걸 차셨는걸요. 살아계실 때 안식일에 얼마나 많이 하신 걸요. 그리고 이것이 얼마나 많은 사람들을 고쳐 주었는데요. 어쨌든 적어도 세 사람은 되요. 이건 허가된 거예요, 보세요! 여기 랍비의 표시가 있잖아요."

"나는 부적 따위는 믿지 않는단다."

티르자는 놀라서 눈을 치켜떴다.

"암라흐가 그 말을 들으면 뭐라 할까요?"

"암라흐의 부모님은 나일에서 정원에 물을 대는 수차를 관리했단다."

"하지만 가말리엘 선생님은요!"

"선생님은 부적이란 믿지 않는 자들이나 세겜 사람들이 만들어 낸 사악한 물건이라고 하셨지."

티르자는 의심스럽다는 듯이 귀걸이를 쳐다보았다.

"그러면 이걸 어떻게 해야 할까요?"

"너한테 잘 어울리니까 그냥 걸고 있으렴. 너를 돋보이게 하는구나. 물론 안 해도 예쁘긴 하지만."

만족한 티르자가 부적을 다시 귀에 달고 있을 때 마침 암라흐가 대야와 수건과 쟁반을 들고 정자로 들어왔다.

바리새인이 아니었으므로 유다는 간단히 금세 씻었다. 암라흐는 티르자가 오빠 머리를 매만지도록 놔둔 채 밖으로 나갔다. 오빠의 머리 모양이 만족스럽게 되자 티르자는 당시 여인들의 풍속에 따라 허리에 차고 있던 조그만 금속 거울을 꺼내어 오빠에게 건넸고, 유다는 티르자가 자신을 얼마나 멋지게 꾸며 주었는지 거울에 비추어 보았다. 그러면서 두 사람은 계속 말을 주고받았다.

"티르자, 네 생각은 어떻니? 오빠는 집을 떠날 작정인데."

그 말에 티르자는 깜짝 놀라 두 손을 떨어뜨렸다.

"떠난다고요! 언제, 어디로? 왜요?"

유다는 동생의 반응에 웃었다.

"단 번에 세 개나 묻다니! 대단한걸!" 그러나 다음 순간 유다는 진지해졌다.

"율법에 의하면 나도 일을 해야 한다는 것을 알고 있겠지. 훌륭하신 아버지께서 모범을 보이셨잖아. 내가 아무것도 하지 않고 빈둥거리며 아버지께서 일구신 가업과 학식을 썩힌다면 너조차도 나를 우습게 볼 걸. 나는 로마로 갈 작정이야."

"오, 그러면 나도 같이 갈래요."

"너는 어머니 곁에 남아 있어야 해. 우리 둘 다 떠난다면 어머니는 못 사실 거야."

티르자의 얼굴에서 밝은 빛이 사라졌다.

"아, 알았어요, 알았어! 하지만 오빠는 꼭 가야만 해요? 이곳 예루살렘에서도 상인이 되는데 필요한 모든 것을 배울 수 있잖아요……. 오빠가 생각하고 있는 것이 그것이라면."

"하지만 내가 생각하고 있는 것은 그게 아니야. 율법에 의하면 꼭 아버지의 가업을 이을 필요는 없단다."

"그러면 뭐가 되려고 하는 건데요?"

"군인이란다." 유다는 약간 자랑스러운 음성으로 대답했다.

그러자 티르자의 눈에서 눈물이 흘렀다.

"그러면 죽게 되잖아요."

"그것이 하나님의 뜻이라면 그렇게 되겠지. 하지만 티르자, 군인들이 모두 죽는 것은 아니란다."

티르자는 못 가게 말리려는 듯 두 팔로 오빠의 목을 꼭 끌어안았다.

"우리는 이렇게 행복한 걸요! 제발 오빠, 집에 그냥 있어요."

"집이 늘 그대로일 수는 없잖아. 너도 곧 머잖아 떠나게 될 테니."

"나는 절대 안 떠나요!"

유다는 티르자의 진지한 모습에 웃음을 지었다.

"유대의 왕손이나 양갓집 귀공자가 곧 나타나 티르자를 달라고 할 테고 그러면 너는 또 다른 집안의 빛이 되기 위해 신랑감과 함께 떠나게 될 걸. 그러면 나는 어떻게 되겠니?"

티르자는 흐느끼기 시작했다.

그러자 유다가 좀 더 진지하게 말을 이었다. "전쟁도 일이란다. 제대로 배우려면 학교에 가야 하는데, 로마 군대 같은 학교는 어디에도 없단다."

티르자가 숨죽이며 물었다. "설마 로마를 위해 싸울 것은 아니죠?"

"그래, 너조차도 로마를 미워하잖아. 온 세상이 로마를 증오하지. 오 티르자, 그 점에서 내가 한 대답의 이유를 찾아보렴. 그래, 나는 로마를 위해 싸울 거야. 언젠가 그 보답으로 로마에 맞서 싸우는 법을 가르쳐 주기만 한다면 말이야."

"언제 갈 건데요?"

그때 암라흐가 되돌아오는 발걸음 소리가 들렸다.

"쉿! 암라흐에게는 비밀이야."

충실한 노예는 아침식사를 가지고 들어와 쟁반을 두 사람 앞에 있는 의자에 내려놓았다. 그리고 팔에 작은 수건을 들고는 그들의 시중을 들려고 남아 있었다. 남매가 물 사발에 손가락을 담그고 씻고 있는데 갑자기 시끄러운 소리가 들려왔다. 귀를 기울였더니 집 북쪽 거리에서 들려오는 행진곡 소리임을 알 수 있었다.

"총독 관저에서 온 병사들인가 봐! 가서 봐야겠어." 유다는 그렇게 외치며 침상에서 벌떡 일어나더니 달려 나갔다.

잠시 후 그는 북동쪽 끝의 지붕을 보호하는 기와 난간 위로 몸을 내민 채 아래를 구경하고 있었다. 쳐다보는데 정신이 팔려 있어 어느새 티르자가 곁에 와서 어깨 위에 손을 올려놓은 것도 모르고 있었다.

그 지붕은 부근에서 가장 높은 위치에 있었으므로 두 사람이 있는 곳에서는 동쪽으로 쭉 이어진 지붕들이 다 내려다보였다. 앞서 언급한 수비대의 요새이자 총독 근위대의 사령부인 불규칙한 형태의 거대한 안토니아 성채까지도 보였다. 3미터가 채 되지 않는 거리에는 여기저기에 위가 뚫리거나 막힌 다리들이 나 있었고 길을 따라 늘어선 지붕들과 마찬가지로 남녀노소 가릴 것 없이 음악에 이끌려 나온 사람들이 길로 모여들기 시작했다. 상황에 맞지는 않았지만 뭐라고 중얼거리는 소리도 들렸다. 사람들이 나오면서 들은 것은 군인들이나 좋아할 법한 시끄러운 트럼펫 소리와 날카로운 나팔 소리였다.

잠시 후 지나는 행렬이 허 가문의 집 위에 있는 두 사람 눈에 들어왔다. 제일 앞에는 대부분 투석 병사와 궁사로 이루어진 경무장한 전초부대가 사병들 사이에서 넓게 간격을 지어 행진하고 있었다. 다음에는 커다란 방패와 일리움(Ilium) 평원에서 싸울 때 사용되었던 것과 똑같은 창을 든 중무장 보병이 뒤따랐다. 그 뒤로는 군악대와 혼자 말을 탄 장교가 있었고 바로 뒤로는 기병대가 바싹 따르고 있었다. 그들 뒤로는 다시 밀집대형으로 움직이고 있는 중무장 보병 대열이 벽과 벽 사이를 꽉 채우며 끝없이 늘어서 있는 것처럼 보였다.

병사들의 늠름한 사지, 오른쪽에서 왼쪽으로 절도있게 움직이는 방패, 번쩍거리는 갑옷의 미늘과 혁대의 버클과 가슴판과 투구, 모든 것이 번쩍번쩍 거렸다. 투구 위에서 앞뒤로 흩날리는 깃털 장식, 너울거리는 문장과 쇠가 박힌 창, 자로 잰 듯 정확하게 움직이는 대담하고 자신감 넘치는 발걸음. 그 행렬의 모습은 너무도 장엄하고 진귀한 구경거리가 아닐 수 없었다. 일사불란한 움직임에 유다는 강한 인상을 받았는데, 보는 것이라기보다는 어떤 느낌으로 다가왔다. 유독 유다의 관심을 끈 것은 두 가지가 있었는데 하나는 군단기의 상징인 독수리였다. 긴 막대 위에 앉은 금박의 독수리는 두 날개가 머리 위에서 마주칠 정도로 날개를 활짝 뻗은 모습으로 긴 막대 위에 꽂혀 있었다. 유다는 그것이 안토니아 성채의 방에서 옮겨져 밖으로 나왔을 때 신처럼 숭배 받았던 것을 알고 있었다.

유다의 관심을 끈 다른 하나는 대열 한가운데에서 혼자 말을 타고 다가오고 있는 한 장교였다. 그는 완전무장을 갖추고 있었지만 투구는 쓰지 않았다. 왼쪽 옆구리에는 단검을 차고 있었지만 오른손에는 흰 종이 두루마리처럼 생긴 지휘봉을 들고 있었다. 안장 대신 깐 붉은 깔개 위에 앉아 황금 장식 굴레에 연결된 노란색 비단술이 달린 고삐를 쥐고 있었다.

장교는 아직 멀리 있었지만 사람들은 그가 나타난 것만으로도 화가 나서 씩씩거렸다. 그들은 지붕 위로 몸을 내밀거나 대담하게 올라서서 그를 향해 주먹을 흔들었다. 지나가는 그에게 계속 고함을 지르고 그가 다리 아래를 지날 때에는 침을 뱉기도 했다. 심지어 여인들은 신발을 벗어 던지기까지 했는데, 때로는 운 좋게 명중하기도 했다. 장교가 가까이 다가올수록 사람들이 지르는 고함소리가 또렷하게 들렸다. "날강도, 폭군, 로마의 개! 이스마엘과 함께 꺼져라! 안나스를 돌려주라!"

행렬이 아주 가까이 다가왔을 때, 당연한 일이지만 다른 일반 병사들과 달리 장교가 태연하지 못하다는 것을 유다는 알 수 있었다. 표정은 어두웠고 화가 나 보였으며, 이따금 군중에게 던지는 눈초리는 위협으로 가득 차 있었다. 겁이 많은 사람들은 그 눈초리만으로도 위축되었다.

유다는 로마의 사령관들이 초대 황제의 버릇을 흉내 내어 군중에게 나타날 때는 자기의 지위를 드러내기 위해 머리에 월계관만 쓰는 관습이 있다는 말을 들은 적이 있었다. 그 표시로 이 장교가 바로 유대의 신임 총독 발레리우스 그라투스라는 것을 알았다.

사실을 말하자면, 유다는 군중으로부터 뜬금없이 비난 세례를 받고 있는 이 로마 사령관에게 일종의 동정심을 느꼈다. 그래서 사령관이 저택 모퉁이에 가까이 왔을 때 유다는 지나가는 그를 보기 위해 한 손으로 기왓장을 짚고 몸을 앞으로 쑥 내밀었다. 그런데 공교롭게도 오래 전에

금이 가 있던 기왓장은 내리누르는 힘을 견디지 못하고 힘없이 미끄러졌다. 순간 공포에 휩싸인 유다는 손을 뻗쳐 떨어지는 기와를 붙잡으려고 했다. 그러나 겉으로 보기에 그 동작은 마치 무엇을 던지는 것처럼 보였다. 그의 노력은 수포로 돌아갔고 그 바람에 오히려 기와는 더 멀리 날아갔다. 유다는 있는 힘껏 소리를 질렀고 그 소리에 지키고 있던 병사들이 위를 쳐다보았다. 그리고 사령관도 고개를 쳐들었다. 그 순간 기왓장이 정통으로 머리에 떨어졌다. 그 충격으로 말에서 떨어진 사령관은 죽은 듯 꼼짝도 하지 않았다. 그는 마치 죽은 것처럼 보였다.

행렬은 멈춰 섰고, 호위대가 말에서 뛰어내려 황급히 방패로 총독을 가렸다. 반면에 이 광경을 지켜본 군중은 유다가 의도적으로 벌인 일이라고 생각하여 그에게 우레와 같은 박수를 보냈다. 유다 자신은 아직 난간 위로 몸을 내민 채 눈앞에서 벌어진 일 때문에 자신에게 곧 어떤 일이 닥칠지 불 보듯 뻔한 불길한 예감에 온몸이 얼어붙었다.

오해는 행렬이 지나는 집들 지붕 위에 있던 사람들 사이로 믿을 수 없이 빠르게 번져나갔고, 사람들은 똑같은 충동에 사로잡혔다. 이제 그들은 난간에 손을 대더니 앞 다투어 기왓장과 햇볕에 단단해진 진흙 덩이를 뜯어내어 아래에 멈춰 서 있던 병사들에게 던졌다. 뒤이어 싸움이 이어졌지만 규율을 갖춘 로마군에 진압당한 것은 당연한 결과였다. 안간힘을 다한 싸움과 살육, 로마군의 뛰어난 전투술과 유대인의 필사적인 저항을 여기서 살펴볼 필요는 없을 것 같다. 그보다는 이 모든 사건의 도화선이 되었던 유다를 좀 더 살펴보기로 하자.

난간 위에서 몸을 일으킨 유다는 하얗게 질려 있었다.

"티르자, 티르자! 어쩌면 좋지?"

티르자는 아래에서 벌어진 일을 보지는 못했지만 다른 지붕 위에 있는 사람들의 고함소리를 들었고 그들의 격노한 행동을 지켜보았다. 뭔가 끔찍한 일이 벌어지고 있다는 것은 알았다. 그러나 그것이 무엇인지, 또는 이유가 무엇인지, 자기 가족이 위험에 처해 있다는 사실은 전혀 알지 못했다.

갑자기 불안감에 휩싸인 티르자가 물었다. "무슨 일이예요? 사람들이 왜 저렇게 난리예요?"

"내가 로마 사령관을 죽였어! 내가 떨어뜨린 기왓장에 맞았단다."

보이지 않는 손이 재를 뿌리기라도 한 듯이 티르자의 얼굴은 금세 하얗게 질렸다. 오빠를 끌어안고 한 마디도 하지 않은 채 구슬피 오빠의 눈을 응시했다. 유다의 공포가 티르자에게 전해졌고, 그 모습을 보자 유다는 정신을 차렸다.

"티르자! 고의로 한 짓은 아니야. 그건 사고였어!" 그는 더 침착해진 태도로 말했다.

"로마인들이 가만히 있을까요?"

유다는 거리와 지붕 위에서 일시적으로 커지고 있던 소동을 내다보며 좀 전에 보았던 그라투스의 위협적인 눈초리를 떠올렸다. 만일 그가 죽지 않았다면 자기들에게 얼마나 분풀이를 해댈 것인가? 또한 죽었다고 한다면 로마 병사들이 사람들에게 얼마나 피비린내 나는 보복을 가해올 것인가? 생각하는 것만으로도 끔찍하여 유다는 난간 아래로 다시 눈길을 돌렸다. 그때 마침 호위병이 그라투스를 부축하여 다시 말에 태우고 있는 것이 보였다.

"안 죽었어, 티르자! 사령관이 살아 있어. 하나님, 감사합니다!"

유다는 그렇게 소리치며 밝아진 표정으로 몸을 돌려 티르자의 질문에 대답했다.

"겁낼 것 없어, 티르자! 어떻게 된 일인지 내가 잘 설명할 거고, 그들도 아버지와 아버지께서 하신 일을 잘 기억하고 있을 테니 우리를 해치지는 않을 거야."

유다는 티르자를 데리고 정자로 되돌아가고 있었다. 그 때 발 밑에서 지붕이 삐걱거리고, 단단한 목재들이 세게 부딪쳐 떨어지더니 아래층 안뜰에서 들려오는 비명과 절규가 이어졌다. 유다는 멈춰 서서 귀를 기울였다. 비명소리는 반복되었다. 그러더니 많은 사람들이 몰려오는 발자국 소리와 격앙된 음성과 애원하는 목소리가 한데 뒤섞여 들려왔다. 병사들이 북쪽 문을 쳐부수고 집을 점거한 것이었다.

사냥당하고 있다는 끔찍한 느낌이 엄습했다. 제일 먼저 떠오른 충동은 도망치는 것이었다. 그러나 도대체 어디로? 날개가 있다면 모를까 빠져나가기란 불가능했다. 공포로 가득한 눈길로 티르자는 오빠의 팔을 붙잡고 매달렸다.

"아 유다 오빠, 이게 도대체 다 무슨 일이죠?"

하인들이 살육당하고 있었다. 그리고 어머니 역시! 방금 들린 소리는 어머니의 음성이 아니었나? 자신에게 남은 모든 의지를 발휘하여 유다는 간신히 말했다.

"여기서 기다리고 있어. 내려가서 어찌된 일인지 알아보고 금방 돌아올 테니."

의지와는 달리 유다의 목소리에는 힘이 없었다. 티르자는 오빠에게 더욱 가까이 매달렸다. 바로 그때 더욱 분명하고 날카로운 비명이 들려왔다. 틀림없이 어머니였다. 유다는 더 이상 주저하지 않았다.

"이리와, 함께 가보자."

계단 아래쪽 테라스와 회랑은 이미 병사들로 가득 차 있었다. 칼을 뽑아든 채 방마다 뒤지고 다니는 병사도 있었다. 한쪽 방에는 많은 여인들이 무릎을 꿇고 서로 꼭 끌어안은 채 살려 달라고 애원하고 있었다. 조금 떨어진 곳에서는 한 여인이 옷이 찢기고 산발을 한 채 병사의 손아귀에서 벗어나려고 바동거리고 있었다. 그 여인의 비명이 가장 날카로워서 온갖 소란을 뚫고 지붕 위까지 또렷이 들려왔다. 유다는 당장 여인에게 달려갔다. 마치 날개라도 달린 것처럼 한 걸음에 내달렸다. "어머니, 어머니!" 여인은 유다를 향해 팔을 뻗었다. 하지만 어머니의 두 손을 거의 잡을 무렵 그는 붙들려 강제로 떨어졌다. 그때 누군가 큰 소리로 말하는 것을 들었다.

"바로 그 자가 범인이다!"

깜짝 놀란 유다가 고개를 돌리니 메살라였다.

"뭐라고, 저 자가 암살자라고?" 멋지게 치장한 갑옷을 걸친 키 큰 병사가 말했다.

"아직 애송이에 불과하잖아."

특유의 그 느릿느릿한 말투로 메살라가 반박했다.

"세상에! 이건 또 무슨 철학이신가! 살인할 정도로 증오를 품을 수 있는데 정해진 나이라도 있다는 주장을 들으면 세네카가 뭐라고 하겠나? 자네는 현장범을 잡은 거라고. 저 여자는 어미, 저 아이는 여동생일세. 자네는 한통속인 가족을 다 잡은 거라고."

어머니와 여동생에 대한 사랑으로 유다는 메살라와의 다툼도 잊고 애원했다.

"아 메살라! 제발 어머니와 동생을 도와줘. 우리의 어린 시절을 기억해서라도 그들을 좀 도와줘. 내가 이렇게 빌게"

그러나 메살라는 전혀 못 들은 척 무시하며 장교에게 말했다.

"더 이상은 내가 필요 없을 테니 나는 이만 가보겠네. 길거리에 더 볼거리가 많으니까. 에로스는 지고 마르스의 시대가 온다!"

메살라는 마지막 말과 함께 사라졌다. 이제야 메살라의 의도를 알아차린 유다는 몹시 쓰린 마음으로 하늘을 향해 기도를 올렸다.

"주님, 당신이 복수하시는 날 제 손으로 직접 메살라에게 그 원수를 갚게 해 주소서!"

그리고 장교에게 다가가 필사적으로 매달렸다.

"아, 나리, 여기 울고 있는 이 분은 제 어머니입니다. 제발 어머니를 살려 주세요, 저기 여동생도 살려 주세요. 하나님은 공정하시니 자비를 베풀어 주시면 꼭 보답해 주실 것입니다."

그 말에 장교는 약간 마음이 움직였는지 명령을 내렸다.

"이 두 여인을 성으로 데려가라. 그러나 절대로 해치지는 말아라. 알아들었나?"

그리고 유다를 잡고 있던 병사들을 향해서 말했다.

"밧줄로 손을 포박하여 밖으로 끌어내라. 처벌을 유예하겠다."

어머니는 끌려 나갔다. 평상복 차림에 겁에 질려 얼이 빠진 어린 티르자 역시 병사들에게 끌려 나갔다. 유다는 공포에 사로잡혀 그들의 마지막 모습을 지켜보았고, 언제까지나 그 장면을 간직하려는 듯이 두 손으로 얼굴을 가렸다. 아무도 보지는 못했지만 눈물을 흘렸을 것이다.

그 순간 딱히 삶의 기적이라 부를 만한 변화가 유다의 마음 안에 일어났다. 여기까지 읽은 사려 깊은 독자라면 젊은 유다가 이 일이 있기 전까지는 사랑을 듬뿍 주고받으며 자란 덕분에 여성적이라고 할 만큼 온유한 기질이라는 사실을 충분히 눈치 챘을 것이다. 설령 거친 면이 있다고 하더라도 이제껏 자라온 환경에서는 그런 기질이 표출될 일이 전혀 없었다. 간혹 야망이 꿈틀거리는 것을 느낄 때도 있었지만 바닷가를 걷던 어린아이가 멋진 선박들이 드나드는 것을 지켜보며 꾸는 꿈처럼 막연한 것이었다. 하지만 사람들에게 늘 숭배를 받다가 갑자기 제단에서 쫓겨나 사랑이 산산조각 난 상태로 누워 있는 신상을 상상할 수 있다면 지금 어린 유다에게 닥친 일과 그로 인해 받을 영향이 그러하리라고 짐작된다. 그러나 고개를 쳐들고 포박하라고 손을 내밀었을 때 입술에서 온화한 미소가 자취를 감춘 점을 제외하면 특별히 바뀐 것은 없어 보였다. 하지만 그 순간 소년 유다는 죽었다. 이제 유다는 사내가 되어 있었다.

안뜰에서 나팔소리가 들려왔다. 얼마 후 나팔 소리가 그치자 회랑에서 병사들의 모습이 사라졌다. 이제껏 약탈한 것이 분명한 물건들을 손에 든 채 사열할 엄두는 나지 않았으므로 많은 병사들이 가지고 있던 물건들을 내팽개치는 바람에 바닥에는 값나가는 진귀한 물건들이 여기저기 뒹굴고 있었다. 유다가 계단을 내려오자 전열은 이미 정비되었고 장교는 마지막 명령이 수행되는 것을 지켜보기 위해 기다리고 있었다.

어머니와 티르자를 비롯하여 온 식솔들이 북문으로 끌려 나갔고, 부서진 문의 잔해가 통로를 가로막고 있었다. 그 집에서 태어난 하인들이 제일 구슬피 울었다. 그리고 마지막으로 말과 다른 가축들이 끌려 나가는 것을 보았을 때 유다는 사령관이 어디까지 보복하려는 것인지 비로소 깨달았다. 사람은 물론 저택마저 희생시키려는 것이었다. 그 명령이 완수된다면 집의 담 안에는 개미 새끼 한 마리도 살아남을 수 없었다. 만일 유대에서 로마의 총독을 암살할 의도를 품는 자들이 있다면 허 가문에 일어난 이야기는 그들에게 확실한 본보기가 될 것이고, 반면에 폐허로 변한 저택은 그 이야기를 영원히 기억하게 만들어 줄 것이었다.

장교는 병사들이 임시로 대문을 복구하는 동안에 밖에서 기다렸다.

거리에서의 싸움은 거의 잦아들었지만 군데군데서 피어오르는 흙먼지로 보아 아직 완전히 끝난 것은 아니었다. 군단은 대부분 서서 휴식을 취하고 있었지만 행렬할 때와 마찬가지로 멋진 모습에는 변함이 없었다. 이제 스스로를 돌봐야 할 유다의 눈에는 곧 포로 외에는 아무것도 보이지 않았다. 끌려가는 사람들 틈에서 어머니와 티르자를 열심히 찾았지만 헛수고였다.

그런데 이제껏 땅바닥에 쓰러져 있던 한 여인이 벌떡 일어나더니 잽싸게 대문을 향해 되돌아가기 시작했다. 수비병 몇 사람이 여자를 잡으려고 했지만 놓치자 고함을 질렀다. 유다에게 달려가 엎어진 여인은 흙먼지로 뽀얗게 된 검은 머리를 산발한 채 그의 발목을 꽉 잡았다.

"암라흐, 불쌍한 암라흐! 하나님의 가호가 있기를. 나는 도와줄 수가 없어."

암라흐는 차마 아무 말도 할 수가 없었다.

유다는 몸을 숙이더니 속삭였다. "암라흐, 티르자와 어머니를 위해 꼭 살아있어야 해. 두 사람은 언젠가 돌아올 거야, 그리고……."

그때 한 병사가 잡아끌자 암라흐는 벌떡 일어나더니 대문으로 달려가 텅 빈 집안으로 도망쳐 버렸다.

장교가 외쳤다. "가게 둬라, 어차피 집을 폐쇄할 테니까. 그러면 굶어 죽겠지."

병사들은 하던 일을 계속 했고, 모든 작업이 끝나자 서쪽으로 돌아갔다. 서쪽의 대문 역시 봉인되었고, 이후로 허 가문의 저택은 영원히 폐쇄되었다.

군단은 행진을 계속하여 마침내 성으로 돌아갔고, 총독은 상처를 치료하고 죄수들을 처벌하기 위해 그곳에 머물렀다. 열흘째 되는 날에는 성에서 나와 시장 터의 궁전을 방문했다.

## 7. 유다, 갤리선 노예로 끌려가다

다음날, 한 파견대가 버려진 유다의 저택으로 가서 대문들을 영구히 닫고 귀퉁이에 밀랍을 발라 봉인한 후 문 옆에는 라틴어 공고가 적힌 팻말을 박았다.

"이 집은 황제의 소유임"

오만한 로마인들의 생각에는 간결한 그 포고야말로 목적을 달성하는데 충분하다고 생각했고 실제로 그랬다.

다음날 정오 무렵 휘하에 10명의 기병들을 거느린 십인대장이 예루살렘 방향인 남쪽으로부터 나사렛에 당도했다. 그 당시 나사렛은 산비탈에 집들이 드문드문 있는 마을로서 얼마나 한적한지 마을 사이로 나 있는 길이라고는 오가는 가축 떼들로 다져진 오솔길이 전부였다. 남쪽으로는 이스르엘 고원이 가까이 솟아 있었고 서쪽 꼭대기에서 바라보면 요르단 강과 헤르몬(Hermon) 너머 지역과 지중해의 해안들이 보였다. 아래쪽 계곡과 나사렛 마을 온 사방으로는 정원, 포도밭, 과수원, 목초지가 펼쳐져 있었다. 종려나무 숲으로 풍경은 이국적 색채를 띠었다. 들쭉날쭉 늘어선 집들은 초라했다. 단층에 사각 모양으로 지붕은 납작했고 연둣빛 덩굴로 뒤덮여 있었다. 유대 지방의 구릉들을 바싹 태워 생기라고는 없는 갈색으로 만든 가뭄이 갈릴리를 경계로 멈춘 것 같았다.

기마행렬이 마을 가까이 다가가자 울리는 나팔소리에 주민들은 신기한 반응을 보였다. 대문과 현관문이 열어젖혀지더니 무슨 일로 낯선 일행이 찾아왔는지 알고 싶어서 너나 할 것 없이 우르르 몰려나왔다.

당시 나사렛은 큰 가도에서 멀리 떨어져 있는 데다, 로마에 맞선 가말라(Gamala)의 유다(Judas)[65]의 영향력 아래 있었던 점을 기억해 보면 군인들을 맞는 사람들의 심정이 어땠는지 상상하기란 어렵지 않다. 그러나 마을에 당도한 기마병들이 길을 가로질러 가는 모습을 보니 그들의 임무가 무엇인지 분명해졌다. 그러자 사람들의 두려움과 증오심은 호기심으로 바뀌었다. 그리고 마을의 북동쪽에 있는 우물에서 행렬이 쉬어갈 것임을 알고는 충동에 이끌려 문 밖으로 나와 행렬을 뒤따라갔다.

사람들의 관심은 기병들이 호위하고 있던 한 죄수에게 집중되었다. 맨발에, 머리에 아무것도 쓰지 않은, 반 벌거숭이 차림으로 말 목 위의 고리에 매어진 가죽끈에 두 손을 결박당한 채 끌려가고 있었다. 움직일 때마다 일어나는 뿌연 먼지에 휩싸였고 너무 자욱하여 숨이 막힐 지경이었다. 축 늘어져 상처 난 발로 간신히 발걸음을 옮기고 있는 그는 거의 쓰러지기 직전이었다. 사람들은 그가 아직 어리다는 것을 알 수 있었다.

우물에 이르러 십인대장이 멈춰 서자 병사들은 대부분 말에서 내렸다. 길바닥 흙먼지 위로 고꾸라진 죄수는 넋이 나간 채 무엇을 청할 생각도 못했다. 보아하니 완전히 탈진한 것이 분명했다. 행렬이 가까워졌을 때 그 죄수가 아직 소년에 불과한 것을 알게 되자 사람들은 감히 할 수만 있다면 도와주고 싶었다.

병사들이 물을 벌컥벌컥 들이켜고 마을 사람들은 어찌할 바 모른 채

---

65) 기원 6년에 시리아의 총독 퀴리누스가 지시한 유대인 인구조사에 분개하여 바리새파 사독과 함께 민중 봉기를 일으켰다.

지켜보고 있는데, 한 남자가 세포리스(Sephoris)에서 오는 길을 따라 내려왔다. 남자를 보자마자 한 여인이 소리쳤다. "봐요! 저기 목수양반이 오네요. 이제 저 양반 말을 들어봐요."

목수라고 불린 남자는 용모에 매우 위엄이 있었다. 가느다란 백발은 완전히 두른 터번 아래로 흘러내렸고 더 하얀 수염은 변변찮은 회색 겉옷 앞섶으로 늘어져 있었다. 천천히 걸어왔는데, 나이 때문이기도 했지만 도끼, 톱, 끌 등 허름하고 무거운 연장들을 잔뜩 진 채 먼 길을 쉬지 않고 걸어왔기 때문이리라.

그는 사람들이 무슨 일로 모였는지 알아보려고 가던 길을 멈추고 가까이 다가왔다.

한 여인이 그에게 달려가 외쳤다. "오, 훌륭한 요셉 선생님! 여기 죄수가 끌려왔는데 가서 병사들에게 물어봐 주시겠어요? 도대체 누구인지, 무슨 짓을 저질렀는지, 앞으로 어떻게 할 작정인지 말이에요."

요셉의 표정에는 변화가 없었다. 그러나 죄수를 흘깃 보더니 곧바로 십인대장에게 다가가 말을 걸었다.

"하나님의 평화가 함께 하기를!"

"당신에게도 신들의 평화가 있기를"

"예루살렘에서 오셨나요?"

"그렇소."

"포로가 어리군요."

"나이로 보면 그렇소."

"무슨 짓을 했는지 물어봐도 될까요?"

"사람을 죽이려 했소."

사람들은 모두 놀라서 수군댔지만 요셉은 질문을 계속했다.

"이스라엘 사람인가요?"

"그렇소, 유대인이지." 십인대장은 무뚝뚝하게 대답했다.

지켜보던 구경꾼들의 마음에 동정심이 다시 일었다.

십인대장은 설명을 덧붙였다. "당신네 족속에 대해 아는 바는 없지만 이 녀석 가문에 대해서는 말해 줄 수 있소. 허 가문, 사람들이 벤허라고 부르던데, 어쨌든 예루살렘의 대공에 대해 들어봤을 테지. 헤롯 대왕 시절에 살았다고 하던데."

"그분이라면 뵌 적이 있지요."

"이 자가 바로 그의 아들이오."

사람들이 웅성거리기 시작하자 십인대장이 황급히 제지했다.

"바로 그저께 예루살렘의 저택, 아마도 제 아버지 집이겠지. 거기 지붕에서 기왓장을 던져 그라투스 총독을 죽이려 했소."

대화가 잠시 끊겼고, 그 사이 마을 사람들은 젊은 벤허를 짐승이라도 되는 것처럼 바라보았다. 나사렛 사람 요셉이 거의 야수와도 같은 젊은 벤허를 바라보는 동안 잠시 대화가 끊겼다.

"그래서 총독은 돌아가셨나요?"

"아니."

"형을 선고 받았군요."

"그렇소, 갤리선의 종신 노예형이오."

"주님께서 도와주시길!" 짠한 마음에서 요셉이 말했다.

그때 요셉과 함께 오기는 했지만 얌전히 뒤에 서 있기만 하던 한 청년이 들고 있던 도끼를 내려놓더니 우물에서 사발에 한가득 물을 떠가지고 죄수 곁으로 다가갔다. 청년은 매우 조용하게 움직였으므로 병사들이 미처 제지하기도 전에 죄수 위로 몸을 기울여 물을 먹이고 있었다.

청년이 부드럽게 어깨에 손을 올리자 죄수는 눈을 들어 청년을 바라보았다. 한 번 보면 결코 잊을 수 없는 얼굴이었다. 자기 또래로서, 노란기가 도는 밝은 밤색 머리칼이 드리워 있었다. 짙푸른 두 눈이 빛나고 있었는데, 그 순간 그 눈길이 어찌나 부드럽고 매력적이며 사랑과 거룩한 목적으로 가득 차 있었는지 모든 사람을 무장해제시킬 힘이 담겨 있었다.

밤낮으로 겪은 고통으로 마음이 차갑게 굳어져 있었고 온 세상을 집어삼킬 듯한 원한에 사로잡혀 적의에 불타던 유다의 마음은 그 낯선 이방인의 눈길에 녹아 버려 어린아이의 마음처럼 유순해졌다. 유다는 물사발에 입을 대고 벌컥벌컥 들이켰다. 두 사람 모두 한 마디도 하지 않은 채 침묵을 지켰다.

유다가 물을 다 마시고나자 청년은 유다의 어깨에 올려놓았던 손을 흙먼지 더부룩한 머리로 옮겨 짧게나마 축복해 주었다. 그러고 나서 물사발을 제자리에 놓아두고 다시 도끼를 챙겨 요셉에게로 되돌아갔다. 모든 사람의 눈길이 그 뒤를 좇았고 마을 사람들과 마찬가지로 십인대장 역시 멍하니 쳐다보았다.

우물에서의 일은 이것으로 끝이 났다. 병사들이 물을 다 마시고 말에 올라타자 행군이 재개되었다. 그러나 십인대장의 성품은 전과 다르게 변화되어 있었다. 그는 손수 죄수를 땅에서 일으켜 세우더니 부축하여 말에 탄 병사 뒤에 태워 주었다. 그제야 마을 사람들도 모두 집으로 발걸음을 옮겼고, 이들 가운데에는 요셉과 그의 동행인 청년도 있었다.

그렇게 유다는 마리아의 아들 예수와 처음으로 조우했다.

# 제3부

"클레오파트라 : … 우리의 대의가 크면 클수록

우리의 슬픔도 그만큼 커질 수밖에 없소.

(디오메데스 들어온다)

지금 어찌 되었나? 그는 죽었나?

디오메데스 : 죽음이 임박했습니다만,

아직 죽지는 않았습니다."

— 셰익스피어의 『안토니우스와 클레오파트라』

(4막 15장)

## 1. 퀸투스 아리우스, 출정하다

나폴리로부터 남서쪽으로 몇 킬로미터 떨어진 미세눔(Misenum) 곶이 우뚝 솟은 곳에 미세눔 시가 자리하고 있다. 오늘날 그곳에 관해 남은 것이라고는 유적에 관한 이야기밖에는 없지만 지금 우리의 이야기보다 약간 앞선 시기인 24년 무렵에는 이곳이 이탈리아 서해안에서 가장 중요한 항구 가운데 하나였다.[66]

당시 미세눔 곶의 경치를 즐기려고 찾아온 여행자들이 성벽에 올라 미세눔 시를 등지고 서면 지금과 같이 멋진 네아폴리스(나폴리)만이 내려다보였을 것이다. 그리고 지금처럼 비길 데 없이 멋진 해안, 연기를 내뿜는 산봉우리, 한없이 부드럽고 짙푸른 하늘이 한눈에 들어오고, 가깝게는 이스키아 섬이, 멀리는 카프리 섬이 보였을 것이다. 그렇게 멋진 풍광을 쭉 훑고 나면 눈이 즐거울 것이었다. 그러다 진수성찬처럼 계속되는 멋진 풍경에도 눈이 질릴 때쯤 되면 현대의 여행객은 볼 수 없는 장관에 시선이 머물 것이었다. 그것은 바로 닻을 내리고 있는 로마 예비함대의 절반에 해당하는 병력이 집결한 위풍당당한 모습이었다. 그런 점에서 미세눔은 세 명의 함장이 모여 쉬면서 천하를 도모하기에 마땅한 곳이었다.

게다가 옛날에는 바다에 면한 성벽의 어느 지점에 관문이 하나 있었는데, 길의 출구 역할을 하고 있던 이 관문은 텅 비어 있었다. 그러나 그 출구만 지나면 바닷물 깊숙이까지 뻗어 있는 넓은 부두가 나온다.

어느 9월 서늘한 아침에 성벽 위에서 졸고 있던 보초는 사람들이 떠

---

66) 로마정부는 두 항구에 대규모 상비군 함대를 주둔시켰는데, 그 항구가 바로 라벤나와 미세눔이었다.

들썩하게 거리를 내려오는 소리에 잠시 깼다. 그러나 그 쪽을 한 번 흘 긋 쳐다보고는 다시 잠이 들었다.

이들 일행은 이삼십 여 명 되었고, 그중의 반 이상은 횃불을 든 노예 들이었다. 횃불은 불길이 시원치 않은 채 연기만 잔뜩 피어올라 대기에 인도의 나르드 향 냄새를 퍼뜨렸다. 주인들은 서로 팔짱을 낀 채 앞장 서서 걸었다. 그 중에 나이가 쉰 살쯤 되어 보이고 약간 벗겨진 머리에 월계관을 쓰고 있는 사람이 하나 있었는데 옆 사람들의 관심을 받고 있 는 것으로 보아 따뜻한 송별회의 주인공인 것 같았다. 이들은 모두 흰 바탕에 넓은 보라색 단을 두른 통 넓은 토가를 입고 있었으므로 보초는 그들이 누구인지 한눈에 알 수 있었다. 물어볼 것도 없이 그들은 귀족 이었으며 간밤을 축제로 지새우고 떠나는 친구를 배웅하러 배까지 가 는 길이 분명했다. 더 자세한 설명은 그들이 주고받는 대화를 들어보면 알 수 있을 것이다.

"아니, 퀸투스." 일행 중 한 사람이 월계관을 쓴 사람에게 말을 걸 었다.

"이토록 빨리 헤어져야 한다니 운명의 여신도 얄궂군. 어제 겨우 헤 라클레스의 기둥(지브롤터 해협 양만의 두 곳) 너머 바다에서 돌아오지 않았 나? 아직 두 다리로 걷는 것도 익숙해지지 않았을 텐데 말이야."

아직 취기가 덜 가신 친구가 끼어들었다.

"뭐라고! 설령 술에 취해서 계집처럼 맹세했어도 후회하진 말자고. 우리의 퀸투스는 간밤에 잃은 것을 만회하러 가는 것이니까. 구르는 배 위에서 던지는 주사위가 땅에서 던지는 주사위와 같겠는가, 안 그런가 퀸투스?"

"운명의 여신을 욕하지 말게! 여신이 눈이 먼 것도 아니고 변덕스러 운 것도 아니라네. 안티움(Antium)에서 아리우스가 물었을 때 운명의 여신이 응답하셔서 바다에서 키를 잡고 있는 그의 곁을 지켜주지 않았던가. 여신은 아리우스를 데려가지만 언제나 새로운 승리를 거두고 되돌아오게 하지 않으셨던가?"

"그리스 놈들이 그를 데려가는 거야. 그러니 신들이 아니라 그리스 놈들을 탓해야지. 돈벌이에만 혈안이 돼서 싸우는 법도 잊어버렸단 말이야."

이렇게 지껄이면서 일행은 관문을 지나 부두에 다다랐다. 바다는 아침 햇살을 받아 아름답게 펼쳐져 있었다. 백전노장의 뱃사람에게는 철썩이는 파도 소리가 마치 아침인사처럼 느껴졌다. 바닷물의 냄새가 나르드 향보다도 달콤한 듯이 길게 숨을 들이쉬며 손을 높이 쳐들었다.

"나는 안티움이 아니라 프라이네스테에 대고 빌었지. 보게! 서풍이로군. 오 운명의 여신이여 감사하나이다!" 아리우스는 진지하게 말했다.

친구들도 모두 그의 말을 따라 환성을 지르고, 노예들은 횃불을 흔들었다.

그는 부두 저편의 갤리선을 가리키며 외쳤다.

"드디어 저기 배가 오는군! 뱃사람에게 다른 애인이 필요하겠는가? 이보게 카이우스, 자네의 루크레치아가 이보다 더 사랑스럽던가?"

그는 다가오는 배를 응시하며 자신의 자부심이 틀리지 않았다는 것을 알았다. 흰 돛은 나지막한 돛대 쪽으로 휘어져 있었고, 노는 물에 잠겼다 올라오고 잠시 멈추었다가 또다시 잠기기를 반복하며 마치 날개라도 단 듯 완벽하게 장단을 맞추고 있었다.

"하늘이 우리를 돕는군." 그는 배에 시선을 고정한 채 침착하게 말했다.

"하늘이 우리에게 기회를 주셨네. 만일 실패한다면 그것은 우리 탓이지. 그리스 놈들로 말하면, 이보게 렌툴루스, 잊었나? 이제 내가 정복하러 떠나는 해적들은 그리스 놈들일세. 그놈들을 한 번 쳐부수는 것이야말로 아프리카인들을 백 번 이기는 것과 맞먹지."

"그렇다면 자네는 에게 해로 가는 길인가?"

렌툴루스가 물었다.

퀸투스는 배를 보느라 친구의 말은 귀에 들어오지도 않았다.

"이 얼마나 큰 은총이요, 자유인가! 새라도 파도의 철썩거림을 더 좋아하진 못할 걸세. 이보게. 용서하게나, 렌툴루스. 에게 해로 가는 길 맞네. 출발이 임박했으니 어찌된 일인지 말해 주겠네, 하지만 반드시 비밀로 해야 하네. 자네가 다음에 만났을 때 집정관을 욕하면 안 되니까. 그는 내 친구일세. 자네도 이미 들었을 테지만 그리스와 알렉산드리아 사이의 교역은 알렉산드리아와 로마 사이의 교역과 거의 맞먹는다네. 그런데 그 지역 사람들이 케레스 신비의식[67]을 거행하는 것을 잊었더니 트립톨레모스[68]가 거두어들이기에 충분치 않은 수확으로 갚아 주었단 말일세. 아무튼 그들 사이의 교역은 너무 커져서 하루아침에 중단될 수가 없지. 자네도 흑해에 거점을 둔 케르소네소스 해안 해적들에 대해 들어봤을 테지. 바쿠스 신을 두고 맹세하는데 그들보다 대담한 자들은 없다네! 어제 로마에 들어온 소식에 의하면, 그들이 함대를 몰고 보스포루스(Bosphorus) 해협까지 내려와 비잔티움과 칼케돈의 갤리선들을 침몰시키고 프로폰티스 해(흑해와 에게 해 사이의 마르마라 해)를 휩쓴 것으로도 성이 안 차 에게 해까지 넘본다는군. 동지중해에 선단을 갖고 있는 곡물상들은 그 소식을 듣고 잔뜩 겁에 질렸다네. 그래서 직접 황

---

67) 로마인들이 대지와 곡물의 여신 케레스(그리스의 데메테르에 해당)를 기리기 위해 지냈던 축제. 4월에 일주일 동안 진행되었다고 한다.
68) 켈레우스 왕의 아들로서 곡물의 여신 케레스의 명으로 인간에게 곡식재배법을 알려주었다.

제를 찾아가 탄원하여 오늘 라벤나에서 100여 척의 갤리선이 그쪽으로 떠났고, 미세눔에서도……." 그는 친구들의 호기심을 돋우려는 듯이 잠시 말을 끊었다가 다시 힘주어 말했다. "한 척이 떠난다네."

"잘 됐군 퀸투스! 축하하네."

"이렇게 발탁되었으니 집정관 자리에 오를 날도 멀지 않았군. 집정관 퀸투스에게 미리 경하드리네."

"집정관 퀸투스 아리우스라? 사령관 퀸투스 아리우스보다 훨씬 듣기 좋은데."

친구들은 그렇게 축하 세례를 퍼부었다.

"나 역시 축하하는 바일세." 아직 술이 덜 깬 친구가 말했다. "무척 기뻐. 하지만 짚을 건 짚어야겠어. 오 나의 집정관. 승진은 분명 좋은 일이지만 이번에는 신들이 자네 편인지 아닌지 알기 전까지는 마냥 기뻐할 수가 없단 말일세."

"고맙네, 정말 고마워." 아리우스는 일행을 향해 감사를 표했다.

"자네들이 부채만 들었더라면 족집게 점쟁이라고 해야겠군. 이것 참! 아니 한 술 더 떠 자네들이야말로 얼마나 대단한 예언자인지 알려주지. 이것 좀 읽어보게나."

그는 옷깃에서 돌돌 만 종이 한 장을 일행에게 내주며 말했다. "어젯밤 식사 중에 세야누스(Sejanus)가 주더군."

그 이름은 이미 로마 세계에서는 대단한 이름이었다. 그 이름은 향후 큰 악명을 떨치게 될 것이다.[69]

"세야누스라고!" 한 목소리로 외친 그들은 세야누스가 쓴 서신을 황

---

69) 티베리우스 황제가 나라를 다스리도록 전권을 맡긴 친위대장. 예수에게 사형을 선고한 빌라도를 임명한 장본인이다.

급히 읽어 내려갔다.

코에실리우스 루푸스 집정관에게


황제께서는 사령관 퀸투스 아리우스를 높이 평가하고 계시오. 특히 서해안에서 용맹을 떨쳤음을 들으시고 그를 즉각 동방으로 보내기를 바라고 계시오. 퀸투스를 지휘관으로 임명하고 최정예 3단 갤리선 100척을 동원하여 에게 해에 출몰하는 해적들을 소탕하도록 급파하라는 것이 황제의 뜻이오.

친애하는 코에실리우스, 세부 사항은 그대가 알아서 처리하시오.

시급한 사항이니 그대가 봐야 할 보고서와 퀸투스에 대한 정보를 동봉하니 참고하시오.


19년 9월 1일,

로마에서, 세야누스로부터


아리우스는 서신을 읽는 데는 별 관심이 없었다. 저 멀리서 배가 점점 가까이 다가오자 거기에만 온 정신을 쏟고 있었다. 배를 바라보는 그의 눈길은 마치 광신자의 눈길과도 같았다. 마침내 그가 헐렁한 토가 자락을 위로 쳐들자 그 신호에 답하여 배 후미에 있는 부채 모양의 구조물 위로 진홍색 깃발이 내걸렸다. 그 사이 몇몇 선원이 배 위에 나타나 돛대에 걸친 밧줄을 타고 몸을 좌우로 흔들며 올라가 돛을 감아올렸다. 뱃머리가 선회하고 노 젓는 속도가 빨라지면서 배는 퀸투스 일행이 서 있는 쪽으로 쏜살같이 달려왔다. 퀸투스는 눈을 반짝이며 배에서 이루어지는 동작을 면밀히 지켜보았다. 배가 즉시 방향을 바꿀 수 있는 것과 항로를 안정적으로 유지하는 것이 특히 신뢰할 수 있는 장점으로 보였다.

"님프를 걸고 맹세하건대⋯⋯." 일행 중 한 사람이 아리우스에게 서신을 되돌려주며 입을 열었다. "우리의 친구 퀸투스가 장차 위대한 인물이 될 것이 아니라 이미 위대한 인물이 되었다고 말해야 할 것 같네. 이제 우리도 유명 인사를 친구로 두게 되었군. 우리에게 더 알려 줄 것은 없나?"

"그게 다일세. 자네들이 지금 들은 일도 로마에서는 특히 궁정과 포룸에서는 이미 한물간 소식이 되었을걸. 집정관은 매우 신중한 사람일세. 내가 해야 할 임무와 어디에서 함대와 합류할 지는 승선한 후에나 알 수 있을 걸세. 그곳에 봉인된 기밀문서가 나를 기다리고 있네. 그러나 자네들이 오늘 굳이 제단에 봉헌을 하겠다면 시칠리아 근방을 항해하고 있을 나를 위해 신들께 빌어 주게나. 하지만 여기 배가 왔으니," 그는 다시 배로 화제를 돌리며 말했다. "나는 배의 선장들에게 관심이 있다네. 그들이 나를 위해 항해하며 싸워 줄 테니. 배를 이렇게 해안에 나란히 대기란 쉬운 일이 아니라네. 그러니 그들의 솜씨와 기량이 어떠한지 살펴보자고."

"뭐라고, 그럼 이 배는 처음 본단 말인가?"

"한 번도 본 적이 없다네. 그리고 아직까지는 내가 아는 선원이 있는지도 모르겠고."

"그래도 괜찮은가?"

"그거야 뭐 별로 상관없다네. 우리 뱃사람들은 서로 금세 알게 되니까. 증오심과 마찬가지로 애정도 갑자기 위험한 일을 당하면 싹트는 법 아닌가."

배는 길쭉하며 폭이 좁고 물에 낮게 잠기는 2단 갤리선 급으로서 빠른 속도와 신속한 기동력을 자랑했다. 아름다운 뱃머리는 갑판 위로 사람 키 두 배 높이로 우아하게 솟아 있어 물보라를 튀기며 시원스레 나아갔다. 측면의 만곡부에는 소라고둥 나팔을 불고 있는 트리톤의 모습이 그려져 있었다. 뱃머리 아랫부분에는 철재를 보강한 단단한 나무 장치가 용골에 고정되어 수면 아래 앞으로 튀어나와 있었는데 이것은 전투 시에 충각으로 활용되었다. 뱃머리에서 배 끝까지 밀려오는 파도를 막기 위해 세워진 튼튼한 뱃전에는 솜씨 좋게 함포 구멍이 뚫려 있었다. 뱃전 아래로는 황소 가죽을 덧댄 구멍이 3단으로 좌우 양쪽에 60개씩 뚫려 있었는데 여기에 노를 장착해 젓게 되어 있었다. 또 다른 장식으로는 높이 솟은 뱃머리를 향해 기울어진 메르쿠리우스의 지팡이가 있었다. 뱃머리를 가로지르는 거대한 두 개의 밧줄은 앞 갑판에 실린 닻의 갯수를 나타내고 있었다.

갑판 위의 설비가 간단한 것으로 보아, 노가 배의 중심 역할을 한다는 것을 알 수 있었다. 배의 중간에서 조금 앞쪽으로 설치된 돛대는 양쪽 뱃전 안쪽 면에 달려 있는 쇠고리에 고정된 지삭과 돛대 밧줄에 의해 지지되고 있었다. 돛대에 걸린 커다란 돛과 활대를 관리하려면 밧줄과 도르래가 필요했다. 뱃전 위로는 갑판이 펼쳐져 있었다.

아직 활대에 남아 돛을 감고 있던 선원들을 제외하면 한 사람만이 방파제에 서 있는 일행의 눈에 들어왔다. 그는 투구를 쓰고 방패를 든 채 뱃머리에 서 있었다.

참나무로 만든 120개의 노의 물갈퀴는 속돌에 잘 갈린 데다 끊임없이 밀려오는 파도의 물결에 하얗게 빛났고 마치 한 사람이 젓는 것처럼 올라갔다 떨어지기를 반복하면서 현대의 증기선에 뒤지지 않는 속도로 갤리선을 전진시켰다.

갤리선이 매우 빠른 속도로 다가오자 사령관 일행 가운데 육지를 떠나본 적이 없는 사람들은 적잖이 놀랐다. 뱃머리에 서 있던 선원이 손을 올려 수신호를 하자 노들이 물 위로 치켜 올라 잠시 공중에 떠 있다가는 다시 곧장 아래로 떨어졌다. 노가 떨어진 가장자리에는 물결이 들끓으며 거품이 일었고 갤리선은 겁이라도 먹은 듯 심하게 흔들리다가 멈추었다. 다시 한 번 수신호를 보내자 노들이 일제히 허공으로 올라갔다가 수면과 평형이 되게 젖혀지더니 아래로 떨어졌다. 그러나 이번에는 우현의 노들은 배의 꼬리 쪽으로 떨어뜨려 앞으로 저었고, 좌현의 노들은 뱃머리 쪽으로 떨어뜨려 뒤로 저었다. 양쪽 노들이 이런 동작을 세 번 반복하자 배는 회전축 위에 있는 것처럼 오른쪽으로 선회하더니 바람을 받아 부두에 서서히 접안했다.

이제 모든 장식과 더불어 선미가 한 눈에 들어왔다. 뱃머리에 붙은 것과 같은 트리톤의 조각상, 큰 글씨로 내걸린 배 이름, 측면의 방향타, 멋지게 완전무장한 채 방향타의 밧줄에 손을 올려놓고 있는 조타수가 앉아 있는 대좌, 우뚝 솟아 조타수 위로 커다란 민들레 잎처럼 휘어진 선미의 멋진 금박장식이 모습을 드러냈다.

배가 그렇게 선회하는 동안 나팔소리가 짧고 날카롭게 울리자, 갑판 승강구에서 놋쇠 투구를 쓰고 반질반질한 방패와 투창으로 무장한 병사들이 쏟아져 나왔다. 병사들이 전투 시처럼 병영으로 가는 동안 선원들은 돛대 줄을 타고 올라 활대 위에 걸터 앉았다. 장교와 군악대도 각자 위치로 돌아갔다. 고함이나 잡음은 전혀 없었다. 노가 부두에 닿자 조타수가 있던 갑판 쪽에서 다리가 내려졌다. 그러자 아리우스는 일행을 향해 몸을 돌리더니 갑자기 진지한 태도로 말했다.

"이제 임지로 떠나야 하네, 친구들."

그는 머리에서 월계관을 벗어 주사위 노름을 함께 한 친구에게 주며 말했다.

"주사위 노름꾼, 이것을 맡아주게! 만일 내가 돌아온다면 이 관을 다시 찾겠네. 그러나 승리하지 못한다면 절대로 돌아오지 않겠네. 찾으러 갈 때까지 자네 집 거실에 걸어놓게."

그리고 두 팔을 벌려 친구들과 일일이 포옹하며 작별 인사를 나누었다.

"오, 퀸투스, 신들이 함께 하실 거야!"

"잘 있게나."

아리우스는 횃불을 흔드는 노예들에게도 손을 흔들어 주었다. 그러고 나서 도열한 병사들과 볏 달린 투구, 방패와 투창으로 아름답게 빛나며 자기를 기다리고 있는 배를 향해 몸을 돌렸다. 그가 다리로 올라서자 나팔이 울리고 선미 장식 위로는 함대 지휘관의 깃발이 드높이 게양되었다.

## 2. 로마 군함 아스트로이아 호

사령관은 조타실에서 집정관의 명령서를 손에 펼쳐들고 노잡이 대장에게 물었다.

"인력이 얼마나 되지?"

"노잡이 252명에 예비 인력이 10명입니다."

"교대 인원은?"

"84명입니다."

"교대 시간은?"

"두 시간 간격으로 돌아갑니다."

사령관은 잠시 생각에 잠겼다.

"소화하기에 벅차겠군. 바꿔야겠지만 당장은 힘들겠어. 밤낮으로 노를 멈추지 말고 저어야 하니까."

그리고 항해장을 향해 말했다.

"바람이 순풍이니 돛을 펼쳐 노잡이들을 좀 도와주도록 하게."

두 사람이 나가자 사령관이 조타장에게 물었다.

"복무한지 얼마나 되었나?"

"32년 되었습니다."

"주로 복무한 곳은?"

"로마와 동방 사이의 바다입니다."

"자네야말로 내가 찾던 적임자로군."

사령관은 명령서를 다시 들여다보았다.

"캄파넬라 곶을 지나, 메시나 해협으로 가세. 그곳을 지나면 멜리토가 좌측에 보일 때까지 칼라브리아의 굽은 해안선을 따라 가게. 이오니

아해 부근의 별자리는 알고 있겠지?"

"네, 잘 알고 있습니다."

"그러면 멜리토부터는 키테라 섬을 향해 동진하게. 신들이 도와주시면 안테모나(Antemona)까지 쉬지 않고 갈 걸세. 임무가 시급하니 자네만 믿겠네."

프라이네스테와 안티움의 제단에 많은 봉헌을 했지만 아리우스는 신중한 사람이었으므로 앞을 못 보는 운명의 여신은 선물이나 맹세보다는 분별력과 판단력을 갖춘 사람을 더 총애할 것이라고 생각하는 부류였다. 연회의 주인공으로서 밤새 친구들과 어울려 마시며 놀았지만 바다 냄새를 맡으니 어느새 뱃사람의 기분으로 돌아왔으므로 배에 대해 속속들이 알기 전까지는 쉴 마음이 없었다. 모든 것을 제대로 알면 우연이 개입할 여지는 없다. 노잡이 대장과 항해장과 조타장은 이미 보았으므로 부함장, 비축품 보관장, 기관실장, 취사 감독관 등 다른 장교들을 대동하고 몇 구역을 훑어보았다. 그의 검열을 빠져나가는 것은 하나도 없었다. 다 마치고 나자 비좁은 선내를 꽉 채운 사람들 가운데 아리우스 혼자만이 항해와 미연의 사고에 대비해 준비해야 할 것들이 무엇인지 완벽히 알고 있었다. 준비가 제대로 되어 있음을 알고 나니 할 일이 하나 남아 있었다. 그것은 휘하 병력을 완전히 파악하는 일로서 업무 중 가장 까다롭고 어려운데다 시간이 많이 걸리는 일이었다. 그래서 아리우스는 자기만의 방식으로 그 일에 착수했다.

정오가 되자 갤리선은 파이스툼 앞바다를 미끄러지듯이 달리고 있었다. 바람은 계속 서풍으로서 돛을 꽉 채우고 있었으므로 매우 만족스러웠다. 당직반도 편성되었다. 앞 갑판 위에는 제단을 설치하고 소금과 보리를 끼얹은 후 그 앞에서 사령관이 유피테르와 넵투누스와 대양의 모든 신들에게 장엄하게 기도를 올렸다. 그리고 맹세를 한 후 포도주를 붓고 향을 피웠다. 그러고 나서 부하들을 좀 더 잘 살피기 위해 커다란 선실에 늠름한 모습으로 자리를 잡고 앉았다.

말이 난 김에 언급해 보자면, 갤리선 중앙 부분이 선실이었는데, 길이 10.5미터, 너비 9미터 규모에 세 개의 넓은 승강구를 통해 빛이 들어오고 있었다. 선실 양끝 사이에는 천장을 떠받치고 있는 기둥들이 한 줄로 서 있었고, 중앙 부근에는 돛대가 보였고 도끼와 창, 투창 등이 꽉 차 있었다. 각 승강구마다 양쪽으로 두 개의 계단이 나 있었는데 계단 제일 위에는 지지 장치가 달려 있어 계단 제일 아랫부분을 천장에 매달 수 있게 되어 있었다. 그래서 지금은 계단이 들어올려 있었으므로 선실이 천창(天窓)이 난 홀처럼 바뀌었다.

독자들도 곧 알게 되겠지만 이곳은 배의 심장부로서, 식당, 침실, 훈련장, 비번들의 휴게실 등 선원들이 생활하는 곳이었다. 법에 의거해 그곳에서의 생활은 세세한 내용과 일상까지도 죽을 만치 엄격하게 규정되어 있었다.

선실 뒤쪽 끝에서 몇 걸음 떨어지지 않은 곳에 높은 단이 하나 있었다. 그 연단 위에 노잡이 대장이 앉아 있었다. 그의 앞에는 공명판이 하나 있었는데, 작은 망치로 그것을 두드려 노잡이들을 위해 박자를 맞춰 주고 있었다. 또한 오른쪽에는 휴식시간과 노 젓는 시간을 재기 위한 물시계가 놓여 있었다. 그 위로는 금박 난간으로 둘러쳐진 약간 더 높은 연단이 있었는데 그곳이 바로 사령관실이었다. 선실이 한 눈에 내려다보였고, 안락의자, 탁자, 팔걸이와 높은 등받이가 달리고 쿠션을 댄 의자 등이 갖추어져 있었는데, 이것들은 모두 황제의 최고급 하사품이었다.

튜닉 위로 반쯤 내려온 군복을 걸쳐 입고 혁대에 칼을 찬 아리우스는 커다란 안락의자에 깊숙이 몸을 묻고 배의 움직임에 몸을 맡긴 채 휘하 선원들을 주의 깊게 바라보았다. 선원들 역시 아리우스를 가까이서 지켜보았다. 아리우스는 눈앞의 모든 것을 예리하게 지켜보았지만 그 중에서도 노잡이들을 제일 오랫동안 바라보았다. 아마 독자들도 그러 했을 것이다. 사령관들의 습성이 으레 그렇듯이 매우 동정의 눈길로만 바라보았을 수도 있지만 아리우스는 결과가 어찌될지 그려보며 생각이 앞서 나갔다.

광경은 그 자체로는 매우 단순했다. 선실의 측면을 따라 맨 처음에 보이는 것은 배의 목재에 고정된 세 열의 벤치였다. 그러나 좀 더 자세 히 들여다보면 비스듬히 올라가는 노잡이 자리가 잇닿아 있어서, 둘째 단의 벤치는 첫째 단의 벤치보다 약간 올라간 위치에 있었고, 셋째 단 의 벤치는 둘째 단의 벤치보다 약간 올라간 위치에 있었다. 한쪽에 60 명의 노잡이가 들어가려면 할당된 공간에는 90센터 간격으로 19개의 분리된 벤치가 들어갔고, 20번째 벤치 바로 위에 다음 단 벤치가 오도 록 배치되어 있었다. 그렇게 배열된 덕분에 노잡이들이 동료들의 움직 임에 맞추기만 하면 노를 저을 수 있는 공간이 넉넉했다. 동료들의 움 직임에 맞추는 것은 밀집대형에서 박자에 맞춰 행진하는 병사들의 기 본 원칙이었다. 또한 그러한 배열은 또한 갤리선의 길이만 충분하다면 노잡이의 자리를 늘릴 수도 있었다.

1단과 2단의 노잡이들은 앉아서 노를 젓는데 반해 3단의 노잡이들 은 노가 더 길었으므로 서서 젓는 수밖에 없었다. 노의 손잡이에는 납 이 박혀 있었고 가운데에는 얇은 가죽끈이 달려 있어 노를 수면에 수평 으로 젖히는 섬세한 손놀림이 가능했지만 동시에 상당한 기술이 필요 했다. 조심하지 않으면 언제 덮칠지 모르는 불규칙한 파도에 휩쓸려 갈 수도 있었다. 각 노가 꽂힌 구멍은 환기구 역할도 하여 맞은편에 앉은 노잡이는 상쾌한 공기를 들이마실 수 있었다. 갑판과 뱃전 사이의 통로 바닥에 해당되는 창살을 통해 들어온 빛이 머리 위로 비치고 있었다. 그러므로 어느 면에서 보면 노잡이들의 환경은 생각만큼 훨씬 열악했을 것이다. 나아가, 그들의 삶에 기쁨이라고는 전혀 없었다. 말을 주고 받는 것이 허용되지 않았으므로 매일매일 아무 말 없이 죽어라 노만 저었다. 노를 젓는 시간에는 서로 얼굴을 볼 수도 없었다. 짧은 휴식 시간에는 쪽잠을 자거나 허겁지겁 주린 배를 채웠다. 결코 웃는 법이 없었고 노래를 부르는 법도 없었다. 조용히 생각에 잠긴 동안 어쩔 수 없이 새어나오는 한숨이나 신음소리로도 모든 이들의 감정이 훤히 드러나는데 굳이 말이 필요하겠는가? 그 불쌍한 이들의 삶은 지하에서 천천히 흐르다가 어느 곳에서든 기회만 되면 가까스로 출구로 뿜어져 나오는 시냇물과도 같았다.

오 마리아의 아들 예수님! 지금은 칼이 판치는 세상입니다, 당신에게 영광이! 우리가 지금 살피고 있는 그 시절에는 성벽에서, 거리와 광산에서의 고역이 죄수들을 기다리고 있었고, 군함과 상선 갤리선에서도 끊임없이 노예를 필요로 했다. 두일리우스 사령관이 해전(포에니 전쟁)에서 조국에 최초로 승리를 안겨줄 당시 로마인들은 노를 열심히 활용했으므로 승리의 영예는 수군 못지않게 노잡이들에게도 돌아갔다. 지금 우리가 살펴보는 벤치들은 정복으로 나타나는 변화를 입증하고 로마의 정책과 역량을 잘 보여주고 있다. 그곳에는 거의 모든 민족들이 있었는데, 대부분 전쟁 포로로서 뛰어난 체력과 지구력 덕분에 뽑혀온 사람들이었다. 한쪽에는 브리튼 족, 그 앞에는 리비아인, 그 뒤에는 크리미아인, 또 저쪽에는 시리아인, 갈리아인, 테베인이 있었고, 로마 죄수들이 고트인과 롬바르디아인과 한 조로 엮여 있었고, 유대인, 에티오피아인과 마에오티스 부근 연안에서 온 야만인들이 있었다. 이곳에는 아테네인, 저곳에는 히베르니아(지금의 아일랜드)에서 온 붉은 머리의 야만인이, 저쪽에는 푸른 눈의 킴브리족 거인들이 자리 잡고 있었다.

노젓는 동작은 정신을 집중해야 할 만큼 큰 기술이 필요한 것은 아니었고 거칠고도 단순했다. 앞으로 쑥 내밀었다가 뒤로 끌어당기고, 노의 날을 수면에 평평하게 뒤집었다가 다시 물에 담그기가 모든 동작의 전부였다. 인간의 동작은 가장 기계적일 때 가장 완벽해진다. 심지어 바깥의 바다 상황에 따른 조심스러움도 시간이 지나면 생각에서 나온다기보다는 본능적인 것으로 바뀌게 된다. 그래서 오랜 세월 노역하다 보니 이 불쌍한 사람들은 인내심만 강할 뿐 생기를 잃고 고분고분해졌다. 야수처럼 근육만 발달하고 지성은 고갈되어 대개 얼마 남지 않은 소중한 추억에 의지하여 살아가다가 고통이 습관이 되고 정신은 인내심만 남는 혼미한 의식 상태로 전락해 버리고 만다.

사령관은 의자에 편히 몸을 묻은 채 노잡이들이 겪는 비참함보다는 모든 것을 고려하며 매시간 좌우로 둘러보았다. 그들의 동작은 정확하여 좌우현이 일치했고, 잠시 후에는 하나가 되었다. 그러자 이제 한 사람 한 사람 살피며 생각에 잠겼다. 승리를 거둔다면 해적들 중에서 그 자리에 더 적합한 놈들을 골라 앉히리라 생각하며 자기가 본 것들을 철필로 기록했다.

갤리선으로 오는 노예들은 무덤으로 가는 것이나 마찬가지였으므로 적당한 이름을 지어 줄 필요가 없었다. 그래서 편의상 그들은 이름 대신 각자 지정된 벤치 위에 쓴 번호로 불렸다. 사령관의 날카로운 눈길이 양쪽 벤치를 하나하나 훑어가다가 마침내 60번에 가서 멈추었다. 그는 원래는 왼쪽의 마지막 단에 속했지만 선미의 공간이 부족한 탓에 첫째 단의 첫 번째 벤치에 배치되어 있었다. 사령관의 눈길은 그곳에 머물렀다.

60번의 벤치는 연단 높이보다 약간 위에 있었지만 몇 발자국 떨어져 있었다. 창살을 통해 그의 머리 위로 비치는 빛 덕분에 사령관은 노잡이의 모습을 잘 볼 수 있었다. 꼿꼿한 자세에 다른 노예들과 마찬가지로 허리둘레에 걸친 하의를 제외하고는 아무것도 걸치지 않은 벌거숭이와 다름없었다. 그러나 마음에 드는 점들이 있었다. 그는 아직 스무 살도 되지 않은 젊은이였다. 게다가 아리우스는 노름에만 정신이 팔려 있던 것은 아니었다. 그는 훌륭한 신체를 제대로 가려낼 줄 알았고, 육지에 머물 때는 경기장을 찾아가 가장 유명한 운동선수를 구경하며 찬사를 보내기도 하였다. 그리고 전문가들에게서 배웠겠지만 힘을 발휘하려면 근육의 양 못지않게 질이 중요하며 뛰어난 기량은 힘은 물론 정신력에서 나온다고 생각하고 있었다. 취미를 가진 사람들이 대부분 그렇듯이 그도 그러한 견해를 적용시켜 보며 그것을 입증해 줄 사례를 늘 찾고 있었다.

독자들은 아리우스가 완벽한 사례를 찾아 틈날 때마다 살피고 다녔지만 완벽하게 만족한 경우는 거의 없었다는 사실을 알아챘을 것이다. 아니 사실 이번 경우만큼 만족스러운 경우는 거의 없었다.

연단에서 보면 노를 젓는 동작이 시작될 때마다 노잡이의 옆쪽 몸과 얼굴이 눈에 들어왔다. 동작은 자세를 바꾸어 미는 자세로 끝이 났다. 노젓는 동작을 우아하면서도 힘들이지 않고 하는 것을 보니 처음에는 그가 정말로 힘을 주고 있는 건지 의심이 들 정도였다. 그러나 그러한 의심은 이내 사라졌다. 몸을 앞으로 숙여 미는 동안 노를 단단히 잡고 있는 손길을 보면 그가 온 힘을 다하고 있는 것이 확연히 드러났다. 그뿐 아니라 기술도 매우 뛰어나 보였으므로 커다란 안락의자에 앉아 있던 사령관은 자기 지론의 핵심인 힘과 두뇌가 결합된 사례임을 알아보았다.

면밀히 살피면서 아리우스는 청년을 관찰했다. 그런 이유로 자기도 모르게 다정한 눈길로 바라보다보니 그의 키가 훤칠하며 사지와 상반신과 하반신이 특히 완벽하다는 것을 알아챘다. 아마 팔도 무척 길었을 테지만 잘 발달된 근육 아래에 숨겨져 있었다. 근육은 움직일 때마다 부풀어올라 꼬인 매듭처럼 단단하게 뭉쳤다. 그리고 둥근 몸을 감싸고 있는 늑골이 확연히 드러났다. 그럼에도 체격은 경기장에서 훈련된 몸처럼 호리호리하면서도 탄탄했다. 한 마디로 노잡이의 동작에는 사령관의 지론에 들어맞을 뿐 아니라 그의 호기심과 흥미를 자극할 만한 조화로움이 깃들어 있었다.

이윽고 사령관은 노잡이의 얼굴을 정면에서 보고 싶다는 생각이 들었다. 노잡이의 머리는 보기에 좋았고, 아랫부분이 넓은 목 위에 잘 균형을 잡고 있었지만 매우 유연하고 우아했다. 옆모습은 동방인의 윤곽을 띠고 있었고, 혈기와 감수성이 풍부하다는 증거인 미묘한 표정을 짓고 있었다. 이러한 점들을 지켜보자 사령관의 호기심은 더욱 깊어졌다. 아리우스는 속으로 생각했다.

'정말 대단한 녀석인데! 가능성이 있어 보여. 좀 더 자세히 알아봐야겠군.'

바로 그 순간 사령관은 원하던 광경을 목격했다. 노잡이가 몸을 돌려 자신을 바라본 것이다.

"유대인이잖아, 게다가 아직 어리잖아!"

사령관이 응시하고 있는 동안 노예의 커다란 두 눈은 피가 관자놀이로 솟구칠 정도로 점점 커졌고 놋날은 손에서 잠시 멈추었다. 하지만 곧 맹렬한 굉음과 함께 노잡이 대장의 망치가 떨어졌다. 그 소리가 마치 자기에게 날린 경고라도 되는 듯 노잡이는 사령관으로부터 얼굴을 돌리더니 반쯤 뒤집은 노를 떨어뜨렸다. 그러다 사령관을 다시 바라보고는 화들짝 놀랐다. 전혀 예상치 못한 친절한 미소를 보았기 때문이다.

그동안 갤리선은 메시나 해협에 들어섰고 메시나 시를 지나 잠시 후에는 에트나 너머 걸린 구름을 뒤로 하면서 동쪽으로 방향을 틀었다.

선실 안 연단 위로 돌아올 때마다 아리우스는 자주 그 노잡이를 살펴보며 계속 되뇌었다. "저 녀석은 확실히 기백이 있군. 유대인은 야만인이 아니지. 저 녀석에 대해 좀 더 자세히 알아봐야겠어."

## 3. 아리우스, 벤허에게 관심을 보이다

출항 나흘째 되던 날 갤리선 아스트로이아 호는 이오니아해를 매우 빠르게 지나고 있었다. 하늘은 맑게 개어 있었고 바람은 모든 신들의 호의를 품고 있는 듯 순풍이었다.

집결지로 지정된 키테라 섬 동쪽 만에 도착하기 전에 함대를 따라잡을 수 있을 것 같았으므로, 약간 조급해진 아리우스는 갑판 위에서 많은 시간을 보냈다. 그는 배와 관련된 일들을 열심히 처리했고 대체로 만족스러워했다. 선실 안의 커다란 안락의자에서는 배의 움직임에 몸을 맡기며 60번 노잡이에 대한 생각에 계속 사로잡혔다.

그러다 마침내 노잡이 대장에게 물었다.

"지금 막 자리에서 일어난 자를 아는가?"

마침 그때가 교대시간이었다.

"60번을 말씀하시는 겁니까?"

"그렇네."

노잡이 대장은 그때 막 앞으로 나오고 있는 60번 노잡이를 예리하게 바라보았다.

"사령관께서도 아시듯 이 배는 진수한 지 겨우 한 달밖에 안 되어 아직까지는 배만큼이나 선원들도 잘 모르겠습니다."

"그 자는 유대인이던데." 아리우스가 조심스럽게 말했다.

"고귀하신 퀸투스 각하께서는 예리하기도 하십니다."

"매우 어리군." 아리우스가 계속했다.

"하지만 가장 뛰어난 노잡이입니다. 언젠가 노가 거의 부러질 정도로 젓는 것을 보았답니다."

"성격은 어떤가?"

"고분고분합니다. 그 외에는 더 아는 바가 없습니다. 언젠가 한 번 제게 부탁을 한 적이 있습니다."

"무슨 부탁이었지?"

"오른쪽과 왼쪽에 번갈아 앉게 해 달라고 했습니다."

"이유가 뭐라고 하던가?"

"한쪽에서만 계속 노를 저으면 몸이 휜다고 하더군요. 또한 폭풍이 닥치거나 갑자기 전투가 시작되면 자리를 바꿔야할지도 모르는데 바뀐 자리에서는 잘 젓지 못할 수도 있다고 했습니다."

"그래? 기발한 생각인데. 그 밖에 또 눈에 띄는 점은 없었나?"

"동료들보다 훨씬 깔끔합니다."

"그런 점에서는 로마인이군." 아리우스가 만족스러운 듯이 말했다.

"그의 사연에 대해서 들은 바가 없나?"

"전혀 없습니다."

사령관은 잠시 생각하더니 자기 자리로 되돌아가며 말했다.

"그 자가 쉴 때 내가 혹시 갑판 위에 있거든 내게 보내게. 혼자만 올려 보내게."

두 시간 후쯤 아리우스는 갤리선의 선미 장식 아래에 서 있었다. 매우 중요한 일을 앞두고 있지만 그저 기다리는 것 말고는 할 일이 없는 사람의 심정으로 기다렸다. 인생에 달관한 사람이 늘 침착할 수 있게 해 주는 특유의 침착함을 유지하는 커다란 평정심이 그때만큼 위력을 발휘한 때가 없었다. 주위를 둘러보니 조타장은 배 양쪽에 있는 방향타를 조종할 수 있는 밧줄에 손을 올린 채 앉아 있었다. 돛 그늘 아래에는 선원들이 누워 잠들어 있었고, 저 위 활대 위에는 감시병이 있었다. 항로를 유지하는데 참고하기 위해 선미 장식 아래에 설치된 해시계에서 눈을 떼자 60번 노잡이가 다가오는 것이 보였다.

"대장님이 고귀한 아리우스 각하께서 저를 보자고 하셨다고 해서 왔습니다."

아리우스는 햇빛에 빛나는 흰칠하고 건장하며 혈기왕성한 그의 모습을 훑어보았다. 감탄의 눈길로 바라보노라니 검투장이 머릿속에 떠올랐다. 그렇다고 신체만 살핀 것은 아니었다. 말투로 보아 한동안 교육을 잘 받았음을 알 수 있었고, 맑고 똥그랗게 뜬 두 눈은 반항적이라기보다는 오히려 호기심에 빛나고 있었다. 아리우스의 탐색하는 듯한 날카롭고 오만한 시선에 전혀 주눅 들지 않은 해맑은 표정을 지었다. 비난이나 분노나 위협의 기색은 전혀 없고 시간이 흐를수록 약간씩 무디어가는 오래된 커다란 슬픔의 흔적만이 드러나는 인상을 받았다. 그래서 그런지 아리우스는 상하관계가 아니라 손아랫사람을 대하듯 말을 걸었다.

"노잡이 대장이 자네가 이 배에서 가장 훌륭한 노잡이라고 하더군."

"저를 좋게 봐주셨군요."

"복무한 지는 얼마나 됐지?"

"3년 정도 됐습니다."

"노잡이로만 말인가?"

"쭉 그래온 것 같습니다."

"노 젓는 일은 중노동이다. 쉬지 않고 1년을 버티기는 어려운데. 게다가 너는, 너는 아직 어린 것 같은데."

"고귀하신 아리우스 각하께서는 사람의 인내심은 정신력에 좌우된다는 것을 잊으셨나요? 정신력에 따라 약한 사람이 살아남기도 하고 건장한 사람이 죽을 수도 있죠."

"말투를 보아하니 유대인이로구나."

"제 조상은 로마인보다도 오래된 히브리인입니다."

"너희 종족 특유의 강한 자부심을 갖고 있군."

아리우스는 노잡이의 얼굴이 붉어지는 것을 보았다.

"자부심은 몸이 묶여 있을 때 한층 커지기 마련이죠."

"뭐가 그렇게 자랑스러운 건가?"

"제가 유대인이라는 점이요."

아리우스는 빙그레 미소를 지었다.

"나는 아직까지 예루살렘에 가본 적이 없지만 그곳의 귀족들에 대해서는 들은 적이 있지. 한 사람은 나도 잘 아는 사람인데, 그는 바다를 누비며 해상무역을 했지. 왕이 되기에 적합한 인물이었는데. 너는 어떤 계급 출신이지?"

"저는 갤리선의 벤치 출신이라고 답해야겠지요. 현재 노예니까요. 하지만 아버지는 예루살렘의 귀족이셨습니다. 저희 아버지도 바다를 누비며 교역을 하셨지요. 아우구스투스 황제를 알현하고 대접을 받기도 하셨습니다."

"아버지의 이름은?"

"허(Hur) 가의 이타마르입니다."

그 소리를 듣자 깜짝 놀란 사령관이 손을 번쩍 쳐들며 외쳤다.

"네가 허 가문의 아들이라고!"

잠시 침묵 후 아리우스가 물었다.

"그런데 왜 이곳에 있는 거냐?"

벤허는 고개를 숙였고, 가슴이 쿵쾅거렸다. 이윽고 떨리는 마음이 진정되자 그는 사령관의 얼굴을 바라보며 대답했다.

"저는 발레리우스 그라투스 총독을 살해하려 했다는 혐의로 잡혔습니다."

"네가?"

아리우스는 큰 소리로 외쳤다. 그러나 너무도 놀라 한 발 뒤로 물러서며 말했다.

"네가 바로 그 암살범이라니! 그 사건으로 온 로마가 떠들썩했었지. 론디니움(현재의 런던) 근처 강가에 정박해 있던 내 배에까지 알려졌으니."

두 사람은 말없이 서로를 바라보기만 했다.

"허씨 가문은 이 세상에서 아주 사라져 버린 줄 알았는데." 아리우스가 먼저 말을 꺼냈다.

가슴 아린 추억의 물결에 벤허의 자부심은 온데간데없어졌다. 주체할 수 없는 눈물이 두 뺨을 타고 흘러내렸다.

"어머니, 어머니! 아 가엾은 티르자! 그들은 어디에 있나요? 오 사령관님, 고귀한 사령관님, 만일 그들에 대해 아시는 것이 있다면," 벤허는 두 손을 모아 애원하며 매달렸다. "제발 전부 말씀해 주세요. 무사히 살아 있는지, 살아 있다면 어디 있는지, 어찌 지내고 있는지. 아, 제발 말씀해 주세요!"

그는 아리우스에게 바싹 다가가 매달렸다. 그의 손길이 스친 외투가 팔짱 낀 아리우스의 팔에서 떨어졌다.

"끔찍했던 그날로부터 3년이 지났습니다, 그 3년이 제게는 매순간 지옥 같은 나날이었습니다. 끝없는 죽음의 나락으로 떨어져 고된 노역에서 한순간도 벗어날 수 없었죠. 어느 누구로부터도 말 한 마디, 속삭임조차 들을 수 없었습니다. 오, 제가 사람들의 뇌리에서 잊혀져가듯이 저도 그 일을 잊을 수만 있다면 얼마나 좋을까요! 동생이 끌려가고 어머니의 마지막 모습을 보아야 했던 그 순간에서 달아날 수만 있다면 얼마나 좋을까요! 그동안 온갖 역병이 퍼지고 전투가 난무하는 것을 온

몸으로 겪었습니다. 폭풍이 몰아치는 소리를 들을 때면 남들은 기도를 올렸지만 저는 오히려 웃었습니다. 죽어야만 그 고통에서 벗어날 수 있으니까요. 죽어라 노를 저었습니다. 네 그래요, 그렇게 해야만 그날 벌어졌던 끔찍한 순간을 잠시라도 잊을 수 있었으니까요. 아무 거라도 좋으니 제발 도와주세요. 저와 헤어져 있는 동안에는 그들도 행복하지 못할 테니 죽었다면 제발 죽었다고 말씀해 주세요. 밤이면 두 사람이 저를 부르는 소리가 들립니다. 물 위를 걷고 있는 그들을 본 적도 있습니다. 오, 저희 어머니 사랑만큼 진실된 것은 없습니다! 그리고 티르자 그 아이는 어떻고요, 숨결은 흰 백합 향기와도 같답니다. 그 아이는 종려나무 새순처럼 매우 상쾌하고, 부드럽고, 우아하며 아름답지요! 매일 아침 음악으로 하루를 행복하게 시작하게 해 주었죠. 제 손으로 두 사람을 비참하게 만들었습니다. 저는……."

"죄를 지었다고 스스로 인정하는 건가?" 아리우스가 준엄하게 물었다.

그 순간 벤허는 갑자기 돌변했다. 목소리는 날카로워지고, 주먹을 쳐들었다. 온몸이 부들부들 떨렸고 두 눈은 활활 타올랐다.

"저의 선조들의 하나님, 전능하신 여호와에 대해 들어보셨을 것입니다. 그 하나님의 진실과 전능, 그리고 태초 이래 이스라엘에 베풀어 주신 그 사랑에 걸고 맹세합니다."

그의 단호한 태도에 아리우스는 무척이나 감동 받았다.

"오 고귀하신 로마인이시여, 저를 조금이라도 믿어 주시어, 날마다 깊어지는 이 어둠을 밝혀 주소서!"

아리우스는 몸을 돌리더니 갑판 위를 거닐었다.

그리고 갑자기 멈추더니 불쑥 물었다. "재판은 받았나?"

"아니요!"

아리우스는 뜻밖이라는 듯 고개를 쳐들었다.

"재판을 안 받았다고! 증인도 없고! 그러면 도대체 누가 판결을 내렸지?"

당시는 로마인들이 쇠퇴기에 그런 것처럼 법률과 규정을 존중하지 않았던 것은 아니었음을 기억할 필요가 있겠다.

"저는 그저 결박당한 채 끌려가 성안의 지하 감옥 독방에 갇혔습니다. 다음날에는 병사들에게 끌려 해변으로 갔고, 그날 이후로 갤리선의 노예가 되었습니다."

"죄인이 아니라는 증거라도 있느냐?"

"저는 당시 소년이었고, 무엇인가 음모를 꾸미기에는 너무 어렸습니다. 그날 처음 그라투스 총독을 보았습니다. 정말로 죽일 생각이 있었다면 그 시간 그 장소를 고르지 않았을 것입니다. 그는 백주대낮에 말을 타고 대열 한가운데에 있었단 말입니다. 그런 상황에서 제가 어찌 빠져나갈 수 있단 말입니까. 게다가 저는 로마에 가장 우호적인 가문 출신입니다. 아버지께서 황제의 신망을 받은 것으로 유명하셨으니까요. 저희는 막대한 영지를 갖고 있었습니다. 제가 죄를 저지른다면 그 영지를 모두 잃고 저희 가족은 모두 파멸당할 것이 뻔했죠. 재산, 가문, 삶, 양심, 이스라엘 자손에게는 호흡과도 같이 중요한 율법 등 모든 정황을 생각해 보았을 때 제가 악의를 품을 이유는 전혀 없었습니다. 오히려 저희를 파멸시키려는 사악한 의도가 훨씬 더 컸겠지요. 저는 흥분하여 날뛰는 부류가 아닙니다. 그렇게 수치를 당하느니 차라리 죽는 편이 낫다고 생각하죠. 그러니 제발 믿어 주세요. 전부 사실이랍니다."

"현장에 함께 있었던 사람은 누구냐?"

"티르자와 함께 옥상에 있었습니다. 군단이 지나가는 것을 구경하려고 난간 위로 몸을 내밀었더랬지요. 그런데 그만 손 아래에 있던 기 왓장이 떨어져 나갔고 공교롭게도 그라투스 총독 위로 떨어졌습니다. 총독이 죽은 줄 알았습니다. 아, 그때 느꼈던 공포란!"

"네 어머니는 어디에 있었지?"

"아래층 어머니 방에요."

"어머니는 어떻게 됐지?"

벤허는 주먹을 불끈 쥐고는 헐떡거리듯이 숨을 들이쉬었다.

"모르겠습니다. 사람들이 끌고 가는 것을 보았을 뿐, 그후로는 어 찌 되었는지 모릅니다. 그들은 집에서 모든 것을, 말 못하는 가축들마 저 쫓아내고는 대문을 봉쇄했습니다. 어머니가 집으로 돌아가지 못하 게 할 목적이었겠죠, 그리고 저 역시도 어머니가 집으로 돌아가지 않기 를 바랍니다. 아 단지 한 마디면 되는데! 적어도 어머니는 죄가 없다고 요. 저는 용서할 수 있어요, 고귀하신 사령관님, 죄송합니다! 노예 주 제에 용서니 원한이니 하는 말을 들먹여서는 안 되는데. 평생 노에 매 인 신세에 말입니다."

아리우스는 열심히 귀를 기울였다. 그동안 겪은 노예들에 대한 모든 경험을 총동원하여 생각해 보니 이 경우에 드러난 감정이 꾸며낸 것이 라면 그 연기는 완벽했다. 반면에 벤허가 보여준 감정이 사실이라면 그 의 무고함은 의심할 여지가 없었다. 그리고 그가 정말 죄가 없다면 도 대체 권력이 얼마나 맹목적으로 분노를 행사한 것이란 말인가! 우연한 사고를 분풀이하기 위해 온 집안을 쑥대밭으로 만들다니 말이다! 그 생 각에 아리우스는 충격을 받았다.

제아무리 거칠고 피비린내 나는 일에 종사한다고 해서 우리 인간이 도덕적으로 타락하지는 않는다는 사실만큼 현명한 섭리는 없다. 정의 와 자비 같은 그런 속성들이 우리에게 정말로 있다면 눈 속에 덮인 꽃들처럼 죽지 않고 살아 숨쉰다. 사령관은 냉혹해질 수 있는 인물이었다. 그렇지 않았다면 군인이라는 직업이 적성에 맞지 않았을 것이다. 그러면서도 정의감에 불탈 수도 있었다. 그래서 옳지 않다는 것을 알게 되면 잘못을 바로잡을 방법을 모색하게 되었다. 그의 휘하에 있던 선원들은 나중에 그가 훌륭한 사령관이었다고 말했다. 예리한 독자라면 이쯤에서 그의 성격이 어떠한지 알아챘을 것이다.

이번에는 그 젊은이에게 호의를 보일 만한 상황이 많았고, 그러리라고 생각하는 독자들도 있을 것이다. 아마도 아리우스는 발레리우스 그라투스가 그 청년을 좋아하지 않았다는 것을 알았으리라. 어쩌면 그는 벤허의 아버지를 알고 있었으리라. 애원하는 동안 벤허는 그 점을 물어보았다. 그런데 곧 보게 되겠지만 그는 아무런 대답도 하지 않았다.

잠시 사령관도 당황하여 주저했다. 그의 힘은 막강했다. 그 배에서는 군주나 마찬가지였다. 벤허에 대한 좋은 선입관에 자비를 베푸는 쪽으로 마음이 움직였다. 벤허를 믿어보기로 했다. 그러나 속으로 생각했다. 그렇더라도 서두를 필요는 없어. 우선은 키테라로 서둘러 가야 하니까. 최고의 노잡이를 지금 풀어줄 수는 없지. 그는 기다릴 테고 좀 더 배우게 되겠지. 적어도 이 녀석이 귀족 가문 출신인지 올바른 성격을 갖고 있는지 여부는 확실히 알 수 있겠지. 노예의 말은 함부로 믿을 수 없으니까.

아리우스는 큰 소리로 말했다.

"이제 됐다. 네 자리로 돌아가라."

벤허는 고개를 숙이며 사령관의 얼굴을 한 번 더 보았지만 희망을 걸 만한 것은 아무것도 보지 못했다. 그는 천천히 돌아서더니 뒤돌아보며 말했다.

"사령관님, 혹시라도 저를 떠올리신다면 어머니와 여동생에 대한 제 소원을 부디 잊지 말아주세요."

그러더니 벤허는 앞으로 나아갔다.

아리우스는 찬탄의 눈길로 그의 뒷모습을 바라보며 생각했다.

'거 참! 제대로만 가르친다면 검투사로 제격인데! 얼마나 민첩한가! 보라고, 칼을 잘 쓸 것 같은데, 권투도 잘 할 것 같고!'

그리고 큰 소리로 불렀다. "멈춰라!"

아리우스는 멈춰 선 벤허에게 다가가 말했다.

"만약 자유의 몸이 된다면 무엇을 할 건가?"

"고귀한 아리우스 각하께서 저를 놀리시는 건가요?" 벤허는 떨리는 입술로 대답했다.

"아니다, 그럴 리가! 절대로 아니다!"

"그렇다면 기꺼이 대답하겠습니다. 우선은 제 생애에서 제일 먼저 해야 할 일을 하겠습니다. 다른 것은 알지도 못합니다. 어떻게든 어머니와 티르자가 집으로 되돌아올 수 있게 할 것이며 그들의 행복을 위해 매일 매순간을 쏟아 붓겠습니다. 그 어떤 노예 못지않게 두 사람을 위해 살 겁니다. 저 때문에 많은 것을 잃어버렸지만 맹세코 그 이상으로 되찾아 줄 것입니다!"

전혀 예상치 못한 대답이었다. 아리우스는 한동안 할 말을 잊었다.

그러나 다시 정신을 차리고 말했다. "네 야망이 무엇인지 물은 것이었다. 만약 네 어머니와 여동생이 죽었다거나 찾을 수 없게 된다면 무엇을 하겠느냐?"

벤허는 안색이 창백해지더니 바다를 바라보았다. 마음이 심하게 동요하는 것 같았다. 잠시 후 감정이 가라앉자 아리우스를 향해 물었다.

"어떤 일을 하고 싶으냐고요?"

"그래."

"사령관님, 솔직하게 말씀드리겠습니다. 제가 말씀드린 그 끔찍한 일이 일어나기 전날 밤 저는 군인이 되기로 마음 먹었습니다. 그 마음은 아직 변치 않았습니다. 그리고 온 세상을 통틀어 전쟁을 가르치는 학교는 한 곳밖에 없지요. 저는 그곳으로 갈 작정입니다."

"경기장 말이냐!" 아리우스가 외쳤다.

"아니오, 로마 군대입니다."

"그러려면 무기를 쓰는 법부터 배워야 한다."

주인이 노예에게 물러터지게 할 말은 아니었다. 아리우스는 자신의 경솔함을 깨닫고 음성과 태도를 바꾸어 냉랭하게 말했다.

"이제 그만 가보거라. 그리고 행여나 지금 우리 사이에 주고받은 말에 헛된 기대는 하지 말아라. 단지 너를 가지고 논 것일 수도 있으니까. 아니면," 아리우스는 생각에 잠겨 멀리 응시하며 덧붙였다. "만일 네가 일말의 희망이라도 품고 있다면 검투사로서 이름을 날릴지 군인으로 복무할지 둘 중에 하나를 선택하거라. 검투사는 황제의 총애를 얻을 수도 있다. 하지만 너는 군인이 되어도 아무 보상을 못 받는다. 로마인이 아니니까. 이제 그만 가 보거라!"

잠시 후 벤허는 다시 자기 자리에 앉아 있었다.

무릇 마음이 가벼우면 하는 일도 가볍기 마련이다. 벤허에게는 노 젓는 일이 그다지 힘들게 느껴지지 않았다. 마치 노래하는 새처럼 희망이 찾아왔다. 아직 희망이 보이거나 그 노랫소리가 들리지는 않았다. 하지만 멀지 않은 곳에 있다는 것을 알았다. 왠지 느낌이 그랬다. "단지 너를 가지고 논 것일 수도 있으니까"라는 사령관의 경고는 마음에 떠오를 때마다 무시해 버렸다. 높은 사람이 불러서 자기의 사연을 물어봐 준 것은 그의 주린 영혼을 먹이는 빵과도 같았다. 틀림없이 무언가 좋은 일이 일어날 것이었다. 그의 자리 주위로 서광이 비치는 것 같았고, 실제 그렇게 되기를 기도했다.

"오 하나님! 저는 당신께서 그토록 사랑하시는 이스라엘의 참된 자식입니다! 간절히 비오니 제발 저를 도와주소서!"

## 4. 60번 노잡이 벤허

키테라 섬 동쪽의 안테모나 만에 갤리선 100척이 집결했다. 사령관은 하루 만에 함대를 시찰한 뒤 키클라데스 제도에서 가장 큰 낙소스 섬으로 향했다. 그리스와 아시아의 바다 중간 지점에 있는 그곳은 큰 대로 한가운데에 박힌 커다란 바위와도 같아서 그곳에서라면 지나가는 모든 것을 공격할 수 있었다. 동시에 해적이 에게 해에 있든 지중해 바깥에 있든 그들을 즉시 추격할 수 있는 위치였다.

함대가 진용을 갖추어 섬의 산악 해안으로 다가가는데 갤리선 한 척이 북쪽에서 접근하고 있었다. 그 배로 건너가 알아보니 비잔티움에서 막 돌아온 수송선이었다. 배의 지휘관으로부터 자신이 가장 필요로 하던 세부정보들을 알게 되었다.

해적들은 저 멀리 흑해 각지에서 왔다고 한다. 심지어 팔루스 마에 오티스 호수의 발원지로 생각되던 타나이스 강(지금의 돈 강) 어귀에서 온 해적들도 있었다. 그들은 극비리에 태세를 갖추고 트라키아의 보스포루스 해협 입구에 처음으로 출몰하여 정박해 있던 함대를 궤멸시켰다. 그런 다음 헬레스폰트 해협 후미로 향하면서 그 사이에 있는 모든 선박들을 공격했다. 그들의 소함대는 60여척이나 되는 갤리선으로 편성되어 있었고 군사와 보급이 잘 갖춰져 있었다. 몇 척만 2단 갤리선이고 나머지는 튼튼한 3단 갤리선이라고 했다. 지휘관은 물론 조타수들도 그리스인으로서, 동방의 모든 바다들을 잘 알고 있다고 했다. 그들의 약탈은 상상을 초월했다. 따라서 바다만 공포에 떠는 것이 아니었다. 도시들마저 문을 굳게 닫아걸고 밤이면 사람들을 성 안으로 들여보냈다. 사람들 사이의 왕래는 거의 끊겨 있었다.

그렇다면 도대체 해적들은 지금 어디에 있단 말인가?

최대의 관심사였던 이 질문에 대해 아리우스는 답을 얻었다. 렘노스 섬의 헤파이스티아를 약탈한 후 적들은 바다를 가로질러 테살리아 군도로 향하더니 마지막 보고에 의하면 에우보이아 섬(지금의 에비아 섬)과 그리스 본토 사이의 해협에서 자취를 감추었다고 한다.

이상이 지금까지의 정보였다.

그때 100척의 배들이 함대를 이루어 전속력으로 질주하는 진기한 장관에 이끌려 산꼭대기로 올라간 낙소스 주민들은 선발대가 갑자기 북쪽으로 방향을 틀자 마치 기병대가 한 줄로 같은 지점을 디디며 나아가듯이 나머지 배들이 줄줄이 뒤따르는 것을 보았다. 해적이 급습했다는 소식을 듣고 시름에 잠겨 있던 사람들은 흰 돛들이 레네이아 섬과 시로스 섬 사이로 사라지는 것을 지켜보고는 안도의 한숨을 내쉬며 감사했다. 로마가 단단히 세력을 잡고 있는 곳은 언제나 보호를 받았기 때문이다. 세금에 대한 보답으로 로마는 안전을 제공했다.

사령관은 적들의 동향에 대해 보고 받고 쾌재를 불렀다. 두 가지나 도와준 행운의 여신에게 감사했다. 확실한 정보를 신속히 보내 주었고, 섬멸하기에 가장 유리한 해역으로 적들을 유인해 주었다. 아리우스는 지중해처럼 넓은 바다에서는 갤리선 한 척이 불러일으킬 수 있는 파괴력과 배 한 척을 찾아내고 앞지르는 것이 얼마나 어려운지 잘 알고 있었다. 또한 단 한 번의 공격으로 전 해적을 소탕할 수 있다면 대단한 공로와 명예를 얻게 되리라는 것도 알고 있었다.

만일 그리스와 에게 해의 지도를 본 독자라면 에우보이아 섬이 유서 깊은 해안을 따라 아시아에 맞서 마치 누벽처럼 서 있어 본토와의 사이에 길이는 200여 킬로미터가 넘고 폭은 평균적으로 13킬로미터밖에 안 되는 해협(에우리포스 해협)을 형성하고 있음을 알 것이다. 북쪽의 후미로 페르시아 제국의 왕 크세르크세스의 함대가 들어왔었고, 이제는 흑해에서 온 대담한 침략자들이 넘보고 있었다. 파가시티코스 만과 말리아코스 만 사이의 도시들은 부유했으므로 노략질하기에 안성맞춤이었다. 그러므로 모든 상황을 고려해 볼 때 해적들은 테르모필레 아래 어딘가에 있을 것이었다. 아리우스는 그 기회를 놓치지 않고 해적들을 남과 북에서 포위하기로 결정했다. 그러기 위해서는 한시도 지체할 수 없었다. 낙소스의 과일과 포도주와 여인들을 즐기고 싶은 미련마저 버려야 했다. 그래서 아리우스는 쉬지 않고 곧장 함대를 몰아 에우보이아 섬으로 향했고, 해가 지기 얼마 전에 도착할 수 있었다. 저 멀리 우뚝 솟은 오키 산이 보였고 조타수는 에우보이아 해안에 도착했음을 알렸다.

신호가 떨어지자 배는 잠시 휴식했다. 배가 다시 움직이자 아리우스는 함대를 50척씩 둘로 나누어 1분함대는 자신이 이끌고 해협을 따라 북상했고, 2분함대는 섬 바깥쪽으로 나아가 북쪽 후미로 들어가서 물살을 따라 남하하라고 명령했다.

사실, 분함대 어느 쪽도 해적선의 수에는 못 미쳤다. 그러나 제아무리 용감하다하더라도 해적들은 갖출 수 없는 규율을 갖고 있는 것이 이점이었다. 게다가 설령 한쪽 분함대가 패한다 하더라도 승리에 도취된 적을 다른 분함대가 쉽게 제압할 수 있다. 함대를 나눈 데는 사령관의 용의주도한 계산이 깔려 있었다.

그 사이 벤허는 벤치에 자리를 지키고 앉아 6시간 교대로 노를 저었다. 안테모나 만에서의 휴식으로 원기를 회복했으므로 노 젓는 일이 전혀 힘들지 않았고 연단 위의 대장에게 책잡힐 일도 없었다. 대체로 사람들은 자기가 어디에 있는지 어디로 가고 있는지 아는 상태에서는 마음이 편하다는 것을 잘 모른다. 그러다 길을 잃었을 때에는 날카로운 고통을 느끼게 된다. 더 끔찍한 것은 미지의 곳으로 맹목적으로 내몰릴 때 느끼는 기분이다. 그것도 습관이 되다보니 어느 정도 적응이 되기는 했지만 완전히 없어진 것은 아니었다. 몇 시간이고, 때로는 며칠 밤낮으로 어디론가 향하며, 너른 바다의 수많은 항로를 따라 갤리선이 빠르게 나아가고 있는 것이 늘 의식되는 벤허는 여기가 어디인지 어디로 가고 있는지 알고 싶은 갈망에 시달렸다. 그러나 사령관을 만나고 난 이후에는 새로운 삶에 대한 희망이 싹터 갈망이 더욱 커졌다. 비좁은 곳에 갇혀 있을수록 갈망은 더욱 강렬해지는 법이다. 부지런히 움직이는 배의 모든 소리가 들리는 것 같았고 각자가 한 목소리로 그에게 무엇인가 말하려고 다가오는 것처럼 들렸다. 벤허는 머리 위의 창살을 올려다보았고 그 창살을 통해 조그맣게 비춰드는 빛을 바라보며 기대감에 부풀었지만 그것이 정확히 무엇인지는 알지 못했다. 그리고 몇 번이나 연단 위의 노잡이 대장에게 말을 걸고 싶은 충동에 시달렸다. 실제로 그런 짓을 한다면 어떤 전투 상황보다도 상관을 놀라게 할 일이었다.

오랫동안 복무하는 동안, 벤허는 항해 중에 선실 바닥에 떨어지는 희미한 햇빛이 바뀌는 것을 보며 대체로 배가 어느 방향으로 나아가고 있는지 알았다. 물론 오늘도 행운이 사령관을 보내준 날처럼 화창하기만 했다. 키테라에서 출발한 이후로 경험상 그의 추측이 빗나간 적은 없었다. 지금은 옛 유대 지역을 향해 나아가고 있다고 생각하며 항로의 모든 변화에 촉각을 곤두세웠다. 그런데 이미 언급했듯이 낙소스 부근에서 배가 갑자기 북쪽으로 항로를 바꾸자 몹시 실망했다. 그러나 무엇 때문인지 그 이유는 짐작조차 할 수 없었다. 동료 노예들과 마찬가지로 벤허 역시 상황을 전혀 알 수 없었고 항해에 관심이 없었음을 생각하면 당연한 일이었다. 그가 앉아 있는 곳은 노 앞이었고, 배가 정박해 있을 때나 항해 중일 때나 그곳에 꼼짝없이 갇혀 있었다. 3년 동안 갑판 밖을 볼 수 있었던 것이 단 한 번이었는데 그것도 얼마 전 갑판 위에서 사령관을 만났을 때였다. 지금 열심히 노를 젓고 있는 그 배 바로 뒤에 아름다운 진용을 갖춘 커다란 분함대가 뒤따르고 있는 것을 전혀 알 수 없었다. 게다가 함대가 무엇을 뒤쫓고 있는지도 전혀 알지 못했다.

서서히 지던 해의 마지막 빛이 선실에서 사라졌을 때도 갤리선은 여전히 북쪽으로 향하고 있었다. 밤이 되자 벤허는 아무런 변화도 분간할 수 없었다. 그 무렵 향 냄새가 갑판에서 통로를 타고 아래로 흘러들었다.

그 냄새를 맡으며 벤허는 생각했다. "사령관이 제단에 있구나. 전투가 시작되려는 걸까?"

그는 더욱 주의 깊게 주위를 살폈다.

이제껏 보지는 못했어도 많은 전투를 겪었다. 노 젓는 벤치에 앉아 위와 주변에서 들려오는 전투 소리를 들었으므로 마치 가수가 노래를 외우듯 소리만 듣고도 상황이 어떻게 돌아가는지 파악할 수 있었다. 또한 교전에 필요한 많은 사전 준비사항들도 잘 알고 있었는데, 그리스인들처럼 로마인들에게도 역시 가장 중요한 일이 전투의 승리를 위해 신들에게 기원하는 것이었다. 그 의식은 항해가 시작될 때 거행되던 출정식과 같았고, 벤허가 보기에는 일종의 훈시였다.

벤허를 비롯한 노잡이들은 전투를 보는 시각이 선원이나 병사들과는 달랐다. 패배할 경우 살아남을 수만 있다면 신상에 변화가 일어날 수도 있었다. 어쩌면 자유의 몸이 될 수도 있고, 아니라면 적어도 지금보다 나은 주인을 만날 수도 있었다.

잠시 후 등불이 켜져 계단에 걸렸고, 갑판에서 사령관이 내려왔다. 그의 명령에 병사들은 무장을 했다. 다시 한 번 명령이 떨어지자 배의 기구들을 점검하고, 창, 투창, 화살 등을 다발로 가져와 바닥에 쌓아올린 후, 인화성 기름이 담긴 통과 등잔 심지처럼 헐겁게 감은 목화솜 뭉치를 담은 바구니도 가져다 놓았다. 그리고 마지막으로 사령관이 연단에 올라 갑옷을 입고 투구를 쓰고 방패를 드는 것을 보았을 때 모든 준비가 끝났음이 확실했으므로 벤허는 마지막 치욕을 당할 준비를 했다.

모든 벤치에는 노잡이들의 발목에 채우는 무거운 족쇄가 고정되어 있었다. 노잡이 대장은 번호 순서대로 모든 노잡이의 족쇄를 채우기 시작했다. 노잡이들은 꼼짝없이 당하는 수밖에 없어서 배에 무슨 일이 생겨도 전혀 도망칠 수 없었다.

노잡이 대장이 족쇄를 채우기 시작하자 선실에서는 노 젓는 소리를 제외하고는 정적이 흘렀다. 벤치에 앉은 모든 노잡이들이 굴욕감을 느꼈지만 벤허는 누구보다도 강하게 느꼈다. 어떤 대가를 치르더라도 족쇄만은 차고 싶지 않았다. 이윽고 족쇄가 덜거덕거리는 소리에 대장이 가까이 왔음을 알 수 있었다. 이제 곧 자기 차례가 될 터였다. 하지만 혹시 사령관이 중간에 나서주지 않을까?

독자들은 그 생각이 허영심이나 이기심의 발로에 지나지 않는다고 치부해 버릴 수도 있겠지만 그 순간 벤허의 심정은 그랬다. 사령관이 틀림없이 도와줄 것이라고 믿었다. 어쨌든 그 상황에 대처하는 모습을 보면 사령관이 나를 어떻게 생각하는지 알 수 있겠지. 전투를 계획하고 있다면 내 생각을 할 거야. 아리우스가 벤허를 갑판 위로 불러준 것을 보면 다른 노잡이들보다 좋게 생각하고 있다는 증거였다. 벤허는 거기에 희망을 걸었다.

그리고 초조하게 기다렸다. 그 순간이 마치 한평생인 것처럼 느껴졌다. 노를 한 번씩 저을 때마다 사령관 쪽을 바라보았다. 사령관은 간단한 준비를 마친 후 안락의자에 몸을 파묻은 채 쉬고 있었다. 그 모습에 실망한 벤허는 헛된 희망을 품었던 자신을 탓하며 쓴 웃음을 지었고 다시는 그쪽을 보지 않겠다고 다짐했다.

노잡이 대장이 다가왔다. 지금 그는 1번 앞에 있었다. 쇠 족쇄의 덜거덕거리는 소리가 끔찍하게 들려왔다. 다음은 60번, 벤허 차례였다. 체념하여 차분해진 벤허는 노를 위로 쳐든 상태로 발을 대장에게 내밀었다. 그런데 그때 사령관이 몸을 움직여 일어나 앉더니 노잡이 대장에게 손짓을 했다.

벤허는 가슴이 터질 것 같았다. 사령관은 노잡이 대장에게서 눈을 돌려 벤허를 흘깃 보았다. 벤허가 노를 아래로 떨어뜨리자 주위가 온통 벌겋게 달아오르는 것 같았다. 사령관이 노잡이 대장에게 뭐라고 하는지는 전혀 들리지 않았다. 그저 족쇄가 꽉 조여지지 않았다는 사실만으로 충분했다. 노잡이 대장은 자리로 돌아가 박자를 맞추는 공명판을 두드리기 시작했다. 대장이 두드리는 망치 소리가 그렇게 달콤하게 들린 적도 없었다. 벤허는 납이 달린 노 자루에 가슴을 바싹 갖다 대고 노 자루가 휘어져 부러질 정도로 온 힘을 다해 저었다.

노잡이 대장은 사령관에게 올라가 웃는 얼굴로 60번을 가리키며 말했다.

"저 힘 좀 보십시오!"

"기개는 어떻고! 흠! 족쇄를 채우지 않으니 훨씬 힘을 잘 쓰는군. 저 녀석에게는 이제 더 이상 족쇄를 채우지 말게."

그렇게 말하면서 아리우스는 안락의자에 다시 몸을 묻었다.

풍랑이 거의 없는 상태에서 노를 계속 저어가며 배는 몇 시간 동안이나 항해했다. 비번인 사람들은 잠을 청했다. 아리우스는 자기 자리에서, 병사들은 바닥에서 잤다.

벤허는 두 번이나 쉬는 차례가 돌아왔지만 도저히 잠들 수 없었다. 3년 내내 깜깜한 밤이 지속되다가 드디어 어둠을 뚫고 서광이 비추기 시작했다! 망망대해에서 길을 잃고 표류하다가 이제야 육지가 보였다! 그 토록 오랫동안 죽음에 빠져 있었으나, 이제 보라! 부활의 전율과 흥분이 온몸을 휘감았다. 이런 순간에 잠들다니 말도 안 됐다. 미래는 희망으로 맞아야 한다. 충동과 암시적인 상황으로 가득 찬 현재와 과거는 미래로 가는 발판에 불과하다. 사령관의 총애를 시작으로 벤허의 미래는 전도양양했다. 놀라운 점은 미래에 대한 상상이 행복한 기분에 젖게 만든다는 것이 아니라 그것이 점점 부풀어 현실인 것처럼 느껴진다는 것이다. 그렇게 느껴지기 시작하면 형형색색의 양귀비에 취했을 때처럼 이성이 마비되거나 이성을 잃은 상태가 되고 만다. 이제 슬픔은 가라앉고 집과 재산을 되찾는다. 어머니와 여동생을 다시 품에 안는다. 상상만으로도 벤허는 더할 수 없이 행복했다. 당분간은 끔찍한 전쟁터로 달려가고 있다는 사실은 안중에도 없었다. 그렇게 희망에 부푼 상황에서는 의심이 끼어들 여지가 없었다. 그 상황은 '실제였다.' 그래서 기쁨이 그렇게 충만하고 완벽한 상황에서는 복수심도 끼어들 여지가 없었다. 메살라, 그라투스, 로마, 그와 관련된 쓰라린 기억들은 모두 지나간 전염병처럼 사라져 버렸다. 이제는 독기 가득한 육지에서 멀리 두둥실 떠올라 별들의 노랫소리를 듣고 있는 기분이었다.

동트기 전의 짙은 어둠을 가르며 아스트로이아 호는 순항을 계속했다. 갑자기 한 사람이 갑판에서 내려와 사령관이 잠들어 있는 사령관실로 뛰어가더니 그를 깨웠다. 자리에서 일어난 아리우스는 투구와 칼과 방패를 챙기더니 해군 지휘관에게로 갔다.

"해적들이 근처에 있다. 모두 일어나 준비하라!" 아리우스는 계단을 지나 더할 나위 없이 침착하고 자신감 넘치는 어조로 외쳤다. "제군들, 기뻐하라! 아피키우스(Apicius)[70]가 잔칫상을 차려놓았다."

---

[70] 로마 시대의 미식가이자 사치스러운 생활을 즐기던 사람.

## 5. 해전


배에 타고 있던 모든 사람들이, 심지어 배조차 잠에서 깨어났다. 장교들은 자기 위치로 갔다. 바다의 전사들은 무기를 집어 들고 밖으로 나왔는데, 육지의 병사들과 다를 바가 없었다. 화살과 투창이 한아름 갑판으로 실려 왔다. 중앙 계단 옆에는 기름 항아리와 솜뭉치가 비치되었고, 예비용 등잔도 밝혀놓았다. 양동이에는 물을 가득 채웠다. 비번인 노잡이들은 감시를 받으며 노잡이 대장 앞으로 집결했다. 하늘의 뜻이었는지 벤허도 비번이었다. 머리 위에서는 선원들이 돛을 걷고, 그물을 펼치고, 기구의 밧줄을 풀고 배 양 옆에 황소가죽으로 만든 방호판을 거는 등 마지막 준비를 하는 부산스러운 소리가 들려왔다. 얼마 지나지 않아 갤리선은 또다시 정적에 휩싸였다. 막연한 불안감과 기대감으로 꽉 찬 전운이 감돌았다. 다시 말하자면, '전투 준비가 끝났다'는 의미였다.

계단에 주둔하고 있던 하급 장교가 갑판에서 하달된 신호를 노잡이 대장에게 알리자 갑자기 노가 멈췄다.

무슨 의미일까?

족쇄가 채워진 120명의 노예들 가운데 오로지 한 사람만이 스스로에게 물었다. 나머지 사람들에게는 애국심, 명예심, 의무감 등이 남아 있지 않았으므로 궁금할 이유도 없었다. 그들은 아무것도 모르는 채 속수무책으로 위험을 향해 달려가는 사람들이 흔히 느끼는 공포심만 느꼈을 뿐이다. 간혹 둔감하여 공포감이 덜한 사람이 일어날 수 있는 모든 일을 생각해 보아도 기대할 만한 것이 전혀 없었다. 자기편이 승리하면 속박이 더욱 굳어질 테고, 배가 위기에 처하면 자기도 목숨이 위태로워지기 때문이다. 배가 가라앉거나 화염에 휩싸인다면, 똑같은 운명을 맞이하게 될 것이다.

그들은 바깥 상황이 궁금하지 않았다. 적이 대체 누구란 말인가? 그리고 만일 적들이 자신의 친구거나 동포거나 동향 사람이라면 어쩐단 말인가? 그렇게 생각하면 독자들도 로마인들이 그런 위기 상황에서 가없는 노잡이들을 왜 족쇄로 묶어 둘 수밖에 없는지 납득이 갈 것이다.

하지만 이제는 그런 생각에 사로잡혀 있을 겨를이 없었다. 후방에서 갤리선의 노 젓는 소리가 들려오는가 싶더니, 아스트로이아 호는 맞부딪치는 파도 한가운데에 있는 것처럼 이리저리 흔들렸다. 그러자 적함이 코앞에 있다는 생각이 엄습했다. 작전을 시작한 전함이 공격 태세를 갖추는 것 같았다. 그 예감에 벤허는 피가 끓기 시작했다.

또 다른 신호가 갑판에서 내려오자 노가 물속으로 떨어졌고 갤리선은 눈에 띄지 않게 서서히 전진하기 시작했다. 주위는 온통 침묵에 잠겨 있었지만 선실에 있던 사람들은 각자 본능적으로 충격에 대비했다. 배조차도 정신을 차리고 숨죽이며 잔뜩 웅크린 호랑이처럼 낮게 기어가고 있는 것 같았다.

그런 상황에서는 시간의 흐름을 알 수가 없었으므로 벤허는 얼마나 지나왔는지 가늠할 수 없었다. 드디어 갑판 위에서 커다란 나팔 소리가 길고도 또렷하게 울려 퍼졌다. 노잡이 대장은 둥둥 울릴 때까지 공명판을 내리쳤다. 거기에 맞춰 노잡이들은 최대한 몸을 앞으로 뻗어 노를 물 속 깊이 담갔다가 일제히 한순간에 당겼다. 그러자 갤리선은 선체가 진동하며 성큼 앞으로 나아갔다. 후방에서 또 다른 나팔 소리가 들려왔다. 전방에서는 와 하고 외치는 함성이 일어났다. 갑자기 엄청난 충격이 느껴졌다. 노잡이 대장의 연단 앞에 있던 노잡이들은 휘청거렸고, 몇 사람은 넘어졌다. 충격에 뒤로 튕겨졌다가 제자리로 돌아온 배는 더 맹렬히 전진했다. 공포에 사로잡힌 사람들의 날카로운 비명소리가 나팔소리와 커다란 충돌음을 뚫고 들려왔다. 그러더니 발아래에서 용골 밑으로 쿵쿵 부딪히는 소리와 덜컹거리는 소리와 산산이 부서지는 소리, 물에 빠지는 소리가 들리는가 싶더니 배가 무엇인가를 들이받는 것이 느껴졌다. 주위 사람들은 겁에 질려 서로 바라보기만 했다. 갑판 쪽에서 승리의 함성이 들려왔다. 로마 함선이 충각으로 적함을 들이받은 것이다! 하지만 침몰한 적함에 타고 있던 사람들은 대체 누구란 말인가? 어느 민족, 어느 나라 사람들이란 말인가?

배는 잠시도 멈추지 않은 채 앞으로 돌진했다. 그 사이 몇몇 선원들이 달려 내려와 솜뭉치를 기름 항아리에 담갔다가 기름이 뚝뚝 떨어지는 채로 계단 꼭대기에 있는 동료에게 던져주었다. 이제 전투 무기에 화염공격까지 가세한 것이다.

잠시 후 선체가 한 쪽으로 심하게 기울어, 제일 상단의 노잡이들은 자리를 지키고 있기가 매우 어려웠다. 다시 로마군의 승리의 함성과 적군의 절망적인 비명소리가 들려왔다. 뱃머리의 충각에 부딪친 적함은 거대한 닻의 갈고리에 걸려 허공으로 떠올랐다가 떨어져 가라앉기 시작했다. 온 사방이 아비규환이었다. 이따금 부딪치며 떨어져 나가는 소리에 절규가 이어지는 것으로 보아 적함이 침몰하면서 그 안에 타고 있던 적군들이 소용돌이에 휩쓸려 바다로 빠지고 있었다.

적들만 일방적으로 당하고 있는 것은 아니었다. 이따금 갑옷을 입은 채 피투성이가 된 로마 병사들이 승강구 아래로 실려 오거나 때로는 선실 바닥에서 숨을 거두는 사람들도 있었다.

때로는 살타는 냄새와 함께 선실로 흘러들어온 자욱한 연기가 안개와 뒤섞여 선실은 희뿌연 어둠에 잠겼다. 한동안 숨이 막혀 캑캑거리던 벤허는 지금 화염에 휩싸인 적함을 지나고 있으며, 적함에 족쇄로 묶인 노잡이들이 함께 타들어가는 냄새라는 것을 알았다.

　그 아비규환을 뚫고 계속 전진하던 있던 배가 갑자기 멈춰 섰다. 갑작스러운 충격에 노잡이들이 잡고 있던 노가 날아가고, 노잡이들은 자리에서 튕겨져 나갔다. 그때 갑판 위에서는 미친 듯이 쿵쾅거리는 발소리가 나고, 뱃전에서는 서로 충돌한 배들이 심하게 삐걱거리는 소리가 났다. 혼란스러운 주위의 소음에 묻혀 이제는 노잡이의 망치 소리도 들리지 않게 되었다. 사람들은 겁에 질려 바닥에 주저앉거나 두리번거리며 숨을 곳을 찾았다. 그렇게 혼란스러운 와중에 시신 한 구가 승강구에서 거꾸로 날아와 벤허 옆에 뚝 떨어졌다. 반라에 얼굴은 산발한 머리에 가려져 있는 시신을 쳐다보니, 아래에 황소가죽과 고리버들로 만든 방패가 깔려 있었다. 죽어서야 약탈과 보복을 멈추게 된 북방의 백인 야만족이었다. 그런데 어떻게 여기로 떨어진 거지? 반대편 갑판에서 누군가 내던지기라도 한 건가? 아니지, 아스트로이아 호가 적함의 측면 공격을 받은 것이구나! 그렇다면 로마인들이 지금 이 배의 갑판에서 싸우고 있단 말인가? 벤허는 등골이 오싹해졌다. 아리우스가 위험하다. 어쩌면 호위대 없이 혼자 싸우고 있을지 몰라. 만약 죽기라도 한다면 어쩌지! 아, 아브라함의 하나님 제발 지켜주소서! 이제야 겨우 희망과 꿈이 찾아왔는데, 물거품이 되다니요? 어머니와 누이, 집과 고향……. 이 모든 것을 다시 볼 수 없다니요? 갑자기 위에서 굉음이 울렸다. 벤허는 주위를 둘러보았다. 선실은 온통 아수라장이 되어 있었다. 자리에 앉아 있던 노잡이들은 공포로 온몸이 얼어붙었고 사람들은 앞이 보이지 않는 가운데 이리저리 뛰어다녔다. 오로지 노잡이 대장만이 검붉은 어둠 속에서 침착하게 자리를 지키고 앉아 들리지도 않는 공명판을 치며 사령관의 명령을 기다리고 있었다. 그 모습이야말로 세계를 제패한 로마군의 비길 데 없는 규율의 표상이었다.

대장이 보여준 의연한 모습에 감화된 벤허는 정신을 차리고 생각에 집중했다. 노잡이 대장이 자리를 지키고 있는 것은 명예와 의무감 때문이었다. 하지만 그런 것이 나와 무슨 상관이란 말인가? 나는 이 자리에서 벗어나야 해. 여기서 노예로 죽게 된다면 그야말로 개죽음일 뿐이다. 불명예스럽더라도 지금은 살아남는 것이 의무였다. 내 목숨은 가족의 것이다. 그들이 눈앞에 생생히 떠올랐다. 어머니와 티르자가 팔을 뻗어 자기에게 애원하는 소리가 들려왔다. 벤허는 그들에게 달려가려고 했다. 자리에서 뛰쳐나가려 했으나 발목을 잡는 것이 있었다. 아! 로마가 내린 판결 때문에 불행에서 벗어날 수 없어. 그 판결이 지속되는 한 도망쳐 봐야 소용없어. 넓고 넓은 세상에서 육지든 바다든 로마제국의 추궁을 피해 안전하게 숨을 곳은 아무 데도 없어. 합법적으로 자유를 얻어내야 해. 그렇게 해야만 유대 땅에 살면서 평생 자식 된 도리를 할 수 있을 거야. 숨어 다니며 다른 나라에서는 살지 않을 거야. 오 하나님! 그렇게 자유의 몸이 되기를 얼마나 애타게 기도했던가! 오지 않는 그 순간을 얼마나 오랫동안 기다려 왔던가! 하지만 마침내 사령관의 약속에서 한줄기 빛이 보였지. 그가 말한 약속이 그것이 아니고 무엇이었겠어? 그런데 그렇게 뒤늦게 찾아온 은인이 지금 죽을지도 몰라! 그가 죽어 버리면 나와의 약속도 물거품이야. 그래서는 안 돼, 아리우스를 절대 죽게 둘 수 없어. 갤리선의 노예로 살아남느니 차라리 아리우스와 함께 죽는 게 나아.

벤허는 다시 한 번 주위를 둘러보았다. 선실 위에서는 여전히 교전이 벌어지고 있었고 배는 적함의 측면 공격을 받아 여기저기 부딪치며 삐걱거리고 있었다. 자리에 묶인 노예들은 족쇄에서 벗어나려고 안간힘을 쓰다가 소용이 없다는 것을 알고는 미친 사람처럼 울부짖었다. 감시하던 병사들이 선실 위로 올라가 버리자, 규율은 온데간데없이 사라지고 공포만 가득 찼다. 유일하게 대장만 두드리던 망치를 제외하면 아무런 무기도 없이 늘 그랬던 것처럼 미동도 않은 채 자기 자리를 지켰다. 속절없이 두드리는 그의 망치 소리가 소란 틈에 잠시 찾아온 정적을 깨고 흘렀다. 벤허는 마지막으로 그를 쳐다본 후 뛰쳐나갔다. 사실은 도망치는 것이 아니라 사령관을 찾기 위해서였다.

벤허는 배 뒤쪽 승강구 계단 가까운 곳에 있었다. 계단 위로 성큼 뛰어 올라 중간쯤에 서니 불길이 치솟아 핏빛으로 붉게 타는 하늘과, 뱃전을 에워싼 배들, 수많은 배들과 잔해로 뒤덮인 바다, 조타실 부근에서 많은 해적을 상대로 수세에 몰린 로마군이 한눈에 들어왔다. 그런데 딛고 서 있던 발판에 갑자기 충격이 가해지면서 벤허는 뒤로 나자빠졌다. 쓰러진 순간 바닥이 솟구치는 것 같더니 산산조각 나 버렸다. 그러더니 눈 깜짝할 사이에 선체 후미 전체가 떨어져나갔다. 마치 그때를 기다리고 있었다는 듯 부글거리는 바닷물이 쏴 하고 밀려들더니 주위는 온통 암흑으로 변했고, 큰 파도가 벤허를 집어삼켰다.

이렇게 긴박한 상황에서 벤허가 자기 힘에만 의지했다고 할 수는 없을 것이다. 본래 갖고 있던 힘 외에도 목숨이 위태로운 순간 자기도 모르게 솟구치는 괴력을 발휘했다. 그러나 어둠과 시끄럽게 소용돌이치는 물 속에서는 꼼짝할 수 없었다. 숨을 참는 것도 의지가 아니라 본능적으로 하고 있을 뿐이었다.

갑자기 물이 쏟아져 들어와 벤허는 나무토막처럼 선실 안쪽으로 밀려들어갔고 가라앉는 배의 역류가 없었다면 그대로 선실에서 익사하고 말았을 것이다. 다행히 역류에 휩쓸려 수 미터 수면 아래에 있던 뻥 뚫린 구멍으로 밀려나온 덕분에 배의 잔해들과 함께 위로 솟구쳤다. 떠오르면서 벤허는 무엇인가 잡히는 것이 있어 필사적으로 매달렸다. 물속에 잠겨 있던 시간이 실제보다 훨씬 길게 느껴졌다. 그러다 간신히 물

위로 올라올 수 있었다. 가슴 한가득 큰 숨을 들이쉬고 고개를 뒤흔들어 물을 털어낸 후 매달려 있던 널빤지 위로 올라가 주위를 둘러보았다.

물 위로 떠오른 덕분에 간신히 살아났다. 그렇지만 물 위라고 해서 죽음의 위험에서 완전히 벗어난 것은 아니었다.

바다 위에는 희뿌연 안개처럼 연기가 자욱했고, 그 사이로 여기저기에서 강렬하게 타오르는 불덩어리들이 빛나고 있었다. 화염에 휩싸여 불타고 있는 배들이었다. 하지만 싸움은 계속 되고 있었다. 누가 이기고 있는지 전혀 가늠할 수 없었다. 시야에 들어오는 것이라고는 가끔 지나치는 배들과 비스듬히 드리우는 그림자뿐이었다. 자욱한 연기 너머로는 서로 부딪치는 배들만 보였다. 그러나 위험은 더 가까이 있었다. 바로 조금 전 상황을 떠올려 보면, 벤허가 탔던 아스트로이아 호의 갑판에는 그 배의 병사들과 배를 협공했던 두 적함의 적군들도 함께 있었다. 그러다 배가 침몰하자 배에 있던 사람들도 모두 물 속으로 휩쓸려 들어갔다. 그 가운데 많은 사람들이 수면으로 떠올라 잡히는 대로 널빤지나 다른 잔해에 매달려 있으면서도 바다 밑 소용돌이 속에서 시작한 싸움을 계속 하고 있었다. 칠흑 같은 어둠에 잠겨 있거나 타오르는 불길에 반사되는 수면이 끊임없이 출렁이도록 한데 뒤엉겨 필사적으로 몸부림치고 바동거리면서 때로는 칼이나 투창을 휘둘러댔다. 벤허는 그들의 싸움에 신경 쓸 겨를이 없었다. 어느 쪽이나 모두 그에게는 위험한 존재였다. 누구든 지금 그가 매달려 떠다니고 있는 그 널빤지를 차지하려고 그를 죽이려들 것이었다. 벤허는 서둘러 그곳을 빠져나가려고 했다.

그때 빠르게 노 젓는 소리가 들려오더니 맹렬한 기세로 다가오고 있는 갤리선 한 척이 보였다. 뱃머리는 드높이 치솟아 있었고, 금박을 입힌 장식 위로 번쩍거리는 붉은 빛은 뱀처럼 꿈틀거렸다. 배 아래에서는 거센 물거품이 들끓고 있었다.

그는 널빤지를 밀며 헤엄쳐 나아갔는데, 널빤지가 넓어서 힘에 겨웠다. 촌각을 다투는 위급한 상황이었다. 찰나에 의해 생사가 갈릴 수도 있었다. 간신히 위기를 모면하자 갑자기 옆에서 금빛으로 번쩍이는 투구가 솟아올랐다. 이어서 손가락을 쭉 편 두 손이 다가왔다. 크고 억센 두 손은 한번 움켜쥔 것은 절대 놓을 것 같지 않았다. 벤허는 흠칫 놀라서 얼른 피하였다. 투구를 쓴 머리에 이어 수면 위로 올라온 두 손은 맹렬히 허우적대기 시작했다. 그 바람에 머리가 뒤로 젖혀지자 빛에 드러난 얼굴이 보였다. 입은 딱 벌리고 눈은 멍하니 치켜뜬 채 죽은 사람처럼 핏기가 없어 보였다. 이렇게 섬뜩한 모습은 처음 보았다! 그래도 그 얼굴을 본 순간 벤허는 기쁨의 환성을 질렀다. 투구를 쓴 머리가 물속으로 다시 가라앉자 벤허는 턱 아래의 투구 사슬을 잡아 건져 올린 후 널빤지 쪽으로 끌어당겼다.

벤허가 건져 올린 사람은 바로 사령관 아리우스였다.

한동안 물살이 벤허 주위에서 부글거리며 소용돌이쳤으므로 벤허는 널빤지에 매달린 동시에 잡고 있던 아리우스가 물속으로 가라앉지 않도록 안간힘을 썼다. 배는 휘젓는 노가 닿을 듯 말 듯 아슬아슬하게 두 사람 옆으로 바싹 지나갔다. 투구를 쓴 사람들과 쓰지 않은 사람들이 한데 뒤섞여 떠 있는 위로 갤리선이 지나간 자리에는 불타는 바닷물 외에는 아무것도 남지 않았다. 갑자기 둔탁하게 충돌하는 소리와 이어서 커다란 비명이 들려와 벤허는 시선을 그쪽으로 돌리지 않을 수 없었다. 왠지 모를 원초적 기쁨이 그의 마음을 건드렸다. 침몰한 아스트로이아 호의 원수를 갚은 기분이었다.

그 후로도 전투는 계속 되었다. 완강히 저항하던 쪽은 도주하기 시작했다. 하지만 도대체 누가 이겼단 말인가? 벤허는 자기의 자유와 사령관의 목숨이 승패의 행방에 달려 있다는 것을 잘 알고 있었다. 우선은 아리우스를 널빤지 위로 끌어올리고 물에 빠지지 않도록 잘 돌보았다. 서서히 새벽이 다가왔다. 희망을 품고 동이 트는 것을 지켜보면서도 때로는 두려웠다. 이제 곧 나타날 것은 로마인인가 아니면 해적들인가? 만일 해적들이 나타난다면 그가 돌보고 있는 사령관은 죽은 목숨이었다.

드디어 날이 완전히 밝았고, 대기에는 바람 한 점 없었다. 왼쪽으로 저 멀리 육지가 보였지만 헤엄쳐 가기에는 너무 멀었다. 벤허처럼 표류하는 사람들이 여기저기에 떠 있었다. 바다는 군데군데 타서 검게 그을렸고 때로는 연기가 피어오르고 있었다. 찢긴 돛들이 활대에 너덜너덜 매달려 있고 노들이 움직임을 멈춘 갤리선 한 척이 저 멀리 누워 있었다. 그보다 더 멀리에 무엇인가 움직이는 물체가 보였다. 도망치는 배이거나 뒤쫓는 배일 수도 있었고, 그냥 하얀 새들이 날아가는 것일 수도 있었다.

그렇게 한 시간이 지나갔다. 점점 불안한 생각이 들었다. 빨리 구하러 오지 않으면 아리우스는 죽을 지도 몰랐다. 때로는 이미 죽은 것처럼 꼼짝도 않고 누워 있었다. 벤허는 투구를 벗겨내고 간신히 흉갑도 벗겨냈다. 가슴이 펄떡거리는 소리가 들리자 다시 희망이 솟아났다. 이제 할 일이라고는 유대 민족이 늘 그러듯 기도하며 기다리는 것밖에 없었다.

## 6. 벤허, 아리우스를 구하다

익사했다가 되살아나는 고통은 익사할 때보다도 훨씬 크다. 아리우스 역시 이 고통을 겪었지만 마침내 말을 할 수 있을 만큼 회복되었고 벤허는 몹시 기뻤다.

아리우스는 처음에는 여기가 어디인지, 누가 어떻게 자기를 구했는지 두서없이 물어보다가 점차 전투에 대한 기억이 돌아왔다. 꽤 오래 안정해야만 의식이 완전히 돌아오는 것이 보통이지만 승리에 대한 불안감에 빨리 회복된 것이다. 안정이라야 빈약한 널빤지에 누워 있는 것이 고작이었지만 잠시 후에는 이런저런 말을 할 수 있을 정도가 되었다.

"우리가 구조될 수 있는지는 싸움의 결과에 달린 것 같구나. 너도 큰 몫을 했지. 생명의 위험을 무릅쓰고 나를 구해 주었으니. 고맙다. 절대 이 은혜는 잊지 않으마. 그것만이 아니라 다행히 이 위기에서 벗어나게 되면 감사의 표시로 나처럼 힘 있는 로마인이 될 수 있게 해 주겠다. 그런데 하나 더 부탁할 것이 있다. 이미 나를 구해 주었으니 너의 호의에, 아니 너의 선의에 호소하자면," 사령관은 머뭇거렸다. "어떤 상황이 되면 한 인간이 다른 인간에게 베풀 수 있는 가장 큰 호의를 베풀어 주겠다고 약속을 해다오."

"금지된 일만 아니라면, 해드리겠습니다."

아리우스는 잠시 사이를 두었다 다시 말했다.

"그런데 정말 네가 유대인 허 가의 아들이냐?"

"말씀드린 그대로입니다."

"나는 너의 아버지를 안다 ……."

사령관의 목소리가 매우 약했으므로 벤허는 가까이 다가가 귀를 기울였다. 이제야 드디어 가족 이야기를 들으려니 생각했다.

"네 아버지를 잘 알고 있었고 무척이나 좋아했지."

아리우스는 잠시 말을 끊고 다른 생각에 정신이 팔려 있었다.

"그의 아들이라니 너도 카토와 브루투스에 대해 들어봤겠지. 그들은 생전에 위대한 인물들이었지만 죽음으로 더 위대해졌지. 그들의 죽음으로 '로마인은 구차하게 목숨을 구걸해서는 안 된다.'는 법도가 생겨났거든. 듣고 있느냐?"

"네, 듣고 있습니다."

"로마의 귀족은 자신을 나타내는 증표로 반지를 지니고 다니는 것이 관습이어서 나도 끼고 있다. 이것을 받아라."

아리우스는 벤허에게 손을 내밀었고, 벤허는 시키는 대로 했다.

"이제 네 손에 끼워라."

벤허는 그렇게 했다.

"그 반지는 용도가 있다. 나는 재산과 돈이 많고 로마에서도 손꼽히는 재력가지만 혈혈단신이지. 미세눔 근처의 별장으로 찾아가 내 대신 재산을 관리하고 있는 집사에게 반지를 보여주어라. 반지를 손에 넣게 된 사연을 말하고 뭐든지 달라고 하여라. 바라는 대로 전부 줄 테니. 내가 살아남는다면 그보다 더한 것을 해 주겠다. 자유의 몸으로 풀어 주고 집과 가족을 되찾아 주겠다. 아니면 무엇이든 네가 가장 원하는 것을 할 수 있게 해 주겠다. 듣고 있느냐?"

"들을 수밖에 없는 걸요."

"그렇다면 약속해다오. 신들을 걸고 ……."

"안 됩니다, 저는 유대인인걸요."

"그렇다면 너의 하나님을 걸고, 무엇이든 가장 신성하게, 이제 부탁하는 대로 하겠다고 약속해다오. 자 빨리, 어서 약속해다오."

"고귀하신 아리우스 각하, 말씀하시는 품을 보니 뭔가 굉장히 중대한 일인 것 같은데요. 바라시는 게 뭔지 먼저 말씀해 주세요."

"그러면 약속하겠느냐?"

"그렇게 하겠습니다. 저, 그리고 ……. 아, 하나님, 감사합니다! 저기 배가 한 척 옵니다!"

"어느 쪽이냐?"

"북쪽에서요."

"바깥의 표시로 어디 배인지 알 수 있느냐?"

"아니요. 그동안 노만 죽어라 저었는걸요."

"배에 깃발이 있느냐?"

"하나도 안 보이는데요."

아리우스는 깊은 생각에 잠겨 한 동안 침묵을 지키다가 마침내 물었다.

"배가 아직 이쪽으로 오고 있느냐?"

"그렇습니다."

"이제 깃발이 보이는지 찾아보아라."

"하나도 없습니다."

"뭐 다른 표시는 없느냐?"

"돛을 펴고 3단 노로 빠르게 질주하고 있어요. 제가 알려드릴 수 있는 건 이게 다예요."

"승리를 거둔 로마 배라면 깃발을 많이 내걸었을 거다. 아닌 걸 보니 적함이 틀림없구나. 이제 잘 들어라." 아리우스는 다시 심각하게 말했다. "내 말 잘 들어라. 만약 저 갤리선이 해적선이면 네 목숨은 안전하다. 물론 풀어 주지는 않고 다시 노를 젓게 하겠지. 하지만 적어도 죽이지는 않을 거다. 반면에 나는 ······."

사령관은 머뭇거리더니 결연히 말을 이었다.

"그런데 말이다! 나는 살 만큼 살았으므로 구차하게 항복할 생각은 없다. 퀸투스 아리우스는 로마의 사령관에 걸맞게 적함 한가운데서 자기 배와 함께 장렬히 전사했다고 로마 사람들 입에 오르내리게 해다오. 이것이 바로 내 부탁이다. 만약 저 배가 해적선이라면 나를 밀어 바다에 빠뜨려다오. 들었느냐? 그렇게 하겠다고 맹세해다오."

"그런 맹세는 할 수 없어요." 벤허는 단호하게 거부했다. "그런 짓은 결코 할 수 없습니다. 히브리 율법에 따르면, 오히려 사령관님의 목숨을 구해야 하지요. 이 반지는 받을 수 없습니다." 벤허는 손가락에서 반지를 빼며 말했다. "돌려드리겠어요. 이 위기에서 벗어나면 베풀어 주겠다고 약속하신 모든 보상도 받지 않겠어요. 억울한 판결 때문에 평생 갤리선의 노잡이 신세가 되긴 했지만, 저는 노예가 아닙니다. 사령관님에게 자유를 구걸할 마음도 없습니다. 저는 이스라엘의 자손이고 적어도 지금 이 순간만큼은 그 누구의 노예도 아닙니다. 반지를 도로 가져가세요."

아리우스는 잠자코 있었다.

"안 받으실 건가요? 화가 나거나 사령관님을 무시해서가 아니고, 그런 끔찍한 일은 할 수 없기 때문입니다. 안 받으시겠다면 바다에 버리겠어요. 자 보세요, 사령관님!"

벤허는 일말의 미련도 없이 반지를 바다로 던져 버렸다. 아리우스는 반지가 바닷물에 풍당 빠지며 가라앉는 소리를 들었지만 그쪽을 보지는 않았다.

"정말 바보 같은 짓이로구나. 지금 네 신세를 생각하면 어리석기 짝이 없구나. 나는 굳이 너한테 죽여 달라고 하지 않아도 된다. 네 도움

없이도 나 스스로 생명줄을 끊을 수 있다. 내가 그렇게 하면 너는 어찌 되겠느냐? 플라톤의 말에 따르면 죽기로 작정한 사람들이 남의 손을 빌리는 이유는 영혼이 자살에 거부감을 갖고 있기 때문이라고 하지. 저 배가 해적선이라면 나는 어떻게든 죽음을 택하겠다. 이미 마음을 정했다. 로마인에게는 성공과 명예가 전부니까. 그래도 너에게는 도움이 되려고 했는데 이렇게 거부하다니. 저 반지는 이 상황에서 나의 유언을 입증해 줄 유일한 물건이었는데. 우리 둘 다 끝이다. 나는 빼앗긴 승리와 영예를 한탄하며 죽어갈 테고 너는 나보다야 오래 살겠지만 이 어리석은 짓 때문에 자식된 도리를 못한 것을 두고두고 후회할 것이다. 불쌍한 녀석."

벤허는 지금 한 짓의 중요성을 분명히 깨달았지만 전혀 주저하지 않았다.

"오 사령관님, 제가 노잡이로 지낸 3년 동안 다정하게 대해 주신 것은 당신이 처음입니다. 아니, 아니네요! 또 다른 사람이 하나 있었죠." 목소리가 착 가라앉고 눈가가 촉촉해지더니 벤허는 나사렛의 오래된 우물가 옆에서 자기에게 물을 주었던 한 청년의 얼굴이 지금 눈앞에 있는 것처럼 생생하게 떠올랐다. "적어도 제가 누구인지 물어봐 준 것은 당신이 처음이었지요. 물론 무작정 허우적거리며 가라앉던 사령관님을 붙잡았을 당시에는 곤경에서 벗어나는데 사령관님의 도움을 받을 수 있을 거라는 생각이 없었던 것은 아닙니다. 그래도 얄팍한 계산으로만 사령관님을 구한 것은 아닙니다. 이 점만은 믿어 주세요. 게다가 하나님의 가르침에 따르면, 아무리 꿈꾸는 염원이 있어도 정당한 방법으로 이루어야 합니다. 양심상 사령관님을 죽이느니 차라리 함께 죽겠습니다. 제 마음도 사령관님만큼 확고합니다. 설령 온 로마를 다 준다고 하여도, 제게 좋은 것을 주고 싶은 마음이셔도 사령관님을 죽이는 일은 없을 겁니다. 카토와 브루투스는 히브리 율법으로 보자면 유치하기 짝이 없죠."

"하지만 내 요구는 ……."

"명령을 하신다면 힘이 실리기야 하겠지만 이미 말씀드렸듯이 제 마음은 변함없습니다."

두 사람은 침묵을 지키며 기다렸다.

벤허는 다가오는 배를 자주 쳐다보았다. 아리우스는 관심 없다는 듯 눈을 감고 쉬었다.

"정말 적함인 것 같으세요?"

"그런 것 같다."

"배가 멈추네요. 옆으로 보트를 내리는 데요."

"깃발이 보이느냐?"

"로마 배인지 알리는 다른 표지 같은 것은 없나요?"

"로마 배라면 돛대 꼭대기에 투구가 걸려 있을 것이다."

"그렇다면 기뻐하세요. 투구가 보입니다."

아리우스는 아직 안심하지 못하는 눈치였다.

"작은 보트에 탄 사람들이 물에 떠 있는 사람들을 태우고 있어요. 해적들은 저렇게 인정을 베풀지 않지요."

"어쩌면 노잡이로 쓰려고 하는지도 모르지." 아리우스는 자기도 그런 목적에서 사람들을 구조했던 때를 떠올리며 대답했다.

벤허는 낯선 사람들의 행동을 매우 주의 깊게 살폈다.

"배가 움직입니다."

"어디로?"

"오른쪽에 제가 튕겨져 나온 선박이 있어요. 새로 온 배가 그쪽으로 향하네요. 이제 나란히 댔어요. 사람들을 태우기 시작하네요."

그러자 눈을 번쩍 뜬 아리우스는 냉정함을 벗어던졌다.

갤리선들을 쳐다보더니 벤허를 향해 외쳤다. "너의 하나님께 감사하여라. 나도 우리 신들에게 감사할 테니. 저 배가 해적선이라면 난파된 배를 구하지 않고 침몰시켰을 것이다. 저 행위와 돛대 위의 투구로 보아 저 배는 로마 배가 확실하다. 행운의 여신이 나를 버리지 않았다. 이제 우리는 살았다. 손을 흔들어라. 어서 저들을 불러 빨리 이리로 오게 하여라. 나는 집정관이 될 테고, 너도 마찬가지다! 나는 네 부친을 잘 알았고 그를 무척 좋아했다. 정말로 고귀한 인물이었지. 유대인은 야만인이 아니라는 것을 알게 해 주었지. 너를 데리고 가서 아들로 삼겠다. 네 하나님께 감사하며 선원들을 불러라. 서둘러라! 추격을 계속해야 한다. 해적들은 단 한 놈이라도 도망치지 못하게 해야 한다. 어서 저들을 불러라!"

벤허는 널빤지 위에 서서 손을 흔들며 있는 힘껏 소리를 질렀다. 이윽고 작은 보트에 있던 선원들이 알아챘고 그들은 득달같이 달려왔다.

아리우스는 행운의 여신의 총애에 버금가는 온갖 경의를 받으며 갤리선에 승선했다. 갑판 위에 마련된 안락의자에 편히 앉아 자세한 전황 보고를 받았다. 물 위에 표류하던 모든 생존자들을 구조하고 전리품을 챙기자 사령관 기를 새로 달고, 다른 분함대와 합류하여 승리를 매듭짓기 위해 서둘러 북진했다. 얼마 지나지 않아 해협을 따라 남하하던 2분함대 50척이 도망치던 해적들을 포위하여 완전히 섬멸했다. 적함은 단한 척도 탈출하지 못했고 더욱 영예스럽게도 20척이나 되는 해적선을 나포할 수 있었다.

항해에서 돌아오자 아리우스는 미세눔의 부두에서 따뜻한 환영을 받았다. 그의 옆에 있던 벤허를 보자마자 친구들은 지대한 관심을 보였다. 누구냐고 묻는 질문에 사령관이 먼저 나서서 소개하고 사랑스러운 눈길로 벤허의 과거에 대해서는 일언반구 없이 자기를 구해 준 사연만을 들려주었다. 이야기를 마치자 그는 벤허를 부르더니 어깨에 다정하게 손을 올리며 말했다.

"이보게들, 이 아이는 내 아들일세. 신들의 뜻으로 내가 재산을 남기게 된다면 내 모든 재산과 이름을 물려줄 후계자일세. 부디 나를 사랑하듯 이 아이를 사랑해 주게."

그 뒤 모든 일이 순조롭게 진행되어 입양절차가 신속하게 이루어졌다. 용감한 아리우스는 벤허를 무한히 신뢰하며 황실에도 기꺼이 소개했다. 아리우스가 귀환한 다음 달에는 마르스 신에게 지내는 군신제가 스카우루스 극장에서 웅장하게 거행되었다. 건물 한 쪽 면에는 전장에서 거둔 전리품이 세워졌다. 그 가운데 이제껏 제일 눈에 띄고 사람들의 찬탄을 자아낸 것은 나포한 해적선 20척의 선체에서 잘라내 가져온 뱃머리와 장식이었다. 그 위에는 8만 여명의 관중이 볼 수 있게 다음과 같이 적혀 있었다.

집정관 퀸투스 아리우스가
에우리포스 해협에서
무찌른 해적들의 전리품

# 제4부

"알바 : 그럼에도 폐하께서 공정하지 못하시다면?

　　　적어도 지금은 공정하지 못하다고 할 수 있지 않습니까?

왕비 : 그렇다면 공정해지실 때까지 기다려야지요.

　　　그분이 공정해진다면 이길 수 있으니까요."[71]


— 프리드리히 폰 실러의 『돈 카를로스』(4막 14장)

---

71) 『돈 카를로스』 p.190, 문학과 지성사

## 1. 벤허, 동방으로 돌아가다

이제 이야기의 무대를 옮겨 서기 29년 7월 안티오크로 가 보자. 당시 안티오크는 동방의 여왕으로 불리며 로마에 버금갈 정도로 번성한 도시였다.

그 시대의 모든 사치와 방탕은 로마에서 시작되어 제국 전체로 퍼져나가 거대한 도시들은 모두 테베레 강변에 있는 로마를 모방했다고 한다. 그러나 과연 그랬을까. 오히려 정복의 반작용으로 정복자 로마가 도덕적으로 타락하게 된 것은 아닐까. 그리스에서 그랬고, 이집트에서도 그랬듯이 타락의 원천을 발견한 것은 로마였다. 그리고 그 주제를 철저히 연구한 사람이라면 타락의 물결은 동방에서 서쪽으로 흘러갔으며, 그 타락의 원천은 바로 아시리아 제국이 융성한 본거지 가운데 하나인 이 도시 안티오크였다고 결론을 내릴 것이다.

승객을 태운 갤리선 한 척이 짙푸른 바다에서 오론테스 강어귀로 들어섰다. 푹푹 찌는 열기는 대단했지만 특권을 이용해 배에 승선할 수 있었던 사람들은 갑판 위에 있었고 그 틈에 벤허도 끼어 있었다.

어느덧 5년의 세월이 흘러 벤허는 완전히 장성해 있었다. 걸치고 있던 흰 아마 옷에 가려 체격은 잘 드러나지 않았지만 외모는 매우 매력적이었다. 돛 그늘 자리에 앉아 있는 한 시간 동안 몇몇 로마인이 그와 말을 섞어보려 했지만 헛수고였다. 사람들이 묻는 질문에 라틴어로 정중히 짤막하게만 대답했을 뿐이다. 깔끔한 말투와 세련된 태도, 과묵한 모습은 오히려 사람들의 호기심을 불러일으켰다. 그런데 가까이서 벤허를 본 사람은 귀족 특유의 여유롭고 세련된 태도와는 어울리지 않는 신체 모습에 놀랐다. 팔은 불균형적으로 길었고 배의 흔들림에 몸을 지탱하려고 가까이 있는 물건을 붙잡을 때 드러난 손은 크고 억세 보였다. 그래서 그의 신분과 직업에 대한 궁금증은 그가 어떻게 살아왔는지 자세히 알고 싶은 마음을 불러일으켰다. 한 마디로 벤허는 뭔가 사연이 있을 것 같은 분위기를 풍겼다.

갤리선은 오는 길에 키프로스 섬의 항구에 들렀는데, 그곳에서 매우 위엄 있어 보이는 점잖은 히브리인 한 사람이 승선했다. 벤허는 용기를 내어 그에게 몇 가지 물어보았다. 그의 대답이 믿을 만했으므로 좀 더 대화가 이어졌다.

키프로스에서 오는 이 갤리선이 오론테스 강으로 들어가는 순간, 아까 바다에서 보았던 다른 선박 두 척도 합류하여 동시에 강으로 들어왔다. 두 선박에서는 작은 연노랑 깃발들을 내걸었다. 그것이 무엇을 표시하는지 사람들 사이에서 추측이 난무했다. 결국 승객 한 사람이 존경스러운 히브리인에게 그 의미를 알고 있는지 물었다.

"네, 저 깃발들의 의미를 알고 있습니다. 저것은 국적기가 아니라 그저 선주의 표시에 불과합니다."

"그 선주는 배를 많이 갖고 있습니까?"

"그렇습니다."

"그 사람을 아십니까?"

"저와 거래가 있지요."

승객들은 계속하라고 요구라도 하는 듯 그를 바라보았고, 벤허도 관심을 가지고 그의 말에 귀를 기울였다.

히브리인은 차분한 어조로 말을 이었다. "그는 안티오크에 살고 있습니다. 막대한 재산 때문에 사람들의 주목을 받고 있는데 안 좋은 이야기가 떠돌기도 한답니다. 한때 예루살렘에 허 가문이라고 하는 명문

가의 귀족이 있었답니다."

그 말을 듣는 순간 벤허는 침착해지려고 애썼지만 가슴이 미친 듯이 쿵쾅거렸다.

"그 귀족은 무역을 했는데, 사업에 대단한 수완을 타고 났습니다. 극동과 서쪽에 이르기까지 여러 사업에 손을 대어 대도시에는 지점을 두기도 했지요. 안티오크에 있는 지점은 한때 가문의 노예였다고 하는 남자가 맡고 있었는데 그리스 이름인 시모니데스로 불리지만 사실은 이스라엘 사람이랍니다. 그의 주인은 불의의 사고로 바다에서 익사했지만 사업은 계속 되었고 나날이 번창했습니다. 그런데 얼마 후 생각지 못한 불행이 닥쳤습니다. 주인의 앳된 외아들이 예루살렘 거리에서 그라투스 총독을 살해하려던 혐의로 붙잡혀가 소식을 알 수 없게 된 거죠. 사실상 총독은 집안 전체에 분풀이를 했습니다. 그 가문의 이름을 가진 것은 하나도 살려두지 않았습니다. 그들이 살던 저택은 봉쇄되어 지금은 비둘기들의 서식처가 되었고 재산은 깡그리 몰수당했습니다. 허 가문의 것으로 밝혀진 것들은 모조리 빼앗겼습니다. 그라투스 총독은 상처를 황금 연고로 치료한 셈이 되었지요."

승객들은 웃음을 터뜨렸다.

한 사람이 나서서 말했다. "총독이 그 재산을 가로챘다는 뜻이로군요."

"그렇다고들 합니다. 저도 그저 전해들은 이야기일 뿐이죠. 그리고 그 귀족의 이곳 안티오크 지점을 관리하던 시모니데스가 얼마 안 있어 자기 힘으로 사업을 시작했는데 믿을 수 없을 정도로 단기간 내에 이 도시의 거상이 되었죠. 주인을 본받아 인도로 대상을 보냈고, 현재는 황제의 함대에 맞먹을 정도의 선단을 보유하고 있습니다. 사람들 말로는 그는 하는 일마다 승승장구한다고 하네요. 그의 낙타는 늙어서 죽는 것 외에는 죽는 법이 없으며 배가 침몰하는 경우도 없다고 합니다. 강물에 허섭스레기를 던져도 황금이 되어 돌아올 정도라나요."

"그렇게 사업한지가 얼마나 되었답니까?"

"10년이 채 안 되었답니다."

"그렇다면 밑천이 두둑했던 게 틀림없군요."

"그렇습니다. 총독은 말, 소, 집, 땅, 선박, 물품 등 귀족의 재산만 빼앗았다고들 합니다. 틀림없이 막대한 액수가 있었을 텐데 현금은 하나도 찾아내지 못했답니다. 그 현금이 다 어찌되었는지는 아직까지도 풀리지 않은 수수께끼죠."

"나는 알겠는걸요." 승객 한 사람이 콧방귀를 뀌며 대꾸했다.

"무슨 말인지 알겠습니다. 다른 사람들도 그렇게 생각하니까요. 시모니데스가 그것으로 사업 밑천을 마련했다는 것이 일반적인 생각이죠. 총독도 그렇게 생각했습니다. 5년 사이에 시모니데스를 두 번이나 잡아들여 고문을 했으니까요."

벤허는 그 소리에 잡고 있던 밧줄이 으스러지도록 꽉 쥐었다.

"사람들 말로는 시모니데스의 몸에는 성한 구석이 하나도 없다고 하더군요. 제가 마지막으로 보았을 때에는 보기 흉한 불구의 몸이 되어 간신히 앉아 있더군요."

"그렇게 심한 고문을 받다니!" 듣던 사람들 가운데 몇 사람이 동시에 외쳤다.

"병을 앓는다고 몸이 그렇게 뒤틀리지는 않지요. 그런데 제아무리 고문을 해도 소용이 없었습니다. 그가 가진 모든 재산은 합법적으로 취득했으며 또 합법적으로 운용하고 있었으니까요. 그 사실 외에는 쥐어짜낼 수 있는 것이 없었습니다. 하지만 이제는 고생이 끝났습니다. 티베리우스 황제가 몸소 허가한 무역허가증을 얻었으니까요."

"내 장담하는데 그걸 받으려고 돈 꽤나 썼겠군."

히브리인은 누군가 참견한 말을 무시하며 말을 이었다. "이 선박들은 그의 소유인데 선원들은 항해하다 마주치면 연노랑 깃발을 내걸음으로써 서로 인사를 건네는 것이 관례입니다. 말하자면 '무사히 항해를 잘 마쳤다'는 의미인 거죠."

이야기는 거기서 끝이 났다.

여객선이 강의 해협으로 꽤 깊숙이 들어오자 벤허가 히브리인에게 물었다.

"그 상인의 주인 이름이 뭐라고 하셨지요?"

"예루살렘의 대공, 벤허입니다."

"대공의 가족은 어찌 되었습니까?"

"아들은 갤리선으로 보내졌습니다. 아마 죽었을 겁니다. 그런 곳에서는 보통 잘 버텨봐야 1년을 넘지 못하니까요. 부인과 딸은 소식을 알길이 없습니다. 그들이 어찌되었는지 아는 사람들은 입을 열려고 하지 않으니까요. 유대 어딘가의 지하 감옥에서 죽은 게 틀림없을 겁니다."

벤허는 조타실로 걸음을 옮겼다. 생각에 너무 골몰한 나머지 강변의 아름다운 경치는 눈에 들어오지도 않았다. 바다에서 도시까지 이어진 그곳의 강변은 네아폴리스만큼 호화로운 빌라들이 시리아의 온갖 과일과 포도나무로 가득한 과수원들로 에워싸여 뛰어난 절경을 이루었다. 벤허는 줄지어 오가는 선박들도 눈에 들어오지 않았고 선원들이 일을 하거나 흥에 겨워 노래 부르는 소리나 고함 소리도 귀에 들어오지 않았다. 햇빛은 하늘을 가득 채우고 대지와 수면 위로 강렬한 열기를 내뿜고 있었다. 유독 벤허의 인생에만 그늘이 드리워져 있었다.

그렇게 우울한 기분에 젖어 있던 벤허는 누군가 저 멀리 강굽이에 보이는 다프네 숲을 가리키는 소리에 잠시 호기심을 보였을 뿐이다.

## 2. 오론테스 강에서


　도시의 전경이 시야에 들어오자 승객들은 갑판에 나와 아름다운 장관을 하나라도 놓칠세라 열심히 바라보았다. 독자들에게 이미 소개했던 그 히브리인이 도시의 안내인 역할을 자처했다.

　"강은 여기서 서쪽으로 흘러간답니다. 강물이 담 기슭에 밀려왔던 때가 생각나네요. 하지만 로마 백성으로 이제껏 우리는 평화롭게 살아왔죠. 그리고 태평성대에 늘 그렇듯 교역이 융성하여 이제는 강가 전체에 부두와 선창이 들어섰죠. 저기가 바로," 그는 남쪽을 가리키며 말했다. "카시우스 산인데 이곳 사람들은 오론테스 산이라고 부른답니다. 저 너머 북쪽으로는 한 줄기인 암누스 산이 있고, 그 사이가 안티오크 평원이죠. 더 멀리에는 검은 산맥이 있는데, 그곳은 메마른 거리와 사람들의 갈증을 씻어낼 깨끗한 물이 왕들의 수도관을 타고 흘러오는 수원지랍니다. 그래도 야생의 울창한 삼림지대라 갖가지 새와 짐승의 낙원이죠."

　"호수는 어디에 있습니까?" 누군가가 물었다.

　"저기 북쪽에요. 그곳을 구경하고 싶으면 말을 타고 갈 수 있습니다. 아니면 지류로 연결되어 있으니 배를 타는 편이 나을 수도 있습니다."

　그는 질문을 한 사람에게 열심히 설명해 주었다. "그리고 다프네 숲은! 그 모습을 제대로 묘사할 수 있는 사람은 없습니다. 이것 하나만 알아두세요! 그 숲은 아폴로 신이 만들었는데 올림포스보다도 더 좋아했다고 하지요. 숲을 한 번만이라도 구경하고 싶어 간 사람들은 다시는 돌아오지 않았답니다. 그래서 이런 말까지 생겨났지요. '왕의 대접을 받기보다 벌레가 되어 다프네 숲의 오디를 먹으며 사는 것이 더 좋다.'"

"그럼 그곳에 가지 말라는 말씀입니까?"

"천만에요! 가 보라는 말씀이죠. 모두들 찾아가니까요. 냉소적인 철학자, 건장한 청년, 여인들, 제사장들도 모두 가지요. 당신이 뭘 할지 불 보듯 뻔하니 한 말씀 드리죠. 시내에 묵지 마세요. 시간 낭비일 뿐이죠. 대신 정원들과 분수의 물살을 지나 숲 끝자락에 있는 마을로 곧장 가세요. 아폴로 신을 숭배하는 사람들과 아폴로 신이 사랑했던 처녀 다프네 덕분에 그 마을이 생겨났다고 합니다. 그 마을의 주랑과 길과 수천 개의 쉼터에서 다른 곳에서는 찾아볼 수 없는 아름다움과 인물들을 보게 될 것입니다. 하지만 안티오크 성벽은 또 어떤가요! 저기 보세요. 그야말로 성벽 건축의 대가 크세라이우스의 걸작이죠."

모든 사람들의 눈길이 그가 가리키는 쪽을 향했다.

"이 부분은 셀레우코스 왕조 초대 왕의 명령으로 세워졌습니다. 3백 년이 흐른 지금은 그 아래를 받치고 있는 바위의 일부가 되었죠."

성벽을 보니 지어낸 말이 아님을 알 수 있었다. 여기저기 깎아지르며 우뚝 솟은 견고한 성벽은 남쪽으로 굽이져 멀리 뻗어 나갔다.

"저 꼭대기에는 물 저장고로 쓰이는 탑이 4백 개나 있지요. 이제 저쪽을 보십시오! 성벽 위로 저 멀리 비슷한 높이의 두 언덕이 보이죠. 저것이 바로 자웅을 겨루는 술피우스(Sulpius) 봉우리들이랍니다. 제일 뒤쪽 언덕 위의 건물이 요새로서 로마 군단이 일 년 내내 상주하고 있답니다. 건물 맞은편 이쪽으로는 유피테르 신전이 솟아 있고, 그 아래가 총독 관저의 전면이랍니다. 집무실로 꽉 찬 궁전인 동시에 어중이떠중이들이 함부로 드나들지 못하게 막고 있는 요새랍니다."

이 순간 선원들이 돛을 걷어들이기 시작하자 히브리인이 열심히 외쳤다. "보세요! 바다를 싫어하는 사람들과 약속이 있는 사람들은 저주를 하거나 기도할 준비를 하십시오. 셀레우키아로 가는 도로가 나 있는 저 다리에서 항해가 끝납니다. 더 이동하실 분들은 배에서 내려 저기에서 낙타를 탈 수 있습니다. 다리를 건너면 칼리니코스가 새로운 도시를 건설한 섬이 나옵니다. 섬은 다섯 개의 거대한 연륙교로 연결되어 있는데 어찌나 견고한지 오랜 세월과 홍수와 지진에도 끄떡없었답니다. 안티오크에 대해 말하자면, 그곳을 본 것만으로도 평생 간직할 행복한 추억이 될 것이라고만 말해 두겠습니다."

그가 말을 마친 순간 배가 방향을 바꾸어 성벽 아래의 부두로 서서히 향하자 강 부근의 모습이 훨씬 생생히 잘 드러났다. 마침내 배를 묶는 밧줄이 던져지고 노도 거두어들임으로써 항해는 끝이 났다. 벤허는 아까 그 히브리인을 찾았다.

"헤어지기 전에 잠시 짬을 내 주시겠습니다."

남자는 고개를 끄덕였다.

"아까 그 상인에 대해 들으니 만나보고 싶은 생각이 들어서요. 시모니데스라고 하셨던가요?"

"네. 그리스 이름이지만 유대인이죠."

"어디에 가면 그를 만날 수 있을까요?"

남자는 대답하기 전에 날카로운 눈으로 보았다.

"혹시라도 창피를 당할까봐 알려드리는 건데 그는 돈을 빌려 주지는 않습니다."

"나도 돈을 빌리려는 것은 아닙니다." 벤허는 상대의 예리함에 웃으며 대답했다.

남자는 고개를 들더니 잠시 생각했다.

"안티오크에서 제일 가는 거상이니 당연히 그에 걸맞은 사무실을 가지고 있을 거라 생각하겠지만 낮에 그를 만나보려면 강을 따라 저 다리로 가십시오. 그는 다리 아래에 성벽의 부벽처럼 생긴 건물에 상주하고 있답니다. 문 앞에는 거대한 선착장이 있어 늘 드나드는 화물들로 뒤덮여 있죠. 그곳에 정박하고 있는 상선이 그의 것이니 쉽게 찾을 수 있을 겁니다."

"고맙습니다."

"선조들의 평화가 함께 하시길."

"당신께도 함께 하시길."

그 말과 함께 그들은 헤어졌다.

벤허는 부두에서 짐을 짊어진 짐꾼 두 사람에게 요새로 가자고 지시했다.

그쪽 방향으로 가자는 말은 공식적으로 군대와 관련이 있다는 뜻이었다.

오른쪽으로 서로 가로지르는 두 개의 대로가 도시를 사등분하고 있었고, 남북으로 뻗어있는 대로의 끝에는 님파이움(Nymphaeum)[72]이라 불리는 진귀하고 웅장한 분수가 있었다. 짐꾼들이 남쪽으로 향하자 로마에서 막 떠나온 벤허조차도 휘황찬란한 거리에 놀랐다. 좌우 양 옆으로는 호화로운 건물들이 늘어서 있었고, 그 사이에는 대리석으로 된 주랑이 두 열로 끝없이 펼쳐져 보행자, 가축, 전차가 다니는 길을 분리하고 있었다. 길 전체가 가로수 그늘로 덮여 있었고 끊임없이 흘러내리는 분수로 시원했다.

하지만 벤허는 그러한 풍경을 감상하고 있을 기분이 아니었다. 시모니데스에 대한 이야기가 머리에서 떠나지 않았다. 거리만큼 널찍하고

---

72) 물의 요정을 위해 만든 대형 분수

멋진 네 개의 아치로 이루어진 기념물로서 셀레우코스 왕조 8대 왕인 에피파네스가 세운 옴팔로스(Omphalus)[73]에 이르자 벤허는 갑자기 마음을 바꾸어 짐꾼에게 지시했다.

"오늘 밤은 요새로 가지 않겠네. 셀레우키아로 가는 도로에 있는 다리에서 제일 가까운 여관으로 데려다주게."

일행은 그쪽으로 방향을 바꾸었고 얼마 지나지 않아 벤허는 나이 든 시모니데스의 사무실에서 엎어지면 코 닿을 거리에 있는 건물에 당도했다. 오래되었지만 널찍한 건물 옥상에서 벤허는 뜬눈으로 밤을 지새웠다. 마음속에서는 집 생각이 떠나지 않았다. "이제, 드디어 집 소식을, 어머니와 티르자 소식을 들을 수 있겠구나. 살아만 있다면 어떻게든 찾아내고야 말겠어."

---

73) '배꼽'이라는 뜻을 가진 그리스의 반구형 석조물. 주로 아폴로 신전에 설치되었다.

## 3. 벤허, 시모니데스를 찾아가다


다음날, 도시는 둘러보지도 않은 채 벤허는 곧장 시모니데스의 집을 찾아갔다. 총안이 뚫린 성문을 지나 쭉 이어진 선창을 따라갔다. 셀레우코스 다리가 있는 한창 분주한 지점에 이르자 잠시 멈추어 서서 풍경을 바라보았다.

다리 바로 아래에 시모니데스의 집이 있었다. 배에서 만난 히브리인이 묘사한 대로 기대어 있는 성벽의 부벽처럼 보이는, 다듬지 않은 커다란 회색화산암으로 된 수수한 집이었다. 정면에 있는 커다란 두 문은 선착장과 바로 닿아 있었다. 윗부분에 난 구멍들은 육중하게 빗장이 채워져 있었는데 그것들이 창문 구실을 했다. 바위 틈 사이에서 잡초들이 자라나고, 암벽 여기저기에 검은 이끼들이 뒤덮고 있었다.

문들은 활짝 열려 있었는데, 한 문은 화물들이 들어오는 문이고 다른 문은 나가는 문이었다. 양쪽 다 드나드는 물건들로 분주했다.

선착장에는 갖가지 물품들이 산더미처럼 쌓여 있었고 웃통을 벗은 노예들이 부지런히 일하며 드나들고 있었다.

다리 아래로는 상선들이 줄지어 서 있었는데 짐을 싣는 것도 있었고 하역하는 것도 있었다. 돛대 끝에는 각기 연노랑 깃발이 펄럭이고 있었다. 배와 선착장 사이로, 배에서 배 사이로 짐을 옮기는 노예들이 소란하게 오가며 지나쳤다.

다리 위로는 강을 가로질러 해안 끝에 성벽이 하나 솟아 있었는데, 그 위로는 웅장한 저택의 멋진 처마 장식과 탑들이 솟아 있어서 히브리인의 말대로 섬 기슭을 뒤덮고 있었다. 그 모습이 히브리인의 여러 묘사를 연상시켰음에도 벤허는 거의 주목하지 않았다. 이제 드디어 가족들 소식을 듣게 될 것으로 생각했다. 이 시모니데스가 정말로 아버지의 노예였을까? 하지만 그 사람이 관계를 순순히 인정할까? 그렇게 되면 시모니데스는 선착장과 강에서 보았듯이 번창하고 있는 무역권과 모든 재산을 포기해야 한다. 그리고 더욱 중요한 문제는 한창 번창하고 있는 사업을 단념하고 다시 노예 신세로 되돌아가야 한다는 점이었다. 그러한 요구는 얼핏 생각해도 말할 수 없이 뻔뻔해 보일 것이었다. 의례적인 모든 수식을 생략하고 단도직입적으로 표현하면 그 말은 '당신은 내 노예요. 당신이 갖고 있는 모든 것과 당신 자신을 내게 내놓으시오.'라는 의미였다.

그래도 벤허는 자기 권리를 믿고 희망을 잃지 않은 채 시모니데스를 만나기 위해 힘을 내었다. 배에서 들었던 이야기가 사실이라면 시모니데스는 현재 소유한 모든 재산과 더불어 자기의 소유였다. 사실 재산에 대해서는 아무 관심이 없었다. 문으로 들어섰을 때 마음속으로 이미 결정했는데 그것은 스스로에게 한 약속이기도 했다. "우선은 어머니와 티르자에 대해 들어보자. 그러고 나서 아무런 대가 없이 노예 신분에서 해방시켜 줘야지."

벤허는 대담하게 집 안으로 들어섰다.

내부는 창고로 꾸며져 있었다. 갖가지 물건들이 가지런히 배열되어 빼곡히 쌓여 있었다. 등불은 흐릿하고 공기는 답답했지만 사람들은 활발하게 움직이고 있었다. 여기저기서 일꾼들이 톱과 망치로 선적할 상자들을 만들고 있는 모습이 보였다. 짐 꾸러미들 사이로 난 길을 따라 천천히 걸으며, 이렇게 훌륭한 사업수완을 보여 주는데 그 사람이 정말로 아버지의 노예였는지 의구심이 들었다. 정말 노예였다면 그는 어느 계급에 속했던 것일까? 유대인이라니 부모가 노예였을까? 아니면 자기가 빚을 졌거나 부모님이 빚을 진걸까? 그것도 아니면 도둑질하다가 잡혀서 팔리게 된 걸까? 이런 생각들이 꼬리에 꼬리를 물고 이어졌지만 매순간 상인에 대한 존경심은 점점 커져만 갔다. 다른 사람에 대해 우러르는 마음이 생기면 그것을 뒷받침할 이유를 늘 찾기 마련이다.

마침내 한 남자가 다가와 벤허에게 물었다.

"무슨 일로 찾아오셨습니까?"

"상인인 시모니데스 씨를 만나러 왔습니다."

"이쪽으로 오시겠습니까?"

적재물 사이로 요리조리 난 길을 따라 그들은 마침내 계단으로 올라가는 입구에 이르렀다. 계단을 올라가니 창고 옥상이었고, 그 위로는 작은 석조 가옥이라고 밖에는 묘사할 수 없는 건물이 있었다. 건물은 층층이 포개져 있어 아래층에서는 위가 보이지 않았고 서쪽은 확 트인 하늘 아래 다리에 면해 있었다. 낮은 담으로 둘러싸인 옥상은 테라스처럼 생겼는데 놀랍게도 흐드러지게 핀 갖가지 꽃들로 꾸며져 있었다. 그 한가운데에 정면에 난 출입구 외에는 사방이 막힌 네모난 건물이 야트막하게 자리 잡고 있었다. 먼지 하나 없는 길이 문까지 나 있었고 가장자리에는 활짝 핀 페르시아의 장미나무가 심어져 있었다. 달콤한 장미향을 맡으며 벤허는 안내인을 따라갔다.

안쪽의 어두운 통로 끝에서 그들은 반쯤 열린 커튼 앞에서 멈춰 섰다. 벤허를 안내한 사내가 안쪽에 대고 불렀다.

"주인님, 누가 뵙고 싶어 합니다."

또렷한 음성이 들려왔다. "하나님의 이름으로, 들어오시라고 해라."

로마인들은 벤허가 안내되어 들어간 방을 거실이라고 불렀을 것이다. 그곳에는 벽이 둘러쳐져 있었다. 현대의 사무실 책상처럼 각 칸막이가 되어 있었고, 칸마다 오래되고 많이 사용하여 누렇게 변한 장부들로 가득 했다. 칸막이 사이에는 위 아래로 나무로 된 경계가 있었는데 한때는 흰색이었을 테지만 지금은 크림색을 띠고 있었고 놀랍도록 복잡한 모양의 조각이 새겨져 있었다. 금박 공 모양의 처마 장식 위로는 천장이 정자지붕처럼 솟아오르다 수백 개의 자주색 돌비늘 판이 박힌 낮은 둥근 지붕으로 마무리 되어 아늑한 빛이 비춰들었다. 바닥에는 들어오는 사람의 발이 반쯤은 묻혀 발소리가 들리지 않을 정도로 두툼한 회색 융단이 깔려 있었다.

방 안의 빛이 들어오는 한가운데에 두 사람이 있었다. 높은 등받이에 팔걸이가 넓고 푹신푹신한 쿠션이 깔린 의자에 한 남자가 앉아 있었고, 그의 왼쪽으로는 이제 제법 여인티가 나기 시작하는 소녀가 의자 등받이에 기대어 서 있었다. 두 사람을 보자 벤허는 온몸의 피가 머리로 몰리는 것을 느꼈다. 인사는 물론 평정을 되찾기 위해 고개를 숙이는 바람에 벤허는 앉아 있던 노인이 자기를 보고는 깜짝 놀라 팔을 쳐들며 움찔한 것을 알아채지 못했다. 노인의 반응은 전광석화처럼 금세 나타났다 사라졌으므로 벤허가 눈을 들었을 때 소녀의 손이 노인의 어깨 위에 살포시 얹어져 있는 점을 제외하면 두 사람의 자세는 변함이 없었다. 두 부녀는 모두 벤허를 뚫어져라 응시했다.

"당신이 상인인 시모니데스가 맞고 유대인이라면" 벤허는 잠시 말을 끊었다가 이었다. "그렇다면, 우리 선조이신 아브라함의 하나님의 평화가 당신과 당신 가족에게 함께 하기를 빕니다."

마지막 말은 소녀를 향해 한 말이었다.

"그렇소. 내가 시모니데스요. 뼛속 깊이 유대인이죠." 노인은 매우 또렷한 음성으로 되풀이했다. "나는 시모니데스고 유대인이오. 당신에게도 하나님의 평화가 함께 하시길. 나를 이렇게 찾아오시다니 뉘신지?"

벤허는 시모니데스가 말하는 동안 그를 쭉 지켜보았다. 노인의 체격은 대체로 건강했을 것 같았으나 지금은 쿠션에 깊숙이 파묻혀 형체를 알아보기 어려웠고 회색 비단 누비옷에 가려져 있었다. 그러나 누비옷 위로는 정치가나 정복자의 이상적인 머리형이라고 할 만큼 멋지게 균형 잡힌 머리가 빛나고 있었다. 하관은 널찍하고 이마는 도톰히 튀어나와 미켈란젤로가 카이사르의 모델로 썼을 것 같은 얼굴이었다. 숱이 많지 않은 백발이 흰 눈썹 위로 늘어져 있어 그 사이로 빛나고 있던 검은 눈이 더욱 검어 보였다. 안색은 창백했고 특히 턱 아래에 주름이 많이 잡혀 있었다. 한 마디로 표현해, 머리와 얼굴만 보면 세파에 시달리기보다는 세상을 호령할 것 같은 모습이었다. 불구가 될 정도로 열두 차례의 고문을 두 번이나 당하면서도 자백은커녕 신음 한 번 내지 않은 사람이었다. 목숨을 버릴지언정 목적이나 목표는 포기하지 않을 사람이었다. 타고 나길 강인하게 타고 나서 사랑 외에는 아무것도 꿈쩍하지 않을 사람이었다. 서로 평화를 빌며 인사를 주고받는 동안 벤허는 쫙 핀 손을 내밀어 악수를 청했다.

"저는 유다라고 합니다. 허 가문의 작고하신 주인이자 예루살렘의 대공이었던 이타마르의 아들입니다."

시모니데스의 길고 야윈 오른손은 옷자락 밖으로 나와 있었는데, 관절이 뒤틀린 것을 보니 고문의 흔적이 역력했다. 시모니데스는 잠시 주먹을 꽉 쥐었을 뿐 전혀 감정을 드러내지 않았다. 놀라거나 흥미를 보이지 않은 채 차분히 대답했다.

"예루살렘의 순수한 혈통을 지닌 대공들은 언제나 환영하는 바이지요. 잘 오셨습니다. 에스더, 앉으시도록 해드리렴."

소녀는 옆에 있던 폭신한 의자를 들어 벤허에게 가져다주었다. 의자를 놓고 몸을 일으키면서 두 사람의 눈길이 마주쳤다.

소녀는 얌전히 말했다. "주님의 평화가 함께 하시길. 편히 앉으세요."

아버지 옆자리로 되돌아간 소녀는 벤허가 찾아온 목적이 무엇인지 짐작할 수 없었다. 여자의 힘은 거기까지는 미치지 못한다. 여자들은 보통 동정심이나, 자비, 연민처럼 좀 더 섬세한 감정은 잘 감지하지만 그렇게 감정에 민감한 이상 남자를 쉽사리 이해하지 못한다. 에스더는 벤허에게 치유해야 할 상처가 있다는 것만 직감했을 뿐이다.

벤허는 의자에 앉지 않은 채 공손히 말했다. "훌륭하신 시모니데스 님. 제가 불쑥 찾아온 거라고는 생각지 말아 주십시오. 어제 강을 올라오다가 저희 아버지를 알고 계시다는 말을 듣고 찾아뵌 겁니다."

"허 대공님을 알고 있습니다. 바다 건너 땅과 사막을 무대로 사업을 함께 했었지요. 우선 좀 앉으시죠. 에스더, 이 청년께 포도주를 좀 갖다드려라. 느헤미야서에는 한때 예루살렘의 절반을 책임졌던 허 가문의 아들이 언급되어 있죠.[74] 허 가문은 오래된 가문이죠. 아주 오래됐지요! 모세와 여호수아 시절에도 주님의 은총을 입은 사람이 있었고 사람들 사이에서 명성을 떨쳤지요. 그 직계 자손께서 헤브론 남쪽 비탈에서 자란 소렉(Sorek) 순종 포도로 담근 포도주 한 잔을 거절하지야 않겠지요."

때마침 에스더는 의자 옆 탁자 위에 있던 병에서 은잔에 포도주를 채워 벤허에게 가져갔다. 그녀는 눈을 내리깐 채 잔을 내밀었다. 벤허는 사양의 뜻으로 에스더의 손을 살짝 건드렸다. 두 사람의 눈길이 다시

---

74) 느헤미야서 3: 9 "그 다음은 예루살렘의 반쪽 구역의 책임자이며 후르(Hur)의 아들인 르바야가 보수하였다."

마주쳤다. 그제야 벤허는 소녀가 자기 어깨에도 못 미칠 정도로 자그마한 체구라는 알아챘다. 하지만 얼굴은 매우 우아하고 사랑스러웠으며 검은 눈은 말할 수 없이 부드러웠다. 에스더는 친절하고 예뻤으며, 티르자가 살아 있었다면 비슷할 것 같았다. 가엾은 티르자! 벤허는 갑자기 큰 소리로 물었다.

"아아, 당신은 저분의 따님인가요?"

"네. 제가 시모니데스의 딸 에스더입니다." 소녀가 기품 있게 대답했다.

"그렇다면 아름다운 에스더, 내가 아버님께 말씀을 드리는 동안 이 훌륭한 포도주를 좀 천천히 마시더라도 기분 나빠하시지는 않겠지요? 또한 당신에게도 결례가 되지 않길 바랍니다. 그런 의미에서 잠시만 내 곁에 있어 주십시오!"

두 사람은 나란히 서서 시모니데스 쪽을 보게 되었고, 벤허는 힘주어 말했다. "시모니데스! 돌아가실 무렵 아버지에게는 당신과 같은 이름의 충실한 하인이 있었는데, 들은 바에 의하면 그 사람이 바로 당신이라고 하는군요!"

그 말을 듣자 시모니데스는 의복 아래에 숨겨져 있던 비틀린 사지가 움찔하더니 야윈 주먹을 꽉 쥐었다.

노인은 준엄하게 딸을 불렀다. "에스더, 에스더! 거기 있지 말고 이리 오렴. 너는 네 어미의 자식이요 내 자식이 아니더냐. 거기 있지 말고 당장 이리 오라니까!"

소녀는 다시 한 번 아버지에게서 벤허에게로 시선을 옮겼다. 그러더니 술잔을 탁자 위에 올려놓고 공손하게 아버지 쪽으로 되돌아갔다. 영문을 알 수 없어 놀란 기색이 분명했다.

시모니데스는 왼손을 들어 어깨 위에 다정하게 얹혀 있는 딸의 손을 잡고 차분히 말했다. "저는 사람들을 상대하며 산전수전 다 겪은 몸입니다. 당신이 말한 그 사람이 제 사연을 알고 있는 친구라며 나쁘지 않게 말했다면, 제가 사람을 쉽사리 믿지 못한다는 것도 납득하셨겠죠. 이스라엘의 하나님께서는 인생 말미에 많은 것을 인정하려고 애쓰는 사람을 도와주시지요! 저한테는 몇 안 되지만 사랑하는 사람이 있습니다. 그중 한 사람은 바로," 그는 자기 손을 잡고 있는 딸의 손에 입 맞추며 분명히 말했다. "지금까지 저를 헌신적으로 돌보아준 딸입니다. 이 아이의 따뜻한 위로마저 없었다면 저는 죽었을 것입니다."

에스더는 고개를 숙여 아버지와 볼을 마주 댔다.

"또 다른 사랑은 이미 지나간 추억이지만 말해드리죠. 그것은 어느 일가족에 관한 추억입니다." 그의 목소리는 낮게 잠기며 떨렸다. "아아, 그분들이 어디 있는지 알 수만 있다면."

그 말에 벤허의 안색이 확 바뀌더니 한 발짝 앞으로 나서며 자기도 모르게 외쳤다. "제 어머니와 동생 말씀이로군요!"

뭔가 말하려는 듯 에스더는 고개를 들었지만 시모니데스는 냉정을 되찾고 차갑게 대답했다. "제 말을 끝까지 들어보시죠. 제 특성상, 그리고 방금 말한 제 사랑 때문에라도 허 대공과의 관계를 묻는 당신의 요구에 답하기 전에 당신의 신원을 알려 줄 증거를 보여주시죠. 당연히 이 절차가 먼저 아니겠습니까? 문서로 작성된 증서가 있습니까? 아니면 직접 와서 밝혀 줄 사람이 있는 겁니까?"

그 요구는 당연했고, 반박할 여지가 없었다. 벤허는 얼굴을 붉히며 두 손을 꽉 쥐었고 할 말을 잊은 채 당황하여 뒤로 물러섰다. 시모니데스는 한층 그를 몰아붙였다.

"증거 말입니다, 증거요! 제 앞에 증거를 내놓으란 말씀입니다!"

그러나 벤허는 대답할 말이 없었다. 그런 요구를 받으리라고는 꿈에도 생각지 못했기 때문이다. 그런데 그렇게 요구받고 보니 전에는 전혀 의식하지 못했지만 갤리선에서 보낸 3년 동안 자신의 신원을 입증해 줄 만한 증거들이 전부 사라졌다는 끔찍한 사실을 이제야 깨닫게 되었다. 어머니와 여동생은 어찌 되었는지 모르고, 그가 살아 있다는 것을 알 만한 사람도 전혀 없었다. 물론 그를 아는 사람은 많이 있었지만 별 도움이 되지 않는다. 퀸투스 아리우스가 이 자리에 있다고 한들 자기를 어디서 발견했으며 허 가의 아들이라고 주장한 것을 믿었다는 사실 외에 무슨 말을 더 해 줄 수 있단 말인가? 그리고 사실은 그 용감한 아리우스마저도 이 세상 사람이 아니었다. 벤허는 예전에 천애고아 같은 고독감을 느낀 적이 있었다. 그런데 이제 다시 그 감정이 뼛속 깊이 스며들었다. 그는 두 손을 꼭 쥐고 고개를 돌린 채 아무 말도 못하고 서 있었다. 시모니데스는 그의 고통을 이해한다는 듯 조용히 기다려 주었다.

드디어 벤허가 입을 열었다. "시모니데스, 저는 그저 제 사연을 말할 수 있을 뿐입니다. 당신이 판단을 유보하여 제 말을 들어줄 생각이 없다면 그마저도 말하지 않겠습니다."

이제 주도권을 쥐게 된 시모니데스가 말했다. "들어볼 테니 말해 보시죠. 당신의 주장을 무작정 부인하는 것은 아니니 기꺼이 들어보겠습니다."

그제야 벤허는 열변을 토하는 심정으로 황급히 자기의 지나온 삶을 털어놓았다. 그러나 벤허가 에게 해에서 승리를 거두고 돌아온 아리우스를 따라 미세눔에 도착한 부분까지는 이미 보았으므로 건너뛰고 그 다음부터 들어보기로 하자.

"황제는 저의 은인을 총애하고 신임했으므로 영예로운 보상을 아끼지 않았습니다. 동방의 상인들도 감사의 표시로 막대한 선물을 주었으므로 로마에서도 손꼽히는 부자가 되었습니다. 하지만 유대인이 유대교를 잊을 수 있겠습니까? 선조들의 성지에서 태어났다면 어찌 고향을 잊을 수 있겠습니까? 선량한 그분은 저를 정식 아들로 입양해 주었습니다. 저는 당연히 그분께 보답하기 위해 애썼고요. 제 아무리 친아들이라도 저만큼 자식된 도리를 다하지 못했을 겁니다. 그분은 저를 학자로 만들려고 하셨습니다. 예술, 철학, 수사학, 웅변술을 익히도록 가장 유명한 선생님들을 붙여 주겠다고 했지만 저는 거절했습니다. 저는 유대인이기 때문이었죠. 주 하나님, 예언자들의 영광, 다윗과 솔로몬 왕이 세운 도성을 결코 잊을 수 없었죠. 아, 그렇다면 왜 로마인의 호의를 받아들였는지 물어보시겠지요? 그야 양아버지를 사랑했기 때문입니다. 또한 그분의 도움으로 언젠가는 어머니와 여동생을 찾아 나설 수 있는 힘을 갖출 수 있을 것으로 생각했기 때문입니다. 그리고 한 가지 더 동기가 있기는 한데 지금 밝힐 수는 없습니다. 어쨌든 그 이유 때문에 이제껏 무예를 연마하고 전쟁의 기술에 필수적인 지식은 전부 섭렵하는데 전념했습니다. 로마의 체육관과 키르쿠스 막시무스[75]에서 부지런히 배웠고 그에 못지않게 전쟁터도 두루 거쳤습니다. 가는 곳마다 이름을 떨쳤지만 유다가 아닌 다른 이름이었지요. 월계관도 수없이 받아서 미세눔 저택의 벽에 잔뜩 걸려 있지만 그것들은 모두 집정관 아리우스의 아들 이름으로 받은 것들이죠. 저는 로마인들 사이에서 오로지 집정관의 아들로만 알려져 있습니다. 그리고 제 은밀한 목적을 계속 수행하기 위해, 파르티아 원정에 나선 막센티우스(Maxentius) 집정관을 따라 로마에서 안티오크로 왔습니다. 개인적인 무술은 모두 연마했으므로 이제는 야전에서 군사들을 지휘하는 고도의 전술을 배우고 싶어

---

75) Circus Maximus. '대경기장'이라는 뜻으로 로마시대의 가장 큰 경기장. 스피나(중앙분리대)가 있어서 전차가 회전할 수 있는 경기장은 키르쿠스, 분리대가 없는 경기장은 스타디움이라고 불렀다.

서요. 저는 집정관의 사령부로 발탁됐습니다. 하지만 어제 오론테스 강에 들어올 때 동시에 들어온 다른 두 배가 노란 깃발을 휘날리는 것을 보았습니다. 키프로스에서 승선했던 한 승객이 그 배들은 안티오크의 거상 시모니데스의 소유라고 설명해 주더군요. 또한 그 거상이 누구인지, 사업이 얼마나 번창하고 있는지, 그의 상선과 대상이 세계 곳곳을 누비고 다닌다고 말해 주었습니다. 그런데 듣다보니 저도 모르는 사이에 호기심이 생겨 열심히 듣게 되었습니다. 그는 시모니데스라는 분이 유대인이라는 사실과 한때 허 대공의 노예였다는 것도 말해 주었지요. 또한 그라투스 총독이 저지른 잔인한 짓과 무엇을 알아내려고 그렇게 고문을 했는지 죄다 알려 주었습니다."

이 대목에 이르러 시모니데스는 감정을 숨기려는 듯 고개를 숙였고, 딸 역시 깊은 동정심을 감추려는 듯 아버지의 목 뒤에 얼굴을 묻었다. 잠시 후 시모니데스가 눈길을 들더니 또렷한 목소리로 말했다. "듣고 있습니다."

"오 훌륭하신 시모니데스님!" 한 걸음 다가간 벤허는 뭐라고 표현하면 좋을지 필사적으로 생각했다. "아직 납득되지 않고 여전히 믿지 못한다는 것을 압니다."

시모니데스의 표정은 돌처럼 굳어 있었고 아무 말도 하지 않았다.

"그리고 그에 못지않게 분명히 제 입장이 곤란하다는 것도 압니다. 제가 아리우스의 양아들이라는 것은 입증할 수 있습니다. 지금 이 도시에 와 있는 집정관에게 부탁하기만 하면 되니까요. 하지만 당신께서 요구하신 사항은 입증할 길이 없습니다. 제가 저희 아버지 이타마르 벤허의 아들이라는 사실을 입증할 수가 없단 말입니다. 그 사실을 증명해줄 수 있는 사람들은, 아! 안타깝게도 모두 죽었거나 찾을 수가 없게 되어 버렸으니까요."

그는 손으로 얼굴을 가렸다. 그러자 에스더가 일어나서 술잔을 가져가 다시 권했다. "이 포도주는 우리가 그토록 사랑하는 고향에서 난 것이랍니다. 드셔보세요, 이렇게 간청할게요!"

그 목소리는 나홀이 사는 성읍의 우물에서 나그네에게 마실 것을 권하는 리브가의 음성[76]처럼 감미로웠다. 에스더의 눈가에 맺힌 눈물을 본 벤허는 포도주를 단숨에 비우며 말했다. "시모니데스의 따님, 마음씨가 고우시군요. 인정 넘치게 나그네에게 이렇게 포도주를 대접해 주시다니. 하나님의 축복이 있기를! 감사합니다."

그러고는 시모니데스를 향해 다시 말을 이었다.

"저를 입증할 만한 증거가 하나도 없으니 당신께 요구했던 것을 거두고 이제 그만 가 보겠습니다. 하지만 이것만은 알아주십시오. 제가 당신을 노예 신분으로 되돌리거나 당신 재산을 차지할 의도는 눈곱만큼도 없었다는 점을 요. 당신의 비범한 재능과 노력으로 일군 재산은 모두 당신 것이니 그대로 잘 간직하시라고 말씀드리려고 했습니다. 저는 그 재산이 전혀 필요치 않습니다. 고인이 되신 저의 양부 퀸투스께서 마지막 출정 시 제게 모든 것을 상속해 주신 덕분에 저도 재산이라면 남부럽지 않게 있습니다. 그래서 당신이 행여 제 생각을 하게 된다면 이것만은 꼭 잊지 말아 주세요. 예언자들과 당신과 나의 하나님 여호와께 대고 맹세하건대 제가 온 목적도 사실은 이것 때문입니다. 혹시 어머니와 티르자에 대해 아는 것이 있는지, 해줄 말이 있는지 듣고 싶어 찾아왔습니다. 아아 티르자가 살아 있다면 당신이 목숨처럼 아끼는 따님처럼 아름답고 정숙한 아가씨가 되어 있겠죠. 어머니와 티르자에 대

---

76) 아브라함이 아들 이삭의 배필을 찾으려고 동생 나홀이 사는 곳으로 종을 보냈을 때 나홀의 손녀인 리브가가 우물에서 그 종에게 친절하게 물을 권하고 결국에는 이삭의 아내가 된다. 창세기 24장.

해 아시는 게 없습니까?"

에스더의 볼에서 눈물이 흘러내렸다. 그러나 시모니데스는 빈틈을 보이지 않고 분명한 음성으로 대답했다.

"나는 벤허 대공을 안다고 했습니다. 그분 가족의 불행한 소식도 들어서 알고 있습니다. 그 소식을 들으며 얼마나 분했는지 모릅니다. 주인 마님에게 그토록 몹쓸 짓을 한 그자가 바로 제게도 못된 짓을 일삼은 작자이기 때문입니다. 한 마디만 덧붙이지요. 저 역시 그분들에 관련해 백방으로 알아보았지만 특별히 알아낸 것이 전혀 없습니다. 두 분의 행방을 알 길이 전혀 없습니다."

벤허는 크게 신음했다.

"그렇다면, 아 또다시 희망이 사라졌군요!" 그는 자기감정과 싸우며 말했다. "저는 실망하는 데는 이골이 났습니다. 이렇게 불쑥 찾아와 죄송합니다. 그리고 혹시라도 폐가 됐다면 제 슬픔에 겨워 그런 것이니 용서해 주십시오. 이제 제게 남은 것은 복수뿐입니다. 이만 가 보겠습니다."

벤허는 방을 나서기 전 돌아서더니 짧막하게 덧붙였다. "두 분께 감사드립니다."

"평화가 함께 하기를." 시모니데스가 대답했다.

에스더는 흐느껴 우느라 아무 말도 할 수 없었다.

그렇게 벤허는 떠나갔다.

## 4. 시모니데스와 에스더

벤허가 나간 후 시모니데스는 마치 깊은 잠에서 깨어난 것 같았다. 얼굴에는 화색이 돌고 침울하던 눈빛도 확 밝아지더니 들떠서 외쳤다.

"에스더, 종을 울려라, 어서!"

에스더는 탁자로 가서 종을 울렸다.

벽에 있던 칸막이가 하나가 뒤로 확 젖혀지더니 문이 나타났다. 그 문으로 한 남자가 들어오더니 돌아서 시모니데스의 정면으로 가서 몸을 반쯤 숙여 인사했다.

"말루크, 이리 오게, 의자 가까이 오게." 시모니데스는 긴급하게 말했다. "해가 거꾸로 솟더라도 그르치면 안 될 일이 생겼네. 잘 듣게! 지금 유대인 옷을 입은 훤칠하고 잘생긴 청년이 창고로 내려갔을 텐데 그를 따라가게. 눈치 채지 못하게 조심해서 뒤를 밟게. 그리고 어디에 가고, 무엇을 하고, 누구를 만나는지 매일 밤 나에게 보고하게. 그리고 특별한 것이 없으면 하는 말을 엿들었다가 한 마디도 빼먹지 말고 그대로 알려 주게. 인품이나 버릇, 품은 목적, 지나온 삶을 아는 데 도움이 될 만한 것도 빠짐없이 전해주게. 알아들었나? 빨리 가 보게! 잠깐 말루크. 만일 그 청년이 시내를 벗어나면 자네도 따라 가게. 그리고 때를 엿보다 자연스럽게 어울려 친해지게. 그가 말을 걸면 최대한 상황에 맞게 적절히 둘러대게. 나를 위해 일하고 있다는 사실은 비밀에 부치고, 그 얘기는 절대 입 밖에 내서는 안 되네. 서두르게, 어서 가 보게!"

남자는 들어왔을 때처럼 인사를 하고는 나갔다.

그러자 시모니데스는 야윈 손을 비비며 웃음을 터뜨렸다.

그리고 한창 기분이 달아올라 딸에게 물었다. "에스더, 오늘이 며칠이지? 며칠이냐고? 이제야 행복이 깃들었으니 오늘을 기억해야지. 보아라, 행운이 웃고 있는 것을 말이다."

에스더는 아버지가 갑자기 호들갑을 떠는 것이 이상해 보였다. 그래서 제발 그만하라고 청하려는 듯 서럽게 대답했다. "아, 아버지. 이 날을 어찌 잊을 수 있겠어요!"

순간 시모니데스의 손이 뚝 떨어지더니 쪼글거리는 주름살에 묻혀 얼굴이 보이지 않을 정도로 고개를 푹 숙였다.

"그래, 맞구나!" 시모니데스는 고개를 들지 않은 채 계속 말했다. "오늘이 바로 4월 20일이지. 5년 전 바로 네 어미, 나의 라헬이 쓰러져 죽은 날이지. 너도 알다시피 그날 내가 온몸에 성한 구석이 없이 집으로 돌아오자 라헬은 슬픔에 못 이겨 죽고 말았지. 오, 내게 라헬은 엔게디 포도밭의 고벨화 꽃송이 같았단다. 라헬과 함께 내 달콤한 삶도 끝나 버렸지. 우리는 라헬을 아무도 없는 곳에, 산을 잘라 만든 무덤에 고이 묻었지. 라헬은 혼자 남겨졌지. 그래도 라헬은 어둠 속에서 내게 한 줄기 빛을 남겨 주었고, 날이 갈수록 그 빛은 점점 커져 아침 햇살처럼 눈부시게 자랐지."

그는 손을 들어올려 딸의 머리 위에 올려놓았다. "오 주님, 지금 에스더에게서 죽은 라헬을 보게 해 주시니 감사드립니다!"

이윽고 시모니데스는 고개를 들더니 갑자기 생각난 듯 말했다. "바깥 날씨가 맑더냐?"

"그렇답니다. 아까 그분이 들어올 때까지는 그랬답니다."

"그러면 아비멜렉을 들어오라고 하여라. 나를 정원으로 데리고 나가 강과 배들을 볼 수 있게 해다오. 그러면 내가 왜 만면에 희색을 띠고 콧노래까지 흥얼거리는지, 향긋한 산으로 이리저리 뛰어다니는 수사슴이나 노루처럼 유쾌한지 그 까닭을 말해 주마."

종이 울리자 들어온 하인은 에스더가 시키는 대로 의자에 달린 작은 바퀴를 밀어 시모니데스를 방에서 데리고 나가 아래층 옥상지붕으로 갔다. 시모니데스가 정원이라고 부르는 그곳에는 활짝 핀 장미꽃과 세심한 손길을 들여 작은 꽃들로 화단을 꾸며놓았지만 지금은 그런 것들이 눈에 들어오지 않았다. 시모니데스는 맞은편 섬 위의 궁전 꼭대기, 저 멀리 해안을 배경으로 서 있는 다리, 다리 아래로 이른 햇살이 출렁거리는 물살 위로 찬란하게 질주하는 배들로 북적이는 강이 잘 보이는 지점에 자리를 잡았다. 하인은 그곳에 시모니데스와 에스더를 남겨두고 물러갔다.

시모니데스에게는 시끄럽게 외치는 일꾼들과 그들이 뚝딱거리며 일하는 소리가 바로 위쪽에 있는 다리를 지나는 사람들의 발자국 소리만큼 성가시게 들리지 않았다. 그 소리는 눈으로 보는 풍경만큼 귀에 익숙한 소리여서 그것들이 돈을 벌어 줄 것이라는 기대감만 생길뿐 거의 의식되지 않았다.

에스더는 의자 팔걸이에 걸터앉아 아버지의 손을 잡고 말하기를 기다렸다. 이윽고 차분하게 입을 뗀 시모니데스는 본래의 침착한 모습으로 되돌아와 있었다.

"에스더, 그 청년이 말하고 있을 때 너를 지켜 보았는데 그의 말을 믿는 것 같더구나."

에스더는 눈을 내리깔며 대답했다.

"솔직히 말씀드리면, 그렇답니다."

"그렇다면 네가 보기에는, 그가 정말로 벤허 가문의 사라진 아드님 같으냐?"

"만일 아니라면" 에스더는 망설였다.

"만일 아니라면, 에스더?"

"아버지, 저는 어머니가 돌아가신 후로 아버지 곁에서 아버지가 깨끗한 방법과 부정한 방법으로 이익을 추구하는 사람들을 모두 현명하게 다루시는 것을 듣고 보아 왔어요. 그래서 제가 생각하기엔 정말 그분이 자기 말대로 대공의 아드님이 아니라면 그토록 감쪽같이 진짜 행세를 하지는 못했을 것 같아요."

"솔로몬 왕의 영예를 걸고, 솔직히 말해 주었구나. 그럼 너도 애비가 대공의 노예라고 생각하느냐?"

"그분은 그냥 어디서 주워들은 것을 물어본 거겠죠."

잠시 동안 시모니데스의 눈길은 지나가는 배들을 쫓았지만 마음은 전혀 다른 곳에 있었다.

"좋다, 에스더, 너는 정말 유대인답게 현명한 아이인데다 이제는 비통한 이야기를 받아들일 나이도 되었고 그럴 힘도 있으니 내 말을 잘 들으렴. 이제 나와 네 어미에 대해서, 너는 전혀 알지 못하고 상상조차 못했을 과거에 대해서 말해 주마. 로마인들에게 고문을 당하면서도 일말의 희망을 품고 함구했고, 갈대가 하늘을 향해 곧게 자라듯 천성적으로 주님을 향해 올곧게 자라도록 너에게조차 숨겨온 것이 있다. … 나는 시온 남쪽 산비탈의 힌놈 골짜기에 있는 한 무덤 동굴에서 태어났다. 히브리 노예 신분이었던 부모님이 실로암(Siloam) 연못 옆 왕의 동산에서 많은 포도와 무화과와 올리브를 재배하셨으므로 어렸을 때부터 부모님 일을 거들었지. 두 분은 평생 종살이에서 벗어날 수 없었으므로 나를 예루살렘에서 가장 부유한 헤롯 대왕에 버금가는 허 대공에게 팔았단다. 주인님은 나를 이집트의 알렉산드리아에 있는 창고로 보내셨다. 그곳에서 장성한 나는 6년 동안 주인님을 섬긴 뒤 7년째 되는 해에는 모세의 율법에 따라 자유의 몸이 되었단다."[77]

에스더는 가볍게 손뼉을 쳤다.

"오, 그러면 아버지는 대공의 종이 아니신 거죠!"

"아니다, 에스더, 더 들어보렴. 그 당시 성전에는 노예의 자식도 부모를 따라 역시 노예라고 주장하는 율법학자들이 있었단다. 그러나 허 대공은 매사에 공정한 분이셨고 엄격한 율법주의자는 아니셨지만 그들의 주장대로 율법을 엄격하게 해석하셨다. 그분은 나를 돈을 주고 샀으므로 모세의 참된 율법 정신을 따라야 한다며 나를 풀어 주셨지. 그분이 친히 서명한 문서는 지금도 간직하고 있단다."

"그럼 어머니는요?"

"이제 곧 해줄 테니, 좀 기다리렴. 내 자신을 잊을지언정 네 어미를 어찌 잊겠느냐. …… 노예 신분에서 해방될 무렵 나는 유월절[78]을 지내기 위해 예루살렘으로 갔다. 주인께서 나를 환대해 주셨지. 나는 그분을 이미 마음 깊이 존경하고 있었으므로 계속 섬기게 해 달라고 간청했지. 주인께서는 동의하셨고 나는 다시 7년 동안 그분을 섬기게 되었다. 하지만 노예가 아니라 고용인 신분으로 일하게 되었단다. 그분을 위해 나는 배를 타고 바다를 넘나들었고, 육로로는 대상을 이끌고 동쪽으로 수사(Susa)와 페르세폴리스(Persepolis)로, 비단을 구하러 그 너머 나라들까지 다녀왔다. 참으로 위험한 여정이었지만 주님께서 늘 지켜 주신 덕분에 대공에게 막대한 이득을 벌어다드릴 수 있었고 나 또한 더 많은

---

77) 이스라엘에서는 7년째인 안식년에는 6년간의 모든 빚을 탕감 받고 좋은 자유를 얻을 수 있었다.

78) Passover. 과월절이라고도 하는데 유대인들이 이집트 왕국의 노예 생활로부터 탈출한 사건을 기념하는 날로, 유대교의 3절기 중 봄에 지내는 절기이다. 파라오가 이스라엘 민족을 이집트에서 풀어 주기를 계속 거부하자 하나님이 모세를 통해 내린 여러 재앙 중 마지막 재앙으로 이집트의 모든 장자가 죽었지만 양의 피를 문설주에 바른 이스라엘 사람들의 집은 죽음이 건너간 데서 유래했다.

지식을 쌓을 수 있었단다. 그러한 지식이 없었더라면 맡겨진 소임을 제대로 해내지 못했을 것이다. …… 어느 날 예루살렘에 있는 주인님의 집에 초대받아 가게 되었는데 하녀 한 사람이 쟁반에 빵을 담아 들어왔지. 그때 네 어미를 처음 보았는데 보자마자 첫 눈에 반해 마음속에 몰래 간직하게 되었다. 그리고 얼마 후 기회를 보아 아내로 달라고 주인님께 간청했지. 주인님은 내 청을 받아들여 네 어미가 종신 노예이긴 하지만 그녀가 원한다면 해방시켜 주겠다고 하셨지. 그녀 또한 나를 사랑했지만 지금 있는 곳이 행복하다며 해방되기를 거부했단다. 나는 단념하지 않고 오랫동안 몇 번이고 찾아가 간청하고 애원했다. 그녀의 대답은 한결같았지. 나도 자기처럼 종이 된다면 결혼하겠다고 했지. 우리 선조 야곱께서도 아내 라헬을 얻기 위해 한 번 더 7년 동안 주인을 섬기셨지.[79] 나라고 못할 리 있었겠냐? 그러나 네 어미는 자기처럼 종신 노예가 되어야 한다고 했지. 나는 포기하고 물러났지만 결국 돌아갈 수밖에 없었다. 보렴, 에스더. 여기를 보렴."

그는 왼쪽 귓불을 보여주었다.

"송곳으로 뚫은 흉터가 보이지?"

"네, 보여요. 오, 아버지가 어머니를 얼마나 사랑하셨는지 알겠어요!"

"사랑했고말고! 에스더! 네 어미는 사랑을 노래하던 솔로몬 왕이 반한 술람미의 아가씨[80]보다도 내게는 더한 존재였다. 훨씬 더 아름답고 흠잡을 데 없었단다. 정원의 분수요, 상쾌한 샘이요, 레바논에서 흘러

---

79) 이삭의 아들 야곱은 외삼촌 라반의 둘째딸 라헬을 사랑하여 그녀를 얻기 위해 라반의 조건대로 7년을 일했지만 라반은 약속을 지키지 않고 큰 딸인 레아와 결혼시켰다. 그리고 다시 7년을 일하게 하고 라헬을 주었다. 창세기 29장
80) 아가서에서 솔로몬 왕이 사랑하는 여인. 아가 7장 1절(공동번역)

오는 시냇물 같은 존재였지. 주인은 내 요청대로 나를 재판관에게 데려가 알린 후 돌아와 내 귀를 뚫었고, 그로써 나는 영원히 그 집의 노예가 되었다. 그렇게 함으로써 나의 라헬을 얻었지. 이보다 더한 사랑이 있겠느냐?"

에스더는 고개를 숙여 아버지에게 입 맞추었고, 두 사람은 죽은 라헬을 생각하며 잠시 침묵에 잠겨 있었다.

"그런데 갑자기 주인님이 바다에서 돌아가셨다. 내게 처음으로 닥친 불행이었지. 그분 댁과 당시 내가 주재하던 이곳 안티오크에서 상을 치렀단다. 잘 들으렴, 에스더! 훌륭하신 주인님께서 돌아가셨을 무렵 나는 수석집사 자리에 올라 그분의 모든 재산을 관리하고 있었단다. 그분께서 나를 얼마나 사랑하고 신임했는지 알겠지! 나는 서둘러 예루살렘으로 가서 그동안 관리하던 모든 것을 마님께 돌려드리려고 했다. 그러나 마님께서는 내가 계속 재산관리를 하도록 맡기셨단다. 나는 전보다도 더욱 열심히 일했지. 사업은 해마다 더 번창했단다. 그렇게 10년이 흘렀지. 그러다 아까 그 청년이 말한 불행한 일이 닥쳤다. 우연한 사고였지만 그라투스 총독은 암살음모라고 뒤집어씌웠다. 그걸 핑계로 로마의 허가를 받아내 마님과 자녀의 막대한 재산을 몰수하여 가로챘단다. 그리고 거기서 그치지 않았지. 그 판결을 뒤집지 못하게 하려고 관련된 사람들을 모조리 없애 버렸단다. 그 끔찍했던 날 이후 허 가문은 완전히 멸문을 당했다. 내가 어릴 때 보았던 도련님은 갤리선의 노잡이로 끌려갔고, 마님과 따님은 유대의 수많은 지하 감옥 어딘가에 유폐된 것으로 생각된다. 그곳은 한 번 갇히면 무덤처럼 나올 수 없는 곳이지. 두 사람은 바다에 휩쓸려간 것처럼 흔적조차 없이 사라졌다. 우리는 그들이 어떻게 죽었는지, 아니 생사조차도 알 수 없다."

이 말을 듣는 에스더의 눈은 눈물로 글썽거렸다.

"에스더, 너도 어미를 닮아 착하구나. 너처럼 선량한 사람들일수록 무자비하고 못된 인간들에게 짓밟히기 쉬운데 너만은 그런 운명을 겪지 않기를 바란다. 이제 잘 들으렴. 나는 마님을 도우러 예루살렘으로 갔지만 성문에서 잡혀 안토니아 성채의 지하 감옥으로 끌려갔단다. 왜 끌려갔는지 영문을 알 수 없다가 그라투스 총독이 직접 나타나 허 가문의 돈을 내놓으라고 했을 때에 비로소 그 이유를 알게 되었지. 그라투스는 우리 유대인이 늘 그렇듯 그 돈을 세계 각지의 거래처에 환어음으로 맡겨놓았다는 것을 알고 있었던 거지. 그라투스는 자기 명령에 서명하라고 강요했다. 그 작자는 저택을 비롯해 토지, 선박, 상품, 내가 관리하던 모든 동산을 손에 넣었지. 하지만 돈은 한 푼도 차지할 수 없었다. 주님 앞에서 늘 떳떳할 수 있다면 언젠가는 가문의 잃어버린 재산을 되찾을 수 있으리라는 것을 알았다. 그래서 그 폭군의 요구에 굴복하지 않았다. 모진 고문에도 완강히 버티자 제아무리 그라투스라도 아무런 소득 없이 나를 풀어 줄 수밖에 없었지. 나는 집으로 돌아와 다시 사업을 시작했다. 그러나 이번에는 예루살렘의 허 대공이 아닌 안티오크의 시모니데스로서 시작했지. 사업이 얼마나 번창했는지는 너도 알고 있을 테지. 기적과도 같이 허 대공의 재산이 내 손에서 수백만으로 늘어났지. 그리고 너도 알다시피 3년이 지나 카이사레아로 가던 중 나는 다시 체포되어 또다시 모진 고문을 당했지. 내 물건과 돈을 몰수하려는 속셈이었지만 전처럼 또 실패했지. 온몸이 만신창이가 되어 집으로 돌아오니 라헬은 내 걱정으로 두려움과 슬픔에 빠져 죽어 버렸단다. 나는 주님이 지켜 주신 덕분에 살아남을 수 있었지. 그리고 황제에게 돈을 주고 면책권과 온 세계와 교역할 수 있는 허가서도 얻어냈다. 오, 구름으로 전차를 만들고 바람 위를 걸으시는 분은 찬미 받으소서! 에스더, 현재 내가 관리하고 있는 돈은 황제의 재산을 늘려줄 수 있을 만큼 막대하게 불어났다.”

시모니데스는 고개를 자랑스럽게 쳐들었고 딸과 눈길이 마주쳤다. 두 사람은 각기 상대의 생각을 읽었다. 시모니데스는 딸을 계속 바라본 채 물었다. “내가 이 재물을 어떻게 해야 할까, 에스더?”

에스더는 나지막한 음성으로 대답했다. “하지만 이제 그 정당한 주인이 권리를 요구하지 않았나요?”

여전히 시모니데스는 당당한 모습이었다.

“그러면 너를 알거지로 만들라는 말이냐?”

“아니요, 아버지. 그렇지 않죠. 아버지의 딸이니 저 역시 그분의 종 아닌가요? 하지만 잠언에 적혀 있듯이 제 마음은 ‘자신감과 위엄이 몸에 배어 있고, 미래에 대한 두려움이 없답니다.’”[81]

시모니데스는 말로 표현할 수 없는 사랑을 표정으로 드러내며 말했다. “주님은 내게 많은 은총을 베풀어 주셨지만 그 중에서도 최고는 바로 너란다.”

시모니데스는 에스더를 끌어당겨 품에 안고 여러 번 입을 맞추었다.

“이제 잘 들으렴.” 시모니데스는 한층 또렷한 음성으로 말했다. “아까 내가 왜 웃었는지 말해 줄 테니. 그 청년을 보니 훤칠한 주인님의 젊었을 때 모습을 다시 보는 것 같더구나. 내 영혼이 깨어났지. 이제 시련의 나날은 끝났고 노고도 끝났다고 생각했다. 마구 소리치고 싶은 것을 겨우 참았다. 그의 손을 덥석 잡고 그동안 얼마나 벌어들였는지 죄다 보여주며 말하고 싶었단다. ‘보십시오, 이 모든 것이 다 당신 것입니다! 그리고 저는 당신의 종이니 말씀만 하시면 언제든 떠나겠습니다.’ 그리고 그렇게 하려고 했다, 에스더. 정말로 그렇게 하려고 했단다. 하

---

81) 잠언 31장 25절

지만 그 순간 뇌리를 스치는 것이 있어 참았다. 우선 그 청년이 정말로 주인님의 아들인지 확인할 필요가 있었다. 그것이 첫 번째 생각이었지. 둘째로는 주인님의 아들이 맞는다면 성품이 어떠한지 알아봐야 할 것 같았다. 네 생각도 같겠지만 부유한 집안에 태어난 이들 가운데에는 오히려 재물이 독이 되는 사람들이 얼마나 많으냐?"

시모니데스는 잠시 말을 끊었다. 주먹을 불끈 쥐었고 흥분한 나머지 목소리가 떨렸다. "에스더, 로마인들이 내게 저지른 모진 고통을 생각해 보아라. 비단 그라투스뿐만이 아니다. 그의 명령을 받고 나를 고문한 로마인 수하들은 모두 하나같이 내가 비명을 지르며 괴로워하는 것을 보고 즐겼지. 망가진 내 몸과, 내가 뼈를 깎는 고통을 견디며 보낸 세월을 생각해 보아라. 내 몸처럼 부서진 영혼으로 외롭게 무덤에 누워 있는 네 어미를 생각해 보아라. 혹시라도 마님과 아씨가 살아 있다면 겪고 있을 슬픔과, 죽었다면 그 죽음이 얼마나 잔혹했을지 생각해 보아라. 이 모든 것을 생각하여, 네게 베푸시는 하늘의 사랑을 걸고 말해다오. 그 작자들이 죗값을 치르도록 머리카락 한 올, 피 한 방울 흘리면 안 되는 것이냐? 설교가들이 때로 그러듯이 복수는 주님의 것이라고 말하진 말거라. 주님의 뜻은 사람을 통해 사랑으로 드러나기도 하지만 잔인하게 드러나기도 한단다. 주님 또한 예언자보다는 전사들을 더 많이 갖고 계시지 않느냐? 눈에 눈, 이에는 이야말로 주님의 율법 아니더냐? 아, 나는 요 몇 년 동안 복수를 꿈꾸며 기도하는 마음으로 준비해 왔다. 살아 계신 주님께서 언젠가는 잘못한 이들을 벌할 기회를 주실 거라고 고대하며 늘어가는 재물에 위안을 삼으며 참아 왔다. 그리고 아까 청년이 무예를 연마했지만 그 목적을 밝힐 수는 없다고 했을 때 나는 그 목적이 무엇인지 즉시 알아챌 수 있었다. 그것은 바로 복수지! 에스더, 이 세 번째 생각에 줄곧 사로잡혀 있었기 때문에 그 청년이 돌아가자마자 그렇게 웃었던 거란다."

에스더는 아버지의 야윈 손을 쓰다듬으며 그 생각을 대변하기라도 하듯 말했다. "그분은 가 버렸죠. 다시 올까요?"

"믿을 만한 말루크가 뒤를 밟고 있으니 내가 준비가 되면 다시 데려오게 할 작정이다."

"그게 언제가 될까요, 아버지?"

"그리 오래 걸리진 않을 거다. 본인은 자기의 신원을 입증해 줄 만한 사람들이 모두 죽었다고 생각하고 있지만 사실은 딱 한 사람이 살아 있지."

"그분의 어머니신가요?"

"아니다. 곧 그 증인을 데려와 그에게 보여주겠다. 그때까지는 주님께 모든 것을 맡기자꾸나. 피곤하구나. 아비멜렉을 부르렴."

에스더는 하인을 불렀고, 그들은 집 안으로 들어갔다.

## 5. 다프네 숲으로 가는 길

시모니데스의 커다란 창고를 빠져나오는 동안 벤허는 이제껏 어머니와 누이를 그렇게 찾았건만 번번이 실패했고 이번에도 헛걸음했다는 생각이 들었다. 그리고 두 사람을 찾고 싶은 마음이 간절할수록 깊은 실망감에 마음이 짓눌렸다. 이 세상에 혼자 버려졌다는 느낌에 사로잡혀 삶에 대한 모든 관심이 사라지는 것 같았다.

일하고 있는 사람들과 쌓여 있는 물건들 사이를 지나 선착장 끝으로 향하던 벤허는 깊은 강물을 더욱 어둡게 만드는 서늘한 그늘에서 쉬고 싶었다. 서서히 흐르는 강물은 멈춰 서서 들어오라고 기다리는 것 같았다. 그 유혹을 뿌리치려는 듯 배에서 들었던 승객의 말이 번뜩 생각났다. "왕의 대접을 받기보다 벌레가 되어 다프네 숲의 오디를 먹으며 사는 것이 더 좋다." 벤허는 갑자기 몸을 돌려 선착장을 급히 내려가 여관으로 돌아갔다.

"다프네 숲으로 가는 길 말입니까!" 벤허가 던진 질문에 깜짝 놀란 여관의 집사가 되물었다. "아직 안 가 보셨단 말인가요? 그렇다면 오늘이 생애 최고의 날인 줄 아십시오. 가는 길은 어렵지 않습니다. 왼쪽 옆 거리는 유피테르 신전과 원형극장이 정상에 있는 술피우스 산으로 곧장 이어져 있습니다. 그 길로 쭉 가시다가 헤롯의 주랑이라고 알려져 있는 세 번째 교차로에 이르시면 오른쪽으로 꺾어 셀레우코스 옛 시가지를 통과해 에피파네스의 청동문까지 곧장 가십시오. 그곳이 바로 다프네 숲으로 가는 길이 시작되는 지점입니다. 신의 가호를 빕니다!"

벤허는 짐을 어떻게 할지 지시를 내리고는 출발했다.

헤롯의 주랑은 금방 찾을 수 있었다. 거기서부터 청동문까지는 대리석 주랑이 끝없이 이어져 있었고, 그 아래로 벤허는 다양한 나라에서 온 사람들과 한데 섞여 지나갔다.

청동문을 지나친 때는 오전 10시 경이었는데, 어느새 벤허도 저 유명한 다프네 숲으로 향하는 끝없는 행렬 틈에 끼여 있었다. 도로는 각기 보행자 전용로와 말이나 마차가 다니는 길로 나뉘어 있었고, 길은 모두 왕복로로 되어 있었다. 낮은 난간이 분리대 역할을 하고 있었고, 중간 중간 입상이 서 있는 거대한 대좌가 있었다. 길의 좌우로는 손질이 잘된 잔디가 드넓게 펼쳐져 있고 잔디 사이로 일정한 간격을 두고 참나무와 플라타너스 나무들이 늘어서 있었다. 돌아가는 쪽 길에는 지친 사람들이 쉬어갈 수 있도록 덩굴로 뒤덮인 정자가 군데군데 있어 언제나 사람들로 북적거렸다. 보도는 붉은 돌로 포장되어 있었고, 마차로는 울리는 말발굽 소리와 바퀴 소리를 흡수하기 위해 하얀 모래가 뿌려져 있었다. 물을 뿜고 있는 수많은 근사한 분수들은 그것을 선물한 왕들의 이름을 따서 이름이 붙여져 있었다. 도심에서 다프네 숲 입구까지는 그렇게 웅장한 도로가 6킬로 넘게 남서쪽으로 쭉 뻗어 있었다.

참담한 마음에 잠긴 벤허는 왕실이 막대한 돈을 쏟아 부어 그렇게 멋지게 만들어 놓은 도로도 눈에 들어오지 않았다. 또한 처음에는 옆을 스쳐가는 수많은 군중조차 의식하지 못한 채 끝없이 펼쳐지는 행렬을 멍하니 바라보았다. 사실을 말하자면 자기 생각에 깊이 빠져 있었던 데다, 로마에서 매일같이 계속되는 화려한 의식들을 보아왔던 로마인이 새로운 도시를 방문했을 때 느끼는 자기만족감 같은 것이 적잖이 있었다. 그러한 지방들에는 뭔가 새롭거나 뛰어난 것이 전혀 없었다. 벤허는 느려 터져서 답답해진 인파를 뚫고 이리저리 헤치며 어떻게든 앞으로 나아가려고 했다.

그러다 중간 지점인 교외의 헤라클레이아(Heracleia) 마을에 도착했을 무렵에는 많이 움직인 탓에 힘이 빠졌으므로 주위의 흥겨운 분위기에 점차 동화되기 시작했다. 염소 한 쌍을 끌고 가는 아름다운 여인과 염소의 화려한 리본과 꽃 장식에 시선을 빼앗겼다. 그러다 커다란 뱃대끈을 맨 하얀 황소가 지나갈 때에는 아예 걸음을 멈추고 구경하기까지 했다. 갓 딴 포도덩굴로 장식된 황소의 넓은 잔등에 얹힌 바구니에는 어린 바쿠스로 분장한 발가벗은 아이가 앉아 있었고, 잘 익은 포도의 즙을 짜서 신에게 바치는 헌사를 곁들여 마시고 있었다. 벤허는 다시 발걸음을 옮기며 그러한 봉헌물들이 누구의 제단에 바쳐지는지 궁금했다. 멋지게 차려입은 사람이 당시의 유행에 따라 갈기를 짧게 깎은 말을 타고 옆을 지나갔다. 벤허는 말 주인과 말의 자부심이 묘하게 조화를 이루는 모습에 미소를 지었다. 그 후로도 바퀴 소리와 둔탁한 발굽소리가 자주 들려왔고 벤허는 그때마다 고개를 돌려 바라보았다.

전차들이 덜그럭거리며 오가는 동안 벤허는 자기도 모르게 전차와 전차를 모는 사람의 스타일에 관심을 가지게 되었다. 그러다 얼마 후에는 주위 사람들도 눈에 들어오기 시작했다. 그제야 남녀노소 할 것 없이 많은 사람들이 한껏 멋지게 차려입은 모습을 보게 되었다. 하얀 옷을 입은 무리도 있었고, 검은 옷을 입은 무리도 있었다. 깃발을 든 사람, 향을 피우는 사람, 천천히 움직이면서 찬가를 부르는 사람이 있는가 하면 피리와 작은 북 곡조에 맞추어 춤을 추는 사람도 있었다. 이런 행렬이 일 년 내내 매일 다프네 숲으로 향하고 있다니 도대체 얼마나 멋진 곳이기에 그렇게 난리들이란 말인가! 이윽고 박수소리와 즐거운 함성이 터져 나왔다. 많은 사람들의 손가락이 가리키는 곳을 따라가 보니 언덕 비탈 위로 성스러운 숲의 입구가 보였다. 찬가는 더욱 크게 울리고, 박자 또한 점점 빨라져 주위가 온통 흥분의 열기에 휩싸이자 벤허도 분위기에 휩쓸려 입구로 들어갔다. 그리고 로마식 취향이 몸에 밴 벤허도 그곳을 숭배하는 의식에 동참했다.

어느덧 벤허는 순수 그리스 양식의 기둥인 멋진 입구 뒤쪽에 있는 잘 다듬어진 돌이 깔린 넓은 산책로로 접어들었다. 주위에는 밝은 색 옷을 걸친 군중이 경치에 취해 끊임없이 탄성을 지르며, 분수에서 무지개처럼 뿜어져 나오는 맑은 물보라에 더위를 식히고 있었다. 앞쪽으로는 먼지 하나 없는 길들이 남서쪽의 정원과 그 너머 숲을 향해 뻗어 있었고, 숲 위로는 연푸른 안개가 감돌고 있었다. 벤허는 어디로 갈지 결정하지 못한 채 바라보고 있는데, 옆에서 한 여인이 소리를 질렀다.

"너무 멋있다! 그런데 이제 어디로 가지?"

월계관을 쓴 동행이 웃으며 대답했다. "바보 같기는, 그냥 가면 되지! 아직도 근심에서 못 벗어났군. 그런 것들은 모두 고리타분한 세상과 함께 안티오크에 놔두고 오기로 했잖아? 이곳의 바람은 신들의 숨결이야. 바람 부는 대로 떠돌아다니자."

"그러다 길이라도 잃어버리면 어떻게 해?"

"오 이런 겁쟁이! 다프네 숲에서 길을 잃는 사람은 아무도 없어. 영원히 그곳에 갇히는 사람들이 문제지."

"그게 누군데?" 여인은 여전히 두려워하며 물었다.

"그야 이곳의 매력에 푹 빠져 죽으나 사나 이곳을 선택한 사람들이지. 저 소리 들리지? 조금만 기다려, 그게 누군지 곧 알게 될 테니."

대리석 보도 위로 샌들을 신은 발자국 소리가 급하게 울렸다. 군중이 틈을 터주자 한 무리의 소녀들이 두 남녀 주위로 달려와 손북을 치며 노래하고 춤추기 시작했다. 깜짝 놀란 여인이 매달리자 남자는 여인을 끌어안고 열띤 얼굴로 다른 한 손을 머리 위로 치켜든 채 음악에 박자를 맞추었다. 춤추는 소녀들은 머리카락이 자유롭게 흩날렸고 붉게 물든 팔다리가 얇은 옷에 비쳐 드러났으므로 요염하기 이를 데 없었다.

그들은 한바탕 신나게 춤추더니 나타났을 때처럼 홀연히 군중 틈으로 사라져 버렸다.

"자 이제 어떻게 생각해?" 남자가 여인에게 외쳤다.

"방금 저 사람들은 누구야?" 여인이 물었다.

"데바다시라고 하는데, 아폴로 신전을 섬기는 무녀들이지. 저렇게 무녀 집단이 있어서 축전에서 합창을 하지. 그들은 이곳에 살아. 가끔 다른 도시들을 순회하기도 하지만 그들이 번 것들은 전부 아폴로 신전을 부유하게 만들기 위해 이곳으로 가져오지. 이제 그만 갈까?"

두 사람은 눈 깜짝할 사이에 자취를 감추었다.

벤허는 다프네 숲에서는 길을 잃는 사람이 없다는 말에 안도감을 느끼며 정처 없이 걷기 시작했다.

제일 먼저 눈길을 끈 것은 정원의 아름다운 대좌 위에 세워진 조각상이었는데 자세히 보니 켄타우로스의 입상이었다. 방문객의 이해를 돕기 위해 비문에는 그 입상이 아폴로 신과 디아나 여신의 총애를 받아 그들에게서 사냥, 의술, 음악, 예언의 비법을 전수 받은 케이론이라고 설명되어 있었다. 또한 맑은 밤 언제 어느 쪽 하늘을 보면 유피테르가 뛰어난 사람들을 바꾸어 놓은 별들 사이에서 케이론을 찾아볼 수 있다고 적혀 있었다.

어찌 됐든 켄타우로스 중에 가장 현명한 케이론은 계속 인류를 도왔다. 그의 손에는 작은 두루마리가 들려 있는데 거기에는 그리스어로 다음과 같은 경구가 적혀 있었다.


오, 나그네여!

그대는 이방인인가?

1. 흘러내리는 시냇물 소리에 귀 기울이고 비처럼 쏟아져 내리는 분수

를 두려워하지 말기를. 나이아데스(Naiades)[82]는 그렇게 그대를 사랑하는 법을 배우게 될 테니.

2. 다프네 숲에 부는 미풍은 서풍인 제피로스와 남풍인 아우스테르. 생명을 주관하는 부드러운 그들은 그대를 위해 감미로움을 모아줄 것이오. 동풍인 에우로스가 불어오면 디아나가 어느 곳에서든 사냥을 하고 있는 것이오. 북풍인 보레아스가 불어오면 숨으시오, 아폴로 신이 분노한 것이니.

3. 낮에는 숲 그늘을 마음껏 차지해도 상관없소. 그러나 밤이 되면 목신인 판과 드리아데스(Dryades)[83]의 세상이 되니 그들을 방해하지 마시오.

4. 시냇가의 연꽃은 되도록 먹지 마시오. 기억을 잃어 다프네의 자식이 되고 싶지 않다면.

5. 실을 뽑고 있는 거미는 밟지 마시오. 그것은 아테나를 위해 열심히 일하고 있는 아라크네니까.

6. 다프네의 눈물을 보고 싶다면 월계수 가지에서 꽃봉오리 한 개만 따시오. 그러면 죽을 테니.


조심하시오!

행복한 시간 되기를!


주위를 빠르게 에워싸는 다른 사람들에게 그 알쏭달쏭한 경구가 무슨 뜻인지 해석하도록 남겨둔 채 벤허는 하얀 황소가 끌려가고 있는 쪽

---

82) 그리스 신화에 나오는 물의 요정으로서 연못, 호수, 우물, 개천 등 담수에 살고 있다고 여겨졌다.
83) 그리스 신화에 나오는 나무의 요정

으로 방향을 틀었다. 한 소년이 바구니에 앉아 있고 그 뒤로 사람들의 행렬이 이어졌다. 그들 뒤로는 다시 염소를 데리고 가는 여인이 나타났다. 그리고 여인 뒤로는 피리와 작은 북을 치는 사람들이 뒤따랐고, 제물을 가져오는 이들의 행렬이 이어졌다.

"저들은 어디로 가는 겁니까?" 구경꾼 가운데 한 사람이 물었다.

또 다른 구경꾼이 대답했다. "황소는 제우스 신에게 봉헌될 거고, 염소는,"

"아폴로 신은 언젠가 아드메토스(Admetus)의 가축을 돌보지 않았나요?"[84]

"거참, 염소는 아폴로 신에게 봉헌된다니까요!"

이 부분을 이해하려면 독자들의 아량이 필요할 것 같다. 종교 문제에서 우리는 다른 신앙을 가진 사람들과 많이 교류하고 나서야 받아들이는 것이 용이해진다. 우리는 모든 신앙은 존경받을 자격이 있는 사람들에게 드러나는 법이지만 타 종교에 대한 예의 없이는 그러한 존경심도 생기지 않는다는 사실을 점차 깨닫게 되는데 벤허도 지금 그런 마음이었다. 로마에서 보낸 몇 년도, 갤리선에서 보낸 세월도 그의 신앙에는 별 영향을 미치지 못했다. 그는 여전히 유대인이었다. 그렇다고 해서 다프네 숲의 아름다움을 감상하는 것이 신앙에 위배된다고는 생각지 않았다.

말이 난 김에 덧붙이자면 전에는 양심의 가책이 매우 심했었다면, 이번에는 그것을 억누르려고 했다. 벤허는 분노했다. 사소한 일에 분

---

84) 아드메토스는 그리스 신화에 나오는 테살리아 페라이의 왕으로서 공평하고 호의적인 것으로 유명했다. 아폴로가 아들 아스클레피오스가 죽자 화가 나서 키클롭스를 죽인 후 속죄하기 위해 인간세상으로 내려가서 살게 되었을 때 아폴로는 아드메토스의 집에서 가축을 치면서 일했다. 그의 공정한 처사에 감명 받은 아폴로는 나중에 아드메토스의 모든 소가 쌍둥이를 낳게 해주었다.

개해서 화가 난 것은 아니었다. 또한 아무것도 아닌 일에 끓어올랐다가 꾸짖음이나 욕설 한 마디에 언제 그랬냐는 듯 가라앉는 어리석은 자의 분노와도 달랐다. 그것은 지극한 행복에 도달할 수 있다고 믿었던 꿈과 희망이 갑자기 사라졌을 때 느끼는 그런 분노였다. 그 강렬한 분노감을 잠재울 수 있는 방법은 전혀 없다. 그것은 운명과의 싸움이기도 했다.

좀 더 깊이 말해 보자면, 만일 운명이 만질 수 있는 것이어서 한 방 후려쳐 없앨 수 있거나 고차원의 언어로 대화가 가능한 상대라면 잘 싸울 수 있을 것이다. 그렇다면 불행한 인간이 늘 자신을 벌함으로써 모든 상황을 끝내려 들지는 않을 것이다.

여느 때의 벤허였다면 다프네 숲에 홀로 오지는 않았을 것이다. 설령 혼자 왔더라도 한가하게 빈둥거리는 대신 집정관과의 친분을 이용하여 알게 모르게 필요한 준비를 했을 것이다. 흥미가 당기는 모든 곳들을 생각해 두었다가 일을 처리하듯이 안내인을 데리고 둘러보았을 것이다. 혹은 아름다운 장소에서 한가롭게 시간을 보내고 싶었다면 누구든 그곳의 주인에게 써준 소개장을 챙겨갔을 것이다. 그랬다면 아마 지금 옆을 지나는 떠들썩한 사람들 같은 관광객이 되어 있었을 것이다. 그런데 사실은 다프네 숲의 신들에 대한 경외심도 호기심도 없었다. 끔찍한 실망감으로 앞이 보이지 않는 사람처럼 헤매고 있을 뿐이었다. 운명이 찾아오기를 앉아서 기다리느니 필사적으로 맞서 싸우려고 찾는 마음이었다.

정도는 다를 테지만 누구나 이러한 마음 상태를 겪어봐서 알고 있을 것이다. 침착하게 용감한 일을 해치웠을 때와 같은 상태라고 생각할 것이다. 그리고 독자들은 지금 벤허가 사로잡힌 어리석음이 고깔모자를 쓰고 피리를 부는 친근한 어릿광대와 비슷할 뿐 위험한 칼을 무자비하게 휘두르는 폭력은 아니라서 다행이라고 생각할 것이다.

## 6. 망각으로의 유혹, 다프네 숲

벤허는 행렬을 따라 숲으로 들어갔다. 처음에는 사람들이 어디로 가고 있는지 물어볼 만큼 관심이 없었다. 그러나 완전한 무관심에서 벗어나자 사람들이 신전으로 향하고 있다는 생각이 들었다. 숲 한가운데에 자리하고 있던 그곳은 최고의 명소였다.

이윽고 노래하는 이들이 빠른 합창으로 꿈꾸듯 연주하는 동안 벤허는 속으로 되뇌기 시작했다. "왕의 대접을 받기보다 벌레가 되어 다프네 숲의 오디를 먹으며 사는 것이 더 좋다." 그런데 그렇게 되뇌는 동안 성가신 의문들이 일어났다. 숲에서 지내는 삶이 그렇게 좋을까? 도대체 어디에 매력이 있단 말인가? 심오한 철학에 매력이 있을까? 그렇지 않다면 사실적인 그 무엇, 매일 깨어 있는 감각으로 느낄 수 있는 겉모습이란 말인가? 해마다 수천 명이 세상을 등지고 이곳에 들어와 산다. 그들은 뭔가 독특한 매력을 찾은 것일까? 그런 매력을 찾았다면 희로애락과 과거의 슬픔은 물론 미래에 품는 희망조차 마음에서 완전히 몰아낼 정도로 깊은 망각에 빠지기에 충분하단 말인가? 다른 사람들에게는 다프네 숲이 그토록 좋은데 자기라고 그러지 않을 이유는 뭐란 말인가? 그는 유대인이었다. 그렇게 뛰어난 것들이 온 세상을 위해 존재하는데 아브라함의 자손만 누리지 못할 이유라도 있단 말인가? 벤허는 봉헌물을 가져오는 이들의 노랫소리와 지나는 이들의 기행에는 신경 쓰지 않은 채 숲의 매력을 찾는데 심혈을 기울였다.

그렇게 찾아다니는 동안 하늘은 탁 트인 그대로였다. 도시를 뒤덮고 있는 하늘은 더없이 푸르렀고 재잘거리는 제비들로 가득 했다.

조금 더 가니 오른쪽 숲에서 불어오는 산들바람에 장미향과 방향제타는 달콤한 냄새가 실려와 온몸을 감쌌다. 벤허는 다른 사람들처럼 멈춰 서서 미풍이 불어오는 쪽을 보며 마침 옆에 있던 사람에게 물었다.

"저쪽에 정원이 있나보죠?"

"제사장이 주관하는 의식이 열리고 있는 것 같네요. 디아나나 판이나 숲의 정령들에게 올리는 의식 중에 하나겠죠."

대답한 사람은 신기하게도 모국어인 유대어로 말했다. 벤허는 놀라서 물었다.

"유대인이신가요?"

남자는 정중하게 미소 지으며 대답했다.

"그렇습니다. 예루살렘의 시장터에서 엎어지면 코 닿을 거리에서 태어났죠."

벤허는 좀 더 이야기를 나누고 싶었지만 갑자기 군중이 앞으로 밀고 나아가는 바람에 남자는 군중에 휩쓸려가고, 벤허는 숲 옆의 보도로 밀려나고 말았다. 남자는 놓쳐 버렸지만 그의 유대 평상복과 지팡이, 머리에 노란 띠로 묶은 넓은 갈색 두건, 정직해 보이는 의복에 어울릴 강인한 유대인 특유의 얼굴은 벤허의 마음에 강렬한 인상으로 남았다.

그곳은 숲으로 들어가는 오솔길이 시작되는 지점이었다. 시끄러운 행렬에서 다행히 벗어나기에는 더없이 좋은 기회였으므로 벤허는 길에서 벗어나 숲속으로 들어갔다.

숲속은 몹시 울창하여 헤치고 들어갈 수 없을 정도로 자연 상태 그대로였고 들새들의 보금자리가 되어 있었다. 그러나 몇 걸음 옮기자 그곳에서도 거장의 손길을 느낄 수 있었다. 나무에는 꽃이 피어나거나 열매가 맺혀 있었고, 휘어진 나뭇가지 아래의 대지에는 밝은 꽃송이들이 흐드러지게 피어 있었다. 그 위로는 재스민의 부드러운 줄기가 뻗어 있었다. 라일락, 장미, 백합, 튤립, 협죽도와 모든 딸기나무 등 옛 다윗 도성 주변 계곡의 정원에서 흔히 볼 수 있는 아름다운 꽃과 나무에서 뿜어져 나오는 향기는 밤낮으로 감돌며 숲을 가득 메웠다. 그러니 무리지어 가벼운 그늘을 드리우고 있는 수많은 꽃 사이를 뚫고 구불구불한 길 옆으로 부드럽게 흐르는 실개천을 노니는 님프와 나이아데스가 느끼는 행복에는 더 이상 바랄 것이 없을지도 몰랐다.

울창한 숲을 벗어나 앞으로 나아가는 동안, 양옆에서는 비둘기 울음소리와 멧비둘기의 구구거리는 소리가 들려왔다. 찌르레기들은 멈춰서서 벤허가 가까이 다가오기만을 기다리고 있는 것 같았다. 나이팅게일은 팔을 뻗치면 닿을 정도로 가까이 지나가도 겁먹지 않은 채 그대로 자리를 지켰다. 새끼들을 데리고 가던 메추라기 어미가 발치로 쪼르르 달려오자 녀석들이 지나갈 때까지 기다려 주는 동안 벤허는 황금 꽃망울로 반짝이던 달콤한 사향식물 더미에서 무엇인가가 기어 나오는 것을 보고 깜짝 놀랐다. 정말로 편히 노니는 사티로스를 보기라도 한 건가? 알고 보니 그것은 갈고리처럼 구부러진 전지용 칼을 입에 문 사내였다. 벤허는 별 것도 아닌 것에 놀란 자신에게 피식 웃음이 나왔다. 보라! 숲의 매력이 펼쳐지고 있었다. 두려움 없는 평온함, 우주적 상태의 평온함. 그것이 바로 숲의 매력이었다!

벤허는 귤나무 아래의 땅바닥에 앉았다. 나무는 실개천 지류의 물을 빨아들이기 위해 회색 뿌리를 뻗고 있었다. 부글거리며 흘러가는 물가 가까이 매달린 박새의 둥지가 눈에 들어왔고, 둥지에서 밖을 내다보고 있는 조그만 새가 보였다. "정말로 저 새가 나한테 말을 걸고 있네. 이렇게 말하는 것 같은데. '나는 당신이 안 무서워요. 왜냐하면 이 행복한 곳을 지배하는 법은 사랑이기 때문이죠.'"

벤허는 이제 숲의 매력을 확실히 알 것 같았으므로 기쁜 마음에 다프네 숲의 매력에 푹 빠지기로 작정했다. 꽃과 나무를 돌보고 천지에 가득한 수려한 식물들이 조용히 자라나는 것을 지켜보면서 전지용 칼을 물고 있던 그 사내처럼 괴로운 과거의 나날을 전부 흘려보내고 모든 것을 잊을 수는 없을까?

그러나 유대인으로서의 본성이 마음속에서 점차 꿈틀대기 시작했다.

그러한 매력에 만족스러워 하는 사람도 있겠지. 그들은 대체 어떤 부류의 사람일까?

사랑은 기쁜 일이다! 아, 나처럼 온갖 불행을 겪은 이에게 그것은 얼마나 기쁜 일일까? 하지만 사랑이 내 인생의 전부일까? 모든 것일 수 있을까?

만족스럽게 이곳에 묻혀 지내는 사람들과 나 사이에는 다른 점이 있다. 그들에게는 아무런 의무도 없다. 그런 것이 있을 리 만무하다. 하지만 나는······.

"이스라엘의 하나님!" 벤허는 얼굴이 벌게진 채 벌떡 일어나며 큰 소리로 외쳤다. "어머니! 티르자! 두 사람을 망각하고 나 혼자만 행복해지려고 하다니 이 무슨 망발이지!"

벤허는 황급히 숲을 빠져나가, 거대한 석조 강둑 사이로 강처럼 제법 넓게 흐르는 시냇물에 이르렀다. 물길은 일정한 간격을 두고 수문이 있는 수로에 의해 끊겨 있었는데, 지금 건너고 있는 길도 시냇물을 가로지르는 다리였다. 다리 위에 서니 다른 다리들도 보였는데 같은 것은 하나도 없었다. 벤허가 서 있는 아래에는 그림자처럼 깊고 맑은 못에 물이 고여 있었으나 조금 더 아래로 내려가서는 바위 위로 큰 소리를 내며 굽이쳤다. 그리고 나서는 또 잔잔한 못을 이루다가 다시 폭포가 되어 흘러내렸다. 시냇물은 그렇게 흘러가며 점차 시야에서 사라졌다. 다리와 못, 크게 울리는 폭포들은 주인의 허락을 받고, 주인이 원하는 대로, 신들의 하인이라도 된 듯 온순하게 흐르고 있다고 말하는 것 같았다.

다리에서 보니 앞쪽으로는 하얀 길과 빛나는 시냇물로 연결된 숲과 호수와 멋진 집들과 드넓은 골짜기와 들쭉날쭉한 봉우리의 풍경이 보였다. 아래에는 골짜기가 펼쳐져 있었다. 수문을 열어 신선한 물이 늘 흘러들고 있어 가뭄에도 끄떡없었으므로 골짜기는 온갖 꽃들이 깔린 초록색 카펫 같았고, 눈송이처럼 흰 양 떼가 점점이 흩어져 있었다. 양 떼를 따라가는 목동들의 소리가 멀리서 들려왔다. 그동안 본 모든 경건한 비문이 말을 걸듯이, 뻥 뚫린 하늘 아래의 제단들은 수를 헤아릴 수 없을 정도로 많았고, 제단마다 흰옷을 입은 사람이 돌보고 있었다. 하얀 옷을 입은 사람들의 행렬이 제단들 사이로 천천히 이리저리 오갔고 제단에서 피어오른 연기는 성지 위로 흰 구름이 되어 떠있었다.

벤허의 눈길은 펼쳐진 광경을 쭉 훑어갔다. 행복감에 취해 이곳저곳을 살피다 잠시 쉬기도 하며, 초원을 보았다가 산봉우리 쪽을 바라본다. 숲속을 뚫고 지나가는 사람들 행렬과 미로처럼 구불거리는 길과 물줄기를 뒤쫓다 풍경이 끝나는 지점에서 멈추었다. 아, 저토록 아름다운 장관에 어울리는 마지막은 무엇일지! 이토록 멋진 서막 뒤에는 얼마나 풍성한 신비들이 숨겨져 있을까! 여기저기서 웅성거림이 시작됐고, 벤허는 이곳저곳을 두리번거리다 장관에 압도되어 이렇게 확신할 수밖에 없었다. 한 마디로 말하자면, 그곳은 온 땅과 하늘에 평화로움이 있으며 어디나 이곳에 와서 누워 쉬라고 손짓하고 있었다.

불현듯 벤허는 깨달았다. 사실 숲 자체가 신전이었다. 담에 둘러싸여 있지 않은 광대한 하나의 신전이었다!

이런 것은 어디에도 없었다!

건축가는 기둥과 주랑을 어떻게 세울지 내부는 어떻게 꾸밀지 고민할 필요 없이 그저 자연이 시키는 대로 하면 된다. 인간의 기술은 거기까지다. 제우스와 칼리스토의 영리한 아들 아르카스는 그렇게 옛 아르카디아를 건설했다. 그리고 아르카디아와 마찬가지로 이곳 다프네 숲의 기풍 역시 그리스적이었다.

벤허는 다리를 건너 가장 가까운 골짜기로 들어갔다.

양 떼를 몰고 가는 양치기 소녀와 마주쳤는데, 소녀는 오라고 유혹했다.

조금 더 가니 검은 편마암 대좌 위에 멋진 잎 모양 장식이 조각된 하얀 대리석판과 금속화로가 놓여 있는 제단이 나왔고 거기서 길은 두 갈래로 갈라졌다. 제단 바로 옆에 있던 한 여인이 벤허를 보자 버드나무 지팡이를 흔들며 지나치려는 그를 불렀다. "쉬었다 가요!" 유혹하는 처녀의 웃음은 매우 요염했다.

앞으로 더 나아가니 또 다른 행렬과 마주쳤다. 맨 앞에는 어린 소녀들 무리가 있었는데, 화관으로 뒤덮은 것 외에는 아무것도 걸치지 않은 채 날카로운 음색으로 노래를 불렀다. 그 다음에는 역시 알몸의 소년들이 햇볕에 깊게 그을린 몸을 자랑하며 소녀들의 노래에 춤을 추며 나타났다. 그들 뒤로는 제단에 바칠 향료와 방향이 담긴 바구니를 든 여인들로만 이루어진 행렬이 뒤따랐다. 여인들은 맨살이 드러나도 상관없다는 듯 단순한 차림새였다. 벤허가 옆을 지나가자 여인들이 손을 내밀며 말했다. "잠깐만요, 우리와 함께 가요." 그 가운데 그리스 여인이 아나크레온(Anacreon)[85]의 시 한 수를 읊었다.

---

85) BC 6~7세기의 그리스 서정시인. 술과 사랑을 주제로 한 아나크레온풍을 유행시키고 많은 모방자를 배출하였다.

오늘을 위해 나는 주거나 받는다네.

오늘을 위해 나는 마시며 산다네.

오늘을 위해 나는 청하거나 빌린다네.

다가오지 않은 내일을 그 누가 알리?"


그러나 벤허는 한눈팔지 않은 채 발걸음을 재촉하여 가장 멋있는 지점에 있는 골짜기 한가운데의 울창한 숲으로 들어갔다. 벤허가 걷던 길 가까이에는 멋진 그늘이 있었고 우거진 잎사귀 사이로 번쩍이는 입상 같은 것이 보였으므로 쉬어갈 겸 길에서 벗어나 서늘한 그늘로 들어갔다.

풀은 신선하고 깨끗했고 동방종의 나무들이 먼 곳에서 들여온 외래종과 적당히 섞여 군락을 이루며 잘 자라고 있었다. 이쪽에는 여왕처럼 무성한 잎을 자랑하는 야자나무 무리가 있었고, 저쪽에는 짙은 잎이 달린 월계수 위로 드리운 플라타너스가 있었다. 레바논의 왕이라고 할 만한 삼나무들과 늘 푸르른 참나무들도 있었다. 그리고 오디나무도 있었고, 천국의 과수원에서 날려 왔다는 말이 과장이 아닐 만큼 아름다운 테레빈 나무도 있었다.

아까 빛났던 입상은 놀라운 미모를 자랑하는 다프네 상이었다. 그러나 벤허는 입상의 얼굴을 한 번 흘긋 쳐다보았을 뿐이다. 대좌 바닥에 한 소녀와 청년이 호랑이 가죽 위에 꼭 끌어안은 채 잠들어 있었다. 바로 옆에는 청년의 작업 도구인 도끼와 낫, 소녀의 바구니가 시들어가는 장미꽃 다발 위에 아무렇게나 내팽개쳐져 있었다.

두 사람의 벌거벗은 모습에 벤허는 깜짝 놀랐다. 조금 전 향기로운 덤불 속에서 벤허는 위대한 다프네 숲의 매력은 두려움 없는 평온이라고 생각하며 그 매력에 거의 굴복할 뻔했다. 그런데 이제 이 백주대낮에, 그것도 다프네 입상 발치에서 이렇게 잠들어 있는 두 남녀의 모습을 보니 그 속에 담긴 의미를 알 것 같았다. 이곳의 법칙은 사랑이었다, 그러나 그 사랑은 무질서한 사랑이었다.

그리고 이것이 바로 다프네 숲의 달콤한 평온이었다!

이것이 바로 그녀를 숭배하는 이들의 삶의 목표였다!

이것을 위해 왕과 귀족들이 자기 수입을 내어놓았다!

이것을 위해 약삭빠른 사제들이 자연마저 종속시켰다. 새들과 시냇물, 백합과 강, 많은 일손들의 노고, 제단의 거룩함, 햇빛의 풍요로운 힘까지 말이다!

벤허는 그러한 생각에 사로잡혀 걸으며 숲이라는 거대한 신전을 섬기는 사람들이 약간 불쌍하게 느껴졌다. 특히 신전을 그토록 아름답게 지키려고 혼신의 힘을 다하고 있는 사람들이 더 가엾게 여겨졌다. 그들이 어떻게 해서 그런 상태가 되었는지는 더 이상 수수께끼가 아니었다. 그들이 그렇게 된 동기, 영향, 이끌림 등을 알 수 있었다. 지친 영혼들이 성스러운 곳에서 끝없는 평온을 누릴 수 있다는 약속에 사로잡혀 돈이 없다면 일을 해서라도 그 아름다움에 기여하려는 이들이 분명히 있었다. 이러한 부류는 특히 희망과 두려움을 품기 쉬운 식자층일 확률이 높다. 그러나 신봉자의 다수는 그러한 부류가 아니었다. 아폴로 신의 그물은 넓고, 그물망은 촘촘해서 신의 어부들이 무엇을 잡아들이는지 거의 알 수 없었다. 이것은 묘사할 수 없어서라기보다는 그래서는 안 되기 때문이다. 이 숲에 이끌려오는 많은 이들이 세상의 향락에 빠진 사람들이며, 동방을 거의 휩쓸고 있던 관능주의에 탐닉하는 저질적인 이들이 수적으로 더 많다는 사실만으로 충분했다. 그들은 감정의 고양, 아폴로 신이나 그가 사랑한 다프네, 제대로 음미하기 위해 고요한 은둔이 필요한 철학, 위안을 얻기 위해 바치는 종교의식, 더 거룩한 의미에서의 사랑에는 맹세하지 않았다. 훌륭한 독자들이여, 이쯤에서 진실을 밝혀야 하지 않겠는가? 이 시대에 지구상에서는 위에 언급한 종류의 고양을 추구할 수 있는 민족은 모세의 법에 의거해 살아가는 히브리인들과 브라흐마의 법에 의해 살아가는 인도인 두 부류밖에 없었다. 오로지 그들만이 여러분에게 외칠 수 있을 것이었다. 사랑 없는 율법이 무질서한 사랑보다 낫다고 말이다.

게다가 공감은 그때그때 처한 상황에 따라 크게 좌우된다. 화가 난 상태에서는 공감이 일어나지 않는다. 반면에 우리는 매우 자기만족인 상태에 있을 때 공감이 일어나기 쉽다. 벤허는 고개를 더 높이 쳐든 채 발길을 재촉했다. 그리고 주위의 즐거움을 적잖이 의식하며 한층 침착한 마음으로 주위를 둘러보았다. 그러면서도 가끔은 경멸의 표정을 지었다. 하마터면 그 허상에 속아 넘어갈 뻔했는데 그렇게 금세 잊을 수는 없었기 때문이다.

## 7. 전차경주장에서

벤허 앞에 줄기가 돛대처럼 크고 곧게 뻗은 사이프러스 나무숲이 나타났다. 그늘진 곳으로 들어서니 나팔 소리가 경쾌하게 들려왔다. 뒤이어 근처 풀밭에 신전으로 가는 길에서 우연히 마주쳤던 동포 유대인이 누워 있는 모습이 눈에 들어왔다. 남자는 일어나더니 벤허에게 다가왔다.

"또다시 평화를 빕니다." 그는 유쾌하게 말을 걸었다.

"고맙소." 벤허는 대답하며 물었다. "동행해도 되겠소?"

"저는 경기장으로 가는 길입니다. 그쪽으로 가신다면 동행하죠."

"경기장이라고 했소?"

"예. 지금 들으신 나팔 소리는 경주에 참여할 선수들을 소집하는 소리였습니다."

벤허는 솔직히 털어놓았다. "그렇군. 나는 이 숲에 대해 하나도 모르오. 그러니 동행해 준다면 고맙겠소."

"저 역시 즐거울 것 같군요. 들어보세요! 전차 바퀴소리가 들리네요. 지금 한창 경주중이군요."

벤허는 잠시 귀를 기울인 후 남자의 팔에 손을 얹으며 자신을 정식으로 소개했다. "나는 집정관 아리우스의 아들이오, 당신은?"

"저는 말루크라고 합니다. 안티오크의 장사꾼이죠."

"자, 말루크. 나팔소리, 전차 바퀴 삐걱거리는 소리를 들으며 즐겁게 구경할 생각을 하니 흥분되는구려. 나도 경주라면 좀 한다오. 로마의 경기장에서는 제법 이름이 알려져 있소. 자, 어서 경기장으로 갑시다."

말루크는 잠시 망설이더니 곧 물어보았다. "집정관이라면 로마인일 텐데, 그 아드님이 유대인 복장을 하고 계시네요."

"훌륭하신 아리우스께서는 내 양부셨소."

"아, 알겠습니다. 실례를 범했군요."

숲을 빠져나오자 모양이나 규모가 경기장의 트랙과 똑같은 트랙이 깔린 들판이 펼쳐져 있었다. 경주로는 다지고 물을 뿌린 부드러운 흙으로 덮여 있었고 양쪽에는 세워 박은 투창 위에 밧줄을 늘어뜨려 경계를 지어놓았다. 순수하게 경기에 관심이 있어서 나온 사람들과 관중을 수용하기 위해 튼튼한 차양으로 그늘을 만든 관람석에 일렬로 의자들이 놓여 있었다. 방금 들어온 두 사람은 관람석 가운데 빈 자리가 있는 곳을 발견했다.

벤허는 지나가는 전차의 댓수를 세었다. 모두 아홉 대였다.

그는 친근하게 말했다. "멋지군. 이곳 동방에서는 기껏 해봐야 2두 전차일 거라고 생각했소. 하지만 4두 전차로 경주하다니 뜻밖이오. 얼마나 잘하는지 지켜봅시다."

4두 전차 여덟 대가 구보로 걷기도 하고 가볍게 달리기도 하며 관람석을 지나갔는데 모두 예외 없이 말을 잘 다루고 있었다. 그러다 아홉 번째 전차가 질주해 들어왔다. 벤허는 탄성을 질렀다.

"나는 황제의 말들도 잘 알고 있소, 말루크. 하지만 내 기억으로는 이러한 말들은 본 적이 없소."

그러다 전차가 미친 듯이 달려 나가더니 갑자기 네 마리 말의 보조가 흐트러지고 말았다. 관람석에 있던 누군가가 날카로운 비명을 질렀다. 벤허가 돌아보니 위 좌석에서 엉거주춤 일어난 노인이 보였다. 두 주먹은 불끈 쥐어 쳐들었으며 눈은 분노로 이글거렸고, 기다란 흰 수염은 몹시 떨리고 있었다. 그 옆에 제일 가까이 있던 구경꾼 가운데 일부가 소리 내어 웃기 시작했다.

"최소한 수염을 봐서라도 어른을 존중할 줄 알아야지. 저 사람은 누구요?"

"모압 너머 어딘가 사막에서 온 힘 있는 사람입니다. 낙타와 명마들을 많이 가지고 있는데 사람들 말로는 초대 파라오가 탔던 말의 혈통도 있다더군요. 일데림 족장이라고들 부른답니다."

두 사람이 말을 주고받는 동안, 기수가 말들을 진정시키려고 애썼지만 허사였다. 그렇게 헛되이 애쓸 때마다 도리어 족장의 화만 돋울 뿐이었다.

"아바돈, 저 놈을 당장 잡아라!" 족장이 날카롭게 고함을 쳤다. "어서! 당장 말이다! 내 말이 안 들리느냐?" 그 질문은 자기 부족인 하인들에게 하는 말이었다. "내 말이 들리느냐? 저 말들은 너희들처럼 사막 출신이란 말이다. 어서 가서 저 애들을 잡아라, 빨리!"

말들은 점점 더 거칠게 날뛰었다.

"야, 이 망할 로마 놈아!" 족장은 기수를 향해 주먹을 흔들며 고함 쳤다. "네 입으로 그 말들을 몰 수 있다고 맹세하지 않았더냐? 온갖 로마의 신들을 걸고 말이다! 에고 손 떼라! 뭐 손수 키운 양처럼 온순하면서도 독수리처럼 빨리 달릴 거라고 맹세했지. 에라 이 한심한 놈아, 너 같이 한심한 뺑쟁이 놈을 낳고 미역국을 먹은 네 어미도 한심하다! 돈을 주고도 살 수 없는 저 말들을 보라고! 말들 가운데 한 녀석에게라도 채찍을 휘둘렀다가는 가만두지 않겠어, 그리고 ⋯⋯." 마지막 말은 화가 나서 이를 박박 가느라 제대로 들리지 않았다. "저 녀석들은 그저 너희 어미들이 천막에서 너희에게 불러 준 자장가 한 마디 속삭여 주는 것만으로도 충분하단 말이다. 오 누굴 탓해, 로마인을 믿은 내가 등신이지!"

족장의 친구들 가운데 좀 더 영리한 사람들이 말과 족장 사이를 막아섰다. 때마침 족장도 숨이 찼는지 그 수법이 통하여 사태는 겨우 수습이 되었다.

한편 족장의 마음을 어느 정도 이해할 수 있었던 벤허는 그가 왜 그랬는지 알 것 같았다. 족장은 자기 소유물을 과시하고 싶어서만은 아니었고, 경주에서 이기고 싶어 안달이 나서 그런 것도 아니었다. 매우 소중한 것을 끔찍이 생각하고, 그렇게 멋진 동물을 애지중지하는 마음에서 보면 충분히 그럴 수 있었다.

반점 하나 없는 밝은 밤색인 네 마리 말들은 완벽하게 조화를 이루었으며, 보이는 것보다 훨씬 더 균형 잡혀 있었다. 예민한 귀는 뾰족하게 쫑긋 서 있었고, 넓은 이마 양끝에는 두 눈이 자리 잡고 있었다. 팽창된 콧구멍은 불길의 섬광을 연상시킬 정도로 붉은 막이 드러났다. 목은 우아하게 곡선을 그렸으며 풍성한 갈기가 어깨와 가슴까지 뒤덮여 있었고 비단 베일의 실오라기처럼 멋지게 늘어진 앞 갈기와 조화를 이루고 있었다. 무릎 아래쪽 다리는 일자로 쭉 뻗어 있었지만 무릎 위로는 강인한 근육들이 감싸고 있어 굳건한 몸체를 잘 지탱하고 있었다. 발굽은 반짝거리는 유리잔 같았고, 뒷발로 일어서거나 앞발로 차고 나갈 때는 굵고 기다란 검은 꼬리가 허공과 땅을 치며 휘날렸다. 족장은 값을 헤아릴 수 없는 말이라고 말했는데, 그것은 참으로 맞는 말이었다.

이렇게 다시 잘 살펴보니 벤허는 말과 주인의 관계를 알 수 있었다. 말들은 그늘 하나 없는 사막 한가운데에 친 검은 천막 안에서 가족들과 함께 생활하며 눈에 넣어도 아프지 않을 아이들처럼 사랑받았다. 낮에는 세심하게 보살피고, 밤에는 남들에게 자랑거리로 내놓았다. 그렇게 애지중지하였으니 족장은 말들이 콧대 높고 가증스러운 로마인을 누르고 승리를 가져다줄 것으로 생각했다. 말들을 잘 다룰 수 있는 믿을 만한 기수를 찾아낼 수만 있다면 우승할 것으로 확신하여 사랑하는 그 녀석들을 도시로 데려온 것이었다. 그런데 기수는 단순히 기술만 뛰어난 것이 아니라 말들과 정신적으로 교감할 수 있어야 했다. 좀 더 냉정한 서방사람들과 달리 족장은 무능한 기수를 탓하며 좋은 말로 정중히 쫓아낼 수 없었다. 아랍인이요 족장으로서의 기질이 발동하여 주위가 떠나가라 큰 소리로 화를 터뜨리지 않을 수 없었던 것이다.

족장이 욕설을 퍼붓고 있는 동안에 몇 사람이 달려들어 재갈을 잡아 말을 진정시켰다. 그때 또 다른 전차가 트랙에 나타났다. 다른 전차들과 달리 그 기수와 전차의 모습과 경주 솜씨는 결승전 날에 키르쿠스 막시무스에서 시연될 것처럼 완벽했다. 얼마 안 있어 더 밝혀질 테니 이쯤에서 독자들에게 확실하게 설명하는 것이 좋겠다.

방금 나타난 전차는 예전부터 잘 알려진 종류였다. 바퀴는 낮고 차축은 넓은데, 바퀴 위에는 뒤쪽이 터진 상자 모양의 차체가 얹혀 있었다. 그것이 원래 형태였고, 여기에 예술적 재능을 타고난 천재의 손길이 가미되면 멋진 걸작으로 바뀔 수도 있었다. 예를 들면, 새벽의 여신 오로라가 타고 나타날 것만 같은 환상을 불러일으킬 정도로 멋진 작품이 탄생할 수도 있었다.

오늘날의 기수들 못지않게 영리하고 야심만만했던 고대의 기수들은 가장 소박한 것은 2두 전차, 최상의 것은 4두 전차라고 불렀다. 4두 전차는 올림픽 경기나 유사한 다른 축전에서 선보였다.

마찬가지로 영리한 승부사들은 말들을 전차에 나란히 배치하는 쪽을 선호했다. 그리고 말들을 구분하기 위해 전차와 연결하는 장대에 가까운 두 말은 멍에마(yoke-steeds), 좌우 바깥쪽의 두 말은 질주마(trace-mates)라 불렀다. 또한 그들은 말들이 최대한 자유롭게 움직여야 최고 속도를 낼 수 있을 것으로 판단했다. 그래서 마구는 특히 간소화시켰다. 사실 줄과 고삐를 마구라는 용어에 포함시키지 않는다면, 말의 목에 두른 목줄과 목줄을 잡아맨 줄을 제외하면 특별히 마구라 할 만한 것은 없었다. 말을 전차에 잡아매기 위해 끌채 끝부분 가까이에 좁은 나무 멍에나 십자형태의 나무를 매달고, 멍에 끝부분에 달린 고리에 가죽끈을 꿰어 그것을 말 목줄에 채웠다. 멍에마의 봇줄은 차축에 매고 질주마의 봇줄은 차체 가장자리에 매었다. 현대적 관점에서 보면 흥미롭게도 줄을 조정하기 위해 끌채 제일 앞쪽에 커다란 고리가 있었다. 각 말의 입에 맨 고삐 안쪽의 구멍을 통과한 줄이 그 커다란 고리에서 모아져 기수가 하나로 잡을 수 있게 되어 있었다.

이러한 개략을 염두에 두고 전차에 대해 더 자세한 것은 앞으로 일어날 사건 장면에서 알아보기로 하자.

다른 경쟁자들이 들어올 때는 조용했지만 마지막 기수는 열렬한 환영을 받았다. 전차가 경기장 안으로 들어오자 장내가 떠나갈 듯한 박수갈채와 환성이 일어났으므로 사람들의 시선은 모두 그 전차에게로 집중되었다. 그의 멍에마는 전부 검정색이었고, 질주마는 눈처럼 하얀 색이었다. 네 마리 모두 로마식으로 꼬리를 짧게 잘라냈고, 잔혹하게도 깎은 갈기를 땋아서 불타는 듯한 붉은색 리본과 노란색 리본을 매었다.

전차가 점점 앞으로 나오자 그 낯선 주인공은 관중석에서 보일 수 있는 지점까지 다가왔다. 전차를 보니 사람들이 괜히 환호성을 지른 것이 아니라는 것을 알 수 있었다. 바퀴는 매우 절묘하게 만들어진 걸작과도 같았다. 반질반질하게 윤이 나는 청동으로 만든 튼튼한 띠 덕분에 바퀴의 중앙부분은 들뜨지 않고 중심이 잡혔다. 요즘과 마찬가지로 당시에도 중요하게 생각된 바퀴살은 완벽한 장식을 위해 상아로 만들어졌는데 자연적으로 휘어진 부분이 바깥쪽으로 향하게 끼워져 있었다. 윤이

나는 흑단 바퀴 테에는 청동이 둘러져 있었다. 바퀴 축 가장자리에는 바퀴와 조화되게 놋쇠로 만든 포효하는 호랑이의 머리 장식을 덧댔고, 전차 몸체는 금박을 입힌 버드나무 줄기를 엮어 만들었다.

멋진 말과 함께 화려하게 꾸민 전차가 다가오자 벤허는 기수가 누구 인지 더욱 호기심이 발동했다.

그는 누구일까?

제일 먼저 그것이 궁금했지만 기수의 얼굴이나 전체 윤곽은 볼 수 없 었다. 그런데도 풍기는 분위기나 태도는 어딘지 모르게 낯이 익었고 오 래 전 기억이 따올라 가슴이 아렸다.

도대체 누구란 말인가?

전차가 점점 가까워오자 말들은 속보로 접근하고 있었다. 관중들의 환호성과 화려한 복장으로 보아 아마도 대중의 인기를 받고 있거나 유 명한 귀족일 것으로 생각되었다. 생김새로 보아 꽤 높은 신분인 것 같 았다. 왕들도 승리의 월계관을 따내기 위해 경주에 참가하는 경우가 자 주 있었기 때문이다. 네로 황제와 콤모두스 황제도 전차경주에 심취했 었다. 벤허는 일어나 통로를 따라 관중석의 가장 낮은 난간으로 나아갔 다. 표정은 진지했고 태도는 열성적이었다.

드디어 기수의 온전한 모습이 눈에 들어왔다. 기수 옆에는 다른 사 람이 타고 있었는데, 그리스 신화에 등장하는 미르틸로스(Myrtilus)[86] 처럼 전차 경주에 열정을 쏟아 붓는 고위 계급 사람들에게 허용된 일종 의 마부 역할이었다. 벤허는 길게 늘어진 고삐를 쥔 채 전차 위에 서 있 는 기수만 볼 수 있었는데, 기수는 훤칠한 용모에 진홍색 튜닉만 걸치

---

86) 헤르메스의 아들로 엘리스 지역 피사의 왕인 오이노마오스 왕의 마부였다. 마차 경주에 이겨 오 이노마오스의 딸 히포다메이아를 차지하려던 펠롭스가 자신을 도와주면 히포다메이아와 초야 를 보내게 해 주겠다는 제안에 경주 전날 마차의 바퀴를 조작하여 왕을 죽게 만든다.

고 있었다. 오른쪽 손에는 채찍을 들고 있었고 왼손은 들어올려 살짝 내밀어 네 줄을 쥐고 있었다. 그 자세는 매우 우아하고 생기가 넘쳐흘렀다. 사람들의 박수와 환호에도 불구하고 냉정함을 잃지 않은 당당한 모습이었다. 기수의 얼굴을 알아 본 벤허는 온몸이 얼어붙었다. 본능과 기억은 틀림이 없었다. 기수는 바로 메살라였다!

말 선택, 화려한 전차, 태도, 인물 됨됨이, 무엇보다도 차갑고 예리한 독수리 같은 표정에, 수 세대에 걸쳐 세계를 지배해 온 로마인 특유의 오만한 모습에서 벤허는 메살라가 전혀 변하지 않았다는 것을 알았다. 여전히 오만하고 자신만만하고 대담하며, 야망, 냉소, 비웃는 듯한 무관심은 조금도 변하지 않았다.

## 8. 원수와 마주치다

벤허가 계단을 내려가 난간으로 다가가는 동안 한 아랍인이 관중석 제일 끝 부분에서 일어서더니 외쳤다.

"동방과 서방의 사람들은 들으시오! 훌륭하신 일데림 족장의 인사 말을 전합니다. 족장은 최고의 말들과 맞서기 위해 현명한 솔로몬 왕이 총애하던 말의 후예인 네 필의 말을 끌고 오셨습니다. 이제 그 말들을 몰 훌륭한 인물이 필요합니다. 누구든 족장 마음에 들게 말을 몰아 준다면 평생 아쉬울 것 없는 부자가 되게 해 준다고 약속합니다. 그러니 도처를 막론하고 최고의 용사들이 모인 곳에 그분의 제안을 널리 알려 주십시오. 저의 주인이신 후하신 일데림 족장께서 전하는 말씀이었습니다."

그 발표를 듣자 차양 아래에 있던 사람들은 크게 웅성거리기 시작했다. 밤까지 그 포고는 반복될 것이었고 안티오크의 모든 경기장에서 화제가 될 것이었다. 그 소리를 들은 벤허는 멈춰서 머뭇거리며 발표를 한 아랍인과 족장을 번갈아 보았다. 말루크는 벤허가 그 제안을 받아들이려 한다고 생각했다. 하지만 자기를 돌아본 벤허가 "말루크, 이제 어디로 가면 좋겠소?"라고 묻자 적잖이 안도했다.

말루크는 웃으며 대답했다.

"다프네 숲을 처음 방문하는 사람들이 제일 먼저 찾아가는 것처럼 저희도 운세나 알아보러 가 보시죠."

"내 운세라고 했소? 별로 믿음이 가지는 않지만 당장 그 여신에게 가 봅시다."

"아니오, 아리우스의 아드님. 이곳의 아폴로 신전 사람들은 훨씬 더 수법이 교묘하답니다. 피티아(Pythia)나 시빌라(Sibyl)[87]에게 신탁을 듣는 대신, 줄기에서 갓 따내 마르지도 않은 흔해빠진 파피루스 잎을 팔면서 어떤 샘물에 담그라고 할 겁니다. 그러면 당신의 미래를 알게 될 점괘가 나타난다나요."

벤허의 얼굴에서 흥미의 빛이 사그라졌다.

"자신의 미래를 알고 싶어 안달할 필요가 없는 사람들도 있는 법이오." 그는 우울한 기색으로 말했다.

"그러면 신전으로 가시렵니까?"

"신전은 그리스식일 테죠, 안 그렇소?"

"사람들이 그리스식이라고 하더군요."

"그리스인들은 예술에 있어서는 아름다움의 대가들이오. 하지만 건축에 있어서는 너무 완벽한 미를 추구하느라 다양성을 희생시켰소. 그들의 신전은 모두 다 똑같소. 그 샘은 뭐라고 부르는지?"

"카스탈리아(Castalia)[88]라고 합니다."

"아, 그것은 세계적으로 유명하죠. 그리로 갑시다."

샘으로 가는 동안 말루크가 벤허를 계속 지켜보니 그는 한동안 적어도 기분이 별로인 것 같았다. 지나가는 사람들에게 전혀 관심이 없었고 멋진 것을 보아도 아무런 탄성도 지르지 않았다. 그저 묵묵히, 심지어 언짢은 듯이 천천히 걸어갈 뿐이었다.

사실은 메살라를 본 순간부터 벤허는 그의 생각에 사로잡히게 되었다. 그 단단한 손들이 어머니로부터 자신을 찢어놓은 것이 불과 한 시간도 안 된 것처럼 느껴졌다. 로마인들이 아버지 저택의 대문을 굳게

---

87) 아폴로 신전에서 신탁을 전하는 무녀
88) 아폴로의 신탁소 텔포이에 있는 샘물. 아폴로의 사랑을 거부하여 도망치다 샘이 된 님프 카스탈리아의 이름에서 유래했다.

봉인한 것이 불과 한 시간도 안 된 것 같았다. 갤리선에서 아무 희망 없는 불행에 허덕이며 그저 복수의 꿈을 꿀 뿐 힘들게 노를 젓는 것 말고는 달리 할 수 있는 일이 전혀 없었던 과거가 또렷이 떠올랐다. 그 모든 사건의 주범은 바로 메살라였다. 벤허는 혼자 되뇌었다. 그라투스는 용서할 수 있어도 메살라는 절대로 아니었다. 어림없었다! 그리고 결심을 굳히고 또 굳히기 위해서, '누가 우리를 박해자에게 일러바쳤지'라는 말을 습관처럼 되뇌고 또 되뇌었다. 그리고 도와 달라고, 나를 위해서가 아니라 어머니와 여동생을 위해 그렇게 애원했건만 그 자식은 나를 조롱하더니 비웃으며 떠나지 않았던가? 그리고 꿈은 언제나 같은 결말로 끝이 났다. 저희 백성의 선하신 하나님이시여, 제가 그 자를 만나는 날 특별히 꼭 맞는 복수를 할 수 있도록 도와주소서!

그리고 이제 설욕할 수 있는 기회가 다가왔다.

아마도 메살라가 가난하거나 고생하고 있는 것을 보았다면 벤허의 기분도 달라졌을 것이다. 그러나 그렇지 않았다. 녀석은 전보다도 더 유복해졌다. 그렇게 유복한 가운데 활기가 넘치고 당당했다. 햇빛을 받아 번쩍이는 황금빛처럼 말이다.

그래서 말루크가 벤허의 기분이 별로라고 생각한 것이 사실은 메살라와의 대면이 이루어질 때 어떻게 하면 절대로 잊어버리지 않게 할 수 있을지 곰곰이 궁리하느라 그렇게 보인 것이었다.

잠시 후 참나무 가로수가 늘어선 거리로 들어서자 사람들이 무리지어 오가고 있었다. 보행자도 있고, 말을 탄 사람도 있었고, 노예가 메고 가는 가마에 탄 여인들도 있었다. 그리고 가끔 꿍음을 내며 전차들이 지나갔다.

거리 끝에 이르자 길은 완만한 내리막이 되어 저지대로 이어졌는데, 오른쪽으로는 가파르게 솟은 거대한 회색 바위 앞면이 보였고 왼쪽으로는 봄의 신선함으로 가득한 초원이 펼쳐져 있었다. 두 사람은 유명한 카스탈리아 샘이 보이는 곳으로 들어섰다.

어느 지점에 모여 있는 사람들 틈을 헤치고 나아가니 커다란 돌 꼭대기에서 시원한 물이 뿜어져 나와 검은 대리석 바닥으로 쏟아지는 것이 보였고 그렇게 떨어진 물은 포말을 일으키며 부글거리더니 깔대기로 빨려나가듯 사라져 버렸다.

두꺼운 벽을 파내 만든 작은 주랑 아치 아래에 수염이 더부룩한 주름투성이 노인인 한 사제가 고깔을 쓰고 앉아 있었다. 은자라고 하기에 더없이 완벽한 모습이었다. 그곳에 있는 사람들의 태도로 보아서는 그곳의 매력이 샘인지, 영원히 부글거리는 물줄기인지, 그곳에 영원히 있을 것 같은 사제인지 꼭 집어 말하기가 어려운 것 같았다. 그 사제는 사람들의 말을 듣고 서로 보기도 하였지만 결코 말은 하지 않았다. 가끔 방문객이 동전을 쥐고 손을 내밀면 약삭빠르게도 눈을 빛내며 돈을 받아들고는 그 대가로 상대에게 파피루스 잎을 건네주었다.

파피루스 잎을 건네받은 이는 서둘러 파피루스를 대리석 바닥 물속에 담근다. 그러고 나서 물이 떨어지는 잎을 햇빛에 대고 비춰보면 잎 표면에 적힌 시어가 보였다. 시구가 시시해 샘의 명성에 금이 갈 일은 거의 없었다. 벤허가 신탁을 받아보기도 전에 초원을 가로질러 다가오는 다른 방문객들이 나타났다. 그들의 등장에 벤허와 달리 다른 사람들은 굉장한 호기심을 보였다.

제일 먼저 낙타가 보였다. 낙타는 키가 매우 컸고 새하얀 모습이었는데 말을 탄 기마병이 끌고 있었다. 낙타 위의 유난히 큰 가마는 진홍색과 황금색이었다. 또 다른 기마병 두 사람이 큰 창을 손에 들고 낙타 뒤를 따르고 있었다.

모여 있던 일행 중 한 사람이 외쳤다. "와, 굉장히 근사한 낙타네!"

또 다른 사람이 추측했다. "멀리서 온 귀공자인가 봐요."

"왕인 것 같은데."

세 번째 사람은 매우 색다른 견해를 내놨다. "코끼리를 타고 왔다면 왕이라고 하겠지만, 낙타, 하얀 낙타를 타고 오잖아요!" 그는 권위적으로 말했다. "아폴로 신을 걸고 맹세하는데, 이보시오들, 저기 오고 있는 사람들은, 저기 두 사람이 보이죠, 왕도 아니고 귀공자도 아니올시다. 저들은 여자라고요!"

사람들 사이에서 갑론을박이 한창 진행되고 있는 와중에 그 낯선 일행이 도착했다.

가까이서 보니 낙타는 멀리서 볼 때의 모습과 다르지 않았다. 제아무리 먼 곳에서 왔다 해도 샘에 있던 어떤 여행객도 그렇게 키가 크고 위풍당당한 낙타는 일찍이 본 적이 없었다. 눈이 어찌나 크고 검은지! 털은 또 얼마나 곱고 새하얀지! 발은 들어올릴 때마다 얼마나 잘 오므리고 지면에 내려놓을 때는 얼마나 사뿐한지, 떡 버티고 서면 얼마나 듬직한지! 누구도 이런 종류의 낙타는 본 적이 없었다. 그리고 비단 마구와 황금장식과 매달린 금빛 장식술과 어찌나 잘 어울리는지! 앞에 달린 은종을 딸랑딸랑 울리며 등에 진 짐의 무게가 전혀 느껴지지 않는 듯 가볍게 움직였다.

그런데 도대체 차양 아래에 있는 남자와 여인은 누구란 말인가?

모든 눈초리가 궁금함을 띤 채 그들을 맞이했다.

만일 남자가 귀족이거나 왕이라면, 군중들 가운데 달관한 사람들은 시간이 누구에게나 공평하다고 생각했을 것이다. 커다란 터번 아래에 푹 파묻힌 야위고 쭈그러든 얼굴과 미라처럼 칙칙한 피부를 보고 그의 국적이 어디인지 가늠하는 것이 불가능했지만 사람들은 소인배나 거물이나 인생의 한계 앞에서는 똑같다는 생각에 기분이 좋아질 정도였다.

사람들은 그 인물에 대해서는 두르고 있는 솔을 빼면 딱히 부러워할 만한 것이 없다고 생각했다.

여인은 동방의 예식에 따라 베일과 매우 고운 레이스로 몸을 감싼 채 앉아 있었다. 팔꿈치에는 금줄로 손목의 팔찌까지 연결된 똬리를 튼 뱀 모양의 팔 장식을 차고 있었다. 그 장식이 아니었다면 보기 드물게 우아하고 아이의 손처럼 곱게 빚어진 손과 팔이 맨살로 드러났을 것이다. 한 손은 가마 가장자리에 올려놓았는데, 반지를 끼어 번쩍거리는 가느다란 손가락과 진주층의 분홍색처럼 발그레한 손톱이 드러났다. 그녀는 산호구슬이 점점이 박혀 있고 동그란 금속조각들이 달린 망사 모자를 쓰고 있었다. 반은 이마에 늘어지고, 반은 머리 뒤로 떨어진 망사 모자는 곧은 검푸른 머리채에 반쯤 파묻혀, 태양이나 먼지로부터 보호하기 위한 경우를 제외하고는 베일이 필요치 않을 정도로 그 자체로 멋진 장식이 되고 있었다. 가마 위 높은 자리에서 차분하고 즐겁게 사람들을 내려다보고 있던 여인은 사람들을 하나하나 훑어보는데 정신이 팔려 자신이 관심의 대상이 되고 있는 것을 알아차리지 못하는 것 같았다. 그리고 이례적으로 지체 높은 신분의 여자가 사람들 앞에 나타날 때의 관습과는 정반대로 얼굴을 전혀 가리지 않은 채 사람들을 보고 있었다.

여인은 무척이나 아름다웠다. 갸름한 타원형 얼굴에, 피부색은 그리스인들처럼 하얗지도, 로마인들처럼 거무스름하지도 않았다. 갈리아인들처럼 창백하지도 않았다. 오히려 상(上) 나일의 태양빛에 물든 피부가 어찌나 투명한지 볼과 이마의 혈색이 램프의 불빛처럼 발그레했다. 커다란 두 눈의 눈꺼풀에는 예전부터 동방에 유행한 검은 색조를 발랐고, 약간 벌어진 앵두빛깔 입술 사이로는 하얗게 반짝이는 치아가 드러났다. 이렇게 뛰어난 얼굴에 기다란 우아한 목과 고전적으로 생긴 작은 머리에서 풍기는 분위기는 한 마디로 여왕 같다는 말이 꼭 들어맞았다.

사람들과 주위를 훑어보고 만족했는지, 아름다운 그 여인은 낙타를 몰고 있던 에티오피아인에게 말을 걸었다. 상반신을 벗은 탄탄한 근육질 몸매를 드러낸 그는 낙타를 샘 가까이 이끌더니 무릎을 꿇게 했다. 그리고 여인으로부터 물 잔을 건네받고는 샘에서 물 잔을 채우기 위해 앞으로 나아갔다. 바로 그 순간 빠르게 질주해 오는 말발굽 소리와 바퀴소리가 여인의 아름다움에 도취해 있던 사람들의 침묵을 깨뜨렸다. 몹시 놀란 구경꾼들은 비명을 지르며 몸을 피하기 위해 사방으로 흩어졌다.

"로마 놈이 우리를 짓밟을 작정인가 봐요. 조심하세요!" 말루크는 벤허에게 외치며 몸을 피하라고 알려 주었다.

소리가 들려오는 쪽을 보고 있던 벤허의 눈에 4두 전차를 몰고 군중을 향해 돌진해 오고 있는 메살라가 보였다. 이번에는 그를 근거리에서 뚜렷이 볼 수 있었다.

사람들이 흩어지자 낙타의 모습이 드러났다. 보통은 다른 낙타에 비해 훨씬 민첩했을 텐데 이 녀석은 웬일인지 말발굽이 거의 덮칠 정도로 가까이 다가오는데도 오랫동안 보살핌을 잘 받아서 그런지 무사태평하게 눈을 감은 채 열심히 되새김질만 하고 있었다. 에티오피아 하인은 두려움에 떨며 손을 움켜쥐었다. 가마에 있던 노인은 도망치려고 움직였다. 하지만 나이가 있어 쉽지 않았고 제아무리 위험한 상황이라 할지라도 습관처럼 굳어 버린 위엄을 버릴 수는 없었다. 여인으로 말할 것 같으면 제 몸을 구하기에는 너무 늦었다. 벤허가 그들과 제일 가까이서 있었으므로 메살라를 향해 고함쳤다.

"멈춰라! 앞을 제대로 보라고! 물러서, 물러서라고!"

메살라는 기분이 째지는 듯 웃고 있었다. 여인 일행을 구하려면 지금밖에 기회가 없다는 것을 직감한 벤허는 뛰어들어 양쪽 멍에마의 재갈을 잡는데 성공했다. "개 같은 로마인! 사람 목숨이 그렇게 우습더냐?" 벤허는 온 힘을 쓰며 외쳤다. 두 마리 말이 뒷발로 일어서며 멈추자 다른 두 마리도 이끌려왔고, 끌채가 기울어지자 전차도 기우뚱했다. 메살라는 간신히 떨어지는 신세를 면했지만 그 옆에서 웃고 있던 마부는 굴러 떨어져 흙덩어리처럼 땅 속에 처박혔다. 그제야 위험한 상황이 지나간 것을 지켜본 구경꾼들은 모두 고소하다는 듯 웃음을 터뜨렸다.

이제 메살라의 비할 데 없는 뻔뻔함이 드러냈다. 몸에서 줄을 풀어 한 쪽으로 던져 버리더니 말에서 내려 낙타 주위로 걸으며 벤허를 바라보았고 노인과 여인을 향해 말했다.

"용서하시오, 두 분께 청하는 바요. 나는 메살라라고 하오. 그리고 오래된 대지신에게 맹세코 두 사람과 낙타를 전혀 보지 못했소! 나는 그저 이 사람들을, 아마도 내가 내 기술을 너무 믿었나보오, 나는 그저 사람들을 놀려먹으려 했는데 내가 놀림감이 되어 버렸군, 뭐 저들에게는 잘된 셈이지!"

그는 군중을 향해 자기 말대로 너그러운 척 개의치 않는다는 표정과 몸짓을 보였다. 그가 또 뭐라고 하는지 들어보려고 군중은 잠잠해졌다. 군중을 제압했다고 확신했는지 메살라는 마부에게 전차를 좀 더 멀리 떨어진 곳으로 옮기라고 손짓한 뒤 대담하게도 여인에게 수작을 걸었다.

"여기 있는 이 괜찮은 남자에게 관심이 있다면 지금 당장은 아니더라도 앞으로 열심히 더 당신의 용서를 구하리다. 그리고 두 분은 부녀 사이겠죠."

여인은 아무런 대답이 없었다.

"그대는 정말 아름답군! 아폴로 신이 당신을 잃어버린 자기 사랑으로 착각할 수도 있으니 조심하시오. 어느 나라가 감히 당신 어머니에게 자랑할 수 있을지 궁금하군. 외면하지 마시오! 그만! 그만! 그대의 눈에는 인도의 태양이 들어 있군. 입매에는 이집트가 사랑의 표시를 새겨 놓았군. 아! 외면하지 말고 이 사람에게 자비를 베풀어 주시오. 하다못해 용서한다는 말만이라도 해 주구려."

그 순간 여인은 메살라의 말을 잘랐다. "이쪽으로 와 주시겠어요?" 그녀는 벤허에게 미소를 띠고 우아하게 고개를 숙이며 물었다. "이 잔에 물을 좀 채워 주시겠어요? 부탁드릴게요. 아버지께서 목이 마르시답니다."

"기꺼이 그러고 말고요!"

벤허는 부탁을 들어주기 위해 돌아섰다가 메살라와 정면으로 마주쳤다. 두 사람의 시선이 부딪쳤다. 벤허의 도전적인 시선과 메살라의 놀리는 듯한 시선이 서로 맞섰다.

메살라는 여인에게 손을 흔들며 말했다. "오, 낯선 이여, 아름다운 만큼 잔인하구려! 아폴로 신이 그대를 데려가지 않는다면 나와 다시 만나게 될 것이오. 그대가 어느 나라 사람인지 모르니 어느 신에게 지켜 달라고 해야 할지 모르겠군. 그러니 모든 신을 걸고 내가 그대를 지켜 주리다!"

마부가 말들을 정리하여 준비를 마친 것을 보자 메살라는 전차로 돌아갔다. 여인은 메살라가 움직이는 동안 그의 모습을 뒤쫓았는데, 여인의 안색에는 희한하게도 불쾌한 기색이 전혀 없었다. 이윽고 그녀는 벤허가 건네준 물잔을 받았고 여인의 아버지는 목을 축였다. 여인은 잔을 입으로 가져가 기울인 후 그것을 벤허에게 주었다. 그 동작은 말할 수 없이 우아하고 점잖았다.

"부디 이것을 받으세요! 당신에게 드리는 축복의 선물이랍니다!"

곧 낙타가 일어났고 막 출발하려던 참에 노인이 벤허를 불렀다.

"이리로 와 주게."

벤허는 예의를 갖춰 노인에게 다가갔다.

"자네는 오늘 알지도 못하는 이들을 위해 애써 주었네. 하나님은 오로지 한 분이시네. 그 거룩한 이름으로 자네에게 감사하네. 나는 이집트 사람 발타사르라고 하네. 다프네 숲 너머 드넓은 종려나무[89] 과수원 나무 그늘의 천막에 관대한 일데림 족장이 머무르고 있는데, 그의 초대를 받아 가는 길이라네. 그곳으로 우리를 찾아오게. 감사의 의미로 맛있는 음식이라도 대접하고 싶네."

벤허는 노인의 또렷한 음성과 경건한 태도에 놀라움을 금치 못했다. 떠나가는 두 사람의 모습을 지켜보고 있는 동안 메살라가 나타났을 때처럼 여전히 비웃는 웃음소리를 내며 즐겁게 제 갈 길로 가는 것이 보였다.

---

89) 주로 사막의 오아시스 부근에서 자라는 나무로서 성경 속에 자주 등장한다. 대추처럼 생긴 열매가 달려 대추야자나무로도 불린다. 보통 나무 한 그루에서 100kg이 넘는 과실이 달려 오래 전부터 사막 사람들에게 중요한 식량이었고 재목과 잎은 여러 용도로 사용되었다. 번영과 평화를 상징하며 솔로몬 왕 시대 이후로는 잎이 승리를 상징하게 되었다. 예수님이 예루살렘에 입성할 당시에도 군중이 종려나무 가지를 흔들며 맞이했다.

## 9. 복수를 꿈꾸다

못된 짓을 일삼는 사람들 틈에서 물러터지게 행동하면 반감을 느끼기 마련이다. 그런데 다행스럽게도 이번 경우에 말루크는 그러한 법칙을 따르지 않았다. 방금 전 목격한 사건으로 벤허를 좋게 평가할 수밖에 없었다. 벤허의 용기와 솜씨를 부인할 수 없었기 때문이다. 이제 벤허의 과거 삶에 대해 어느 정도 알아낼 수만 있다면 주인인 시모니데스에게 꽤 도움이 될 만한 정보가 될 것이었다.

특히 주인의 분부와 관련해서 말루크가 이제까지 알아낸 내용은 뒤를 캐고 있는 대상이 유대인이며 유명한 로마인의 양자라는 사실이었다. 그런데 예리한 말루크는 잠정적으로 중요한 결론을 내리고 있었는데, 그것은 바로 집정관의 아들과 메살라 사이에 모종의 관련이 있다는 점이었다. 하지만 도대체 그것이 무엇일까? 그리고 그것을 어떻게 확실히 알아낼 수 있을까? 머리를 쥐어짜며 갖은 해결책을 찾아보았지만 뾰족한 방법이 떠오르지 않았다. 묘책이 없어 그렇게 고민하고 있는데 의외로 문제를 쉽게 해결해 준 것은 벤허 본인이었다. 벤허는 말루크의 팔을 잡더니 이미 백발의 늙은 사제와 신비로운 샘에 다시 관심을 보이고 있던 군중 틈에서 끌어냈다.

그리고 멈춰 서더니 문득 질문을 던졌다. "말루크, 사람이 자기 어머니를 잊어도 될까?"

갑작스러운데다 밑도 끝도 없는 벤허의 질문에 말루크는 마땅히 대답할 말이 떠오르지 않아 당황스러웠다. 그 말이 무슨 뜻인지 단서라도 얻을까 하여 벤허의 얼굴을 들여다보았지만 말루크가 본 것은 양 볼에 피어난 밝은 홍조와 금방이라도 떨어질 것 같은 눈물을 흘리지 않으려고 안간힘을 쓰는 눈동자뿐이었다. 그러자 말루크는 기계적으로 대답했다. "아니요!" 한층 덧붙여 "절대로!"라고 말하고 나서 어느 정도 정신을 차리자 목소리를 가다듬고 차근차근 말했다. "이스라엘 사람이라면 절대로 그럴 수 없죠! 제가 회당에서 처음으로 배운 가르침이 바로 셰마 였습니다. 그 다음 가르침이 벤시라크[90]의 말씀 '마음을 다해 네 아버지를 영광스럽게 하고 어머니의 산고를 잊지 마라.'였죠."

벤허의 얼굴에 피어난 홍조가 더욱 짙어졌다.

"그 말을 들으니 내 어린 시절이 생각나는군. 말루크, 자네는 진짜 유대인임을 입증했군. 이제 자네를 믿을 수 있을 것 같아."

벤허는 잡고 있던 말루크의 팔을 놓고는 가슴을 덮고 있던 겉옷의 주름을 잡아 가슴속 고통, 혹은 고통처럼 날카로운 감정을 숨기기라도 하려는 듯 단단히 여몄다.

"나의 부친께서는 예루살렘에서 명망 있는 가문 출신으로 꽤 존경받는 분이셨네. 아버지가 돌아가셨을 때 어머니는 한창 젊으셨지. 어머니는 선량하고 아름다우셨다고 말하는 것으로는 모자라네. 입에서는 늘 다정한 말이 끊이지 않았고 솜씨는 사방에서 칭찬이 자자했다네. 그리고 다가올 미래를 늘 웃으며 맞으셨지. 어린 여동생도 하나 있었는데 혈육으로는 나와 그 아이가 전부였지. 우리는 적어도 '하나님은 모든 곳에 있을 수 없어서 어머니를 만드셨다.'는 어느 랍비의 말이 무색하지 않게 그렇게 행복하게 지냈다네. 그러던 어느 날 보병대를 이끌고 우리 집을 지나가고 있던 한 로마 고관에게 사고가 일어났지. 그 일로 로마 병사들이 문을 부수고 쳐들어와 우리를 잡아갔다네. 그 이후로 어머니와 여동생을 볼 수 없었네. 죽었는지 살았는지조차 알 수 없네. 두

---

90) 집회서(Ecclesiasticus)의 저자.

사람이 어찌 되었는지 전혀 모른다네. 하지만 말루크, 아까 그 전차에 타고 있는 작자는 우리가 헤어지던 그 현장에 있었다네. 바로 그 녀석이 우리를 로마인에게 넘긴 장본인이지. 어머니가 애원하는 소리를 듣고도 비웃으며 어머니를 끌고 나갔다네. 사랑과 증오 중 어느 것이 더 기억에 사무치는지 사람들은 잘 모를 걸세. 오늘 난 그 자를 멀리서도 알아보았네, 그리고 말루크……."

벤허는 말루크의 팔을 다시 잡았다.

"말루크 말일세, 그 자는 적어도 내 일생을 바쳐서라도 풀고 싶은 비밀을 알고 있거나 간직하고 있다네. 그 녀석은 어머니가 살아 있는지, 어디에 계신지, 어떤 상황에 있는지 말해 줄 수 있을 거라네. 그리고 만일 어머니가, 아니 두 사람이 죽었다면 그들이 어디에 묻혔는지, 내가 찾아주기만을 고대하고 있을 그들의 유골이 어디에 있는지 알려 줄 수 있을 것이라네."

"그런데 그 자는 그렇게 안하겠지요?"

"그렇겠지."

"왜요?"

"나는 유대인이고 그 녀석은 로마인이니까."

"하지만 로마 놈들도 입은 있고, 비열하긴 하지만 유대인도 로마인들을 속여서 입을 열게 할 방법들은 있지 않습니까?"

"그 놈들을 상대로? 아닐세. 게다가 그것은 국가 기밀이기도 하지. 놈들이 아버지의 모든 재산을 몰수해 꿀꺽 해치웠으니."

말루크는 그 말에 일리가 있다는 듯 고개를 천천히 끄덕였다. 그러고 나서 다시 물었다. "그 자가 당신을 알아보았을까요?"

"못 알아봤을 걸세. 나를 사지로 보냈으니까 이미 오래 전에 죽은 것으로 생각하고 있을 테지."

"그 자를 공격하지 않으신 것이 놀랍군요." 말루크는 분한 마음에서 말했다.

"그렇게 했다면 놈을 이용할 수 있는 기회가 사라졌을 걸세. 물론 놈을 죽여야 마땅했겠지만 자네도 알다시피 놈이 죽으면 비밀은 영영 묻혀 버리지 않겠나."

그토록 복수심에 불타는 벤허가 더없이 좋은 기회를 냉철하게 포기할 수 있었던 것은 더 확실한 다음 기회를 노리고 있거나 더 좋은 계획이 있다는 것이 틀림없었으므로 말루크의 관심사도 생각과 함께 바뀌었다. 시모니데스의 밀사 노릇은 이제 그만두기로 했다. 벤허의 주장에 마음이 끌렸다. 즉 벤허에 대한 호의와 순수한 존경심에서 그를 섬겨야겠다고 다짐하고 있었다.

잠시 후 벤허가 다시 입을 열었다.

"말루크, 나는 놈을 죽이지는 않겠네. 현재로서는 놈이 비밀을 알고 있다는 것이 보호막이 되어 주고 있는 셈이지. 그래도 어쨌든 반드시 응징할 작정이네. 자네가 도와준다면 해 보겠네."

말루크는 주저하지 않고 대답했다. "그자는 로마인, 저는 유대인이니 기꺼이 돕겠습니다. 원하신다면 정식으로 맹세하겠습니다."

"악수하세, 그걸로 충분하다네."

악수를 끝내며 벤허는 한결 가벼운 기분으로 말했다. "좋은 친구여, 내가 자네에게 부탁할 일은 그리 어려운 것이 아닐세. 양심에 어긋날 일도 아니고. 자, 그만 가세."

그들은 샘으로 올 때 지났던 초원을 가로지르는 오른쪽 길로 접어들었다. 침묵을 깨고 벤허가 먼저 말을 걸었다.

"관대한 일데림 족장을 알고 있나?"

"예, 압니다."

"그의 종려나무 과수원을 알고 있나? 말루크, 다프네 마을에서는 얼마나 먼가?"

말루크는 약간 미심쩍은 생각이 들었다. 샘에서 여인이 벤허에게 보인 나긋나긋한 호의가 떠올라 벤허가 사랑의 유혹에 빠져 어머니에 대한 고통스러운 생각들을 잊으려고 하는 것인지 의아했다. 그래도 어쨌든 대답은 해 주었다. "다프네 마을에서 종려나무 과수원까지는 말로는 두 시간, 발 빠른 낙타를 타면 한 시간에도 갈 수 있습니다."

"고맙네. 그리고 한 가지 더 묻겠네. 자네가 나한테 말해 준 경기들은 널리 알려졌나? 그리고 언제 열리는가?"

그 질문들은 암시하는 바가 있었다. 말루크는 아직 신뢰하는 마음이 완전히 회복되지는 않았지만 적어도 호기심이 발동했다.

"예, 상당히 웅장할 것입니다. 총독은 부유한데다 자리에서 물러나도 상관없을 만큼 여유가 있지만 성공한 사람들이 늘 그렇듯 재물에 대한 탐욕은 끝이 없죠. 그리고 최소한 궁정 사람과 친분을 쌓으려면 막센티우스 집정관을 환영하는 분위기를 띄워야 하니까요. 집정관은 파르티아 원정을 위한 막바지 준비를 하려고 이곳으로 오고 있는 중이랍니다. 경험으로 알건대 원정에 쓰일 돈은 안티오크의 시민들이 준비하고 있지요. 그래서 시민들은 집정관을 위해 총독이 계획한 의식에 참여할 수 있는 승인을 받았답니다. 축하 경기가 열릴 것이라고 전령이 한 달 전부터 사방으로 알리고 다녔으니까요. 총독이 주최한다는 사실만으로도 특히 경기가 성대하고 화려하다는 것을 알 수 있습니다. 하지만 안티오크까지 가세하고, 모든 섬과 해안 도시들까지 참가한다면 더욱 특별할 것입니다. 각 지역에서 가장 유명한 선수들을 출전시킬 테니까요. 게다가 걸린 상금도 어마어마하답니다."

"그리고 경기장은 ……. 키르쿠스 막시무스에 버금간다고 들었는데."

"로마에 있는 대경기장 말씀이죠. 물론입니다. 이곳의 관중석은 로마 대경기장보다 7만 5천석 모자란 20만석 규모랍니다. 로마 경기장처럼 대리석으로 지어졌고 구조도 정확히 같답니다."

"그렇다면 경기 규칙도 같은가?"

말루크는 웃으며 대답했다.

"아리우스의 아드님, 감히 안티오크 경기장의 규칙이 원조라고 할 수 있죠. 키르쿠스 막시무스의 규칙과 한 가지만 빼고는 같습니다. 로마에서는 전차가 네 대씩 출발하지만, 이곳에서는 수에 제한 없이 전부 한꺼번에 출발하지요."

"그리스식이로군."

"맞습니다. 안티오크는 로마식이기보다는 그리스식이죠."

"그렇다면, 말루크, 내가 전차를 직접 고를 수 있나?"

"말과 전차 모두 가능합니다. 둘 다 아무 제약이 없습니다."

말루크가 대답하면서 살펴보니 벤허의 수심에 찼던 표정이 만족스러운 모습으로 바뀌어 있었다.

"말루크 한 가지만 더 확인하고 싶네. 경기가 언제 열리지?"

"앗, 죄송합니다. 내일이나 모레쯤……." 말루크는 크게 세며 말했다. "로마식으로 표현해, 바다의 신들이 자비롭다면 집정관이 도착합니다. 경기는 집정관이 도착한 날로부터 엿새 후에 열릴 겁니다."

"시간이 촉박하긴 하네만, 그 정도면 충분하군." 벤허는 마지막 말에 힘을 주었다. "옛 이스라엘의 예언자들을 걸고 맹세하건대! 이번에 다시 한 번 본때를 보여주겠네. 잠깐! 한 가지 조건이 있어. 메살라가 경기에 출전하는 것이 확실한가?"

말루크는 이 기회를 통해 메살라에게 더 없는 치욕을 안겨 주려는 벤허의 계획을 알아차렸다. 벤허의 계획에 끌리긴 했어도 야곱의 진정한 후예답게 가능성만 보고 저돌적으로 뛰어들지는 않았다. 말루크는 떨리는 목소리로 확인했다. "그런데 실전 경험은 있으신가요?"

"걱정 말게, 친구. 최근 3년간 키르쿠스 막시무스에서의 승패는 내가 쥐고 있었네. 누구든 최고를 붙잡고 물어보게나, 그렇게 대답해 줄 테니. 최근에 열린 큰 시합에서는 황제가 자기 말을 몰고 세계 각지의 강호들과 겨룬다면 후원해 주겠다고 직접 제안하기까지 했네."

"하지만 받아들이지 않으셨군요?"

말루크는 열심히 대꾸했다.

"그야 당연하지. 나는 유대인이니까." 벤허는 말하는 동안 스스로 위축되는 것 같았다. "비록 로마 이름을 쓰고는 있지만 나는 아버지의 이름을 더럽히는 짓을 직업적으로는 못하겠더군. 체육관에서 훈련하는 정도를 넘어서 경기장에서까지 계속한다면 그것은 불경스러운 짓이 될 걸세. 말루크, 내가 이곳의 경주에 참가하더라도 상이나 상금을 타기 위해서가 아니라는 점을 맹세하네."

"아, 그런 맹세는 하지 마세요!" 말루크가 외쳤다. "우승 상금이 무려 1만 세스테르티우스나 된다고요, 평생 놀고먹을 수 있는 금액이죠!"

"설사 총독이 상금을 50배나 올린다고 해도 나에겐 안 먹히네. 그보다 많다 해도, 초대 황제가 원년에 벌어들인 제국의 수입보다 많다고 해도 내가 이 경기에 출전하는 이유는 단 하나, 적에게 치욕을 안겨 주기 위해서라네. 복수는 법으로 허용되니까."

말루크는 같은 유대인으로서 충분히 이해하니 자기만 믿으라는 의미로 빙그레 웃으며 고개를 끄덕였다.

그리고 단도직입적으로 말했다. "메살라도 출전할 겁니다. 경기에 출전하겠다고 여러 경로로 밝혔으니까요. 거리에서, 공중목욕탕에서, 극장에서, 궁정에서, 막사에서 공표했습니다. 이제 와서는 무를 수도 없는 노릇이죠. 안티오크의 모든 젊은 도박꾼의 내기 목록에 이름이 올라 있으니까요."

"내기에 걸려 있단 말인가?"

"예, 그렇답니다. 그리고 아까 보셨듯이 매일 보란 듯이 연습하고 있지요."

"아, 그것이 그 전차와 말이었군. 그것을 가지고 경주에 나가려는 거지? 고맙네, 고마워 말루크! 자네는 벌써 큰 도움이 되었네. 이제 나를 종려나무 과수원으로 안내해 주겠나. 관대한 일데림 족장에게 나를 소개시켜 주게."

"언제요?"

"오늘 당장 가세. 내일 그의 말을 타볼 수 있도록."

"그 말들이 마음에 들었나보죠?"

벤허는 활기를 띠고 말했다.

"메살라가 나타나는 바람에 거기에 시선을 빼앗겨 잠깐 보기는 했지만 그 녀석들이 사막의 자랑거리이며 놀라운 혈통이라는 사실은 금세 알아보았지. 그런 종류의 말은 황제의 마구간에서 말고는 본 적이 없네. 그러나 일단 한 번 사람들 눈에 띄면 모른 체하려고 해도 할 수가 없지. 우리가 내일 만나면, 인사 외에는 별 것 안 했어도 말루크 자네를 얼굴로, 생김새로, 태도로 알아볼 수 있듯이 나는 그 녀석들을 확실히 알아볼 수 있다네. 그 녀석들에 대해 사람들이 하는 말이 사실이고, 내가 그 녀석들의 기를 통제할 수만 있다면, 나는 할 수 있을……."

"상금을 타신단 말이죠." 말루크가 웃으며 말을 받았다.

"아닐세." 벤허는 황급히 대답했다. "나는 야곱의 가문에 태어난 사람에게 어울리게 처신하겠네. 나는 사람들이 제일 많은 곳에서 적에게 치욕을 안겨 주겠네. 하지만," 그는 초조한 듯이 덧붙였다. "시간이 없군. 족장의 천막에 제일 빨리 도착하려면 어떻게 가야 하나?"

말루크는 잠시 생각을 가다듬었다.

"마을로 곧장 가는 것이 좋겠습니다. 다행히 근처니까요. 발 빠른 낙타 두 마리를 빌릴 수 있다면 한 시간이면 족히 갈 수 있을 것입니다."

"그러면 그렇게 하세."

마을에는 아름다운 정원이 있는 저택들이 모여 있었고 호화로운 여관이 여기저기 흩어져 있었다. 다행스럽게도 두 사람은 단봉낙타를 구할 수 있었으므로, 그것들을 타고 저 유명한 종려나무 과수원으로 향하는 여정에 올랐다.

## 10. 종려나무 과수원

　마을 너머 시골은 완만한 경사지로서 안티오크의 원예지에 걸맞게 땅 한 뙈기 놀리는 법 없이 잘 경작되고 있었다. 구릉지의 험준한 경사면은 계단식으로 되어 있었다. 산비탈조차 싱그러운 포도 넝쿨로 밝게 물들어 있었으므로, 지나는 사람들에게 그늘에 쉬고 싶은 마음과 더불어 보라색으로 탐스럽게 익은 포도송이와 거기서 빚어질 근사한 포도주에 대한 기대감을 불러일으켰다. 멜론 밭과 살구와 무화과나무 숲, 오렌지와 라임나무 숲 사이로 농부들의 회칠한 집이 보였다. 어디를 가나 평화의 산물인 풍요로움이 끝없이 펼쳐져 있었으므로 인심 좋은 나그네는 기쁜 나머지 로마에 풍요세라도 내고 싶은 마음이 들 정도였다. 때때로 풍경은 타우루스 산과 레바논 산 같은 모습을 띠기도 했고, 그 사이로 오론테스 강의 은빛 강줄기가 평온하게 굽이굽이 흘러갔다.

　두 사람은 때로는 강줄기를 따라서 구불구불 이어진 길을 나아가다가, 때로는 깎아지른 절벽을 넘어 골짜기를 지나기도 했다. 그곳의 풍경에 꼭 어울리게도 주위는 참나무, 플라타너스, 도금양의 잎들로 반짝이고, 월계수와 진달래, 재스민의 향기로 가득 찼다. 기우는 햇빛을 받아 밝게 빛나던 강은 물살을 가르며 바람을 타거나 노를 저어 끊임없이 오가는 배들 때문에 해가 져도 잠들지 않았다. 나가는 배, 들어오는 배, 모든 것들이 바다와 이국 사람들과 유명한 장소와 사람들이 탐내는 진귀한 물건 등을 연상시키지만 무사히 항해를 마치고 고향으로 돌아가는 흰 돛만큼 사람의 마음을 잡아끄는 것은 없다. 강가를 따라 계속 내려간 두 사람은 마침내 강에서 흘러드는 맑은 역류로 생긴 깊고 잔잔한 호수에 도착했다. 오래된 종려나무 한 그루가 호수 후미 한구석에 우뚝 솟아 있었다. 나무 발치에서 왼쪽을 보며 말루크가 손뼉을 치며 외쳤다.

"보세요, 종려나무 과수원이에요!"

그곳의 풍경은 아라비아의 근사한 오아시스나 나일강가의 프톨레마이오스 왕실의 농장에서나 찾아볼 수 있을 정도로 멋진 모습이었다. 한껏 기대에 부푼 마음을 안고 벤허는 끝없이 펼쳐진 평지로 들어섰다. 어딜 가나 발밑에는 시리아 땅에서 나는 가장 귀하고 아름다운 신선한 풀들이 뻗어 있었다. 위로는 헤아릴 수 없이 많은 대추야자나무 사이로 담청색 하늘이 펼쳐져 있었다. 오래된 대추야자나무들은 나무줄기가 거대하고 키가 크고 무성했으며 넓은 가지마다 부드러우면서도 윤기나는 잎들로 우거져 있어 보는 이들을 황홀하게 만들었다. 이곳은 초목이 대기조차 푸른 색채로 물들이고 있었다. 저기 시원하고 맑은 호수는 찰랑거리지만 수심이 그리 깊지 않았고 덕분에 고목들은 싱싱하게 자라고 있었다. 다프네 숲이 이보다 뛰어날까? 종려나무들은 마치 벤허의 생각을 알고 있다는 듯 벤허가 나무의 아치 아래로 지나갈 때면 줄기를 흔들어 촉촉한 냉기를 뿌려 주었다.

길은 호숫가를 따라 구불구불 나 있었다. 그리고 두 나그네가 물가에 이르자 반짝이는 수면 건너 저쪽으로도 이쪽과 마찬가지로 종려나무 숲이 끝없이 펼쳐져 있었다.

말루크가 거대한 나무를 가리키며 말했다. "여기 보셔요. 줄기에 있는 나이테 하나가 수령 1년을 나타낸다고 하니 뿌리부터 가지까지 몇 개나 되는지 세어 보세요. 저 나무가 셀레우코스 왕조 시대 이전 것이라고 족장이 말하더라도 거짓은 아닐 것입니다."

완벽한 종려나무를 보지 못한 사람일지라도 아름다운 자태를 뽐내는 이 나무를 본다면 시흥이 저절로 솟아날 것이다. 온 세상을 다 뒤져도 궁전이나 신전의 기둥으로 쓰기에 이보다 더 뛰어난 것을 발견하지 못한 초대 왕들의 예술가들을 필두로 수많은 사람들이 이 나무를 극찬한 것이 충분히 설명이 되고도 남는다. 그리고 같은 이유에서 벤허도 감탄하지 않을 수 없었다.

"말루크, 오늘 관람석에서 보았을 때는 일데림 족장이 매우 평범한 사람처럼 보였네. 예루살렘의 랍비들이 그를 에돔의 개자식이라고 경멸하지 않을까 두렵네. 그는 어떻게 해서 과수원을 소유할 수 있게 된 거지? 그리고 어떻게 탐욕스러운 로마 통치자들에게 빼앗기지 않고 있었던 건가?"

"일데림 족장은 할례 받지 않은 에돔인이지만 유서 깊은 가문 출신입니다."

말루크는 열심히 말했다.

"선조 대대로 족장을 지냈으니까요. 언제인지 어떤 선행을 했는지는 모르지만 아무튼 선조 족장 중 한 분이 무장한 무리에게 쫓기고 있던 왕을 도와 1천명의 기병대를 빌려 주었답니다. 양 떼를 몰고 다니는 양치기가 산 구석구석을 알듯이 숲 속의 길과 은신처를 잘 알고 있던 기병대는 왕을 이곳으로 모셔와 숨겨 주었다고 합니다. 그러다 적당한 때가 오자 적들을 섬멸하여 왕이 다시 권좌를 되찾게 해 주었습니다. 그 노고를 잊지 않고 왕은 족장이 가족과 가축을 이끌고 이곳으로 터전을 옮겨오도록 했습니다. 호수와 나무와, 강에서부터 가장 가까운 산에 이르기까지 모든 땅을 족장과 그 후손들에게 영원히 주었습니다. 그 후로 그들의 소유권을 문제삼는 일은 없었죠. 왕의 뒤를 이은 통치자들도 족장의 부족과 좋은 관계를 유지하는 정책을 폈으니까요. 하나님께서 사람과 말들과 낙타와 재산을 늘려주시어 그들은 도시들 사이의 많은 대로를 장악하게 되었답니다. 그래서 어느 때고 교역을 순조롭게 진전시킬 수도, 중단시킬 수도 있었고, 무엇이든 그들 뜻대로 이루어졌죠. 일데림 족장은 모든 사람들에게 아량을 베풀어 '관대한' 일데림이라는 별칭으로도 불린답니다. 그래서 아브라함과 야곱 선조가 그랬듯이 족장이 처자식과 낙타와 말과 소지품을 이끌고 잠시 이곳 과수원에서 지내러 올 때면 안티오크 성채의 총독조차도 환영할 정도랍니다."

"어떻게 그럴 수 있는지?" 느릿느릿한 낙타의 발걸음은 전혀 신경 쓰지 않은 채 말루크의 말에 귀 기울이고 있던 벤허가 물었다. "지난번에 보니 로마인을 믿은 자신을 탓하며 수염을 쥐어뜯었는데 말일세. 아마도 족장이 하는 말을 들었더라면 황제가 이렇게 말했을 텐데. '이런 친구는 마음에 안 든다. 없애 버려라.'"

벤허의 말에 말루크는 웃으며 대답했다. "그게 현명한 판단일 것입니다. 일데림 족장은 로마를 좋아하지 않으니까요. 3년 전 파르티아인들이 보스라에서 다마스쿠스로 가는 교역로에 출몰하여 그 지역에서 거둬들인 조세를 싣고 가던 대상을 습격했지요. 그들은 닥치는 대로 사람들을 죽이고 물건을 빼앗았습니다. 황제의 재물이 축나자 손실을 보전하려고 로마의 감찰관들은 농민들에게 세금을 부과했고, 견디다 못한 농민들이 황제에게 하소연하자 황제는 헤롯 왕에게 대신 지불하게 하였죠. 그러자 헤롯 왕은 임무를 태만히 했다는 죄를 덮어씌워 일데림 족장의 재산을 몰수했답니다. 이번에는 족장이 황제에게 탄원하자 황제는 눈 하나 깜짝 않고 스핑크스에게서 나왔음직한 질문으로 족장을 꼼짝못하게 했답니다. 그 후로 억울한 마음에 울화가 치민 족장은 이렇게 나무들이 자라는 데서 분을 삭이며 위안을 삼게 된 거죠."

"그렇지만 아무것도 할 수 없는 거로군, 말루크."

"글쎄요, 그 부분은 좀 더 설명이 필요한데, 나중에 해드리죠. 보세요! 족장의 환대가 벌써 시작되었네요. 아이들이 뭐라고 말을 하고 있네요."

낙타는 걸음을 멈추었고, 벤허가 아래를 내려다보니 시리아 농가의 어린 소녀들이 대추야자를 가득 채운 바구니를 내밀고 있었다. 과실은 갓 따와 신선했으므로 거부할 수가 없었다. 벤허가 몸을 기울여 바구니를 받아드는데 그들 옆의 나무에서 일하던 남자가 환영의 인사를 외쳤다. "평화가 함께 하기를, 잘 오셨습니다!"

두 사람은 아이들에게 고맙다고 인사를 하고는 낙타가 이끄는 대로 가도록 몸을 맡겼다.

"아셔야 할 것이 하나 있습니다." 대추야자를 먹느라 중간중간 쉬어가며 말루크가 말을 이었다. "저를 신뢰하게 된 시모니데스 상인은 제 기분을 맞춰주느라 가끔 회합에 끼워 주었답니다. 그래서 그분 집에 드나들며 그분의 친구들을 많이 알게 되었습니다. 그들은 저와 그분의 사이를 알고 있었으므로 제가 있어도 개의치 않고 말을 나누곤 했습니다. 그렇게 해서 일데림 족장과도 안면을 트게 된 거랍니다."

잠시 벤허의 주의력이 흩어졌다. 마음속에 시모니데스의 딸 에스더의 순수하고도 부드러우며 매력적인 이미지가 떠올랐다. 유대인 특유의 촉촉하게 빛나던 검은 눈동자가 수줍은 시선으로 그의 눈길과 마주쳤다. 벤허는 그녀가 포도주를 들고 자기에게 다가왔을 때의 발걸음 소리와 술잔을 권할 때의 음성이 들리는 듯했다. 그녀는 말이 필요 없을 정도로 분명하고, 말을 하는 것이 오히려 방해가 될 정도로 달콤한 호의를 보여주었다고 시인하지 않을 수 없었다. 그 회상은 매우 즐거웠지만 말루크를 바라보는 순간 사라져 버리고 말았다.

말루크는 계속해서 말을 이었다. "몇 주 전 시모니데스 어른과 함께 있는데 일데림 족장이 들르셨죠. 족장은 뭔가 몹시 감격한 것 같아 보였는데, 배려하는 의미로 물러나려고 했더니 그러지 말라고 하더군요.

'자네는 이스라엘 사람이니 가지 말게나. 이상하긴 하지만 내가 해 줄 이야기가 있다네.' 이스라엘이라는 말을 강조하시니 저는 호기심이 일어났죠. 그래서 그 자리에 남아 족장의 말을 들었는데 추려보자면 대략 이렇습니다. 천막이 가까워지고 있으니 짧게 말하지요. 자세한 내용은 그분한테 직접 들으세요. 오래 전에 세 사람이 사막에 있는 일데림 족장의 천막에 들렀답니다. 그들은 모두 외국인이었는데, 인도인, 그리스인, 이집트인이었다고 하는군요. 족장은 이제껏 본 적이 없는 큰 낙타를 타고 흰 옷으로 온몸을 휘감고 찾아온 그들을 환대하여 편히 쉬게 해 주었답니다. 다음날 아침 그들은 일어나더니 족장이 처음 들어보는, 하나님과 그 아드님께 바치는 불가사의한 기도를 했답니다. 아침 식사를 마친 이집트인은 자기들이 누구이며 어디에서 왔는지 말해 주었답니다. 그들은 각기 별을 보았는데, 별에서 음성이 들려와 예루살렘으로 가서 '유대인의 왕으로 태어나신 이가 어디에 있는가?'라고 물으라고 했다는 군요. 그들은 계시대로 따랐답니다. 예루살렘부터는 별의 인도를 받아 베들레헴까지 갈 수 있었고 베들레헴의 한 동굴에서 갓 태어난 아기를 보았답니다. 계시대로 일어난 일을 두 눈으로 직접 목격하자 아기에게 무릎 꿇어 경배하고 값진 선물을 바친 후 낙타를 타고 곧장 족장에게로 도망쳤답니다. 헤롯 대왕에게 잡히기라도 하는 날에는 그의 손에 죽을 것이 분명했으니까요. 그리고 족장은 늘 하던 대로 그들을 잘 돌보아 주며 숨겨 주었답니다. 세 사람은 그렇게 1년 동안 숨어 있다가 족장에게 후한 선물을 남기고 각자의 길로 떠났답니다."

"그야말로 정말 놀라운 이야기로군." 말루크가 이야기를 마치자 벤허는 감탄했다. "그들이 예루살렘에 물으러 온 말이 뭐라고 했었나?"

"유대인의 왕으로 태어나신 이가 어디에 있는지 물으러 왔답니다."

"그게 전부인가?"

"더 있었던 것 같은데 생각나지 않네요."

"그래서 그들은 아기를 찾아냈나?"

"그럼요, 경배까지 했다니까요."

"그것은 기적일세, 말루크."

"일데림 족장은 모든 아랍인들처럼 다혈질이기는 하지만 진실한 사람입니다. 거짓말 따위는 절대 하지 않습니다."

말루크는 확신에 차서 말했다. 이야기에 열중해 낙타가 어디로 가는지 전혀 신경 쓰고 있지 않았더니 낙타는 제멋대로 길에서 벗어나 풀밭이 자라고 있는 곳으로 향하고 있었다.

벤허는 다시 물었다. "일데림 족장은 그 세 사람에 대해 더 들은 바가 없나? 그들은 어찌 되었나?"

"아, 그렇죠. 그날 족장이 시모니데스를 찾아온 이유가 바로 그것 때문이었습니다. 그날 저녁 그 이집트 사람이 다시 나타났다는 겁니다."

"어디에?"

"지금 우리가 가고 있는 여기 천막 입구에 말입니다."

"족장은 그가 예전의 그 이집트인인지 어떻게 알았을까?"

"오늘 당신이 얼굴 생김새와 행동거지로 말들을 알아보았던 것과 똑같은 방법으로지요."

"오로지 그것만으로?"

"예전의 그 커다란 흰 낙타를 타고 왔고, 같은 이름으로 소개했답니다. 이집트인 발타사르라고요."

"거 희한한 일이로군!"

벤허는 흥분해서 소리쳤다.

그 이유가 궁금했던 말루크가 물었다. "왜 그러시는데요?"

"방금 발타사르라고 했나?"

"예, 이집트 사람 발타사르입니다."

"오늘 샘에서 만난 노인도 발타사르라고 했다네."

그러자 기억이 떠오른 말루크도 덩달아 흥분했다.

"맞아요. 낙타도 똑같이 희고 컸었죠. 당신이 그분의 목숨을 구해 드렸고요."

"그리고 그 여인도," 벤허는 혼자 중얼거리듯 말했다. "노인의 딸 말일세."

벤허는 생각에 잠겼다. 그가 여인의 모습을 떠올리고 있는 중이며 에스더보다 더 반가워한다는 것쯤은 독자들도 알 수 있으리라. 그 생각에 좀 더 머물렀더라면 말이다. 하지만 벤허는 그쯤에서 마음을 접고 말했다.

"다시 한 번 말해 주게. 그 세 사람이 '유대인의 왕이 되실 분이 어디에 있는가?'라고 물었다고 했나?"

"약간 다릅니다. '유대인의 왕으로 태어나신 분'이라고 했답니다. 일데림 족장은 사막에서 세 사람을 처음 보았을 때 그 말을 들은 이후로 왕이 오시기만을 기다려왔답니다. 족장의 굳건한 믿음은 아무도 깨뜨릴 수가 없답니다."

"어떻게 온다는 말인지, 왕으로서 말인가?"

"예, 그리고 로마를 몰락시키겠지요. 족장은 그렇게 말한답니다."

벤허는 생각을 정리하고 감정을 억제하려고 애쓰며 잠시 침묵을 지켰다.

그리고 천천히 말을 이었다. "족장은 수백만 명, 학대를 받고 복수를 다짐한 수백만 명 가운데 한 사람이야. 그런데 말루크, 이 기묘한 믿음이 그의 희망에 불을 지펴 주고 있군. 로마의 치세가 계속되는 한 헤롯 말고 누가 유대인의 왕이 될 수 있겠는가? 하지만 아까 하던 이야기로 돌아가서, 시모니데스가 족장에게 뭐라 하는지 혹시 들었나?"

"일데림 족장이 진중한 사람이라면, 시모니데스는 현명한 사람이죠. 그가 하는 말을 들었는데, 뭐라고 했냐하면요……. 잠깐만요! 누가 오는 것 같은데요."

소리는 점점 커지더니 이윽고 말발굽 소리와 바퀴가 덜거덕거리는 소리가 들려왔고, 잠시 후에는 일데림 본인이 전차를 끄는 네 필의 검붉은 아랍 말 행렬을 이끌고 모습을 드러냈다. 기다란 흰 수염으로 뒤덮인 족장의 턱은 축 처져 있었다. 벤허 일행이 족장보다 앞서 도착한 것이었다. 두 사람을 보자 일데림 족장이 고개를 들고 다정하게 말을 걸었다.

"평화가 함께 하기를! 아, 말루크가 아닌가! 어서 오게나! 설마 가는 길은 아닐 테고 오는 길이겠지. 훌륭하신 시모니데스로부터 뭔가 전갈이 있는가. 그의 선조들의 주님께서 그를 오래도록 지켜 주시길! 두 사람은 고삐를 잡고 나를 따라오게. 빵과 발효유가 있다네. 자네들만 괜찮다면 야자술과 새끼염소 고기도 맛볼 수 있지. 자, 가세!"

족장을 따라 천막 입구까지 간 두 사람이 낙타에서 내리자 족장은 중앙 기둥에 걸려 있던 그을린 큰 가죽 주머니에서 크림색 술 석 잔을 따라 쟁반에 받쳐 내밀었다.

"마시게나, 쭉 들이키게. 천막 사람들의 두려움을 싹 없애주는 명약이라네."

그들은 각기 술잔을 받아들고 거품만 남을 때까지 쭉 들이켰다.

"이제 들어가지, 하나님의 이름으로."

모두 함께 천막 안에 들어서자 말루크가 족장을 한 쪽으로 데리고 가더니 둘이서만 조용히 이야기를 나누었다. 그리고 나서는 벤허에게 돌아와 용서를 구했다.

"족장님께 당신에 대해 말씀드렸더니 내일 아침에 말을 시험해 볼 수 있게 해 주신답니다. 이제 족장은 당신을 친구로 여기십니다. 제가 할 일은 다했으니 안티오크로 돌아가겠습니다. 당신도 이제 좀 쉬세요. 오늘 밤 만나기로 한 사람이 있어서 다녀오는 수밖에 없겠어요. 그 사이 모든 일이 잘 처리되면 내일 돌아와 경기가 끝날 때까지는 함께 머무를 수 있게 준비하고 오겠습니다."

작별인사를 나눈 후 말루크는 안티오크로 돌아갔다.

## 11. 말루크, 벤허에 대해 보고하다

초승달의 하현이 술피우스 산 위의 성곽 기둥에 걸릴 무렵이면 안티오크 사람 대부분은 옥상 정자로 나와 밤바람을 쐬거나 부채질을 하며 밤 시간을 보낸다. 시모니데스는 이미 자기의 일부가 되어 버린 의자에 앉아 테라스에서 강과 계류지에서 흔들거리고 있는 배들을 내려다보고 있었다. 그의 뒤쪽에 있는 담들은 반대편 강가로 그림자를 넓게 드리우고 있었다. 위에서는 다리를 지나는 발소리들이 쉼 없이 들려왔다. 에스더는 아버지의 소박한 저녁이 담긴 쟁반을 들고 있었다. 저녁식사는 면병처럼 얇게 밀어 만든 밀빵과 꿀 약간, 우유 한 잔이 전부였는데 시모니데스는 때로는 밀빵을 꿀에 묻힌 후 우유에 적셔 먹기도 했다.

"오늘은 말루크가 좀 늦는구나." 생각이 어디에 가 있는지 드러내며 시모니데스가 말을 꺼냈다.

"그가 올 거라고 생각하세요?"

"바다나 사막으로 가지 않았다면, 그리고 아직 임무를 수행중이라면 올 게다."

시모니데스는 조용하지만 자신 있게 말했다.

"전갈을 보낼 수도 있잖아요."

"그렇게는 안 할 거다, 에스더. 돌아올 수 없다면 전갈을 보냈을 거다. 그런데 그런 전갈을 받지 못했으니 그가 올 수 있고 반드시 올 거라는 것을 알 수 있지."

"저도 그러길 바라요." 에스더는 매우 부드럽게 말했다.

그런데 에스더의 말투에서 어딘가 모르게 시모니데스의 관심을 잡아끄는 데가 있었으니, 어조일 수도 있고 바람일 수도 있었다. 제아무리 작은 새가 큰 나무에 앉는다 하더라도 가장 멀리 떨어진 뿌리까지 그 진동이 전해지는 법이다. 모든 사람의 마음은 때로는 아주 사소한 말에도 꽤 민감하게 반응한다.

"너도 그가 왔으면 좋겠니?"

"네." 에스더는 눈을 들어 아버지를 보며 대답했다.

"왜지? 말해 줄 수 있겠니?" 시모니데스는 집요했다.

"그 이유는," 에스더는 잠시 망설였다가 다시 말하기 시작했다. "그야 그분이……." 나머지는 말 안 해도 다 알 수 있었다.

"우리의 주인이라고. 그 말을 하려던 거냐?"

"네."

"그렇다면 너는 그가 우리 자신과 동산, 현금, 선박, 노예, 막대한 채권 등 우리가 가진 모든 것들을 마음대로 가져도 된다는 말을 해 주지 않은 채 그냥 보내지 말았어야 한다고 생각하고 있는 거냐? 인간의 가장 위대한 천사인 성공이 나를 위해 짜준 온갖 금은보화를 내놓아야 한다고 말이다."

에스더는 아무런 대답이 없었다.

"너는 그 말을 듣고도 아무렇지 않느냐? 그런 거냐?" 시모니데스는 약간 비꼬는 투로 말했다. "좋아, 좋아, 이제 알았다, 에스더. 제아무리 끔찍한 현실이라도 처음에는 어둠 속에서 보다가 암운을 뚫고 나오면 견디지 못할 것은 없으니까, 심지어 고문마저도 말이다. 나는 죽음도 그러할 것이라고 생각한다. 그런 논리라면 우리가 당하게 될 노예생활마저도 얼마 지나면 즐겁게 느껴질 것이 분명하다. 이제는 그런 총아가 우리 주인이라고 생각하니 기쁘기까지 하다. 그에게는 행운이 거저 주어졌으니 말이다. 걱정 하나 않고, 땀 한 방울 안 흘리고, 그리 많은 생각을 한 것도 아니요, 꿈을 꾼 것도 아닌데, 그 젊은 나이에 행운이 떡 하니 붙었으니 말이다. 에스더, 기왕 말이 난 김에 조금만 더 자랑해 보자. 그는 시장에 가서 억만금을 주고도 살 수 없는 것을 얻었다. 그것은 바로 너지. 내 새끼, 내 사랑, 죽은 나의 라헬의 무덤에서 피어난 바로 너 말이다!"

시모니데스는 에스더를 자기 쪽으로 끌어당기더니 두 번 입 맞추었다. 한 번은 딸 자신을 위해, 한 번은 죽은 어미를 위해.

아버지의 팔이 목에서 떨어지자 에스더가 말했다. "그런 말씀 마셔요. 주인님에 대해 좋은 쪽으로 생각해 보셔요. 그분도 슬픔을 겪어봤으니 우리를 풀어 주실 거예요."

"너는 천성이 순수하구나, 에스더. 오늘 아침 그가 네 앞에 서 있었을 때처럼 누군가가 하는 말이 나쁜 의도인지 좋은 의도인지 의심스러운 상황에서는 너도 알다시피 나는 본능에 의존한단다. 하지만, 하지만……." 그의 목소리가 높아지더니 굳어졌다. "내가 그에게 줄 수 있는 것은 일어설 수도 없는 이 사지와, 사람의 형상이라고 하기에는 볼품없는 이 몸뚱아리가 전부는 아니란다. 아니, 아니지! 나는 모진 고문과 어떤 고문보다도 더 극심한 로마 놈들의 악의도 이겨낸 정신을 선사할 수 있다. 솔로몬 왕의 배들이 항해한 것보다도 더 멀리서 금을 볼 수 있는 눈과 그것을 손에 넣을 수 있는 힘을 지닌 정신을 줄 수 있다. 아, 에스더, 다른 사람들의 말에 날아가지 않도록 이 손에 꽉 움켜쥐고 있는 것이 있다. 그것은 바로 묘책을 세우는데 능란한 정신이지."

시모니데스는 이쯤에서 멈추고 웃음을 터뜨렸다. "에스더, 지금 예루살렘 성전 뜰을 비추고 있는 초승달이 다음 구역으로 넘어가기도 전에 나는 황제조차 놀랄 정도로 세상을 호령할 수 있다. 그건 너도 알다시피 내가 어떤 감각, 완전한 신체, 용기와 의지, 경험을 능가하는 훌륭한 능력을 갖고 있기 때문이지. 보통은 오래 살다보면 얻게 되는 뛰어난 자질로서 하늘이 주신 최고의 능력이지만 ……."

그는 잠시 말을 끊고 웃음을 터뜨렸지만 그 웃음은 냉소적인 것이 아니라 진심에서 우러나온 웃음이었다. "제아무리 위대한 사람이라도 다 갖추진 못하고 대부분의 사람들에게는 아예 없다고 할 수 있지. 그것은 바로 내가 목적한 대로 사람들을 끌어들이고 사람들이 그 목적을 이루기 위해 충실히 애쓰게 만드는 능력이란다. 그런 능력을 갖추고 있으면 해야 할 일이 생겼을 때에 수백, 수천 사람의 몫을 할 수 있단다. 덕분에 내 배의 선장들은 그렇게 바다를 누비고 다니며 내 정당한 몫을 가져다주는 거란다. 그래서 말루크 역시 우리 주인 뒤를 밟고 다닌 거고, 곧 ……."

바로 그때 테라스로 올라오는 발자국 소리가 들렸다. 그 소리를 듣자 시모니데스가 의기양양하게 말했다. "하, 에스더 내 말이 맞았지? 말루크가 왔다. 소식을 가지고 왔을 거다. 너를 위해서, 아가야, 이제 막 피어난 백합꽃인 너를 위해 그 소식이 기운을 북돋는 좋은 소식이기를 이스라엘의 길 잃은 양들을 잊지 않으시는 우리 주님께 기도드린다. 이제 그분이 아름다움을 간직한 너와 모든 능력을 갖춘 나를 풀어 줄지 알게 되겠지."

말루크는 의자로 다가왔다.

"훌륭하신 주인님, 평화를 빕니다." 그는 깊숙이 절을 하며 말했다. "그리고 훌륭하신 따님께도."

그는 두 사람 앞에 공손히 섰는데, 그의 태도와 응대하는 모양으로 보아서는 그들과의 관계를 잘 알 수가 없었다. 어떻게 보면 하인 같기도 하고, 어떻게 보면 지인이나 친구 같기도 했다. 반면에 시모니데스는 사업상 늘 하던 대로 인사에 답한 후 곧장 본론으로 들어갔다.

"그래, 그 젊은이는 어떻던가, 말루크?"

말루크는 그날 있었던 일들을 차분하면서도 간단하게 전했고, 말이 끝날 때까지 시모니데스는 잠자코 듣기만 할뿐 손가락 하나 까딱하지 않았다. 크게 뜬 반짝거리는 눈동자와 이따금 들이쉬는 깊은 한숨이 아니었다면 조각상 같았을 것이다.

"고맙네, 고마워, 말루크." 시모니데스는 말루크의 말이 끝나자 진심으로 말했다. "정말 수고했네, 아주 잘 했어. 그래 자네가 보기에는 그 청년이 어느 민족인 것 같나?"

"이스라엘 사람입니다, 주인님. 유대 부족입니다."

"확실한가?"

"아주 확실합니다."

"자기 내력에 대해서는 별 말을 안 한 것 같은데."

"신중한 습관이 몸에 밴 것 같습니다. 사람을 쉽사리 안 믿으니까요. 속 얘기를 하게 하려고 갖은 수를 썼지만 이리저리 피하다 다프네 마을로 가려고 카스탈리아 샘에서 출발하고 나서야 비로소 자기 속을 털어놓았답니다."

"뭐 그런 추잡한 곳을 갔다고! 도대체 왜 간 거지?"

"아마도 호기심 때문이었겠죠. 다들 그러니까요. 하지만 이상하게도 그는 도통 보이는 것들에 아무런 관심이 없었어요. 신전에 관해서도 그것이 그리스식인지만 물었을 뿐이죠. 주인님, 그분은 뭔가 숨기고 싶은 괴로운 고민거리가 있나 봅니다. 다프네 숲에 간 것도 그 때문인 것 같습니다. 마치 시신을 묻으려고 무덤에 가는 것처럼 숲에 그것을 묻어 버릴 작정으로요."

"그런 거라면 좋네만." 시모니데스는 낮은 소리로 말하다 갑자기 큰 소리로 말했다. "말루크, 시대를 막론하고 낭비벽은 재앙일세. 가난한 사람들은 부자를 흉내 내다 더 가난해질 뿐이고, 단순히 돈만 있는 인간은 왕자병에 걸린다네. 혹시 그런 약점은 보이지 않았나? 그가 로마나 이스라엘 금화로 돈자랑을 하지는 않던가?"

"아니요, 전혀 없었습니다."

"말루크, 분명히 어리석은 짓을 하도록 꼬드기는 것이 많은 곳에서는, 즉 먹고 마시며 흥청댈 것이 많은 곳이니 그가 어떤 식으로든 자네에게 향응을 제의했겠지? 그 나이 때면 한창 때라 그러고도 남을 테니."

"아니요, 그는 저와 함께 먹거나 마신 적이 없습니다."

"그러면 그의 말이나 행동으로 주된 관심사가 뭔지 알아낸 게 있나? 바람 한 점 통하지 않는 바위 틈새로도 엿보려면 보인다는 것을 알고 있지 않나?"

"무슨 말씀이신지." 말루크가 잘 모르겠다는 듯이 물었다.

"어떤 동기에서 움직일 때를 제외하고는 우리가 아무 말 안 하고, 아무 짓 안 해도 은연중에 자신을 드러낸다는 것을 알고 있지 않은가. 그런 점에서 보았을 때 그에 관해 어떻게 생각하지?"

"그 점에 관해서라면, 시모니데스 어르신, 확실하게 대답할 수 있습니다. 그는 자기 어머니와 여동생을 찾는데 열심이었습니다. 그게 제일 먼저였습니다. 그 다음으로는 로마에 적개심을 품고 있습니다. 그리고 제가 말씀드린 메살라라는 작자가 뭔가 악행을 저지른 것 같은데, 현재로서는 그자에게 굴욕감을 안겨 주는 것이 최대의 목표입니다. 샘에서 만났을 때 기회가 있었지만 충분히 공개적이 아니라는 이유로 다음으로 미루었으니까요."

"메살라는 만만치 않은 인물인데." 시모니데스가 생각에 잠겨 대답했다.

"예, 그렇습니다. 하지만 경기장에서 다음 대결이 이루어질 것입니다.”

“좋아, 그렇다면?”

“아리우스의 아들이 이길 것입니다.”

“어떻게 알지”

말루크는 빙그레 웃었다.

“그분이 한 말을 보면 그렇습니다.”

“그게 전부인가?”

“아니오, 훨씬 더 훌륭한 증거가 있죠. 바로 그의 정신력입니다.”

“아, 하지만 말루크. 복수에 대한 그의 생각은 범위가 어느 정도까지지? 자기에게 못된 짓을 저지른 몇 사람에 국한시키는 건가 아니면 좀 더 많은 사람을 상대로 한 것인가? 게다가 그의 기분이 그저 감수성 예민한 소년의 변덕스러운 기분에 불과한 건지, 아니면 고통을 겪는 사내가 그것을 견디려고 잠시 한눈파는 것인지도 모르지 않나? 말루크 자네도 알다시피 머릿속에서 자라난 복수의 생각은 어느 화창한 날 사라져 버릴 덧없는 꿈 같은 것 아니겠는가? 반면에 복수심은 마음에서 생겨나 점점 머리로 올라가 마음과 머리에서 모두 자라나는 마음의 병이라네.”

이렇게 물으며 시모니데스는 처음으로 감정을 드러냈다. 열변을 토하듯 정신없이 말을 쏟아냈고 두 손을 꼭 움켜쥔 채 조금 전 묘사한 복수심에 사로잡힌 사람의 열망을 보여주었다.

이제 말루크가 대답했다. “주인님, 제가 그분을 유대인이라고 생각하는 이유 가운데 하나는 그의 증오심이 매우 크다는 것이었습니다. 그는 늘 경계의 눈초리를 늦추지 않았는데 로마인들의 시기질투를 받으며 얼마나 오랫동안 살아왔는지 잘 알 것 같더군요. 겉으로 드러내지 않으려고 주의했어도 저는 그분의 증오심이 활활 타오르는 것을 알 수 있었죠. 일데림 족장이 로마에 대해 어떻게 생각하는지 알고 싶어 했을 때와 제가 족장과 현자의 이야기를 들려주며 '유대인의 왕으로 태어나신 이가 어디에 있는가?'라는 질문을 알려 주었을 때 말입니다."

시모니데스는 몸을 재빨리 앞으로 내밀었다.

"아, 말루크. 그의 말을, 그가 한 말을 들려주게. 신비로운 그 이야기를 들었을 때 그가 받은 인상을 보고 판단하게 해 달란 말일세."

"그는 정확한 사실을 알고 싶어 했습니다. 즉 왕이 되신 것인지 태어나신 것인지 말입니다. 두 말의 분명한 차이점을 확연히 깨달은 것 같았습니다."

시모니데스는 원래의 자세로 돌아가 들으며 판단했다.

"그래서 저는 그 신비로운 사건을 바라보는 일데림 족장의 견해를 말해 주었습니다. 즉 왕이 오시면 로마도 파멸될 것이라고요. 그러자 그는 얼굴을 확 붉히더니 솔직하게 말했습니다. '로마의 치세가 계속되는 한 헤롯 말고 누가 유대인의 왕이 될 수 있겠는가?'"

"무슨 뜻이지?"

"또 다른 통치가 가능하려면 로마 제국이 없어져야 한다는 의미죠."

시모니데스는 강에 있는 배의 움직임에 따라 흔들리는 그림자들을 한동안 응시했다. 그러더니 말루크와의 회동을 끝내기 위해 고개를 들었다.

"말루크, 그 정도면 충분하네. 이제 가서 요기를 한 후에, 종려나무 과수원으로 돌아갈 준비를 하게. 그가 무언가 해볼 수 있게 도움을 주어야지. 아침에 들르게, 일데림 족장에게 보내는 편지를 줄 테니." 그러더니 어조를 낮추어 혼잣말을 하듯이 덧붙였다. "나도 경기장에 직접 가 봐야겠군." 말루크는 의례적인 인사를 주고받은 후 가 버렸고, 우유를 한 모금 깊이 들이킨 시모니데스는 마음이 편하고 유쾌해 보였다.

"에스더, 다 먹었다. 이제 그만 내가거라."

에스더는 그대로 따랐다.

"이제 이리 오렴."

그녀는 아버지의 의자 팔걸이 가까이 원래의 자리로 돌아갔다.

"하나님께서 나를 잊지 않으셨구나, 정말 잘 됐다." 시모니데스는 열띤 목소리로 말했다. "그분은 신비롭게 활동하시지만 때로는 우리가 그분을 뵙고 이해했다고 생각할 수 있게 해 주시지. 나는 이제 늙은 데 다 저 세상으로 갈 날이 얼마 남지 않았다. 인생 말미에, 모든 희망이 꺼져가고 있는 이때에 하나님께서 내게 새로운 꿈을 품게 해 주시니 힘 이 솟는구나. 온 세상이 새로 태어날 원대한 일에 크게 기여할 길을 알 게 되었다. 그리고 내게 이 막대한 재산을 주신 이유를, 이것이 어떤 목 적으로 쓰여야 할지를 이제야 깨닫게 되었단다. 아가야, 인생이 정말 로 새롭게 보이는구나."

에스더는 아버지의 생각이 멀리 날아가지 못하게 되돌리려는 듯이 아버지 옆으로 바싹 다가갔다.

시모니데스는 여전히 딸에게 말하고 있다고 생각하며 말을 이었다. "왕께서는 태어나셨고 틀림없이 청년이 되었을 것이다. 발타사르는 자 신이 찾아뵙고 예물과 경배를 드렸을 당시 그분이 어머니 무릎에 있던 아기였다고 했다. 그리고 일데림은 발타사르 일행이 헤롯으로부터 숨 을 곳을 찾아 자기 천막으로 온 것이 27년 전 마지막달 12월인 것으로 기억하고 있지. 그러니 이제 그분께서 나타나실 일이 멀지 않았다. 오 늘밤, 내일이 될 수도 있지. 이스라엘의 거룩한 조상들이시여, 생각만 으로도 이 얼마나 기쁜 일입니까! 오래된 성벽이 무너져 내리고 온 천지 가 요동치는 소리가 들리는 듯합니다. 그리고 기쁘게도 로마를 삼키려

땅이 열리고 있으니 그 광경을 지켜본 사람들은 웃으며 노래할 것입니다. '우리는 살아 있지만 로마는 사라져 버렸네.'"

갑자기 시모니데스는 혼자 키득거렸다. "에스더, 분명 내게는 시인의 열정과 뜨거운 피가 용솟음치고, 미리암91)과 다윗의 전율이 느껴지는구나. 생김새와 사실로 보아 평범한 일꾼에 불과한 나의 생각 속에서 부딪치는 심벌즈 소리와 크게 울리는 하프 소리, 새로운 왕좌를 에워싼 수많은 사람들의 음성이 들리는구나. 잠시 그 생각은 미뤄두자. 왕께서 오실 때는 그분도 돈과 사람이 필요하실 것이다. 어쨌든 그분도 여인에게서 태어난 사람이니 결국 너나 나처럼 모든 인간의 방식을 따를 수밖에 없지 않겠니. 그리고 돈을 벌어 줄 사람과 관리할 사람이 필요할 테고, 사람들을 관리하려면 지휘관들이 필요하지 않겠느냐. 저기, 저기를 보렴! 내가 걸어가야 할 길과, 우리의 주인이 달려가야 할 큰 길이 보이지 않느냐? 그리고 그 길의 끝에는 우리 둘을 위한 복수와 영예가 기다리고 있는 것이 보이느냐? 그리고, 그리고 말이다." 시모니데스는 에스더와 상관없이 자기 생각만 했다는데 생각이 미치자 잠시 말을 멈추고 딸에게 입을 맞추며 덧붙였다. "물론 너도 행복해야지."

에스더는 아무 말도 않은 채 가만히 앉아 있었다. 시모니데스는 사람의 본성이 각기 달라 같은 일을 두고 똑같이 기뻐하거나 두려워하지 않는다는데 생각이 미쳤다. 게다가 에스더는 아직 어리다.

"에스더, 무슨 생각을 하고 있는 거니?" 그는 평상시의 허물없는 태도로 물었다. "만약 원하는 것이 있다면 말해 보렴. 이 애비가 아직은 힘이 있으니. 너도 알다시피 힘이란 것은 변덕스러워서 언제 날아가 버

---

91) 모세의 누이. 어린 나이로 모세를 지키고, 파라오의 딸에게 생모를 유모로 주선할 만큼 지혜롭고 총명했다. 홍해를 건넌 후 여인들을 지휘하여 소고로 춤추며 찬송함. 이스라엘 최초의 여선지자가 되어 모세를 도왔다.

릴지 모른단다."

그런데 에스더는 뜻밖에도 어린애처럼 순진하게 대답했다.

"그에게 사람을 보내세요, 아버지. 오늘 밤 사람을 보내서 그가 경기에 나가지 못하게 막아 주세요."

"아!" 시모니데스는 딸의 대답에 깊은 탄성을 자아냈다. 그의 눈길은 다시 강 위로 떨어졌다. 달이 이미 술피우스 산 뒤로 넘어가 버려 도시는 희미한 별빛에 잠겨 있었으므로 강물 위에 드리운 그림자는 어느 때보다도 더욱 짙었다. 독자들이여, 사실대로 말하자면 시모니데스는 살짝 질투심에 사로잡힌 것이다. 만일 에스더가 젊은 주인을 정말 사랑하기라도 하는 것이라면! 오 그것만은 안 돼! 그럴 수는 없어. 딸아이는 아직 너무 어리다. 하지만 빠르게 엄습한 그 생각은 시모니데스를 꼭 잡고 놓아주지 않았다. 에스더는 이제 겨우 열여섯이고 그는 그 사실을 잘 알고 있었다. 요전 생일에는 에스더를 데리고 진수식을 거행하는 조선소에 갔었는데, 바다에 신부처럼 수줍은 첫 발을 내딛는 갤리선의 깃발에 '에스더'라는 이름이 새겨져 있었으므로 그날을 함께 축하했다. 그렇긴 해도 에스더가 누군가를 좋아한다는 사실은 너무 충격적으로 다가왔다. 때로는 깨달음이 고통을 수반하기도 한다. 그렇게 고통을 안겨 주는 깨달음은 늙어간다는 사실처럼 자신에 대한 자각이 대부분이다. 그런데 더 끔찍한 일은 우리가 죽는다는 사실이다. 그러한 생각이 처음에는 그림자처럼 음산하게 스멀스멀 찾아들었지만 이제는 제법 강해져 시모니데스는 신음에 가까운 탄식을 쏟아냈다. 그 이유는 딸이 이제 소녀티를 벗고 막 여인이 되어가고 있어서가 아니라 이제까지 자기에게 쏟고 있던 애정과 다정함과 섬세한 손길이 주인에게로 옮겨가고 있었기 때문이었다. 두려움과 고통스러운 생각으로 우리를 괴롭히는 마귀의 소행은 대충 끝나는 법이 없다. 순간의 고통에 휩싸여 용감한 노인은 새로운 구상과 그 계획의 중심인 놀라운 왕에 대한 생각을 잠시 잊어버렸다. 그러나 필사적으로 마음을 가라앉힌 후에 침착하게 물었다. "경기에 나가지 못하게 하라니, 에스더? 무슨 이유에서냐?"

"아버지, 그곳은 이스라엘의 자손에게 어울리는 곳이 아니잖아요."

"율법대로 하자면 그렇지, 에스더! 그게 전부냐?"

그 어조는 어딘가 탐문하는 것처럼 느껴졌으므로 에스더의 가슴은 쿵쾅거리기 시작했다. 너무 두근거려서 대답할 수 없을 정도였다. 이 제껏 느껴보지 못한 묘하게도 기분 나쁘지 않은 당혹감이었다.

시모니데스는 에스더의 손을 잡고 더욱 다정하게 말했다. "그 청년은 막대한 내 재산을 차지하게 될 거다. 선박과 현금, 모든 것을 말이다, 에스더. 그래도 나는 가난한 기분이 전혀 안 든다. 네가 있어서, 죽은 라헬의 사랑과 똑같은 네 사랑이 늘 내 곁을 지키기 때문이란다. 말해 주렴, 그것마저도 그의 차지가 될까?"

에스더는 고개를 숙여 아버지의 머리에 볼을 비볐다.

"말해 보렴, 에스더. 그 사실을 알게 되어도 나는 더 강해질 것이다. 미리 알고 있으면 대처할 힘이 생기는 법이거든."

그러자 에스더는 앉아서 마치 거룩한 진실 그 자체라도 된 듯이 말했다.

"걱정 마세요, 아버지. 제가 아버지를 떠나는 일은 없을 거예요. 그가 제 사랑을 받아들인다 하더라도 저는 지금처럼 언제나 아버지를 돌보겠어요."

에스더는 몸을 숙여 아버지에게 입을 맞추고 말을 이었다.

"그분은 멋진데다 음성은 매력적이지요. 그분이 위험에 처한다는 생각만 해도 몸서리가 쳐져요. 네, 아버지. 그분을 다시 볼 수 있다면 더할 나위 없이 기쁠 거예요. 그래도 짝사랑은 완전한 사랑이라고 할 수 없죠. 그러니 아버지와 어머니의 딸이라는 사실을 명심하고 좀 더 기다리겠어요."

"너야말로 주님의 커다란 은총이다, 에스더! 다른 것은 모두 잃어버린다 해도 너만 있으면 된다. 그리고 그분의 거룩한 이름과 영원한 생명을 걸고 맹세하는데 네가 고생할 일은 절대로 없을 것이다."

잠시 후 시모니데스의 요구에 하인이 들어와 의자를 밀어 방 안으로 데려갔다. 시모니데스가 자리에 앉은 채 오실 왕에 대해 잠시 생각하는 동안 에스더는 자기 방으로 돌아가 아무것도 모른 채 곤히 잠들었다.

## 12. 메살라, 술판을 벌이다

시모니데스의 거처로부터 강 건너 거의 맞은편에 있는 왕궁은 저 유명한 시리아의 정복자 에피파네스 왕이 건설했다고 하니 가히 어떤 곳일지 상상이 가는 곳이다. 고전적이라기보다는 거대함을 추구한 그의 취향에 어울리게 왕궁은 그리스식이라기보다는 페르시아식에 가까웠다.

방파제로서의 기능과 폭도들의 난입에 대비하는 이중 목적으로 지어져 강가까지 섬 전체를 에워싸고 있는 성벽 때문에 궁전은 상주하는데 적합하지 않았다. 그래서 총독들은 궁전을 떠나 술피우스 산 서쪽 능선 위 제우스 신전 아래에 건립된 다른 저택으로 옮겨갔다. 그러나 사람들은 총독이 유서 깊은 거처를 그렇게 간단히 거부하는 것이 마음에 들지 않았으므로 좀 더 그럴싸한 이유를 들었다. 총독들이 옮겨간 진짜 목적은 좀 더 쾌적한 장소를 찾아서가 아니라 거대한 요새의 보호를 받으려는 것이라고 했다. 당시에 유행하던 스타일에 따르면 산 동쪽의 길목에 위치하고 있는 성채가 바로 그 요새였다. 그리고 그 견해는 그럴듯해 보였다. 하지만 집정관과 군대 사령관과 왕, 또는 어느 부류를 막론하고 도시의 유력자들이 방문하면 즉시 섬에 있는 궁전으로 안내된다.

그 오래된 궁전에서는 오로지 한 방만 살펴볼 것이므로 건물의 나머지 부분은 독자의 상상에 맡기겠다. 원하는 사람은 그 정원과 목욕탕, 홀, 미로 같이 이어진 방을 지나 지붕의 정자를 둘러보아도 좋다. 그곳은 어찌나 잘 꾸며져 있던지 밀턴의 실낙원에 나오는 '휘황찬란한 동방'에 가장 가까운 도시 안티오크에서도 대단한 명성을 얻고 있었다.

우리가 살펴볼 방은 당시의 살롱이라고 하면 적절할 것이다. 무척 널찍했고 바닥에는 광택이 도는 대리석 판이 깔려 있었고, 낮에는 유리 역할을 하는 채색된 운모에 햇빛이 쏟아져 들어와 환했다. 벽 중간 중간에는 대들보가 있었는데, 어느 것 하나도 같은 것이 없었지만 천장 돌림띠를 떠받치고 있었다. 천장 돌림띠는 아라비아 풍의 장식으로 형태가 매우 복잡했고 청색, 초록색, 청색을 띤 적색, 황금색 등의 색채가 가미되어 더욱 세련돼 보였다. 방 주위로는 인도의 비단과 캐시미어 울로 만들어진 침상이 쭉 연결되어 있었다. 가구들로는 이집트 무늬가 기묘하게 조각된 탁자와 의자들이 있었다. 조금 전 우리는 의자에 파묻혀 곧 도래할 신비스러운 왕을 어떻게 도울지 구상하느라 여념이 없는 시모니데스와 깊이 잠든 에스더를 지켜보았다. 그러니 이제는 시모니데스의 집을 떠나 강 건너편 궁전의 사자상이 지키는 정문과 바빌로니아 양식의 많은 홀과 정원을 지나 금박으로 치장된 살롱으로 들어가 보기로 하자.

방 안에는 천장에서 늘어진 청동 줄에 매달려 있는 샹들리에가 다섯 개나 있었는데, 네 구석과 중앙에 하나씩 있었다. 샹들리에는 불이 켜진 램프가 켜켜이 쌓인 거대한 피라미드 구조였는데 어찌나 밝은지 대들보에 새겨진 악마의 얼굴과 천장 돌림띠의 복잡한 장식 무늬까지 비추었다. 탁자 주위에는 백 명 가까이 되는 사람들이 앉아 있거나 여기저기 돌아다니며 담소를 나누고 있었다. 이들에 대해 잠시 살펴봐야겠다.

그들은 모두 젊은이였는데, 아직 소년티를 벗지 못한 이들도 있었다. 모두 이탈리아인들이었고, 그중 대부분은 로마인들로서 완벽한 라틴어를 구사했다. 그들은 테베레 강가의 거대 도시 로마의 실내복인 튜닉 차림으로 하나둘 나타났다. 소매와 하의가 짧은 튜닉은 안티오크의 기후에 잘 맞는 의복으로서 특히나 사람들로 북적이는 후텁지근한 살롱에서는 더욱 안성맞춤이었다. 길게 이어진 침상 여기저기에 토가와 망토가 아무렇게나 널려 있었는데, 자주색 단을 두른 것들도 있는 것으로 보아 왕족도 끼여 있는 모양이었다. 침상에는 넉살좋게 몸을 뻗은 채 잠들어 있는 사람들도 있었다. 무더위와 피로에 지쳐서 그런 건지 술독에 빠져 그런 건지는 우리가 알 바 아니다.

흥얼거리는 소리들은 시끄러웠고 끊이지 않았다. 때로는 웃음이 터져 나오기도 하고 때로는 갑자기 격분하거나 환성이 쏟아지기도 했다. 그러나 대개는 오랫동안 달그락거리는 날카로운 소리가 들렸는데, 잘 들어보지 않은 사람들은 다소 어리둥절했을 것이다. 하지만 탁자로 다가가 보면 수수께끼는 저절로 풀렸다. 그 소리는 바로 상아로 만든 주사위를 흔드는 소리거나 체크무늬 판 위에서 돌들을 움직이는 소리였다. 그곳에 모인 많은 사람들이 혼자 또는 여럿이 짝을 지어 인기 있던 게임인 주사위 도박을 즐기고 있었던 것이었다.

그렇다면 거기 모인 사람들은 누구란 말인가?

게임을 하던 한 사람이 손에 패를 든 채 잠시 멈추고 말했다. "플라비우스, 저 망토 보았나. 요 앞 침상 위에 있는 것 말일세. 새로 구입한 것이라네. 손바닥만큼 널찍한 순금 고정쇠도 있고."

게임에 열중해 있던 플라비우스가 대답했다. "글쎄, 어디선가 본 적이 있군. 베누스 여신을 걸고 맹세하는데 오래된 것은 아니겠지만 그렇다고 새 것도 아니지 않나! 그런데 저게 뭐 어쨌는데?"

"아무것도 아닐세. 뭐든지 알고 있는 사람을 찾아내면 주려고 그러네."

"하하! 더 싼 걸 걸어도 자네 제안을 받아들일 왕족은 몇 사람 될 걸. 하지만 게임이나 하지."

"그러지!"

"그렇다면, 자 어쩔 건가? 한 판 더 할 텐가?"

"좋아."

"판돈은?"

"1세스테르티우스 걸겠네."

두 사람은 각기 서판과 철필을 끌어당겨 판돈을 적었다. 그리고 패를 섞는 동안 플라비우스는 친구의 말에 다시 주목했다.

"뭐든지 알고 있는 사람이라고! 맙소사! 신탁을 전하는 사람들이 굶어죽겠구먼. 그런 작자는 알아서 뭐하려고?"

"한 가지 질문에 대한 답만 듣고는 그 자리에서 목을 베겠네."

"그 질문이 뭔데?"

"시간을 알려 달라고 할 거야. 시간, 내가 그렇게 말했나? 아니, 분까지. 막센티우스가 내일 몇 시 몇 분에 도착할지 말이야."

"좋아! 좋아! 내가 이겼네! 그런데 왜 분까지 알아야 하지?"

"자네는 그가 착륙할 부두에서 내리쬐는 시리아의 땡볕을 온몸에 받으며 서 있어 본 적이 있나? 불의 여신인 베스타 여신의 불도 그렇게 뜨겁진 않을 거라고. 우리의 건국 선조인 로물루스를 걸고 맹세하건대 나는 죽을 때 죽더라도 로마에서 죽고 싶네. 이곳은 지옥 그 자체라네. 그에 비하면 로마의 포룸 앞 광장은 아무것도 아니라네. 신전에 닿을 정도로 손을 높이 쳐든 채 서 있을 수도 있으니. 하, 이런, 플라비우스, 나를 속였잖아! 또 졌군. 아, 행운의 여신이여!"

"또 할 텐가?"

"잃은 돈은 만회해야지."

"그렇다면야."

그들은 한 판 두 판 계속해서 게임을 했다. 어느덧 한낮이 천창을 통해 슬슬 물러나고 등불에 불이 밝혀졌는데도 두 사람은 자리를 뜨지 않은 채 계속 게임을 하고 있었다. 그곳에 있던 대부분의 사람들과 마찬가지로 그들도 집정관의 부하들이었으므로 그가 도착하기만을 기다리며 시간을 죽이고 있는 중이었다.

이러한 대화가 오가고 있는 동안 한 무리가 방으로 들어왔다. 처음에는 사람들 눈에 띄지 않게 들어왔으나 곧 중앙 탁자가 있는 곳으로 나아갔다. 다른 곳에서 전작이 있었는지 일부는 몸을 가누기도 힘들어 보였다. 연회를 베푸는 주인임을 나타내는 월계관을 쓰고 있던 우두머리는 포도주를 마셨어도 끄떡없었고 오히려 늠름한 로마인 특유의 용모가 더 돋보였을 뿐이다. 그는 고개를 높이 쳐들었다. 볼과 입술에는 살짝 혈색이 돌았고 눈은 반짝였으며 외양은 얼룩 하나 없는 희고 주름이 넉넉한 토가에 가리어져 있었지만 걷는 품새가 어찌나 당당한지 술 한 모금 입에 대지 않은 사람 같았다. 그는 별다른 격식이나 양해 없이 사람들 사이를 헤치며 탁자로 향했다. 그리고 마침내 멈춰 서서 탁자와 좌중을 훑어보자 사람들은 모두 환성을 질렀다.

"메살라! 메살라!" 그들은 일제히 외쳤다.

멀리 떨어져 있던 사람들에게조차 외치는 환성소리와 메아리 소리가 들릴 정도였다. 소리를 듣자마자 사람들은 게임을 중단하고 모여 있던 자리에서 흩어져 다들 방 한가운데로 몰려왔다.

메살라는 무심하게 돌아보더니 곧 자기가 그렇게 인기가 있는 이유를 드러냈다.

그는 오른쪽 옆에 있던 노름꾼에게 말했다. "내 친구 드루수스여, 건강하길! 그리고 자네 서판도 멀쩡하기를."

그는 밀랍 판을 집어들더니 판돈이 적힌 것을 보고 휙 내던졌다.

그러면서 한껏 조롱하는 웃음을 띠며 말했다. "뭐야, 겨우 1데나리우스를 걸다니, 짐꾼과 백정이나 쓰는 동전이 말이 되냐고! 주신(酒神)의 어머니 세멜레 여신을 걸고 맹세컨대, 황제가 새겨진 동전도 밤새 운세가 바뀌기를 기다리고 있는데 겨우 초라한 1 데나리우스를 걸면 로마 체면이 뭐가 되냐고!"

무안을 당한 드루수스는 얼굴이 벌게졌지만 미처 뭐라고 대꾸하기도 전에 구경꾼들이 메살라를 외치며 탁자 주위로 몰려들었다.

메살라는 옆에 있던 사람의 손에서 주사위가 든 상자를 뺏어들고 말을 이었다. "테베레 강의 사람들이여, 신들이 가장 총애하는 사람이 누군가? 로마인이지. 모든 나라에 법을 만들어 주는 이가 누군가? 로마인이지. 칼이라는 정의로 세상을 지배하는 자가 누군가?"

쉽게 흥분한 좌중은 마치 동시에 태어난 듯 생각도 하나가 되어 눈깜짝할 사이에 메살라를 제치고 외쳤다.

"그야 로마인이지, 로마인!!"

"그래도, 그래도 말이야," 메살라는 사람들의 이목을 끌려고 머뭇거렸다. "그래도 로마에서 가장 뛰어난 이보다도 더 훌륭한 것이 있다고."

그는 사람들을 골리려는 듯 도도하게 머리를 쳐든 채 잠시 멈췄다.

"들었냐고, 로마의 가장 뛰어난 이보다도 더 훌륭한 것이 있다니까."

좌중 가운데 한 사람이 대꾸했다. "아, 헤라클레스!"

"바쿠스야!" 비꼬기 좋아하는 사람이 외쳤다.

"유피테르, 유피테르!" 많은 사람들이 대답했다.

"아닐세, 신들은 빼고."

"누군지 밝혀, 누군지 밝히라고!" 사람들이 요구했다.

메살라는 잠시 또 쉬었다 말했다. "알았다고. 로마의 완벽함에 동방의 완벽함을 더한 사람이지. 서방의 특징은 정복의 힘, 동방의 특징은 지배를 즐기는데 필요한 기술이지. 이 두 가지를 겸비하고 있다고."

"역시, 결국 최고는 로마인이라는 거잖아" 누군가가 소리치자 메살라가 정답이라는 듯 긴 박수갈채와 호탕한 웃음을 터뜨렸다.

"동방에는 신들이 없고 오로지 포도주, 여인들, 행운만 있을 뿐이지. 그리고 그 가운데 으뜸은 행운이고. 그래서 우리의 모토 '내가 하려는 것을 누가 감히 하겠는가?'는 원로원에 적합하고, 전투에 적합하고, 가장 최악에 맞서 최고를 추구하는 사람에게 가장 잘 들어맞겠지."

이제 메살라의 어조는 편하고 익숙한 어조로 바뀌어 있었지만 방금 전의 그 의기양양한 기색은 누그러들지 않았다.

"나는 현재 시장에서 통용되는 5달란트[92]를 성채의 커다란 금고에 맡겨놓았고 여기 그 영수증이 있네."

메살라는 튜닉에서 종이 두루마리를 하나 꺼내더니 그것을 탁자 위에 휙 던졌다. 사람들은 숨을 죽이고 그를 응시한 채 말 한 마디 한 마디에 귀를 기울였다.

"그곳에 있는 돈 전부를 걸겠네. 자네들 가운데 그렇게 많이 걸 사람이 있나! 모두들 대답이 없군. 너무 큰가? 그렇다면 1달란트 빼주지. 뭐야! 그래도 못하는가? 자, 그러면 한 번 더 깎아서 3달란트를 걸어보지. 자, 겨우 3달란트라고. 그럼 2달란트, 그것도 아니면 1달란트. 최소한 1달란트는 되어야 하지 않나. 자네들이 태어난 고향의 강의 명예를 위해서라도 그 정도는 해야 하는 거 아닌가. 로마제국의 서쪽 대 동쪽! 야만족의 강 오론테스 대 신성한 테베레 강이라고!"

메살라는 기다리면서 머리 위로 주사위를 흔들었다.

메살라는 한층 비웃으며 다시 반복했다. "오론테스 대 테베레라고!"

---

92) 고대 로마의 화폐 단위. 일꾼의 하루 품삯에 해당하는 데나리온(데나리우스)과 함께 성경에 등장하는데 1달란트는 6천 데나리온의 가치가 있었다.

그래도 아무도 움직이지 않았다. 그러자 메살라는 주사위 상자와 서판을 집어던지고는 웃음을 터뜨리더니 영수증을 집어들었다.

"하하하! 올림포스의 유피테르 신을 걸고 맹세컨대, 나는 자네들이 행운을 잡거나 운세를 바꾸려 한다는 것을 알고 있네. 그러니 여기 안티오크까지 왔겠지. 이봐, 세실리우스!"

부르는 소리를 듣고 뒤에 있던 남자가 외쳤다. "여기야 메살라! 이 어중이떠중이 틈에서 죽을 지경이라네. 누더기를 걸친 뱃사공[93]과 잘해 보려고 드라크마 한 닢이라도 벌어보려 했더니 차라리 저승의 신 플루토에게 잡혀 죽는 게 낫겠네! 이 작자들은 1오볼루스[94]도 수중에 없으니 말이야."

그의 익살에 사람들은 웃음을 터뜨렸고, 웃음소리는 살롱 전체로 퍼져나갔다. 오로지 메살라만 위엄을 잃지 않았다.

그는 세실리우스에게 말했다. "우리가 왔던 방으로 가서 하인들에게 여기로 술병과 술잔을 좀 내오라고 하게. 여기 우리 동향인들이 밑천도 없이 행운을 노리고 있으니, 시리아의 주신에 걸고 맹세컨대, 그들이 위장은 튼튼한지 알아봐야겠어! 어서 서두르라고!"

그리고는 온 방이 떠나갈 정도로 큰 너털웃음을 터뜨리며 드루수스를 향해 말했다.

"하하! 친구여! 그대의 동전에 새겨진 황제를 데나리우스 수준으로 격하시켰다고 기분 나빠하지 말게. 로마의 이 멋진 애송이들을 떠보려고 데나리우스 운운한 것쯤 자네도 알겠지. 오게나, 나의 드루수스, 이리 오라고!" 그는 상자를 다시 집더니 주사위를 흥겹게 흔들었다.

---

93) 그리스 신화에서 저승으로 가는 아케론 강의 뱃사공 카론(Charon). 뱃삯으로 동전을 내는 사람만 배에 태워 건네줬다.

94) 고대 그리스의 화폐. 6오볼루스가 1드라크마였다.

"얼마를 걸 텐가, 운이 따라주는지 보자고."

솔직하고 진심이 담긴 메살라의 쾌활한 태도에 드루수스는 언제 화가 났었냐는 듯 금세 풀어져 웃으며 대답했다.

"님프들을 걸고 맹세하는데 좋아! 자네랑 한 판 하지, 메살라. 1데나리우스를 걸겠네."

그런데 아직 소년티를 벗지 못한 한 사람이 탁자 너머에서 그 광경을 지켜보고 있었다. 메살라는 갑자기 그를 향해 물었다.

"자네는 누구지?"

그 청년은 주춤거렸다.

"아닐세, 맹세코 혼내려는 게 아니야! 주사위 도박에서는 판돈이 아무리 작아도 꼼꼼히 기록해야 하는 법이거든. 그래서 적어 줄 사람이 필요하지. 자네가 해주겠나?"

그 젊은이는 서판을 끌어당겨 점수를 적을 준비를 했다. 마지못해 하는 눈치였다.

"잠깐 메살라, 기다려! 주사위를 던진 채 질문하면 재수가 없는 건지 모르지만, 갑자기 물어볼 게 하나 떠올랐거든. 베누스 여신에게 허리띠로 두들겨 맞더라도 기필코 물어봐야겠어."

"아니, 드루수스. 베누스는 사랑에 빠졌을 때만 허리띠를 푼다고. 자네가 물어보겠다니 재수 옴 붙지 않게 잠시 보류하겠네. 그러니⋯⋯."

그는 상자를 뒤집어 탁자에 올려놓고 주사위 위로 꼭 잡고 있었다.

그 말에 안심하고 드루수스가 물었다. "자네 퀸투스 아리우스를 만나본 적이 있나?"

"집정관 말인가?"

"아니, 그의 아들 말일세."

"아들이 있다는 말은 금시초문인데."

"아, 그게 중요한 건 아니고." 드루수스는 냉정하게 덧붙였다. "중요한 건 메살라, 자네가 쌍둥이 폴룩스와 카스토르[95]보다도 더 아리우스와 닮았다는 거지."

그 말은 금세 효력을 발휘하여 스무 명이나 되는 사람들이 맞장구를 치기 시작했다.

"맞아, 맞아! 눈매랑, 이목구비가 같아." 사람들은 이구동성으로 외쳤다.

그러자 한 사람이 화를 내며 말했다. "뭐라고, 말도 안 돼! 메살라는 로마인인데 아리우스는 유대인이잖아."

다른 사람이 맞장구를 쳤다. "자네 말이 맞아. 그는 유대인이야, 아니면 비난과 조소의 신 모모스(Momus)가 그의 어머니에게 잘못된 얼굴을 빌려 주었거나."

사람들이 옥신각신할 낌새가 보이자 메살라가 말렸다. "아직 포도주가 안 나왔네, 드루수스. 그리고 자네도 알다시피 나는 가죽 끈에 묶인 개처럼 확실한 무녀들을 데리고 있지 않나. 아리우스에 관해서라면 자네의 견해를 받아들일 테니 그에 대해 좀 더 말해 보게."

"좋아, 그가 유대인이든 로마인이든, 위대한 목신에게 걸고 맹세하건대, 자네 뜻이 그렇다면 말하겠네! 이 아리우스란 자는 잘생긴데다 용감하고 영리하다네. 황제가 특별히 총애하여 후원을 아끼지 않겠다고 했는데도 거절했다지. 묘하게도 갑자기 나타났는데, 우리를 무시해서 그런 건지, 아니면 무시당할까봐 그런 건지 사람들과는 거리를 두었다네. 아무튼 경기장에서는 당할 자가 없었다네. 라인 지역에서 온 푸

---

95) 제우스와 레다 사이에서 태어난 쌍둥이 아들

른 눈의 거구들과 사르마티아에서 온 건장한 덩치들과도 겨루었는데 그들을 마치 볏단 다루듯 하더군. 그리고 아리우스 집정관으로부터 막대한 유산을 물려받았지. 무예에도 관심이 많아 전쟁 말고는 생각하는 것이 없더군. 막센티우스 집정관이 수하로 받아주어서, 우리와 같은 배로 올 예정이었지만 라벤나에서 종적이 묘연해졌네. 그래도 어쨌든 무사히 도착한 것 같네. 오늘 아침에 그에 대한 소식을 들었으니까. 그런데 말이야, 궁전이나 요새에는 얼씬도 않고 짐을 여관에 맡겨두고는 또다시 자취를 감췄다네."

메살라는 처음에는 별 생각 없이 듣고 있다가 이야기가 점차 전개될 수록 관심을 보이기 시작했다. 드루수스가 이야기를 마치자 주사위 상자에서 손을 떼고는 바로 옆에 있던 청년에게 외쳤다. "허, 이봐 카이우스! 자네도 들었나?"

그러자 낮에 전차 훈련에 동반했던 마부는 관심을 받자 기분이 좋아서 대답했다. "물론이지, 메살라. 못 들었다면 자네 친구가 아니지."

"오늘 자네를 전차에서 떨어뜨렸던 녀석 기억나?"

"바쿠스 신에 맹세코, 어깨에 그렇게 심하게 멍이 들었는데 잊을 수 있겠어?" 그리고는 귀가 파묻힐 정도로 어깨를 으쓱해 보였다.

"그러게, 운명의 여신들에게 감사하라고. 내가 너의 원수를 알아냈으니 말이야. 들어봐."

메살라는 다시 드루수스를 향해 말했다.

"그에 대해 더 말해 보게. 거참! 유대인인 동시에 로마인이기도 하단 말이지. 포이보스[96] 신을 걸고 맹세하는데, 켄타우로스[97]에 필적할

---

96) Phoebus. 태양신 아폴로의 별칭
97) 그리스 신화에 나오는 반인반수로서, 상반신은 사람의 모습이고 하반신은 말의 모습을 한 종족이다.

만큼 멋진 조합인데! 그래 옷차림은 어떤가?"

"유대인 차림이라네."

"들었나, 카이우스? 첫째, 그 자는 젊다. 둘째, 로마인의 용모를 갖고 있다. 셋째, 유대인 복장을 즐긴다. 넷째, 경기장에서는 필요에 따라 자유자재로 말을 부리고 전차를 기울이는 무예로 명성과 행운을 거머쥔다. 그러면 드루수스, 내 친구를 다시 도와주게. 이 아리우스라는 자는 언어 구사 능력도 갖추고 있겠지. 그렇지 않고서야 오늘은 유대인으로, 내일은 로마인으로 행세하며 사람들을 속일 수는 없을 테니. 하지만 아테네 언어는 어떤가? 그 방면에서도 두각을 드러냈나?"

"그렇다네, 그것도 아주 완벽하게 그리스어를 구사한다네. 어쩌면 코린토스에서 열린 이스미아 제전98)에도 참가한 것 같네."

"듣고 있나 카이우스? 그자는 아마존의 여전사 아리스토마케를 그리스어로 찬양할 수 있는 자질까지 갖추었구먼. 이게 다섯째로군. 어떤가?"

"내 원수를 제대로 찾아냈군. 아니라면 성을 갈겠네."

"드루수스와 모두에게 미안하네. 밑도 끝도 없는 말을 해서." 메살라는 쾌활하게 지껄였다. "모든 훌륭하신 신들을 걸고 맹세하는데, 더이상 인내심을 시험하지는 않을 테니 이제 나를 좀 도와주게. 보라고!" 메살라는 웃으며 다시 주사위 상자에 손을 올려놓았다. "자, 이제 내가 신탁을 전하는 무녀들과 그들의 비밀을 얼마나 꽉 잡고 있는지 보라고! 아리우스의 아들이 나타난 배경이 모호하다고 한 것 같은데. 그것에 대해서 말해보게."

"뭐 그리 대단한 것은 아닐세, 메살라." 드루수스가 대답했다.

---

98) 올림피아 제전, 피티아 제전, 네미아 제전과 함께 고대 그리스의 4대 제전으로 꼽혔다.

"유치한 이야기라네. 집정관 아리우스가 해적을 소탕하러 나섰을 때 그는 혈혈단신이었다네. 그런데 돌아올 때는 한 소년을 데리고 나타났지. 지금 우리가 말하고 있는 그자 말이야. 그리고 다음날 양자로 입양했고."

"입양했다고? 그게 정말인가, 드루수스? 이야기가 점점 재미있어지는데! 그래 집정관은 어디서 그를 발견했다고 하나? 그리고 대체 그는 정체가 뭐고?"

"그야 뭐 아리우스의 아들 본인 말고 누가 제대로 답해 줄 수 있겠나, 메살라? 거참! 아무튼 당시에는 아직 사령관이었던 집정관은 교전 중에 지휘하던 갤리선을 잃고 말았지. 돌아오던 배가 유일한 생존자인 집정관과 또 다른 사람이 널빤지에 매달려 떠다니는 것을 발견했다네. 내가 지금 해주고 있는 이야기는 그들을 건져 올린 사람들에게서 들은 것이니 적어도 믿을 만한 소식통이지. 틀린 법이 없거든. 그들 말로는 널빤지에 함께 타고 있던 집정관의 동반자는 유대인이었다고 하네."

"유대인이라고!" 놀라서 메살라가 되뇌었다.

"그리고 노예였고."

"뭐라고 드루수스? 노예였다고?"

"두 사람을 갑판으로 끌어올렸을 때, 집정관은 사령관의 갑옷을 입고 있었고, 다른 한 사람은 노잡이 차림이었다네."

그때까지 탁자에 기대 있던 메살라가 갑자기 벌떡 일어났다.

"갤리선이라." 메살라는 그 단어에서 말을 삼키더니 주위를 둘러보았다. 생전 처음 당황한 모습이었다. 바로 그때 커다란 포도주 병과, 과일과 말린 과일 바구니와, 대부분 은으로 된 잔들을 든 노예들이 방 안으로 들어 왔다. 그 광경을 보고 묘안이 떠올랐는지 메살라는 갑자기 의자 위로 올라갔다.

그리고는 분명한 음성으로 말했다. "테베레 강의 사나이들이여, 우리의 대장을 기다리는 이 시간을 바쿠스 신의 향연으로 바꾸어보자고. 향연의 우두머리로 누구를 뽑을까?"

드루수스가 일어나 거들었다.

"그야 향연을 개최하는 사람 말고 누가 우두머리가 될 수 있겠나? 대담하게, 로마인들이여."

그곳에 있던 사람들이 이구동성으로 외쳤다.

메살라는 머리에 썼던 화관을 벗어 드루수스에게 주었고, 드루수스는 탁자로 올라가 모든 사람이 보는 앞에서 그것을 다시 메살라에게 씌워줌으로써 그를 그날 밤 향연의 우두머리로 만들어 주었다.

"처음에 나와 함께 방으로 들어온 친구들이 탁자에서 방금 일어났군. 기왕이면 제대로 격식을 갖춰 향연을 벌이자고. 술이 제일 취한 사람을 골라 이리 데려오게."

몇 사람이 크게 대답했다. "여기 있네, 여기 있어!"

그러자 바닥에 꿇아떨어져 있던 한 청년이 앞으로 끌려 나왔는데, 얼마나 곱상하게 생겼는지 머리에 화관을 씌우고 손에 지팡이만 쥐어주면 주신인 바쿠스가 환생한 것으로 여겨질 정도였다.

"그를 탁자 위로 끌어올리게."

그러나 청년은 몸을 가눌 수가 없었다.

"드루수스 그를 좀 도와주게."

드루수스는 인사불성인 청년을 팔에 안았다.

그러자 메살라는 깊은 정적이 흐르는 가운데 만취한 인물을 향해 말했다. "오, 바쿠스! 신들 중에서도 가장 위대한 분이시여, 오늘 밤 자비를 베푸소서. 저를 위해, 그리고 당신을 따르는 이들을 위해 저는 이 화관을," 그는 머리에서 화관을 벗어 경건하게 들어올렸다. "이 화관을 다프네 숲에 있는 당신 제단에 바치나이다."

그러면서 메살라는 절을 하고 머리에 화관을 다시 쓰고는 몸을 숙여 주사위를 꺼내고 웃으며 말했다. "봤지, 드루수스. 맹세코, 그 데나리 우스는 내 차지일세!"

무서운 거인신 아틀란티스가 춤을 추듯 바닥이 울릴 정도로 큰 함성 이 일며 광란의 향연이 시작되었다.

## 13. 족장의 말들과 인사하다

일데림 족장은 유력한 인물이어서 한 번 행차할 때면 많은 사람을 거느리고 나섰다. 부족으로부터 신망을 얻고 있었으므로 시리아 동쪽의 사막에서는 많은 사람들이 따르는 족장으로서 대공 같은 지위를 누렸다. 도시 사람들로부터도 좋은 명망을 얻고 있어서 동방의 왕까지는 아니더라도 가장 부유한 인물로 통했다. 그리고 돈은 말할 것도 없고 하인과 낙타, 말, 온갖 종류의 가축 등을 소유한 거부임에 틀림없었으므로 나그네에게 자신의 위엄을 최대한 보여주는 것은 물론 개인적 자부심과 만족감이 충족되는 것을 좋아했다. 그러므로 독자들은 종려나무 과수원에 있는 그의 천막을 자주 언급한 것을 오해하지 않기를 바란다. 일데림은 그곳에 정말로 근사한 도와르, 천막촌을 갖고 있었다. 좀 더 설명하자면 족장 본인, 손님, 총애하는 처첩들이 기거하는 커다란 천막 세 개가 있었고, 좀 더 작은 예닐곱 개의 천막은 하인들과 수행원들이 쓰고 있었다. 수행원은 무예가 뛰어나고 말을 잘 타며 용감한 장정들 가운데 호위대로 뽑아서 데려온 사람들이었다.

호위대 덕분에 어떤 종류의 재산이든 그의 과수원에서는 안전했다. 그렇더라도 도시에 가는 사람의 습성상 호위대를 대동하지 않는 것은 지혜롭지 않은 일이었으므로 젖소, 낙타, 염소 등 대체로 사자나 도둑이 노릴 만한 재산들은 천막 안에 두었다.

제대로 평가하자면, 일데림은 자기 부족의 모든 관습을 잘 지켜 아무리 하찮은 것이라도 소홀히 하지 않았다. 따라서 과수원에서의 삶은 사막에서의 삶과 다르지 않았고, 한 걸음 나아가 옛 가부장 생활방식을 뛰어나게 재현해 놓은 모습이었다. 고대 이스라엘의 참된 목가적 삶을 그대로 옮겨 놓은 듯했다.

대상의 행렬이 과수원에 도착했던 아침으로 되돌아가 보자. 그는 말을 멈추고 창을 땅바닥에 꽂으며 말했다. "여기에 천막을 세워라. 남쪽으로 문을 내라. 이렇게 호수를 바라보게 해라. 사막의 자손들이 해가 지는 쪽에 앉게 말이다."

마지막 말과 함께 일데림은 커다란 종려나무 세 그루가 무리지어 있는 곳으로 가더니 그 가운데 하나를 마치 말의 목이나 사랑하는 아이의 볼을 쓰다듬기라도 하듯이 어루만졌다.

족장 말고 그 누가 대상에게 가던 길을 멈추고 이곳에 천막을 치라고 할 수 있겠는가? 꽂았던 창을 빼내고 벌어진 그 틈새에 천막의 첫 기둥 바닥이 세워져 앞 출입구의 중심이 되었다. 그러고 나서 나머지 여덟 개의 기둥이 가로와 세로로 세 개씩 세워졌다. 부르는 소리에 여인들과 아이들이 들어왔고, 낙타에 매어놓았던 봇짐이 풀어졌다. 여인들이 없다면 다음 일들은 누가 하리? 여인들이 무리에 있던 갈색 염소에서 털을 깎아내고 그것을 꼬아 실로 잣지 않던가? 그렇게 만든 실로 천을 짜 그 천들을 한 땀 한 땀 꿰매어 완벽한 지붕을 만들어내는 것도 여인들의 몫이 아니던가? 그렇게 만들어낸 지붕이 멀리서는 게달(Kedar)[99]의 천막처럼 검게 보였지만 사실은 짙은 갈색이었다. 그리고 마지막으로, 족장을 따르던 식솔들이 모두 합심하여 농담과 웃음을 주고받으며 기둥에서 기둥 사이로 캔버스 천을 펼쳤고, 말뚝을 박아 끈으로 고정시켰다! 사막의 식대로 구조물을 마감하는 널따란 갈대 매트 벽을 세우고 난 후에는 초조한 기색을 띤 채 주인의 평가를 기다렸다! 그러면 일데림이 안팎으로 드나들며 해와 나무와 호수와 조화를 이루는지 이모저모

---

99) 사라의 몸종인 하갈이 아브라함에게 낳아준 이스마엘의 둘째 아들. 검은 피부라는 뜻이다.

를 꼼꼼히 살핀 후 아주 흡족한 듯이 손을 비비며 칭찬했다. "잘했다, 수고했어! 너희들이 잘 아는 대로 천막을 세웠으니 오늘 밤에는 야자술을 곁들인 빵과 꿀을 탄 우유에 새끼 염소도 한 마리 잡아 굽도록 하자. 얼마나 잘 된 일이냐! 호수가 바로 우리의 우물이니 시원한 물도 충분하겠다, 배를 곯을 이도 없을 테고, 이곳이 온통 푸른 풀밭이니 가축들도 포식하게 생겼다. 자, 가자!"

그렇게 일데림의 명령이 떨어지기 무섭게 사람들은 각자 자기들이 거처할 천막을 세우려고 뿔뿔이 흩어졌고, 몇몇 사람만 남아 족장의 천막 내부를 꾸몄다. 남자 하인들은 가운데 늘어선 기둥들에 커튼을 달아 내부를 두 개의 방으로 만들었다. 오른쪽 방은 일데림이 거처할 방이고, 나머지 방은 그의 최고의 보물인 말들을 위해 마련된 방이었다. 하인들이 말들을 안으로 데려오면 일데림은 입을 맞추고 사랑스럽게 쓰다듬으며 풀어 주었다. 중앙 기둥에는 무기를 보관할 선반을 세우고는 투창과 창과 활과 화살과 방패를 얹어두었다. 선반 바깥쪽에는 족장의 초승달 모양의 검을 걸어두었다. 그 검의 칼날은 손잡이에 박힌 보석 못지않게 반짝거렸다. 선반 한쪽 끝에는 왕의 시종들의 제복처럼 색채가 화려한 마구들을 걸어두었고 다른 쪽에는 모직 예복과 아마포 예복, 튜닉과 바지, 머리에 쓸 두건 등 족장의 의복들을 진열해 놓았다. 하인들은 주인이 됐다고 말하기 전까지는 일손을 멈추지 않았다.

그 사이 여인들이 들어와 일데림 족장에게는 아론의 수염처럼 흰 수염을 늘어뜨리는 것보다 더 필수적인 침상을 설치했다. 우선 한 쪽이 트인 'ㄷ'자 모양의 틀을 만든 후 그 위에 방석을 깔고 갈아 끼울 수 있는 폭신한 갈색과 노란색 줄무늬 시트로 덮었다. 한쪽 구석에는 푸른색과 진홍색 천으로 커버를 씌운 베개와 긴 쿠션을 놓았다. 그리고 침상 주위와 안쪽 공간에 카펫을 깔았다. 그렇게 침상 아래부터 천막 입구까지 카펫을 깔아놓는 것으로 그들의 일은 끝이 났다. 그러면 좋다는 주인의 말이 떨어질 때까지 또 기다렸다. 주인이 흡족해하면 이제는 물동이를 가지고 나와 물을 길어오고 가죽 자루에 야자술을 담아 걸어놓는 일만 남았다. 자루 속에 담긴 야자술은 발효되어 내일이면 발효주가 된다. 이러니 일데림이 종려나무 과수원 아래, 달콤한 물 가득한 호숫가 천막에서 그토록 행복하고 관대하지 않을 이유가 없는 것이다.

벤허가 문에 나타나기 전까지 천막은 그렇게 준비되었다.

종들은 이미 주인의 분부를 기다리고 있었다. 하인 한 사람이 일데림의 신발을 벗겼고, 또 다른 하인도 벤허의 로마식 신발의 끈을 풀었다. 신발을 벗은 두 사람은 흙먼지 묻은 겉옷을 벗고 하얀 아마포 옷으로 갈아입었다.

"들어오게, 하나님의 이름으로 환영하네. 들어와 편히 쉬게나." 주인인 족장은 예루살렘의 시장터에서 쓰는 말씨로 따뜻하게 벤허를 맞이하더니 곧장 침상으로 이끌었다.

"나는 여기에 앉을 테니 손님은 저쪽에 차려드려라."

하녀쯤 되는 여인이 대답하더니 등에 기대어 편히 쉴 수 있도록 쿠션과 베개를 솜씨 좋게 쌓아올렸다. 두 사람이 침상에 걸터앉자 그 사이 호수에서 길어온 신선한 물을 가져와 발을 씻긴 후 수건으로 닦아 주었다.

손님맞이 준비가 끝나자 일데림이 가느다란 손가락으로 수염을 쓰다듬으며 말을 꺼냈다. "사막에서는 식욕이 왕성하면 장수한다는 말이 있다네. 자네 나라에서도 그런가?"

"그 법칙에 따르면, 저는 백년은 살겠습니다. 족장님 문 앞의 늑대처럼 굶주렸으니까요."

"하하 그런가. 그러나 늑대처럼 쫓겨날 걱정은 말게나. 가축 중에서도 제일 훌륭한 놈으로 진상해 줄 테니."

일데림은 손뼉을 쳐서 하인을 불렀다.

"손님 천막에 계신 어르신을 찾아가 나 일데림이 그분께 평화가 흐르는 물처럼 끊이지 않길 바란다는 인사를 전해드려라."

기다리던 하인이 절을 했다.

"또한 다른 손님을 모시고 돌아와 식사를 하려고 하니 현자 발타사르만 괜찮으시다면 소찬이나마 세 사람이 함께 드시자고 전하여라."

하인이 나가고 나자 일데림이 말했다.

"이제 우리도 좀 쉬도록 하지."

일데림은 침상 위에 자리를 잡고 오늘날 다마스쿠스 시장 상인들이 융단 위에 앉듯이 깔개 위에 앉았다. 이제 좀 편한 자세가 되자 일데림은 수염을 쓰다듬던 손길을 멈추고 진지하게 물었다. "이제 그대가 내 손님이 되어 야자술도 마셨고 곧 식사도 하게 될 터이니 한 가지 물어봐도 괜찮겠지. 그대는 뉘신지?"

벤허는 일데림의 시선을 침착하게 견디며 대답했다. "일데림 족장님, 제가 당신의 정당한 요구를 소홀히 다루는 자로 생각지 말아 주시길 간청합니다. 하지만 족장님도 살면서 그런 질문에 답하는 것은 곧 자신에게 죄를 짓는 것이나 마찬가지인 적이 있지 않으셨나요?"

"솔로몬 왕의 영화에 걸고 맹세하건대, 물론 있었지! 자기 자신을 저버리는 짓은 부족을 저버리는 것만큼이나 비열한 짓이라네."

"감사합니다, 감사해요. 훌륭하신 족장님! 그보다 더 좋은 대답은 없군요. 당신께서는 제가 믿을 만한 사람인지 확인해보시려는 것을 알겠습니다. 저의 하찮은 과거보다는 그것을 확인하는데 관심이 있으신 거죠."

족장이 긍정의 뜻으로 고개를 끄덕이자 벤허는 그 기회를 놓치지 않고 말을 이었다.

"그렇다면 말씀드리겠습니다. 우선 저는 제 이름이 나타내는 것처럼 로마인은 아니랍니다."

일데림은 가슴 위로 흘러내리던 수염을 움켜쥐고는 무성하게 드리운 눈썹 그늘 사이로 눈을 약간 반짝이며 벤허를 응시했다.

"다음으로, 저는 이스라엘 유다 지파 사람입니다."

그 말에 족장은 양미간을 약간 올렸다.

"그것만이 아닙니다. 족장님, 당신이 당하신 고통에 비하면 새 발의 피이긴 하지만 저 역시 로마에 원한을 갖고 있는 유대인입니다."

이제 일데림은 안달하듯이 조급하게 수염을 쓰다듬었고 눈 위로 눈썹이 떨어져 반짝거리던 눈을 가리는 것도 아랑곳하지 않았다.

"또 있습니다. 일데림 족장님, 맹세하건대, 주님께서 저희 선조들과 맺으신 계약을 걸고 말씀드리는데, 제가 그 원한을 갚을 수 있게만 해주신다면 경주에서 얻은 상금과 영예는 족장님께 드리도록 하겠습니다."

그 소리를 들은 일데림은 안색이 확 피며 고개를 쳐들었고 얼굴이 빛나기 시작했다. 만면에 화색이 도는 것을 볼 수 있었다.

"그걸로 충분하다네! 자네의 혀뿌리에 조금이라도 거짓이 똬리를 틀고 있다면 제아무리 솔로몬이라 해도 당해낼 수 없을 거라네. 자네가 로마인이 아니라는 것, 유대인으로서 로마에 원한을 갖고 있다는 것, 복수를 꿈꾸고 있다는 것 모두 믿네. 그리고 그 점만으로도 충분하다네. 하지만 자네 실력이 궁금하지 않을 수 없는데, 전차를 몰아본 경험은 있나? 그리고 말들은? 자네 맘대로 부릴 수 있는지? 말들이 자네를 알게 할 수 있나? 부르면 오고, 가라고 하면 가고, 마지막 호흡과 힘까지 발휘하게 할 수 있나? 그리고 나서 마지막 순간에 젖 먹던 힘까지 짜내어 모든 말들을 앞지르게 할 수 있겠나? 이보게, 재능은 아무나 타고 나는 것이 아니라네. 그것은 하나님의 탁월함에 의해 발휘될 뿐이지! 내가 아는 왕은 수백만 명을 통치하며 완벽한 군주로 군림하였지만 말한 마리의 존경심을 얻어내지는 못하였다네. 들어보게나. 나는 하인들이나 타는 그런 시시한 종류의 말을 이야기하는 것이 아니라네. 혈통과 생김새가 하찮고 기개도 없는 그런 말이 아니지. 내 말들은 다르다네. 왕에게나 어울릴법한 녀석들이지. 혈통은 초대 파라오의 말까지 거슬러 올라간다네. 나와 함께 오래 친분을 쌓아온 동지이자 친구요, 천막에서 함께 사는 놈들이어서 나와 이심전심으로 통한다네. 본래 지닌 본능과 감각에 우리의 지성과 영혼이 더해져 녀석들은 우리가 알고 있는 야망, 사랑, 증오, 경멸까지도 모두 느낄 수 있다네. 전쟁에서는 영웅과도 같고, 정숙한 여인처럼 믿을 수 있지. 거기 아무도 없느냐!"

부르는 소리에 하인 하나가 들어왔다.

"내 아랍 말들을 데려오너라!"

하인이 들어와 천막을 갈라놓고 있던 커튼을 옆으로 밀자 그 안에 있던 말들이 모습을 드러냈다. 녀석들은 들어가도 좋은지 확인이라도 하려는 듯 있던 곳에서 잠시 머뭇거렸다.

일데림이 말들을 향해 말했다. "들어오너라! 왜 거기 서 있어? 우리 사이에 뭘 가리고 그래? 들어오라니까!"

그러자 말들은 천천히 발을 들여놓았다.

"이스라엘의 후손이여, 자네의 조상 모세는 대단한 인물이었네. 하지만 하하하! 그가 자네의 조상들에게 밭을 갈 황소와 멍청하고 느려터진 당나귀는 허용하면서 말들은 소유를 금한 것을 생각하면 웃지 않을 수 없단 말일세. 하하하! 그가 만일 저 녀석과 이 녀석을 보았더라도 그리 했을 것 같나?" 일데림은 그렇게 말하며 맨 먼저 다가온 말의 머리에 손을 올려놓고 매우 자랑스러운 듯 다정하게 쓰다듬었다.

그 모습을 보며 벤허가 친절하게 대답했다. "족장님, 그것은 잘못 생각하신 겁니다. 모세는 하나님께서 사랑한 율법 제정자인 동시에 전사이기도 했습니다. 그리고 전쟁을 수행하려면, 다른 어떤 짐승들 가운데에서도 이러한 말들을 사랑하지 않고 가능했겠습니까?"

사슴의 눈처럼 부드럽고 무성한 앞 갈기에 반쯤 가려진 커다란 눈망울과 끝이 뾰족하고 앞으로 잘 구부러진 작은 귀가 달린 우아한 머리가 콧구멍을 벌리고 윗입술을 움직이며 벤허의 가슴 쪽으로 다가왔다. 녀석은 마치 '당신은 누구죠?'라고 사람이 말하듯 분명히 묻고 있는 것 같았다. 벤허는 그 녀석이 경주에서 보았던 네 마리 말 가운데 하나라는 것을 알아보고는 손을 내밀었다.

"어떤 놈들은 이렇게 말할 걸세, 망할 작자들!" 족장은 인격모독을 참을 수 없다는 듯 말을 이었다. "아마도 장담하건대, 최고의 혈통인 우리 말들이 페르시아의 네시아 초원이 원산지라고 말하는 작자도 있을 거라네. 하나님께서는 최초의 아랍인에게 나무 없는 몇몇 산과 여기 저기에 쓴 우물만 있는 끝없는 모래 황무지를 주시면서 이렇게 말씀하였다네. '봐라, 너의 땅이다!' 그런데 불쌍한 아랍인이 불평하자 전능하신 분께서는 불쌍히 여겨 다시 말씀하셨네. '힘 내거라! 너에게 다른 사람들보다 두 배로 복을 주겠다.' 그 말씀을 들은 아랍인은 하나님께 감사하고는 믿음을 갖고 하나님이 내려주신 복을 찾으러 출발했다네. 우선 받은 땅 끝까지 가보았지만 찾지 못하였지. 그러자 사막에 길을 내며 계속 앞으로 나아갔네. 그랬더니 사막 한가운데에 보기만 해도 몹시 아름다운 푸른 숲이 있었네. 그리고 섬 한가운데에는 어라! 놀랍게도 한 무리의 낙타와 말 떼가 있는 것 아니겠는가! 그는 그것들을 끌고 가서 잘 보살폈네. 그것들이야말로 하나님의 가장 좋은 선물이었다네.

그리고 바로 그 푸른 숲으로부터 오늘날 지구상에 있는 모든 말들이 퍼져나간 것이라네. 심지어 네시아 초원으로까지 전해졌지. 그리고 북쪽으로는 매서운 폭풍의 바다에서 불어오는 돌풍이 늘 펄럭이는 혹독한 골짜기까지 퍼졌다네. 이 이야기는 틀림없는 사실이니 의심하지 말게. 그래도 못 믿겠다면 아랍인을 위한 부적도 아무런 효과가 없을 거라네. 아니지, 내가 증거를 보여 주겠네."

일데림은 또 손뼉을 쳤다.

"가서 족보를 가져오너라."

기다리는 동안 족장은 말들의 얼굴을 쓰다듬기도 하고 손가락으로 앞 갈기를 빗어주기도 하는 등 한 마리 한 마리 기억하고 있다는 표시를 하며 말들과 놀았다. 드디어 분부 받은 하인이 놋쇠 띠로 보강되고 놋쇠 경첩과 조임새가 달린 향나무 상자들을 들고 나타났다.

하인이 상자들을 침상에 전부 내려놓자 일데림이 말했다. "아니다, 그것들 전부 가져오라고 한 것이 아니다. 오로지 말들의 족보만 있으면 된다. 그거 하나면 돼. 그 상자만 열고 나머지는 도로 가져가거라."

상자가 열리자, 은고리에 꿴 상아 석판 덩어리가 나타났다. 석판은 면병만큼이나 얇았으므로 고리 하나마다 수백 개의 석판이 달려 있었다.

일데림은 고리들 가운데 몇 개를 손에 들고는 말했다. "거룩한 도성 예루살렘의 성전에서는 이스라엘의 모든 사내아이의 이름을 기록한다고 들었네. 그래서 누구나 족장보다도 앞선 가문의 계보를 알아낼 수 있다고 하던데. 우리 선조들도 하나님께서 선사한 그 푸른 숲의 선물을 기억하기 위해 그 방법을 말들에게 적용하는 것은 죄가 아니라고 생각했네. 자, 이 서판을 보게!"

벤허는 고리들을 받아들고 서판을 넘겨가며 말들의 족보를 살펴보았다. 거기에는 뾰족한 금속을 달구어 그 끝으로 부드러운 표면을 태워 새겨 넣은 간소한 아라비아 상형문자가 적혀 있었다.

"이스라엘의 후예여, 그것들을 읽을 수 있나?"

"아닙니다. 그 뜻이 무엇인지 설명해 주십시오."

"잘 알았네. 각 서판에는 수백 년 동안 우리 선조들에게 태어난 순종 새끼 말들의 이름이 적혀 있다네. 또한 아비와 어미말의 이름도 적혀 있지. 자, 그것들이 얼마나 오래 되었는지 보게나. 이제야 좀 더 확실히 믿을 수 있지 않겠나."

서판은 거의 닳아서 없어졌을 정도로 해진 것들도 있었고, 모든 것이 오랜 세월의 흔적으로 누렇게 변해 있었다.

"그 상자 안에는, 내 장담하는데 완벽한 역사가 담겨 있다네. 어떤 역사에 뒤지 않을 만큼 완벽히 입증된 것이라네. 이 녀석들의 뿌리가 어디에서 나왔는지 훤히 보여 주고 있단 말일세. 지금 자네가 관심을 가지고 쓰다듬어 주길 간청하고 있는 이 녀석도 그 계보를 다 알 수 있다네. 까마득한 옛날에도 내 종마가 된 녀석들에게는 보리를 손으로 떠서 직접 먹여주고 아이들처럼 대화를 나누었다네. 그러면 말로는 표현하지 못해도 아이들처럼 고맙다는 입맞춤을 했다네. 아, 이스라엘의 후손이여, 이제야 자네가 내 말을 믿는 것 같군. 내가 사막의 군주라고 한다면 내 신하들인 이 녀석들을 보게나! 녀석들을 내게서 빼앗아 간다면 나는 대상이 버려두고 떠난 병자나 다름없을 것이라네. 녀석들 덕분에 나는 나이가 들었어도 도시들 사이로 대로를 다니는 것이 전혀 두렵지 않다네. 내가 녀석들과 함께 갈 힘이 남아 있는 한 앞으로도 그렇게 될 일은 없을 거라네. 하하하! 나는 저 녀석들의 조상이 세운 대단한 업적을 자네에게 말해 줄 수도 있네. 적당한 때가 되면 그렇게 하겠네. 당분간은 저 녀석들이 누구에게도 뒤지지 않는다는 걸로 충분하니까. 솔로몬의 칼을 걸고 맹세하건대 저 녀석들이 추격에 실패하는 법은 절대 없다네! 사막에서든 안장을 얹고 달리든 똑같다는 점만 명심하게. 하지만 지금은 잘 모르겠네. 저 녀석들이 전차를 달고 달리는 것은 이번이 처음인데다 여러 가지 변수가 많아서 걱정이라네. 녀석들은 자부심이 넘치는 데다 속도와 지구력도 대단하다네. 잘 맞는 기수만 찾아준다면 우승할 것이 분명하네. 이스라엘의 후예여! 자네가 그 주인이라면 이곳으로 찾아온 오늘이야말로 행복한 날이 될 거라고 맹세하네. 이제 자네에 대해 말해 보게나."

"말씀을 들어보니 왜 아랍인들이 말을 자식처럼 끔찍이 아끼는지 알겠군요. 그리고 아랍 말들이 세계 최고인 이유도 알겠고요. 하지만 훌륭하신 족장님, 제 말로만 저를 판단하시는 것은 원치 않습니다. 아시다시피 인간이 제아무리 장담하더라도 어긋날 때가 있는 법이니까요. 우선 이 부근 평원에서 시험해 볼 기회를 주시어 내일 제 손으로 직접 네 마리를 몰아보게 해 주시죠."

일데림은 다시 얼굴에 희색을 띠며 말을 하려 했지만 벤허가 막았다.

"잠시만요, 훌륭하신 족장님! 좀 더 들어보시지요. 로마에서 스승들로부터 많은 가르침을 받았지만 그때는 그런 가르침이 지금과 같은 때에 도움이 되리라고는 별로 생각지 못했습니다. 족장님의 말들에 대해 드릴 말씀이 있는데, 이 녀석들은 개별적으로는 독수리의 날쌤과 사자의 강인함을 갖고 있지만 전차에 매어 함께 달리는 연습을 하지 않는다면 이길 수 없을 것입니다. 아시겠지만 네 마리 가운데에는 당연히 가장 빠른 녀석과 가장 느린 녀석이 있기 마련입니다. 그리고 경주에서는 가장 느린 녀석도 당연히 뛰는데, 문제는 늘 제일 빠른 놈에게 있습니다. 바로 오늘이 그러했습니다. 가장 빠른 놈이 가장 느린 놈과 보조를 맞추어 뛰도록 기수가 속도를 줄여 주지 못했던 거죠. 물론 제가 시험한다고 해서 반드시 더 나은 결과가 나온다고 할 수는 없습니다. 하지만 결과가 그렇게 나온다면 그대로 솔직히 말씀드리겠습니다. 그 점만은 맹세하죠. 같은 마음으로 말씀드리는데, 그런 까닭에 네 마리를 한 마리처럼 달릴 수 있게 자유자재로 부릴 수만 있다면 족장님께서는 우승 상금과 면류관을 갖게 되시고 저는 후련하게 복수할 수 있게 될 겁니다. 어떠신가요?"

일데림은 그동안 수염을 쓰다듬으며 듣고 있다가 벤허의 말이 끝나자마자 웃음을 터뜨리며 말했다. "자네가 더 훌륭하게 생각되는군. 사막에는 이런 말이 있지. '입에서 나온 말로만 요리를 할 수 있다면 버터 바다인들 못 만들겠는가.' 내일 아침에 말들을 시험할 수 있게 해 주겠네."

그 순간 천막 뒤 출입구에서 인기척이 났다.

"자 이제 저녁 식사를 하도록 하지, 이리 오게나! 저분은 내 친구인 발타사르인데 자네도 알게 될 걸세. 저분은 이스라엘 사람이라면 아무리 들어도 질리지 않을 이야기를 알고 있다네."

그리고 하인에게 일렀다.

"족보들을 챙겨 원래 있던 곳에 잘 갖다놓아라."

하인들은 그가 시키는 대로 했다.

## 14. 천막 안에서의 만찬

만일 독자들이 세 동방박사가 사막에서 만나 함께 식사했던 장면을 떠올린다면 일데림의 천막에서 식사가 어떻게 준비되었는지 알 것이다. 차이가 있다면 더 많은 도구들이 쓰이고 하인들이 정성스레 시중을 들고 있다는 점이다.

하인들은 침상으로 둘러싸인 카펫 위에 깔개 석 장을 깔고, 높이가 30센티미터쯤 되는 식탁을 내온 후 식탁보로 덮었다. 식탁 한 쪽에는 흙을 구워 만든 화덕이 세워졌고 한 여인이 옆 천막에서 방금 빻아온 밀가루로 납작한 빵을 구워 일행의 식탁에 올려주었다.

그 사이 발타사르가 들어왔고, 일데림과 벤허가 선 채로 그를 맞이했다. 헐렁한 검은 실내복을 걸친 그는 힘겹게 걸어 들어왔고, 기다란 지팡이와 하인의 팔에 의지하여 움직이는 동작은 느리고 조심스러워 보였다.

일데림이 예의를 갖추어 인사했다. "평안하신가요, 친구여. 어서 오십시오."

이집트인 발타사르도 머리를 들어 대답했다. "잘 지내셨습니까. 족장님과 일행 분에게도 유일한 진리와 사랑이신 하나님의 평화와 축복이 함께 하기를."

발타사르의 태도는 부드럽고 경건했으므로 경외심마저 느껴졌고, 시선을 벤허에게로 향하며 축복을 빌어 주었다. 움푹 꺼졌지만 반짝거리는 강렬한 두 눈을 마주보며 벤허는 다시 알 수 없는 감정에 휩싸였다. 발타사르의 시선이 어찌나 강렬했는지 그 이유를 알고 싶어 식사를 하는 동안 주름투성이의 창백한 얼굴을 여러 번 살펴보았다. 그러나 발타사르의 표정은 늘 온화하고 차분하며 어린아이처럼 천진난만했다. 잠시 후 벤허는 그것이 온몸에 밴 표정이라는 것을 깨달았다.

일데림은 벤허의 팔에 손을 얹으며 소개했다. "오, 발타사르, 이쪽은 오늘 밤 함께 식사할 청년입니다."

발타사르는 벤허를 바라보더니 다시 놀란 것 같았고 뭔가 의아해하는 눈치였다. 그 모습을 보고 족장이 말을 이었다. "내일 제 말을 시험하게 해 주겠다고 약속했지요. 그리고 모든 일이 순조롭게 잘 풀린다면 경기장에서 녀석들을 몰게 될 거고요."

발타사르는 벤허를 바라보는 시선을 거두지 않았다.

일데림은 영문을 몰라 곤혹스러워하며 말을 이었다. "매우 믿을 만한 청년입니다. 당신은 로마의 유명한 장군 아리우스의 아들로 알고 있겠지만," 일데림은 잠시 머뭇거리다 웃으며 말했다. "청년 말로는 자기가 이스라엘 사람인 유다 지파라는군요. 그리고 하나님의 영광에 걸고 맹세코, 저는 이 청년 말을 믿습니다!"

발타사르는 결국 자초지종을 털어놓지 않을 수 없었다.

"오 관대한 족장님, 오늘 아주 위험한 상황을 겪었는데, 어느 청년이 아니었다면 목숨을 부지하지 못했을 겁니다. 다른 사람들은 모두 도망쳤는데 그 젊은이가 뛰어들어 저를 구해 주었지요. 그런데 이 청년과 똑같이 생겼답니다." 발타사르는 벤허에게 직설적으로 물었다. "자네가 그 청년이 아닌가?"

벤허는 겸손하게 예의를 갖춰 대답했다. "그렇게 물으시니 말씀드리지 않을 수 없군요. 맞습니다. 제가 오늘 카스탈리아 샘에서 어르신을 향해 돌진해 오던 무례한 로마인을 제지시켰습니다. 따님께서 감사의 표시로 이 잔을 주셨지요."

그러면서 튜닉 앞섶에서 잔을 꺼내어 발타사르에게 건네주었다.

쇠약한 발타사르의 안색에 갑자기 화색이 돌았다.

그는 벤허에게 손을 내밀며 떨리는 음성으로 말했다. "오늘 주님께서는 카스탈리아 샘에서 자네를 내게 보내 주셨네. 그리고 지금 또다시 보내 주셨구먼. 주님께 감사드리네. 자네도 찬미를 드리게나. 생명의 은인인 자네에게 사례를 하는 것은 당연한 일일세. 그 잔은 이미 자네에게 준 것이니, 부디 받아 주게나."

벤허는 선물을 돌려받았고, 발타사르는 일데림의 궁금한 표정을 보고는 그날 샘에서 일어났던 일을 말해 주었다.

이야기를 다 듣고 난 일데림 족장이 벤허에게 말했다. "뭐라고! 왜 그 일에 대해 일언반구도 없었나? 그 말을 했더라면 자네를 금세 신뢰했을 텐데. 나야말로 아랍인이요, 수만 명이나 되는 부족을 통솔하는 족장이 아니던가? 그리고 발타사르 이 양반은 내 손님일세. 그러니 내 손님에게 하는 것이 곧 내게 하는 것이 되지 않겠는가? 이곳이 아니라면 어디에 가서 보답을 받겠는가? 그리고 내가 아니라면 그 누가 보답을 해 주겠는가?"

말을 마칠 무렵 족장은 흥분하여 언성을 높였다.

"훌륭하신 족장님, 용서해 주십시오. 저는 결코 보답을 받고 싶어 온 것이 아닙니다. 그럴 생각은 추호도 없었습니다. 족장님의 하찮은 종이라고 해도 오늘 이 훌륭한 어르신과 같은 상황에 처했다면 기꺼이 도와주었을 것입니다."

"하지만 이분은 내 친구이자 손님이지 종이 아니란 말일세. 그러면 운세도 확 바뀐다는 것을 모르는가?" 그리고는 발타사르에게 덧붙여 말했다. "아, 하나님의 영광에 맹세코! 이 젊은이는 로마인이 아니라는 점을 다시 말씀드립니다."

그 말과 함께 일데림은 몸을 돌려 저녁 식사 준비를 거의 마친 하인들에게로 관심을 돌렸다.

사막에서 세 사람이 만났을 때 발타사르가 했던 이야기를 기억하는 독자들은 귀천을 가리지 않는 벤허의 사심 없는 태도가 어떤 인상을 주었을지 알 수 있을 것이다. 발타사르 역시 차별하지 않고 모든 사람을 사랑했다는 점을 기억해야 할 것이다. 그가 간절히 기다리고 있는 하나님의 구원 역시 모든 사람을 대상으로 하는 것이었다. 그래서 벤허의 주장은 자기 생각과 비슷하게 들렸다. 그는 벤허에게 한 걸음 다가가 솔직하게 물었다.

"자네를 뭐라고 불러야 한다고 했지? 로마식 이름이었던 것 같은데."

"아리우스입니다. 아리우스 2세라고 하죠."

"그런데도 자네는 로마인이 아니란 말이지?"

"저희 가족은 모두 유대인이었습니다."

"이었다고 말했나? 그럼 지금은 생존해 있지 않단 말인가?"

그것은 단순하면서도 날카로운 질문이었다. 하지만 일데림이 끼어든 덕분에 벤허는 대답을 하지 않아도 되었다.

"오시죠, 식사가 다 준비되었답니다."

벤허가 발타사르를 부축하여 식탁으로 데려갔다. 세 사람은 동방식 깔개 위에 모두 자리를 잡고 앉아 대야가 들어오자 손을 씻은 후 수건에 닦았다. 족장의 손짓에 하인들이 동작을 멈추자 발타사르의 거룩한 음성이 떨리듯 흘러나왔다.

"만물의 아버지이신 하나님! 여기 있는 모든 것은 당신께서 주신 것이오니 진심으로 감사드립니다. 당신의 뜻을 이룰 수 있도록 저희를 축복하소서."

그것은 바로 수년 전 사막에서 발타사르가 그리스인 가스파르와 인도인 멜키오르와 함께 드린 감사의 기도였다. 당시 세 사람은 식사 중에 각기 다른 언어로 말했지만 다 알아들음으로써 하나님이 현존하시는 기적을 체험했다.

세 사람이 식사를 시작한 식탁은 화덕에서 갓 구워낸 따뜻한 빵과 밭에서 따온 신선한 채소, 고기, 야채를 섞은 고기 요리, 암소 젖, 꿀과 버터 등 동방의 맛난 음식들로 풍성하게 차려졌다. 나이프, 포크, 수저, 컵, 접시 등 현대의 식기는 전혀 사용하지 않았다. 다들 무척이나 배가 고팠는지 처음 얼마 동안은 묵묵히 식사에만 열중했다. 요리를 다 먹어치우자 손을 씻고 무릎에 올려놓았던 천을 털어내고 후식을 먹을 차례가 되었다. 이제는 어느 정도 허기도 가라앉자 다시 대화가 시작되었다.

세 사람은 아랍인, 유대인, 이집트인으로 각기 다른 민족이었지만 모두 한 분이신 하나님을 믿고 있었으므로 당연히 화제는 하나님에 대한 것일 수밖에 없었다. 그 말을 할 적임자는 별을 통해 하나님을 뵙고, 음성을 직접 듣고, 성령에 의해 기적과도 같이 그 먼 곳으로 인도되어 그토록 가까이서 하나님을 체험한 발타사르였다. 그리고 당연히 그의 이야기는 세상에 증거하라는 소명을 받은 아기 예수의 탄생이 될 수밖에 없었다.

## 15. 발타사르의 놀라운 이야기

석양 무렵이 되자 종려나무 과수원에는 산 그림자가 길게 드리웠다. 하늘은 보랏빛으로 물들고, 대지는 해질녘의 어스름에 졸고 있는 감미로운 시간도 잠시, 순식간에 밤이 찾아왔다. 천막 안에 땅거미가 지자 하인들은 네 갈래 가지에 은 램프와 기름접시가 달린 놋쇠 촛대 네 개를 가져와 식탁 모퉁이에 올려놓았다. 불 켜진 은 램프에서 나오는 불빛을 받으며 세 사람은 그 지역 사람들에게 모두 친숙했던 시리아 말로 대화를 이어나갔다.

발타사르는 사막에서 세 동방박사가 만났던 이야기를 해 주었다. 일데림 족장의 말대로 27년 전 12월 세 사람은 헤롯을 피해 도망치다가 일데림의 천막을 찾았다고 했다. 벤허와 일데림은 굉장한 호기심을 느끼며 귀를 기울였다. 옆에 있던 하인들조차 귀를 쫑긋 세우고 꾸물거리면서 엿들었다. 벤허는 이스라엘 백성과 가장 깊은 관련이 있으며, 모든 인류와도 관련이 있는 계시를 듣는 사람이 된 양 발타사르의 이야기를 받아들였다. 이제 곧 알겠지만, 그의 마음속에서는 그 계시를 완전히 받아들이진 않았어도 삶을 바꾸게 될 한 가지 생각이 구체화되고 있었다.

이야기가 진행될수록 벤허는 점점 더 강렬한 인상을 받았다. 이야기를 다 듣고 난 후에는 너무도 심오한 느낌을 받아서 진위 여부에 대해서는 전혀 의심하지 않았다. 다만 그 놀라운 일을 확실히 믿을 수만 있다면 더 이상 바랄 나위가 없었다.

아무래도 이쯤에서 설명이 필요할 것 같다. 이야기가 시작된 무렵인 마리아의 아들이 태어난 시점으로 돌아가 보자. 베들레헴의 동굴에서 어머니 무릎에 누워 있던 그 아기는 발타사르에게 경배받고 난 이후에 딱 한 번 등장했을 뿐이다. 그러므로 신비에 싸인 그 아기가 어떻게 되었는지는 앞으로 계속 다루어지게 될 것이며, 지금 일어나고 있는 일련의 사건들을 따라가다 보면 그에게 점점 가까이 다가가 결국에는 성장한 그의 모습을 보게 될 것이다. 그는 그저 평범한 어른으로 성장한 것이 아니라, '세상을 구원으로 이끈 사람'이 되었다. 신앙이 깊은 사람이라면 아주 단순해 보이는 이 말에 깊이 공감할 것이다. 물론 예수 전후에도 특정 민족과 시대에 꼭 필요한 인물들은 있었지만 예수는 유례를 찾아볼 수 없을 정도로 유일하게 모든 민족과 시대를 초월하여 꼭 필요한 신성한 존재이다.

일데림 족장에게 그 이야기는 처음 듣는 것이 아니었다. 족장은 확실한 상황에서 세 동방박사들로부터 직접 그 말을 듣고 진지하게 대처했다. 헤롯 1세의 진노를 피해 도망쳐 온 이들을 도와준다는 것 자체가 위험한 일이었기 때문이다. 그런데 이제 그들 가운데 한 사람이 반가운 손님이자 존경하는 친구로서 이렇게 함께 식탁에 앉아 있다. 일데림 족장은 분명히 그 이야기를 믿었다. 그러나 가장 중요한 사실에 대해서는 벤허만큼 절실히 느껴지지 않았다. 그도 그럴 것이 그는 아랍인으로서 그 아기가 어떻게 되었는지에 대한 관심이 보통 사람들과 다를 바 없었기 때문이다. 반면에 벤허는 이스라엘의 유대인으로서, 그 사건의 진실에 특별한 관심을 갖고 있을 수밖에 없었다. 그는 순전히 유대인의 마음으로 그 상황을 이해했다.

유대인으로서 벤허는 태어나면서부터 메시아에 대해 들어왔다. 학교에서는 선택된 민족인 이스라엘의 특별한 영예이자 희망이요, 경외의 대상인 메시아에 대한 모든 것을 배웠다. 처음부터 마지막까지 영웅적인 계보를 이어갔던 예언자들은 메시아에 대해 예언했다. 그분의 도래는 늘 율법학자들의 논쟁거리였다. 회당에서, 학교에서, 성전에서, 금식일이든 절기이든, 공적인 자리에서나 사적인 자리에서나, 이스라엘 선생들은 학생들의 귀에 못이 박히도록 그 말을 되풀이해 가르쳤다. 그래서 아브라함의 후손들은 어떤 운명에 처하든 메시아를 고대하며 말 그대로 무쇠처럼 강건한 삶을 이어왔다.

상황이 이렇다보니 당연히 유대인들 사이에서도 메시아에 대해 의견이 분분할 수밖에 없었다. 하지만 모든 논쟁은 언제나 한 가지 요점으로 귀결되어, 언제 그분이 오실 것인가로 모아졌다.

그 점에 관해 파헤치는 것은 설교자의 몫일 뿐, 작가의 몫은 이야기를 이어가는데 있다. 그 본분에서 벗어나지 않기 위해 모든 이스라엘 사람들에게 경이로운 사건인 메시아에 관련된 사항만을 다루겠다. 즉, 그분이 언제 '유대인의 왕'으로 오실 것이냐는 부분에만 주목할 것이다. 정치적인 왕으로서 유대인들의 왕이 될 메시아는 그들의 도움으로 세상을 무력으로 정복할 것이며, 유대인들의 이익을 위하여 그리고 하나님의 이름으로 영원히 세상을 지배할 것이다. 이런 믿음을 바탕으로 바리새파, 또는 정치적으로 말하면 분리주의자들은 성전과 회랑에서 알렉산드로스 대왕의 꿈보다도 훨씬 원대한 희망을 품었다. 알렉산드로스의 꿈은 이 세상을 정복하는데 그쳤지만 그들의 꿈은 땅은 물론 하늘까지 뻗었다. 말하자면 대담하게도 그들의 불경스러운 이기심은 멈출 줄을 모르고 전능한 하나님마저 사실상 자기들이 원하는 대로 부려 먹으려고까지 들었다.

이야기를 돌려 벤허를 살펴보자면, 그가 유대 분리주의자들의 이 오만한 신앙의 영향을 비교적 덜 받게 된 데에는 두 가지 요인이 있었다.

첫째 요인은 그의 아버지가 당시 대체로 온건파라고 할 수 있는 사두개파의 신앙을 추종했다는 점이다. 사두개파는 영혼의 불멸이나 부활을 믿지 않았다. 모세오경에 나온 율법들은 엄격하게 해석하고 지켰지만 거기에 덧붙인 랍비들의 방대한 주석은 무시하는 편이었다. 종교적 분파에는 틀림없지만, 그들의 신앙은 종교적 신념이라기보다는 철학에 가까웠다. 그들은 삶의 즐거움을 거부하지 않았으며 다른 종파에 대해서도 관용적인 태도를 취했고, 정치적으로는 분리주의자들에게 적극적으로 반대했다. 상황이 이렇다보니 벤허는 아버지의 종교관과 가치관, 사고방식 등을 다른 유산 못지않게 확실히 물려받았다. 그리고 이미 살펴보았듯이 일련의 사건을 겪으면서 그러한 정신적 유산은 완전히 자기 것이 되었다.

두 번째 요인은 벤허가 5년 동안 로마에서 지낸 유복한 삶이었다. 당시 로마는 모든 민족들이 모여든 거대 도시였다는 사실을 떠올리면 그가 정신적으로나 기질적으로 어떤 영향을 받았는지 잘 알 수 있을 것이다. 로마는 정치와 상업의 중심지였을 뿐 아니라 사람들이 끝없이 쾌락에 빠져드는 곳이기도 했다. 포룸 앞의 황금 이정표를 중심으로 쇠락의 길을 걷는 음울한 이들에서 범접할 수 없는 세도가에 이르기까지 온갖 종류의 사람들이 오갔다. 교제하는 사람들의 세련됨과 뛰어난 매너를 보고, 지식을 습득하고, 성공의 영예를 맛보며 벤허는 영향을 받지 않을 수 없었다. 그러지 않았다면 아리우스의 아들로서 미세눔 근처의 아름다운 별장에서 시작해 황제와 교류하게 되기까지의 오랜 세월 동안 어찌 하루하루 견딜 수 있었겠는가? 많은 왕들과 귀족, 사신, 볼모와 사절단, 사방에서 몰려와 자신의 거취에 대한 처분을 겸허하게 기다리는 수많은 청원자들을 보아왔는데 어찌 그 모든 것에 전혀 영향을 안 받았겠는가? 운집한 규모로만 치자면 유월절을 기념하기 위해 예루살렘에 모여든 군중에 비할 정도는 아니었지만 35만이나 되는 관중에 끼여 키르쿠스 막시무스의 특별석에 앉아 있노라면 찾아드는 생각이 있었다. 그 많은 사람 중에 순수 유대인처럼 할례는 받지 않았더라도, 비애와 절망감을 계기로 동포를 위해 분연히 일어날 훌륭한 생각을 품은 동지가 없을까 하는 생각이었다.

그런 상황에서 그러한 생각이 드는 것은 당연한 법, 충분히 이해가 간다. 그러나 점차 그런 생각이 강렬해지자 벤허는 어떤 차이점을 깨닫게 되었다. 많은 사람들의 비참함과 그들이 겪는 절망적인 상황은 종교와는 전혀 관련이 없었다. 사람들의 한탄과 탄식은 신을 향한 것이 아니었다.

브리튼의 참나무 숲에서는 드루이드교 사제들이 사람들의 신봉을 받고 있으며, 갈리아와 독일과 북유럽 사람들 사이에서는 오딘과 프레이야가 여전히 신으로 추앙받고 있다. 이집트는 악어와 아누비스를 숭배했고, 페르시아는 여전히 아후라마즈다와 아리만을 섬기면서도 악어와 아누비스 숭배를 받아들였다. 열반의 희망을 품고 있는 인도인들은 브라흐만의 암흑의 길을 정진한다. 아름다운 그리스인들의 마음은 철학에 머무르면서도 호메로스의 영웅적 신들을 노래한다.

반면에 로마에서 신들만큼 흔해 빠지고 값싼 존재는 없었다. 세상을 지배하던 로마인들은 숭배와 봉헌의 대상을 아무렇지도 않게 이 제단에서 저 제단으로 변덕스럽게 바꾸었고 수많은 신들을 세워놓고 즐거워했다. 불만스러운 점이 있다면 신들의 수였다. 세상에 존재하는 온갖 신들은 다 차용해 놓고 그것으로도 모자라 황제들을 신으로 떠받들며 제단을 만들어 거룩한 의식까지 지냈기 때문이다.

그랬다, 민중의 불행한 처지는 종교 때문에 빚어진 것이 아니라 지배자의 실정과 수탈과 헤아릴 수 없는 폭정에서 빚어진 것이었다. 사람들이 도탄에 빠져 벗어가기를 간절히 빌고 있는 지옥 같은 상황은 지독하게도 본질적으로는 정치에서 비롯된 것이었다. 론디니움[100], 알렉산드리아, 아테네, 예루살렘에 이르기까지 세계 어느 곳에서나 사람들이 바라는 것은 숭배할 신이 아니라 정복자 왕이었다.

그 후 2천 년의 역사를 돌이켜보면 우리는 하나님이 스스로 진정한 신이자 훌륭한 주인이심을 드러내며 오시는 것 말고는 혼돈으로 가득 찬 이 세상을 구원할 길은 없음을 알게 되었다. 그러나 당시에는 통찰력을 갖춘 철학적인 인물조차도 로마를 섬멸하는 길 외에는 아무런 희망이 없다고 보았다. 그래서 그들은 기도하고, 거사를 도모하고, 반란을 일으키고, 싸우고 죽어갔다. 오늘은 피로, 내일은 눈물로 땅을 적시며 저항했지만 결과는 늘 똑같았다.

그런 점에서 벤허는 자기 민족의 의견과 다르지 않았다. 로마에서 5년 동안 살면서 정복자에게 짓눌린 세상의 비참함을 보고 깊이 살펴볼 기회가 있었다. 세상에 고통을 안겨준 악은 정치적인 것이었으므로 오직 무력으로 쳐부술 수 있다는 신념에 가득 차서 영웅이 구원의 손길을 뻗는 날 조금이라도 도움이 될 준비를 하고 있었다. 하지만 전쟁은 좀 더 고차원적인 분야여서 성공적으로 수행하려면 방어술이나 공격기술 이상으로 터득해야 할 것이 있었다. 전쟁터를 지휘하는 사령관은 군대를 하나로 이끌며 싸우는 전사로서 많은 사람들 중에 한 사람이 될 수밖에 없는데 그 중책을 맡을 사람은 자기밖에 없었다. 이러한 생각이 개인적 원한과 맞물리면서 그동안 계획한 복수를 위해서는 전쟁의 길을 밟을 수밖에 없다고 확신하게 되었다.

벤허가 발타사르의 이야기를 어떤 기분으로 들었는지 여러분은 이제야 이해될 것이다. 발타사르의 이야기는 벤허에게 가장 민감했던 두

---

100) 런던의 옛 이름

가지를 건드렸다. 그의 가슴은 빠르게 고동치기 시작했다. 이제껏 들은 이야기가 속속들이 사실이라거나 그렇게 신비롭게 찾아낸 아기가 메시아라는 점을 확신하게 되면서 가슴은 더욱 요동쳤다. 이스라엘이 그 계시를 잊은 채 그토록 죽은 듯이 지내온 것과 전에는 그런 이야기를 전혀 듣지 못한 것이 매우 놀라울 뿐이었다. 그 순간 더 알고 싶은 것은 단 두 가지밖에 없었다.

그 아기는 도대체 어디에 있는가?
그리고 그분의 사명은 무엇인가?

말을 잘라 죄송하다면서 벤허는 발타사르가 그 두 가지 질문에 어떻게 생각하는지 물었고, 발타사르는 전혀 싫은 내색 없이 답해 주었다.

## 16. 발타사르, 그리스도에 대해 알려주다

발타사르는 단순하고도 열심히 성심껏 말했다. "아, 대답해 줄 수 있다면 좋으련만. 그분이 어디에 있는지 알고 있다면 바다 건너든 산 넘어든 당장이라도 달려갈 텐데!"

"그분을 찾아보려고 하셨단 말씀인가요?"

발타사르는 만면에 미소를 띠더니 일데림 족장에게 감사한 눈길을 보내며 말을 이었다.

"사막의 안식처를 떠난 후에 제일 먼저 한 일은 그 아기가 어떻게 되었는지 알아본 것이었네. 하지만 1년이 지났어도 유대 땅에 직접 갈 엄두가 나지 않았네. 잔인한 헤롯 왕이 피를 묻혀가며 여전히 권좌를 지키고 있었으니까. 이집트로 돌아가 몇몇 친구들에게 내가 보고 들은 놀라운 일들에 대해 말해 주니 믿는 사람들이 있었네. 구원자가 태어나셨다는 사실에 함께 기뻐하며 계속해서 들어주는 사람들도 있었네. 그들 가운데 몇 사람이 나를 대신해 아기를 찾아 나섰다네. 그들은 먼저 베들레헴으로 가서 그 여관과 동굴을 찾아갔다네. 그러나 아기가 탄생하던 날 밤과 우리가 별을 따라 왔던 날 밤 성문을 지키고 있던 문지기는 이미 사라지고 없었다네. 왕이 끌고 갔기 때문에 더 이상 볼 수가 없었던 거지."

"하지만 뭔가 증거라도 남아 있지 않았는지요." 벤허는 열심히 말했다.

"그렇다네. 온 고을을 슬픔에 잠기게 만든 피로 얼룩진 증거였지. 어머니들은 아직도 잃어버린 자식들 때문에 울고 있다네. 자네도 알 테지만 우리가 도망쳤다는 소리를 전해들은 헤롯 왕은 군사들을 보내어 베들레헴의 갓 태어난 아기들을 모조리 죽여 버렸다네. 하나도 남김없이 말일세. 나의 심부름꾼들은 신앙이 굳건한 사람들이었지만 내게 돌아와 그 아기가 다른 무고한 아기들과 함께 죽었다고 알려 주었다네."

"죽었다고요!" 벤허는 깜짝 놀라 외쳤다. "방금 죽었다고 하셨나요?"

"아닐세, 그렇게 말하지는 않았지. 아기가 죽었다고 심부름꾼들이 알려 주었다고 했지. 당시 나는 그 말을 믿지 않았고 지금도 여전히 믿지 않는다네."

"알겠습니다, 그렇다면 뭔가 특별한 계시를 받으셨군요."

"아니라네, 그렇지 않아." 발타사르는 시선을 떨어뜨리며 대답했다. "성령께서는 그 아기에게 찾아갈 때까지만 우리와 함께 계셨다네. 예물을 드리고 아기에게 경배한 다음 동굴에서 나와 제일 먼저 별을 찾아보았지만 이미 사라져 버리고 없었다네. 내 기억으로는, 우리가 무사히 일데림 족장님에게 오게 된 것이 성령의 마지막 도우심이었네."

"맞습니다." 일데림 족장이 초조하게 수염을 쓰다듬으며 말했다. "당신은 성령의 인도로 왔다고 하셨죠. 기억납니다."

발타사르는 벤허가 낙담한 기색을 보며 말을 이었다. "이보게, 내가 뭐 더 특별히 알고 있는 것은 없지만 나는 그 일을 오랫동안 생각해 보았네. 믿음을 가지고 수년 동안 곰곰이 생각해 본 결과 확실히 말할 수 있네. 살아 있는 하나님을 뵙고 싶다는 열망은 호숫가에서 나를 부르시는 성령의 음성을 들었던 그때와 마찬가지로 지금도 강렬하다네. 자네가 듣고 싶다면 내가 왜 아직도 그 아기가 살아 있다고 믿는지 말해 주겠네."

일데림과 벤허는 기꺼이 듣고 싶다는 표정이었고, 자신들이 듣는 만큼 이해할 수 있게 되기를 바라는 것처럼 보였다. 그 열의는 하인들에게까지 전해져 그들도 침상 가까이 다가와 귀를 곤두세웠다. 잠시 동안 천막 안에는 깊은 정적이 흘렀다.

"우리 세 사람은 하나님을 믿는다네."

발타사르는 이야기를 하며 고개를 숙였다.

"하나님은 진리이시네. 말씀이 곧 하나님이지. 산이 무너져 먼지가 되고 바닷물이 남풍에 말라 버리게 될지라도 그분의 말씀은 변함이 없다네. 왜냐하면 그분의 말씀이 진리이기 때문이지."

그는 더할 나위 없이 엄숙하게 말하였다.

"나는 호숫가에서 그분의 음성을 들었다네. '미스라임[101]의 후손이여, 복되도다! 구원이 왔다. 너는 저 멀리 땅 끝에서 올 두 사람과 함께 구세주를 보게 될 것이다.' 나는 정말로 구세주를 뵈었네. 그 이름이여 복되어라! 그러나 두 번째 약속인 구원은 아직 오지 않았네. 이제 알겠나? 만일 그 아기가 죽었다면 세상을 구원할 길이 없고, 주님의 말씀은 아무것도 아닌 것이 된다네, 그렇다면 하나님께서는 …… 아니, 더 이상은 말하지 않겠네!"

그는 두려워서 두 손을 휘저었다.

"아기는 이 세상을 구원하기 위해 오신 거라네. 그 약속이 존재하는 한 그분이 과업을 완수할 때까지는 죽음도 가로막을 수가 없다네. 이것이 바로 그 아기가 살아 있다고 믿는 한 가지 이유라네. 그것 말고 또 다른 중요한 이유가 있다네."

발타사르는 잠시 말을 끊었다.

일데림이 공손히 권했다. "포도주라도 좀 드시지요? 자, 어서요."

포도주로 목을 축인 발타사르는 기운을 되찾은 것 같았고 말을 이었

---

101) 노아의 손자로서 이집트 부족의 시조가 되었고, 히브리어로 이집트를 나타낸다.

다.

"내가 만나 뵌 구세주는 여인에게서 태어났으므로 본질적으로 우리처럼 모든 질병을, 심지어 죽음까지도 겪으실 수밖에 없네. 이것을 첫번째 전제로 해 보세. 다음에는 그분의 과업만을 따로 떼어 생각해 보세. 그것은 아이가 아니라 현명하고 단호하고 사려 깊은 어른이 해내야 할 일 아닌가? 그렇게 되기 위해서는 그분도 우리가 자라듯이 자라야 한다네. 그분이 그동안, 즉 아기에서 어른으로 성장할 때까지 얼마나 많은 위험들이 도사리고 있을지 생각해 보게. 지금 권력을 쥐고 있는 자들은 그분의 적일세. 헤롯 왕은 그분의 적이지. 그리고 로마는 어떠한가? 그리고 이스라엘로 말할 것 같으면 이스라엘이 그분을 없애려는 이유는 그분을 받아들이고 싶지 않아서 아니겠나? 이제 알겠나? 힘없는 성장기를 보내는 동안 사람들에게 알려지지 않은 상태로 지내는 것만큼 생명을 보전할 수 있는 더 좋은 방법이 있겠나? 그런 까닭에 나 자신에게 말할 수 있다네. 오로지 사랑을 갈망하는 마음에서만 움직이는 내 신앙에 대고 말이야. 그분은 돌아가신 게 아니라네. 단지 어디 있는지 모를 뿐이지. 그리고 아직 과업이 이루어지지 않았으니 다시 오실 것이라네. 이것이 그분이 살아 있다고 믿는 이유일세. 일리가 있지 않나?"

일데림은 알겠다는 듯이 아랍인 특유의 작은 눈을 반짝였고, 낙담한 기색이 가신 벤허도 열심히 대꾸했다. "적어도 부정할 수는 없겠군요. 그리고 또요?"

"그것으로 충분하지 않은가? 알았네." 발타사르는 한결 침착한 어조로 말하기 시작했다. "내 추론이 일리가 있다고, 더 분명히 말하자면 그 아기가 사람들 눈에 띄지 않게 된 것이 하나님의 뜻이라는 것을 알고 나는 믿음을 갖고 인내하며 기다리기로 했네." 발타사르는 거룩한 민음으로 가득한 눈을 치켜뜨더니 다른 생각에 사로잡힌 듯 말을 멈췄다. "나는 지금 기다리고 있는 중이라네. 그분께서는 그 위대한 비밀을 간직한 채 살아 있다네. 내가 그분께 갈 수 없다거나 그분이 어느 골짜기에 사는지 모른다고 해서 무슨 상관이 있겠나? 그분은 살아 계시네. 마치 꽃 속에 든 결실이요, 한창 무르익어가는 열매처럼 말일세. 하지만 하나님의 약속과 이유가 있을 것임을 믿으며 나는 그분이 살아 있다는 것을 알고 있네."

벤허는 오싹한 경외감에 사로잡혔다. 완전히 해소되지 않고 있던 의심이 사라지는 전율을 느꼈다.

"그분이 어디에 있다고 생각하시나요?" 벤허는 마치 거룩한 침묵을 지켜야 될 것 같은 압박감을 느끼는 사람처럼 머뭇거리며 나지막하게 물었다.

발타사르는 벤허를 따뜻한 눈길로 바라보더니 대답했다. 그의 마음은 여전히 다른 곳을 떠돌고 있었다.

"우리 집은 나일 강변에 있는데, 배에서 보면 우리 집과 물에 비친 그림자가 보일 정도로 바싹 붙어 있다네. 몇 주 전 나는 집에서 생각에 잠겨 있다가 나도 모르게 혼자 중얼거렸다네. 남자 나이 서른이면 자기 삶의 터전은 모두 일구어 씨뿌리기를 끝내는 법이지. 그 시기가 지나고 여름이 되면 뿌린 씨앗들이 여기저기 무르익어가겠지. 그 아기는 지금쯤 스물일곱이 되었겠군. 틀림없이 씨를 뿌릴 시기가 임박했겠지. 나는 지금 자네가 물어본 것처럼 그분이 어디 계실지 스스로에게 물어보았네. 그리고 자네의 선조들이 하나님으로부터 받은 땅에 가까운 훌륭한 안식처인 이곳으로 온 것이 그에 대한 답일세. 그분이 유대 땅 말고 어디에 나타나시겠나? 예루살렘 말고 어느 도시에서 과업을 시작하시겠는가? 그분이 주실 축복을 제일 먼저 받을 사람들은 누가 되겠나? 주

님께서 사랑한 아브라함, 이삭, 야곱의 후손들이 아니라면 누가 있겠
나? 만일 그분을 찾으라는 명령이 떨어진다면, 나는 요르단 골짜기와
동쪽으로 맞닿아 있는 유대와 갈릴리 산비탈에 있는 작은 마을과 고을
들을 뒤지고 다닐 걸세. 그분은 지금 거기에 계실 테니. 바로 오늘 저녁
에 문간이나 언덕배기에 서서 지는 해를 바라보며 자신이 세상의 빛이
될 날이 하루 더 가까워졌다고 생각하고 있을지도 모른다네."

발타사르는 마치 손가락으로 유대 쪽을 가리키기라도 하려는 듯이
손을 들어올리며 말을 멈췄다. 그의 말을 듣던 사람들은, 심지어 침상
밖에 있던 아둔한 하인들마저도 그의 열의에 감화되어 천막 안에 갑자
기 그 장엄한 존재가 나타나기라도 한 것처럼 깜짝 놀랐다. 그 기분은
금세 가라앉지 않았다. 식사 중이던 세 사람은 각기 생각에 잠겨 앉아
있었다. 마침내 그분위기를 깨고 벤허가 말을 꺼냈다.

"어르신께서는 신비롭게도 많은 은총을 받으신 것을 알겠습니다.
그리고 아주 현명하신 분이라는 것도 알겠습니다. 지금까지 해 주신 말
씀에 뭐라고 감사를 드려야 할지 모르겠습니다. 위대한 일들이 일어났
음을 알게 되었고 어르신의 믿음을 보고 어느 정도 믿음도 생겨났습니
다. 청컨대 어르신께서 기다리고 계시는 그분의 사명에 대해 좀 더 말
씀해 주십시오. 지금부터는 저 또한 유대의 믿는 후손이 되어 그분을
기다릴 것입니다. 어르신께서는 그분이 메시아라고 하셨습니다. 그렇
다면 그분은 유대인의 왕이 되시는 것입니까?"

그 질문에 발타사르는 인자하게 대답했다. "이보게, 그분의 사명
은 아직 하나님만이 알고 계신다네. 나는 그저 기도에 응답해 주신 음
성에서 나온 말씀으로 짐작해 보았을 뿐이지. 그 말씀을 다시 해 보기
로 할까?"

"알려 주십시오."

"나는 사람들이 타락한 것을 보고만 있을 수 없어 나일 강의 고을과 알렉산드리아를 돌아다니며 설교했고, 결국엔 성령께서 나를 찾아오신 한적한 곳으로 갈 수밖에 없었다네. 사람들이 그렇게 타락한 것은 하나님을 잊어버렸기 때문이라고 생각했다네. 나는 어느 한 계층만이 아니라 모든 사람들의 비애 때문에 아파했다네. 그들이 어찌나 타락했던지 하나님께서 직접 오셔서 바로잡지 않는 한 구원은 있을 수 없다고 생각했지. 그래서 나는 당신께서 와 주시길, 당신을 볼 수 있게 해달라고 기도했다네. 그러자 음성이 들려왔지. '네 의로운 행위가 이겼다. 구원의 때가 왔다. 곧 구원자를 보게 될 것이다.' 그 대답에 몹시 기뻐하며 나는 예루살렘으로 갔다네. 자, 이제 누구에게 구원이 내리겠는가? 바로 온 세상에 올 것이라네. 그렇다면 어떻게? 이보게, 굳은 믿음을 가지게! 물론 사람들은 로마가 무너지기 전에는 행복이 찾아오지 않을 거라고 할 테지. 말하자면 이 시대가 사악한 것은 하나님을 몰라서가 아니라 통치자들의 잘못이라고 말일세. 인간의 통치는 종교에서 비롯되는 것이 아니라는 말을 들을 필요가 있을까? 자네가 알고 있는 왕들 가운데 자기 백성보다 나은 사람이 얼마나 있었던가? 아니 아닐세! 구원은 정치적 차원에서 이루어지는 것이 아니네. 통치자와 권력자를 권좌에서 끌어내려봤자 다른 사람들이 그것을 차지하게 될 뿐이니. 만일 그것이 전부라면 하나님의 지혜라고 다를 것이 없다네. 소경이 소경을 인도하는 격이지만 내 감히 말하는데, 오시게 될 그분은 영혼을 구원하시게 될 것이라네. 구원이란 하나님께서 다시 한 번 이 땅에 오시어 정의를 세우심을 의미한다네."

그 말을 들은 벤허의 얼굴에는 실망한 기색이 역력하여 고개를 숙였다. 수긍이 되지는 않았지만 발타사르의 의견에 이의를 제기할 수는 없다고 느꼈다. 그러나 일데림은 달랐다.

그는 참을 수 없다는 듯 외쳤다. "하나님의 영광에 맹세코, 심판으로 모든 관습을 없애 버려야 합니다. 세상의 방식은 이미 굳어져 바뀔 수가 없습니다. 모든 공동체마다 강력한 지도자가 있어야 합니다. 그렇지 않으면 개혁이란 있을 수 없어요."

발타사르는 일데림의 반론을 침착하게 받아들였다.

"훌륭한 족장이시여, 당신의 지혜는 바로 이 세상의 것이랍니다. 그것이 우리가 구원받아야 할 세상의 방식에서 비롯되었다는 것을 잊고 계시군요. 왕은 야망에 사로잡혀 사람을 통치의 대상으로만 보죠. 그러나 하나님이 바라시는 것은 바로 사람의 영혼의 구원입니다."

일데림은 더 이상 뭐라 안 했지만 믿고 싶지 않다는 듯 고개를 흔들었다. 그러자 벤허가 대신 나서서 논쟁을 떠맡았다.

"아버님, 이렇게 불러도 될지요, 전에 예루살렘 성문에서 누구에게 물어봐야 했다고 하셨죠?"

족장은 벤허에게 고맙다는 눈길을 보냈다.

발타사르는 조용히 대답했다. "사람들에게 물어봐야 했다네. 유대인의 왕으로 태어나신 분이 어디에 계시냐고."

"그리고 베들레헴의 동굴에서 그분을 뵈었고요?"

"우리는 그분을 뵈었고 경배하고 예물을 봉헌했다네. 멜키오르는 황금을, 가스파르는 유향을, 나는 몰약을 드렸지."

"아버님, 사실을 말씀하실 때는 듣는 대로 믿겨집니다. 하지만 그 아기가 어떤 왕이 될 것이라는 견해에는 납득할 수가 없습니다. 권력과 임무를 떼어놓고 통치자를 생각할 수가 없는데요."

"이보게, 우리는 발치 가까이 있는 사물은 세심히 살피는 반면에 멀리 있는 좀 더 커다란 물체는 대충 보게 된다네. 자네는 지금 '유대인의 왕'이라는 직함만을 보고 있네. 눈길을 좀 더 높이 들어 그 너머에 있는 신비를 바라보면 장애물이 사라질 걸세. 왕이라는 직함은 그저 말에 불과하다네. 자네의 이스라엘 민족에게 호시절이 있지 않았나. 하나님께서 자네 민족을 사랑스럽게 당신 백성이라고 부르시며 예언자를 통해 대하신 시절이 있지 않은가. 그러니 그 시절에 하나님께서 내가 뵌 구원자를 유대인의 왕으로서 약속하셨다면, 약속에 따라 반드시 그분이 나타나셔야 하지 않겠나. 아, 자네는 성문에서 내가 묻고 다닌 이유를 알지 않나! 자네가 알고 있으니, 그 부분은 더 말하지 않고 지나치겠네. 아마도 다음은 그 아기의 존귀함에 관련된 것일 테지. 그렇다면 생각해보게나. 세상의 영예라는 기준에서 헤롯 왕의 뒤를 이어서 뭘 하겠는가? 하나님께서는 당신이 사랑하시는 아들을 좀 더 존귀하게 하시지 않을까? 만일 전능하신 성부께서 굳이 인간의 높은 지위를 바라셨다면 왜 내게 당장 황제를 찾으라고 명하시지 않으셨겠는가? 그러니 좀 더 높은 곳으로 눈길을 돌리게나! 차라리 우리가 기다리고 있는 그분이 어떤 왕이 되실지 물어보게. 그것이 바로 신비를 풀 수 있는 열쇠라네, 그 열쇠 없이는 누구도 그 신비를 이해할 수 없다네."

발타사르는 경건하게 눈을 들어올렸다.

"비록 이 세상에 속해 있지는 않지만 어떤 왕국이 있다네. 이 세상이 다 품을 수 없는 넓은 왕국이지. 망치로 얇게 두드린 귀한 황금처럼 돌돌 말려 있어서 그렇지 바다와 땅보다도 넓다네. 그 왕국은 우리의 심장이 살아 뛰는 것만큼 실제로 존재하지만 우리는 태어나서 죽을 때까지 그 왕국에 있다는 것을 깨닫지 못한 채 살다 가기도 하지. 자신의 영혼을 먼저 알기 전에는 누구도 그 왕국을 볼 수 없다네. 그 왕국은 바로 육신의 왕국이 아니라 영혼의 왕국이기 때문이지. 그리고 그곳에는 상상할 수조차 없는 천국이 있다네. 비길 데 없는 태초의 원형을 간직한 왕국이지"

"무슨 말씀을 하시는 건지 도통 알아들을 수가 없습니다. 그런 왕국에 대해서는 들어본 적이 없습니다."

"나도 마찬가지입니다." 일데림도 맞장구를 쳤다.

발타사르는 눈을 겸손히 내리깔며 대답했다. "이제 그만합시다. 그 나라가 어떤 나라인지, 무엇을 위한 것인지, 어떻게 들어갈 수 있는지는 그 아기가 오셔서 그 나라를 직접 보여주시기 전에는 아무도 알 수 없으니까요. 그분께서는 보이지 않는 그 문의 열쇠를 가져오셔서 사랑하는 사람들을 위해 문을 여실 것이고, 그 가운데 그분을 사랑하게 될 사람만이 구원받게 될 것입니다."

그 후로 오랜 침묵이 이어졌으므로 발타사르는 이제 대화가 끝난 것으로 받아들였다.

그리고 변함없이 평온한 어조로 말했다. "훌륭하신 족장이시여, 내일 잠시 동안 시내에 다녀와야 할 것 같습니다. 딸아이가 경주가 준비되는 것을 보고 싶다는군요. 언제 갈지는 나중에 말씀드리죠. 그리고 젊은이, 또 보세. 두 분 다 평안히 쉬시길."

그들은 모두 침상에서 일어났다. 족장과 벤허는 발타사르가 천막 밖으로 안내되어 나갈 때까지 배웅했다.

이윽고 벤허가 말을 꺼냈다. "일데림 족장님, 오늘 밤에는 참 기묘한 이야기들을 들었습니다. 청컨대, 호숫가나 거닐며 곰곰이 생각해봐도 될까요."

"가게나, 나도 곧 뒤따라 갈 테니."

그들은 다시 손을 씻었다. 신호를 받고 하인이 가져온 신발을 신고 벤허는 곧장 밖으로 나갔다.

## 17. 영적인 나라인가, 세속의 왕국인가?


천막에서 약간 떨어진 곳에는 종려나무 숲이 있었고 호수의 수면과 가장자리에는 숲 그림자가 드리워져 있었다. 나뭇가지에서는 나이팅 게일이 유혹하듯 노래를 부르고 있었다. 벤허는 그 아래에 잠시 멈춰 서서 새소리에 귀를 기울였다. 다른 때 같았으면 새들의 노랫소리에 빠 져 잡념이 사라졌을 테지만 지금은 발타사르의 놀라운 이야기에 짓눌 려 가슴이 답답한 기분이었다. 생각에 짓눌리는 사람이 그렇듯 몸도 마 음도 편치가 않아서 감미로운 새소리에 느긋하게 빠져들 수 없었다.

밤은 조용했다. 호수는 잔물결 없이 잔잔하기만 했다. 예전부터 동 방을 밝히던 별들이 모두 떠올라 제자리에서 빛나고 있었다. 그리고 온 사방이 여름이었다. 땅도, 호수도, 하늘도 온통 여름으로 물들어 있었 다.

벤허는 머릿속에서 온갖 상념이 떠돌고, 감정이 들떴으며, 의지는 불안하게 흔들렸다.

지금 보이는 종려나무, 하늘, 대기는 그 옛날 발타사르가 사람들에 게 크게 절망하여 떠돌아다녔다는 먼 남쪽 땅 이집트처럼 느껴졌다. 잔 물결 하나 없는 호수는 성령께서 광채에 휩싸여 나타났을 때 발타사르 가 서서 기도하던 나일 강의 젖줄을 연상시켰다. 기적이 벌어질 때의 현상이 나에게도 나타날까? 아니면 그 현장에 있게 된다면? 내게도 기 적이 일어난다면? 벤허는 두려웠다. 그렇지만 환시가 일어나기를 바라 며 기다리기까지 했다. 시간이 좀 흘러 들뜬 기분이 가라앉아 이성을 되찾자 비로소 생각을 할 수 있게 되었다.

그의 인생 계획에 대해서는 이미 설명한 바 있다. 지금까지는 그 계획에 대해 아무리 궁리해 보아도 결코 뛰어넘거나 메울 수 없는 간극이 있었다. 간극이 어찌나 넓은지 그 건너편은 희미하게밖에 보이지 않았다. 병사로 경력을 쌓아 장교의 지위에까지 오르고 나면 어떤 목적을 위해 애써야 한단 말인가? 물론 그는 혁명을 꿈꿨다. 하지만 혁명의 과정은 늘 똑같아서 사람들을 혁명으로 이끌려면 두 가지가 필요했다. 우선 지지자들을 끌어모을 대의명분이나 영향력이 있어야 했고, 다음으로 목적이나 구체적 성과가 있어야 했다. 대체로 사람들은 악을 바로잡는다는 명분이 있으면 잘 싸운다. 그러나 그 대의명분을 원동력 삼아 상처를 치유할 위안을 받고, 용기에 보상을 받으며, 죽음에 임박해서는 추억과 감사를 떠올릴 수 있는 등 빛나는 성과를 꾸준히 전망할 수 있는 사람은 더 잘 싸우는 법이다.

행동을 개시할 만반의 준비가 되었을 때 명분이나 목적이 충분한지 결정하기 위해서는 지지자들이 누구일지 잘 살필 필요가 있었다. 당연히 동포들은 자신을 지지할 것이었다. 이스라엘이 악행을 당하는 것은 아브라함의 모든 자손이 악행을 당하는 것이었으므로, 그것은 매우 신성하고도 설득력 있는 명분이 되었다.

자, 이제 명분은 있다. 하지만 목적은 무엇이 되어야 한단 말인가?

그 답을 찾아 수많은 시간과 날들을 보냈지만 언제나 같은 결론에 도달했다. 민족의 독립을 떠올려 보았지만 그것은 누구나 떠올리는 막연하고 확실치 않은 생각이었다. 과연 이것으로 충분할까? 부정할 수는 없었다. 그렇게 되면 이제까지 품어온 희망이 물거품으로 변하기 때문이다. 냉철히 판단해 보건대 쉽사리 긍정하기도 어려웠다. 이스라엘이 독자적으로 로마제국에 맞서 싸울 수 있다고는 생각되지 않았다. 로마의 군사력이 얼마나 강한지, 전략은 얼마나 더 뛰어난지 누구보다도 벤허 자신이 잘 알고 있었다. 다른 나라와 동맹을 맺는 방안도 생각해 보았지만, 오랜 염원인 한 가지 경우를 제외하고는 실현 가능성이 없었다. 핍박 받는 민족들 가운데에서 걸출한 영웅이 등장해 온 땅에 명성을 떨칠 만큼 혁혁한 무공을 세우지 않는 한 말이다. 유대가 동맹을 이끌어 페르시아제국을 멸망시킨 알렉산드로스의 마케도니아처럼만 될수 있다면 얼마나 영광이겠는가! 그렇지만 유감스럽게도 랍비들 밑에서는 사기는 올라가겠지만 훈련은 불가능했다. 그러자 헤롯 궁전 정원에서 메살라가 했던 조롱이 갑자기 떠올랐다. "너희 민족은 엿새 걸려 정복한 것을 이레째에 모두 잃어버리고 말지."

벤허는 계획의 간극을 메워보려 생각했지만 뛰어넘기는커녕 제대로 다가가지도 못한 채 번번이 물러서고 말았다. 그리고 우연히 찾아들지 않는 한 적절한 목적을 찾는데 늘 실패했다. 그 난세의 영웅은 자기 시대에 나올 수도 있고, 아닐 수도 있다. 그것은 오로지 하나님만이 아실 것이다. 마음 상태가 그러던 차에 말루크로부터 발타사르의 대략적인 이야기를 전해 듣고는 뛸 듯이 기뻤다. 고민거리가 풀린 기분이었다. 드디어 그 절실한 영웅을 찾아냈다. 그것도 사자족의 후예요, 유대인의 왕이 되실 분을! 영웅의 뒤를 보라! 세상은 싸울 준비가 되어 있다.

왕이라는 말은 왕국을 내포하고 있다. 새로 오실 왕은 다윗처럼 영예로운 전사요, 솔로몬처럼 현명하고 화려한 통치자가 될 것이다. 왕국은 로마를 멸망시킬 힘을 갖추게 될 것이다. 거대한 전쟁이 일어날 것이고 죽음의 고통과 탄생의 진통이 뒤따를 것이다. 그리고 나면 당연히 평화가 찾아들고 유대의 지배가 영원히 지속될 것이다.

예루살렘이 세상의 중심이 되고 시온에 세상을 지배할 권좌가 세워진 모습이 떠올랐다. 상상만 해도 가슴이 두근거렸다.

흥분한 벤허는 왕이 되실 분을 목격한 사람을 천막에서 만난 것이, 앞으로 일어날 변화와 특히 그 시기에 대해 알고 있는 모든 것을 전해들을 수 있었던 것이 더없는 행운처럼 느껴졌다. 만일 그 때가 임박했다면 막센티우스를 따라 출정하기로 한 전투도 포기해야 한다. 이스라엘 재건의 여명이 밝아올 때 만반의 준비가 되어 있도록 당장 지파들을 규합하여 무장시키는 일에 착수해야 한다.

그리고 지금까지 보았듯이 발타사르에게서 직접 그 놀라운 이야기를 들었다. 벤허는 그것으로 만족했을까?

벤허의 마음에는 종려나무 그림자보다도 더 짙게 불확실성이라는 어둠이 드리워졌다. 왕에 대한 것이기보다는 왕국에 대한 불확실성이었다.

벤허는 생각에 잠겨 스스로에게 물어봤다. "도대체 이 왕국은 어느 나라란 말인가? 그리고 도대체 어떤 모습일까?"

그 아기를 최후까지 따라다니며 세상에서 그를 살아 있게 만드는 질문들은 그렇게 처음부터 생겨났다. 이 부분은 그의 시대에는 도저히 이해할 수 없었고 오늘날에는 논쟁거리다. 모든 인간은 불멸의 영혼과 썩어 없어질 육신 두 부분으로 되어 있다는 것을 이해할 수 없는 사람에게는 수수께끼에 불과했다.

"그 왕국은 어떤 모습일까?" 그는 다시 되물었다.

독자들이여, 지금의 우리는 예수님의 말씀을 통해 그 대답을 알고 있다. 하지만 벤허로서는 발타사르의 말을 들은 것이 전부였다. "이 세상에 있지만 이 세상에 속해 있지 않다네. 그 왕국은 인간의 영혼을 위해 존재한다네. 그럼에도 상상할 수 없이 영광스러운 나라라네."

수수께끼처럼 점점 더 종잡을 수 없었던 발타사르의 말에 벤허가 얼마나 의아했겠는가?

벤허는 절망스럽게 말했다. "그곳에 인간의 손길은 미치지 않아. 또한 그런 나라의 왕이 인간의 힘을 이용할 리도 없고. 일꾼도, 정치가도, 군사도 필요 없겠지. 세상은 죽거나 새로 만들어져야 해. 그리고 제대로 통치하기 위해서는 새로운 원리들을 찾아내야 해. 무력 말고 다른 것, 힘을 대신할 그 무엇을 말이야. 하지만 도대체 그게 뭘까?"

오, 독자들이여! 그것은 우리도 모를진대 벤허는 당연히 알 수 없었다. 그 나라에 있는 사랑의 힘을 알 수 있는 사람은 그 시대까지 아무도 없었다. 더군다나 통치의 목적은 사랑과 질서라고, 사랑이 무력보다 훨씬 더 강하고 훌륭하다고 대놓고 말한 사람은 더더욱 없었다.

그렇게 한참 생각에 빠져 있는데 누군가 그의 어깨를 두드렸다.

어느새 일데림이 그의 옆에 다가와 있었다. "아리우스의 아들이여 할 말이 있네. 밤이 깊었으니 한 마디만 하고 돌아가지."

"말씀하시죠, 족장님."

"아까 들은 이야기들은," 일데림은 거의 단숨에 할 말을 털어놓았다. "전부 다 믿어도 좋을걸세. 다만 그 아기가 와서 세우게 될 거라는 왕국과 관련해서는 지레짐작하지 말고 이곳 안티오크의 상인인 시모니데스의 말을 들어보게나. 자네에게도 소개해 주겠지만 훌륭한 사람이라네. 발타사르 그 양반은 이 세상에는 통하지 않을 꿈 같은 이야기를 지어낸 거라네. 시모니데스는 훨씬 더 현명하다네. 그는 성경을 조목조목 열거하며 예언자들의 말씀을 들려줄 테니 그 아기가 정말로 유대인의 왕이라는 것을 부인하지 못할 걸세. 아, 하나님의 영광에 맹세코! 헤롯보다 훨씬 훌륭하고 위대하신 왕이 되고말고. 알다시피 그때가 되면 우리도 복수의 달콤한 맛을 보게 될 걸세. 내 말은 다 끝났네. 편히 쉬게나!"

"잠깐만요, 족장님!"

일데림은 못 들은 척 그냥 가 버렸다.

"또다시 시모니데스라!" 벤허는 씁쓸하게 중얼거렸다. "여기서도 시모니데스, 저기서도 시모니데스. 걸핏하면 그 이름이 등장하는군! 자칫하다간 아버지의 하인이었던 자에게 짓밟히겠어. 적어도 내 재산을 단단히 틀어쥐고 내놓지 않는 걸로 보아서는 발타사르 어른보다 현명하지는 못하더라도 훨씬 부유한데 말이야! 맙소사! 신앙을 지키기 위해 찾아가야 하는 자가 신앙이 없는 자라니 말도 안 돼. 그런 짓은 하지 않겠어. 어라! 무슨 소리지? 노랫소리네. 여인의 목소리인데, 천사의 음성인가! 이쪽으로 오고 있네.”


어느 이집트인의 탄식


시리아 바다 건너편 동화 속 나라를
노래할 때면 한숨이 절로 나네.
사향 내 나는 사막에서 불어오는 향기로운 바람은
내게는 생명의 숨결.
그들은 살랑거리는 종려나무 솜털을 어루만지지만
아아, 이제는 내게 닿지 않네.


달빛에 잠긴 나일 강은
멤피스 연안을 고요히 흘러가네.
오 닐루스![102] 잠에 빠져드는 내 영혼의 신이여!
꿈속에서 당신은 저를 찾아옵니다.

---

102) Nilus. 그리스 신화의 대양의 신 오케아노스와 바다의 여신 테티스의 아들로서 나일 강의 신이다. 하늘에서 보면 나일 강은 마치 활짝 핀 연꽃처럼 생겼다.

꿈속을 헤매는 나는 나일 강물을 만지작거리며

당신에게 옛 노래를 부른답니다.

멀리서 멤논[103)]의 노랫소리와,

친근한 아부심벨에서 부르는 소리가 들려옵니다.

늘 그랬듯 아쉬운 작별을 고하며

잠에서 깨어나면 이별의 슬픔과 탄식만 남네.


노래가 끝날 무렵 배는 종려나무 사이로 사라졌다. '작별'이라는 마지막 말이 귓가에 맴돌며 이별의 달콤한 비애감이 느껴졌다. 배는 한층 깊은 그림자가 되어 짙은 밤의 어둠속으로 사라져갔다.

벤허는 탄식인지 구분할 수 없는 긴 한숨을 내쉬었다.

"노래를 들어보니 발타사르 어른의 따님이군. 무척 아름다운 노래구나! 그녀는 또 얼마나 아름다운가!"

내리깐 눈꺼풀에 살짝 덮인 커다란 눈, 갸름하고도 발그레한 볼, 입매 끝에 보조개가 깊게 파인 도톰한 입술, 호리호리하고 나긋나긋한 몸매에서 뿜어져 나오는 우아한 자태가 떠올랐다.

"정말 아름다워!" 무심코 입에서 말이 흘러나왔고, 그 말에 화답하듯 가슴이 요동치기 시작했다.

바로 그때 또 다른 얼굴이 호수에서 떠오른 것처럼 눈앞에 아른거렸다. 더 어린 그 얼굴은 요염하진 않았지만 순진하고 상냥하고 예뻤다.

"에스더!" 그는 웃으며 중얼거렸다. "드디어 바라던 대로 나한테도 별 하나가 나타났군."

벤허는 돌아서서 천천히 천막으로 돌아갔다.

---

103) Memnon. 에티오피아의 왕. 새벽의 여신 에오스와 트로이의 왕자 티토노스의 아들.

이제껏 그의 삶은 슬픔과 복수심으로 가득 차서 사랑이 들어설 자리는 없었다. 그런데 그것이 깨지다니 행복한 변화의 시발점이련가?

그리고 천막으로 들어서는 벤허에게 그 영향력이 아직 남아 있다면 승자는 누구일까? 에스더는 그에게 술잔을 주었다. 그것은 이집트 여인도 마찬가지였다. 그리고 두 사람은 종려나무 아래에 서 있던 벤허의 마음에 동시에 찾아들었다. 누가 과연 최후의 승자일까?

# 제5부

"정의로운 자의 행위만이
진흙 속에서도 달콤한 향내와 꽃을 피운다."

— 제임스 셜리

"뜨거운 논쟁 속에서도 원칙을 고수하고,
침착함을 유지하며 예감한 것을 본다."

— 윌리엄 워즈워스

## 1. 메살라, 그라투스에게 밀서를 보내다

궁전의 살롱에서 술잔치가 거나하게 벌어진 다음날 아침 침상에는 만취한 젊은 귀족들이 널브러져 있었다. 곧 막센티우스가 도착할 것이었고 사람들은 그를 맞이할 준비를 하느라 분주했다. 군단은 갑옷과 무기를 뽐내며 술피우스 산에서 내려올 테고, 화려하기로 유명한 동방의 그 어떤 의식도 무색하게 할 휘황찬란한 의식이 님프를 모신 신전에서 옴팔로스에 이르기까지 거행될 것이었다. 그런데도 궁전의 젊은 귀족들은 대부분 인사불성이 되어 침상에 쓰러진 그대로 곯아떨어져 있었다. 그들이 그날 환영회에 참석할 가능성은 현대 미술가의 스튜디오에서 평범한 인물이 보닛 모자와 깃털을 쓰고 왈츠 박자에 맞춰 춤추고 다닐 가능성만큼이나 희박했다.

그러나 술잔치에 참여했던 사람들이 모두 이런 한심한 상태에 있는 것은 아니었다. 살롱의 천창을 뚫고 새벽빛이 비쳐들 무렵 자리에서 일어난 메살라는 월계관을 벗었다. 어젯밤의 흥청망청한 술잔치는 끝났다는 의미였다. 그런 다음 주위에 있던 옷들을 주섬주섬 챙겨 입고 그곳을 마지막으로 한 번 훑어본 뒤 말없이 방에서 나갔다. 제아무리 키케로라도 밤새 원로원에서 논쟁을 벌이고 그렇게 위엄 있게 물러나지는 못했을 것이다.

그로부터 세 시간 후 메살라는 방으로 불러들인 두 명의 전령에게 봉인된 편지를 각각 한 통씩 건네고 있었다. 그것은 아직 카이사레아에 주재하고 있는 발레리우스 그라투스 총독에게 보내는 밀서였다. 한 통은 육로로, 다른 한 통은 해로로, 둘 다 최대한 서둘러야 했던 점을 보면 그 밀서를 신속하고도 확실하게 전달하는 것이 얼마나 중요한지 알 수 있었다.

독자들도 지대한 관심을 갖고 있을 테니 밀서의 내용을 밝히자면 다음과 같다.

메살라가 그라투스 총독님께

"오 저의 미다스[104]여! 이렇게 부르는데 화내지 마시길 빕니다. 사랑과 감사가 담긴 호칭이자 당신을 최고의 행운아로 인정하는 것이니까요. 또한 타고난 당신의 분별력은 성숙할수록 더욱 커지실 테니까요.

오 저의 미다스여!

깜짝 놀랄 일을 말씀드리겠습니다. 아직은 추측에 지나지 않습니다만, 들으신다면 사태의 심각성을 당장 깨달으시리라 믿어 의심치 않습니다.

우선 기억을 되살려드려야 할 것 같습니다. 몇 년 전 상당히 유서 깊고 매우 부유했던 예루살렘의 벤허라는 대공 가족을 기억하시는지요. 만일 기억이 정확히 안 나거나 가물가물하다면, 제가 틀리지 않는 한, 머리에 상처가 남아 있을 테니 당시 상황이 뚜렷이 떠오를 것입니다.

다음으로, 관심을 불러일으킬 만한 것을 알려드리죠. 당신의 목숨을 노린 그 일이 사고였다는 사실이 영원히 묻혀 양심이 들볶일 일이 없기를 바랍니다! 아무튼 각하의 생명을 위협한 일에 대한 처벌로 일가족은 체포되어 그 자리에서 즉결처분되고 재산을 몰수당했지요. 오 저의 미다

---

104) 시골 농부이던 고르디우스의 아들. 아버지와 함께 우마차를 타고 테르미소스성에 들어왔다가 우마차를 타고 온 사람이 왕이 될 것이라는 신탁을 믿은 사람들에 의해 프리기아의 왕이 되었다. 탐욕이 많았던 미다스는 디오니소스 신을 졸라 만지는 것마다 황금으로 변하게 하는 능력을 얻었다. 나중에 음악의 신 아폴로의 리라 연주와 목신 판의 피리 연주대결에서 판의 편을 드는 바람에 아폴로의 응징을 받아 두 귀가 나귀 귀로 변해 버렸다.

스여! 그 조처는 현명하고도 공정한 황제의 승인을 받은 것이므로 몰수한 그들의 재산을 각하와 제가 불하받은 것은 전혀 부끄러워할 일이 아닙니다. 그 점에 대해서는 이루 말할 수 없이 감사하고 있습니다. 제가 받은 몫으로 지금 이렇게 마음껏 누리며 살게 된 것이 다 각하의 은덕이기 때문이죠.

어떤 인간이나 신들보다도 뛰어나 고르디우스의 아들 미다스에 비길 정도로 지혜로우신 각하께서 당시에 허 가문을 어떻게 처리하셨는지 기억합니다. 저희 두 사람의 목적을 이루기 위해 가장 효과적인 방법을 고민하던 중 각하께서는 우리가 직접 나서지 않고도 조용하면서도 확실하게 그들이 저절로 죽게 할 방안을 생각해 내셨죠. 그의 어미와 누이를 어떻게 처리하셨는지 이제 기억이 나실 겁니다. 지금에 와서 제가 그들의 생사를 알고 싶어 하더라도 각하의 넓으신 도량으로 용서해 주실 테지요.

하지만 사안이 사안이니만큼, 각하가 기억하실 때까지 기다릴 수가 없군요. 단도직입적으로 말씀드리죠. 각하를 해치려 했던 그 범인을 갤리선의 종신 노예로 보내신 것을 기억하십니까. 그런 판결을 내리셨죠. 사태의 심각성을 파악하시는데 도움이 될까 하여 드리는 말씀인데 갤리선을 지휘하는 사령관에게 그자가 인계되는 것과 인도서를 제 눈으로 직접 보았습니다.

지금부터는 더 잘 들으시기 바랍니다.

갤리선의 노예들이 오래 못산다는 점을 생각해 보면 5년 전에 이미 그 죄인은 죽었어야 합니다. 좀 더 곱게 표현하자면 오케아니데스[105] 3천 명 중 하나의 남편으로 낙점되어 일찌감치 물귀신이 되어 있어야 맞습니다. 잠시 나약한 감상에 젖는 것을 용서해 주십시오. 어릴 적 친구인 그

---

105) Oceanides. 대양의 신 오케아노스와 바다의 여신 테티스 사이에서 태어난 딸들.

는 매우 고결하고 정이 많아 사랑하지 않을 수 없었죠! 또한 외모가 수려하여 나의 가니메데스라고 부르기도 했답니다. 뛰어난 미모를 갖춘 규수를 아내로 맞이하기에 손색이 없을 정도였죠. 하지만 그가 확실히 죽었다고 생각하여 저는 그의 덕택에 축적한 부를 거리낌 없이 누릴 수 있었습니다. 제가 그의 덕택이라고 인정한다고 해서 각하께 감사하는 마음이 조금도 줄어든 것은 아닙니다.

이제부터가 가장 흥미로운 대목입니다.

어젯밤 저는 로마에서 막 도착한 일행을 보고 풋내기 같은 그들의 넘치는 혈기에 측은한 마음이 들어 술자리를 마련해 주었는데, 그 자리에서 희한한 이야기를 들었습니다. 아시다시피 막센티우스 집정관이 파르티아 공격을 지휘하기 위해 오늘 이곳에 도착할 예정입니다. 집정관을 따라 참전할 야심만만한 자들 가운데 작고한 집정관 퀸투스 아리우스의 아들이라는 자가 있는데 우연히 그 자에 대해서 상세히 듣게 되었습니다. 해적 소탕으로 명성을 떨친 아리우스가 출정할 당시에는 피붙이가 전혀 없었습니다. 그런데 원정에서 돌아올 때에는 상속자를 데리고 돌아왔다고 합니다. 언제든 현금화할 수 있는 거액의 달란트를 손에 넣는다고 상상해 보십시오! 지금 제가 말씀드리고 있는 아리우스의 아들이자 상속자는 바로 각하께서 갤리선에 노예로 보낸 바로 그자입니다. 노를 젓다가 이미 5년 전에 죽었어야 할 그자가 돌아와 막대한 재산과 지위를 갖춘 로마 시민이 되었단 말입니다. 각하께서야 이미 지위가 굳건하시니 뭐 걱정할 필요가 없으시겠지만, 오 저의 미다스여! 저는 위험합니다. 무슨 일인지 말하지 않아도 아실 테죠. 각하께서 모르신다면 누가 알겠습니까?

자, 이 모든 것이 다 한심하다고 하시겠습니까?

물귀신이 되어 아름다운 오케아니데스의 품에 있어야 마땅할 그자의 양아버지 아리우스가 지휘한 해적 소탕전에서 배가 침몰했을 당시 목숨을 건진 사람은 단 두 사람이었는데, 아리우스 본인과 그자였다고 합니다.

널빤지에 의지해 표류하던 그들을 구조한 장교들 말로는 아리우스와 함께 있던 자는 젊은이였는데 갑판으로 끌어올리고 보니 갤리선의 노예 차림새였답니다.

아무리 폄하해도 이는 확실한 증거입니다. 하지만 각하께서 또 우습게 아실까봐 말씀드리는 건데, 어제 저는 다행스럽게도 아리우스의 아들이라는 그 아리송한 자를 직접 만날 기회가 있었습니다. 당시에는 그자를 알아보지 못했지만 이제야 그자가 바로 수년 동안 저의 소꿉친구였던 벤허라는 것을 장담할 수 있습니다. 비록 갤리선 노예라는 가장 천한 계급 출신이라도 벤허 그자가 남자라면 제가 편지를 쓰고 있는 지금 이 순간 복수에 대해 생각하고 있을 것이 틀림없습니다. 저라도 그랬을 테니까요. 쉽사리 풀릴 복수가 아닙니다. 조국, 어머니, 여동생, 자기 자신을 위한 복수를 꿈꾸겠죠, 그리고 …… 각하께서는 제일 우선이라고 생각하겠지만 잃어버린 재산도 되찾으려고 할 겁니다.

오 저의 은인이자 친구이신 그라투스 각하! 각하께서 차지한 재산이 위험하다는 것을 생각해 보건대, 행여나 그것을 잃어버린다면 각하의 막대한 재산에 치명적인 손실이 될 것입니다. 이번에는 각하를 프리기아의 그 어리석은 늙은 왕 미다스에 견주어 부르지 않겠습니다. 이제까지 제 편지를 읽으신 이상 별일 아니라고 무시하지 않고 이러한 위급 상황에 무엇을 해야 할지 생각할 준비가 되어 계시다고 믿기 때문입니다.

각하께 무엇을 하실 건지 묻는다면 버릇없는 짓이겠죠. 차라리 저를 각하의 수하로 생각해 주십시오. 아니면 율리시스처럼 저를 올바른 방향으로 이끌어 주시길 바랍니다.

그리고 이 편지가 각하의 손에 들어갔을 때를 생각하는 것만으로도 기뽑니다. 당장 이 편지를 읽으시리라고 생각합니다. 매우 진지한 표정으로 읽으시다가 다시 미소를 띠시겠지요. 망설임의 시간이 지나고 판단이 서면 이것저것 척척 결정하시겠지요. 메르쿠리우스 신처럼 지혜롭게, 카이사르처럼 신속하게 조치를 취하시겠지요.

해가 벌써 중천에 떴습니다. 한 시간 내로 두 전령이 이 밀서를 갖고 출발하여, 한 사람은 육로로, 한 사람은 해로로 가게 될 것입니다. 우리의 적이 이곳에 나타난 것을 한시라도 빨리 상세히 아셔야 할 만큼 중요하다고 생각했기 때문입니다.

답신을 기다리고 있겠습니다.

벤허를 어디로 보내고 들일지는 집정관에게 달려 있는데, 집정관은 제아무리 용을 써도 한 달 안에 이곳을 떠날 수는 없을 것입니다. 마을도 없는 외진 고장에서 작전을 수행할 군대를 규합하여 준비시키는 일이 만만치 않다는 것을 알고 계실 테죠.

어제 벤허를 본 곳은 다프네 숲이었습니다. 지금 거기 있지 않더라도 근처 어딘가에 있을 테니 그자의 동정을 살피는 것은 어렵지 않습니다. 지금 어디에 있느냐고 물으신다면 가장 가능성이 높은 곳은 아마도 오래된 종려나무 과수원이 아닐까 싶습니다. 반역자 일데림 족장의 천막에 묵고 있을 텐데, 머잖아 일데림 그자도 우리의 손길을 피할 수는 없을 것입니다. 막센티우스 집정관이 첫 번째 조치로 그 아랍 놈을 로마로 향하는 배에 태우더라도 놀라지는 마십시오.

오 현명하신 분이여! 무엇을 해야 할지 계획이 서게 되면 각하께도 중요할 테니 벤허의 행방을 잘 파악하고 있겠습니다. 저도 한 수 배운 것이 있어서 드리는 말씀인데, 인간의 행위와 얽힌 모든 음모에는 중요하게 고려할 세 가지 요소가 있습니다. 그것은 바로 때와 장소, 일을 맡길 사람입니다.

이번에는 장소가 중요하다고 생각하신다면 주저하지 마시고 그 일을 제게 맡겨 주시기 바랍니다. 각하를 가장 사랑하는 저야말로 가장 유능한 참모가 될 테니까요.

7월 12일

안티오크에서, 메살라 드림

## 2. 말들을 점검하다

아침 일찍이 메살라의 전령들이 밀서를 가지고 떠났을 무렵, 벤허는 일데림의 천막으로 들어섰다. 일어나자마자 호수에 몸을 담근 후 아침 식사를 마치고 이제는 민소매에 무릎까지 내려오는 실내복 튜닉 차림으로 나타났다.

족장은 침상에서 벤허에게 인사를 건넸다.

"잘 잤는가, 아리우스의 아들이여." 족장은 찬탄의 눈길을 던졌다. 그도 그럴 것이 정말로 그렇게 혈기왕성하고 건장하며 자신감에 찬 남성미가 완벽하게 드러난 모습은 본 적이 없었다. "평안하길. 말들도 나도 준비가 끝났네. 자네는?"

"족장님도 평안하시길 빕니다. 과분한 호의에 감사드립니다. 저도 준비가 되었습니다."

일데림은 손뼉을 쳤다.

"말들을 데려오라고 하겠네. 앉게나."

"말들에게 멍에를 매었나요?"

"아닐세."

"그렇다면 제가 직접 하게 해주십시오. 녀석들과 친해져야 하니까요. 족장님, 녀석들을 하나하나 부를 수 있게 이름을 익혀야겠습니다. 사람과 똑같으니 성질도 알아야겠습니다. 겁 없는 녀석은 혼내주고, 겁 많은 녀석은 칭찬하고 격려해 줘야 합니다. 하인들에게 마구를 가져오라고 해 주십시오."

"전차도 필요한가?"

"전차는 오늘 필요 없습니다. 대신 혹시 다른 말이 있다면 따로 한 마리 준비해 주십시오. 네 녀석들만큼 빠른 말로 안장은 얹지 말라고 하십시오."

일데림은 그 이유가 궁금했지만, 즉시 하인을 불러 명령했다.

"네 마리에게 씌울 마구를 가져오라고 하라. 시리우스에게 쓸 고삐도 가져오고."

그러고 나고 일데림은 자리에서 일어났다.

"시리우스는 내가 가장 아끼는 녀석일세. 20년을 함께 해온 동지라네. 천막에서, 전투에서, 사막 어디에서든 우리는 함께 지내왔지. 녀석을 보여 주겠네."

일데림은 천막을 나누는 커튼을 들어 올려 벤허가 아래로 지나갈 수 있게 해 주었다. 말들은 한 덩어리가 되어 벤허에게 다가왔다. 작은 머리와 반짝거리는 눈망울, 구부러진 화살의 마디처럼 유연하게 뻗은 목, 단단한 가슴, 처녀의 머리칼처럼 부드럽고 찰랑거리는 무성한 갈기로 뒤덮인 한 녀석이 벤허를 보고는 기쁘다는 듯 낮게 울부짖었다.

일데림은 짙은 밤색 말의 머리를 쓰다듬으며 말했다. "그래, 그래 착하지, 잘 잤니." 그러고 나서 벤허를 향해 덧붙였다. "이 녀석이 저네 마리의 아비인 시리우스라네. 어미인 미라는 우리가 돌아오기만을 기다리고 있지. 나보다 권력이 센 사람이 있는 곳에 위험을 무릅쓰고 데려오기에는 너무 귀한 놈이라 두고 왔지." 그리고 갑자기 웃음을 터뜨리며 말했다. "그리고 우리 부족이 그 녀석 없이도 견딜 수 있을지 심히 의심스럽다네. 미라야말로 우리 부족의 자랑거리니까. 모두들 그 녀석을 숭배한다네. 미라가 그들 위로 뛰어넘으면 사람들은 웃는다네. 사막의 후예들인 만 명의 기수들이 오늘 물어볼 걸세. '미라는 잘 있나?' 건강하다고 대답해 주면 이렇게 외치겠지. '하나님 감사합니다! 찬미 받으소서!'"

"미라와 시리우스라……. 모두 별들의 이름 아닌가요, 족장님?" 네 마리 말들과 그 아비에게 각각 손을 내밀며 벤허가 물었다.

"안 그럴 이유가 있겠는가? 밤에 사막에 나가 본 적이 있나?"

"아니요."

"그러면 우리 아랍인들이 얼마나 별에 의지하는지 모르겠군. 우리는 감사의 뜻으로 별들의 이름을 빌려와 사랑하는 마음으로 말들에게 지어 주었다네. 우리 선조들께서도 나처럼 애마를 갖고 계셨지. 그리고 이 후예들은 그야말로 별들에 뒤지지 않는다네. 보게, 저 녀석이 리겔이고, 저 녀석은 안타레스라네. 이 녀석은 아타이르고, 지금 자네와 마주하고 있는 놈은 알데바란인데, 한 배 중에 막내이지만 어느 누구에게도 뒤지지 않는다네, 암 누구에게도 뒤지지 않고말고! 바람을 거슬러 아카바의 파도처럼 노호하듯 자네를 태워갈 걸세. 아리우스의 아들이여, 아 솔로몬의 영예에 걸고 맹세하건대 자네가 어디든 가자고 말만 하면, 그리고 자네가 그럴 용기가 있다면 사자의 아가리로 뛰어드는 것도 마다하지 않을 걸세."

드디어 마구가 준비되었다. 벤허는 자기 손으로 직접 말들에게 마구를 씌울 준비를 했다. 손수 말들을 천막 밖으로 데리고 나와 재갈을 물렸다.

"시리우스를 데려오게."

어떤 아랍인도 그렇게 사뿐히 올라타지 못할 솜씨로 벤허는 말 등에 올라탔다.

"고삐를 가져오게."

벤허는 고삐를 조심스럽게 건네받았다.

"족장님, 저는 준비가 되었습니다. 안내인을 붙이시어 저보다 앞서 들판으로 보내시고 부하들을 시켜 물도 준비해가도록 하십시오."

출발은 순조로웠다. 말들은 두려움이 없었다. 이미 말들과 새로운 기수 사이에는 서로를 이해할 수 있는 비법이 있는 것 같았고, 기수는 점점 자신감을 키우며 자신의 역할을 묵묵히 수행하고 있었다. 벤허가 전차에 서 있는 대신 시리우스의 잔등에 앉아 있는 점을 제외하면 말들을 모는 명령은 전차를 몰 때의 명령과 하나도 다를 것이 없었다. 기운이 되살아난 일데림은 수염을 쓰다듬었고, 만족스러운 듯 웃으며 중얼거렸다. "그는 로마인이 아니야, 암 절대로 아니고말고!" 벤허가 움직이는 대로 뒤따라 걸었다. 남녀노소 할 것 없이 천막에 있던 사람들도 모두 쏟아져 나와 구경했고, 일데림 같은 자신감은 없더라도 염원하는 마음은 같았다.

들판에 도착해 보니 널찍하고 훈련을 하기에는 더없이 좋았다. 벤허는 즉시 훈련을 시작하여 네 마리를 처음에는 일직선으로, 그 다음에는 넓게 원을 그리며 서서히 달리게 몰았다. 그 다음에는 구보로 걷게 하다가 약간 속력을 올렸고, 다시 전속력으로 질주하게 했다. 제일 나중에는 도는 원을 줄여나갔고, 그 후에는 이리저리, 좌우로, 앞으로 기묘하게 몰아보면서 잠시도 틈을 주지 않았다. 한 시간이 그렇게 훌쩍 지나갔다. 벤허는 다시 구보 속도로 속력을 줄인 후 일데림에게로 돌아갔다.

"시험은 모두 끝났고 이제는 연습만 남았습니다. 일데림 족장님, 이처럼 훌륭한 녀석들을 가지고 계시니 기쁨을 안겨드리겠습니다. 보시죠," 벤허는 시리우스의 잔등에서 내려 말들에게 다가가며 말했다. "보세요, 윤기 나는 붉은 털에는 얼룩 하나 없습니다. 제가 시작하자 가볍게 숨을 쉬더군요. 당신께 커다란 기쁨을 안겨드리겠습니다." 벤허는 반짝거리는 눈길로 일데림을 바라보며 덧붙였다. "만약 우리가 승리하지 못한다면, 우리의 ……."

벤허는 갑자기 말을 멈추더니 얼굴을 붉히며 고개를 숙였다. 족장 옆에 지팡이에 기대어 있는 발타사르와 베일을 쓴 두 여인이 눈에 들어왔기 때문이었다. 두 여인 가운데 한 사람은 두 번째 보는 것이었는데, 가슴이 쿵쾅거리기 시작했다. '그때 본 이집트 처녀구나!' 말을 잇지 못하는 벤허를 대신해 일데림이 나서서 말해 주었다.

"승리와 우리의 복수를 말하는 거지!" 그리고는 음성을 높였다. "나는 두렵지 않다네. 오히려 기쁘다네. 아리우스의 아들이여, 자네야말로 사내 아닌가. 초지일관하게나, 아랍인이 어떠한 지원도 아끼지 않는다는 것을 알게 될 테니."

벤허는 겸손하게 대답했다. "훌륭하신 족장님, 감사드립니다. 이제 하인들에게 말에게 먹일 물을 가져오라고 하시죠."

벤허는 하인들이 가져온 물을 말에게 손수 주었다.

시리우스에 올라타고 다시 연습을 시작한 벤허는 구보에서 속보로, 속보에서 질주로 점차 속도를 올렸다. 그리고 지치지 않는 말들을 계속 몰아붙여 점차 최대 속도로 달리게 했다. 말들을 훈련시키는 모습은 흥미진진했다. 고삐를 솜씨 있게 다루는 솜씨에 박수가 이어졌고, 앞으로 날듯이 질주하던 다양한 곡선 코스를 돌든 변함없이 잘 달리는 네 마리 말에게도 끝없는 찬탄이 쏟아졌다. 말들의 동작에서는 크게 애쓰지 않아도 일치와 힘, 우아함과 기쁨이 넘쳐흘렀다. 찬탄은 연민이나 동정과는 다른 것이었다. 연민이나 동정 같은 거라면 저녁에 날아다니는 제비들에게도 쏟아졌을 것이다.

모든 사람들이 넋을 잃고 훈련과정을 구경하는 동안 말루크가 나타나 족장을 찾았다.

기회를 엿보다 말하기에 적당한 틈을 잡은 말루크가 말을 걸었다. "족장님, 전갈을 가져왔습니다. 시모니데스 상인이 보낸 것입니다."

"시모니데스라고!" 일데림은 갑자기 소리쳤다. "아, 잘 됐군. 지옥의 악마 아바돈(Abaddon)[106]이 모든 적들을 쓸어가기를!"

"족장님께 먼저 하나님의 거룩한 평화를 빌어드리라고 하셨습니다. 그리고 이것을 보내시며 받는 즉시 읽어 달라고 부탁하셨습니다."

일데림은 얇은 아마포 천으로 만든 봉투를 전해 받았고 봉인을 뜯자 나온 서신 두 통을 읽어 내려가기 시작했다.

[첫 번째 서신]

시모니데스가 일데림 족장님께

오 친구여!

족장께서는 제 마음 깊은 곳의 첫 자리를 차지하고 계신다는 것을 알고 계시죠.

그리고……. 당신의 천막에 자신이 아리우스의 아들이라고, 즉 양자라고 부르는 준수한 외모의 청년이 있죠.

그 청년은 제게 매우 소중한 사람입니다.

그는 놀라운 이력을 지니고 있는데, 알려드리고 싶습니다. 제가 그 사연을 말씀드리고 조언을 구하려고 하니 오늘이나 내일쯤 와 주시기 바랍니다.

그 사이, 그가 요구하는 것이 있다면 명예가 훼손되지 않도록 무엇이든 들어주시기 바랍니다. 혹시 보상해야 할 것이 있다면 제가 모두 갚아드리도록 하겠습니다.

---

106) 요한계시록 9장 11절에 나오는 악마의 이름.

제가 그 청년에게 관심이 있다는 것은 비밀로 해 주십시오.

다른 손님들도 저를 잊지 않게 해주십시오. 경기가 열리는 날 발타사르 어르신과 따님, 족장님을 비롯해 경기장에 데려오고 싶으신 분들은 모두 저에게 맡기십시오. 이미 모든 자리를 다 잡아두었으니까요.

당신과 당신의 모든 식솔들에게 평화가 있기를.

오 친구여, 제가 당신의 친구 말고 무엇이겠습니까?


시모니데스 드림.


[두 번째 서신]


시모니데스가 일데림 족장님께


오 벗이여!

제 숱한 경험에서 한 말씀 전합니다.

로마 고위 관리가 바뀌게 되면 재물을 가진 이방인은 조심해야 합니다. 몰수당할 위험이 있으니까요.

오늘 막센티우스 집정관이 옵니다.

당신도 조심하십시오!

또 하나 알려드릴 것이 있습니다.

벗이여, 당신을 함정에 빠뜨리려고 꾸미는 음모에 헤롯 일족도 가담할 것이 분명합니다. 그들의 영토 안에 막대한 재산을 소유하고 계시잖습니까.

그러니 잘 감시하십시오.

안티오크에서 남쪽으로 향하는 길목을 지키는 믿을 만한 파수꾼들에게 명령을 내려 오가는 모든 전령들을 조사하게 하십시오. 만일 당신이나 당신의 일과 관련된 밀서가 발견되거든 그것들을 꼭 읽으시기 바랍니다.

어제쯤 이 전갈을 받으셔야 했겠지만 지금이라도 당장 조치를 취하신다면 너무 늦지는 않을 것입니다.

오늘 전령들이 안티오크를 떠났다면, 당신의 전령은 샛길을 알고 있을 테니 그들보다 앞서 당신의 명령을 전할 수 있을 것입니다.

주저하지 말고 서두르십시오.

이 편지는 읽은 즉시 태워 버리십시오.

오 나의 친구여!

친구 시모니데스 드림.

일데림은 편지를 두 번이나 읽은 후 아마포 봉투에 접어 넣은 후 허리 띠 아래에 넣었다.

들판에서의 훈련은 아까보다는 더 계속되어 두 시간 정도 걸렸다. 훈련이 모두 끝나자 벤허는 말 네 마리를 구보로 걷게 하여 일데림에게 몰고 갔다.

"족장님, 괜찮으시다면 말들을 천막으로 돌려보냈다가 오후에 다시 데려오라고 하겠습니다."

일데림은 시리우스 위에 타고 있는 벤허에게로 걸어가 말했다. "말들을 줄 테니 시합이 끝날 때까지는 자네 마음대로 하게. 망할 놈의 그 로마 놈이 2주가 지나도 못 해 낸 일을 단 두 시간만에 해 내다니 정말로 대단하군. 반드시 우리가 우승할 걸세, 암 우승하고말고!"

하인들이 말들을 돌보는 동안 벤허는 천막에 잠시 함께 있다가 호수에서 몸을 씻었다. 족장과 야자술 한 잔을 들이킨 후 원기를 되찾자 다시 유대인의 복장으로 갈아입고 말루크와 함께 과수원 안으로 걸어갔다.

두 사람 사이에는 이런저런 대화가 오갔다. 다 들어볼 필요는 없지만 중요한 한 부분만 살펴보자.

"부탁할 것이 하나 있네. 셀레우키아 다리 부근 강변 여관에 짐을 맡겨 놓았는데 가능하다면 오늘 가져다주게. 그리고 착한 말루크, 무리가 되지 않는다면,"

말루크는 기꺼이 해 주겠다고 나섰다.

"고맙네, 말루크, 정말 고마워. 자네가 했던 말 기억나나? 우리는 모두 한 부족에서 나온 형제요, 우리의 적은 로마인이라고 했던 것 말일세. 우선, 자네는 사업수완이 있지만, 일데림 족장은 아니라서 하는 말인데,"

"아랍인들은 그런 편이죠." 말루크도 진지하게 말했다.

"아니, 그들이 영리하다는 것을 의심하지는 않네. 하지만 그들을 거들어 주는 것이 좋겠네. 경주시 규칙 위반으로 실격되거나 방해를 받지 않도록 경기장 담당관에게 가서 그가 모든 준비 규정을 잘 지키고 있는지 알아봐 준다면 마음이 놓일 것 같네. 그리고 규정의 사본을 한 부 얻을 수 있다면 아주 큰 도움이 될 것이네. 내가 입을 경주복 색상과 특히 출전 번호를 알고 싶네. 오른쪽이든 왼쪽이든 메살라의 옆이면 좋겠네. 만일 아니라면 그자의 옆자리로 옮길 수 있도록 손을 써주게. 말루크, 기억력이 좋은 편인가?"

"잘 까먹기는 해도 지금처럼 온 마음을 쏟는 일은 절대 잊지 않는답니다."

"그렇다면 한 가지만 더 부탁하겠네. 어제 보니 메살라는 자기 전차가 황제의 것을 능가할 것처럼 자부심이 대단하더군. 그가 그렇게 자랑하는 것을 핑계 삼아 그 전차가 가벼운지 무거운지 알아낼 수 없겠나? 그 전차의 정확한 무게와 치수를 알고 싶어서 그러네. 그리고 바퀴 차축이 지면에서 어느 정도 높이인지 알아봐 주게. 다른 건 몰라도 상관없네만, 이것만은 꼭 알아야 하네. 무슨 말인지 이해했나, 말루크? 메살라가 나보다 조금이라도 유리하게 놔둘 수는 없네. 그자가 영예를 차지하게 해서는 안 되지. 녀석을 이긴다면 그의 몰락은 더욱 쓰릴 테고, 나의 승리는 더욱 완전해질 걸세. 이점이 될 만한 것이 있다면 하나라도 놓쳐서는 안 된다네."

"알겠습니다, 알겠어요! 차축 중심부에서 지면까지의 길이가 당신이 원하는 거란 말씀이죠."

"바로 그걸세, 말루크. 부탁할 것은 끝났네. 이제 천막으로 돌아가세."

천막 입구에서 하인 한 사람이 새로 만든 발효유를 단지에 붓고 있는 것을 본 두 사람은 잠시 멈춰서 목을 축였다. 잠시 후 말루크는 시내로 돌아갔다.

두 사람이 과수원에 나가 있는 동안 일데림 족장은 시모니데스의 충고대로 말을 잘 타는 아랍인 전령을 급파했다. 전령은 증거를 남기지 않기 위해 문서는 전혀 소지하지 않았다.

## 3. 유혹의 손길


천막에서 편히 쉬고 있던 벤허에게 하인 한 사람이 다가와 전했다. "발타사르 어른의 따님인 이라스 아씨께서 전하는 인사와 말씀을 가져 왔습니다."

"말하게."

"아씨와 함께 호수에 나가지 않으시겠습니까?"

"대답은 내가 직접 하겠다고 전해라."

가져온 신발을 신고 벤허는 아름다운 이집트 여인을 찾아 밖으로 나 갔다. 저녁 어스름에 산 그림자가 종려나무 과수원 위로 드리우고 있었 다. 저 멀리 숲에서는 양들 목에 매달린 방울 소리와 나지막한 가축 울 음 소리와 그들을 몰아 집으로 향하는 목동들의 음성이 들려왔다. 과 수원에서 보내는 삶은 사막의 오아시스에서처럼 모든 면에서 목가적 이었다.

일데림 족장은 아침과 마찬가지로 오후에도 훈련이 똑같이 반복되 는 것을 지켜본 후 초대한 시모니데스를 만나러 시내로 나갔다. 밤에 는 돌아올 작정으로 나섰지만 이것저것 할 얘기가 많다보니 그날 중에 돌아오기는 어려울 것 같았다. 홀로 남겨진 벤허는 마부들이 말을 돌보 는 것을 지켜본 후 호수에서 더위를 식히고 몸을 씻었다. 그리고 야외 에서 입었던 옷을 벗고 순수 사두개인이 입는 흰 평상복으로 갈아입었 다. 일찌감치 저녁식사를 마치자, 젊은 원기 덕분에 격렬했던 훈련의 피로도 싹 가셨다.

아름다움은 그저 하나의 속성일 뿐이라고 깎아내리는 것은 현명하 지도 정직하지도 않다. 아름다움에 무관심할 정도로 고상한 사람은 있을 수 없다. 피그말리온[107]과 그가 사랑한 아름다운 조각상 이야기는 시적인 동시에 지극히 자연스러운 일이다. 아름다움은 그 자체로 일종의 힘이다. 그런데 이제 그 힘이 벤허를 끌어당기고 있었다.

이집트 여인은 보기 드문 미인이었다. 얼굴도 아름다웠고 몸매도 아름다웠다. 카스탈리아 샘에서 보았을 때의 모습 그대로인 것 같았다. 그리고 고맙다고 인사하는 눈물겨운 어조 때문에 목소리는 한층 더 감미롭게 느껴졌고, 이집트인 특유의 아몬드 모양의 크고 부드러운 검은 두 눈에는 최고의 찬사로도 표현하기 힘든 무엇인가가 있었다. 풍성하고 하늘하늘한 옷 속에 감싸인 늘씬하고 호리호리하고 우아한 세련된 모습이 자주 눈에 떠오르곤 했었다. 술람미의 처녀[108]처럼 육신에 꼭 맞는 정신까지 갖춘다면 막강한 군대만큼이나 위력적이었다. 그녀가 생각날 때면 그 모습에 고취되어 열정적인 아가서[109]가 통째로 떠올랐다. 이러한 느낌과 기분에 사로잡혀 벤허는 그 이집트 여인이 정말로 그렇게 완벽한 모습일지 알아볼 작정이었다. 지금 벤허를 사로잡고 있는 것은 사랑이 아니라 감탄과 호기심이었지만 어쩌면 그것이 사랑의 전조일 수도 있었다.

배를 대는 곳은 계단을 몇 개 내려가면 가로등이 있는 평평한 공간이 나오는 단순한 구조였다. 보이는 광경에 사로잡혀 벤허는 계단 꼭대기에서 우뚝 멈춰 섰다.

맑은 수면 위에는 작은 배 하나가 달걀 껍질을 띄워놓은 듯 가볍게

---

107) 그리스 신화에 나오는 키프로스의 왕. 자신이 조각한 아름다운 여인상을 사랑하게 되어 진짜 여자로 변하게 해 달라고 빌었다. 아프로디테 여신이 소원을 들어준 덕분에 사람으로 변한 여인과 결혼한다.

108) 솔로몬의 사랑을 받은 여인. 아가서에 등장한다.

109) Song of Solomon. 구약 성서의 한 권. 극적이며 서정적인 사랑의 시로 솔로몬 왕이 쓴 것으로 알려져 있다.

떠 있었다. 카스탈리아 샘에서 낙타를 몰았던 에티오피아 하인이 노잡이 자리에 앉아 있었는데, 하얀 옷과 대비되어 검은 피부가 더욱 두드러져 보였다. 배의 뒷머리에는 화려한 티레 자주색[110] 천으로 만든 쿠션과 깔개가 깔려 있었다. 이집트 여인은 인도산 숄과 하늘하늘한 얇은 베일과 스카프로 감싼 채 키잡이 자리에 앉아 있었다. 어깨까지 드러난 팔은 흠잡을 데 없이 완벽했고, 자세와 움직임, 겉모습이 눈길을 끌었다. 손과 손가락에도 우아함과 의미가 담겨 있는 것 같아서 말 그대로 하나하나가 모두 예술품이었다. 밤공기를 막기 위해 널따란 스카프로 어깨와 목을 감싸고 있었지만 그 아름다운 자태를 가릴 수는 없었다.

그러나 벤허는 여인의 이러한 모습을 하나하나 자세히 보지는 않았다. 그저 어떤 인상을 받았을 뿐이다. 보거나 열거할 수 있는 것이 아니라 강렬한 빛처럼 느껴지는 일종의 감각이었다. 그녀에 대한 인상을 말로 옮기자면 다음과 비슷했다. 그대의 입술은 붉은 실 같고, 그대의 입은 사랑스럽구나. 너울 속 그대의 볼은 반으로 쪼개 놓은 석류 같구나.[111] 나의 사랑 그대, 일어나오. 나의 어여쁜 그대, 어서 나오오. 겨울은 지나고, 비도 그치고, 비구름도 걷혔소. 꽃 피고 새들 노래하는 계절이 이 땅에 돌아왔소. 비둘기 우는 소리, 우리 땅에 들리오.[112]

벤허가 발걸음을 멈춘 것을 보고는 이집트 여인이 말했다. "이리로 오세요. 안 그러면 뱃멀미를 하신다고 생각할 거예요."

벤허의 붉은 볼이 더욱 붉어졌다. 바다에서 보낸 노잡이 삶에 대해 그녀가 행여 알기라도 하는 걸까? 그는 즉시 선착장 바닥으로 내려갔

---

110) 고대 페니키아의 티레 사람들이 만들어 유명해진 자주색 또는 짙은 심홍색 염료. 황제들이 주로 이용하여 황제 자주색으로 불리기도 한다.

111) 아가서 4:3

112) 아가서 2:10-12

다.

여인 앞에 자리를 잡고 앉으며 벤허가 대답했다. "두렵군요."

"뭐가요?"

"배가 가라앉을까봐." 그가 웃으며 대답했다.

"좀 더 깊은 물로 들어갈 때까지 기다리세요." 여인의 신호를 받은 하인이 노를 젓기 시작하자 배는 호수로 미끄러져 들어갔다.

만일 사랑과 벤허가 적수였다면, 더 끄떡없는 쪽은 벤허였다. 이집트 여인은 그가 볼 수밖에 없는 자리에 마주앉아 있었다. 그녀는 벤허의 기억 속에서 솔로몬이 사랑한 술람미의 처녀처럼 이상형으로 확고하게 자리잡고 있었다. 밝게 빛나는 그녀의 눈동자에 취해, 벤허에게는 어떤 별들도 보이지 않았다. 그리고 실제로 별들은 뜨지 않았다. 모든 것이 밤의 깊은 장막에 가려 암흑에 싸여 있었고 그녀의 모습만이 유일하게 빛을 발하고 있는 것 같았다. 따뜻한 봄날 고요한 밤하늘 아래 잔잔한 호수 위에서 두 청춘남녀가 즐기는 뱃놀이는 더할 나위 없이 낭만적인 분위기를 자아냈다. 이럴 때에는 자기도 모르게 일상의 세계에서 벗어나 환상의 세계로 빠져들기 쉬웠다.

"나에게 노를 주시오."

"아니요. 그렇게 되면 관계가 역전되지요. 저와 함께 배를 타자고 청하지 않았던가요? 당신께 빚이 있으니 그것부터 갚아야지요. 당신이 말씀하시면 제가 들을 테고, 아니면 제가 말할 테니 당신이 들으시던가요. 좋으실 대로 하세요. 하지만 우리가 어디로 갈지 선택하는 것은 저의 몫이랍니다."

"어디로 가려고 하는 건지?"

"또 놀라셨군요."

"오 아름다운 이집트 여인이여, 나는 포로라면 누구나 제일 먼저 문는 질문을 한 것뿐이라오."

"저를 이집트라고 불러주세요."

"그냥 이라스라고 부르고 싶소."

"그게 제 이름이라고 생각하시겠지만, 이집트라고 불러주세요."

"이집트는 나라잖소, 많은 사람을 의미하기도 하고."

"그렇고말고요! 대단한 나라죠!"

"알겠소. 우리가 가려는 곳은 이집트로군."

"정말로 갈 수만 있다면! 얼마나 좋을까요!"

말하는 동안 이라스는 한숨을 지었다.

"그렇다면 나는 신경 쓸 것 없소."

"그렇게 말씀하시는 것을 보니 그곳에 한 번도 가 본 적이 없으신 걸 알겠네요."

"그렇소, 아직 가 본 적이 없소."

"오, 이집트는 불행한 사람이 없는 나라랍니다. 다른 모든 나라가 바라는 곳이요, 모든 신들을 낳은 곳이기 때문에 비할 데 없이 신성한 곳이지요. 행복한 사람들은 더욱 행복해지고, 불행한 사람들도 신성한 강의 감미로운 강물을 마시기만 하면 아이처럼 웃고 노래하며 기뻐하게 되는 곳이랍니다."

"다른 곳처럼 가난한 사람들이 없단 말이오?"

"이집트의 가난한 사람들은 사는 것도 바라는 것도 매우 소박하답니다. 그들은 필요 이상으로 바라는 것이 없고 그나마도 아주 작답니다. 그리스인이나 로마인은 절대 알 수가 없지요."

"그렇지만 나는 그리스인도 로마인도 아니오."

이라스는 웃었다.

"저는 장미 정원을 하나 갖고 있는데, 정원 한가운데에는 꽃송이가 가장 탐스러운 나무 한 그루가 있답니다. 그 나무가 어디에서 왔을 것 같으세요?"

"장미의 원산지인 페르시아에서 왔을 테지."

"아니랍니다."

"그럼 인도겠군."

"아니에요."

"아, 그렇다면 그리스의 섬들 가운데 하나인가."

"제가 알려드리지요. 어느 나그네가 르바임 평원의 길가에서 시들어가고 있는 그 나무를 발견했답니다."

"오, 유대 땅에서 왔군!"

"저는 그 나무를 가져와 강물이 빠져 바닥이 드러난 나일 강가에 심었답니다. 그랬더니 부드러운 남풍이 사막 위로 불어와 나무를 보듬었고, 태양은 나무를 가여워하며 입 맞추었답니다. 그 손길에 나무는 더할 나위 없이 무럭무럭 자랐지요. 이제는 그 그늘에 서면 제게 진한 향기로 보답한답니다. 장미가 그럴진대, 이스라엘 사람들은 어떻겠어요. 이집트가 아니라면 다른 어디에서 그들이 완전해질 수 있겠어요?"

"그렇지 않다고 생각해 이집트를 탈출한 수백만 사람 가운데 하나인 모세가 있잖소."

"다 그런 것은 아니죠. 이집트에서 재상이 된 요셉도 있었지요. 그를 잊으신 건가요?"

"요셉 시대처럼 우호적인 파라오들은 모두 죽었소."

"아, 그래요! 나일 강변에 살던 파라오들은 이제 무덤 속에 누워 있지만 이집트의 태양과 바람과 사람들은 그대로이죠."

"알렉산드리아는 이제 로마 제국의 도시일 뿐이잖소."

"하지만 왕홀이 바뀌었을 뿐이죠. 카이사르는 알렉산드리아에서 무력의 왕홀을 거두어간 대신 지식의 왕홀을 두고 갔죠. 저와 함께 브루케이움(Brucheium)[113]으로 가 보셔요, 국제 대학을 보여드리겠어요. 세라페이온(Serapeion) 신전에서는 건축의 진수를 보실 수 있어요. 도서관에는 신들에 관한 책들이 즐비하죠. 극장에서는 그리스와 인도의 영웅시를 들을 수 있고, 부두로 가면 상업이 번창하고 있는 것을 볼 수 있답니다. 저와 함께 거리로 내려가 보셔요. 철학자들이 모든 예술의 거장들과 함께 사방으로 흩어지고, 모든 신들 숭배도 원래 있던 곳으로 되돌아가 당시의 영화 가운데 오락 외에는 아무것도 남아 있지 않지만, 태초부터 인간을 즐겁게 해 주었던 이야기들과 절대로 사라지지 않을 노래들은 남아 있답니다."

이라스의 이야기를 듣고 있노라니 벤허는 예루살렘의 집 정자에서 어머니가 이라스처럼 애국심에 불타 이스라엘의 옛 영광에 대해 열변을 토하던 밤이 생각났다.

"당신을 왜 이집트로 불러 달라고 했는지 이제야 알겠소. 그 이름으로 불러줄 테니 노래를 한 곡 해 주겠소? 지난 밤에 부르는 것을 들었소."

"그것은 나일 강의 찬가예요. 사막의 숨결이 느껴지고 오래된 친근한 나일강 흐르는 소리가 들리는 것 같을 때 부르는 애가랍니다. 오늘밤에는 인도의 정신을 느끼게 해드리죠. 알렉산드리아로 갈 기회가 있다면 강가(Ganga)[114] 여신의 후예가 직접 노래를 부르는 거리로 안내할게요. 제게 이 노래를 가르쳐 준 장본인이거든요. 당신도 아시겠지

---

113) 알렉산드리아의 궁전 경내를 지칭한다. 왕궁 안에 박물관, 도서관, 대학 기능이 통합된 도서관이 설립되었다.
114) 비슈누 여신의 발가락에서 태어난 갠지스 강의 여신

만 카필라[115]는 인도의 현인들 가운데서도 가장 존경받는 분이었잖아
요."

그리고 이라스는 지극히 자연스럽게 노래를 부르기 시작했다.


카필라


I.


카필라, 카필라, 무척이나 젊고도 진실한 그대,

나도 당신과 같은 명예를 갈망하네.

전쟁터에서 돌아온 그대를 맞으며 다시 묻네,

나도 당신처럼 용감해질 수 있을까?


회갈색 말 위에 앉은 카필라,

그다지 근엄하지 않은 영웅 대답하네.

"모든 것을 사랑하는 사람은 아무것도 두렵지 않네,

나를 용감하게 만든 것은 사랑.

어느 날 한 여인, 내게 영혼을 주었네,

하나로 합쳐진 영혼 변함없고,

거기서 용기를 얻게 되었네.

가서 시험해 보라, 그리고 깨닫게 되길."


---

115) 기원전 550년경에 활동한 베다 시대의 성현. 베다 철학의 6개 학파 가운데 하나인 상키야 학
파를 창시했다.

II.


카필라, 카필라, 무척이나 연로하고 백발이 성성한 그대,
여왕이 나를 부르네.
그러나 여왕에게 가기 전에 당신에게 먼저 듣고 싶네,
어떻게 하여 지혜를 얻게 되었는지.


카필라, 은자의 복장을 한 사제
자기 신전 문에 서 있네.
"지혜는 지식처럼 얻을 수 있는 것이 아니라네.
나를 지혜롭게 만든 것은 믿음.
어느 날 한 여인, 내게 마음을 주었네,
하나로 합쳐진 마음 변함없고.
거기서 지혜를 얻게 되었네.
가서 시험해 보라, 그리고 깨닫게 되길."


벤허가 노래를 들려주어 고맙다고 말할 틈도 없이, 배의 용골이 호수 바닥의 모래에 닿아 삐걱거리는 소리가 나더니 뱃머리가 뭍으로 올라왔다.

"벌써 끝내다니 너무 아쉽소, 이집트!"

"그러면 잠시 더 머물러요!" 이라스가 대답하자 흑인 노예는 노를 힘껏 저어 배를 다시 너른 물로 내보냈다.

"이제는 내게 노를 넘기구려."

벤허의 요청에 이라스는 웃으며 대답했다. "안 돼요. 당신은 전차가 어울리고, 저는 배가 어울리죠. 이제는 호수 끝에 있으니 더 이상 노래

하면 안 되죠. 이집트에 다녀왔으니 이제는 다프네 숲으로 향하지요."

"가는 동안 노래를 부르지 않겠다는 거요?" 찬성할 수 없다는 의미로 벤허가 물었다.

"당신은 오늘 어떤 로마인으로부터 저희를 구해 주셨지요. 그에 대해 아시는 게 있으면 말씀해 주세요."

불쾌한 느낌이 든 벤허는 대답을 피하며 말을 돌렸다. "이곳이 나일강이었으면 좋겠소. 아주 오랫동안 잠들어 있던 왕과 왕비들이 무덤에서 내려와 우리와 함께 배를 탈지도 모르잖소."

"그들은 거대한 입상이어서 태웠다가는 우리 배가 가라앉고 말걸요. 차라리 난쟁이들이 낫겠어요. 그러지 말고 그 로마인에 대해 말씀해 주세요. 그는 매우 못됐죠, 그렇지 않나요?"

"글쎄."

"귀족 가문 출신인가요, 부자인가요?"

"잘 모르겠소."

"그의 말들은 정말 멋지더군요! 전차 바닥은 금이고 바퀴는 상아더군요. 그리고 그 대담함이란! 그가 전차를 모는 것을 구경하던 사람들은 웃음을 터뜨렸죠. 하마터면 바퀴에 깔릴 뻔했는데도 말이에요!"

이라스는 기억을 떠올리며 웃음을 터뜨렸다.

"어중이떠중이들이 모였으니까." 벤허는 신랄하게 대답했다.

"그 사람은 로마에서 생기고 있다는 망나니들 중 하나가 틀림없을 거예요. 케르베로스[116]만큼 탐욕스러운 아폴로라고나 할까. 그는 안티오크에 살고 있나요?"

---

116) 지옥의 입구를 지키는 머리 셋 달린 개. 영웅들이 살아있는 채로 지나기 위해서는 케르베로스의 입에 떡을 물려 짖지 못하도록 진정시켰다.

"그는 동방 어느 지역 출신이오."

"시리아보다는 이집트가 어울리겠네요."

"그렇진 않을 것 같소. 클레오파트라는 죽었으니까."

그 순간 천막 문 앞에서 타오르고 있던 등불이 시야에 들어왔다.

"벌써 천막이네요!" 이라스가 소리쳤다.

"아, 그러면 우리는 이집트에는 다녀오지 못한 셈이구려. 카르나크 신전도, 필라에 신전도, 아비도스 신전도 못 봤는데. 이곳은 나일 강이 아니오. 나는 겨우 인도 노래 한 곡을 들었을 뿐이고, 꿈속에서 뱃놀이를 하고 있었던 것이로군."

"필라에 신전과 카르나크 신전이라. 그보다는 아부심벨의 람세스상을 못 본 것을 한탄해야 할 걸요. 그것을 보면 하늘과 땅의 창조주이신 하나님에 대해 생각하는 것이 아주 쉬워질 테니까요. 아니, 굳이 한탄할 이유가 있나요? 강으로 나가면 되죠. 제가 노래할 수 없다면," 이라스는 웃으며 덧붙였다. "노래는 부르지 않겠다고 했으니 노래를 할 수는 없죠. 그렇지만 이집트의 이야기를 해드릴 수는 있어요."

"좋소, 해 주시오! 아, 아침이 올 때까지, 그리고 저녁이 되고 다음날 아침이 밝아올 때까지 해 주시오!" 벤허는 열렬히 말했다.

"그럼 어떤 이야기를 해야 할까요? 수학자들에 대해서?"

"아니요."

"그럼 철학자들이요?"

"아니, 아니요."

"마법사들과 요정들에 대해서?"

"당신이 원한다면."

"전쟁에 대해서?"

"좋소."

"사랑에 대해서?"

"그것도 괜찮소."

"그러면 사랑에 대한 치유법을 말씀드릴게요. 한 여왕에 관한 이야기랍니다. 경건한 마음으로 들어주세요. 이 이야기가 쓰인 파피루스는 필라에 신전의 제사장들이 장본인의 손에서 직접 **빼앗아** 온 것이니까요. 파피루스 모양이 맞으니 틀림없이 사실일 거예요.

네네호프라

I.

이 세상에 똑같은 인생은 없답니다.

굴곡 없는 삶도 없지요.

가장 완벽한 삶은 원처럼 돌고 돌아 어디가 시작이고 어디가 끝인지 알 수 없게 시작점에서 끝이 나죠.

완벽한 삶은 하나님이 귀하게 여기는 보물이지요. 위대한 시대에 그분께서는 약지에 그 보물을 끼신답니다.

II.

네네호프라는 아스완 부근 제1폭포 아주 가까운 집에 살고 있었답니다. 폭포에 얼마나 가까운지 바위에 부딪쳐 떨어지는 폭포수 소리가 끊이지 않아 그곳의 일부가 되어 있었죠.

그녀는 나날이 미모가 출중해졌으므로 아버지의 정원에 피어난 양귀비 같다는 소리를 들었습니다. 아직 활짝 피지도 않았는데 그랬으니 그 미모가 어땠을까요?

그녀의 삶은 해마다 더 즐거운 노래를 새록새록 시작하는 것 같았답니다.

　네네호프라는 바다에 인접한 북쪽과 루나(Luna) 산맥 너머 사막에 인접한 남쪽이 결합하여 태어난 아이였습니다. 한쪽이 정열을 주었다면 다른 한쪽은 슬기를 주었지요. 그래서 북쪽과 남쪽은 네네호프라를 볼 때면 쩨쩨하게 서로 자기 아이라고 우기지 않고 너그럽게 '우리 아이'라고 말하곤 했답니다.

　자연의 뛰어난 모든 요소들이 그녀를 완벽하게 해 주었고 그녀의 존재에 기뻐했죠. 네네호프라가 오가면 새들은 날개를 퍼덕거려 인사했고, 사납게 날뛰던 바람도 시원한 산들바람으로 변했답니다. 그녀를 보려고 하얀 연꽃이 깊은 물속에서 고개를 내밀고, 진지한 강물도 흘러가다가 잠시 딴 짓을 하지요. 종려나무는 고개를 끄덕이며 모든 잎사귀를 흔든답니다. 마치 누구는 우아함을, 누구는 빛을, 누구는 순수함을 주었다고, 저마다 네네호프라에게 미덕을 주었다고 서로 경쟁하는 것처럼 보였지요.

　네네호프라가 열두 살이 되자 아스완에서 모르는 이가 없었고 열여섯이 되자 그 명성이 온 세상에 퍼졌답니다. 스무 살이 되자 그녀의 집 문 앞에는 날쌘 낙타를 탄 사막의 귀공자들과, 금으로 치장한 바지선을 탄 이집트 군주들의 발길이 끊일 날이 없었답니다. 하지만 네네호프라의 마음을 사로잡지 못하고 낙담한 채 돌아가 모든 곳에 알렸습니다. 네네호프라를 직접 보았는데, 그녀는 사람이 아니요. 사랑과 미의 여신 하토르 그 자체요.


　III.

　훌륭하신 메네스 왕의 뒤를 이은 330명의 계승자 가운데 열여덟 사람이 에티오피아인이었는데, 그 가운데 한 사람인 오라에테스는 110세였답니다. 76년에 걸친 그의 치세는 태평성대를 이루었고 땅은 몹시도 비옥하여 오곡백과가 무르익었지요. 그가 지혜로울 수 있었던 이유는 많은 것들을 경험하여 사물의 이치를 알고 있었기 때문이죠. 오라에테스 왕은 멤피스에 살고 있었고, 그곳에 궁전과 무기고와 국고가 있었지요. 그는 자주 부토스로 가서 라토나 여신의 신탁을 들었답니다.

그런데 어느 날 그 훌륭한 왕의 아내가 죽었습니다. 왕비는 너무 늙어서 완벽한 미라로 만들 수 없었습니다. 그래도 아내를 무척 사랑한 왕은 슬픔이 너무 커서 위로할 수 없을 지경이었습니다. 그 모습을 보고 안타까운 마음이 든 장의사가 어느 날 주제넘게 왕께 아뢰었습니다.

'오, 오라에테스 왕이시여, 폐하처럼 현명하고 위대하신 분께서 슬픔을 치유하는 이 방법을 모르고 계시다니 뜻밖입니다.'

'무슨 치유책인지 말해 보라.'

장의사는 바닥에 세 번 입 맞춘 후, 죽은 왕비가 듣지 못한다는 것을 알고는 대답했습니다. '아름답기로 치자면 하토르 여신에 비길 만큼 아름다운 네네호프라라는 처녀가 아스완에 살고 있습니다. 사람을 보내어 그녀를 데려오십시오. 이제껏 네네호프라는 모든 군주들과 귀공자들은 말할 것도 없고 얼마나 많은 왕의 구애를 뿌리쳤는지 모릅니다. 하지만 오라에테스 왕이 구애한다면 누가 감히 거부할 수 있겠습니까?'


IV.

네네호프라는 이제껏 본 것 중 가장 화려한 바지선을 타고, 마찬가지로 근사한 바지선에 각각 나누어 탄 군대의 호위를 받으며 나일 강을 내려왔습니다. 온 누비아와 이집트 사람들, 리비아에서 온 무수히 많은 사람들, 트로글로디테 족 무리들, 루나 산맥 너머에서 온 적잖은 장수족 사람들이 천막을 친 강변으로 몰려들어 네네호프라 행렬이 향기로운 바람을 타고 황금 노를 저으며 지나가는 것을 구경했습니다.

네네호프라는 스핑크스와 날개 달린 사자상들이 지키고 있는 지하 통로로 안내되었고, 궁전의 특별한 옥좌에 앉아 있는 오라에테스 왕 앞에 이르렀습니다. 왕은 네네호프라를 일으켜 세워 자기 옆자리에 앉히고, 왕권의 상징인 코브라 모양의 팔찌를 팔에 채워 주고 입을 맞추었습니다. 그로써 네네호프라는 모든 왕비 중에 왕비가 되었습니다.

그런데 현명한 오라에테스는 그것만으로 만족할 수 없었고 사랑을 원했습니다. 그리고 자기의 사랑에 왕비가 행복하기를 원했습니다. 그래서 오라에테스 왕은 네네호프라에게 다정하게 대해 주며, 자기가 가진 재산, 도시, 궁전, 백성, 군대, 배들을 보여주었습니다. 본인이 몸소 네네호프라를 보물창고로 데리고 다니며 말했습니다. '오, 네네호프라! 사랑의 입맞춤만 해 준다면 이 모든 것을 다 주겠소.'

네네호프라는 지금은 아니지만 언젠가는 행복해지리라 생각하고 110세나 되는 나이에도 아랑곳 않고 한 번, 두 번, 세 번 왕에게 입을 맞추었습니다.

첫 해에는 행복했지만 그 행복도 잠시뿐, 3년이 지나자 비참한 생각이 들기 시작했습니다. 그러다 네네호프라는 문득 깨달았습니다. 자신이 오라에테스 왕을 사랑한다고 생각했지만 사실은 왕의 권력에 눈이 멀었을 뿐이었다는 것을요. 그렇게 눈먼 상태로 지냈더라면 얼마나 좋았을까요! 그녀에게서 생기가 사라졌습니다. 눈물이 마를 새가 없었고, 시녀들은 왕비가 마지막으로 웃은 적이 언제였는지 기억할 수조차 없었습니다. 장밋빛으로 빛나던 두 뺨에서는 핏기가 사라졌고, 네네호프라는 점점 눈에 띄게 활기를 잃고 시름시름 앓기 시작했습니다. 연인에게 잔인하기로 소문난 복수의 여신 에리니에스가 씌어서 그런 것이라고 하는 사람도 있었고, 오라에테스를 질투하는 다른 신에게 시달리는 거라고 하는 사람도 있었지요. 아픈 이유가 어찌 되었든, 마법사들의 마법으로 회복시켜 보려 했지만 소용없었고, 의사의 처방 역시 아무런 효험이 없었습니다. 네네호프라는 속절없이 죽을 날만 기다리게 되었습니다.

오라에테스는 장례를 준비하기 시작했습니다. 네네호프라를 안치할 무덤을 고르고, 뛰어난 조각가들과 화가들을 멤피스로 불러들여 죽은 왕들의 지하 봉분에 있는 그 어떤 무덤보다도 더 공들여 꾸미라고 명령했습니다.

113세라는 나이에도 왕비를 향한 열정이 조금도 식지 않은 왕은 안타깝게 말했습니다. '오, 하토르 여신만큼이나 아름다운 그대, 나의 왕비여! 도대체 어떤 병인지 제발 말해 주오. 이렇게 점점 쇠약해지고 있지 않소.'

네네호프라는 불안과 두려움에 떨며 대답했습니다. '폐하께 사실을 말씀드리면 저를 더 이상 사랑하지 않으실 거예요.'

'당신을 사랑하지 않다니 그 무슨 말을! 맹세코 전보다 더욱 사랑할 거요. 오시리스 신을 걸고 맹세하오! 말해 보시오!' 오라에테스는 연인의 열정과 왕의 위엄으로 명령하듯 채근했습니다.

'그렇다면, 말씀드리겠어요. 아스완 근처의 한 동굴에 메노파라고 하는 연로하신 거룩한 은자가 있답니다. 저의 스승이자 후견인이었죠. 아, 제발 그를 불러 물어보세요. 그러면 폐하께서 아시고 싶어 하는 것을 말해 줄 것입니다. 또한 저의 병을 낫게 할 방법을 찾는데 도움을 줄 것입니다.'

오라에테스는 기뻐서 벌떡 일어났습니다. 그리고 방에 들어올 때보다 백 년은 더 젊어진 기분으로 나갔습니다.


V.
오라에테스는 당장 메노파를 멤피스의 궁전으로 불러들여 물어보았습니다.

왕의 물음에 메노파가 대답했습니다. '가장 위대하신 왕이시여, 폐하께서 젊으셨다면 감히 말씀드리지 못할 것입니다. 아직은 죽고 싶지 않으니까요. 하지만 폐하께서는 충분히 나이 드셨으니 말씀드리겠습니다. 누구나 그러하듯 왕비는 지금 죗값을 치르고 있는 중입니다.'

'죄라니! 그 무슨 말인가!' 왕은 화가 나서 소리쳤습니다.

메노파는 고개를 푹 숙이며 말했습니다.

'그렇습니다, 왕비는 스스로에게 속죄하고 있는 것입니다.'

'그 무슨 수수께끼 같은 말이냐, 알아듣게 말하라.'

'곧 아시겠지만 수수께끼가 아닙니다. 저는 네네호프라가 자라는 것을 곁에서 지켜보았으므로, 네네호프라는 이런저런 일들을 모두 저한테 털어놓았습니다. 무엇보다도 네네호프라는 아버지의 정원사의 아들인 바르벡을 사랑한다고 했습니다.'

그 말을 들은 왕의 못마땅하던 기색이 희한하게도 사라지기 시작했습니다.

'오 왕이시여, 네네호프라는 그 사랑을 마음에 품고 폐하께 온 것입니다. 그리고 지금 그 사랑 때문에 죽어가고 있는 것입니다.'

'지금 그 정원사의 아들은 어디에 있는가?'

'아스완에 있습니다.'

그 말을 들은 왕은 밖으로 나가 두 가지 명령을 내렸습니다. 한 신하에게는 '지금 당장 아스완으로 가서 바르벡이라는 청년을 데려오라. 왕비의 아버지의 정원에서 찾을 수 있을 것이다.'라고 이르고, 또 다른 신하에게는 이렇게 명령했습니다. '인부와 가축과 연장들을 모아 켐미스 호수에 섬을 하나 만들라. 그곳에 신전과 궁전과 정원을 짓고, 온갖 유실수와 온갖 종류의 덩굴식물을 심도록 하라. 그러면서도 바람이 불면 이리저리 떠다닐 수 있게 해야 한다. 달이 기울기 시작할 무렵에는 섬을 만들고 모든

것을 다 갖추어 놓도록 하라.'

왕은 그러고 나서 왕비에게 말했습니다.

'기뻐하시오. 내가 모든 것을 알고 바르벡을 부르러 보냈소.'

네네호프라는 감사의 표시로 왕의 손에 입을 맞추었습니다.

'당신은 그자를 차지하게 될 거고, 그자도 당신을 차지하게 될 거요. 일 년 동안은 아무도 두 사람의 사랑을 방해하지 않을 거요.'

네네호프라는 감격한 나머지 엎드려 왕의 발에 입 맞추었고, 왕은 그런 왕비를 일으켜 세워 답례로 입 맞추었습니다. 어느새 네네호프라의 뺨과 입술에는 발그레한 혈색이 다시 감돌고 마음에는 기쁨이 찾아왔습니다.


VI.

일 년 동안 네네호프라와 정원사 바르벡은 훗날 세계의 불가사의 중 하나가 된 켐미스 호수에서 바람 부는 대로 떠돌아다녔습니다. 그보다 더 아름다운 사랑의 보금자리는 없었습니다. 일 년 동안은 아무도 만나지 않은 채 단 둘이서만 지냈습니다. 그렇게 일 년을 보낸 후 네네호프라는 위풍당당하게 멤피스의 궁전으로 돌아왔습니다. 돌아온 네네호프라에게 왕이 물었습니다.

'자, 이제는 누구를 제일 사랑하오?'

네네호프라는 왕의 볼에 입을 맞추며 대답했습니다. '오 훌륭한 왕이시여, 이제 다 나았으니 저를 도로 거두어 주세요.'

그 순간 오라에테스는 114세라는 나이에도 불구하고 호방하게 웃었습니다.

'그렇다면 메노파가 한 말이 사실이군. 하하하! 사실이야, 사랑은 사랑으로 낫게 한다는 말이.'

'그렇사옵니다.'

그런데 갑자기 왕의 태도가 싹 바뀌더니, 무서운 표정을 띠었습니다.

'그렇지 않다는 걸 깨달았소.'

네네호프라는 놀라서 움츠러들었습니다.

'그대는 죄인이오! 남자로서의 오라에테스에게 저지른 죄는 용서해 주겠소. 하지만 왕으로서의 오라에테스에게 저지른 죄는 처벌받아야 마땅하오.'

네네호프라는 왕의 발치에 몸을 던졌습니다.

'쉿! 그대는 죽었소!'

왕이 손뼉을 치자 끔찍한 행렬이 들어왔습니다. 장기를 도려내는 사람과 방부 처리하는 사람들이 각각 그 끔찍한 기술에 필요한 도구와 물건들을 들고 말입니다.

왕은 네네호프라를 가리키며 말했습니다.

'왕비는 죽었다. 잘 작업하여라.'


VII.

72일 후에 아름다운 네네호프라는 1년 전에 자신을 위해 마련된 무덤으로 옮겨져 죽은 왕비들과 함께 안치되었습니다. 그럼에도 성스러운 호수를 건너는 장례식은 치러지지 않았답니다.


이야기가 끝나자 이라스의 발치에 앉아 있던 벤허는 키잡이 위에 놓여 있던 이라스의 손에 자기 손을 포개며 말했다.

"메노파가 틀렸소."

"어떤 부분이요?"

"사랑은 사랑으로 낫는다는 것 말이오."

"그러면 사랑을 치유할 방법은 없는 건가요?"

"아니요. 오라에테스는 그 치유법을 찾았소."

"그게 뭔데요?"

"죽음이오."

"오, 아리우스의 아드님, 제 이야기를 잘 들으셨군요."

그렇게 이야기를 나누다보니 몇 시간이 훌쩍 흘러갔다. 뭍으로 올라오며 이라스가 말했다.

"내일 저희는 시내에 간답니다."

"하지만 경기는 보러 오겠죠?"

"물론이죠."

"경기장에서 어떤 색을 입게 될지 전갈을 보내겠소."

그 말을 끝으로 두 사람은 헤어졌다.

## 4. 메살라의 밀서를 가로채다


다음날 3시 무렵에야 일데림은 천막으로 돌아왔다. 그가 말에서 내리는데, 같은 부족으로 보이는 남자가 다가와 말했다. "족장님, 이 서신을 전해드리고 바로 읽어보시라고 말씀드리라는 명령을 받고 왔습니다. 답장을 주시겠다면 기다리겠습니다."

일데림은 당장 서신이 담긴 봉투를 훑어보았다. 봉인은 이미 뜯겨 있었고, 수신인은 카이사레아의 발레리우스 그라투스였다.

"망할 놈!" 편지가 라틴어로 쓰인 것을 알고 족장은 투덜거렸다.

편지가 그리스어나 아랍어로 쓰여 있었다면 읽을 수 있었을 텐데 라틴어로 쓰여 있었으니 족장이 이해할 수 있었던 것이라고는 굵은 로마자로 된 '메살라'라는 서명뿐이었다. 그것을 본 족장의 눈이 번쩍였다.

"유대인 청년은 어디에 있느냐?"

한 하인이 대답했다. "들판에서 말들을 훈련시키고 있습니다."

일데림은 파피루스 서신을 봉투에 도로 넣은 후 허리춤에 쑤셔 넣고는 말에 올라탔다. 그 순간 분명히 시내에서 온 것으로 보이는 낯선 사내가 나타났다.

"관대한 일데림 족장님을 찾고 있습니다."

말투와 옷차림으로 보아 로마인이 틀림없었다.

일데림은 라틴어를 읽을 수는 없어도 말은 할 줄 알았으므로 위엄있게 대답했다. "내가 일데림 족장일세."

사내는 시선을 내리 깔았다가 다시 들어올리고 태연한 척 말했다. "경주에서 말을 몰 기수를 찾고 계신다는 말씀을 들었습니다."

일데림은 경멸하듯이 흰 콧수염 아래의 입술을 삐죽거렸다.

"돌아가게. 이미 구했다네."

족장이 말을 돌려 출발하려고 했지만 사내는 자리를 뜨지 않고 다시 말을 걸었다.

"족장님, 저는 말을 무척이나 좋아합니다. 듣자하니 족장님이 이 세상 어디에서도 보기 힘든 멋진 말을 가지고 계시다고 하더군요."

그 말에 마음이 흔들린 일데림은 사내의 아첨에 넘어가 고삐를 당겨 말을 세울 뻔했지만 결국에는 단호하게 뿌리쳤다. "아니, 오늘은 안 되겠어. 다른 날 보여주겠네. 지금 당장은 너무 바빠서 안 되겠네."

일데림이 말을 몰아 들판으로 나가자 사내는 회심의 미소를 지으며 시내로 돌아갔다. 그것으로 자기 임무는 완수한 것이었다.

그때부터 결전의 날이 밝을 때까지 매일 한 사람씩, 때로는 두셋이 짝을 이루어 기수가 되고 싶다는 구실을 대며 종려나무 과수원으로 족장을 찾아왔다.

메살라는 그런 식으로 벤허의 동태를 주시하고 있었다.

## 5. 벤허, 일데림과 손을 맞잡다


일데림은 벤허가 자기 말들을 데리고 들판에 나가 오전 훈련을 끝내고 돌아올 때까지 몹시 흡족한 마음으로 기다렸다. 여러 보폭을 시험한 후에 어느 한 마리만 앞서 나가거나 뒤처지지 않게 네 마리가 혼연일체가 되어 최고 속도로 달리는 것을 익히 보았기 때문이었다.

벤허는 타고 있던 말의 목을 두드리며 말했다. "족장님, 오후에는 시리우스를 돌려드리겠습니다. 이제 시리우스 대신 전차를 타겠습니다."

"그렇게나 빨리?"

"이 녀석들 같은 말들이라면 하루도 충분합니다. 녀석들은 두려움이 없어요. 사람처럼 영리하고, 훈련을 아주 좋아한답니다. 이 녀석은," 벤허는 가장 어린 녀석의 잔등 위로 고삐를 흔들며 말을 이었다. "알데바란이라고 하셨던 것 같은데, 이 녀석이 가장 빠르답니다. 경기장을 한 바퀴 돌고 나면 다른 말들보다도 몸길이의 세 배는 앞설 것입니다."

일데림은 수염을 잡아당기며 눈을 반짝였다. "알데바란이 가장 빠르단 말이지. 그러면 제일 느린 것은 어느 녀석인가?"

"이 녀석이랍니다." 벤허는 안타레스의 고삐를 흔들며 대답했다. "이 녀석이 제일 느리지요. 하지만 결국에는 이 녀석이 이길 겁니다. 아시다시피 이 녀석은 온종일 전속력으로 달릴 수 있을 정도로 지구력이 좋기 때문입니다. 그래서 날이 저물 무렵이라도 속도가 전혀 떨어지지 않을 것입니다."

"역시 잘 보았군."

"하지만 걱정거리가 하나 있습니다, 족장님."

그 소리에 족장은 매우 진지해졌다.

"로마 놈들은 승리에 눈이 멀어 더러운 짓을 벌일 것입니다. 아시다시피 어느 경주를 막론하고 그들의 속임수는 끝이 없어요. 말은 물론, 기수와 말 주인에 이르기까지 전차경주 곳곳에 그들의 부정행위가 미칠 겁니다. 그러니 훌륭하신 족장님, 말들을 잘 지키시기 바랍니다. 지금부터 연습이 끝날 때까지 낯선 이에게는 절대로 말을 보여 주지 마십시오. 완전히 안전하게 하려면 그것 가지고는 부족합니다. 불철주야로 무장병을 세워 말들을 잘 지키시기 바랍니다. 그렇게 하면 걱정할 것이 없을 것 같습니다."

천막 입구에 이르러 두 사람은 말에서 내렸다.

"자네가 말한 대로 조치하겠네. 하나님께 맹세코 믿을 만한 사람이 아니라면 아무도 말 근처에 얼씬거리지 못하게 하겠네. 오늘 밤 당장 보초를 세우도록 하지. 하지만 아리우스의 아들이여," 침상으로 걸어가 자리에 앉는 동안 일데림은 서신이 담긴 봉투를 꺼내어 천천히 풀었다. "이것을 보게나. 라틴어로 쓰여 있어 뭔 말인지 도통 모르겠으니 좀 도와주게."

일데림은 밀서를 벤허에게 건네주었다.

"히브리어로 옮겨서 크게 좀 읽어주게. 라틴어는 정말 끔찍하군."

벤허는 기분이 좋았으므로 별 생각 없이 읽기 시작했다. 그러나 "메살라가 그라투스 총독님께"라는 첫머리에 흠칫했다. 어떤 예감에 심장으로 피가 몰리는 것 같았다. 일데림은 벤허가 동요하는 것을 눈치 챘다.

"흠, 그 다음은."

벤허는 죄송하다고 하고 다시 읽어 내려가기 시작했다. 말할 것도 없이 그것은 살롱에서 주연이 벌어진 다음 날 아침 메살라가 그라투스에게 은밀하게 보낸 밀서 가운데 하나였다.

서두의 몇 문장만 보아도 메살라의 조롱하는 버릇이 여전하다는 것을 알 수 있었다. 조금 더 지나 그라투스의 기억을 되살리려는 대목에 이르자 벤허는 목소리가 떨렸다. 마음을 다잡기 위해 두 번이나 읽는 것을 중단했다가 초인적인 노력으로 자제심을 되찾아 읽기를 계속했다. "각하께서 당시에 허 가문을 어떻게 처리하셨는지 기억합니다." 이 부분에 이르자 목이 메어 한숨이 절로 나왔다. "저희 두 사람의 목적을 이루기 위해 가장 효과적인 방법을 고민하던 중 각하께서는 우리가 직접 나서지 않고도 조용하면서도 확실하게 그들이 저절로 죽게 할 방안을 생각해 내셨죠."

이 대목에서 벤허의 자제심은 완전히 무너졌다. 손에서 편지를 떨어뜨리고 얼굴을 감싸 쥐었다.

"두 사람은 죽었어. 죽었다고. 나 혼자만 남았어."

족장은 잠자코 있었지만 괴로워하는 벤허를 보고는 동정심이 일었으므로 몸을 일으켰다. "아리우스의 아들이여, 잠시 자리를 비울 테니 양해하게. 혼자 읽어보게. 마음이 진정되거든 부르게나. 돌아와 다시 듣도록 할 테니."

일데림은 천막 밖으로 나갔고, 그 일이야말로 정말로 잘한 일이었다.

벤허는 감정이 북받쳐 올라 침상에 몸을 던졌다. 얼마 후 마음이 어느 정도 가라앉자 아직 다 읽지 않은 것을 기억해 내고는 편지를 집어 들어 다시 읽기 시작했다. "그의 어미와 누이를 어떻게 처리하셨는지 이제 기억이 나실 겁니다. 지금에 와서 제가 그들의 생사를 알고 싶어 하더라도 각하의 넓으신 도량으로 용서해 주실 테지요." 벤허는 그 부분을 몇 번이나 거듭해 읽다가 마침내 환성을 질렀다. "두 사람의 생사를 메살라도 모르는군. 모른단 말이지! 주님의 이름은 찬미받으소서! 아직 희망이 있어." 그 대목의 문장을 마저 읽고는 힘을 얻어 끝까지 용감하게 계속 읽어 내려갔다.

"그들은 안 죽었어." 벤허는 곰곰이 생각한 후에 중얼거렸다. "아직 살아 있어. 죽었다면 메살라가 일찌감치 들었을 테지."

처음보다 주의를 기울여 다시 읽고 난 후에는 확신이 더욱 깊어졌다. 그러자 벤허는 족장을 불렀다.

일데림 족장이 자리를 잡고 앉아 둘만 남게 되자 벤허는 침착하게 말했다. "제가 처음 천막에 왔을 때는 제게 말을 맡겨도 좋을 만큼 충분히 훈련되어 있다는 사실을 납득시키는 것 외에는 저에 대해 말할 생각이 없었습니다. 족장님께 제 과거를 말씀드리지 않겠다고 했었죠. 하지만 우연치고는 너무도 기묘하게 이 편지가 제 손에 들어와 읽게 된 이상 족장님께 모든 것을 털어놓아야 할 것 같은 기분이 듭니다. 그리고 여기에 적힌 내용을 보니 더욱 그래야겠다는 마음이 듭니다. 족장님이나 저나 같은 적의 위협을 받고 있어서 공동 전선을 펼 필요가 있기 때문입니다. 편지를 읽고 나서 설명해드리지요. 그러면 제가 왜 그렇게 울컥했는지 납득하실 겁니다. 행여 제가 나약하다거나 유치하다고 생각하셨다면 왜 그랬는지도 아시게 될 겁니다."

족장은 벤허가 언급되어 있는 부분에 이를 때까지 잠자코 유심히 들었다. "어제 벤허를 본 곳은 다프네 숲이었습니다. 지금 거기 있지 않더라도 근처 어딘가에 있을 테니 그자의 동정을 살피는 것은 어렵지 않습니다. 지금 어디에 있느냐고 물으신다면 가장 가능성이 높은 곳은 아마도 오래된 종려나무 과수원이 아닐까 싶습니다."

"아하!" 일데림은 놀랐다기보다는 화가 난 어조로 소리쳤다. 동시에 그는 수염을 움켜쥐었다.

벤허는 그 부분을 반복해 읽었다. "종려나무 과수원이 아닐까 싶습니다. 반역자 일데림 족장의 천막에 묵고 있을 텐데."

"반역자라고! 내가?" 족장은 매우 날카롭게 소리를 질렀다. 입술과 수염은 분노로 일그러졌고 이마와 목의 핏줄이 부풀어 올라 금방이라도 터질 듯이 격하게 뛰기 시작했다.

"잠시만요, 족장님." 벤허는 참아달라고 몸짓하며 말을 했다. "메살라의 생각일 뿐입니다. 그 녀석의 위협을 들어보시죠." 그리고 계속 편지를 들려주었다. "반역자 일데림 족장의 천막에 묵고 있을 텐데, 머잖아 일데림 그자도 우리의 손길을 피할 수는 없을 것입니다. 막센티우스 집정관이 첫 번째 조치로 그 아랍 놈을 로마로 향하는 배에 태우더라도 놀라지는 마십시오."

"로마라고! 나를, 창을 든 1만 기마병을 거느린 족장인데 나를 감히 로마로 데려간다고!"

그는 팔을 내뻗고 손가락은 쭉 폈지만 손끝을 짐승의 발톱처럼 움켜쥐고 눈은 독사처럼 번득인 채 펄쩍 뛰어올랐다.

"오, 아니지. 로마의 신들을 제외한 모든 신들께 맹세코 이 압제가 언제나 끝날까? 나는 자유민일세. 내 백성들도 모두 자유민이고. 우리가 노예로 죽어야 하나? 아니면, 더 끔찍하게도 개처럼 주인의 발치에서 설설 기며 살아야 한단 말인가? 주인에게 얻어맞지 않으려고 손이나 핥아야 한단 말인가? 내 것이 내 것이 아니고 내가 나 자신일 수 없느냔 말이야. 숨 쉬는 것조차 로마인에게 허락받아야 하니 말일세. 내가 다시 젊어질 수 있다면! 내가 20년만 젊을 수 있다면, 아니 10년, 아니 단 5년이라도!"

족장은 이를 박박 갈며 떨리는 두 손을 머리 위로 치켜 올렸다. 그러더니 갑자기 또 다른 생각이 떠올랐는지 왔다 갔다 하더니 벤허에게로 다가와 그의 어깨를 꽉 움켜쥐었다.

"아리우스의 아들이여, 내가 만일 자네처럼 강하고 무예에 능하다면, 복수하라고 몰아칠 동기가 있다면, 자네처럼 증오를 거룩하게 만들만큼 원대한 동기가 있다면, 이제 우리 둘 다 아닌 척은 그만 하세! 허가문의 아들이여, 허 가문의 아들이여, 내 말은."

그 이름에 벤허는 피가 멎는 것 같았다. 깜짝 놀라고 당황한 채 맹렬하게 불타오르는 일데림의 눈을 쳐다보았다.

"허 가문의 아들이여, 내 말은 그러니까, 내가 자네가 당한 일의 절반만 당했더라도, 자네처럼 지울 수 없는 끔찍한 기억을 품고 있다면, 나는 결코 쉬지도 쉴 수도 없을 걸세." 일데림은 잠시도 쉬지 않고 속사포처럼 말을 쏟아냈다.

"나의 모든 개인적 원한에, 세상의 것까지 얹어서 복수하는데 전념하겠네. 땅 끝까지 온 인류에게 불을 지르러 다니겠네. 자유를 위해서라면 어떤 전쟁도 불사하겠네. 로마에 맞서 싸우는 일이라면 조금도 참지 않겠네. 내 힘으로 잘 안될 것 같으면 파르티아인들을 찾아가겠네. 설령 실패하는 일이 있더라도 노력을 멈추지 않을 걸세. 하하하! 하나님의 영광에 걸고 맹세코 공통의 적에 맞서 결집시킬 수만 있다면 늑대와도 어울리고 사자와 호랑이와도 친구가 될 걸세. 쓸 수 있는 모든 무기를 동원할 것이라네. 로마 놈들을 제물로 삼을 테니 기꺼이 살육을 즐길 걸세. 자비를 구하지도, 주지도 않겠네. 로마의 모든 것들을 불태워 버리겠네. 로마인으로 태어난 자들은 모조리 베어 버리겠네. 선신이든 악신이든 가리지 않고 밤마다 빌겠네. 신들의 특별한 힘과 공포를 내게 빌려 달라고 말이야. 바다든 육지든 사람들을 죽일 수 있도록 폭풍, 가뭄, 폭염, 혹한을 몰고 오고, 온갖 이름 없는 독들을 대기에 풀어 달라고 말이야. 아, 나는 결코 잠들 수 없다네, 나는, 나는."

일데림은 손을 비틀며 숨이 찬 듯 헐떡거리며 잠시 멈췄다. 잠시 후 말을 할 수 있을 정도로 진정된 일데림이 격정적으로 열변을 토해냈지만 마음이 다른 데에 가 있었던 벤허에게는 불타는 눈, 귀청을 찢는 목소리, 너무 격렬해서 차근차근 표현할 수 없는 분노만 아련히 느껴졌을 뿐 말은 제대로 들어오지 않았다.

최근 몇 년 동안 천애고아 같았던 벤허는 자신의 제대로 된 이름을 처음으로 들어보았다. 적어도 이 세상에서 한 사람은 자신을 알고, 신원을 입증하라고 요구하지 않은 채 그대로 인정해 주었다. 그것도 이제 막 사막에서 온 아랍인이 말이다!

그런데 도대체 이 사람은 어떻게 그 사실을 알게 되었을까? 편지에서? 아니다. 거기에는 자기 가족이 당한 잔악한 짓에 대해서만 쓰여 있다. 편지에는 벤허가 겪은 불행한 사연에 대해서는 적혀 있지만 차갑게 설명하고 있는 그 운명을 벗어난 희생자가 바로 벤허 자신이라는 언급은 없었다. 그 부분은 편지를 다 읽은 후 족장에게 설명해 주어야겠다고 생각했던 지점이었다. 벤허는 기뻤고, 다시 살아난 희망으로 전율을 느꼈지만 침착한 태도를 잃지 않았다.

"훌륭하신 족장님, 어떻게 이 편지를 손에 넣게 되셨는지 말씀해 주시죠."

"내 부하들이 도시 사이의 길목을 지키고 있다가 지나는 전령에게서 빼앗은 것이라네." 일데림은 퉁명스럽게 대답했다.

"그들이 족장님의 부하라는 것을 다른 사람들도 알고 있습니까?"

"아닐세. 사람들 사이에서는 내가 잡아서 없애야 할 강도들로 알려져 있지."

"한 가지 더 묻겠습니다. 족장님께서는 저를 허 가의 아들이라고,

제 아버지의 이름으로 부르셨습니다. 저는 누구에게도 제 본명을 밝힌 적이 없습니다. 그런데 그 사실을 어떻게 아셨는지요?"

일데림은 잠시 주저했지만 기운을 내어 대답했다. "나는 자네에 대해 알고 있네. 하지만 더 이상은 알려 줄 수가 없군."

"누군가가 말하지 말라고 했군요?"

족장은 입을 다물더니 걸어 나갔다. 하지만 벤허가 실망한 기색을 보고 되돌아와 말했다. "시내로 나가봐야 하니 그 문제에 대해서는 그만하세. 돌아오면 전부 말해 줄 수 있을 지도 모르네. 그 편지를 주게나." 파피루스를 조심스럽게 말아 봉투에 다시 넣은 일데림은 활기를 되찾았다.

그리고 말과 종자가 준비되기를 기다리는 동안 물었다. "그래 뭐라고 할 텐가? 내가 자네라면 어떻게 할지 말했네. 자네는 아직 아무 대답도 안 했고."

"대답할 작정이었습니다. 말씀드리죠." 감정에 휩싸인 벤허의 안색과 음성이 어느덧 변해 있었다. "저도 족장님이 말씀하신 모든 것을 할 겁니다. 적어도 사내의 힘으로 할 수 있는 모든 것을요. 저는 오래 전부터 복수를 꿈꿔 왔습니다. 지나간 5년 동안 한시도 다른 생각을 해 본 적이 없습니다. 한시도 숨 돌린 적이 없습니다. 청춘의 쾌락을 즐기지도 않았습니다. 로마의 감언이설 따위에는 신경 쓰지 않았습니다. 복수하기 위해 로마로부터 교육받기를 원했습니다. 로마의 가장 유명한 선생과 스승의 도움을 받았지요. 그렇다고 수사학이나 철학 선생들의 도움을 받은 것은 아니랍니다. 아, 그것까지 익힐 시간은 없었지요. 제가 원했던 것은 전사에게 필수적인 무예였답니다. 저는 검투사들과 어울렸고 경기장에서 우승한 선수들과 사귀었죠. 그리고 그들에게서 배웠습니다. 큰 병영의 훈련 교관들이 저를 생도로 받아들였고, 전선에서 제가 세운 공적을 자랑스러워했습니다. 아, 족장님, 저는 병사입니다. 하지만 제가 꿈꾸는 것들을 이루려면 지휘관이 되어야 합니다. 그런 생각에서 파르티아 원정에도 참여하게 된 것입니다. 그 전투가 끝나고 나면, 주님께서 제 목숨과 힘을 지켜주신다면," 이렇게 말하며 벤허는 두 주먹을 불끈 쥐고 열렬히 말했다.

"로마에 맞서 로마에게서 배운 그대로 되갚아 줄 작정입니다. 그제야 로마는 자신들이 당한 재앙의 원인이 로마식 삶을 터득한 저라는 알게 될 테죠. 이것이 저의 대답입니다, 족장님."

일데림은 벤허의 어깨를 끌어안고 입을 맞추며 열정적으로 말했다. "허 가의 아들이여, 만일 자네의 하나님께서 자네에게 은혜를 베풀지 않는다면 그것은 그분이 죽었기 때문이라네. 맹세하건대, 자네의 생각이 그렇다면 무엇이든 내어주겠네. 내 힘닿는 데까지 자네를 도와주겠네. 사람이든, 말이든, 낙타든, 사막이든 준비하는데 필요한 것은 모두 말이야. 맹세하네! 자, 이제 됐네. 밤이 되기 전에 나를 만나거나 소식을 듣게 될 걸세."

그 말과 함께 일데림은 홱 돌아서더니 쏜살같이 시내로 향했다.

## 6. 전차경주 훈련

가로챈 밀서는 벤허에게 매우 중요한 사안들을 밝혀 주는 결정적인 증거였다. 메살라가 벤허의 가족을 죽일 작정으로 그들을 없애는데 가담했다고 자백하는 거나 같았다. 그런 목적으로 음모를 짰다고 시인한 셈이었다. 그리고 몰수한 재산의 일부를 챙겼고, 그것으로 아직도 재미를 보고 있으며, 중죄인이라고 서슴지 않고 부르던 벤허의 예상치 못한 출현에 두려움과 위협을 느끼고 있다는 사실도 줄줄이 밝히고 있었다. 또한 자신의 안위를 강구하고 보호하기 위해 궁리하고 있으며, 공범인 카이사레아의 그라투스가 알려 주는 것은 무엇이든 할 준비가 되어 있음을 드러내고 있었다.

그런데 이제 벤허의 손에 들어온 그 밀서는 범죄를 자백하는 것인 동시에 앞으로 닥칠 위험을 알려 주는 경고나 다름없었다. 그래서 일데림이 떠나고 나자 벤허는 즉각 행동에 옮겨야 할 것들을 생각했다. 적들은 동방의 누구보다도 교활하고 권력이 있는 자들이었다. 적들이 벤허를 두려워하고 있다면 벤허가 그들을 두려워할 이유는 더 컸다. 벤허는 그 상황에 대해 진지하게 생각해 보려고 했지만 그럴 수 없었다. 자꾸만 감정에 휩싸였다. 어머니와 여동생이 살아 있다는 확신이 들자 기쁨을 억누를 수가 없었다. 그러한 확신의 근거가 단지 추론에 불과하다 해도 상관없었다. 두 사람의 행방을 알고 있는 누군가가 있다는 사실만으로도 지금 당장 그들을 찾아낼 것 같은 생각이 들었다. 예전 같으면 꿈도 꾸지 못할 희망이었다. 이것은 기쁨에 휩싸인 원인일 뿐이었고, 마음 깊은 곳에서는 하나님께서 자신을 위해 준비하고 계시니 믿음을 갖고 가만히 기다리라고 속삭이는 것 같은 생각이 들었다.

그러다 가끔 일데림이 한 말이 생각나 그가 어디에서 자기에 대한 정보를 얻어냈는지 궁금해졌다. 분명 말루크가 알려 주지는 않았을 것이다. 그렇다고 시모니데스가 알려줬을 리도 없다. 시모니데스의 이익에 정반대되는 일이니 입을 다물었을 것이다. 그러면 메살라가 알려줬을까? 아니, 아니. 그 사실을 발설하면 메살라 본인이 위험해질 수 있으니 그랬을 리는 없다. 벤허는 온갖 추측을 해 보았지만 부질없었다. 그러면서도 해결책을 찾지 못해 생각을 접을 때마다 비밀을 누설한 장본인이 누구든 자기편일 테니 언젠가 때가 되면 스스로 정체를 밝힐 것이라는 생각으로 마음을 달랬다. 조금만 더 기다리자, 조금만 더 참자. 어쩌면 일데림 족장이 볼일을 끝내면 그 장본인을 보게 될 수도 있다. 어쩌면 그 밀서 덕분에 곧 전말이 드러날 수도 있다.

그리고 티르자와 어머니 역시 희망의 끈을 놓지 않고 자기를 기다리고 있을 거라고 믿을 수만 있다면 얼마든지 인내하고 기다릴 수 있었다. 두 사람에 대한 양심의 가책으로 괴롭지만 않다면 얼마든지 기다릴 수 있었다.

그런 생각에서 벗어나려고 벤허는 과수원 이곳저곳을 거닐다 대추야자 열매 수확이 한창인 곳에 잠시 멈추었다. 사람들은 바쁜 와중에도 짬을 내어 벤허에게 야자열매를 맛보라고 권하며 말을 걸었다. 그러자 벤허도 커다란 나무 아래에 자리를 잡고 앉아 주위를 둘러보았다. 둥지를 틀고 있는 새들을 지켜보기도 하고, 나무 열매 사이로 분주하게 날아다니며 꿀을 모으는 벌들의 날갯짓소리를 듣기도 했다. 꿀벌들의 윙윙거리는 소리가 푸르른 신록과 황금빛으로 물든 공간에 음악처럼 울려 퍼졌다.

그러나 호숫가에서는 제법 오랫동안 서성거렸다. 수면에 일렁이는 반짝이는 잔물결을 볼 때마다 눈부시게 아름다운 이집트 여인이 떠올랐다. 밤새 배를 타고 다니며 그녀가 들려준 노래와 이야기에 빠져 황홀했던 그 시간이 자꾸 생각났다. 그녀의 매력적인 자태와 쾌활한 웃음, 기분 좋은 관심, 살며시 잡았던 작은 손의 온기 등을 잊을 수 없었다. 그런데 어느덧 생각이 바뀌어 이라스는 사라지고 발타사르와 그가 목격한 불가사의한 일들이 떠올랐다. 그리고 생각은 다시 유대인의 왕이라는 사람에게로 옮겨갔다. 훌륭한 발타사르가 그토록 오래 인내하며 거룩한 주님의 약속이 실현되길 기다리고 있는 그 인물에 한층 다가간 것 같았다. 그리고 계속 그를 생각하며, 그 인물의 신비 속에서 자신이 도모하고 있는 일들에 대한 만족스러운 해답을 찾으려고 했다. 흔히 자신이 바라는 것과 일치하지 않는 생각은 쉽사리 거부하기 마련이다. 그래서 벤허는 발타사르가 새로 오실 왕이 세울 왕국에 대해 설명한 것을 받아들이려 하지 않았다. 그가 믿는 사두개 신앙에서 생각하는 것처럼 견딜 수 없는 정도는 아니지만 영혼의 왕국이란 믿음이 너무 맹목적이고 허황된 데서 나온 추상적인 개념에 불과해 보였다. 반면에 유대 왕국이란 개념은 훨씬 받아들이기 쉬웠다. 그리고 그런 이유에서 그렇게 영광스러운 나라는 다시 도래할 수 있을 것이었다. 더 넓은 영토와 더 강성한 권력, 옛 나라와는 비교할 수 없을 정도로 화려한 새로운 왕국에 대해 생각하는 것이 그의 자부심에도 잘 어울렸다. 솔로몬보다 더 현명하고 강력한 새로운 왕이라야 특히 자신이 섬기고 복수도 할 수 있다. 벤허는 그런 기분에 젖어 천막으로 되돌아갔다.

　점심을 먹고 나자, 아직 무엇인가에 더 몰두하고 싶었던 벤허는 전차를 환한 밖으로 내오게 하여 꼼꼼히 살펴보았다. 가끔씩 던지는 말(言)들로 전차를 얼마나 깐깐하게 점검하고 있는지 알 수 있었다. 조그만 부분이나 사소한 점 하나도 놓치지 않았다. 그리고 전차의 형태가 로마의 것보다 여러 면에서 더 낫다고 생각되는 그리스식임을 알고 기

뺐다. 그 이유는 나중에 보면 이해가 될 것이다. 아무튼 그리스식 전차는 바퀴 사이가 더 넓으며, 차체가 더 낮고 튼튼했다. 그리고 더 무겁다는 단점이 있었지만 아랍 말들의 훨씬 큰 지구력으로 충분히 상쇄되고도 남았다. 일반적으로 말하자면, 로마인들은 전차를 만들 때 대체로 경주용으로만 제작하기 때문에 안전성보다는 아름다움을, 내구력보다는 우아함을 살리려는 경향이 있다. 반면에, 아킬레우스의 후예인 그리스인들의 전차는 전투용으로 제작되어 극한의 시험을 모두 거쳤기 때문에 코린토스의 이스미아 제전과 올림피아 제전에서 승리하려고 애쓰는 사람들의 취향에 맞았다.

벤허는 점검을 끝내자 말들을 데려오게 하여 전차에 매었다. 그리고 훈련장으로 몰고 나가 몇 시간 동안 멍에를 씌우고 나란히 달리는 연습을 시켰다. 이윽고 밤이 되어 돌아왔을 때는 기분이 다시 좋아졌으므로, 경기에서 승부가 갈릴 때까지는 메살라에게 아무런 행동도 취하지 않기로 마음을 굳혔다. 동방의 수많은 관객 앞에서 적수와 만나는 기쁨을 미리 앞서 그르칠 수는 없었다. 다른 경쟁자가 있을 수 있다는 생각은 전혀 들지 않았다. 경기 결과에 대해서는 절대적으로 자신감이 있었다. 자기의 기량을 전혀 의심치 않았다. 그리고 네 마리 말들은 영광스러운 경기에서 완벽한 동반자가 되어 줄 것이었다.

"녀석에게 본때를 보여주자, 녀석에게 본때를 보여주자고! 하, 안타레스, 알데바란! 그렇지 않냐, 정직한 리겔? 그리고 말들 가운데 으뜸인 아타이르, 녀석이 우리를 겁내지 않을까? 하하! 착한 녀석들!"

그렇게 쉬면서 벤허는 주인이 아니라 맏형처럼 말을 걸며 말들을 한 마리씩 다독거려 주었다.

밤이 되자 벤허는 천막 입구에 앉아 아직 시내에서 돌아오지 않고 있는 일데림을 기다렸다. 그러나 초조하거나 짜증나거나 의심스럽지는 않았다. 어쨌든 결국에는 족장에게서 연락이 올 것이었다. 네 마리 말들이 보여준 기량에 만족해서였는지, 고된 훈련을 마치고 차가운 물 속에 몸을 담가서 기분이 상쾌해서였는지, 왕성한 식욕 덕분에 잘 먹어서였는지, 자연의 섭리상 실망 뒤에 느끼는 반작용 때문이었는지는 모르지만 아무튼 벤허는 기분이 한껏 고양되었다. 이제 자신이 더 이상 적의 손아귀가 아니라 신의 섭리 안에 있는 것으로 느껴졌다. 드디어 빠르게 다가오는 말발굽 소리가 들리더니 말루크가 나타났다.

그는 반갑게 인사한 후 말했다. "아리우스의 아드님, 일데림 족장을 대신하여 인사를 전합니다. 어서 말을 타고 시내로 오시라고 합니다. 족장님이 기다리고 계십니다."

벤허는 아무것도 묻지 않고 말들이 먹이를 먹고 있는 곳으로 들어갔다. 알데바란이 마치 임무를 자처하겠다는 듯이 다가왔다. 벤허는 녀석에게 사랑스럽게 장난을 쳤지만 그대로 지나쳐서 네 마리가 아닌 다른 말을 골랐다. 그 녀석들은 오로지 경주에만 전념해야 했다. 얼마 지나지 않아 두 사람은 길을 나섰고 침묵을 지키며 재빠르게 달려갔다.

셀레우키아 다리에서 약간 떨어진 곳에 이르자 그들은 나룻배로 강을 건넜고 오른쪽 강둑을 멀리 돌아서 또 다른 나룻배로 다시 강을 건너 서쪽을 통해 시내로 들어갔다. 멀리 우회하여 가는 길이었지만 벤허는 미행을 막기 위한 당연한 조치라고 생각했다.

시모니데스의 선착장으로 달려 내려가 다리 아래의 커다란 창고 앞에 이르자 말루크는 말을 세웠다.

"다 왔습니다. 내리시죠."

벤허는 그곳이 어디인지 알아보았다.

"족장님은 어디에 있나?"

"따라오시죠. 안내하겠습니다."

파수꾼이 말들을 데려갔고, 그것을 깨닫기도 전에 벤허는 '하나님의 이름으로 들어가라'는 마음속 응답을 듣고는 거상의 집 문 앞에 다시 한 번 섰다.

## 7. 시모니데스, 모든 것을 밝히다


말루크는 문 앞에서 멈춰 섰고, 벤허만 혼자 안으로 들어섰다.

지난번에 시모니데스를 찾아왔을 때 만났던 방이었고, 조금도 변한 것이 없었다. 단 하나 다른 점이 있다면 안락의자 옆에 사람 키보다 더 높은 널찍한 목재 대좌가 있다는 것뿐이었다. 대좌 위에 놓인 윤나는 놋쇠 촛대의 예닐곱 가지에 걸린 은 등잔에는 모두 불이 켜져 있었다. 선명한 불빛에 보라색 운모로 옅은 색이 도는 둥근 천정과 가장자리의 금박 장식이 환히 드러났다.

몇 걸음 안 가서 벤허는 멈춰 섰다.

시모니데스, 일데림, 에스더 세 사람이 함께 있었고, 모두 자기를 쳐다보고 있었다.

벤허는 마음속에서 반쯤 올라오는 물음에 대한 답을 찾으려는 듯이 한 사람씩 차례로 급하게 훑어보았다. 무슨 일로 이 사람들이 나를 불렀을까? 갑자기 발동한 경계심에 냉정을 되찾자, 의문이 꼬리에 꼬리를 물고 일어났다. 이들은 대체 내 편일까, 적일까?

마침내 벤허의 눈길이 에스더 위에 머물렀다.

시모니데스와 일데림은 다정하게 벤허를 지켜보았다. 에스더의 표정에는 다정함 이상의 그 무엇인가가 있었다. 너무도 고결해서 무엇이라 정의내리긴 어려웠지만 정의하지 않고도 벤허가 깊이 의식할 수 있는 그 무엇인가가 말이다.

훌륭한 독자들에게 그것을 밝히자면, 사실 에스더를 바라보는 벤허의 눈길 이면에는 이집트 여인이 떠올라 상냥한 에스더 위로 포개져 비교하는 마음이 일었다. 하지만 그도 잠시뿐, 그러한 비교가 그렇듯이 특별한 결론을 내지 못한 채 사라졌다.

"도련님."

벤허는 말을 건 사람에게로 시선을 돌렸다.

"도련님." 호칭 그 자체에 담긴 의미가 충분히 전달되어 알아들을 수 있게 하려는 듯이 시모니데스는 천천히, 그리고 분명히 강조하며 되풀이했다. "우리 선조들의 주 하나님의 평안을 받으시기를. 그리고 가져가십시오." 그리고 잠시 쉬었다가 덧붙였다. "제게서, 그리고 저의 것을요."

말을 꺼낸 사람은 안락의자에 앉아 있었다. 시모니데스를 찾아온 사람들은 위엄이 느껴지는 머리, 핏기 없는 얼굴, 당당한 태도에 감화되어 그의 망가진 사지와 고문으로 뒤틀린 몸뚱이를 잊어버린다. 하얗게 샌 눈썹 아래의 둥그런 검은 눈은 벤허를 뚫어져라 쳐다보고 있었지만 준엄한 눈빛은 아니었다. 시모니데스는 그렇게 한순간 바라보더니 손을 가슴 위에 포개었다.

인사말과 함께 취한 그 행동은 오해될 여지가 있을 수 없었고 의미가 분명히 전해졌다.

벤허는 애정을 가득 담아 대답했다. "시모니데스, 당신이 주는 거룩한 평화를 받아들이고, 아들이 아버지께 드리는 것처럼 당신께 돌려드리겠습니다. 이제 서로를 완전히 이해하는 일만 남았군요."

벤허는 그렇게 시모니데스의 복종을 정중하게 사양하고, 주인과 노예의 관계 대신에 한 차원 높고 숭고한 관계를 맺으려 했다.

시모니데스는 손을 내려놓고 에스더를 향해 말했다. "주인님을 위해 자리를 마련해 드리렴."

에스더는 서둘러 의자를 가져왔고 어떻게 할지 모르는 난감한 표정으로 벤허와 시모니데스를 번갈아 보면서 서 있었다. 두 사람은 다 상

석을 마다했으므로 어찌할 바를 모르고 기다렸다. 마침내 침묵이 길어
지자 난처해진 벤허가 먼저 나서서 에스더에게서 부드럽게 의자를 받
아든 후 안락의자로 다가가 시모니데스의 발치에 놓았다.

"저는 여기에 앉지요."

벤허의 눈길과 에스더의 눈길이 일순간 부딪쳤다. 그러나 두 사람
다 표정이 밝아졌다. 벤허는 에스더의 고마워하는 마음을 알아보았고,
에스더는 벤허가 마음이 넓고 신중한 사람이라는 것을 알아보았다.

시모니데스는 벤허가 인정해준 것에 고개 숙여 감사했다.

그리고 안도의 한숨을 내쉬며 말했다. "에스더, 서류를 가져오렴."

에스더는 벽면으로 다가가 그것을 열고 파피루스 두루마리를 하나
꺼내와 아버지에게 주었다.

시모니데스는 파피루스를 펼치며 말을 시작했다. "도련님, 말씀 잘
하셨습니다. 이제 서로를 이해하도록 하지요. 제가 예전에 드렸던 요
청을 포기하신 적이 있지요. 그 요청을 하기에 앞서서 서로를 이해하는
데 필수적인 모든 것을 망라하는 회계장부가 여기 있습니다. 저는 두
가지 요점만 관련이 있다는 것을 알 수 있습니다. 첫째는 재산, 그 다음
은 우리의 관계지요. 수지 보고서는 그 두 가지를 명확히 밝히고 있습
니다. 그러면 이제 읽어 보시겠습니까?"

벤허는 서류를 받았지만 일데림을 쳐다보았다.

그 모습을 보고 시모니데스가 말했다. "아닙니다, 족장님은 그것을
읽는데 전혀 반대하지 않을 것입니다. 아시게 될 테지만 그 회계장부에
는 증인이 꼭 필요합니다. 다 읽고 나시면 보시다시피 끝에 일데림 족
장님의 증인 서명란이 있습니다. 족장님은 모든 것을 알고 있습니다.
도련님의 친구이기도 하고요. 제게 해 주신 것 그대로, 도련님에게도
여러모로 힘이 되어 주실 것입니다."

시모니데스는 기분 좋게 고개를 끄덕이며 일데림 족장을 바라보았고, 일데림 역시 진지하게 끄덕이며 대답했다. "당신 말이 맞습니다."

그러자 벤허가 대답했다. "족장님이 얼마나 대단한 우의를 보여 주셨는지는 이미 알고 있고, 이제는 제가 그걸 받을 자격이 있는지 입증할 차례로군요. 시모니데스, 서류는 나중에 꼼꼼히 읽어 보도록 하지요. 당분간은 당신이 보관하도록 하시고 너무 수고스럽지 않다면 요지만 말해 주시죠."

시모니데스는 서류 뭉치를 되돌려 받았다.

"에스더, 내 옆으로 와서 서류가 뒤섞이지 않도록 한 장씩 받으려무나."

안락의자 옆에 자리를 잡은 에스더가 아버지 어깨 위에 오른팔을 살짝 얹으니 두 사람이 함께 간추려서 이야기해 주는 것처럼 느껴졌다.

시모니데스는 첫 번째 장을 꺼내며 말했다. "이것은 선대 주인님의 돈 가운데 로마인들에게 빼앗기지 않고 지켜낸 것입니다. 부동산은 하나도 건질 수 없었고 오로지 현금만 지킬 수 있었습니다. 저희 유대인의 환어음 관습이 없었다면 이마저도 강도들의 손에 넘어갔겠죠. 로마, 알렉산드리아, 다마스쿠스, 카르타고, 발렌시아를 비롯해 저희와 거래가 있던 곳에서 인출하여 지킬 수 있었던 금액은 유대 화폐로 120달란트입니다."

그는 에스더에게 첫 장을 주고 다음 장을 집어 들었다.

"그 120달란트는 제가 맡아서 관리했습니다. 여기 채권이 있습니다. 아시게 되겠지만 그 돈을 이용하여 얻은 수입을 지칭할 때는 채권이라는 말을 쓰겠습니다."

시모니데스는 별도의 서류에서 소수점 이하는 생략하고 총액만 읽어 주었는데, 그 내용은 다음과 같다.

채권

"그동안 얻은 수입 553달란트에 제가 맡은 선대 주인님의 원금 120달란트를 합치면 673달란트가 됩니다! 그리고 이것은 모두 도련님 것입니다. 이 정도 금액이면 도련님을 세상 최고의 갑부로 만들어 주고도 남을 돈이죠."

시모니데스는 파피루스 낱장들을 에스더에게서 받아 하나로 모은 후 잘 말아서 벤허에게 주었다. 그의 태도에서 느껴지는 자부심은 전혀 불쾌하지 않았다. 그 자부심은 의무를 잘 완수했다는 의식에서 나왔을 것이기 때문이다. 시모니데스 자신과는 상관없이, 벤허에 대한 의무감이었을 것이었다.

시모니데스는 고개를 든 채 목소리를 낮추며 덧붙였다. "이제 아무것도 없습니다. 도련님이 하지 못할 일은 이제 아무것도 없습니다."

모든 이들의 관심이 집중되는 순간이 왔다. 시모니데스는 가슴에 다시 손을 얹었다. 에스더는 불안했고, 일데림은 초조했다. 막대한 행운이 굴러들어온 순간만큼 큰 시험에 든 사람은 없을 것이다.

서류뭉치를 받아든 벤허는 감정이 북받쳐 벌떡 일어났다.

"이 모든 것이 제게는 어둔 밤을 몰아내기 위해 하늘에서 내려온 한 줄기 빛처럼 여겨집니다. 그 밤은 너무도 오래 지속되어 영원히 끝날 것 같지 않아 두려웠고, 칠흑같이 어두워서 볼 수 있다는 희망마저 잃어버리게 만들었죠." 벤허는 쉰 목소리로 말을 이었다. "저를 버리지 않으신 주님께 먼저 감사드리고, 그 다음으로 시모니데스 당신께 감사드립니다. 당신의 충실함은 다른 이들의 잔인함을 덮고 우리의 인간성을 되찾아 주었습니다. 제가 못할 것은 아무것도 없다고 하셨지요. 당연히 그렇겠지요. 막대한 특전을 얻게 된 지금 이 순간에 저보다 더 많은 것을 가진 사람이 있을 수 있겠습니까? 일데림 족장님, 이제 제 증인이 되어 주시죠. 지금부터 제가 하는 말을 잘 들어주세요. 잘 듣고 기억해 주십시오. 그리고 착한 천사와도 같은 에스더! 그대도 잘 들어주시오."

그는 시모니데스에게 서류뭉치와 함께 손을 내밀었다.

"이 서류에 명시되어 있는 모든 것들, 즉 선박, 가옥, 상품, 낙타, 말, 현금은 많든 적든 모두 당신에게 돌려주겠습니다. 시모니데스, 모두 줄 테니 가지십시오. 영원히 당신 것이라고 보증하겠습니다."

에스더는 눈물을 흘리며 미소 지었다. 일데림은 검은 두 눈에 눈물을 글썽이며 급하게 수염을 잡아당겼다. 시모니데스만 차분했다.

벤허는 좀 더 마음을 가라앉히고 말을 이었다. "영원히 당신 것이라고 보증하겠습니다. 다만 한 가지 예외와 조건이 있습니다."

그의 말을 듣고 있던 사람들은 모두 숨을 죽이고 다음 말을 기다렸다.

"원래 내 아버님의 것이었던 120달란트만은 돌려 주십시오."

일데림의 안색이 밝아졌다.

"그리고 나도 애쓰겠지만 당신의 모든 부하들을 동원하여 비용이 얼마가 들든 내 어머니와 여동생을 찾는 일에 동참해 주십시오."

시모니데스는 무척이나 감동했고 손을 내밀며 말했다. "도련님의 마음을 알겠습니다. 허 가의 아드님, 이렇게 잘 자란 모습으로 도련님을 제게 보내 주신 주님께 감사드립니다. 선대 주인님이 살아계실 때 잘 섬겼고 그분의 유지를 잘 받들어 왔으니 주인님께 태만할까봐 걱정하지는 마십시오. 그러나 그 예외는 성립할 수 없다고 말씀드리지 않을 수 없군요."

시모니데스는 아직까지 공개하지 않았던 서류를 내보이며 말을 이었다.

"아직 보셔야 할 장부가 더 있습니다. 이것을 받으세요. 그리고 크게 읽어보시죠."

벤허는 추가 서류를 받아들고 읽었다.

집사 시모니데스가 작성한 허 가의 노예 목록.
1. 예루살렘의 저택을 지키는 이집트인 암라흐
2. 안티오크에 거주하는 집사 시모니데스
3. 시모니데스의 딸, 에스더

벤허는 아직 한 번도 생각해 보지 못했지만, 율법에 의하면 딸은 부모의 신분 상태를 물려받게 된다고 시모니데스는 생각했다. 벤허의 상상 속에서 다정한 얼굴의 에스더는 이집트 여인의 경쟁자이자 사랑할 가능성이 있는 대상으로 등장했다. 그는 갑자기 깨닫게 된 뜻밖의 사실에 움찔하여, 빨개진 에스더의 얼굴을 보았다. 얼굴이 빨갛게 물든 에스더는 시선을 내리깔았다. 파피루스 서류가 저절로 말리는 동안 벤허가 말했다.

"600달란트를 가진 사람은 정말 부유하고, 무엇이든 하고 싶은 대로 할 수 있을 것입니다. 하지만 돈보다 귀하고 재산보다 소중한 것은 바로 그 재산을 모은 사람의 정신과 그 많은 재산을 축적하고도 순수함을 잃지 않았던 마음이지요. 아, 시모니데스, 그리고 아름다운 에스더, 두려워하지 마시오. 여기 이 일데림 족장께서 두 사람이 나의 종이라고 선언하는 바로 그 순간 즉시 풀어 주겠다고 선언하는데 증인이 되어 주실 테니 말입니다. 그리고 지금 내가 선언한 것을 문서로 작성하겠습니다. 그거면 충분하지 않겠습니까? 내가 더 할 수 있는 것이 있습니까?"

"허 가의 아드님, 참말로 주인님께서는 예속관계를 가볍게 여기시는군요. 도련님께서 무엇이든 하실 수 있다는 말은 제가 잘못 말했습니다. 도련님이 할 수 없는 일도 있군요. 율법에 따르면 도련님께서는 저희를 풀어 주실 수 없습니다. 저는 주인님의 종신 노예랍니다. 제 발로 걸어서 선대 주인님과 함께 집으로 들어갔기 때문이죠. 그리고 제 귀에는 송곳으로 뚫은 자국이 아직도 남아 있답니다."

"아버지께서 그랬단 말입니까?"

시모니데스는 재빨리 외쳤다. "아버님을 비난하지 마십시오. 그분이 저를 종신 노예로 받아들인 까닭은 제가 그렇게 해 달라고 간청했기 때문입니다. 그렇게 한 것을 후회한 적은 이제껏 단 한 번도 없습니다. 그것은 바로 여기 이 딸아이의 어미인 라헬을 위해 지불한 대가였답니다. 라헬이 자기처럼 종신 노예가 되지 않으면 제 아내가 되지 않겠다고 했기 때문이었죠."

"그녀도 종신 노예였다고요?"

"그랬답니다."

벤허는 자기 뜻대로 되지 않는 것에 괴로워하며 바닥을 서성거렸다.

그러다 갑자기 멈추더니 말했다. "나는 이미 부자요. 너그러우신 아리우스가 물려준 선물로 이미 부유하단 말입니다. 그런데 이제 이렇게 더 큰 재산과 그것을 모은 사람까지 얻게 되었으니 이 모든 것에는 하나님의 의도가 있지 않을까요? 조언을 해 주시죠, 시모니데스! 의로움을 알아보고 그것을 행할 수 있게, 내 이름이 부끄럽지 않게 도와주세요. 당신이 법적으로 내게 묶여 있는 만큼 사실상 나도 당신에게 묶이도록 도와주시죠. 영원히 당신의 종이 되겠습니다."

시모니데스의 표정이 빛나기 시작했다.

"아, 도련님! 돕는 것으로 그치지 않고 제 온 정신과 마음을 바쳐 힘껏 섬기겠습니다. 비록 육신은 주인님의 대의에 아무런 도움이 되지 못하지만 온 마음과 정신으로 섬기겠습니다. 우리 하나님의 제단과, 제단에 올린 모든 봉헌물에 대고 맹세합니다! 다만 제가 맡고자 하는 역할을 정식으로 맡겨 주십시오."

벤허는 열심히 말했다. "그게 뭡니까? 어서 말해 보세요."

"주인님의 재산을 돌보는 것이 소임인 집사로 임명해 주십시오."

"이제부터 집사라고 생각하십시오. 아니면 서류로 작성하겠습니까?"

"주인님의 말씀 한 마디면 충분합니다. 선친께서도 그렇게 하셨지요. 그러니 주인님께 그 이상을 바라지는 않겠습니다. 그리고 이제 서로가 완전히 이해된 것 같으니," 시모니데스는 잠시 말을 끊었다.

"저는 그렇습니다."

"에스더, 네 차례니 말해 보렴." 시모니데스는 어깨에 놓인 에스더의 팔을 풀며 말했다.

에스더는 잠시 당황한 듯 얼굴을 붉힌 채 서 있었다. 그러다 마침내 벤허에게로 다가가서 여성다운 어조로 매우 사랑스럽게 말했다. "저는 어머니보다 많이 부족합니다. 그리고 어머니가 안 계시니, 제가 아버지를 수발할 수 있게 해 주세요."

벤허는 에스더의 손을 잡아 안락의자로 도로 이끌며 말했다. "효성이 지극하군. 원하는 대로 하시오."

시모니데스는 딸의 팔을 다시 자기 어깨에 둘렀다. 네 사람 사이에는 한동안 아무 말이 없었다.

## 8. 영적인 나라인가, 세속의 왕국인가 – 시모니데스와의 논쟁

시모니데스는 주인을 올려다보더니 조용히 말했다.

"에스더, 벌써 이슥해졌구나. 먹을 것을 좀 내오도록 하렴. 아직 할 얘기가 많이 남았으니 뭐라도 먹어야 할 것 같다."

에스더는 종을 울렸다. 하인이 포도주와 빵을 가지고 들어오자 에스더가 받아 들었다.

모두 먹을 것을 받아 들자, 시모니데스가 말을 이었다. "훌륭하신 주인님, 제가 보기에는 아직 서로를 완전히 이해한 것 같지 않습니다. 각기 살아 왔던 우리들의 삶이 앞으로는 한데 만나 합쳐진 강물처럼 함께 흘러갈 것입니다. 강물 위의 하늘에서 온갖 먹구름이 사라진다면 그 흐름은 더욱 좋아질 것으로 생각합니다. 일전에 찾아 오셨을 때 제가 주인님의 주장을 부인하는 것처럼 느끼셨죠. 하지만 실상은 그렇지 않았습니다, 전혀 아니었지요. 제가 주인님을 알아보았다는 것은 에스더가 증명합니다. 그리고 주인님을 모른 척 내버려 두지 않았다는 사실도요. 말루크가 설명해드릴 겁니다."

"말루크라고요!" 벤허가 소리쳤다.

"저처럼 의자에 매여 있어 마음대로 나다닐 수 없는 사람이 세상을 움직이려면 멀리까지 수족을 심어 놓아야 합니다. 제게는 그런 수하들이 많이 있는데, 그 중에서도 가장 으뜸은 말루크죠. 그리고 때로는," 시모니데스는 일데림에게 감사의 눈길을 보내며 말했다. "때로는 선하고 용감하신 관대한 일데림 족장님처럼 고마운 분들의 신세를 집니다. 제가 주인님을 부인하거나 잊은 적이 있는지 들어 보시죠."

벤허는 일데림 족장을 쳐다보았다.

"이분이신가요, 저에 대한 이야기를 전해주신 분이 바로 시모니데스 어른이었단 말입니까?"

일데림은 눈을 반짝이며 고개를 끄덕였다.

"주인님, 잘 겪어보지 않고 사람을 제대로 알 수 있겠습니까? 물론 저는 주인님을 알아보았습니다. 부친을 빼닮으셨거든요. 하지만 주인님의 성품이 어떤지는 알지 못했지요. 막대한 재산 때문에 오히려 망가지는 사람도 있습니다. 만약 주인님이 그런 부류였다면요? 그걸 알아내고 싶어서 말루크를 보냈던 거고, 그는 제 눈과 귀가 되어 주었죠. 그를 책망하지는 마십시오. 주인님에 대해 모두 좋은 보고만 보내왔답니다."

"책망하다니 말도 안 되죠." 벤허는 진심으로 말했다. "현명하신 처사로군요."

시모니데스는 기분 좋게 말했다. "그렇게 말씀해 주시니 다행이군요. 오해하셨을까 걱정했는데 이제 마음이 놓였습니다. 이제 하나님께서 이끌어 주실 테니 한마음 한뜻으로 흘러가면 좋겠습니다."

시모니데스는 잠시 쉬었다 말을 이었다.

"이제 진실을 털어놓아야겠습니다. 베 짜는 사람이 베틀에 자리를 잡고 부지런히 손을 놀리면 짜인 천이 점점 불어나며 꿈꾸는 대로 무늬가 모습을 드러내지요. 제 손에서 재물도 그렇게 늘어났답니다. 하도 신기해서 곰곰이 생각해 보니 사업이 번창하는 것이 오로지 제 능력 때문만은 아닌 것 같았습니다. 막대한 피해를 일으키는 사막의 모래 폭풍도 저의 대상이 지나는 곳은 피해갔고, 수많은 배를 난파시키는 폭풍도 저의 선박들이 항구에 들어가고 난 후에야 불어왔답니다. 무엇보다도 기묘한 것은 죽은 물건처럼 한 곳에 못 박혀 다른 사람들의 도움 없이는 꼼짝도 할 수 없는 제가 자연에 의한 재해는 전혀 당하지 않았다는 점입니다. 자연의 모든 힘들이 저를 고분고분 섬기는 것 같았고 부하들도 하나같이 그렇게 충실할 수가 없었습니다."

"그것 참 기묘한 일이로군요." 벤허가 대답했다.

"그러게 말입니다. 주인님처럼 저도 모든 일에 하나님의 손길이 미치고 있다는 생각이 들어 과연 그분의 목적이 무엇일까 속으로 물었죠. 섭리에는 반드시 의미가 있지요. 하나님의 섭리는 어떤 목적 없이 작용하지 않지요. 몇 년 동안 마음속에 그러한 질문을 품고 답을 찾고 있었습니다. 그것이 하나님의 손길이라면, 언젠가는 하나님 보시기에 좋은 때에 그분의 방식으로, 언덕 위의 하얀 집처럼 아주 분명히 당신의 목적을 제게 보여 주실 것이라고 확신했습니다. 그리고 지금 하나님께서 목적을 보여주셨다고 생각합니다."

벤허는 온힘을 다해 집중하여 들었다.

"올리브 산의 아침처럼 아름다웠던 라헬이 아직 살아있을 때의 일이었습니다. 식구들과 함께 예루살렘 북쪽 왕들의 무덤 부근 길가에 앉아 있었는데, 예루살렘에서는 한 번도 본 적이 없는 커다란 흰 낙타를 타고 지나가는 세 사람을 보았습니다. 그들은 먼 나라에서 온 이방인들이었습니다. 제일 앞에 있던 사람이 멈춰서 제게 물었습니다. '새로 나신 유대인의 왕은 어디에 계십니까?' 제가 궁금해하는 것 같아보이자 그가 이어서 말했습니다. '우리는 동방에서 그분의 별을 보고 경배하러 왔습니다.' 저는 이해할 수가 없었지만 그들을 따라 다마스쿠스 성문까지 갔습니다. 그들은 길에서 만나는 사람마다, 성문의 문지기에게도 똑같이 물어보았습니다. 그 질문을 들은 사람들은 모두 저처럼 놀랐습니다. 메시아가 오실 전조라는 이야기들이 무성했지만, 시간이 흐르자 저는 그 일을 잊어버렸습니다. 아, 안타까운 일이죠! 하나님의 자녀라고 하면서도 어리석기 짝이 없지요! 하나님의 뜻이 지상에서 움직이실 때는 몇 백 년이나 앞서기 때문에 인간이 이해하기란 어렵죠. 발타사르 어른을 만나 보셨는지요?"

"네, 그분에 관한 이야기를 해 주셨지요."

"기적입니다! 대단한 기적이고말고요!" 시모니데스는 흥분하여 외쳤다. "주인님, 그분이 말씀해 주셨을 때 저는 오랫동안 기다려 왔던 해답을 들은 것 같았습니다. 하나님의 목적을 분명히 알 수 있었습니다. 왕께서는 초라한 모습으로 오실 것입니다. 가난하고 의지할 데 없는 모습으로, 따르는 이 없이, 군대도 없이, 도성이나 성채 없이 말입니다. 하지만 왕국이 세워질 것이고 로마는 쇠퇴하여 사라질 것입니다. 보세요, 주인님! 주인님은 지금 힘이 철철 넘치죠, 무예도 단련했고요, 넘치는 부로 가득하죠. 주님께서 주인님에게 보낸 기회를 보십시오! 그분의 목적이 바로 주인님의 목적 아니겠습니까? 어느 인간이 그보다 더 완벽한 영광을 타고날 수 있겠습니까?"

시모니데스는 온힘을 다해 호소했다.

"하지만 그 왕국은, 그 왕국은 말입니다!" 벤허도 질세라 열심히 대답했다. "발타사르 어른은 그것이 영혼의 왕국이라고 말씀하셨습니다."

유대인으로서의 자부심이 강했던 시모니데스는 경멸조로 입술을 살짝 삐죽거리며 대답했다.

"주인님, 발타사르 어른은 놀라운 기적들을 직접 목격한 분입니다. 그리고 그 기적들에 대해 한 말을 당연히 믿습니다. 그분이 직접 보고 들었기 때문입니다. 그러나 그분은 이집트 사람이고 저희 신앙으로 개종한 분도 아니지요. 하나님께서 저희 이스라엘 민족을 어떻게 하실 지에 대해 우리가 전적으로 수긍할 만큼 그분이 특별히 알고 있다고는 생각하기 어렵습니다. 예언자들은 설령 자기의 생각이 있더라도 천상에서 직접 계시를 받아 말씀합니다. 여러 예언자들이 여호와께서는 영원히 변함 없으시다고 말씀하였죠. 저는 예언자들을 믿을 수밖에 없습니다. 에스더, 토라를 가져다주렴."

시모니데스는 에스더가 토라를 가져올 때까지 기다리지 않고 말을 계속했다.

"주인님, 온 민족의 증언을 하찮게 여길 수 있겠습니까? 바다에 접한 북쪽의 티레에서 사막에 있는 남쪽의 에돔까지 훑고 다닌다 해도 셰마 기도를 드리거나, 성전에서 자선을 베풀거나, 유월절의 양고기를 먹는 사람치고 그 왕께서 언약의 자손인 저희 민족을 위해 세울 왕국이 이 세상의 것과는 다른 왕국이라고 말할 사람은 아무도 없을 겁니다. 이제 그들이 어디에서 그런 믿음을 갖게 되었을까요! 곧 알게 될 겁니다."

에스더는 멋스러운 금박 글자가 박힌 짙은 갈색 아마포에 조심스럽게 싸여 있는 많은 두루마리를 가지고 돌아왔다.

"딸아, 잘 들고 있다가 내가 달라고 하면 주려므나." 시모니데스는 딸에게 늘 하던 대로 다정하게 말하고는 자기의 주장을 계속 이어나갔다.

"훌륭하신 주인님, 여기서 거룩한 분들의 이름을 열거하자면 끝이 없을 겁니다. 그분들은 하나님의 섭리로 예언자들의 뒤를 계승하여 바빌론 유배 이후로 글을 남긴 예언자들과 사람들을 가르친 설교가들 못지않게 하나님의 은총을 받았죠. 구약의 마지막 예언자 말라기[117]에서 지혜를 빌려오고, 힐렐과 샴마이, 그분들에게 그 왕국에 대해 물어

---

117) 구약성경의 마지막 책인 「말라기서」의 저자. 바빌론 유배에서 풀려나 귀환한 이스라엘 민족이 성전을 재건한 후 도덕적으로 타락하자 회개할 것을 촉구하는 동시에 미래에 대해서 희망찬 이상을 제시했다.

보시죠? 또한 에녹서에 나온 양들의 주님, 그분이 누구인지 물어보시죠? 지금 저희가 말하고 있는 그 왕이 아니고 누구겠습니까? 옥좌는 그분을 위해 준비된 것입니다. 그분께서 온 세상을 치면 다른 왕들은 자기 권좌에서 떨려날 것이며 이스라엘을 괴롭히던 자들은 불기둥이 타오르는 구덩이 속으로 던져질 것입니다. 솔로몬의 시편 저자들도 그렇게 말하고 있지요. '주님께서는 때가 되면 당신의 자녀 이스라엘을 다스리도록 다윗 자손을 이스라엘의 왕으로 세워 주신다. …… 그리고 이방인의 백성들도 다스리게 될 것이다. …… 그는 하나님께서 가르쳐 주신 대로 정의로운 왕이 될 것이다. …… 그는 입에서 나오는 말로 영원히 온 세상을 다스릴 것이기 때문이다.' 마지막으로 제2의 모세라고 하는 에스라 예언자가 밤의 환시 중에 예언한 말을 들어보시지요. 그리고 독수리(로마)에게 인간의 목소리로 말하는 사자가 누구인지 물어보십시오. '너는 거짓말을 일삼는 자들을 사랑하여 네게 아무런 해를 가하지 않았는데도 성실한 이들의 도시들을 무너뜨리고 그들의 성벽을 허물었다. 그러니 썩 물러나라. 세상이 원래대로 회복되고 정의를 바라며 창조하신 이에 대한 경외감이 생겨날 수 있도록.' 그리하여 독수리는 더 이상 보이지 않게 되었습니다. 오, 주인님, 분명히 이 예언자들의 증언으로도 충분합니다! 하지만 기왕 봇물이 터진 김에 마저 살펴보기로 하지요. 에스더, 포도주 좀 내오너라. 그리고 토라도."

시모니데스는 포도주를 마시고나서 물었다. "주인님, 예언자들을 믿으십니까? 물론 믿으시겠죠. 저희 겨레의 신앙이 그러하니까요. 에스더, 이사야의 환상이 들어 있는 책을 다오."

시모니데스는 에스더가 풀어서 준 두루마리 가운데 하나를 집어 들고 읽었다. "'어둠 속에서 헤매던 백성이 큰 빛을 보았고, 죽음의 그림자가 드리운 땅에 사는 사람들에게 빛이 비쳤다. …… 한 아기가 우리를 위해 태어났다. 우리가 한 아들을 모셨다. 그는 우리의 통치자가 될 것이다. …… 그가 다윗의 보좌와 왕국 위에 앉아서, 이제부터 영원히, 공평과 정의로 그 나라를 굳게 세울 것이다.'[118] 오 주인님, 예언자들을 믿으시죠? 에스더, 미가에게 하신 주님의 말씀이 적힌 것을 다오."

에스더는 아버지가 요구한 두루마리를 주었다.

시모니데스는 구절을 읽기 시작했다. "'그러나 너 베들레헴 에브라다야, 너는 유다의 여러 족속 가운데서 작은 족속이지만, 이스라엘을 다스릴 자가 네게서 내게로 나올 것이다.'[119] 이분이 바로 그분, 발타사르 어른이 동굴에서 보고 경배 드렸던 바로 그 아기 아니겠습니까. 오, 주인님, 예언자들을 믿으시나요? 에스더, 예레미야의 말씀이 적힌 것을 다오."

시모니데스는 두루마리를 받아들고 전처럼 읽어 내려갔다. "'내가 다윗에게서 의로운 가지가 하나 돋아나게 할 그 날이 오고 있다. 나 주의 말이다. 그는 왕이 되어 슬기롭게 통치하면서, 세상에 공평과 정의를 실현할 것이다. 그 때가 오면 유다가 구원을 받을 것이며, 이스라엘이 안전한 거처가 될 것이다.'[120] 그분은 왕으로서 다스리실 것입니다. 왕으로서 말입니다, 주인님! 예언자들을 믿으시나요? 이제, 딸아, 오점이라고는 하나도 없는 유다의 자손의 말씀이 적힌 두루마리를 다오."

에스더는 다니엘서를 주었다.

"자, 주인님, 들어보시죠. '내가 밤에 이러한 환상을 보고 있을 때에 사람의 아들 같은 이가 오는데, 하늘 구름을 타고 와서 옛적부터 계신 분에게로 나아가, 그 앞에 섰다. …… 그에게 권세와 영광과 나라를 주

---

118) 이사야 9장 2절, 6절, 7절
119) 미가 5장 2절
120) 예레미야 23장 5-6절

셔서, 민족과 언어가 다른 뭇 백성이 그를 경배하게 하셨다. 그 권세는 영원한 권세여서, 옮겨 가지 않을 것이며, 그 나라가 멸망하지 않을 것이다.'[121] 이제 예언자들이 하신 말씀을 믿으시나요, 주인님?"

"그걸로 충분합니다. 믿고말고요!" 벤허가 외쳤다.

"그렇다면 어찌해야 할까요? 만약 그 왕께서 가난한 모습으로 오신다면 유복하신 주인님께서 그분을 도와드려야 하지 않을까요?"

"그분을 돕는다고요? 전 재산을 털어, 제 목숨이 다하도록 당연히 도와드려야지요. 하지만 왜 자꾸 그분이 가난하게 오신다고 하는 겁니까?"

"에스더, 스가랴에게 하신 주님의 말씀을 다오."

에스더는 다시 두루마리 가운데 하나를 시모니데스에게 주었다.

"여기 그 왕께서 어떻게 예루살렘에 들어가실지 들어보시죠. '도성 시온아, 크게 기뻐하여라. …… 네 왕이 네게로 오신다. 그는 공의로우신 왕, 구원을 베푸시는 왕이시다. 그는 온순하셔서, 나귀와 나귀 새끼인 노새를 타고 오신다.'"[122]

벤허는 허공을 응시했다.

"오, 주인님 무엇을 보십니까?"

벤허는 우울하게 대답했다. "로마요! 로마와 그 군대요. 저는 진지에서 그들과 지냈습니다. 그래서 그들에 대해 알지요."

"아! 주인님은 왕을 위해 뽑힌 수백만 명의 군단을 지휘할 사령관이 될 것입니다."

"수백만 명이라고요!" 벤허가 놀라서 외쳤다.

---

121) 다니엘 7장 13-14절
122) 스가랴 9장 9절

시모니데스는 잠시 동안 생각에 잠겨 앉아 있었다.

"병력 때문에 고민하실 일은 없을 겁니다."

벤허는 무슨 뜻이냐는 듯 쳐다보았다.

"주인님은 사람들 앞에 낮은 모습으로 오시는 왕을 보고 계신 거죠. 말하자면 오른쪽에는 초라한 모습의 그분을, 왼쪽에는 황제의 무장한 군대를 보며 묻고 계신 거죠? 그분이 도대체 무엇을 하실 수 있냐고."

"제대로 보셨습니다."

"오, 주인님! 우리 이스라엘이 얼마나 강한지 모르시는군요. 바빌론에 끌려가 힘없이 울던 옛 조상처럼 나약하다고 생각하시겠죠. 하지만 다음 유월절에 예루살렘으로 올라가서 길거리나 저잣거리에 나가보시죠. 이스라엘의 본 모습을 보게 될 겁니다. 주님이 밧단아람에서 나오던 야곱에게 하신 축복의 약속[123]대로 저희 민족은 끊임없이 불어났습니다. 심지어 바빌론에 끌려가서도, 이집트의 압제에 시달리는 가운데에서도 계속 불어났고, 로마의 철권은 오히려 유익한 자양분이 되어 주었지요. 이제 그들은 참으로 '한 민족인 동시에 여러 나라에 퍼진 사람들의 집합체'가 되었으니 말입니다. 주인님, 그것이 전부가 아닙니다. 사실 이스라엘의 힘을 제대로 알려면, 말하자면 그 왕이 무엇을 할 수 있는지 알려면, 인구가 불어난 것만 보아서는 안 되고 다른 것까지 생각해야 합니다. 가까운 데에서 먼 데에 이르기까지 이 세상 어디나 주인님이 오갈 수 있게 할 신앙의 확산을 말씀드리는 것입니다. 게다가, 흔히들 예루살렘이 이스라엘인 것처럼 말하는데, 이것은 자수 한 조각을 발견하고 그것을 황제의 관복으로 생각하는 것에 비유할 수 있습니

---

123) 장인 라반과 함께 살던 밧단아람에서 식솔들을 이끌고 고향으로 돌아가던 야곱이 하나님의 천사와 씨름을 한 후 이스라엘이라는 이름을 새로 받으며 하나님의 축복을 받았다.

다. 예루살렘은 성전의 돌 한 조각 또는 몸의 일부인 심장에 불과합니다. 제아무리 강할지라도 로마 군대는 이제 그만 보시고, 오래된 비상 소집인 '이스라엘아, 너희의 장막으로 돌아가라'[124]가 울리기를 충실하게 기다리는 수많은 무리들이 얼마나 될지 생각해 보세요. 고향으로 돌아가는 사람들 무리에 끼지 않고 페르시아에 남았던 이들의 많은 자손들을 헤아려 보십시오. 이집트와 먼 아프리카의 시장에 몰려드는 많은 동포들도 세어 보세요. 서방, 론디니움[125]과 스페인의 교역소에서 수익을 내고 있는 유대인들도 있습니다. 그리스와 다도해, 폰토스와 이곳 안티오크에 있는 순수 혈통의 유대인들과 개종자들이 얼마나 될지 생각해 보세요. 그런 점에서 보자면 더러운 로마 제국의 압제에 시달리는 많은 도시에 살고 있는 사람들도 포함시킬 수 있죠. 저희 곁에 이웃한 사막은 말할 것도 없이 나일 강 너머 사막에서 천막에 거주하며 주님을 섬기는 사람들도 세어 보십시오. 거기에 더하여 카스피아 해 건너 지역들과 곡과 마곡인[126]들의 옛 땅에 사는 사람들과 하나님께 감사하여 거룩한 성전에 해마다 예물을 바치는 사람들도 있습니다. 이렇게 다 세어 보니, 창을 들고 주인님을 기다리고 있는 사람들이 얼마나 많은지 아시겠지요! 보십시오! 온 세상에 심판과 정의를 행하게 될 그분을 위한 왕국이 예루살렘 못지않게 로마 전역에서 이미 만들어진 셈입니다. 이제 아시겠죠. 이스라엘 민족이 할 수 있다는 것은 곧 그 왕이 할 수 있다는 뜻이라는 것을요."

시모니데스가 열변을 토하며 묘사하는 그 상황이 생생히 그려졌다. 그러자 일데림은 마치 진격 나팔 소리가 들리기라도 하듯 벌떡 일어나

---

124) 열왕기상 12장 16절, 역대하 10장 16절

125) 로마인들이 브리튼에 건설한 요새. 지금의 런던이다.

126) Gog and Magog. 마곡 지방과 거기에서 대군을 이끌고 이스라엘을 공격한 인물인 곡.

외쳤다. "아, 젊은 시절로 돌아갈 수만 있다면!"

벤허는 잠자코 있었다. 시모니데스의 말은 신비스러운 그분에게 벤허 자신의 목숨과 재산을 바치라는 권유로 느껴졌다. 독실한 발타사르 못지않게 시모니데스도 그분에게 위대한 희망을 품고 있는 것이 틀림없었다. 이미 보았듯이 그 권유는 처음 듣는 것이 아니라 여러 번 반복하여 들은 것이었다. 다프네 숲에서 말루크와 이야기를 나눌 때 처음 들었고, 그 다음에는 발타사르가 다가올 왕국의 모습에 대해 알려 주었을 때 좀 더 명확하게 들었다. 그리고 나중에 종려나무 과수원 사이를 거니는 동안 온전히는 아니더라도 어느 정도 결심이 섰다. 당시에는 강렬한 감정에 사로잡혀 하나의 생각으로만 떠올랐다가 사라졌다. 하지만 지금은 그렇지 않았다. 주님께서 책임지시고, 주님께서 일해가고 계시다. 벤허는 그 생각을 실현가능성도 높고 거룩하기 그지없는 대의로 고양시켰다. 그러자 마치 그때까지 보이지 않던 문이 갑자기 열려 서광이 비치는 것 같았다. 이제껏 꿈꿔온 대로 주님을 섬기는 길이 열린 느낌이었다. 임무를 완수하고 나면 얻게 될 부와, 야심을 달게 충족시킬 보상이 약속된 빛나는 미래가 보였다. 이제 미진한 한 가지만 해결하면 되었다.

"오, 시모니데스, 이제까지 당신이 하신 말, 즉 왕께서 오실 것이고 그분의 왕국은 솔로몬의 왕국과 같을 것이라는 말을 모두 인정합니다. 또한 제 한 몸과 전 재산을 그분과 그분의 대의를 위해 바칠 준비도 되어 있습니다. 한 발 더 나아가, 이제껏 제 삶을 이끌어 오시고 당신이 짧은 시간에 막대한 부를 축적하게 만드신 하나님의 목적에 따라 행동하겠습니다. 그러면 무엇을 해야 할까요? 앞이 보이지 않는데도 무작정 나아가야 할까요? 왕께서 나타나시거나 저를 부르실 때까지 기다리고 있어야 할까요? 당신은 나이도 많고 경험도 풍부하시니 대답해 주세요.”

시모니데스는 즉각 대답했다.

“우리에게는 선택의 여지가 없습니다.” 시모니데스는 메살라의 밀서를 내보이며 말했다. “이 밀서는 행동개시 신호입니다. 우리는 메살라와 그라투스가 맺을 동맹에 맞설 수 있을 만큼 강하지 못합니다. 로마에서나 이곳에 아무런 영향력이 없습니다. 그냥 잠자코 있다가는 저들이 주인님을 죽일 것입니다. 저 놈들이 얼마나 잔악한지는 저를 보고 판단하십시오.”

시모니데스는 끔찍한 기억에 몸서리를 쳤지만 정신을 차리고 물었다. “오, 훌륭하신 주인님. 주인님은 목적을 이루고자 하는 의지가 얼마나 강하신가요?”

벤허는 무슨 의미인지 알아듣지 못했다.

“젊은 시절에는 세상에 즐거움이 가득했었죠.”

“그렇지만 커다란 희생을 하셨잖아요.”

“예, 그랬지요. 사랑을 위해서요.”

“인생에 사랑만큼 강한 동기가 있나요?”

시모니데스는 고개를 저었다.

“야망이 있잖아요.”

“이스라엘의 자손은 야망을 품으면 안 됩니다.”

“그렇다면, 복수는 어떤가요?”

그 질문은 흥분한 감정에 불을 질렀다. 시모니데스는 눈을 번득이고 손을 파르르 떨며 재빨리 대답했다. “복수야말로 유대인의 당연한 권리요 법입니다.”

옆에서 일데림도 소리치며 거들었다. “낙타나, 심지어 개도 악행은 절대 잊지 않죠.”

곧 시모니데스는 끊겼던 생각들을 다시 정돈하여 말했다.

"할 일이 있습니다. 왕을 위해서 그분이 오시기에 앞서 해야 할 일들이 있습니다. 이스라엘이 그분의 오른팔이 되리라는 것을 의심해서는 안 됩니다. 하지만 안타깝게도 그 오른팔은 평화만 알 뿐 전쟁에는 문외한입니다. 수백만 가운데 훈련된 부대나 지휘관이 하나도 없습니다. 헤롯 대왕의 용병들은 열외로 쳤습니다. 저희를 쳐부수기 위해 있는 병력이니까요. 지금 상황은 로마의 뜻대로 움직이고 있죠. 이제껏 압제를 휘두르는 정책을 써왔으니까요. 하지만 이제 변할 때가 되었습니다. 양치기들이 양 떼를 돌보던 데서 벗어나 갑옷을 걸치고 창과 칼을 집어 들고 사자들과 맞서 싸우도록 변해야 합니다. 누군가가 왕의 오른팔이 되어드리지 않으면 안 됩니다. 이러한 일을 잘 할 사람이 아니라면 누가 그 오른팔이 될 수 있겠습니까?"

벤허는 그러한 암시를 듣고 얼굴을 붉혔지만 말은 조심스러웠다. "저도 압니다. 하지만 솔직히 말해서 해야 할 일을 알고 있어도 그것을 어떻게 해내느냐는 전혀 다른 문제죠."

시모니데스는 에스더가 가져온 포도주로 목을 축이고 대답했다.

"족장님과 주인님이 각자 중요한 몫을 맡아 주셔야 합니다. 저는 이곳에 남아 지금처럼 장사를 계속하며 자금원이 마르지 않도록 살피겠습니다. 주인님은 예루살렘을 거쳐 사막으로 가십시오. 그곳에서 이스라엘 병사들을 모집하여 십인대와 백인대로 조직하시고 지휘관들을 뽑아 훈련시키십시오. 그리고 제가 물자를 댈 테니 은밀한 곳에 무기를 비축하십시오. 우선 페레아에서 시작하셨다가 예루살렘과 지척인 갈릴리로 옮기십시오. 페레아 후방은 사막이니 일데림 족장님이 뒤를 봐주실 것입니다. 족장님이 모든 길목을 장악하고 계시니 오가는 모든 동태를 살피실 수 있을 것입니다. 또한 족장님이 여러 가지로 도와드릴 것입니다. 적당한 때가 무르익을 때까지는 지금 여기서 모의된 것을 누구에게도 발설해서는 안 됩니다. 제가 할 일은 오로지 종의 역할입니다. 일데림 족장님에게는 이미 말씀드렸지요. 족장님, 하실 말씀 있으신가요?"

벤허가 쳐다보자 일데림 족장이 대답했다.

"이분이 말한 그대로일세. 나는 이미 약속했고 이분도 좋아하셨네. 하지만 자네에게도 맹세하지. 만반의 준비를 갖추었으니 우리 부족이 할 수 있는 일들은 뭐든지 하겠다고 말일세."

시모니데스, 일데림, 에스더 세 사람은 벤허를 뚫어져라 쳐다보았다.

벤허는 처음에는 슬픈 어조로 말을 시작했다. "누구나 일생에 한 번은 즐거움을 누릴 기회가 있고 언젠가 그 기회가 찾아오면 그것을 누리죠. 하지만 제게는 그런 기회가 찾아올 것 같지 않군요. 두 분의 제안에 응하면 어떻게 될지 잘 알고 있습니다. 제안을 받아들여 그 길로 나아간다면 평화와, 그에 따라 피어날 희망에 작별을 고하게 되겠죠. 제가 그 길에 들어서는 순간 평온한 삶을 다시는 맛보지 못하겠죠. 로마가 허락하지 않을 테니까요. 추방자가 되어 쫓기는 신세가 될 테고 외딴 묘지나 깊은 산 음침한 동굴에서 빵부스러기로 허기를 달래며 겨우 쉬겠죠."

갑자기 흐느끼는 소리가 들려 벤허는 말을 멈추었다. 모두 놀라 돌아보니 에스더가 아버지의 어깨에 얼굴을 묻고 울고 있었다.

사실은 시모니데스도 마음이 아팠으므로 딸에게 다정하게 말했다. "에스더, 너를 깜박했구나."

"괜찮습니다, 시모니데스. 남자는 자신을 위해 울어줄 사람이 있다는 것을 알면 가혹한 운명도 얼마든지 견딜 수 있으니까요."

사람들은 다시 벤허의 말에 귀 기울였다.

"당신이 정해준 몫을 받아들이는 것 외에 다른 선택의 여지가 없다는 말을 하려던 참이었습니다. 그리고 이곳에 남아 있어 봤자 개죽음을 당할 것이 뻔하니 당장 일을 시작하도록 하겠습니다."

직업정신이 투철한 시모니데스가 물었다. "그러면 문서로 작성하도록 할까요?"

"당신의 말로 충분합니다."

"나도 마찬가지입니다." 일데림도 동의했다.

그것으로 벤허의 일생을 바꾸어 놓게 될 협약은 효력이 발생되었고 벤허는 곧바로 덧붙였다.

"그러면 이것으로 결정되었습니다."

시모니데스가 외쳤다. "아브라함의 하나님께서 우리를 도우시기를!"

벤허가 더 유쾌한 어조로 말했다. "한 마디만 더 하겠습니다. 괜찮으시다면 경기가 끝날 때까지는 제 마음대로 하고 싶습니다. 그라투스로부터 답신을 받기 전까지 메살라가 저를 위험에 빠뜨릴 음모를 당장 실행에 옮기지는 않을 것 같습니다. 그리고 일주일 내로 답신을 받기는 어려울 것입니다. 메살라와 경기장에서 대결하는 것은 어떤 위험을 감수하더라도 놓칠 수 없는 기쁨입니다."

일데림은 흔쾌히 찬성했고, 사업 감각이 뛰어난 시모니데스가 덧붙였다. "잘됐군요. 며칠 더 계신다면 주인님께 많은 몫을 챙겨드릴 시간을 벌 수 있겠군요. 아리우스 집정관으로부터 상당한 재산을 물려받으신 것으로 알고 있는데요. 혹시 부동산인가요?"

"미세눔 별장과 로마에 저택이 몇 채 있죠."

"그렇다면 부동산을 처분하시어 현금으로 보유하고 있는 것이 좋겠습니다. 제게 그 계좌를 주십시오. 제게 인출권이 넘어오면 즉시 임무를 수행할 대리인을 파견하겠습니다. 적어도 이번만은 제국의 도둑놈들에게 선수를 치게 될 것입니다."

"내일 계좌를 넘겨 드리죠."

"더 이상 할 것이 없다면 오늘 밤 일은 끝났습니다."

일데림은 만족스럽게 수염을 쓰다듬으며 말했다. "아주 잘됐네요."

"에스더, 빵과 포도주를 다시 내오렴. 일데림 족장님, 주무시고 가신다면 몹시 기쁠 텐데 원하시는 대로 하십시오. 주인님은 어떻게 하실 건가요?"

"과수원으로 돌아갈 테니 말들을 준비해 주세요. 지금 간다면 적들의 눈을 피할 수 있을 테니까요. 그리고." 그는 일데림을 흘긋 보며 이었다. "말들도 저를 보면 기뻐할 테고요."

날이 밝을 무렵 벤허와 말루크는 어느새 과수원에 도착했다.

## 9. 에스더와 벤허

다음날 저녁, 벤허는 시모니데스의 커다란 창고 테라스 위에 에스더와 함께 서 있었다. 그들 아래 부두에서는 많은 인부들이 분주하게 뛰어다니며 짐과 상자들을 옮기고 있었다. 몸을 굽혀 물건을 들어 옮기는 사람들의 모습이 탁탁거리며 타오르는 횃불 빛에 아른거리자 마치 동방의 옛이야기에 등장하는 거인 요정과 비슷했다. 곧 출발할 갤리선에 짐이 실리고 있는 중이었다. 시모니데스는 아직 밖으로 나오지 않고 사무실에서 배의 선장에게 마지막 지시사항을 전달하고 있었다. 로마의 오스티아 항구까지 쉬지 않고 직행했다가 그곳에서 승객 한 사람을 내려준 후 스페인의 해안인 발렌시아까지 천천히 항해하라는 지시였다.

로마에서 내릴 승객은 벤허가 아리우스 집정관으로부터 물려받은 영지를 처분하러 가는 대리인이었다. 배가 밧줄을 풀고 항해가 시작되면 벤허가 전날 밤 결의했던 과업에 뛰어들게 되는 것이다. 발을 들여놓는 이상 돌이킬 수 없을 것이었다. 시모니데스와 맺은 협정이 후회가 된다면 그 사실을 알리고 협정을 파기할 수 있는 시간이 아직은 남아 있었다. 그가 주인이었으므로 그렇게 하겠다고 말만 하면 되었다.

그 순간 벤허에게 잠시 그런 마음이 올라왔을 수도 있다. 그는 자신과 싸우는 사람의 모습으로 팔짱을 낀 채 아래의 풍경을 내려다보고 있었다. 젊고, 잘생기고, 부유한데다 로마의 귀족사회에서 돌아온 지 얼마 되지 않는 벤허로서는 성가신 임무나 추방과 위험이 뒤따르는 야망 따위는 잊어버리라고 부추기는 세상에 휩쓸려도 무리는 아니었다. 그가 어떤 부분에서 갈등하고 있는지 상상이 간다. 황제와의 승산 없는 싸움, 확신할 수 없는 왕의 도래가 불안했고, 안락함, 명예, 높은 지위, 값비싼 물건들을 포기해야 한다는 것 때문에 고민하고 있었다. 그리고 최근에는 가정을 꾸리거나 친구들과 어울려 즐겁게 살고 싶다는 생각이 제일 강하게 마음을 흔들었다. 오랫동안 홀로 쓸쓸히 떠돈 사람만이 가정이 주는 매력을 알 수 있었다.

덧붙이자면, 세상은 늘 교활하여 언제나 약한 사람들에게 속삭인다. 그냥 주저앉으라고, 편히 있으라고 말이다. 그리고 늘 인생의 밝은 면만 보라고 한다. 지금은 에스더의 입을 빌려 벤허를 유혹하려고 했다.

"로마에 가 본 적이 있나?"

"아니요."

"가 보고 싶소?"

"그러고 싶지 않아요."

"왜지?"

"저는 로마가 무서워요." 에스더는 떨리는 목소리로 대답했다.

벤허는 에스더를 쳐다보았다. 아니 내려다보았다고 해야 맞을 것이다. 벤허 옆에 서니 에스더는 더 어린아이처럼 보였다. 어슴푸레한 불빛에 그녀의 얼굴이 뚜렷이 보이지 않았고, 형체도 희미해 보였다. 하지만 다시 티르자가 생각나 갑자기 다정한 느낌이 들었다. 그라투스에게 사고가 일어났던 그 끔찍한 날 아침 옥상 정자에 함께 있었던 티르자에게 느꼈던 것 같은 다정함이었다. 가엾은 티르자! 그 아이는 지금 어디에 있을까? 티르자를 생각하니 에스더를 종으로 볼 수는 없었다. 뿐만 아니라 에스더가 사실상 자신의 종이라는 점 때문에 가엾은 마음이 들어 더 다정하게 대해 주고 싶은 마음이 들었다.

떨리는 마음이 가라앉자 에스더는 차분히 여성스럽게 말을 계속했다. "저는 로마가 궁전과 신전과 사람들로 붐비는 도시라는 생각이 안

들어요. 제게는 그저 아름다운 땅을 차지하고 그곳에서 사람들을 파멸과 죽음으로 몰아넣고 있는 괴물로만 보여요. 결코 저항할 수 없는 괴물, 피로 배를 채우는 탐욕스러운 야수 같아요. 주인님은 왜,"

에스더는 주저하더니 시선을 내리깔고 입을 다물었다.

"계속 해 보구려." 벤허가 안심시키며 말했다.

에스더는 벤허에게 더 가까이 다가가 다시 올려다보며 말했다. "주인님은 왜 로마에 맞서려는 거죠? 로마와 잘 지내며 평온하게 살 수도 있잖아요? 이미 온갖 불행을 겪었고, 적들이 쳐 놓은 올가미에서 겨우 빠져나오셨잖아요. 청춘을 슬픔에 사로잡혀 보냈는데, 남은 인생마저 그렇게 슬프게 보내는 것이 잘하는 짓일까요?"

벤허를 간곡히 만류하며 가까이 다가온 에스더의 앳된 얼굴이 점점 창백해졌다. 그는 에스더 쪽으로 고개를 숙이며 부드럽게 물었다. "에스더, 내가 어떻게 하길 바라지?"

에스더는 잠시 동안 머뭇거리더니 되물었다. "로마 부근에 집이 있다고 하셨지요?"

"그렇소."

"예쁜가요?"

"아름답지. 정원에 둘러싸여 있고, 조가비가 깔린 산책길도 있다오. 저택 안팎으로 분수들이 있고, 나무 그늘이 우거진 곳에는 조각상들이 있다오. 포도나무로 뒤덮인 언덕이 주위에 있고 지대가 높아서 네아폴리스 항구와 베수비우스 산이 보인다오. 아래에는 보랏빛 청색 바다가 드넓게 펼쳐져 있고 하얀 돛단배들이 점점이 떠있지. 황제도 부근에 별장을 가지고 있지만, 로마 사람들은 아리우스의 오래된 별장이 제일 근사하다고 한다오."

"그곳에서의 삶은 조용한가요?"

"한여름 낮에도 달빛 가득한 밤에도 손님들이 찾아올 때 말고는 조용하다오. 옛 주인인 양아버지는 돌아가셨으니 내가 여기 온 이후로는 그곳의 침묵을 깰 것은 아무것도 없는 셈이지. 하인들의 속삭임이나 행복한 새들의 지저귐, 흘러내리는 분수의 물소리 말고는 늘 조용하다오. 피었던 꽃이 시들어 떨어지고 새로운 꽃이 꽃망울을 맺었다가 피어나고, 흘러가는 구름의 그림자가 생기는 것 말고는 아무런 변화도 없소. 에스더, 그곳의 삶이 내게는 너무도 조용해. 해야 할 일은 많은데 나태한 습관에 젖어 스스로 비단 족쇄에 묶인 기분이 들지. 얼마 지나면 아무것도 해놓은 것 없이 인생이 끝날 것 같은 기분에 시달려 오히려 불안하다오."

에스더는 저 멀리 강을 내다보았다.

"그런데 그런 것은 왜 묻는 거요?"

"훌륭하신 주인님,"

"아니, 에스더. 그러지 마오. 원한다면 친구나 오라버니라고 편하게 부르시오. 당신은 이제 노예가 아니요. 앞으로도 그럴 일은 없소. 나를 오라버니라 부르시오."

기뻐서 발그레해진 에스더의 얼굴과 반짝거리는 눈을 벤허는 보지 못했다.

"저는 이해할 수가 없어요. 당신께서 왜 그런 삶을 선택하려고 하는지. 말하자면,"

"폭력의 삶, 피로 얼룩지게 될 삶 말이지." 벤허가 말끝을 이어 주었다.

"네, 그래요. 아름다운 저택에서 누리는 삶을 선택할 수 있는데도 말이에요."

"에스더, 잘못 생각하고 있소. 이건 선택의 문제가 아니오. 아! 로마인은 그렇게 선하지 않아. 나는 그럴 수밖에 없어서 가려는 것뿐이오. 이곳에 그냥 남아 있으면 죽을 거요. 내가 집으로 돌아간다고 하더라도 끝은 똑같을 거요. 독배를 마시거나, 자객의 급습을 받거나 위증으로 사형선고를 받고 죽겠지. 메살라와 그라투스는 아버지의 재산을 탈취해 부자가 되었으니 불어난 재산을 전보다도 더욱 필사적으로 지키려 들 거요. 밀서에 암시되어 있듯이 평화로운 해결책은 불가능하오. 아, 에스더, 설령 평화로운 해결책을 찾는다 하더라도 내가 그렇게 할지는 모르겠소. 나는 평온과는 거리가 먼 사람이오. 옛 저택의 대리석 현관에서 상쾌한 바람을 쐬고 있어도, 나른한 그늘에서 쉬고 있어도 마음이 편치 않았소. 그 누군가가 내 마음의 짐을 덜어 주거나 사랑하는 마음으로 인내심을 갖고 곁에서 지켜봐 주더라도 쉽게 바뀔 것 같진 않소. 나 혼자 평화롭게 지낼 수는 없소. 잃어버린 가족을 백방으로 찾아야 하니까. 또 찾고 보니 학대를 당하고 있었다면 그 범인들을 응징해야 하지 않겠소? 행여 누군가의 손에 죽기라도 했다면 살인자들을 그냥 놔주어도 될까? 오, 나는 꿈이나 꾸며 편히 잠들 수 없소! 그 누가 거룩한 사랑의 마음으로 갖은 방법을 써서 나보고 쉬어도 된다고 달래도 내 양심이 허락하지 않을 거요."

"상황이 그렇게 심각한가요?" 에스더의 목소리는 고조된 감정으로 떨리고 있었다. "아무것도, 아무것도 할 수 없단 말인가요?"

벤허는 에스더의 손을 잡았다.

"나를 그렇게까지 걱정해주는 거요?"

"예." 에스더는 간결하게 대답했다.

에스더의 작은 손은 따뜻했고 그의 손바닥에 완전히 감싸였다. 벤허는 에스더의 손이 떨리는 것이 느껴졌다. 그러다 이 가녀린 소녀와는 완전히 대조적인 이집트 여인의 모습이 불쑥 떠올랐다. 늘씬하고, 대담하며, 간드러지게 교태를 부리고, 재치가 넘치며, 뛰어난 미모와 사람을 홀리는 매력이 있었다. 벤허는 에스더의 손 등에 입맞춤을 했다.

"에스더, 당신은 내게 또 다른 티르자가 될 것이오."

"티르자가 누군데요?"

"로마인들이 앗아간 여동생이오. 그 아이를 찾기 전에는 쉴 수도 행복해질 수도 없소."

그때 갑자기 밝은 빛이 테라스를 가로질러 두 사람 위로 비추었다. 주위를 둘러보니 하인이 시모니데스를 태운 의자를 문 밖으로 밀고 나왔다. 두 사람은 시모니데스에게 다가갔고, 뒤에 이어진 대화에서는 그가 중심이 되었다.

이윽고 횃불을 밝힌 갤리선이 밧줄을 풀고 선회하더니 선원들이 흥겹게 외치는 가운데 출항했다. 이제 벤허에게는 '오시게 될' 왕의 대의에 투신하는 일만 남았다.

## 10. 경기 공고문과 대진표

경기가 열리기 전날 오후 일데림의 말들과 전차는 시내로 옮겨져 경기장 인접지역에 보관되었다. 일데림은 그 외에 막대한 재산들도 모두 가져갔다. 하인들과 무장 기마병들과 선두에 선 말들과 그 뒤를 이은 가축들과 짐을 실은 낙타들을 이끌고 과수원을 출발한 행렬의 모습은 마치 부족 대이동과도 같았다. 길가에 있던 사람들은 오합지졸 같은 그의 행렬에 웃지 않을 수 없었다. 한편 일데림은 다혈질 성격인데도 사람들의 무례한 태도에 전혀 개의치 않는 것 같았다. 거기에는 나름대로 계산이 깔려 있었다. 누군가 염탐하고 있다고 의심할 만한 충분한 이유가 있었는데, 실제로 염탐꾼이 있다면 지금 경기장으로 향하는 일데림 행렬의 우스꽝스러운 모습을 그대로 보고할 것이었다. 그러면 로마인들로부터 비웃음을 사고, 도시의 웃음거리가 될 것이다. 하지만 그게 뭐 대수인가? 다음날 아침이면 행렬은 과수원에 있던 값나가는 물건들을 챙겨 이미 사막 깊숙이 들어가 있을 텐데 말이다.

일데림은 네 마리 말이 경주에서 승리하는데 필요한 것들을 제외하고는 모든 것을 깡그리 챙겨 떠나왔다. 사실상 천막까지 모두 거두어 집을 향해 출발한 것이었다. 종려나무 과수원에는 아무것도 남아 있지 않았다. 열두 시간 후면 그 누구의 추격도 피할 만큼 멀리 가 있을 것이었다. 사람은 조롱을 받을 때가 제일 안전하다. 그리고 노회한 일데림 족장은 그 사실을 잘 알고 있었다.

일데림도 벤허도 메살라의 영향력이 그렇게 크지는 않다고 생각했다. 경기장에서 마주치기 전까지는 적극적으로 행동에 나설 것 같지 않았다. 그런데 경주에서 진다면, 특히 벤허에게 진다면 무슨 짓을 꾸밀지 몰랐다. 어쩌면 그라투스의 조언조차 기다리지 않고 행동에 옮길 수도 있었다. 이렇게 예상하고 두 사람은 어떻게 할지 계획을 세워 위험에서 벗어날 준비를 했던 것이다. 이제 그들은 내일의 성공을 믿어 의심치 않으며 기분 좋게 말을 달렸다.

도중에 그들은 기다리고 있던 말루크와 마주쳤다. 충실한 말루크는 최근에 맺어진 벤허와 시모니데스의 관계라든가 그들과 일데림 사이에 맺어진 협약에 대해 알고 있다는 기색을 전혀 보이지 않았다. 그는 평상시처럼 인사를 주고받은 후 서류를 하나 내밀며 족장에게 말했다. "여기 방금 발표된 경기 공고문을 가져왔습니다. 족장님의 말과 훈련 순서도 적혀 있습니다. 족장님, 축하드립니다. 보나마나 승리는 따놓은 당상입니다."

말루크는 벤허를 향해 말했다.

"아리우스의 아드님, 당신께도 축하드립니다. 이제 메살라와 대적하는데 방해될 것은 아무것도 없습니다. 경주에 필요한 사전준비 조건들은 규정에 맞게 잘 진행되고 있습니다. 총책임자에게 직접 확인했습니다."

"고맙네, 말루크."

"당신의 경주복 색상은 하얀색이고, 메살라는 붉은색과 금색입니다. 하얀색으로 정하신 것은 탁월한 선택인 것 같습니다. 그 효과가 확연히 나타나고 있으니까요. 거리에서 사내애들이 하얀색 리본을 팔고 있더군요. 내일이면 도시의 모든 아랍인과 유대인이 그 리본을 매고 있을 것입니다. 경기장 관람석이 하얀색과 붉은색과 금색으로 양분될 겁니다."

"관람석이라 ……. 하지만 중앙 출입구 위의 귀빈석은 아닐 테지."

"당연히 아니죠. 그곳은 붉은색과 금색 일색이겠죠. 하지만 우리가 이긴다면." 말루크는 생각만 해도 즐거운지 키득거렸다. "우리가 이긴다면, 고관대작들께서 얼마나 벌벌 떨겠습니까? 로마 것이 아니면 뭐든지 비웃는 그들 특성상 당연히 내기를 걸었을 테니까요. 메살라에게 2:1, 3:1, 아니 5:1까지 걸 테죠, 그는 로마인이니까." 말루크는 목소리를 한층 낮추더니 덧붙였다. "성전에 다니는 신실한 유대인이 도박에 돈을 거는 것은 바람직한 일이 아니죠. 그렇지만 믿을 만한 친구를 알고 있습니다. 그 친구가 집정관 뒷좌석에 앉아 3:1, 5:1, 무모하게 10:1까지 판돈을 높여도 응하라고 6천 세겔[127]을 맡길 작정입니다."

"아니, 말루크. 로마인들은 오로지 로마 화폐로만 내기를 걸 거라네. 오늘밤 그 친구를 찾을 수 있다면 세스테르티우스[128]로 바꾸어 얼마든지 걸라고 하게. 특히 메살라와 그의 편을 드는 사람들을 찾아서 내기를 걸라고 하게. 족장님의 말들 대 메살라의 말들로 말일세."

말루크는 잠시 동안 생각했다.

"사람들의 이목이 집중되겠군요."

"내가 노리는 것이 바로 그걸세, 말루크."

"아아, 그렇군요."

"말루크, 내친 김에 메살라와 나의 경주에 사람들의 시선이 고정될 수 있도록 도와줄 수 있겠나."

말루크는 재빨리 대답했다. "할 수 있습니다."

"그렇다면 해주게. 막대한 돈을 걸면 효과가 있을 거라네. 내기에 걸려든다면 더욱더 잘된 일이고."

---

127) 고대 이스라엘의 화폐 단위로 일꾼 4일치의 품삯에 맞먹었다. 1세겔은 4드라크마, 3천 세겔이 1달란트에 해당됐다.

128) 로마제국의 화폐단위. 4세스테르티우스가 1드라크마에 해당됐다.

말루크가 주의 깊게 쳐다보니 벤허가 혼자 중얼거리듯 말했다.

"아예 녀석이 빼앗아간 액수에 맞먹는 돈을 걸어버릴까? 이 같은 기회는 다시 오지 않을 거야. 녀석의 자존심은 물론 재산까지 뭉개 버릴 수만 있다면! 야곱 선조도 뭐라 하시지는 않을 테지."

벤허는 결연한 표정으로 강하게 말했다.

"좋아, 그렇게 할 거야. 잘 듣게, 말루크! 세스테르티우스로 걸 게 아니라 고액도 감당하겠다는 자가 있다면 달란트로 걸게. 5, 10, 20달란트. 아니 메살라와 맞붙는다면 50달란트까지도 올리게."

"그 정도면 어마어마한 액수인데요. 그러려면 보증을 받아야 합니다."

"그렇게 하게. 시모니데스에게 가서 내가 준비해 달라고 한다고 말하게. 적을 파멸시키기로 마음먹었는데 이렇게 찾아온 절호의 기회를 놓칠 수 없으니 기꺼이 위험을 감수하겠다고 전해주게. 우리 편에는 선조들의 하나님이 계시지 않나. 가게, 말루크. 이 점 명심하고."

말루크는 몹시 기뻐하며 작별인사를 한 후 출발하려고 했지만 금세 되돌아왔다.

"죄송해요, 드릴 말씀이 있는데 깜박할 뻔했네요. 제가 직접 메살라의 전차에 접근할 수가 없어서 다른 사람을 시켜 알아봤더니 메살라의 전차 바퀴축이 저희 것보다 한 뼘 정도는 높다고 합니다."

"한 뼘이나! 그렇게 많이?" 벤허는 기뻐서 소리를 질렀다.

그러더니 말루크 쪽으로 몸을 기울이며 말했다. "말루크, 자네야말로 유대의 후손이며, 동족에 충실한 사람이니 개선문 위쪽 기둥 앞 발코니 쪽으로 바짝 내려가 자리를 잡고 내가 그 지점을 돌 때 잘 지켜보게. 잘 지켜보라고. 운이 따라주기만 한다면, 내가……. 아닐세, 여기까지만 하지. 말루크, 그저 그곳에 있다가 잘 지켜보기만 하게."

바로 그 때 일데림이 소리를 질렀다.

"하! 거참! 이게 뭔가?"

그는 손가락으로 공고문의 앞면을 가리키며 벤허에게로 가까이 다가왔다.

"읽어 보세요."

"아닐세. 직접 읽어 보게."

벤허는 서류를 받아들었다. 행사총책임자로서 총독이 서명한 공고문에는 식순이 적혀 있었는데, 특별히 마련된 볼거리도 있었다. 우선 매우 화려한 퍼레이드가 있을 예정이었다. 퍼레이드가 끝나면 콘수스 129) 신에게 바치는 의식이 있은 후 경기가 시작된다. 달리기, 높이뛰기, 레슬링, 권투의 순서로 경기가 진행될 것이었다. 참가 선수들의 이름, 국적, 출신 훈련소, 출전경력, 수상경력, 이번에 수여될 상들이 소개되어 있었다. 특히 총상금 액수 및 돈보다 명예를 더 중시하는 승자가 좋아할 월계관 시상일자가 적혀 있었다.

벤허는 식순 부분은 재빨리 훑어 내려갔고 마침내 경주가 언급된 부분에 이르러서는 천천히 읽었다. 장엄한 경기를 좋아하여 빠지지 않고 찾는 사람들은 안티오크의 독보적인 전차경주에 열광할 것이 틀림없었다. 집정관 방문을 기념하여 개최되는 그 경기에서 우승자는 상금 10만 세스테르티우스와 월계관을 받게 된다. 그 다음에는 세부내용이 소개되어 있었다. 참가자는 모두 여섯 명이고, 4두 전차만 허용되었다. 그리고 경주를 흥미진진하게 진행하기 위해 선수들은 일제히 출발하여 코스를 달리게 될 것이었다. 출전하는 전차와 기수에 대한 설명도 붙

---

129) 곡식의 신. 로마를 건국한 로물루스가 콘수스 신에게 바치는 추수감사축제 행사 중에 말달리기 경주가 있었다.

어 있었다.


I. 코린토스인 리시푸스의 4두전차 – 회색 2마리, 적갈색 1마리, 검은색 1마리. 작년 알렉산드리아에서 첫 출전, 코린토스에서 재출전하여 모두 우승. 기수 리시푸스. 전차색 황색.

II. 로마인 메살라의 4두전차 – 흰색 2마리, 검은색 2마리. 작년 로마 키르쿠스 막시무스 대회에 출전하여 전차경주에서 우승. 기수 메살라. 전차색 붉은색과 금색.

III. 아테네인 클레안테스의 4두전차 – 회색 3마리, 적갈색 1마리. 작년 코린토스 이스미아 제전[130]에서 우승. 기수 클레안테스. 전차색 초록색.

IV. 비잔티움인 디카에우스의 4두전차 – 검은색 2마리, 회색 1마리, 적갈색 1마리. 올해 비잔티움에서 우승. 기수 디카에우스. 전차색 검은색.

V. 시돈인 아드메토스의 4두전차 – 회색 4마리. 카이사레아에서 세 번 출전하여 세 번 모두 우승. 기수 아드메토스. 전차색 청색.

VI. 사막의 족장 일데림의 4두전차 – 적갈색 4마리. 첫 출전. 기수 유대인 벤허. 전차색 흰색.


기수 유대인 벤허라고! 아리우스라는 성을 놔두고 왜 그 이름을 넣었지? 벤허는 눈을 들어 일데림을 보았다. 그가 왜 소리를 질렀는지 그 이유를 이제야 알았다. 두 사람의 생각은 같았다.

메살라의 소행이 분명했다!

---

130) 코린토스의 이스트미아에서 바다의 신 포세이돈을 기념하여 열린 고대 그리스의 제전. 이 제전 외에도 중요한 제전으로 올림피아 제전과 제우스에게 바치는 네메아 제전, 아폴로 신에게 바치는 피티아 제전이 있었다.

## 11. 내기 판돈으로 로마인을 자극하다

해가 진 후에도 안티오크는 잠들지 않았다. 도심에 위치한 옴팔로스131)에서 사방으로 뻗은 길마다 사람들로 북적거렸지만 그중에서도 님파에움132)으로 향하는 길과 동서로 가로지르는 헤롯의 주랑을 따라 늘어선 길에는 밤의 여흥을 즐기려고 나온 사람들의 물결이 끊임없이 몰려들고 있었다.

그러한 향락을 즐기려면 지붕 달린 주랑만큼 안성맞춤인 곳은 없었다. 거리에는 대리석 주랑이 그야말로 끝없이 줄지어 있었고, 대공들이 선사한 온갖 기념물들이 즐비했다. 그런 기념물을 통해 자신이 영원해질 수 있다고 생각하여 돈을 아끼지 않은 것 같았다. 어느 곳을 보아도 어두운 곳은 찾아볼 수 없었다. 노래와 웃음과 고함소리가 끊이지 않았고 동굴 속 물소리처럼 메아리가 겹쳐져 윙윙거렸다.

이방인이 보기에는 놀라울 수도 있겠지만, 여느 도시처럼 안티오크도 다양한 국적의 사람들이 뒤섞인 곳이었다. 대 제국의 특성 중 하나는 사람들이 융합하고 이방인들이 한데 어울린다는 점이었을 것이다. 따라서 모든 민족들이 자신들만의 복장과 관습과 언어와 신앙을 고수한 채 밀려들어왔다. 그리고 마음에 드는 곳이 있으면 터를 잡아 사업을 시작하고 집을 짓고 제단을 세우고 고향에서 해 왔던 대로 살아갔다.

그러나 오늘 밤 안티오크에는 구경꾼들의 이목을 잡아끄는 한 가지

---

131) 그리스어로 '배꼽'을 의미하는 고대 그리스의 반구형 석조물. 제우스가 세상으로 날려 보낸 두 독수리가 반대로 돌아 만난 곳으로 세상의 중심을 상징한다. 지중해 지역에서는 신탁소가 있는 장소에 늘 옴팔로스 돌이 있어서 성스럽게 여겼는데 특히 아폴로 숭배의 중심지인 델포이에 있던 옴팔로스가 가장 유명했다.

132) 물의 요정인 님프에게 바쳐진 신전으로 대개 커다란 분수가 있었다.

특이한 점이 있었다. 거의 모든 사람들이 내일 전차경주에 출전하기로 한 기수들을 상징하는 색을 달고 있었다. 스카프나 배지, 또는 간편하게 리본이나 깃털 등 형태는 다양했지만 누구를 응원하는지는 색깔로 드러냈다. 즉 초록색은 아테네인 클레안테스를, 검은색은 비잔티움인을 응원한다는 뜻이었다. 이것은 아마도 오레스테스[133]가 전차 경주하던 시절만큼 오래된 관습에 따른 것이었다.

다른 곳에서 온 외지인들 눈에는 초록색, 하얀색, 붉은색과 금색 세 가지 색이 우세한 것이 금세 드러났다.

하지만 이제 거리에서 벗어나 섬에 있는 궁전으로 장면을 옮겨보자.

커다란 연회장 안의 다섯 개나 되는 샹들리에는 전부 불이 밝혀져 있었다. 방 안에 펼쳐진 광경은 처음 이곳이 소개되었을 때 나왔던 모습과 흡사했다. 침상에는 잠에 곯아떨어진 사람들과 옷가지가 널브러져 있었고 탁자에서는 여전히 주사위를 흔들거나 던지는 소리가 울려 퍼지고 있었다. 그러나 대부분의 사람들은 아무것도 하지 않고 있었다. 하릴없이 서성대거나 입이 찢어져라 하품을 하거나 잡담을 나누며 쉬고 있었다. 내일 날씨가 맑을까? 경기 준비는 완벽히 되고 있나? 안티오크 경기장의 규칙은 로마 경기장의 규칙과 다른가? 이런저런 이야기가 오갔지만 사실 젊은 녀석들은 따분해 죽을 지경이었다. 과중한 일도 모두 끝났겠다, 이제 마음껏 여기저기에 판돈을 거는 일만 남았다. 그들은 전차 경주를 제외한 달리기, 레슬링, 권투 등 거의 전 종목에 돈을 걸었다.

---

133) 고대 그리스의 아가멤논 왕과 클리타임네스트라의 아들. 트로이 전쟁에서 승리를 거두기 위해 딸 이피게네이아를 제물로 바친 아가멤논에게 앙심을 품은 클리타임네스트라가 정부와 모의하여 아가멤논을 죽이자 아버지 친구의 손에서 컸다. 성인이 된 후에 아버지의 원한을 갚기 위해 어머니와 정부를 죽였다.

그렇다면 왜 유독 전차 경주에는 판돈이 걸리지 않았을까?

설령 1 데나리온[134]이라 해도 승리가 확실한 메살라를 상대로 선뜻 돈을 걸 사람이 없었기 때문이다.

연회장 안은 온통 메살라의 색으로 도배되어 있었다.

아무도 그의 승리를 믿어 의심치 않았기 때문이다.

그들은 메살라에 관해 웅성거렸다. 이미 완벽하게 연습을 마치지 않았어? 황실 검투훈련장 출신이잖아? 말들은 키르쿠스 막시무스 전차 경주에서 우승했잖아? 당연하지, 로마인이니까!

한편 메살라 본인은 한쪽 구석 침상에서 쉬고 있는 모습이 포착되었다. 주위에는 알랑거리는 숭배자들이 앉거나 서서 그를 에워싼 채 질문을 퍼붓고 있었다. 물론 화제는 하나밖에 없었다.

그때 드루수스와 세실리우스가 들어왔다.

그 중 한 사람이 메살라가 누워 있는 침상 발치에 몸을 던지며 외쳤다. "아! 아, 한 잔 했더니 피곤하네!"

"어디에 갔었는데?"

"거리에 나갔다 왔어. 옴팔로스와 그 너머까지. 인산인해라 얼마나 갔는지는 모르겠어. 이제껏 도시에 그렇게 많은 사람들이 모인 것은 처음이야. 사람들 말로는 내일 경기장에서 온 세계 사람들을 다 볼 것이라고 하는데."

메살라는 깔보듯이 비웃었다.

"멍청한 놈들! 황제가 주최하는 전차 경주를 못 봐서 그렇지. 하지만 드루수스, 뭐 좀 알아낸 것 있나?"

---

134) 로마제국의 화폐 단위. 당시 노동자나 군인의 하루 품삯에 해당했고, 그리스의 드라크마와 거의 비슷한 가치를 지녔다.

"없어."

"아, 자네 깜박 했군." 세실리우스가 끼어들었다.

"뭘 말이야?" 드루수스가 되물었다.

"하얀색 행렬 말이야."

"알 수 없는 일이야!" 드루수스가 반쯤 일어나며 외쳤다. "우리는 하얀 복장을 한 무리를 만났는데, 하얀 깃발을 들고 있더라고. 하지만 하하하!"

그는 느릿느릿 도로 누웠다.

"뭐하는 짓이야, 드루수스, 말을 하다 말다니."

"메살라, 그들은 사막의 쓰레기들이라네. 예루살렘의 야곱 성전에서 쓰레기나 주워 먹는 자들이지. 내가 그 놈들을 언급할 필요가 있겠나!"

그러자 세실리우스가 말했다. "아닐세. 드루수스는 놀림감이 될까봐 두려워하는 걸세. 하지만 나는 아닐세."

"그러면 자네가 말해보게."

"좋아. 우리는 그 자들을 멈춰 세웠지, 그리고……."

"내기를 걸겠다고 했지." 드루수스가 누그러진 태도로 세실리우스의 말을 낚아채 말했다. "그랬더니……. 하하하! 대가리에 피도 안 마른 녀석이 앞으로 나서더니 하하하! 내기에 응하겠다고 하더군. 그래서 서판을 꺼내들고 물었지. '누구에게 걸 테냐?' '유대인 벤허요.' '얼마나 걸 거야?' 그랬더니 녀석 왈, 아 미안하네 메살라, 더 이상은 웃음을 참을 수가 없군! 하하하!"

듣고 있던 사람들이 귀를 쫑긋 세웠다.

메살라가 쳐다보자 세실리우스가 대신 대답했다.

"1세겔."

"1세겔! 1세겔이라고!"

여기저기서 비웃음이 터져 나왔다.

"그래서 드루수스는 어떻게 했는데?"

그런데 바로 그 순간 문간에서 외치는 소리가 방 안으로 흘러들어왔다. 그리고 소음이 끊이지 않고 점점 더 커지자 세실리우스조차 그쪽에 신경이 쓰여 잠시 멈췄다가 말을 끝맺었다. "메살라, 고귀한 드루수스께서는 자기 서판을 도로 넣는 바람에 1세겔을 딸 기회를 놓치고 말았다네!"

"하얀색에 걸 분 없나요! 하얀색에요!"

"그자를 들여보내라!"

"이쪽으로, 이쪽으로!"

이런 말들과 외침이 방안에 가득 울려 퍼지자 다들 잠잠해졌다. 주사위 도박을 하던 사람들은 잠시 중단했고, 자고 있던 사람들도 깨어나 눈을 비비며 서판을 집어 들고 방 한가운데로 급히 모여들었다.

"내가 걸겠네."

"나도."

"나도 걸겠네."

그토록 열렬한 환영을 받은 사람은 바로 키프로스에서 올 때 벤허와 한 배에 타고 있던 존경스러운 유대인이었다. 그는 진지하고 차분하고 조심스러운 모습으로 들어왔다. 얼룩 하나 없는 하얀 옷을 걸치고 있었고 머리에 두른 터번도 하얀색이었다. 들어올 수 있게 해 준 데 대해 고개 숙여 인사하고 웃으며 중앙 탁자 쪽으로 천천히 걸어왔다. 탁자 앞에 이르자 당당하게 의복을 여미더니 자리에 앉아 손을 흔들었다. 손가락에 낀 번쩍거리는 보석에 압도당한 듯 사람들은 입을 다물었다.

"로마인들께, 가장 고귀한 로마인들께, 인사드립니다!"

"잠깐! 저자는 누구인가?" 드루수스가 물었다.

"산발라트라는 자인데 더러운 이스라엘 놈이지. 군납업자인데 대주지 못할 물건이 없을 정도로 크게 성장하여 로마의 거부가 되었다네. 제 아무리 그렇더라도 저자는 거미줄보다도 더 치밀하게 못된 일을 꾸민다네. 베누스 여신의 허리띠에 대고 맹세하네. 저자를 잡으세!"

드루수스가 말하는 동안 자리에서 일어난 메살라는 드루수스와 함께 유대인을 에워싸고 있는 사람들에게 다가갔다.

유대인은 상당히 사업가다운 풍채를 풍기며 자신의 석판을 꺼내어 탁자 위에 내보였다. "길을 가다보니 메살라님 쪽에 거는 내기꾼이 하나도 없기에 궁전에서는 대단히 못마땅하실 것 같다는 생각이 언뜻 들었습니다. 아시다시피 신들께는 제물을 바쳐야 하잖아요. 그래서 이렇게 왔답니다. 제가 선택한 색 보이시죠. 단도직입적으로 말씀드리지요. 먼저 승률을 정한 다음 걸 금액을 정하기로 하시죠. 얼마를 제시하실 텐가요?"

그의 대담함에 듣고 있던 사람들은 어안이 벙벙할 정도였다.

"서두르시죠! 집정관과 약속이 있습니다."

그 도발은 효과가 있었다.

"2:1로 하지." 여섯 사람이 동시에 외쳤다.

그러자 유대인이 놀란 듯 외쳤다. "뭐라고요! 로마인들이신데 겨우 2:1이라고요!"

"그러면 3:1."

"3:1이라고 하셨나요. 고작 3:1이요. 더러운 유대인을 상대로 말입니까. 4:1 정도는 되어야 하지 않을까요."

"그러면 4:1로 하지." 조롱에 발끈하여 한 청년이 응수했다.

그러자 산발라트가 즉각 외쳤다. "5:1은 어떤가요, 5:1을 부르시죠."

그러자 사람들 사이에 깊은 정적이 흘렀다.

"서두르시죠, 저와 여러분의 주인인 집정관님이 기다리고 계십니다."

아무 대꾸도 못하고 있자 여러 사람이 난처해졌다.

"5:1은 되어야죠, 로마의 명예를 위해서 말입니다."

"좋아, 5:1로 하지." 누군가 대답했다.

환성과 박수가 터져 나왔고, 메살라가 모습을 드러내며 말했다.

"5대1로 하자고."

그 말에 산발라트는 회심의 미소를 지으며 서판에 쓸 준비를 했다.

"내일 황제께서 돌아가신다 해도 로마는 끄떡없겠는걸요. 황제를 대신할 기개를 가지신 분이 계시니까요. 6:1은 어떠신가요."

"좋아, 6:1." 메살라가 대답했다.

그러자 더 큰 환성이 터져 나왔다.

"6으로 하자고. 6:1. 그게 바로 로마인과 유대인의 차이지. 이제 그걸 깨달았으면 어디 계속해 보자고. 어서 액수를 정하잔 말이야. 집정관이 보낸 사람이 오기라도 하면 모처럼 찾아온 기회를 날릴 수도 있으니 말이야."

산발라트는 메살라의 비웃음을 덤덤히 받아들이더니 서판에 적은 금액을 보여주었다.

"읽어라, 읽어라!" 모두 이구동성으로 외쳤다.

그러자 메살라가 소리 내어 읽었다.

"전차경주. 로마 출신 메살라가 역시 로마 출신 산발라트에게 유대인 벤허를 이기는데 내기를 검. 판돈은 20달란트. 승률은 6대1. 서명인 산발라트."

실내는 쥐 죽은 듯이 조용했다. 메모를 읽는 동안 모든 사람이 그대로 얼어붙은 것 같았다. 메살라는 그 메모를 뚫어져라 응시했고, 그동안 놀라서 휘둥그레진 눈길들은 그를 응시하고 있었다. 그는 아주 최근에도 같은 장소에서 주위에 있던 로마인들에게 똑같이 삐긴 적이 있었다. 그들은 그것을 기억할 것이었다. 만약 서명하기를 거부한다면 영웅으로서의 체면을 구길 것이었다. 그렇다고 무턱대고 서명을 할 수도 없는 노릇이었다. 100달란트는 고사하고 20달란트도 없었다. 갑자기 머릿속이 하얘졌다. 메살라는 아무 말도 못한 채 서 있었다. 얼굴에서는 핏기가 싹 가셨다. 그러다 그 상황을 모면할 묘책이 하나 떠올랐다.

"너 유대인, 20달란트나 되는 돈을 어디에 갖고 있단 말이냐? 어디 보여줘 봐."

산발라트는 도발하는 듯한 웃음을 지으며 대답했다.

"자, 보시죠." 그리고 종이 한 장을 내밀었다.

"읽어라, 읽어라!" 사방에서 함성이 일었다.

메살라가 다시 읽었다.

"유대력 10월 16일, 안티오크에서.

이 환어음을 소지한 로마의 산발라트가 청구하면 황제의 금화 50달란트를 지불할 것을 증명함. 시모니데스."

"50달란트라고! 50달란트나 된다고!" 모두들 놀라서 여기저기서 웅성거렸다.

그러자 드루수스가 돕겠다고 나섰다.

"헤라클레스에 대고 맹세코, 그 증서는 가짜다, 유대인은 사기꾼이야. 50달란트나 되는 어음을 황제 말고 누가 갖고 있겠어? 이 건방진 놈, 썩 꺼지지 못해!"

그는 화가 나서 씩씩거리며 같은 말을 되풀이했다. 그러나 산발라트는 꿈쩍도 않은 채 버티고 있었고, 시간이 갈수록 그의 웃음은 점점 더 부아를 돋구었다. 마침내 메살라가 입을 열었다.

"조용! 일대일로 끝내지. 이보게들, 우리 옛 로마의 이름을 존중하여 일대일로 담판을 짓도록 하자고."

적절한 타이밍에 끼어들자 메살라는 다시 주도권을 되찾았다.

그리고 산발라트를 향해 말을 이었다. "이 할례 받은 개자식아! 승률은 네 뜻대로 6:1로 맞춰 주었다. 그렇지?"

"예, 맞습니다." 산발라트는 조용히 대답했다.

"좋아, 그럼 이제 판돈은 내가 정하겠다."

"적은 금액이라면 원하시는 대로 하시죠."

"그렇다면 적어라. 20달란트 대신 5달란트로 하겠다."

"그렇게 많은 액수를 갖고 계신가요?"

"신들의 어머니께 맹세코 영수증을 보여주겠다."

"아닙니다, 그렇게 용감하신 로마인의 말씀인데 당연히 넘어가야죠. 다만 승률이 6:1 이라면 그대로 적겠습니다."

"그렇게 써라."

그들은 지체 없이 증서를 교환했다.

산발라트는 즉각 일어나, 비웃음을 보내고 있는 좌중을 둘러보았다. 지금 거래하고 있는 사람들을 그 누구보다 잘 알고 있었다.

"로마인들을 위해 내기를 하나 더 걸겠습니다. 걸 배짱이 있다면요! 흰색이 이기는데 5달란트 대 5달란트를 걸죠. 한데 모아서 받아들이셔도 좋습니다."

그러자 사람들은 또다시 놀랐다.

산발라트는 한층 큰 소리로 외쳤다. "어떤가요? 더러운 이스라엘인이 황족도 포함된 로마 귀족들을 상대로 5달란트를 걸겠다고 했는데 용기가 없어서 받아들이지 못했다는 말이 내일 경기장에 나돌아도 괜찮은가요?"

그 도발은 견디기 힘든 것이었다.

드루수스가 참지 못하고 응수했다. "내가 받아주겠다. 이 건방진 놈! 판돈을 적은 증서를 탁자 위에 두고 가라. 그리고 네 놈이 그렇게 무모하게 나올 만큼 정말 많은 돈을 가지고 있다면 내일 내가 한 푼도 빼놓지 않고 받아내겠다고 약속하마."

산발라트는 서판에 다시 적고는 일어나 전처럼 미동도 않은 채 말했다. "보시지요, 드루수스님. 여기 내기 내용이 적힌 증서를 두고 가겠습니다. 서명을 하시면 경기가 시작되기 전까지 언제든 제게 보내십시오. 저는 중앙 출입구 위의 귀빈석에 집정관님과 동석할 테니 찾으실 수 있을 것입니다. 평화가 함께 하시길. 그리고 여러분께도 모두 평화가 함께 하시길."

그는 고개 숙여 인사하고 밖으로 나갔다. 문 밖으로 들려오는 야유에는 전혀 신경 쓰지 않았다.

어마어마한 판돈이 걸린 내기에 관한 소식은 밤사이에 거리를 따라 온 도시로 퍼져나갔다. 벤허는 네 마리 말들과 함께 누워 있다가 그 소식을 들었다. 아울러 메살라가 전 재산을 판돈으로 걸었다는 사실도 전해 들었다.

그리고 간만에 아주 단잠을 잘 수 있었다.

## 12. 대경기장

안티오크 경기장은 경기장 설계가 대부분 그렇듯 강의 남쪽 제방, 섬 거의 맞은편에 서 있었다.

아주 솔직히 말하자면, 경기는 대중에게 주어지는 일종의 선물이었으므로 모든 사람들이 무료로 입장할 수 있었다. 건물의 수용 능력은 수많은 사람이 들어가기에 부족함이 없었으나 행여나 자리가 없을까 걱정한 시민들은 경기가 시작되기 하루 전날부터 일찌감치 근처 공터에 진을 치고 있었으므로 그 모습은 대기 중인 군대를 연상시켰다.

자정 무렵 출입문이 활짝 열리면 온갖 무리들이 물밀듯이 입장했다. 일단 경기장 안으로 들어가 배정된 구역을 차지하고 앉으면, 지진이 일어나도 창을 든 군인들이 와도 그 자리에서 꼼짝할 생각을 안 했다. 그들은 자리에서 쪽잠을 자며 그날 밤을 보내고 그곳에서 아침식사까지 해결했다. 그리고 경기가 시작되면 끝날 때까지 한 장면이라도 놓칠세라 눈을 부릅뜨고 참을성 있게 경기를 지켜보았다.

좀 더 지체가 높은 사람들은 이미 자리가 확보되어 있으므로 오전 7시 무렵이 되어서야 경기장으로 향하기 시작했다. 그 가운데에서도 수행 행렬을 거느리고 가마를 타고 오는 귀족들은 금세 눈에 띄었다.

8시 무렵이면 도시에서 빠져나오는 사람들은 끝없이 이어져 수를 헤아릴 수 없었다.

성채에 있는 공식 해시계의 시침이 정확히 8시 30분을 가리키면 완전 무장한 군단이 군기를 휘날리며 술피우스 산에서 내려온다. 마지막 보병대가 다리 너머로 모습을 감추고 나면 안티오크는 말 그대로 온 도시가 텅 비어 버린다. 경기장에 다 들어가지는 못하더라도 모든 군중이 경기장 쪽으로 다 몰려가 버렸기 때문이다.

강 위에 있던 거대한 군중은 집정관이 위풍당당한 거룻배를 타고 섬에서 나오는 모습을 지켜보았다. 배에서 내리는 집정관을 환영하며 군단이 잠시 동안 선보이는 열병식은 사람들의 시선을 사로잡았다.

9시가 되면 관중이 모두 모였다. 마침내 정숙을 요구하는 나팔 소리가 울려 퍼지면, 십만 명이 넘는 사람들의 시선은 경기장의 동쪽 구역을 형성하고 있는 건물 쪽으로 향했다.

건물 한가운데에는 포르타 폼파에(주출입구)라 불리는 넓은 아치 모양의 통로가 나 있는 1층이 있고, 그 위로 휘장과 군단기로 화려하게 장식된 높은 관람석 제일 상석에 집정관이 앉아 있었다. 출입구 양쪽으로 1층은 카르케레스(출발문)라 불리는 구획으로 나뉘는데, 구획마다 앞부분은 조각 장식된 벽기둥에 달린 거대한 문으로 막혀 있었다. 구획 위의 옆으로는 낮은 난간이 얹힌 처마장식이 둘러져 있었고 뒤로는 좌석들이 극장식으로 배치되어 있었는데 그곳은 모두 멋지게 차려 입은 고위층 무리가 차지하고 있었다. 그 구조물은 경기장의 폭만큼 뻗어 있었고 양쪽으로 커다란 탑이 측면에 있었다. 두 개의 탑은 전체 구조물에 우아한 멋을 더하며 차양의 역할까지 했다. 높이 솟아 있는 덕분에 한낮이 될수록 주변에 시원한 그늘을 드리웠기 때문이다.

생각해 보니, 이 건물은 독자들이 경기장의 나머지 내부 배치를 이해하는데 유용할 것 같다. 우선 서쪽을 향하고 있어 모든 것이 내려다 보이는 집정관 자리에 앉아 있다고 생각해 보자.

좌측과 우측으로는 탑에 연결된 문들이 버티고 있는 매우 거대한 주출입구가 보일 것이다.

바로 아래에는 고운 흰 모래로 덮인 평평한 아레나(경기장)가 있다. 달리기를 제외한 모든 종목의 시합들이 그곳에서 개최된다.

모래로 뒤덮인 이 아레나 서쪽을 바라보면 원뿔 모양의 세 석조 기둥을 받치고 있는 화려한 장식의 대리석 기단이 있다. 그날이 가기 전에 많은 사람들의 시선이 이 기둥들로 향하게 될 것이다. 그곳이 바로 경주가 시작하고 끝나는 결승점이기 때문이다. 기둥을 받치고 있는 기단 뒤로는 통로와 제단을 위해 마련된 공간을 남겨두고는 너비 3미터에서 3.6미터, 높이 1.5미터에서 1.8미터의 벽이 시작되어 정확히 180여 미터 또는 올림픽 경기장 길이만큼 뻗어 있었다. 벽의 서쪽 끝단에는 반환점을 나타내는 기둥들을 받치고 있는 또 다른 기단이 서 있었다.

경주 참가자들은 출발선 오른쪽 코스로 입장하여 경주 내내 벽을 좌측에 두고 달리게 된다. 따라서 시합의 출발점이자 결승점은 아레나 너머 집정관의 정면에 있게 된다. 그런 이유로 그의 좌석이 가장 최고의 관람석으로 통하고 있었다.

아직도 포르타 폼파에 위의 집정관 좌석에 앉아 있다고 가정하고, 내부의 제일 기저부에서 위를 바라다보면, 제일 먼저 주목하게 되는 지점은 코스의 바깥 경계선 표시가 될 것이다. 그것은 윗부분의 표면이 평평하고 높이가 4.5미터에서 6미터 정도 되는 단단한 벽으로서 동쪽의 카르케레스 윗부분과 마찬가지로 위에 난간이 얹혀 있었다. 이 발코니는 코스 주위로 쭉 이어져 있었고 사람들이 드나들 수 있는 세 개의 출입구가 있었는데 북쪽에 두 개, 서쪽에 하나가 있었다. 이 중에서 특히 서쪽 출입구는 화려하게 장식되어 있었는데, 경기가 끝난 후 월계관을 쓴 승자들이 호위를 받으며 그 문으로 지나가기 때문에 개선문이라 불렸다.

서쪽 끝에서 발코니는 반원의 형태로 코스를 에워싸고 거대한 두 관람석을 지탱하고 있었다.

발코니 난간 바로 뒤로는 계단식 좌석이 쭉 이어져 있었는데, 광대한 관람석을 빼곡히 메운 온갖 사람의 얼굴과 갖가지 옷 색깔로 장관을 이루었다.

일반 대중은 차양이 있는 귀빈석이 끝나는 지점에서 시작되는 서쪽 구역을 차지하고 있었다.

나팔 소리가 울리는 순간의 경기장 전체 내부를 이렇게 돌아보았으니, 모든 관중이 일시에 쥐죽은 듯 고요해지며 강렬한 호기심에 사로잡혀 미동도 않은 채 앉아 있는 광경을 상상해 보라.

포르타 폼파에 바깥쪽 위 동쪽에서 사람의 음성과 악기가 조화롭게 섞인 소리가 들려왔다. 이윽고 축하식을 시작하는 합창이 울려 퍼지면 담당관과 경기를 주최하는 고위 관리들이 화려한 차림에 화환을 목에 두르고 입장했다. 그러고 나면 사람들이 옮기거나 화려하게 장식된 사륜마차에 실은 신상들이 들어왔고, 다음으로는 달리기, 레슬링, 높이 뛰기, 권투, 전차경주 등에 참가하는 선수들이 경기복을 걸친 채로 입장했다.

아레나를 천천히 가로지른 후 코스를 도는 행렬의 모습은 웅장하고도 아름다웠다. 물살을 가르며 나아가는 배 앞으로 큰 놀이 부풀어 오르듯이 그들이 지나가는 앞으로 반갑게 맞이하는 거대한 함성이 일었다. 아무 말 없는 신상들이 열렬한 환영에 감사하는 신호를 보내지 않더라도 경기 주최측은 전혀 꿀릴 것이 없었다.

한편 경기에 참가한 선수들은 더욱 열렬한 환영을 받았다. 모여 있던 관중들 중에는 아무리 적은 액수라도 선수들에게 돈을 걸지 않은 사람들이 없었기 때문이다. 그리고 인기 선수가 누구인지는 행렬을 하는 동안 금세 알 수 있었다. 사람들이 내지르는 함성에서 이름이 제일 크게 들리거나 사람들이 발코니에서 던지는 화관이나 꽃 장식을 제일 많이 받은 선수가 인기선수였다.

어떤 경기가 최고의 인기를 누렸는지는 굳이 말 안 해도 알 것이다. 화려한 전차와 뛰어난 아름다움을 자랑하는 말들에 뒤질세라 전차 경주자들도 각자의 개성으로 매력 넘치는 볼거리를 제공했다. 고급 모직물로 만든 민소매의 짧은 튜닉의 색상은 각자에게 지정된 색깔이었다. 다른 경주자들은 모두 한 명의 말 탄 기수를 데리고 나왔는데, 벤허만 기수 없이 혼자 나왔다. 아마 누구도 믿지 못해서였던 것 같다. 또한 벤허를 제외한 모든 경주자들이 투구를 쓰고 나왔다. 그들이 다가오자 관중들은 자리에서 일어났고 함성소리는 더욱 깊어졌다. 함성소리에는 여자들과 아이들의 날카로운 음성도 뒤섞여 있었다. 동시에 발코니에서 눈보라처럼 날리는 장밋빛 화환들이 전차 바닥으로 떨어져 꼭대기까지 뒤덮을 정도로 수북이 쌓여갔다. 심지어 말들까지도 열렬한 갈채를 받았는데, 그러한 영예를 주인 못지않게 의식하고 있는 것 같았다.

얼마 되지 않아 각 기수에 대한 선호도가 갈리고 있는 것이 분명히 드러났다. 남녀노소 할 것 없이 관중들이 가슴이나 머리에 꽂은 리본의 색으로 누가 인기를 얻고 있는지 알 수 있었다. 초록색, 노란색, 푸른색이 보이기는 했지만 전체 좌석을 꼼꼼히 훑어보면 벤허의 하얀색과 메살라의 붉은색과 금색이 우세한 것이 분명했다.

이처럼 많은 관중이 모인 곳에서는, 특히 경주에 막대한 내기가 걸리는 곳에서는 대체로 말의 자질이나 실력으로 사람들의 선호도가 결정되기 마련이다. 그러나 이번에는 국적이 사람들의 결정을 좌우하는 중요한 요소였다. 비잔티움인과 시돈인을 응원하는 사람 수가 적었다면 그것은 그 도시인들이 관람석에 별로 없었기 때문이다. 한편 숫자가 많기는 했지만 그리스인들은 코린토스 사람과 아테네 사람으로 양분되었기 때문에 초록색과 노란색은 그다지 많이 보이지 않았다. 알려진 대로 아첨꾼 기질이 강한 안티오크 시민들이 로마인들과 합세하여 로마인의 색을 선택하지 않았다면 메살라의 붉은색과 금색도 그렇게 많지는 않았을 것이다. 나머지는 촌뜨기인 시리아인이나 유대인과 아랍인들이었다. 그들은 하얀색을 선택했는데, 일데림 족장의 혈통 좋은 말들을 신뢰했기 때문이기도 했지만 무엇보다도 로마에 대한 적개심이 커서 로마인들이 패배하여 굴욕을 당하는 모습을 보고 싶어서였다. 그래서 가장 열광적이고 수도 많았던 무리는 하얀색을 응원하는 사람들이었다.

전차 행렬이 경기장을 돌자 사람들의 흥분은 점차 고조되었다. 반환점에 이르러서는 특히 하얀색이 지배적이었던 관람석에서 사람들이 꽃들을 아낌없이 던지며 내지르는 함성이 대기를 가득 채웠다.

"메살라! 메살라!"

"벤허! 벤허!"

외침은 그렇게 양분되었다.

행렬이 지나자 사람들은 삼삼오오 자리에 앉아 웅성거렸다.

머리에 단 리본 색으로 로마를 응원하고 있다는 것을 알 수 있는 한 여인이 소리쳤다. "아, 어쩜! 너무 잘 생기지 않았어요?"

역시 로마를 응원하는 옆 사람이 맞장구를 쳤다. "그리고 전차는 얼마나 멋져! 상아와 금으로 도배했잖아. 유피테르 신이여, 그에게 승리를!"

그런데 뒤쪽에서 들려오는 말투는 완전 판판이었다.

"유대인에게 100세겔 건다!"

그 음성은 높고 날카로웠다.

그러자 자제심이 깊은 친구가 옆에서 말렸다. "안 돼, 그렇게 성급히 굴지 마. 야곱의 자손은 이방인들의 경기에 그렇게 빠지면 안 된다고. 주님 보시기에 안 좋을 때가 많거든."

"그래 맞아, 하지만 저렇게 침착하고 자신만만한 사람 본 적 있어? 그리고 저 팔뚝 좀 봐!"

"말들은 어떻고!" 제3자가 맞장구를 쳤다.

그러자 또 다른 사람이 가세했다. "그리고 사람들 말로는 그가 로마인들의 모든 기술을 갖췄다고 하던데."

한 여인이 나서서 찬사를 마무리했다.

"맞아요, 게다가 로마인보다 훨씬 잘 생겼어요."

거기에 힘입어 처음의 열성분자가 다시 외쳤다. "유대인에게 100세겔 건다니까!"

그러자 발코니 훨씬 앞쪽 좌석에서 한 안티오크 사람이 응수했다. "멍청하기는!"

"메살라를 상대로 6:1로 50달란트가 걸린 걸 모르고 있나? 아브라함이 무덤에서 일어나 호통치기 전에 그 세겔은 거두시지."

"하하! 멍청한 안티오크 놈! 허풍은 그만 떨라고. 그 내기를 건 사람이 메살라 본인이라는 것을 모르시나?"

유대인은 그렇게 통쾌하게 대답했다.

관중들 사이에서는 그렇게 설전이 오갔는데, 분위기가 험악해질 때도 있었다.

마침내 행진을 끝낸 행렬이 포르타 폼파로 퇴장하자 벤허는 자기의 기도가 이루어진 것을 알았다.

동방 사람들의 눈은 메살라와 자기의 대결에 집중되어 있었던 것이다.

## 13. 시작된 질주


오후 3시쯤 되면 전차경주를 제외한 모든 경기들이 끝났다. 담당관은 현명하게도 사람들의 편안함을 고려하여 그 시간을 휴식시간으로 정했다. 출입문이 활짝 열리기 무섭게 사람들은 식당들이 몰려 있는 주랑 현관 바깥으로 달려갔다. 나가지 않고 남아 있던 사람들은 하품을 섞어가며 이런저런 이야기를 하거나, 서판을 보고 내기 결과를 살펴보았다. 그 순간 사람들은 너나 할 것 없이 기뻐 날뛰는 승자와 분통한 패자 두 부류로 나뉘었다.

그러나 전혀 다른 부류의 관객도 있었는데, 이들은 오직 전차경주만 보러 온 사람들로서 휴식시간을 이용해 입장하여 미리 예약해 놓은 좌석에 앉았다. 그렇게 함으로써 그들은 가급적 다른 사람들을 방해할 일도 적고 주목도 덜 받을 수 있다고 생각했다. 그 중에는 시모니데스 일행도 있었는데, 그들의 자리는 집정관 맞은편 북쪽의 주출입구 가까이 있었다.

네 명의 건장한 하인들이 의자에 앉은 시모니데스를 통째로 들어올려 통로로 옮기자 사람들의 호기심은 극에 달했다. 곧 누군가가 그의 이름을 불렀다. 그 소리를 들은 주위 사람들은 서쪽 관중석으로 그 말을 퍼뜨렸고, 그를 보기 위해 좌석 위로 올라서는 사람들도 있었다. 그에 관해서는 일찍이 알지도 들어보지도 못한 행운과 불운이 심하게 뒤섞인 풍문이 떠돌고 있었기 때문이다.

일데림 족장 역시 사람들이 알아보고 따뜻하게 인사했다. 그러나 발타사르나 베일을 단단히 여민 채 그 뒤를 바싹 따르는 두 여인에 대해서는 아는 사람이 아무도 없었다.

사람들은 일행을 위해 얌전히 길을 터주었고 안내인은 아레나가 잘 보이는 난간 근처 말을 주고받을 수 있는 자리로 안내해 주었다. 편하게 기대어 앉을 수 있는 쿠션과 발을 올려놓을 수 있는 발판도 준비되어 있었다.

일행에 있던 두 여인은 이라스와 에스더였다.

자리에 앉은 에스더는 겁먹은 눈길로 경기장을 내려다보며 베일을 더욱 가까이 끌어당겼다. 반면에 이집트 여인 이라스는 베일이 어깨 위로 흘러내려 얼굴이 환히 드러났다. 여성의 특성상 바깥생활이 익숙지 않아 사람들이 자기를 쳐다보고 있다는 것을 의식하지 못하는 듯 구경에만 열중해 있었다.

시모니데스 일행이 집정관과 수행원들을 비롯하여 수많은 인파를 훑어보고 있는 동안 인부 몇 사람이 달려 들어와 결승점 기둥 앞 아레나를 가로질러 발코니와 발코니 사이에 흰 밧줄을 치기 시작했다.

동시에 여섯 사람이 포르타 폼파에를 통해 들어와 기수 대기실 앞에 한 사람씩 자리를 잡고 섰다. 그러자 사방에서 웅성거리는 소리가 길게 이어졌다.

"보라고 보라니까! 초록색이 우측 4번으로 가네. 거기가 아테네인이군."

"그리고 메살라는, 그래 그는 2번이네."

"코린토스인은……."

"하얀색을 봐! 보라고, 건너가다 멈췄어. 1번이군. 좌측 1번이야."

"아니, 거기에는 검은색이 멈췄고, 하얀색은 2번이야."

"그렇네."

대기실 입구에 서 있는 사람들은 출전 기수들의 경주복 색과 같은 튜닉을 입고 있었다. 그래서 그들이 각자 위치를 잡고 있으면 사람들은 자기가 좋아하는 기수가 대기하고 있는 마구간이 어느 것인지 알 수 있었다.

"메살라를 본 적이 있나요?" 이라스가 에스더에게 물었다.

에스더는 아니라고 대답하며 몸을 떨었다. 메살라는 아버지의 적이 아니라 하더라도 벤허의 적이었다.

"그는 아폴로처럼 아름다워요."

말하는 동안 이라스는 커다란 눈을 밝게 빛내며 보석이 박힌 부채를 흔들었다. 에스더는 의외라는 듯 이라스를 쳐다보며 속으로 생각했다. '뭐야, 주인님보다도 훨씬 더 잘 생겼다는 말이야?'

다음 순간 일데림이 아버지에게 하는 말을 들었다. "그래요, 그의 대기실은 포르타 폼파에 좌측 2번이로군요." 벤허를 지칭하는 것으로 생각하여 에스더는 시선을 그쪽으로 두었다. 윗가지로 엮어 만든 대기실 문을 흘깃 바라본 에스더는 베일을 바싹 뒤집어쓰며 짧게 기도했다.

곧 산발라트가 일행에게 다가왔다.

산발라트는 수염을 쓰다듬으며 궁금한 눈길로 쳐다보는 일데림에게 깍듯이 절한 후 말을 꺼냈다. "지금 막 대기실에서 돌아오는 길입니다, 족장님. 말들의 컨디션은 완벽합니다."

일데림은 간단히 대답했다. "만일 녀석들이 진다면 메살라 아닌 다른 상대였으면 좋겠군."

그러자 산발라트는 서판을 꺼내며 시모니데스를 향해 말했다. "어른께서도 흥미로워하실 만한 것을 가져왔습니다. 지난밤에 메살라와 내기를 걸기로 합의했고, 다른 사람들에게도 내기를 제안해 놓았다고 말씀드렸었지요. 응할 생각이 있으면 오늘 경주가 시작되기 전 서면으로 전해 달라고 했는데 그들이 응하겠다고 알려왔습니다. 보시지요."

시모니데스는 서판을 받아들더니 적힌 메모를 꼼꼼히 읽었다.

"그렇군. 그들이 사람을 보내어 자네가 내게 그렇게 막대한 돈을 맡겼는지 물어보더군. 서판을 잘 간수하게. 자네가 지면 어떻게 해야 할지 알고 있겠지. 만일 이긴다면," 시모니데스는 얼굴을 한껏 찡그리며 말을 이었다. "자네가 이긴다면, 아 친구여, 잘 보게! 서명한 작자들이 단 한 놈도 도망가지 못하게 잘 지켜보게. 한 푼도 남기지 말고 다 받아내게. 그자들도 우리에게 그렇게 할 테니까."

"저만 믿으십시오."

"우리와 함께 앉아 있지 않으려나?"

"감사합니다만, 집정관과 함께 있지 않으면 메살라가 가만있지 않을 겁니다. 평화를 빕니다. 여러분 모두에게 평화를 빕니다."

마침내 휴식시간이 끝났다.

나팔 소리가 울리자 자리를 비웠던 사람들은 황급히 자리로 되돌아갔다. 동시에 인부 몇 사람이 아레나에 나타나 경기장 안의 벽으로 올라갔다. 그리고 서쪽 끝 반환점 부근의 수평가로대로 가더니 그 위에 나무 공 일곱 개를 올려놓았다. 그런 다음 결승점으로 돌아와 그곳의 수평가로대 위에는 돌고래 모양의 나무 조각 일곱 개를 걸었다.

그 모습을 본 발타사르가 물었다. "족장님, 저 공과 물고기는 뭣에 쓰는 건가요?"

"전차 경주를 한 번도 본 적이 없으신가요?"

"한 번도 없습니다. 왜 여기에 왔는지도 잘 모르겠는걸요."

"음, 저것들은 도는 횟수를 세기 위한 거랍니다. 경주로를 한 바퀴 돌고나면 공 하나와 물고기 하나가 내려가는 것을 보게 될 겁니다."

이제 모든 채비가 끝났으므로 현란한 제복을 입은 트럼펫 기수가 담당관의 지시로 일어나 명령이 떨어지는 즉시 시작 신호를 불 준비를 했다. 사람들의 움직임과 웅성거리던 말소리가 단번에 멈추었다. 경기장에 있던 모든 사람들의 얼굴은 동쪽으로 향했고, 시선은 기수들이 대기하고 있는 여섯 개의 대기실 문에 고정되었다.

평소와 달리 얼굴이 불그레해진 시모니데스 역시 다른 사람들과 마찬가지로 흥분을 감추지 못했다. 일데림은 미친 듯이 빠르게 수염을 쓸어내리고 있었다.

"이제 메살라를 찾아봐요." 아름다운 이라스가 말했지만, 에스더에게는 그 소리가 들리지 않았다. 베일을 가까이 당기고 쿵쾅거리는 마음으로 벤허를 찾고 있었기 때문이다.

설명을 하자면, 기수들의 대기실이 있는 구조물은 반원의 형태로서, 가운데가 앞으로 나오고 오른쪽이 들어가 있었고 코스 중간 결승점의 출발선 측에 있었다. 따라서 모든 대기실은 출발선 또는 위에 언급된 흰 밧줄에서 똑같은 거리에 있었다.

나팔소리가 짧고도 날카롭게 울리자 전차마다 한 명씩 배정된 스타트 담당자들이 나와 날뛰는 말이 있으면 도와주려고 대기했다.

다시 한 번 울리는 나팔소리와 동시에 문지기들이 대기실 마구간 문을 열어젖혔다.

제일 먼저 보조 기수들이 나타났다. 벤허는 보조 기수를 거부했으므로 모두 다섯 명만 나왔다. 그들이 지나갈 수 있도록 흰색 밧줄이 내려졌다가 다시 올려졌다. 멋지게 말을 타고 앞으로 달려 나갔지만 사람들은 별로 주목하지 않았다. 뛰쳐나오고 싶어 근질거리는 말들의 발굽소리와 그에 못지않게 흥분한 기수들의 목소리가 대기실에서 계속 들려왔으므로 한순간도 문에서 시선을 뗄 수 없었기 때문이다.

밧줄이 다시 올라가자 문지기들이 기수들을 불렀다. 그러자 발코니 위에 있던 안내인들이 손을 흔들며 있는 힘껏 "나와라! 나와라!" 하고 소리쳤다.

폭풍우를 잠재우듯 출발신호가 울렸다.

그러자 일시에 발사되는 대포알처럼 각 대기실에서 여섯 개의 전차들이 뛰어나왔다. 장내를 메운 거대한 관중은 넘치는 흥분을 가라앉히지 못한 채 일제히 일어나 좌석 위로 뛰어올라갔다. 경기장은 온통 고함소리와 비명으로 가득 찼다. 이 순간이야말로 그들이 그토록 고대하던 바로 그 순간이었다! 경기 개최가 공포된 이후로 이야기꽃을 피우고 꿈꾸며 간직해 온 최고로 흥미진진한 순간이었다!

"그가 나오네요, 저기 봐요!" 이라스가 메살라를 가리키며 외쳤다.

"보여요." 에스더는 벤허를 바라보며 대답했다.

가녀린 에스더도 일순간 용감해진 듯 베일을 벗어 버렸다. 수많은 관중 앞에서 영웅적인 행위를 하는 선수들이 맛보는 기쁨이 어떠할지 알게 되자, 죽음도 불사하고 과업에 몰두하는 사내들의 마음을 이해할 것 같았다.

거의 모든 곳에서 보일 정도로 참가 기수들이 경기장에 들어와 있었지만 아직 경주는 시작되지 않았다. 먼저 흰색 밧줄을 잘 쳐야 했다.

출전 기수들이 동시에 출발할 수 있도록 밧줄이 쳐졌다. 너무 성급히 뛰어나가면 밧줄에 걸려 실패할 우려가 있었다. 반면에 너무 소심하게 나갔다가는 모두들 선점하려고 애쓰는 유리한 고지, 즉 중앙분리대를 끼고 달리는 가장 안쪽 경주로를 빼앗겨 경주 초반부터 뒤처질 위험이 있었다.

안쪽 경주로를 선점하려는 시도와 그에 따른 위험과 결과를 관중들은 충분히 알고 있었다. 그래서 늙은 네스토르[135]가 아들에게 고삐를

---

135) 그리스 신화에 나오는 필로스의 왕으로 트로이 전쟁에 참가했다가 파트로클로스의 죽음을 추모하는 장례 전차경주에서 아들 안틸로코스가 이길 수 있도록 조언했다.

넘겨주며 당부했다던 말은 맞는 말이었다.

"승리를 거머쥐는 것은 힘이 아니라 기술이다.
무조건 속도를 내기보다는 머리를 써야 한다."

경기 결과가 어찌될지 숨죽여 지켜보고 있는 관심은 당연했으므로
벤치에 앉아 있던 모든 사람들은 승리를 거두기 위한 이 충고에 충분히
공감하고도 남았을 것이다.

경기장은 눈부신 빛으로 가득 찼다. 그럼에도 각 선수들은 제일 먼
저 밧줄을, 그 다음에는 누구나 탐내는 안쪽 선을 보았다. 여섯 사람이
모두 같은 지점을 목표로 미친 듯이 달릴 것이므로 충돌은 불가피해 보
였다. 그리고 그것만이 아니었다. 마지막 순간에 출발에 불만을 품은
경기 담당관이 밧줄을 내리라는 신호를 보내지 않는다면? 또는 출발 신
호를 제때에 하지 않는다면?

경주로를 가로지르는 폭은 75미터였다. 선수들에게는 빠른 눈과 안
정된 손, 정확한 판단력이 요구되었다. 잠시라도 한 눈을 판다면! 집중
력이 흐트러진다면! 고삐를 놓치기라도 한다면! 그리고 발코니에 빼곡
히 들어선 수만 관중이 일시에 쏟아 붓는 관심은 또 어떤가!

악은 기수들이 호기심에서든 허영심에서든 정말로 단 한 번이라도
한눈팔도록 부추기려고 호시탐탐 기회를 노리고 있을 것이었다. 반면
에 우정과 사랑의 시선에 이끌리더라도 한눈팔기는 마찬가지이므로 똑
같이 치명적인 결과가 빚어진다.

아름다움을 완벽하게 만드는 화룡정점은 바로 활력이었다. 이 여섯
경쟁자들이 보여주는 박진감과는 비교가 안 되게 따분한 여가와 덤덤
한 스포츠가 판치는 요즘 시대를 생각해 보면 그 말을 인정하지 않을 수

없다. 독자들이여 한 번 상상해 보길. 먼저 경기장을 내려다 보라. 연회색 화강암 벽이 둘러싼 빛나는 경기장이 보일 것이다. 그러고 나면 도색을 하고 윤을 낸 화려한 장식의 멋진 전차들이 서 있는 모습이 보일 것이다. 특히 메살라의 전차는 상아와 금으로 호사스러움을 더했다. 이제 기수들의 모습을 보자. 전차의 움직임에도 전혀 동요되지 않은 채 조각처럼 꼿꼿한 자세를 유지하고 있는 기수들의 드러난 팔과 다리는 갓 목욕을 마친 듯 발그레하게 생기가 돌았다. 오른손에는 끔찍한 고문을 연상시키는 채찍을 들었고, 왼손에는 말과 연결된 전차 끌채의 앞쪽 끝부분을 팽팽히 가로지르는 고삐를 높이 쳐들어 쥐고 있었다. 이제 속도는 물론 멋진 외모로 선발된 말들을 살펴보자. 웅장하게 움직이는 그들의 모습을 보라. 말들은 주인 못지않게 상황을 파악하고 있었고 주인이 요구하고 바라는 것들을 모두 알고 있었다. 고개를 위로 쳐들고, 콧구멍은 팽창과 수축을 반복하며 활발히 움직였고, 우아한 사지는 지면에 닿기 무섭게 솟구쳤다. 사지는 호리호리하면서도 망치로 내리치듯 육중하게 땅을 박차고 나갔다. 탄력이 넘치는 둥근 몸체의 근육 하나하나는 팽창과 이완을 반복하며 왜 힘의 최고 단위를 마력으로 정했는지 입증하는 것 같았다. 전차와 선수와 말을 보았으니 이제 마지막으로 함께 질주하는 그림자들이 보일 것이다.

독자들이여, 이렇게 그림처럼 생생히 그려보면 희미한 상상이 아니라 스릴 넘치는 사실로 느껴져 더 큰 기쁨과 만족감을 맛볼 수 있을 것이다. 슬픔을 겪어보지 않은 세대는 없겠지만 하늘이 주시는 이 기쁨을 만끽해야 하지 않겠는가!

기수들은 거리가 가장 짧은 안쪽 경주로를 선점하려고 다툴 것이다. 그 자리를 양보하는 것은 경주를 포기하는 것과 마찬가지였다. 그러니 도대체 누가 그것을 양보하려 하겠는가? 보통은 경주 초반에 기선을 제압하려고 한다. 관중석에서 들려오는 격려의 외침은 누구를 향하는지 알 수 없었으므로 함성은 모든 선수들에게 똑같은 효과를 미쳤다.

전차들은 밧줄을 향해 함께 접근했다. 그리고 나자 경기 담당관 옆에 있던 나팔수가 힘껏 출발 신호를 불었다. 소리는 6미터 너머로는 들리지 않았지만 그 동작을 본 심판들이 밧줄을 내렸다. 밧줄이 떨어짐과 동시에 메살라의 말 한 마리가 치고 나갔다. 아무 거리낌 없이 메살라는 몸을 앞으로 숙이며 기다란 채찍을 휘두르고 고삐를 풀어 승리의 외침과 함께 단번에 분리대 옆자리를 차지했다.

그 모습에 모든 로마인 무리는 미칠 듯이 기뻐하며 소리를 질렀다. "만세, 만세! 유피테르 만세!"

메살라가 파고 들어오는 순간 그의 바퀴 축 끝에 달린 청동사자 머리장식에 아테네인의 우측 질주용 말 앞다리가 걸리는 바람에 옆의 멍에용 말 위로 넘어졌다. 두 마리는 비틀거리며 허우적대다가 쓰러지고 말았다. 사람들에게 정숙하라고 하려던 안내인들은 본의 아니게 뜻을 달성한 셈이 되고 말았다. 수천 명의 사람들이 놀라서 숨을 죽였기 때문이다. 오로지 집정관이 앉아 있던 윗부분에서만 외치는 소리가 들려왔다.

"유피테르 만세!" 드루수스가 미친 듯이 외쳐대고 있었다.

"그가 이기고 있어! 유피테르 만세!" 드루수스의 동료들도 메살라가 속력을 내는 것을 보고는 함께 외쳤다.

산발라트는 석판을 손에 든 채 그들을 보았다. 저 아래에서 벌어진 충돌에 할 말을 잃고는 그쪽을 보지 않을 수 없었다.

메살라가 지나고 나자, 아테네인의 우측에는 코린토스인만 있었으므로 그는 흐트러진 말들을 그쪽으로 끌어내리려고 했다. 그런데 그 순간 불행이 농간을 부리듯 바로 왼쪽에 있던 비잔티움인의 전차 바퀴가 아테네인의 전차 끝부분을 치는 바람에 그의 발과 부딪쳤다. 굉음과 두려움과 분노의 절규가 잇따랐고 불행한 아테네인 클레안테스는 전차에서 떨어져 자기 말들 아래에 깔리고 말았다. 그 끔찍한 광경에 에스더는 눈을 가렸다.

코린토스인, 비잔티움인, 시돈인이 일시에 지나갔다.

산발라트는 벤허를 찾아보았고 다시 드루수스와 그의 무리를 향해 도발적으로 외쳤다. "유대인에게 1백 세스테르티우스를 걸겠습니다!"

"좋아, 받겠다!" 드루수스가 대답했다.

"유대인에게 다시 1백 세스테르티우스 걸겠습니다!" 산발라트가 다시 외쳤다.

아무도 그의 말이 들리지 않는 것 같았다. 아래의 상황이 너무도 흥미진진해서 소리 지르느라 정신이 없었다. "메살라! 메살라! 유피테르 만세!"

에스더가 간신히 용기를 내어 다시 보니 인부들이 말과 부서진 전차를 치우고 있었다. 또 다른 무리는 선수를 끌어내고 있었다. 그 모습을 본 관중석의 모든 그리스인들은 저주를 퍼부으며 복수를 다짐하는 기도를 토해냈다. 얼굴을 가렸던 에스더의 손이 갑자기 툭 떨어졌다. 멀쩡한 모습으로 메살라와 나란히 선두에 서서 거침없이 달리는 벤허의 모습이 보인 것이다! 그들 뒤로는 시돈인, 코린토스인, 비잔티움인이 한무리를 이루어 뒤쫓고 있었다.

그렇게 경주는 계속되었다. 기수들의 정신은 온통 경주에 쏠려 있었고 수많은 관중은 그들에게 열중해 있었다.

## 14. 목숨을 건 숙명의 대결

유리한 자리를 차지하기 위한 경쟁이 시작되었을 때, 이미 살펴보았듯이 벤허는 여섯 참가자 중 왼쪽 끝에 있었다. 다른 참가자들과 마찬가지로 그도 한동안은 경기장의 빛에 눈이 부셔서 잘 보이지 않았다. 그래도 적수들을 힐끔 쳐다보고는 그들의 목적을 꿰뚫어보았다. 단순한 적수 이상인 메살라는 탐색하듯 한 번 보았을 뿐이다. 잘생긴 귀족적 얼굴에서 풍기는 오만하고 차가운 태도와 멋진 외모는 변함이 없었다. 오히려 투구를 쓰니 더욱 멋있어 보였다. 그러나 그의 얼굴에서 풍기는 가식적인 인상 때문인지 또는 벤허 자신의 질시어린 생각에서인지 잘생긴 얼굴 뒤에 가려진 잔인하고 교활하고 탐욕스러운 본성이 보이는 것 같았다. 흥분하지 않은 채 용의주도하게 굳은 결의를 품고 있는 모습이 느껴졌다.

순간 말들에게로 시선을 돌린 벤허는 자신의 결심이 분노처럼 굳어지는 것을 느꼈다. 어떤 대가를 치르더라도, 갖은 위험을 무릅쓰더라도 이 원수만은 이기고 말겠다! 상금, 친구들, 내기, 명예 등 경주로 얻게 될 모든 이익은 이 커다란 목표 앞에서는 무색해졌다. 목표를 이루기 위해서라면 목숨도 아깝지 않았다. 그럼에도 벤허는 전혀 흥분하지 않았다. 미친 듯이 피가 용솟음치지도 않았고, 행운에 의지하고 싶지도 않았다. 그는 행운을 믿지 않았다. 오히려 그 반대였다. 치밀한 계획이 있었고 자기 자신을 믿었으며, 조금의 빈틈도 없이 유능하게 경주에 임했다. 그를 둘러싼 대기는 신선하고 완벽할 정도로 투명하게 빛나는 것 같았다.

아레나를 절반도 가로지르기 전에 벤허는 충돌이 없고 밧줄이 떨어진다면 질주하는 메살라가 분리대 바로 옆 자리를 차지할 것이 뻔했다. 그리고 곧 밧줄이 떨어지리라는 것도 분명했다. 이미 경기 담당관과 모종의 밀약이 있어 자신이 도착할 순간에 맞춰 밧줄이 떨어지리라는 것을 메살라가 알고 있을 것이라는 생각이 전광석화처럼 벤허의 뇌리를 스쳤다. 담당관으로서는 인기를 한 몸에 누리며 중대한 고비를 맞고 있는 같은 로마인 메살라에게 그 이상 도움을 줄 수는 없었을 것이다. 미치지 않고서야 다른 참가자들은 밧줄 앞에서 속도를 신중하게 줄이고 있는 순간에 메살라는 오히려 기세 좋게 밀어붙이는 그 자신감을 달리 설명할 길이 없었다.

해야 할 일을 아는 것과 그것을 실행에 옮기는 것은 별개의 일이다. 벤허는 당분간 분리대 안쪽 자리를 포기했다.

밧줄이 떨어지자 벤허만 제외하고 다른 모든 선수들은 말을 호령하고 채찍을 휘두르며 코스 안으로 뛰어들었다. 벤허는 고개를 오른쪽으로 당기고 말들을 전속력으로 몰아 적수들의 뒤쪽으로 가로질러 달렸다. 그 동작이 어찌나 민첩했던지 단번에 최대한 앞으로 나아갈 수 있었다. 관중들은 아테네인의 불운에 몸을 떨고 시돈인과 비잔티움인과 코린토스인은 쓰러진 전차와 얽히지 않으려고 신경 쓰고 있는 사이 벤허는 재빨리 돌아 바깥쪽이긴 해도 메살라의 바로 옆 자리를 차지했다. 속도를 전혀 줄이지 않은 채 좌측 끝에서 우측 끝으로 가로질러 메살라를 따라잡는 절묘한 기술에 관중은 눈을 번쩍 떴다. 경기장은 길게 이어지는 박수갈채와 함께 다시 한 번 흥분의 도가니에 휩싸였다. 에스더는 몹시 기뻐하며 손뼉을 쳤다. 산발라트는 의기양양하게 다시 1백 세스테르티우스를 내걸었지만 받는 사람은 아무도 없었다. 그제야 로마인들은 메살라에게 대적할 자가 없으리라고 굳게 믿고 있던 생각에 회의가 들기 시작했다. 명수는 아니더라도 이스라엘 사람 벤허가 메살라의 호적수가 될 수도 있다!

그리고 이제, 좁은 간격을 유지한 채 나란히 달리며 두 사람은 반환점에 접근했다.

서쪽에서 보면 반환점의 세 기둥 받침대는 반원형 석벽이었고, 그 주위로 경주로와 맞은 편 관람석 발코니가 나란히 반원형으로 굽어 있었다. 이곳을 도는 것이야말로 모든 면에서 전차경주자의 기술이 가장 극명히 드러나는 부분이었다. 그것은 사실 신화 속 인물 오레스테스도 쉽사리 성공하지 못한 묘기였다. 관중들의 시선은 본능적으로 그곳으로 쏠렸고 장내는 쥐죽은 듯 조용해졌다. 부지런히 뛰는 말발굽 소리와 그 뒤로 달려가는 전차의 덜커덩거리는 바퀴소리가 처음으로 또렷이 들렸다. 그제야 벤허를 주목하고 알아본 메살라에게서 놀라울 정도로 뻔뻔한 행위가 터져 나왔다.

"에로스는 지고 마르스의 시대가 온다!" 그는 능숙한 손길로 채찍을 휘두르며 반복했다. "에로스는 지고 마르스의 시대가 온다!" 그리고는 갑자기 벤허의 유순한 아랍 말들 위로 매섭게 채찍을 휘둘렀다.

메살라의 부정한 채찍질은 사방에서 다 보였고 사람들은 하나같이 놀랐다. 정적은 더욱 깊어졌다. 집정관 뒤쪽 자리에 있던 가장 대담한 사람들조차도 숨죽이고 결과를 지켜보았다. 그 순간은 잠시뿐 발코니 아래쪽에서 천둥이 치듯 사람들의 성난 외침이 본능적으로 튀어나왔다.

아직까지 그런 채찍질은 한 번도 받아본 적이 없던 벤허의 말들은 놀라서 앞으로 뛰어올랐다. 녀석들은 이제껏 늘 사랑의 손길로 부드럽게 보살핌을 받아온 덕분에 점차 자라면서 사람들에게도 멋진 귀감이 될 정도로 사람을 신뢰했다. 그렇게 고상한 천성을 갖고 있었으니 그토록 무례한 짓에 얼마나 죽도록 놀랐겠는가?

그 한 번의 자극에 말들이 모두 날뛰자 전차도 앞으로 뛰어올랐다. 어찌 되었는지 궁금하다면 예전의 일을 떠올리는 것이 도움이 될 것이다. 지금 벤허가 그토록 요긴하게 쓰고 있는 커다란 손과 대단한 악력은 어디서 생겼던가? 오랜 세월 바다와 싸우며 노를 젓느라 얻은것이 아니었던가? 그리고 지금 발밑에서 정신없이 요동치는 바닥의 튕김은 과거에 거대하게 휘몰아쳐오는 파도에 부딪쳐 속절없이 흔들릴 수밖에 없던 배의 진동과 다를 것이 있는가? 그래서 벤허는 굳건히 중심을 잡은 채 네 마리의 고삐를 자유롭게 풀어 주고 다정한 목소리로 달래며 위험한 곡선 경주로를 돌았다. 그리고 사람들의 열기가 가라앉기도 전에 말들을 통제할 수 있게 되었고, 결승점에 가까워질 무렵에는 메살라와 다시 나란히 달릴 수 있게 되었다. 그럼으로써 모든 사람들은 메살라가 아닌 벤허에게로 호의와 찬사를 보냈다. 사람들이 감정을 그렇게 분명히 드러내며 확실히 표현했으므로 제아무리 대담한 메살라로서도 더 이상의 농간은 위험하다고 생각했다.

전차들이 반환점을 맹렬히 지나갈 때 에스더는 벤허를 얼핏 보았는데, 약간 창백하고 좀 더 치켜든 얼굴은 의외로 침착하고 평온해 보였다.

곧 중앙 분리대의 서쪽 끝 가로대로 한 남자가 올라가더니 원뿔 모양의 나무 공 가운데 하나를 내렸다. 동시에 동쪽 끝 가로대에 걸린 돌고래도 하나가 내려왔다.

그렇게 두 번째 공과 돌고래도 사라졌다.

그리고 얼마 후 세 번째 공과 돌고래가 사라졌다.

세 바퀴가 끝났다. 여전히 메살라는 안쪽 자리를 고수하고 있었고, 벤허는 그와 나란히 달리고 있었다. 다른 경쟁자들은 전처럼 그 뒤를 쫓고 있었다. 경기는 후기 제정 시대에 로마에서 큰 인기를 얻었던 더

블 레이스의 형태를 띠기 시작했다. 즉 메살라와 벤허가 선두 그룹을, 코린토스인과 시돈인과 비잔티움인이 후위 그룹을 형성하고 있었다. 그 사이 안내인들은 관중을 다시 좌석에 앉히는데 성공했다. 비록 사람들의 외침은 경주를 벌이는 선수들의 움직임에 따라, 심지어 발걸음에 맞추어 계속하여 터져 나왔지만 말이다.

다섯 번째 바퀴 때 시돈인이 벤허의 바깥 쪽 자리로 치고 나오는데 성공했지만 잠시뿐이었다.

별다른 순위 변화 없이 여섯 번째 바퀴가 시작되었다.

점점 속력이 붙기 시작했고 선수들의 피도 점차 뜨거워지기 시작했다. 사람도 말도 우승을 결정짓는 마지막 순간이 얼마 남지 않았음을 모두 알고 있는 듯했다.

처음에는 메살라와 벤허의 경쟁에 주로 집중되었다가 대체로 벤허에게 매우 호의적이었던 관심이 이제는 그를 염려하는 쪽으로 빠르게 바뀌고 있었다. 관중석의 모든 구경꾼들은 꼼짝도 않은 채 선수들의 움직임을 눈으로 뒤쫓았다. 일데림은 수염 쓰다듬기를 멈추었고 에스더는 두려움을 잊었다.

"유대인에게 1백 세스테르티우스를 걸겠소!" 산발라트는 집정관의 차양 아래 있던 로마인들을 향해 소리쳤다.

아무런 대답도 없었다.

"1달란트, 아니면 5달란트, 그것도 아니면 10달란트. 선택하시죠!"

그는 로마인들에게 도전하듯 서판을 흔들었다.

그러자 한 로마인 청년이 쓸 준비를 하며 대답했다. "네가 내건 세스테르티우스를 받아들이겠다."

"그러지 말게." 한 친구가 청년을 막아섰다.

"왜?"

"메살라는 지금 최대한 속력을 내고 있어. 전차 테두리 위로 몸을 기대고 고삐는 날아다니는 리본처럼 풀린 걸 보라고. 그런데 저 유대인을 보게나."

처음의 청년은 친구의 충고대로 두 사람의 모습을 보더니 낙담한 표정으로 대답했다. "이럴 수가! 저 개 같은 녀석은 온 체중을 고삐질에 싣고 있군. 알았네, 알았어! 신들께서 우리의 친구를 도와주시지 않는다면 이스라엘 놈과 나란히 들어올 것 같군. 아니, 아직은 아니야. 보라고! 유피테르는 우리 편이다, 유피테르는 우리 편이야!"

로마인들의 함성에 집정관 머리 위의 차양이 흔들렸다.

메살라가 최대한 속력을 낸 것이 사실이라면 그 노력은 효과가 있었다. 느리긴 하지만 분명히 앞서나가기 시작하고 있었다. 말들은 고개를 낮게 숙이고 달리고 있었다. 관중석에서 보면 그들의 몸체는 지면 위를 스치듯 지나가고 있는 것처럼 보였다. 팽창된 콧구멍은 빨간 혈관이 드러났고 눈알에는 팽팽히 힘이 들어가 있었다. 틀림없이 그 뛰어난 준마들도 사력을 다하고 있었다! 그런데 그들이 그 페이스를 얼마나 오래 유지할 수 있을까? 이제 겨우 여섯 번째 바퀴가 시작되었을 뿐이다. 어쨌든 그들은 계속 전력 질주했고 반환점에 가까워질 무렵 벤허는 메살라 뒤로 처지게 되었다.

메살라를 편드는 무리들은 하늘을 찌를 듯 기뻐했다. 소리를 지르고 환호하며 메살라의 색을 뒤흔들었다. 그리고 산발라트는 그들이 내거는 내기금액으로 서판을 가득 채웠다.

한편 더 아래쪽 개선문 부근 관중석에 있던 말루크는 시무룩해지지 않을 수 없었다. 그는 서쪽 기둥을 돌 때 무슨 일이 벌어질 것이라고 벤허가 흘렸던 모호한 암시를 잊지 않고 있었다. 벌써 다섯 번째 회전이었지만 아직 아무 일도 일어나지 않았다. 여섯 번째 회전에서는 무슨 일이 벌어질 것이라고 스스로 위안했다. 하지만 보라! 벤허는 좀처럼 적의 전차 뒤를 벗어나지 못하고 있었다.

동쪽 끝 너머에 있던 시모니데스 일행도 아무 말이 없었다. 시모니데스는 고개를 숙이고 있었고, 일데림도 수염을 끌어당긴 채 이따금 눈을 빛내긴 했지만 흐리멍덩한 표정으로 고개를 숙이고 있었다. 에스더는 거의 숨을 쉴 수 없었다. 이라스만이 즐거워보였다.

여섯 번째 바퀴의 결승점을 향해 질주하는 선두주자 메살라와 그 뒤를 따르는 벤허의 모습은 다음과 같은 옛 이야기 속 장면과 흡사했다.

> "페레티아의 준마를 탄 에우멜로스가 제일 먼저 달려 나갔고,
> 트로스의 말들을 모는 대담한 디오메데스가 그 뒤를 이었다.
> 디오메데스의 말들은 에우멜로스의 등 뒤로 숨을 내뿜었고
> 금방이라도 그의 전차를 덮칠 것 같았다.
> 뒤에서는 말들의 뜨거운 숨결이 목덜미에 느껴졌고
> 위쪽으로는 그들의 늘어진 그림자가 아른거렸다."[136]

그렇게 두 사람은 출발점을 향해 돌진하고 있었다. 메살라는 선두자리를 빼앗기지 않으려고 위험할 정도로 분리대 벽에 바싹 붙어 지나갔다. 왼쪽으로 한 발자국만 더 붙었다가는 벽에 부딪쳐 산산조각이 날 정도였다. 그럼에도 곡선 주로를 다 돌고 나니 두 전차의 바퀴자국은 어느 것이 메살라의 것이고 어느 것이 벤허의 것인지 구분할 수가 없을 정도로 하나의 바퀴자국만 남아 있었다.

---

136) 일리아드 23권

두 사람이 그렇게 달리는 동안 에스더는 벤허의 얼굴을 다시 보았다. 그의 안색은 전보다 더 창백해져 있었다.

에스더보다 영리했던 시모니데스는 두 라이벌이 직선 경주로로 접어드는 순간 일데림에게 말했다. "훌륭하신 족장님, 제 생각에는 벤허가 뭔가를 실행에 옮기려는 것 같군요. 그의 얼굴을 보니 그렇게 보입니다."

그러자 일데림이 대답했다. "저 녀석들이 얼마나 멋지고 팔팔한지 보이죠? 하나님께 맹세코, 저 녀석들은 지금까지 제대로 달리지 않았다고요! 하지만 이제부터가 진짜니 지켜보시죠!"

가로대에는 한 개의 공과 한 개의 돌고래만 남아 있었다. 그리고 모든 사람들이 한숨을 내쉬었다. 마지막 바퀴가 곧 시작될 참이었다.

제일 먼저 시돈인이 채찍질을 하자 두려움과 고통에 말들은 필사적으로 달렸고 아주 잠깐 동안은 선두로 치고나갈 듯이 보였다. 하지만 노력은 단지 가능성으로만 끝나고 말았다. 다음으로 비잔티움인과 코린토스인도 똑같이 시도했지만 결과는 매한가지였고, 그 뒤로는 실질적으로 우승권에서 완전히 멀어졌다. 그러자 당연하게도 로마인들을 제외한 모든 관중은 벤허에게 희망을 걸고 응원하기 시작했다.

"벤허! 벤허!" 그들은 외치기 시작했고 여러 사람들의 뒤섞인 음성이 집정관의 관람석을 압도할 정도로 장내에 울려 퍼졌다. 벤허가 지나가면 그 위의 관중석에서 보내는 사람들의 응원이 격렬하게 터져 나왔다.

"더 빠르게, 유대인이여!"

"지금이야, 벽 쪽으로 붙어!"

"말들의 고삐를 풀어 줘! 채찍을 휘두르라고!"

"저자에게 안쪽을 내주면 안 돼. 지금 아니면 끝이야!"

그들은 애원하듯이 벤허를 향해 손을 내밀며 가로대 위를 향해 몸을 구부렸다.

벤허는 아무 소리도 안 들리는 건지, 아니면 들어도 역부족인 것 같았다. 직선 경주로의 절반쯤 왔는데도 여전히 뒤처져 있었다. 반환점에 이르러서도 여전히 아무런 변화가 없었다!

그리고 이제 곡선 반환점을 돌려면 속력을 줄여야 했으므로 메살라는 왼쪽 말의 고삐를 잡아당기기 시작했다. 그의 기분은 한껏 들떴고 여러 신들에게 빌었다. 로마의 수호신들은 여전히 건재했다. 이제 결승점까지는 겨우 180여 미터. 명성과 불어날 재산과 승진과 증오로 더욱 짜릿해질 승리가 모두 그를 기다리고 있었다! 바로 그 순간 관중석에 있던 말루크의 눈에 벤허가 말들 위로 몸을 기울이더니 말들의 고삐를 풀어 주는 것이 보였다. 그리고 겹겹이 쥐고 있던 채찍을 휘둘렀다. 채찍은 깜짝 놀란 말들의 잔등 위에서 쉭쉭거리며 날아다녔다. 비록 말의 잔등에는 닿지 않았지만 빨리 뛰라는 자극과 위협이 되기에는 충분했다. 조용한 자세에서 단호한 동작으로 바뀌는 동안 굳은 의지를 보여 주듯 고삐를 틀어쥔 벤허의 얼굴과 눈도 번쩍이는 빛으로 가득 찼다. 그리고 네 마리 말들은 한 마리처럼 일시에 도약하여 메살라의 전차와 나란히 착지했다. 반환점의 위험한 쪽에 있던 메살라는 그 소리를 들었지만 어찌된 일인지 알아볼 엄두는 나지 않았다. 경주의 소음 속에서는 오로지 한 목소리밖에 들리지 않았는데, 그것은 벤허의 이름을 복창하는 사람들의 음성이었다. 일데림 족장 역시 같은 핏줄이었으므로 옛 아랍어로 자기의 아랍 말들에게 소리쳤다.

"달려라, 아타이르! 달려라, 리겔! 뭐야, 안타레스! 꾸물거리고 있을 거야? 오호, 착하지, 알데바란! 천막에서 사람들이 노래하는 소리가 들린다. 어린아이와 여인네들이 별들을 노래하는 것이 들린다. 아타이르, 안타레스, 리겔, 알데바란의 승리를! 그리고 그 노래는 영원히 그치지 않을 거라네. 잘한다! 내일이면 집으로 간다, 집의 검은 천막 아래로 돌아간다고! 힘내라 안타레스! 부족이 우리를 기다리고 있다. 주인도 기다리고 있다! 잘했다, 잘했어! 하하하! 우리가 자존심 넘치는 자들의 콧대를 꺾어 줘야지. 우리를 내리치던 손길을 쓰러뜨려야지. 영광은 우리의 것! 하하! 힘내라! 이제 거의 다 끝났다! 이제 쉬어야지!"

그보다 더 단순하고도 즉각적인 응원은 없었다.

마지막 전력질주 시점에 메살라는 반환점을 돌고 있었다. 그를 앞지르려면 벤허는 경주로를 가로질러야 했고 앞쪽으로 치고 나가려면 훌륭한 전략이 필요했다. 다시 말해서 거의 승산이 없는 곡선 주로에서 승부를 걸어야 한다는 의미였다. 관중석에 있던 수천 관중은 그것을 모두 알고 있었다. 그들은 벤허가 신호를 주고 말들이 그에 응답하는 것을 보았다. 네 마리 말들은 메살라의 바깥쪽 바퀴 쪽으로 바싹 다가갔다. 벤허의 안쪽 바퀴가 메살라의 전차 바로 뒤에 붙었다. 그들은 이 모든 것을 보았고 곧이어 무언가 부딪치는 굉음이 들려왔다. 경기장에는 삽시간에 비명이 울려 퍼졌다. 반짝이는 흰색과 노란색 파편이 경기장 위로 튀어 오르더니 메살라의 전차 우측 바닥이 앞으로 털썩 기울어졌다. 그리고 바퀴축이 단단한 지면에 부딪친 반동으로 다시 튀어 올랐다. 그렇게 충돌과 반동을 몇 차례 반복하더니 전차는 완전히 산산조각 나 버렸다. 한편 고삐에 몸이 얽힌 메살라는 그대로 앞으로 고꾸라졌다.

그런데 더욱 끔찍하게도 메살라 바로 뒤쪽에서 달려오던 시돈인은 그 모습을 보았지만 멈추거나 방향을 틀 수가 없었다. 결국 그는 쓰러진 메살라를 향해 전속력으로 돌진해 오다가 메살라 위로, 그 다음에는 그의 말을 타고 넘어갔다. 모든 사람들은 미칠 듯한 공포에 사로잡혔다. 다음 순간 말들의 다툼과 울리는 발굽소리가 요란한 가운데 더러운 흙먼지 틈에서 메살라가 기어 나오는 것이 보였다. 벤허를 뒤따라 코린토스인과 비잔티움인이 달려오고 있었지만 그들 역시 갑자기 속도를 줄일 수는 없었다.

사람들은 일제히 일어나 좌석 위로 올라갔고 고함과 비명을 질렀다. 그렇게 내려다본 사람들 눈에 네 마리 말들에게 짓밟히고 뒤집힌 전차에 깔린 메살라의 모습이 보였다. 그는 꼼짝도 하지 않았다. 사람들은 메살라가 죽은 것으로 생각했지만 그보다 훨씬 많은 사람들의 시선은 경주를 계속하고 있는 벤허를 뒤쫓고 있었다. 그들은 벤허가 고삐를 왼쪽으로 약간 틀어쥐는 영리한 손놀림을 보지는 못했다. 사실은 벤허의 차축의 쇠가 박힌 뾰족한 부분이 메살라의 바퀴에 부딪쳐 박살을 낸 것이었다. 하지만 사람들은 의기양양하게 변한 벤허를 보았을 뿐이고 그의 뜨겁고 빛나는 기백과 영웅적 결의가 고스란히 느껴졌다. 그리고 표정과 말과 몸짓만으로 아랍 말들의 속력을 최대한 끌어올리는 격렬한 동작에서 미칠 듯한 기운을 느꼈다. 그리고 말들의 질주는 어떠한가! 그것은 차라리 마구를 쓴 사자들이 길게 도약하는 것과도 같았다. 육중한 전차만 없었다면 네 마리 말들은 마치 날아가고 있는 것처럼 보였다. 그래서 비잔티움인과 코린토스인이 경주로를 절반 정도 돌았을 때 벤허는 이미 결승점을 통과했다.

마침내 승리했다!

집정관은 자리에서 일어났고 사람들은 목이 터져라 외쳐댔다. 경기 담당관이 자기 자리에서 내려와 각 종목의 우승자들에게 승리의 관을 씌워 주었다.

한편 우승자 가운데 이마가 좁은 금발의 색슨인이 있었다. 벤허는 그의 야수와도 같은 얼굴을 두 번이나 보았는데, 알고 보니 로마에 있을 당시 자기를 아끼던 무술 스승이었다. 그리고 시선을 거두어 위를 올려다보니 관중석에서 손을 흔들고 있던 시모니데스 일행이 눈에 들어왔다. 에스더는 자리에 앉아 있었지만 이라스는 일어나 그에게 미소를 지으며 부채를 흔들어 보였다. 이라스가 벤허에게 보내는 갈채는 그다지 열광적이지 않아 보였다. 우리가 이미 알고 있듯이, 메살라가 우승자였더라면 그 갈채는 그에게로 향했을 것이기 때문이다.

그리고 나서 우승자들은 행진을 시작했고 목청껏 외치는 군중의 환호를 받으며 개선문을 지나갔다.

대단했던 경주의 날은 그렇게 끝이 났다.

## 15. 이라스의 초대

벤허는 일데림과 함께 강 건너에 체류했다. 예정된 대로 대상 행렬은 이미 서른 시간 앞서 떠났고, 두 사람도 자정이 되면, 길을 나설 작정이었다.

일데림 족장은 기분이 좋아서 막대한 선물을 주겠다고 제안했지만 벤허는 적을 굴복시킨 것으로 만족한다며 극구 사양했다. 일데림은 뜻을 꺾지 않은 채 선심을 베풀겠다고 계속 고집을 부렸다.

그는 어떻게든 벤허를 설득하려고 들었다. "생각해 보게, 자네가 내게 무슨 일을 해 주었는지 말이야. 아카바와 바다에 이르기까지, 그리고 유프라테스를 건너 스키타이인들의 바다 너머까지 집집마다 나의 말 미라와 그 자식들의 명성이 퍼져나갈 걸세. 그리고 그 녀석들에 대해 노래하는 사람들은 내가 전성기를 지났다는 사실도 잊고 나를 다시 보게 될 걸세. 그러면 현재 주인 없는 모든 전사들이 내게로 올 테고, 칼을 든 심복들은 수를 셀 수 없이 불어날 걸세. 자네는 곧 내가 갖게 될 사막의 지배권이 무엇을 의미하는지 모를 걸세. 사막을 지배하면 교역을 통해 막대한 이익을 손에 넣을 수 있으며 왕들로부터는 면세특권을 받아낼 수 있다네. 솔로몬 왕의 검에 맹세코 그렇고말고! 전령을 보내 황제에게 면세특권을 부탁하라고 했는데, 얻어낼 걸세. 그런데도 이 모든 것이 아무것도 아니란 말인가?"

벤허는 즉각 대답했다.

"아닙니다, 족장님. 족장님께서는 이미 저를 성심껏 도와주시겠다고 하지 않았던가요? 오시기로 되어 있는 그 왕께 도움이 되도록 먼저 족장님의 힘과 영향력을 키우도록 하세요. 족장님께서 그분을 도우면 안 된다고 누가 그러겠습니까? 제가 과업에 착수하려면 필요한 것이 많을 것입니다. 지금 사양하면 나중에 더 큰 호의를 베풀어 달라고 청할 수 있지 않겠습니까."

두 사람이 그 문제로 옥신각신하고 있는 와중에 두 명의 전령이 도착했다. 한 사람은 말루크였고, 한 사람은 모르는 사람이었다. 말루크가 먼저 들어왔다.

말루크는 그날 있었던 사건을 두고 기뻐서 어쩔 줄 몰랐다.

"제가 온 것은 용무가 있어서랍니다. 경기가 끝나자마자 로마인들 가운데 상금 지불에 항의하는 자들이 있다는 말을 전하라고 시모니데스 어른이 보냈답니다."

그 소리에 일데림은 펄쩍 뛰어오르더니 날카로운 어조로 외쳤다.

"하나님 맙소사! 그 경기는 공정하게 승리한 것이라고 온 동방이 다 아는 판국에."

"아닙니다, 족장님. 경기 담당관은 이미 돈을 지불했습니다."

"그거 잘 됐군."

"벤허가 메살라의 바퀴를 건드렸다는 로마인들의 주장에 담당관은 어이없다는 듯, 메살라가 반환점을 돌 때 벤허의 말들에게 채찍을 휘두른 짓을 상기시켰습니다."

"아테네인은 어찌 되었나?"

"죽었습니다."

"죽었다고!"

벤허의 외침에 뒤이어 일데림도 말했다. "죽다니! 로마놈들만 신났군. 메살라는 살아났는가?"

"네, 족장님. 간신히 목숨만은 건졌지요. 하지만 살아 있는 게 고역이 될 것입니다. 의사들 말로는 목숨은 건졌지만 다시 걷기는 틀렸다고 하더군요."

벤허는 조용히 하늘을 쳐다보았다. 시모니데스처럼 의자에 매인 신세가 되어 하인들의 어깨에 의지하여 문밖출입을 하게 될 메살라의 모습이 그려졌다. 훌륭한 시모니데스는 잘 견뎌냈다. 하지만 그토록 자존심과 야망으로 똘똘 뭉친 메살라는 어떻게 될까?

"시모니데스 어른께서 제게 하나 더 당부하셨습니다. 산발라트가 곤경에 처했습니다. 드루수스와 그와 함께 서명한 작자들이 자기들이 잃은 5달란트의 지불 문제를 막센티우스 집정관에게 가져갔고, 집정관은 그것을 다시 황제에게 가져갔습니다. 메살라 역시 자기가 잃은 돈을 지불하기를 거절하자 산발라트는 드루수스가 했던 대로 그 문제를 집정관에게 가져갔는데, 아직 심의 중이라고 합니다. 선량한 로마인들은 항의를 제기한 자들을 용서하면 안 된다고 주장하고, 반대파는 그들 편을 들어주고 있습니다. 도시가 온통 그 문제로 시끄럽답니다."

"시모니데스는 뭐라고 하던가?" 벤허가 물었다.

"주인님은 웃어넘기며 몹시 즐거워하고 있습니다. 만일 돈을 지불하게 된다면 메살라는 파산하게 됩니다. 지불을 거절한다면 불명예를 당하겠지요. 그 사건은 제국의 정책에 따라 판가름 날 것입니다. 파르티아인들과의 교전을 앞두고 있는 시점에서 동방 사람들의 비위를 건드렸다가는 출발부터 좋지 않을 것입니다. 족장님의 심기를 불편하게 했다가는 막센티우스의 모든 전선이 펼쳐져 있는 사막을 적으로 만드는 셈이 될 테니까요. 그래서 시모니데스 어른께서는 전혀 불안해하지 않으셔도 된다고 말씀드리라 했습니다. 메살라가 돈을 지불하게 될 것이라고요."

일데림은 금세 다시 기분이 좋아져 손을 비비며 말했다.

"그럼 이만 끝내세. 사업이야 시모니데스가 잘 알아서 할 테고, 우리는 명예를 차지했으니. 말들을 준비시키라고 하겠네."

"잠깐만요. 밖에 보니 전령이 있던데, 그를 만나보시렵니까"

"하나님 맙소사! 깜박했구먼."

말루크가 물러가고 나자 부드러운 태도와 수려한 용모를 지닌 청년이 들어와 한쪽 무릎을 꿇더니 알랑거리며 말했다. "일데림 족장님과 잘 아시는 발타사르의 따님 이라스 아씨가 전하는 전갈을 가져왔습니다. 족장님의 말들이 거둔 승리에 진심으로 축하드린다고 전해 달랍니다."

"친절하기도 하군." 일데림은 눈을 반짝이며 대답했다. "그 전갈을 받고 기뻐했다는 징표로 이 보석을 갖다주게."

일데림은 손가락에서 반지를 빼어 건네주었다.

"분부하신 대로 전하겠습니다, 족장님." 청년은 그렇게 대답하고 계속 말을 이었다. "아가씨가 부탁한 것이 하나 더 있습니다. 당분간 아버님과 함께 이데르네 저택에서 지내게 되었는데, 내일 오전 10시 이후에 그곳에서 만나 뵙고 싶다는 말씀을 벤허 님께 전해 달라고 하셨습니다. 축하 말씀과 함께 이번 부탁도 받아주신다면 더할 나위 없이 기쁠 거라고 했습니다."

일데림 족장이 벤허를 쳐다보자 얼굴에 희색이 가득 했다.

"어떻게 할 텐가?"

"족장님께서 허락하신다면 그 아름다운 이집트 여인을 보러가겠습니다."

일데림은 웃으며 말했다. "사내라면 청춘을 즐겨야 하지 않겠나?"

그러자 벤허가 전령에게 대답했다.

"너를 보낸 아가씨에게 가서 어디든 상관없이 내일 정오에 찾아가겠다고 전하라."

청년은 일어나더니 조용히 인사하고 나갔다.

자정이 되자 일데림은 나중에 자기를 뒤따라오게 될 벤허를 위해 말한 필과 안내인을 남기고 길을 나섰다.

## 16. 빗나간 암살 시도

다음날 이라스와의 약속을 지키기 위해 벤허는 도시 중심부에 있던 옴팔로스에서 헤롯의 주랑을 지나 잠시 후 이데르네 저택에 다다랐다.

거리에서 이어진 출입구로 들어섰는데, 출입구 옆으로는 주랑 현관으로 올라가는 계단이 나 있었다. 계단 옆에는 날개 달린 사자들이 앉아 있었고, 계단 중간에는 바닥으로 물을 내뿜고 있는 거대한 황새가 있었다. 사자, 황새, 벽, 바닥이 모두 이집트인들을 연상시켰다. 모든 것이, 심지어 계단에 설치된 난간까지도 이집트 풍의 육중한 회색 돌로 만들어져 있었다.

현관과 층계참의 덮개 위로는 주랑 현관이 솟아 있었다. 매우 날렵하고 절묘하게 균형 잡힌 기둥이 멋지게 늘어선 주랑 현관은 그 당시 그리스인들이 아니면 아무도 고안해 내기 어려운 것이었다. 눈처럼 흰 대리석으로 만들어져 그 효과는 마치 거대한 맨 바위에 무심코 떨어진 백합과도 같았다.

벤허는 주랑 현관 그늘에서 잠시 쉬며 장식과 마감, 눈처럼 흰 대리석에 감탄했다. 그러고 나서 궁전 안쪽으로 들어가니 널따란 접이식 문들이 활짝 열려 있었다. 제일 먼저 들어간 출입구는 높았지만 약간 좁았다. 붉은 타일이 바닥에 깔려 있었고, 벽은 바닥에 맞춘 색으로 칠해져 있었다. 평범해 보였지만 무엇인가 더 아름다운 것이 나타날 것 같은 기대감을 자아냈다.

벤허는 느긋하게 천천히 움직였다. 이제 곧 이라스를 만나게 될 것이다. 그녀가 나를 기다리고 있다. 노래와 이야기와 농담을 준비해 놓고 기다리는 그녀의 재기발랄하고 변화무쌍한 모습을 보게 될 것이다.

눈길을 더욱 빛내는 미소와, 속삭임에 관능미를 더해 주는 그윽한 눈매를 곧 보게 될 것이다. 이라스는 종려나무 과수원의 호수에서 뱃놀이를 즐기던 날 저녁 자기를 불러냈다. 그리고 이제 또다시 만나자고 사람을 보냈다. 아름다운 이데르네 저택에서 곧 그녀를 만나게 될 생각을 하니, 경솔하기보다는 행복에 취해 꿈꾸는 기분이었다.

복도를 따라가다 보니 닫힌 문이 나왔다. 문 앞에서 잠시 멈춰 서 있었더니 널찍한 문짝이 저절로 열렸다. 삐걱거리는 소리나 자물쇠나 걸쇠 소리가 들리지 않았고 손이나 발로 건드리지도 않았는데 저절로 열린 것이 이상하게 생각되긴 했지만 곧 앞에 펼쳐진 풍경에 압도되어 잊어버리고 말았다.

음산한 복도 그늘에 서서 안쪽을 들여다보니 로마 주택의 중앙거실이 보였다. 많은 방이 딸려 있고 믿을 수 없을 정도로 화려했다.

정확한 비율이 확실치 않았으므로 그 거실이 얼마나 큰 지 알 수 없었다. 건물 내부라고 말할 수 없을 정도로 방이 깊게 뻗어 있었다. 찬찬히 살펴보려고 멈춰 서서 바닥을 내려다보았더니 백조를 애무하는 레다의 가슴 위에 서 있는 꼴이 되었다. 좀 더 멀리 보자 바닥 전체가 신화 속 주제를 표현한 모자이크 그림들로 채워져 있었다. 그리고 디자인이 각각 다른 등받이 의자와 등받이가 없는 의자들, 절묘하게 만들어진 예술품, 깊게 조각한 탁자들, 올라와 누워 달라고 손짓하듯 침상들이 여기저기에 흩어져 있었다. 벽 가까이 서 있던 가구들은 마치 잔잔한 물 위에 떠 있는 것처럼 바닥에 또렷이 비춰져 있었다. 심지어 벽장식과 그 위에 그림과 얕은 돋을새김으로 표현된 인물의 모습, 천장의 프레스코화조차도 바닥에 비춰져 그대로 드러났다. 천장은 아치 모양으로 둥글게 굽어 있었고 중앙 부분은 뚫려 있어서 그곳을 통해 햇빛이 거침없이 쏟아져 들어왔고 더없이 푸른 하늘은 손에 잡힐 것만 같았다. 뚫린 천장 아래에 있는 커다란 수반에는 청동 울타리가 둘러져 있었다. 뚫린 천장 중앙 끝에서 천장을 지탱하고 있는 금박 기둥들은 햇빛이 비치자 불꽃처럼 반짝였고 아래에 반사된 모습은 끝없이 뻗어 있는 것처럼 보였다. 그리고 실내에는 예스럽고 멋진 나뭇가지 모양의 촛대와 조각상과 꽃병이 있었다. 그곳에 있던 모든 것들이 키케로가 크라수스에게서 사들인 팔라티노 언덕의 대저택이나, 그보다 더 호사스럽기로 유명한 스카우루스의 투스쿨란 대저택에 잘 어울릴법한 내부 장식으로 치장되어 있었다.

여전히 꿈 같은 기분에 젖어 벤허는 이라스를 기다리는 동안 주위를 어슬렁거리며 보이는 모든 것들에 매혹되었다. 조금 늦는 것쯤은 개의치 않았다. 이라스가 준비를 마치면 본인이 직접 오거나 하인을 보내겠지. 격조 높은 로마 주택에서는 중앙거실이 손님들을 맞이하는 응접실이었다.

벤허는 두 번, 세 번 계속 거실을 돌아보았다. 그 사이 열린 천장 아래에 서서 하늘과 끝없이 펼쳐진 창공을 보기도 했다가 기둥에 기대어 서서 빛과 그늘의 배열과 그 효과를 깊이 살피기도 했다. 물체를 더 작아보이게 하는 어둠 부위와 실제 모습보다 크게 보이게 하는 빛 부위가 있었다. 여전히 아무도 나타나지 않았다. 이제는 점점 시간이 흘러가는 것이 신경 쓰이기 시작했고 이라스가 왜 그렇게 꾸물거리는지 궁금해졌다. 다시 바닥에 그려진 신화 속 인물들을 따라가 보았지만 처음에 살펴보았을 때처럼 만족스러운 느낌은 들지 않았다. 그렇게 살피다 무슨 소리가 들리나 싶어 자주 멈춰 서서 귀를 기울여보았다. 이윽고 초조한 마음이 조금씩 엄습하기 시작하더니 점점 더 커졌다. 마침내 집안 전체를 감싸고 있는 침묵이 의식되기 시작하자 마음이 불안해지고 의구심이 생겼다. 그래도 애써 웃으며 기대감을 놓지 않고 불안한 감정을 밀쳐두었다. "아마도 마지막 눈 화장을 하고 있거나 나를 위해 화관을 준비하고 있을 거야!" 그렇게 위안을 삼으며 앉아서 청동 받침대와 가는 줄 세공 가지로 장식된 나뭇가지 모양의 촛대를 보고 감탄했다. 한쪽 끝에는 기둥이, 그 맞은 편 끝에는 제단과 여제사장의 모습이 표현되어 있었다. 받침대에는 종려나무처럼 드리운 가지 끝의 섬세한 줄이 연결되어 흔들리고 있었다. 모든 것들이 놀랍고 진기했다. 그러나 불현듯 침묵이 의식되었다. 아름다운 물건들을 보고 있을 때조차도 귀를 쫑긋 세우고 있었다. 그렇게 열심히 귀를 기울였지만 아무 소리도 들리지 않았다. 궁전은 마치 무덤과도 같이 고요했다.

뭔가 착오가 있을 수 있다. 아니다, 전령은 이라스로부터 직접 왔고 이곳은 이데르네 저택이 맞다. 그런데 순간 아까 신기하게도 문이 그렇게 아무 소리 없이 저절로 열렸던 사실이 생각났다. 알아봤어야 했는데!

벤허는 그 문으로 가보았다. 비록 아주 사뿐히 걸었지만 발자국 소리가 크고 귀에 거슬렸으므로 자기도 모르게 움찔했다. 이제 점점 초조해졌다. 육중한 로마식 빗장은 아무리 들어올리려 해 봤지만 꿈쩍도 하지 않았다. 그리고 한 번 더 시도했지만 소용없었다. 두 볼에서 핏기가 싹 가셨다. 온 힘을 다해 비틀어보았지만 소용없었다. 문은 미동도 하지 않았다. 이제 벤허는 위기의식에 사로잡혀 잠시 동안 어찌할 바를 모르고 서 있었다.

도대체 안티오크에서 자기를 해칠 의도를 가진 자가 누구일까?

메살라!

그러면 이 이데르네 저택은? 입구는 이집트식이고, 눈처럼 흰 주랑 현관은 아테네식이지만 이곳 중앙 거실은 로마식이었다. 주위의 모든 것들로 보아 저택의 주인은 로마인이 분명했다. 사실 그곳은 대로변에 있어서 자기를 해치기에는 너무 공개적인 장소였다. 하지만 그런 이유로 적이 더 대담하게 나올 수도 있었다. 그러자 지금까지 멋지게 보였던 중앙거실이 달리 보이기 시작했다. 모든 우아함과 아름다움에도 불구하고 그것은 이제 그저 함정에 지나지 않았다. 불안한 마음이 되면 늘 모든 것이 어두워 보이기 마련이다.

그 생각에 벤허는 초조해졌다.

중앙거실의 좌우로는 여러 개의 문이 있었는데 틀림없이 침실로 향하는 것이 분명했다. 방마다 열어 보았지만 전부 굳게 닫혀 있었다. 노크를 하면 대답이 들려올지도 모른다. 그러나 소리를 내기가 부끄러워 그냥 긴 의자로 가서 벌렁 누워 버렸고, 어찌된 영문인지 곰곰이 생각하려고 했다.

아무리 생각해 봐도 갇힌 것이 틀림없다. 그러나 도대체 누가 무슨 목적으로 이런 짓을 한단 말인가?

만약 메살라의 소행이라면! 벤허는 벌떡 일어나 주위를 둘러보고는 덤빌 테면 덤벼보라는 듯 도전적으로 웃었다. 탁자마다 무기들이 있었다. 하지만 새들은 황금 새장에서 굶어 죽어 있었다. 자기는 그러지 않을 것이다. 긴 의자로 문을 부수어볼 수도 있었다. 그리고 힘이 세니까 분노하고 절망적인 상황에서는 더 괴력을 발휘할 수도 있었다!

메살라 본인이 직접 오지는 못할 것이다. 다시는 걷지 못하게 되었으니까. 이제는 시모니데스와 마찬가지로 앉은뱅이 신세였다. 그래도 다른 사람들을 움직이게 할 수는 있었다. 그리고 메살라가 부리지 못할 자가 있겠는가? 벤허는 일어나서 다시 문을 열려고 해 보았다. 그리고 한 번 외쳐보았다가 그 소리가 방 안에 울려 퍼지는 바람에 깜짝 놀랐다. 그러나 곧 침착함을 되찾자 탈출하려고 시도하기 전에 잠시만 기다려보기로 마음을 먹었다.

그런 상황에서 그의 마음은 불안과 평온이 번갈아가며 요동을 쳤다. 그러다 얼마나 오래 지났는지는 알 수 없었지만 마침내 그 일은 사고이 거나 착오일 것이라고 결론 내렸다. 그 저택은 분명 누군가의 소유였 다. 잘 돌보며 관리하고 있는 것이 틀림없었다. 그러니 관리인이 올 것 이었다. 저녁이나 밤이면 나타날 것이었다. 그러니 기다리자!

벤허는 그렇게 결론을 내리고 기다렸다.

그 어느 때보다도 훨씬 길게 느껴진 30분이 지났을 무렵 문이 열렸 다. 그러나 전처럼 아무 소리 없이 열렸다 닫혔으므로 벤허는 그 사실 을 알아차리지 못했다.

방의 제일 안쪽에 앉아 있던 벤허는 갑자기 다가오는 발자국 소리에 깜짝 놀랐다.

'드디어 그녀가 왔군!' 이라스가 온 것으로 생각하여 안도감과 기쁨 에 설레어 벌떡 일어났다. 그런데 발걸음 소리는 육중했고, 조잡한 샌 들의 삐걱대는 소리와 덜거덕거리는 또 다른 발걸음 소리가 들려왔다. 벤허와 문 사이에는 금박 기둥들이 있었으므로, 조용히 앞으로 나가 기 둥 가운데 하나에 몸을 숨겼다. 이윽고 목소리가, 남자들의 목소리가 들려왔다. 그 가운데 하나는 거칠고 쉰 소리였다. 지껄이는 말은 동방 이나 남유럽의 언어가 아니었으므로 뭐라고 하는 지는 알아들을 수 없 었다.

낯선 두 사람은 방을 쓱 훑어본 후에 왼쪽으로 가로질러 와 벤허의 시야에 들어왔다. 둘 다 키가 컸고 짧은 튜닉을 걸쳤으며 한 사람은 특 히 매우 건장했다. 보는 것마다 진기해하는 것으로 보아 집주인이거나 하인인 것 같지는 않았다. 손에 닿는 것마다 멈춰 서서 이리저리 살피 는 자세가 야만인이었다. 방 안이 그들의 존재로 더럽혀지는 것 같았 다. 동시에 여유로운 태도나 서슴없이 나아가는 모습을 보니 어떤 권리나 볼일이 있는 것이 틀림없었다. 볼일이 있다면 누구에게 말인가?

두 사람은 알아들을 수 없는 소리를 늘어놓으며 이리저리 어슬렁거리더니 점차 벤허가 숨어 있던 기둥으로 다가왔다. 햇빛이 바닥에 비스듬히 반사되자 근처에 있던 조각상에 관심을 보이며, 빛 속에 서서 살펴보았다.

이미 보았듯이, 저택의 묘한 분위기 때문에 신경이 곤두서 있던 벤허는 키가 크고 건장한 사내의 정체를 알고는 깜짝 놀랐다. 그는 로마에서 알고 지냈던 사람이자, 바로 어제 격투에서 거둔 승리로 월계관을 쓴 것을 보았던 북구인이었다. 수많은 전투에서 얻은 흉터 가득한 얼굴에는 야수와도 같은 흉악한 열정이 흘러넘쳤고, 사지는 운동과 훈련으로 단련되어 놀랍도록 탄탄했으며 어깨는 헤라클레스와도 같이 딱 벌어져 있었다. 사내를 알아본 순간 벤허는 정말로 위험에 처했다는 생각에 온 혈관의 피가 싸늘하게 식었다. 이렇게 되면 살해하려는 의도가 너무 완벽하여 우연이라고 볼 수는 없다는 것을 본능적으로 직감했다. 게다가 하수인까지 대동하고 나타났으니 자기를 노리는 것이 분명했다. 벤허는 북구인과 함께 온 자를 걱정스러운 눈길로 바라보았다. 젊고, 검은 눈과 검은 머리와 외모로 보아 유대인이 틀림없었다. 또한 두 사람 모두 검투사들이 경기장에서 입는 것과 똑같은 복장인 것을 알아챘다. 몇 가지 정황을 한데 맞추니 의도적으로 유인된 것이 틀림없었다. 도움을 청할 수도 없이 이 화려한 곳에서 아무도 모르게 죽게 생겼다!

어찌해야 할지 몰라 넋이 나간 채 두 사람을 번갈아 바라보는 동안 기적적으로 마음이 변하기 시작했다. 이제껏 살아 오는 동안 아무리 절망적인 상황에서도 포기하지 않았던 불굴의 정신이 되살아난 것이다. 마치 보이지 않는 손에 의해 깊은 심연에서 끌려나와 예전과는 다른 새로운 삶으로 들어온 것처럼 느껴졌다. 말하자면 이제껏 폭력에 희생되기만 했으므로 자기도 본때를 보여줘야만 한다. 그리고 겨우 어제에야 처음으로 첫 제물을 찾아냈다! 순수하게 그리스도교적 본성에서 본다면 그 상황은 부질없이 후회만 몰고 왔을 것이다. 그러나 벤허는 후회하지 않았다. 그는 마지막이자 가장 위대한 율법인 사랑이 아니라 첫 율법의 가르침에 따라 용기를 냈기 때문이다. 자신은 메살라에게 부당한 짓을 저지른 것이 아니라 처벌을 가한 것이었다. 주님이 허락하셨기에 승리를 거둘 수 있었다. 그 상황이 신념을 불러일으켰다. 신념은 이성을 되찾을 수 있게 해 주는 힘이 있었다. 특히 위험에 처했을 때 더욱 그랬다.

이성을 되찾은 효과는 거기에서 그치지 않고 이제 막 시작된 사명에 눈뜨게 해 주었다. 그 사명은 새로 오실 왕이 거룩하신 것처럼 거룩하고, 왕이 오실 것이 분명한 것처럼 분명했다. 그리고 사명을 완수하려면 폭력은 불가피하기 때문에 율법에 어긋난다고 할 수 없었다. 그런데 이제 막 그 사명을 시작하려는 마당에 두려워해서야 되겠는가?

벤허는 허리에 맨 장식 띠를 풀고, 머리에 쓴 터번과 하얀 외투도 벗어던진 채 적들과 다름없는 튜닉 차림으로 몸과 마음을 가다듬고 앞으로 나섰다. 팔짱을 끼고 기둥을 등진 채 조용히 기다렸다.

한편 적들은 얼마 안 있어 조각상을 다 살펴보았다. 이윽고 북구인이 몸을 돌리더니 알 수 없는 말로 뭐라고 지껄였다. 그때 벤허를 본 두 사람은 몇 마디 말과 함께 다가왔다.

"너희들은 누구냐?" 벤허가 라틴어로 물었다.

북구인은 험악한 미소를 지으며 대답했다.

"이방인이다."

"이곳은 이데르네 저택이다. 누구를 찾고 있냐? 어서 대답하라."

벤허는 진지하게 말했고 낯선 사내들은 멈춰 섰다. 그리고 이번에는 북구인 쪽에서 물었다. "너는 누구냐?"

"로마인이다."

그러자 거구의 사내는 목젖이 보이도록 껄껄 대고 웃었다.

"하하하! 나는 암염을 핥던 암소가 신이 되었다는 말은 들어봤어도 신이 유대인을 로마인으로 바꿀 수 있다는 말은 처음 듣는데."

웃음을 그치자 그는 동료에게 다시 뭐라 했고 그들은 좀 더 가까이 다가왔다.

벤허는 기둥에서 자리를 옮기며 말했다. "멈춰라! 한 마디만 더 하겠다."

두 사람은 다시 멈춰 섰다.

"딱 한 마디만이다!" 그 색슨 족은 커다란 팔을 가슴 위에 포개고는 얼굴을 찌푸렸던 위협적 태도를 누그러뜨리며 말했다. "한 마디만이야! 말해라!"

"당신은 북구인 토르드 아닌가."

그러자 거인은 놀라서 푸른 눈을 크게 떴다.

"로마에서는 검투사 조련사였고."

토르드는 고개를 끄덕였다.

"당신에게 배운 적이 있다."

"아니," 토르드는 고개를 흔들며 부인했다. "우리 색슨족 지혜의 신 이르민의 수염에 대고 맹세코 나는 유대인을 전사로 만든 적이 없다."

"하지만 내 말을 입증해 보이겠다."

"어떻게?"

"나를 죽이려고 왔겠지."

"맞다."

"그러면 먼저 당신 옆에 있는 자와 일대일로 맞붙게 해 달라. 저자의 몸으로 입증해 줄 테니."

그러자 북구인의 얼굴에 익살기가 떠올랐다. 그가 뭐라고 하자 함께 온 사내가 대답했다. 북구인은 놀이에 정신 팔린 아이처럼 천진난만하게 말했다.

"내가 시작하라고 할 때까지 기다려."

그는 긴 의자를 발로 걷어차 한 쪽으로 밀어내더니 그 위에 느긋하게 누운 후 완전히 편한 자세가 되자 짧게 말했다. "이제 시작해."

벤허는 침착하게 적수에게로 걸어갔다.

"자, 덤벼보라고."

사내는 잘됐다는 듯이 손을 올렸다.

준비 태세로 서로 마주 서자 두 사람은 누가 누군지 분간하기 어려울 정도로 형제처럼 닮았다. 사내의 자신만만한 웃음에 벤허는 진지하게 맞섰다. 그의 기술을 아는 사람이라면 상당히 위험하다는 것을 알아차렸을 것이다. 두 사람 다 그것이 목숨을 건 싸움이라는 것을 알았다.

벤허는 오른손으로 공격하는 척했다. 사내는 왼쪽 팔을 약간 내밀어 공격을 피했다. 그러나 사내가 다시 방어 자세를 취하기 전에 벤허는 수년간 노젓기로 단련된 손으로 사내의 손목을 집게로 물듯이 꽉 움켜잡았다. 불시의 기습은 완벽했고, 상대에게 피할 틈을 주지 않았다. 벤허는 몸을 앞으로 던져 사내의 목과 오른쪽 어깨 위로 팔을 밀어 넣어 상대의 몸 왼쪽이 정면을 향하도록 틀었다. 그리고는 왼손으로 귀 아래 급소를 내리쳤다. 가격하기에는 매우 좁은 부위였지만 공격은 단번에 명중하여 일격으로 충분했다. 상대는 끽 소리 한 번 못 내고 육중하게 쓰러지더니 그대로 뻗어 버렸다.

벤허는 이제 토르드 쪽으로 돌아섰다.

"허허! 아니 이럴 수가!" 토르드는 놀라서 외치며 몸을 일으키더니 웃어젖혔다.

"하하하! 나보다도 더 잘하는걸."

그리고 벤허를 머리에서 발끝까지 냉정하게 훑어보더니 벌떡 일어나 감탄의 기색을 감추지 않은 채 마주 섰다.

"그것은 내 기술이었는데. 내가 로마의 훈련소에서 10년 동안 연마한 기술이었지. 너는 유대인이 아니야. 도대체 누구지?"

"아리우스 집정관을 알 테지."

"퀸투스 아리우스 말인가? 물론이지, 내 후원자였는데."

"그분께는 아들이 있었다."

"그래." 놀란 표정이 약간 가라앉으며 토르드가 대답했다. "나는 그 소년을 알고 있지. 황제의 검투사가 될 만한 재목이었지. 황제도 후원하겠다고 할 정도였으니까. 지금 여기 이 자에게 써먹은 바로 그 기술을 내가 가르쳐 줬었지. 그 기술은 나처럼 완력이 대단하지 않고서는 쓸 수 없는 기술인데. 그 덕분에 나는 여러 번 우승할 수 있었지."

"내가 바로 그 아리우스의 아들이다."

토르드는 가까이 다가와 벤허를 자세히 살펴보더니 정말로 기쁘다는 듯이 눈이 반짝였다. 그리고 웃으며 손을 내밀었다.

"하하하! 그자는 나더러 여기에서 유대인을, 유대의 개를 만날 거라고 그랬는데. 유대인을 죽이면 신들에게 봉사하는 것이라면서."

"그자라니 누구를 말하는 거지?" 토르드의 내민 손을 잡으며 벤허가 물었다.

"그자야 메살라지, 하하하!"

"언제, 토르드?"

"간밤에."

"부상이 심한 걸로 알고 있는데."

"다시는 걷지 못할 거야. 병상에 누워서 신음하면서 말했다네."

단 몇 마디로 메살라의 증오에 찬 모습이 아주 생생하게 그려졌다. 벤허는 메살라가 살아 있는 한 여전히 무엇인가 일을 꾸밀 수 있는 위험한 존재이며, 절대 포기하지 않고 자기를 뒤쫓으리라는 것을 알았다. 망친 삶을 보상해 주는 것은 복수밖에 없을 것이었다. 그래서 산발라트와의 내기에서 잃은 재산에 그렇게 집착하는 것이리라. 벤허는 오시게 될 왕을 위하여 자기가 완수하고자 하는 과업에 메살라가 여러 면에서 방해가 될 것을 예상하고는 갑자기 생각을 확 바꾸었다. 로마인들이 쓰는 수법을 자기라고 쓰지 못할 이유가 없었다. 자기를 죽이라고 고용한 자를 이쪽에서 거꾸로 고용하여 역습을 펼칠 수 있었다. 그에게 높은 대가를 제시할 능력은 충분히 있었다. 그 유혹은 너무도 강렬했다. 그리고 반쯤 유혹에 넘어간 벤허는 완전히 뻗은 적수를 우연히 내려다보게 되었다. 자기와 매우 닮은 얼굴은 백지장처럼 하얗게 변해 위를 향한 채 누워 있었다. 그 순간 갑자기 뇌리를 스치는 것이 있어 물었다.

"토르드, 나를 죽이는 대가로 메살라가 얼마를 주겠다고 했지?"

"1천 세스테르티우스."

"그렇다며 그것은 그대로 받게 해 주겠네. 그리고 지금 내가 말하는 대로 하면 거기에 3천 세스테르티우스를 더 얹어 주겠네."

토르드는 크게 소리 내어 따져보았다.

"어제는 상금으로 5천을 벌었고, 로마인에게 1천을 받을 테니 도합 6천 세스테르티우스로군. 아리우스, 기왕 쓰는 김에 4천 세스테르티우스를 주게. 그러면 자네를 위해 무엇이든 해주겠네. 설령 내가 이름을 딴 토르 신이 망치로 나를 내려친다 해도 말일세. 4천으로 하세, 자네가 말만 하면 병석에 누워 있는 그 귀족도 죽여 주겠네. 손으로 입만 막아 버리면 그걸로 끝인데, 이렇게 말이야."

토르드는 손으로 자기 입을 꽉 막음으로써 죽이는 시늉을 해 보였다.

"알겠네. 1만 세스테르티우스면 큰 재산이지. 그 정도면 로마에 돌아가 대경기장 근처에 술집을 열고 일류 조련사에 걸맞게 살 수 있을 거야."

상상만으로도 즐거운 듯 토르드의 얼굴에 있는 그 많은 흉터마저 새로 빛나는 듯 했다.

"4천 세스테르티우스를 주겠네. 그리고 그 돈을 받고 자네가 할 일은 피 한 방울 묻히지 않아도 되는 일이네. 토르드, 내 말 잘 듣게. 여기 자네의 이 동료가 나와 흡사해 보이지 않나?"

"그러잖아도 한 나무에서 난 사과처럼 같다고 할 참이었네."

"좋아, 내가 그의 튜닉을 입고, 그에게는 내 옷을 입힌 후 여기에 내버려 둔 후 자네와 내가 빠져나간다면 메살라에게서 받기로 한 돈을 못 받을 리가 없지 않겠나? 자네는 그저 내가 죽었다고 메살라가 믿게만 하면 되니까."

토르드는 눈물이 입 안으로 흘러들어갈 때까지 웃어젖혔다.

"하하하! 이렇게 손 하나 까딱 않고 1만 세스테르티우스를 벌다니. 게다가 대경기장 옆에 술집이라! 그것도 피 한 방울 흘리지 않고 거짓말 한 번으로! 하하하! 아리우스의 아드님, 손을 주게. 가자고. 하하하! 로마에 오거든 북구인 토르드의 술집을 꼭 찾아주게나. 황제에게 빌려와야 할 테지만 내 맹세코 최고의 술로 대접하지!"

그들은 다시 악수를 하고나서 시체와 옷을 바꾸어 입기로 했다. 그리고 자정에 토르드가 묵고 있는 곳으로 전령을 보내어 4천 세스테르티우스를 전해주기로 했다. 합의가 모두 끝나자 토르드가 앞문을 힘껏 밀어 첬다. 그러자 문이 열렸다. 중앙거실을 지나 그는 벤허를 옆방으로 이끌었고, 그곳에서 벤허는 죽은 검투사의 싸구려 겉옷을 걸침으로써 완벽하게 위장했다. 그리고 두 사람은 옴팔로스에서 바로 헤어졌다.

"오 아리우스의 아드님, 대경기장 옆의 술집에 꼭 들르게나! 하하하! 이르민 신에 대고 맹세코 횡재도 이런 횡재가 없군. 신들의 가호를 비네!"

저택의 중앙거실을 빠져나오며 벤허는 자기의 유대인 옷을 입고 누워 있는 죽은 검투사를 마지막으로 보았을 때 만족스러웠다. 자기 모습과 놀랄 정도로 닮았다. 토르드가 발설하지 않는 한 그 속임수는 영원히 비밀에 부쳐질 것이었다.

밤이 되어 시모니데스의 집으로 찾아간 벤허는 이데르네 저택에서 있었던 일을 다 말해 주었다. 그리고 며칠 후 아리우스의 아들의 행방을 찾는 공고를 내기로 합의했다. 그 사건을 대담하게도 막센티우스에게 가져갈 계획이었다. 그러면 특별한 이변이 없는 한 메살라와 그라투스는 안도하며 매우 좋아할 테고, 벤허는 자신의 잃어버린 가족을 찾아 예루살렘으로 자유롭게 들어갈 수 있게 될 것이었다.

작별할 시간이 되자 시모니데스는 테라스에서 의자에 앉아 강을 내려다보며 작별 인사를 했고 아버지와도 같은 마음으로 주님의 평화를 빌어 주었다. 에스더는 벤허와 함께 계단 꼭대기로 올라갔다.

"내가 어머니를 찾게 되면, 에스더 당신도 예루살렘으로 가 티르자의 동생이 되어줘."

그 말과 함께 벤허는 에스더에게 입을 맞추었다.

그것이 단지 작별의 인사였을까?

이윽고 벤허가 강을 건너 일데림이 묵었던 곳에 이르자 안내인 역할을 해 줄 아랍 사람이 대기하고 있었다. 말들도 이미 준비되어 있었다.

"이것을 타고 가십시오."

벤허는 자기를 위해 준비한 말을 보았다. 아니 이럴 수가! 그것은 미라의 새끼들 가운데 가장 빠르고 영리한 알데바란이었다. 족장이 시리우스 다음으로 가장 아끼는 녀석이다. 그 선물에 담긴 족장의 따뜻한 정이 느껴졌다.

이데르네 저택 중앙거실에 있던 시체는 밤을 틈타 실려나가 매장되었다. 그리고 계획의 일환으로 메살라는 벤허의 죽음을 알림으로써 그라투스를 안심시키기 위해 전령을 급파했다. 이번에는 벤허가 확실히 죽었다고 생각한 것이다.

그로부터 머지않아 로마의 대경기장 근처에는 다음과 같은 간판이 걸린 술집이 문을 열었다.

'북구인 토르드 술집'

# 제6부

"저것은 사신인가? 둘이 전부인가?

죽음이 저 여인의 짝인가?

······

그녀의 살결은 나환자처럼 창백하다네,

그녀는 공포로 사람의 피를 얼어붙게 만드는

몽마 사중생이었소."137)


— 새뮤얼 콜리지의 「노수부의 노래」 중에서

137) 콜리지, 「노수부의 노래」, 『콜리지 시선』 윤준 옮김, 지만지 시선집

## 1. 안토니아 성채의 지하6호 감방

벤허가 일데림 족장과 함께 안티오크를 떠나 사막으로 갔던 밤으로 부터 한 달이 훌쩍 지나갔다.

그 사이 커다란 변화가 있었다. 적어도 우리의 주인공 벤허의 운명과 관련해서는 대단히 큰 변화였는데 바로 발레리우스 그라투스가 물러나고 본디오 빌라도[138]가 새로운 총독으로 취임한 것이었다!

총독을 바꾸기 위해 시모니데스는 당시 황제의 총애를 받으며 권력의 정점에 있던 세야누스 친위대장의 손에 정확히 5달란트라는 거금을 쥐어주었다. 벤허가 어머니와 누이를 찾기 위해 예루살렘을 드나드는 동안 가급적 신분이 노출되는 것을 피할 수 있도록 도와줄 생각에서 한일이었다. 충실한 하인 시모니데스는 드루수스와 그 패거리들로부터 따낸 돈을 그 숭고한 목적을 위해 썼다. 드루수스 패거리들은 내기에서진 돈을 전부 지불할 수밖에 없었는데, 그로 인해 아직까지 지급거절문제가 로마에 계류 중이던 메살라와 당연히 등지게 되었다.

시간이 얼마 지나지 않아 유대인들은 통치자가 바뀌었다고 더 나아질 것이 없다는 것을 깨닫게 되었다.

안토니아 성채의 주둔군과 교체하기 위해 파견된 보병대는 밤을 틈타 도시에 입성했다. 인근에 살고 있던 사람들이 다음날 아침 처음으로 마주한 광경은 옛 성벽이 불행히도 독수리와 황금구가 섞인 군기와 황제의 흉상들로 장식되어 있는 모습이었다. 흥분한 군중들은 빌라도가 머무르고 있던 카이사레아로 찾아가 그 혐오스러운 것들을 치워 달라

---

138) Pontius Pilatus. 로마식 이름으로 읽으면 폰티우스 필라투스가 맞지만 성경 속에 등장하는 익숙한 이름인 본디오 빌라도로 표기한다. 시리아 총독의 지휘 아래 있었다.

고 탄원했다. 그들은 닷새 동안 밤낮으로 궁전 문을 에워싸고 있었다. 마침내 빌라도는 경기장에서 그들과 만나기로 결정했다. 그런데 막상 군중이 모이자 병사들을 시켜 그들을 포위해 버렸다. 군중은 저항하는 대신 목숨을 걸고 탄원하였다. 그리고 빌라도는 흉상과 군기들을 카이사레아로 되가져오게 했다. 좀 더 사리분별이 있었던 전임 총독 그라투스는 유대인들이 몹시 싫어하는 그 물건들을 11년 재위 기간 동안 그곳 카이사레아에 보관했었다.

아주 못된 인간이라도 어쩌다 한 번은 본의 아니게 선한 일을 할 때가 있었는데 바로 빌라도가 그랬다. 그는 유대에 있는 모든 감옥을 조사하여 그곳에 갇혀 있는 모든 사람들의 명단을 죄목의 선고문과 함께 보내도록 명령했다. 그 명령은 갓 취임한 관리들이 흔히 행하는 조치로서 자칫 기강이 해이해질까봐 우려해서 내린 것이었다. 그러나 그 조치로 좋은 효과가 있으리라고 기대하고 있던 사람들은 빌라도를 믿었고 당분간은 만족했다. 그리고 결과는 놀라웠다. 기소된 적이 없었던 수백 명의 무고한 사람들이 풀려난 것이었다. 오랫동안 죽은 것으로 여겨졌던 많은 사람들이 세상의 빛을 보게 되었다. 그런데 그보다도 한층 더 놀라운 일은 당시 일반 사람들만 모르고 있었던 것이 아니라 실제로 감옥 당국에서도 완전히 잊고 있었던 지하 감옥의 존재가 밝혀진 것이었다. 그 지하 감옥 가운데 한 곳을 이제 살펴보려고 한다. 그리고 신기하게도 그 일은 예루살렘에서 일어났다.

모리아 산의 성역을 3분의 2나 차지하고 있는 것으로 기억되게 될 안토니아 성채는 원래 마케도니아 사람들이 만들어 놓은 성이었다. 그 후에 요한 히르카누스(John Hyrcanus) 왕이 성전을 방어하기 위해 요새로 격상시켰는데, 당시에는 난공불락의 요새로 유명했다. 하지만 헤롯 왕은 더 대담한 독창력으로 성벽을 보강하고 확장하여 관청, 막사, 무기고, 탄약고, 저수조, 온갖 종류의 감옥을 지어 영원한 요새가 될 대건축물로 변모시켰다. 헤롯은 단단한 암반을 깎아 깊이 판 후에 그 위에 건물들을 지었다. 그렇게 한 후 아름다운 주랑으로 성전과 전체 건물을 연결해 놓았는데, 주랑 지붕에 서면 성스러운 건축물의 안뜰을 내려다볼 수 있었다. 그런 상태에서 성채는 결국 헤롯의 손에서 로마인들의 수중으로 넘어갔다. 로마인들은 성채의 장점과 이점을 재빨리 파악하여 자기들에게 어울리는 용도로 바꾸었다. 그라투스의 임기 내내 그곳은 수비대의 주둔지이자 혁명가들에게는 끔찍한 지하 감옥이 되었다. 소요를 진압하기 위해 성문에서 보병대가 쏟아져 나올 때의 무시무시한 모습이란! 또한 유대인이 그들에게 잡혀 그 성문으로 들어갈 때의 끔찍한 모습이란!

설명은 이쯤에서 마치고 이제 본론으로 들어가 보자.

수감되어 있는 사람들에 관한 보고를 요구하는 신임 총독의 명령은 안토니아 성채에도 하달되어 즉시 실행되었다. 그리고 마지막 무고자에 대한 조사가 이루어지고 나서 이틀이 흘렀다. 상부에 보낼 준비가 끝난 일람표 형식으로 만들어진 보고서는 담당 사령관의 책상 위에 놓여 있었다. 5분 후면 그것은 시온 산의 궁전에 체류하고 있는 빌라도에게 보내질 것이었다.

사령관의 집무실은 널찍하고 시원했으며 모든 점에서 중요한 위치에 있는 지휘관의 위엄에 걸맞게 꾸며져 있었다. 저녁 7시쯤 안을 살짝 들여다보니 사령관은 지치고 초조한 기색이었다. 보고서를 보내고 나면 주랑현관 옥상으로 올라가 바람을 쐬며 거닐다가 성전 뜰에 있는 유대인들을 구경하며 시간을 보낼 셈이었다. 부하들과 관리들도 마찬가지로 일이 끝나기만을 고대하고 있었다.

그렇게 잠시 기다리고 있는 사이 옆방으로 향하는 입구에 한 남자가 나타났다. 그는 하나하나가 모두 망치처럼 육중한 열쇠꾸러미를 들고 있어서 시끄러운 소리가 났으므로 당장 사령관의 관심을 끌었다.

　"이봐, 게시우스, 들어오게." 사령관이 말했다.

　새로 들어온 사내가 안락의자에 앉아 있던 사령관 앞의 책상으로 다가오자 그곳에 있던 모든 사람들이 사내를 쳐다보았다. 사내의 표정에 드러난 놀라고 수치스러운 기색을 알아 본 사람들은 그가 무슨 말을 하는지 들어보려고 귀를 기울였다.

　사내는 고개를 낮게 숙이며 말했다. "오, 사령관님! 방금 가져온 소식을 말씀드리려니 겁이 납니다."

　"하, 또 실수를 저지른 건가, 게시우스?"

　"제 스스로도 그것이 단지 실수라고 납득할 수 있다면 그렇게 두렵지는 않을 겁니다."

　"그렇다면 죄를 지은 거로구만, 아니면 근무 태만이거나. 황제를 비웃거나, 신들을 욕해도 살아남을 수는 있다. 하지만 의무를 소홀히 했다가는 알지, 게시우스 무슨 일인지 어서 말해 보라!"

　남자는 조심스럽게 말을 꺼냈다. "발레리우스 그라투스 전임 총독이 성채의 이곳 죄수들의 간수로 저를 임명한 지 어언 8년이 되었습니다. 소임을 시작했던 날 아침이 지금도 생생히 기억납니다. 전날 거리에서 폭동이 일어나 충돌이 있었거든요. 많은 유대인들이 죽었고 저희 측에서도 사상자가 있었습니다. 그 일이 어떻게 된 일인가 하면, 사람들 말로는 그라투스 총독에 대한 암살 시도가 있었다고 하는데, 총독이 지붕에서 떨어진 기왓장에 맞아 말에서 떨어졌다고 하는군요. 머리에 붕대를 잔뜩 감은 채 지금 사령관님이 앉아 계신 자리에 앉아 있던 총독을 보았습니다. 그분은 저를 간수로 임명한다며 감방 번호에 해당하는 번호들이 있는 이 열쇠들을 제게 주었습니다. 그것들은 제 소임을 나타내는 휘장 같은 것이니 항상 몸에 지니고 있으라고 했습니다. 책상 위에는 양피지 두루마리가 하나 있었는데, 저보고 가까이 오라고 하더니 그 두루마리를 펼쳤습니다. '여기 지하 감옥의 지도가 있다.' 지도는 전부 석 장이 있었습니다. 이어서 계속 설명해 주었습니다. '이것은 1층의 배치도다. 이 두 번째 지도는 2층의 배치도고 마지막이 아래 지하층의 배치도다. 너를 믿고 이것들을 맡긴다.' 그리고는 제게 그것들을 넘겨주며 한 가지 더 당부했습니다. '이제 열쇠와 지도를 네게 맡겼으니 즉시 가서 전체 배치를 잘 숙지하도록 하라. 각 감방마다 찾아가서 그 상태를 잘 살피도록 하라. 너는 내 직솔 관할이니 죄수를 지키는데 필요한 것이 있거든 네가 결정하여 요청하도록 하라.'

제가 인사하고 돌아서 나오려는데 총독이 다시 불러 세웠습니다. '아, 잊은 게 있다. 지하층의 지도를 줘보게.' 지도를 돌려줬더니 그것을 책상 위에 펼치고 말했습니다. '여기, 게시우스. 이 감방을 보게.' 그러고는 손가락으로 5라고 쓰인 숫자를 짚었습니다. '그 감방에는 지독한 세 놈들이 갇혀 있는데 어찌하여 국가의 기밀을 알아낸 자들이다. 어떤 면에서 보면 범죄보다도 더 죄질이 나쁜 호기심 때문에 그 고통을 겪고 있는 거지. 그래서 눈이 뽑히고 혀가 잘린 채 그곳에 평생 갇히게 되었다. 그들에게는 먹을 것과 마실 것 외에는 아무것도 주면 안 된다. 음식마저도 구멍을 통해서만 주도록 하게. 구멍은 선반으로 덮인 벽에 찾아보면 있을 걸세. 알겠나, 게시우스?'

'잘 알아들었습니다.'

'좋아. 절대 잊어서는 안 될 또 하나는,' 그분은 갑자기 위협적으로 저를 보며 말했습니다. '같은 층에 있는 감방, 여기 이 5호 감방 말인데.' 총독은 제 기억을 불러일으키기 위해 특정 감옥을 손가락으로 가리키며 말했습니다. '그곳의 문은 무슨 일이 있어도 절대로 열면 안 된다. 절대 누구도 드나들어선 안 되고, 자네도 들어가면 안 돼.' '하지만 죄수들이 죽기라도 하면요?' '죽으면 거기가 곧 놈들의 무덤이다. 그들은 죽어 없어지라고 그곳에 유폐된 거니까. 그 감방은 바로 나환자 소굴이다. 무슨 말인지 알아들었나?' 그 말과 함께 저를 내보냈습니다."

게시우스는 잠시 멈추더니 튜닉 앞섶에서 하나같이 오래 사용하여 누렇게 바랜 양피지 석 장을 꺼냈다. 그 가운데 하나를 사령관 앞 책상에 펼쳐놓으며 짤막하게 말했다. "이것이 바로 지하층입니다."

방 안에 있던 모든 사람들이 그것을 보았다.

지도

| 통로 | | | | |
|---|---|---|---|---|
| 5 | 4 | 3 | 2 | 1 |

"오 사령관님, 이것이 바로 제가 그라투스 지방장관에게서 받은 지도입니다. 보시죠, 거기 5호 감방이 있죠."

"알겠네. 계속해보라. 그가 그 감방이 나환자 소굴이라고 했다지."

"사령관님께 한 가지 묻고 싶습니다." 간수는 조심스럽게 말했다.

사령관이 허락했다.

"그런 상황에서 제가 지도가 진짜라고 믿은 게 틀린 걸까요?"

"다른 생각을 할 수 있었겠느냐?"

"그런데 지도는 진짜가 아니었습니다."

사령관은 놀라서 고개를 들었다.

"지도는 진짜가 아니었습니다. 지도에는 감방 다섯 개만 나와 있지만 실제로 감방은 여섯 개가 있습니다."

"방금 여섯 개라고 했나?"

"원래 지하층 또는 그럴 것이라고 제가 생각하는 모습을 보여드리겠습니다."

게시우스는 석판 위에 다음과 같은 설계도를 그리더니 그것을 사령관에게 주었다.

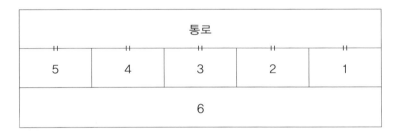

| 통로 | | | | |
|---|---|---|---|---|
| 5 | 4 | 3 | 2 | 1 |
| 6 | | | | |

"잘했다." 사령관은 게시우스가 그린 그림을 보고, 그의 이야기가 모두 끝났다고 생각했다. "지도를 수정하게 하거나, 아니면 아예 새로운 것을 하나 그려서 주겠다. 아침에 가지러 오도록 하라."

그렇게 말하면서 자리에서 일어섰다.

"하지만 사령관님, 아직 드릴 말씀이 남았습니다."

"게시우스, 오늘은 이만 끝내고 내일 하자."

"제가 드리려는 말씀은 한시가 급한 일입니다."

마음씨가 좋았던 사령관은 다시 자리에 앉았다.

간수는 공손히 말했다. "서두를 테니 한 가지만 더 여쭙겠습니다. 그라투스 총독이 5호 감방에 있는 죄수들에 대해 제게 해준 말을 믿는 것이 틀렸을까요?"

"무슨 소리냐. 그곳에 눈이 뽑히고 혀가 잘린 죄수들이 세 명 있다고 믿는 것이 당연하지."

"그런데 그것도 사실이 아니었습니다."

"아니라고!" 사령관은 다시 관심을 보이며 대꾸했다.

"사령관님 들어보시고 판단하십시오. 저는 명령대로 1층에 있는 감방부터 시작하여 지하층의 감방을 끝으로 모든 감방을 일일이 둘러보고 다녔습니다. 5호 감방은 절대로 열어보면 안 된다는 명령은 그대로 지켰습니다. 8년 내내 벽의 구멍을 통해서만 그 세 죄수에게 음식과 물을 들여보내 주었지요. 그러다 어제 감방 문 앞으로 갔을 때 예상 외로 그렇게 오랫동안 살아남은 죄수들을 보고 싶은 마음이 발동했습니다. 그래서 열쇠를 넣었지만 열리지 않기에 살짝 밀었더니 경첩이 삭았는지 문짝이 그대로 떨어져나가더군요. 안으로 들어가 보았더니 예상과 달리 소경에 말을 못하는 벌거숭이 노인 한 사람밖에 없었습니다. 그의 머리칼은 허리 아래까지 내려와 뻣뻣한 거적 위로 늘어져 있었습니다. 피부는 흡사 양피지 같았습니다. 손을 내밀고 있었는데 손톱은 새의 발톱마냥 말리고 구부러져 있었습니다. 저는 그에게 다른 죄수들은 어디 있냐고 물었습니다. 그랬더니 아니라는 뜻으로 고개를 젓더군요. 다른 죄수들을 찾으리라는 생각에 저희는 감방 안을 샅샅이 뒤졌습니다. 그러나 바닥에는 아무 것도 없었습니다. 벽도 마찬가지고요. 만일 세 사람이 그곳에 유폐되었는데, 두 사람이 죽었다면 적어도 그들의 뼈라도 남아 있어야 할 것 아닙니까."

"그래서 네 생각은……."

"오, 사령관님, 처음부터 8년 동안 그곳에는 죄수가 한 사람밖에 없었습니다."

사령관은 간수를 날카롭게 쳐다보더니 말했다. "조심해라. 네 말은 발레리우스 총독이 거짓말이라도 했다는 것이냐."

게시우스는 고개를 숙이며 대답했다. "뭔가 착각하셨을 수도 있지요."

그러자 사령관이 다시 온화하게 말했다. "아니, 그가 옳다. 네 말을 들어보면 그가 옳다는 것을 알 수 있다. 8년 동안 3인분의 음식을 넣어 주었다고 네 입으로 말하지 않았느냐?"

옆에서 지켜보던 사람들은 사령관의 예리한 지적에 모두 동의했다. 그러나 게시우스는 전혀 당황한 것 같지 않았다.

"사령관님, 아직 제 얘기를 반밖에 안 들으셨습니다. 다 듣고 나시면 제 의견에 동의하실 것입니다. 제가 그 죄수를 어떻게 했는지는 아시겠죠. 몸을 씻기고 머리와 수염을 깎인 후 옷을 입혀 성문으로 데리고 가서 풀어 주었습니다. 그리고 그에 관한 일에서는 손을 떼었습니다. 그런데 그 노인이 오늘 감방으로 돌아왔고 부하들이 제게로 데려왔습니다. 노인이 눈물을 흘리며 손짓 발짓으로 감옥으로 되돌아가고 싶다는 뜻을 내비치기에 저는 그렇게 하라고 명령했습니다. 그런데 부하들이 데리고 나가려고 하자 그는 갑자기 몸을 던지더니 제 발에 입을 맞추며 저도 같이 가야 한다고 고집을 부렸습니다. 그래서 어쨌든 저도 함께 갔습니다. 나머지 두 죄수가 어찌 되었는지 계속 걸렸거든요. 그 것이 석연치 않았었지요. 그런데 이제는 그의 애원을 들어주길 참 잘했다 싶습니다."

그의 말을 듣던 사람들은 이 대목에 이르러 아주 잠잠해졌다.

"저희가 감방에 다시 들어가자 죄수는 그 사실을 알아채고 제 손을 꽉 잡더니 저희가 음식을 넣어주던 것과 똑같이 생긴 한 구멍으로 저를 이끌었습니다. 투구를 밀어 넣을 수 있을 정도로 큰 구멍인데도 어제 살필 때는 못보고 놓쳤나 봅니다. 그자는 제 손을 놓지 않은 채 얼굴을 구멍에 갖다 대더니 짐승과도 같은 소리를 냈습니다. 그러자 희미하게 되돌아오는 소리가 들렸습니다. 저는 깜짝 놀라서 그자를 끌어내고 제가 직접 불러 보았습니다. '이봐, 거기 누구 있어!' 처음에는 아무런 대답도 없었습니다. 제가 다시 불렀더니 놀랍게도 들려오는 소리가 있었습니다. '오, 주여 감사하나이다!' 오 사령관님, 더욱 놀라운 일은 그 소리가 여인의 목소리였다는 것입니다. 제가 누구냐고 물었더니 대답이 돌아왔습니다. '딸과 함께 이곳에 갇힌 이스라엘 여인입니다. 어서 저희를 여기서 꺼내 주세요, 안 그러면 곧 죽을 겁니다.' 저는 그들에게 기운 내라고 말하고 사령관님의 뜻을 알아보려고 이렇게 급하게 달려온 것입니다."

사령관은 그 말에 황급히 일어섰다.

"네 말이 옳다, 게시우스. 이제야 알겠다. 그 지도는 거짓이었고, 세 죄수에 대한 이야기도 거짓이었군. 발레리우스 그라투스보다도 더 나은 로마인들이 있어 다행이다."

"그렇습니다. 그 죄수의 손짓발짓으로 겨우 알아낸 사실인데 그자는 자기가 받은 음식을 꼬박꼬박 여인들에게 나누어 주었다는군요."

"설명은 그걸로 됐고," 사령관은 동료들의 얼굴을 보고 그 정도면 충분한 증인이 되었다고 판단하여 덧붙였다. "그 여인들을 구출해야겠다. 다 함께 가자."

게시우스는 몹시 기뻤다.

"아마도 벽을 뚫어야 할 것 같습니다. 문이 있었던 것 같은 자리를 찾아내긴 했는데 돌과 모르타르로 단단히 메워 놓았더군요."

사령관은 부하 한 사람에게 명령했다. "연장을 챙겨 일꾼들을 뒤따라 보내게. 서둘러라. 하지만 보고서는 수정해야 하니 보내는 것을 보류하도록."

그리고 사령관 일행은 곧장 현장으로 달려갔다.

## 2. 풀려난 두 나환자


"딸과 함께 이곳에 갇힌 이스라엘 여인입니다. 어서 저희를 여기서 꺼내 주세요. 안 그러면 곧 죽을 겁니다."

간수 게시우스가 그린 지도에 6호 감방으로 표시되어 있던 감방에서 들려온 대답이었다. 게시우스가 그들로부터 대답을 들었을 때 독자들은 그 불행한 여인들이 누구인지 단박 알아차리고 중얼거렸으리라. "아, 드디어 벤허의 어머니와 여동생 티르자로구나!"

그랬다.

8년 전 로마군에게 체포되던 날 아침 그들은 안토니아 성채로 끌려갔고, 그라투스는 그들을 그곳에 외따로 가두기로 했다. 직접 자기의 감시 하에 둘 목적으로 6호 감방을 선택한 것이었는데, 우선 다른 사람들의 눈에 띄지 않아 좋았고, 둘째로는 그곳이 나병에 감염되었기 때문이다. 이 죄수들은 단지 사람들 눈에 띄지 않을 뿐 아니라 살아서는 나오지 못할 곳에 가두어 놓아야 했다. 그래서 아무도 보는 사람이 없는 시간인 야밤을 틈타 노예들을 시켜 은밀히 일을 진행시켰다. 두 사람을 감방에 밀어넣고 문을 막아 버린 후 일이 다 끝나자 노예들은 더 이상 소식을 듣지 못하게 뿔뿔이 사방으로 보내 버렸다. 그리투스는 비난을 면하기 위해, 그리고 만일 발각될 경우에 대비하여 둘을 살해하라고 지시한 것과 처벌한 것은 다르다는 점이 참작되도록 둘러댈 여지를 남겨두었다. 두 모녀가 바로 죽지야 않겠지만 어쨌든 나병으로 확실히 죽을 수 있는 장소에 유폐시키는 쪽을 선택한 것이다. 그들과 함께 지낼 만한 사람으로 눈이 뽑히고 혀가 잘린 죄수 하나를 골라 유일하게 연결된 감방에 수감하고 그들에게 음식을 전해주게 했다. 그 불쌍한 죄수는 앞을 볼 수도 말을 할 수도 없었으므로 그 일을 발설하거나 여인들이 누구인지, 그들을 그렇게 가둔 사람이 누구인지 알 수도 없었다. 그렇게 메살라와 공모하여 교활한 방법으로 그라투스는 암살을 획책했다는 구실을 내세워 이제껏 한 푼도 황제의 금고로 들어간 적이 없는 허 가문의 막대한 재산을 마음대로 빼돌릴 수 있게 되었다.

계책을 완성하기 위한 마지막 조치로, 그라투스는 감옥의 오랜 간수를 그 자리에서 잘라 버렸다. 간수가 직접 봉인작업을 하지는 않아 그 일에 대해서는 모르지만, 지하층에 대해 훤히 알고 있어서 감방을 개조한 것을 계속 감추기가 불가능했기 때문이다. 그렇게 간수를 내몰고 농간을 부려 우리가 이미 보았듯이 6호 감방을 뺀 새 지도를 그려 새로운 간수에게 전달한 것이었다. 지도에 누락한 것과 더불어 새 간수에게 내린 지시로 그 계책은 완벽히 실행되었다. 감방과 그곳의 불행한 두 사람의 존재는 세상에서 완전히 잊혀버리게 된 것이다.

8년 동안 모녀의 삶이 어땠는지 생각해 보려면 그들의 문화와 예전의 관습을 떠올려 보면 된다. 주변 상황이 쾌적한지 견디기 힘든지는 우리의 주관적인 느낌에 따라 좌우된다. 그리스도교적 관점에서 보는 천국처럼 만일 모든 사람들이 갑자기 세상을 떠난다면 많은 사람들에게는 그곳이 천국처럼 느껴지지 않을 수도 있다. 반면에 소위 지옥에서도 모든 사람들이 똑같은 고통을 느끼지도 않을 것이다. 수양은 지성과 영혼이 균형을 잡게 해 준다. 정신이 총명해지면 순수한 기쁨을 느낄 수 있는 영혼의 능력도 비례하여 향상된다. 그래서 영혼이 구원된다면 얼마나 좋겠는가! 하지만 영혼이 타락하기라도 한다면 이제껏 쌓아 왔던 수양은 물거품이 된다! 어느 한 상황에서 기쁨을 느낄 수 있는 능력은 다른 상황에서 고통을 견딜 수 있는 능력을 가늠하는 척도가 된다. 그래서 회개는 단순히 죄를 뉘우치는 후회로 끝나는 것이 아니라 더 고

차원의 것이 되어야 한다. 즉 진정한 회개란 하늘나라에 합당하도록 인성이 변화되는 것을 의미한다.

되풀이하여 말하지만, 벤허의 어머니가 겪은 고통을 제대로 알려면 지하 감옥에 갇혀 있는 상황에 못지않게 그녀의 영혼과 감수성도 고려해 보아야 한다. 중요한 점은 상황 그 자체가 아니라, 그녀가 그 상황에 어떤 영향을 받았느냐이다. 그리고 제2부 서두에서 아주 세밀히 묘사한 저택 옥상 정자에서의 장면을 떠올려 보면 그녀가 어떤 영향을 받았을지 예상해 볼 수 있다. 그래서 벤허가 어머니에게 질문을 던졌을 때 독자들의 이해를 돕기 위해 허 가문의 저택에 대해 그렇게 자세하게 묘사한 것이었다.

다시 말해서, 호화로운 대저택에서의 평온하고 행복했던 쾌적한 삶과 안토니아 성채 지하 감옥에서의 삶을 대비해 보자. 그러면 그 여인의 비참함을 이해해 보려 애쓰는 독자에게는 물리적인 상태를 언급하는 것만으로 충분할 것이다. 인간을 사랑하고 마음이 따뜻한 사람이라면 충분히 공감할 것이다. 그러나 단순히 공감하는 데서 그치지 않고 한층 더 나아가 그녀의 마음과 정신이 겪는 끔찍한 고통을 함께 느끼게 될 것이다. 그리고 결국에는 그것이 얼마나 큰 지 헤아려 보려고 애쓸 것이다. 벤허의 어머니가 자기 아들에게 하나님과 민족들과 영웅들에 대해 말할 때의 모습을 떠올려 보라. 철학자다운 면모를 보이기도 하고 스승 같은 모습을 보이기도 하면서도 어머니로서의 자세를 잃지 않았던 모습을 말이다.

사람이 가장 심하게 상처받을 때는 남자의 경우 자존심에 금이 가는 것이고, 여자의 경우 자애심을 건드리는 것이다.

이 불행한 여인들의 원래 모습을 재빨리 떠올리며 지하 감옥으로 내려가 지금 그들의 모습을 살펴보자.

6호 감방은 게시우스가 지도에 그린 형태와 같았다. 그러나 얼마나 넓은지는 별로 알 수 없었다. 그저 약간 널찍하고 내부는 거칠며 벽과 바닥이 여기저기 울퉁불퉁하다는 정도로 충분하다.

처음에 마케도니아인들이 지었던 성터는 쐐기 모양의 좁지만 깊은 낭떠러지에 의해 성전 터와 분리되어 있었다. 감방들을 일렬로 파내고 싶었던 인부들은 자연석의 윗부분을 남겨놓고 벌어진 틈의 북쪽 면을 파 들어갔다. 더 깊이 파내며 그들은 다섯 개의 감방을 나란히 만들었고 6호 감방은 5호를 제외하고는 다른 감방과는 연결되지 않게 만들어 놓았다. 똑같은 방식으로 통로와 위층으로 올라가는 계단도 만들었다. 예루살렘 북쪽에서 약간 떨어진 거리에서도 잘 보이는 왕들의 묘를 만들 때 썼던 방법과 정확히 같은 작업공정을 밟았다. 그래서 굴착과정이 모두 끝나자 6호 감방은 바깥쪽 면이 거대한 바위벽에 둘러싸이게 되었고 통풍을 위한 좁은 구멍들이 현대의 현창처럼 비스듬히 나 있었다. 헤롯은 성전과 성채를 수중에 넣자 이 외측 벽을 한층 단단하게 덧씌운 후 모든 구멍들을 메워 버리고 단 한 개만 남겨 두었다. 유일하게 남은 그 구멍을 통해서 생명에 필수적인 약간의 공기와, 어둠을 몰아낼 정도는 아니었지만 어쨌든 한줄기 빛이 들어왔다.

6호 감방의 상황은 그랬다.

그러나 아직 놀라기는 이르다!

방금 5호에서 풀려난 앞 못 보고 말 못 하는 죄수의 설명에서 앞으로 벌어질 끔찍한 일이 어느 정도 짐작될 것이다.

두 여인은 구멍 옆에 바싹 몸을 붙이고 함께 있었다. 한 사람은 앉아 있었고, 다른 한 사람은 상대에게 몸을 기댄 채 반쯤 누워 있었다. 그들과 맨 바위 사이에는 아무것도 없었다. 위에서 비스듬히 들어오고 있던 빛에 드러난 그들의 모습은 끔찍했는데 천 쪼가리 하나 변변히 걸치지 못하고 있었다. 그렇지만 서로를 부둥켜안고 있는 두 모녀의 모습에서는 그래도 아직 사랑이 남아 있음을 알 수 있다. 재산은 날아갔고, 안락한 삶도 사라지고, 희망도 사그라졌지만 아직 사랑은 남아 있다. 하나님은 사랑이시다.

두 사람이 그렇게 부둥켜안고 있던 돌바닥은 하도 닳아서 반들반들해졌다. 그들이 구멍 앞에 그렇게 앉아서 희미하지만 따뜻하게 내리쬐는 한줄기 빛에 의지해 구출되리라는 희망을 버리지 않은 채 어떻게 8년 세월을 보냈는지 그 누가 알 수 있으랴? 빛이 서서히 들어오기 시작하면 동이 튼 줄 알았고 빛이 점차 사라지기 시작하면 온 세상이 밤의 정적에 잠기기 시작한다는 것을 알 수 있을 뿐이었다. 그곳처럼 밤이 길고 완전한 암흑 속에 잠기는 곳은 이 세상 어디에도 없으리라. 아 바깥세상! 바위 사이에 난 틈이 왕궁의 성문처럼 높고 널찍하기라도 하듯 두 사람은 생각 속에서 그곳을 지나 바깥세상으로 나가 벤허를 찾아 헤매며 기분이 오르락내리락하는 힘겨운 시간을 보냈다. 바다에 있으려나, 바다 가운데 섬들에 있으려나, 오늘은 이 도시, 내일은 저 도시에 있으려나 싶었다. 그리고 어느 곳에 있더라도 늘 한 곳에 머무르지 못하고 떠도는 것 같았다. 그들이 벤허를 기다리며 살아가듯 그 역시 두 모녀를 찾아 헤매며 살고 있을 것이기 때문이었다. 생각으로 끝없이 벤허를 찾는 가운데 벤허와 얼마나 수도 없이 서로 마음이 오고 갔을까! 모녀는 서로 격려하며 위안을 삼았다. "살아 있는 동안 절대로 그는 우리를 잊지 않을 거야. 그가 우리를 기억하는 한 아직 희망이 있어!" 사람이 짜낼 수 있는 힘은 미약하다지만, 시련을 겪기 전에는 누가 그것을 알겠는가?

우리들이 기억하는 모녀의 마지막 모습을 떠올려 보면 슬픔이 숙연하게 온몸을 감싸고 있었다. 그런데 이제 가까이 다가가서 보지 않아도 두 사람의 외모가 심하게 변했음을 알 수 있는데, 그것은 단지 시간이 많이 흘렀고 감금되어 있었기 때문이라고만 할 수 없었다. 과거에 어머니는 아름다운 여인이었고, 딸은 예쁜 어린아이였다. 그런데 지금은 아무리 좋게 보려고 해도 그렇다고는 할 수 없었다. 머리카락은 길고 완전히 형클어진데다 이상할 정도로 하얗다. 그들의 모습에는 알 수 없는 혐오감에 보는 이를 움찔하여 물러서게 만드는 무엇인가가 있었다. 숨 막힐 것 같은 어둠 사이로 음산하게 가물거리는 흐릿한 빛 때문에 빚어진 착시현상일지도 몰랐다. 아니면 그들에게 먹을 것을 나누어주던 그 죄수가 끌려간 이후로, 그러니까 어제부터 아무것도 먹지 못했으므로 허기와 갈증에 시달리느라 그런지도 몰랐다.

어머니 품에 반쯤 안겨 누워 있던 티르자가 애처롭게 신음했다.

"조용히 하렴, 티르자. 우리를 구하러 사람들이 올 거야. 하나님은 선하신 분이란다. 우리는 늘 그분을 기억하며 성전에서 울리는 나팔소리에 맞춰 기도하는 것을 잊지 않았잖니. 너도 보듯이 아직 빛이 밝잖니. 해가 남쪽 하늘에 떠 있는 것으로 보아 아직 오후인 게 분명하다. 누군가가 꼭 우리를 구하러 올 거야. 믿음을 잃지 말자꾸나. 하나님은 선하신 분이란다."

어머니는 그랬다. 우리가 마지막으로 보았을 때 열세 살이었던 티르자는 8년의 세월이 더해져 더 이상 어린아이가 아니었지만 어머니가 단순한 말로 달래자 잘 알아들었다.

"견뎌 볼게요, 어머니. 어머니도 저만큼 고통스러우실 테니까요. 그리고 어머니와 오빠를 위해 힘을 낼 게요! 하지만 혀가 타들어가고 입술이 바싹바싹 말라요. 오빠는 어디에 있을까요, 그리고 정말 우리를 찾아낼까요?"

그 음성은 어딘지 모르게 이상하게 느껴졌다. 예기치 않게도 금속에서 나는 것처럼 거칠고 메마르고 기괴한 소리였다.

어머니는 딸을 품으로 바싹 끌어당기며 말했다. "간밤에는 네 오빠 꿈을 꾸었단다. 티르자, 지금 너를 보는 것처럼 아주 생생하게 보았지. 너도 알듯이 우리 선조들이 그랬던 것처럼 우리는 꿈을 믿어야 한다. 주님께서는 자주 그렇게 꿈을 통해 말씀해 주신단다. 꿈속에서 우리는 아름다운 문과 바로 마주한 여인들의 뜰에 있었는데 그곳에는 많은 여인들이 있었단다. 벤허가 오더니 문 그늘에 서서 여기저기 살피며, 이 사람 저 사람 보았단다. 내 가슴이 빠르게 뛰었지. 그 아이가 우리를 찾고 있다는 것을 알 수 있었단다. 그래서 팔을 뻗으며 그 아이를 부르며 달려갔단다. 벤허는 내가 부르는 소리를 듣고 나를 보았지만 알아보지는 못했단다. 이내 가 버리더구나."

"우리가 오빠를 실제로 만나더라도 그렇게 되지 않을까요, 어머니? 우리는 너무 많이 변했잖아요."

"그럴지도 모르지. 하지만," 고통에 휩싸여 어머니는 고개를 숙이며 인상을 찌푸렸다. 하지만 곧 평정심을 회복하고는 말을 이었다. "하지만 우리가 그에게 우리를 알려줄 수는 있단다."

티르자는 팔을 올리며 다시 신음했다.

"물이요, 어머니. 한 방울이라도 좋으니 물 좀 주세요."

어머니는 속수무책으로 주위를 둘러보았다. 그녀는 그토록 자주 하나님을 부르며 하나님의 이름으로 약속했건만 그것이 다 부질없다는 생각이 들기 시작했다. 희미한 빛을 몰아내며 그림자가 점점 길게 드리울수록 어머니는 믿음이 점차 약해지며 죽음이 코앞에 닥쳤다는 생각에 그냥 기다리는 심정이 되었다. 자기가 뭐라고 하는 지도 모른 채 그냥 지껄였다. 아무 말이라도 해야 할 것 같아서 그냥 입에서 나오는 대로 말했다. "참으렴, 티르자. 사람들이 오고 있어. 거의 다 왔을 거야.”

그들이 세상과 실질적으로 소통할 수 있는 전부라 여긴 벽의 작은 구멍을 통해 무슨 소리가 들린 것 같았다. 그리고 그것은 틀리지 않았다. 잠시 후 5호 감방에 있던 죄수의 외침이 울려 퍼졌다. 티르자도 그 소리를 들었다. 두 사람은 꼭 끌어안은 채 벌떡 일어났다.

다시 열렬한 믿음과 희망을 회복한 어머니가 소리쳤다. “주님은 영원히 찬미 받으소서!”

“거기 누구 있소?” 사람 소리가 들렸다. “당신들은 누구요?”

목소리가 낯설게 느껴졌다. 무슨 일일까? 티르자를 빼면 이제껏 8년 동안 어머니가 처음으로 듣는 사람의 소리였다. 죽음에서 삶으로의 변화는 대단했고, 일순간에 일어났다!

“딸과 함께 이곳에 갇힌 이스라엘 여인입니다. 어서 여기서 꺼내 주세요, 안 그러면 곧 죽습니다.”

“힘내시오. 곧 돌아올 테니.”

두 여인은 소리 내어 흐느꼈다. 마침내 사람들에게 발견됐다. 도움의 손길이 다가오고 있다. 지저귀는 제비처럼 희망은 이런저런 소망으로 부풀었다. 사람들에게 발견되었으니 이제 곧 감옥에서 풀려날 거야. 그러면 모든 것을 되찾게 될 거야. 잃어버렸던 모든 것들, 집, 사람들, 재산, 벤허도! 희미한 빛이 밝은 광명을 약속하듯 내리쬐는 가운데 두 사람은 고통과 허기와 갈증과 죽음의 위협도 잊은 채 꼭 끌어안고 바닥에 엎드려 울었다.

이번에는 오래 기다리지 않아도 되었다. 간수인 게시우스가 순차적으로 이야기를 했지만 드디어 말을 모두 마쳤고 사령관은 신속했다.

“그 안에 있소?” 사령관이 구멍 사이로 외쳤다.

“여기요!” 어머니는 일어나며 대답했다.

얼마 지나지 않아 다른 곳에서 또 다른 소리가 들려왔다. 벽을 쇠망치로 빠르게 두드리는 소리 같았다. 그 소리가 무엇을 의미하는지 잘 알고 있었으므로 두 사람은 아무 말도 않은 채 잠자코 듣고만 있었다. 자기들을 꺼내기 위해 벽을 허물고 있는 중이었다. 오랫동안 깊은 광산에 매몰되어 있던 사람들이 다가오는 구조의 손길을 듣고 있는 것처럼 빗장을 밀어내고 곡괭이 내리치는 소리를 들으며 가슴은 기쁨으로 요동치고 시선은 소리가 들려오는 곳에 고정되었다.

한시라도 작업이 멈추어 다시 절망의 나락에 빠질까봐 그들은 다른 곳을 볼 수도 없었다.

밖에서 일하고 있는 사람들은 강한 팔과 솜씨 좋은 손과 선한 의지를 갖고 있었으므로 매 순간 벽을 허무는 소리는 점점 또렷해졌다. 이따금 한 조각씩 쿵 소리를 내며 떨어져나가는 것을 보니 풀려날 순간이 점점 가까워오고 있다. 조금 후에는 인부들이 말하는 소리도 들렸다. 그러더니, 아 반갑게도 구멍을 통해 횃불의 붉은 불길이 비쳐들었다. 그 빛은 다이아몬드처럼 밝게, 아침 햇살처럼 아름다운 모습으로 예리하게 어둠을 가르고 들어왔다.

"오빠예요, 어머니! 오빠가 왔어요! 마침내 저희를 찾아냈어요!" 티르자가 참을 수 없다는 듯 외쳤다.

하지만 어머니는 침착하게 대답했다. "하나님께서는 선하시단다!"

벽의 한 덩어리가 안으로 무너졌고 또 하나가 무너졌다. 그리고 큰 덩어리가 무너지고 드디어 문이 열렸다. 온통 회반죽과 돌먼지를 뒤집어쓴 한 남자가 걸어 들어오더니 횃불을 머리 위로 쳐든 채 멈춰 섰다. 그 뒤를 따라 횃불을 든 사람 두셋이 들어왔고 사령관이 들어올 수 있도록 한 쪽으로 비켜섰다.

두 여인에 대한 존중이 꼭 의례적인 것만은 아니었다. 그들의 예의 바른 본성을 가장 잘 보여주었기 때문이다. 두 사람이 겁을 먹어서가 아니라 수치심에서 안쪽으로 달아났으므로 사령관은 그 자리에 멈춰 섰다. 그런데 안타깝게도 두 사람이 도망친 것은 수치심 때문만은 아니었다! 어둠 속에서 가장 슬프고 두렵고 절망에 빠진 음성이 들려왔다.

"가까이 오지 마세요, 저희는 더러운 나환자랍니다, 더러운 나환자!"

남자들은 횃불을 든 채 서로 응시하고 있었다.

"저희는 더러운 나환자랍니다, 더러운 나환자!" 소리가 다시 구석에서 들려왔고, 서서히 울부짖는 떨리는 음성은 극도로 슬픔에 차 있었다. 그 소리를 들으면 천국의 문에서 멀어지며 자꾸 뒤를 돌아보는 영혼이 떠올랐다.

그렇게 벤허의 어머니는 자신의 의무를 다했다. 그토록 기도하며 꿈꾸어 왔던 자유는 멀리서 볼 때는 진홍빛과 황금빛 열매처럼 보이던 것이 막상 손에 쥐고 보니 겉보기에만 화려한 속빈 강정 같았다.

벤허의 어머니와 티르자는 바로 나병에 걸린 것이다!

아마도 독자들은 그 단어가 무엇을 의미하는지 완전히는 모를 것이다. 그러면 다음 표현과 거의 유사한 당시의 율법을 보라.

"이들 네 부류는 죽은 것으로 간주된다. 맹인, 나환자, 가난한 사람, 자식 없는 사람." 탈무드에는 그렇게 적혀 있다.

그 말은, 나환자가 된다는 것은 곧 죽은 것으로 취급된다는 의미이다. 송장처럼 도시에서 추방되고, 가장 사랑하는 사람과는 오직 멀리 떨어져서만 말을 주고받을 수 있으며, 같은 나환자들 외에는 아무와도 함께 살 수 없다. 모든 권리를 완전히 박탈당하여 성전이나 회당에서 거행되는 모든 의식에 참석할 수 없고, 찢어진 옷을 입고 "저희는 더러운 나환자랍니다, 더러운 나환자!"라고 외칠 때를 제외하고는 입을 다물고 돌아다녀야 하며, 광야나 버려진 무덤에서 거처를 찾아야 한다. 마치 지옥에서 온 저승사자 같은 모습이 되어 숨 쉬는 것 자체가 고통이요 다른 이들에게는 살아 있는 것 자체가 거슬리는 존재였다. 죽기는 두려웠지만 죽는 것 말고는 그 고통에서 벗어날 길이 없는 비참한 존재였다.

그 지옥과도 같은 감옥에 떨어진 이후로는 심지어 시간조차 잊었으므로 정확히 어느 날 또는 어느 해인지 알 수 없었지만 언젠가 어머니는 오른쪽 손바닥에 마른 부스럼 같은 것이 하나 느껴졌다. 아주 작아서 물로 씻어내려고 했지만 착 달라붙어서 좀처럼 떨어지지 않았다. 티르자가 똑같은 것이 생겼다고 불평하기 전까지는 그 증상을 대수롭게 여기지 않았다. 받는 물이 얼마 되지 않았으므로 마실 것까지 참아가며 상처를 씻어보았지만 아무런 효과가 없이 온 손으로 번졌다. 피부는 갈라져 벌어지고 손톱이 떨어져 나갔다. 고통은 그다지 크지 않았지만 불쾌감이 점점 커졌다. 나중에는 입술이 바싹 마르며 터지기 시작했다. 경건할 정도로 청결했던 어머니는 불결한 감옥에 감염되지 않도록 갖은 애를 썼지만, 어느 날 아무래도 티르자의 얼굴이 감염되었다고 생각하여 빛이 비추는 곳으로 데려가 살펴보고는 소스라치게 놀랐다. 끔찍하게도 딸의 눈썹은 눈처럼 하얗게 바래져 있었다.

그 확실히 드러난 증상이 주는 고통이란!

어머니는 그 순간 아무 말도, 꼼짝도 할 수 없이 머릿속이 텅 비어 오로지 한 가지 생각밖에 들지 않았다. 나병이로구나, 나병이야!

그러다 정신을 차리고 모성애를 발휘하여 딸을 먼저 생각하자, 타고난 다정함은 용기로 바뀌어 마지막으로 기꺼이 딸을 위해 희생하기로 마음먹었다. 자신들이 나병에 걸렸다는 사실을 가슴에 묻고는 티르자에게는 비밀로 했다. 그리고 나을 가망이 없다고 생각했으므로 티르자에게 두 배로 정성을 쏟았다. 지칠 줄 모르고 끝없이 놀라운 묘안을 짜내어 딸이 지금 처한 상황을 전혀 모르게, 심지어 그것이 아무것도 아니라는 희망을 품을 수 있게 애썼다. 간단한 놀이들을 반복하고, 이야기를 들려주고, 새로운 이야기를 지어내기도 하고 티르자가 부르는 노래를 더없이 즐겁게 들어주었다. 반면에 점점 썩어 문드러지는 입술로는 솔로몬의 시편과 주님을 찬양하는 찬가를 부르는 덕에 망각이라는 위안을 받을 수 있었고, 자기들을 버린 것처럼 보이는 하나님을 잊지 않고 기억할 수 있었다.

끔찍하게도 병은 서서히 계속 퍼져나가, 얼마 후에는 머리가 허옇게 탈색되더니 입술과 눈꺼풀에는 구멍이 생기고 온몸은 딱지로 뒤덮였다. 그러더니 목까지 병균이 침입하여 목소리가 갈라졌고 관절까지 침범하여 조직과 연골이 굳어졌다. 병은 그렇게 서서히 진행되어 갔다. 어머니가 잘 알고 있듯이 치료할 수 있는 시기는 이미 지나서 폐와 동맥과 뼈까지 침투하여 병이 진행될수록 그들의 몰골은 점점 더 끔찍하게 변했다. 상황은 죽음이 찾아올 때까지 계속 그렇게 진행될 것이었고, 죽음이 찾아오려면 아직도 몇 년은 더 있어야 했다.

또 다른 두려운 날이 마침내 오고야 말았다. 어느 날 어머니는 의무감에서 결국 티르자에게 자신들이 겪고 있는 병명을 말하지 않을 수 없었다. 그리고 절망감에 휩싸인 두 사람은 어서 최후의 순간이 빨리 오기만을 기도했다.

그래도 습관의 힘은 무서운 것이어서 그렇게 고통스러워하다가도 시간이 흐르자 자신들의 병에 대해 침착하게 말할 수 있게 되었을 뿐 아니라 흉측하게 변한 몰골을 보면서도 삶에 집착하게 되었다. 세상과 이어진 끈이 아직 하나 남아 있었다. 외로움은 잊은 채 벤허에 대해 이야기하고 꿈꾸면서 기운을 잃지 않았다. 언젠가는 벤허를 만나게 될 거라고 어머니는 딸에게, 딸은 어머니에게 약속했고, 두 사람은 벤허 역시 자기들을 잊지 않고 있을 거라고, 재회를 똑같이 기뻐할 거라고 추호도 의심치 않았다. 그리고 이 실낱 같은 끈을 놓지 않고 거기서 희망의 불씨를 되살려 내며 그 안에서 기쁨을 찾고 살아 있어야 할 핑계를 찾았다. 우리가 보아왔듯이 두 사람은 열두 시간 동안 허기와 갈증에 시달린 끝에 게시우스가 그들을 불렀던 순간 그렇게 서로를 위로하고 있었다.

햇불은 감옥 안을 빨갛게 비추었고 두 사람은 마침내 풀려나게 되었다. "하나님께서는 선하시다." 벤허의 어머니는 그렇게 외쳤다. 오 독자들이여, 그것은 물론 이제까지 일어난 일을 두고 말하는 것이 아니라 지금 일을 두고 하는 말이었다. 현재의 자비에 감사하는 순간 과거의 고생쯤은 금방 잊어버리게 되는 것이 우리의 모습이다.

사령관이 직접 들어오자 달아나 숨었던 구석에서 어머니는 불현듯 의무감에 휩싸여 끔찍한 경고의 소리를 외쳤던 것이다.

"저희는 더러운 나환자랍니다, 더러운 나환자!"

아, 그 의무를 이행하려는 노력 때문에 생긴 상심이 얼마나 컸을까! 곧 풀려날 것에 대한 기대감에 부풀어 자기들만 생각하고 기뻐했는데, 그렇다고 석방으로 빚어질 결과를 완전히 모른 체할 수는 없었다. 그런데 이제 그 일이 코앞에 닥쳤다. 예전의 행복했던 삶으로 다시는 돌아가지 못할 것이다. 한때 자신의 집이었던 곳 가까이 간다 해도 대문에 멈춰 서서 "저희는 더러운 나환자랍니다, 더러운 나환자!"라고 외쳐야만 한다. 그 어느 때보다도 사랑에 대한 갈망이 강하게, 오히려 더욱 예민하게 불타오르지만 마음속으로만 품고 다녀야만 한다. 사람들로부터 되돌아오는 반응은 그렇지 않기 때문이다. 그토록 한시도 잊은 적이 없고 어머니로서 가장 순수한 기쁨을 느끼게 해 주는 온갖 달콤한 약속을 했던 아들과 만나더라도 멀리 떨어져 서 있어야 한다. 만일 아들이 손을 내밀며 "어머니, 어머니"라고 부르기라도 한다면, 아들에 대한 사랑에서 "우리는 더러운 나환자란다, 더러운 나환자!"라고 대답해야만 한다. 그리고 지금 눈앞에 있는 벌거숭이 차림의 또 다른 자식은 산발한 긴 머리가 기괴하게도 희게 변해 있었다! 아, 이 아이야말로 끔찍한 삶을 떠올리게 하는 유일한 동반자로서 끝까지 함께 가야 할 존재였다. 오 독자들이여, 그럼에도 이 용감한 여인은 운명을 받아들여, 나병을 드러내는 경고를 외쳤다. 그리고 그 이후로 "저희는 더러운 나환자랍니다, 더러운 나환자!"가 한결같은 인사말처럼 되어 버렸다.

사령관은 그 소리를 떨리는 마음으로 들었지만 본분을 잊지는 않았다.

"당신은 누구요?"

"배고픔과 갈증으로 죽어가고 있는 두 여인입니다. 그래도" 어머니는 망설이지 않고 말했다. "가까이 오지는 마세요. 벽이나 바닥을 만지지도 마시구요. 저희는 더러운 나환자랍니다, 더러운 나환자!"

"어찌된 사연인지 말해보라, 여인이여. 그대의 이름과 언제, 누구에 의해, 무슨 까닭으로 갇히게 된 것인지."

"한때 이 도시 예루살렘에 벤허라는 대공이 있었습니다. 그는 너그러운 모든 로마인들과 친했고 황제와도 친분이 있었답니다. 저는 그의 미망인이고 지금 제 곁에 있는 아이는 그의 여식이지요. 저희가 부유했기 때문이 아니라고 한다면 이곳에 갇히게 된 까닭을 제가 어찌 알겠습니까? 저희의 원수가 누구인지 우리가 언제부터 갇히게 되었는지는 발레리우스 그라투스에게 물어보십시오. 저는 그 이유를 알 수가 없습니다. 지금 저희의 이 끔찍한 몰골을 보십시오. 오 제발 저희를 불쌍히 여겨 주세요!"

감방의 공기는 나환자에게서 나는 냄새와 횃불의 연기로 혼탁했지만 그래도 사령관은 횃불을 든 부하 한 사람을 옆으로 불러 여인의 대답을 거의 한 마디도 빼놓지 않고 적었다. 내용은 간결하면서도 여인이 말한 이야기와 갇히게 된 경위와 애원이 모두 담겨 있었다. 보통 사람과는 달리, 사령관은 그들을 불쌍히 여기고 믿지 않을 수 없었다.

조사가 끝나자 사령관은 서판을 덮으며 말했다. "곧 풀어 주도록 하겠다. 그전에 먹을 것과 마실 것을 갖다주겠다."

"그리고 옷가지와 씻을 물도 부탁드립니다, 관대하신 로마인이여!"

"그렇게 해 주겠다."

벤허의 어머니는 흐느끼며 대답했다. "하나님께서는 선하십니다. 그분의 평화가 당신께 머물기를!"

"그리고 하나 더. 나와는 볼일이 없을 것 같으니 준비가 끝나면 오늘 밤 안토니아 성문으로 데리고 가서 풀어 주라고 하겠다. 그대도 율법을 잘 알 테지. 그럼 이만."

사령관은 부하들에게 지시한 후 문 밖으로 나갔다.

잠시 후 노예들이 커다란 물병과 대야와 수건, 빵과 고기가 담긴 쟁반, 여자들이 입을 옷가지 몇 벌을 가지고 감방으로 들어와 죄수들이 닿을 수 있는 거리에 내려놓고는 도망치듯 사라져 버렸다.

한밤중에 로마 간수가 두 사람을 성문으로 데리고 가서 풀어 주었다. 이제 그들은 예루살렘에서 다시 자유의 몸이 되었다.

두 사람은 전과 마찬가지로 유쾌하게 빛나는 별들을 올려다보며 중얼거렸다. "이제 어쩌지? 어디로 가야 한단 말인가?"

## 3. 다시 예루살렘으로

간수 게시우스가 안토니아 성채에서 사령관 앞에 모습을 드러냈을 시간에 올리브 산의 동쪽 산등성이를 올라가는 한 사내가 있었다. 유대 지방은 지금 건기였으므로 길은 거칠고 먼지 투성이였고 산허리의 초목은 갈색으로 타들어가고 있었다. 다행히 나그네는 침착할 뿐 아니라 젊고 튼튼했고 단정한 차림새였다.

그는 자주 좌우를 둘러보며 서서히 나아갔다. 초조하기보다는 길을 잘 몰라서 약간 불안한 기색이었지만 그것은 차라리 오랫동안 헤어져 있던 옛 지인과의 해후를 앞두고 기쁨과 궁금함이 뒤섞인 모습이었다. 마치 이렇게 속삭이는 것 같았다. "이렇게 다시 만나니 기쁘다. 그동안 얼마나 변했는지 살펴볼까."

능선을 따라 더 높이 올라가는 동안 가끔 멈춰 서서 모압 산 앞자락의 넓은 전경을 돌아보았다. 그러나 마침내 정상에 가까워지자 쉬거나 뒤도 돌아보지 않고 피곤함도 잊은 채 빠른 걸음으로 부지런히 나아갔다. 정상을 몇 걸음 앞두고 그는 마치 강한 손길에 사로잡히기라도 한 듯 우뚝 멈춰 섰다. 발아래 펼쳐진 풍경이 한눈에 들어오자 눈은 커지고 볼은 붉게 상기되었으며 가슴이 쿵쾅거리기 시작했다.

독자 여러분도 알다시피 나그네는 바로 벤허였고, 발아래 펼쳐진 풍경은 예루살렘의 모습이었다.

그곳은 오늘날의 성지 예루살렘의 모습이 아니라, 헤롯이 남긴 그리스도의 거룩한 도성 예루살렘의 모습이었다. 옛 올리브 산에서 보는 지금의 모습은 아름답지만, 그 당시에는 어땠을까?

벤허는 돌 위에 걸터앉아 햇빛을 가리기 위해 머리에 썼던 흰 두건을 벗어들고 눈앞에 펼쳐진 풍경을 찬찬히 훑어보았다.

그 후로도 수많은 사람들이 지금과 같은 상황에서 벤허처럼 행동했다. 유대의 반란을 진압하러 가는 베스파시아누스의 아들 티투스도, 이슬람교도들도, 십자군도, 모든 정복자들도 그랬다. 또한 지금 언급하고 있는 시대로부터 천오백 년 후에나 등장하게 될 신대륙에서 온 많은 성지순례자들도 마찬가지였다. 그러나 그 많은 사람들 가운데 벤허만큼 그 풍경이 예리하면서도 통렬하게, 구슬프면서도 감미롭게, 자랑스러우면서도 쓰라리게 느껴진 사람은 없을 것이다. 그의 마음은 이스라엘 민족과 그들의 승리와 부침, 하나님의 역사이기도 한 그들 민족의 역사를 떠올리자 흥분되었다. 도시는 그들의 작품인 동시에 하나님께 바친 헌신과 죄, 나약함과 지혜, 신앙과 불신을 영원히 보여주는 증거이기도 했다. 이제껏 로마만 익숙하게 봐 왔지만 그래도 만족스러웠다. 그 광경은 보는 것만으로도 그의 자부심을 충족시켜 주었다. 그 예루살렘이 아무리 웅대하다 해도 그것이 더 이상 자기 민족의 것이 아니라는데 생각이 미치지 않았다면 아마도 자만심에 흠뻑 취했을 것이었다. 성전에서 예배를 드리려 해도 이방인인 로마인의 허가를 받아야 했다. 다윗이 살던 성채는 온갖 협잡의 온상이 되어 버렸다. 또 하나님의 선택받은 백성들로부터 갖가지 세금을 쥐어짜고 신앙을 지키려는 자들을 박해하는 관청으로 변했다. 그러나 이는 당시 민족을 깊이 사랑하는 유대인이라면 누구나 느끼는 애환이었다. 게다가 벤허는 다른 생각에 마음을 쏟을 겨를이 없는 개인적인 아픔을 겪었으므로 그 풍경이 상쾌하고 기운을 북돋워주는 정도에 그쳤다.

산들로 둘러싸인 고장은 변한 것이 거의 없다. 바위로 이루어진 산들은 전혀 변하지 않았다. 벤허가 보았던 풍경은 도시 쪽을 제외하면 예나 지금이나 똑같다. 인간이 저지른 짓에만 잘못이 있을 뿐이다.

태양은 올리브 산의 동쪽보다는 서쪽 면에 더 부드럽게 내리쬐었으므로 사람들은 그쪽으로 향하는 것을 더 좋아했다. 여기저기 뻗어 있는 포도 넝쿨과 주로 무화과와 야생 올리브로 이루어진 나무군락이 더 푸르러 보였다. 기드론 골짜기의 메마른 바닥까지 신록이 뻗어 있어 보는 것만으로도 상쾌했다. 거기서부터 올리브 산이 끝나고 솔로몬이 세우고 헤롯이 완성한, 눈처럼 하얗고 대담하게 우뚝 솟은 모리아 성벽이 시작되었다. 순례객의 시선은 성벽을 이루고 있는 육중한 바위들로 이루어진 길을 따라 점점 올라가다 건축물의 토대와도 같은 솔로몬의 주랑에 멈추었다. 눈길은 그곳에 잠시 머물렀다가 다시 올라가기 시작하여 '이방인의 뜰', '여자들의 뜰', '이스라엘의 뜰', '제사장들의 뜰'로 차례차례 옮아갔다. 각 뜰에는 흰 대리석 기둥이 줄지어 서 있었고 서로 맞물려 계단식으로 배치되어 있었다. 그 위로는 가장 성스럽고 아름다우며, 완벽한 비율에, 금박으로 화려하게 빛나는 성막, 지성소가 있었다. 언약궤는 그곳에 없지만 여호와는 모든 이스라엘 자손의 신앙 속에 살아 계신다. 성전으로서 건축물로서 그 뛰어난 모습에 필적할 만한 인간의 건물은 그 어느 곳에도 없다. 그런데 지금 그곳엔 돌멩이 하나 남아 있지 않다. 누가 그 성전을 재건할 것인가? 재건은 언제나 시작될 것인가? 벤허가 서 있는 곳에 선 모든 순례객들은 모두 한 번쯤 그런 질문을 품었을 테고 그 해답이 하나님의 뜻에 달려 있다는 것을 알고 있었다. 믿음이 신실한 사람들에게는 하나님의 비밀이 전혀 놀랍지 않다. 그러면 세 번째 질문이 올라온다. 그곳이 그렇게 철저히 무너지리라고 예언한 인물은 누구였을까? 하나님? 아니면 하나님의 아들? 아니면. 우리는 이미 그 질문에 대한 답을 알고 있다.

벤허의 눈길은 계속 위로 올라갔다. 성전 지붕 위에 머물렀다가 기름 부은 왕들이 떨친 거룩한 명성이 깃든 시온 산으로 올라갔다. 그는 골짜기가 모리아와 시온 사이에 깊이 자리하고 있고, 너비는 실내경기장만하며 안쪽에는 정원과 궁전도 있음을 알고 있었다. 하지만 당당한 언덕에 운집해 있는 건축물들을 보며 그의 생각도 함께 올라갔다. 가야바의 저택, 중앙 회당, 로마 법정, 영원한 히피쿠스 탑, 슬픈 사연이 담겼지만 웅장한 파사엘 탑과 마리암네 탑이 보였고, 그 모든 것들은 멀리 자줏빛으로 드러난 가렙 산과 대비되었다. 그 한가운데에서 헤롯 왕의 궁전을 찾아냈을 때 벤허는 오시기로 되어 있는 그 왕에 대해 생각하지 않을 수 없었다. 온몸을 바쳐 그분이 오실 길을 닦아 그분의 빈손을 채워드리게 될 그날을 꿈꾸었다. 그리고 상상은 모리아 성벽과 성전이 새로운 왕의 것이 될 날로 이어졌다. 성전에 이어 시온 산과 그곳의 성채와 궁전들, 성전 오른쪽에 있던 안토니아 성채, 새로 증축된 베제타(Bezetha) 구역이 모두 그분의 것이 될 것이다. 수백만의 이스라엘 사람들이 주님께서 세상을 정복하여 자기 민족에게 주셨음에 환호하며 종려나무 가지와 깃발을 흔들며 모여들 것이었다.

사람들은 꿈이 밤에 잠잘 때만 꾸는 거라고 하지만 제대로 알 필요가 있다. 우리가 이룩한 모든 결과들은 저절로 예정된 것이고, 저절로 예정된 것들은 모두 깨어 있는 꿈속에서 만들어진다. 꿈을 꾸면 노동에서 해방되고 포도주를 마셨을 때처럼 활기가 넘친다. 우리가 노동을 마다하지 않는 것은 노동 자체 때문이 아니라 꿈꿀 기회를 만들어 주기 때문이다. 꿈은 늘 단조로운 일상에 들어 있어서 듣지 못하고 알아채지 못할 뿐이다. 사는 것은 곧 꿈꾸는 것이다. 오로지 죽어 무덤에 묻힌 후에야 꿈이 사라진다. 벤허와 같은 시대 같은 장소에서 같은 상황에 처했다면 누구라도 그렇게 했을 테니 벤허의 행동을 보고 비웃지 말기를.

이제 해는 서서히 기울고 있었다. 불타는 석양은 도시와 외곽의 성벽과 탑들을 온통 밝은 금빛으로 물들이며 멀리 떨어진 서쪽 산 정상에 걸리는 것 같더니 곧 자취를 감추었다. 벤허의 생각은 조용히 집으로 향하기 시작했다. 지성소 정문 약간 북쪽 하늘에 벤허의 시선이 머무는 한 점이 있었다. 그 아래로 곧장 내려가면 아버지 집이 있을 것이었다. 아직까지 남아 있다면 말이다.

해질녘의 정취에 취해 벤허는 지금까지 꿈꾸었던 야망은 잠시 제쳐 두고 예루살렘에 온 본래의 목적에 대해 생각했다.

지금까지 벤허는 일데림과 사막에서 지내면서 전사로서 전투를 벌이게 될 고장을 살피며 적당한 곳을 물색하고 전반적인 지형을 파악하고 있었다. 그러던 어느 날 저녁 전령이 찾아와 그라투스가 총독에서 물러나고 그 후임으로 본디오 빌라도가 부임하게 되었다는 소식을 전해주었다.

메살라는 불구의 몸이 되었고 벤허가 죽은 줄로만 알고 있었다. 이제 그라투스는 권력에서 쫓겨나 사라졌다. 그렇다면 벤허가 어머니와 누이를 찾는 일을 더 이상 미룰 이유가 없었다. 이제는 겁낼 것이 아무것도 없었다. 만일 벤허가 직접 유대 감옥들을 뒤져 볼 수 없다면 다른 사람을 시켜 조사해 볼 수도 있었다. 그리고 만일 잃어버린 어머니와 누이를 찾아낸다면 제아무리 빌라도라 하더라도 계속 가두어 둘 이유가 없었다. 적어도 돈을 써서 해결할 수 있을 것이다. 그렇게 해서 두 사람을 안전한 곳으로 데려다 놓으면 마음도 차분해지고 양심의 가책에서도 벗어날 것이다. 그리고 첫 번째 임무는 완수한 셈이니 오시기로 되어 있는 왕께 더욱 온전히 헌신할 수 있게 될 것이다. 그는 당장 결심했고, 그날 밤 일데림과 상의한 끝에 허락을 얻어냈다. 세 명의 아랍인의 호위를 받으며 여리고로 가서, 그곳에서부터는 홀로 걸어서 예루살렘으로 향했다. 예루살렘에서는 말루크와 만나기로 되어 있었다.

벤허의 계획은 곧 보게 되듯이 아직은 구체적인 것이 없었다.

앞으로의 일을 고려하면 당국, 특히 로마인들의 눈에 띄지 않는 것이 상책이었다. 말루크는 영리하고 믿을 만했다. 어머니와 누이를 찾는 일을 맡아서 추진하기에는 적임자였다.

어디서부터 조사를 시작해야 하는가가 관건이었다. 그에 대해서는 벤허도 뚜렷한 생각이 없었다. 안토니아 성채부터 시작하면 좋을 것 같았다. 안토니아 성채는 미궁처럼 뻗어 있는 음산한 감옥 위에 세워진 지 그리 오래되지는 않았지만 유대인들에게는 로마 수비대보다도 훨씬 더 공포의 대상이었다. 유대 민족들이 당해 왔듯이 그곳에 매장되는 것은 충분히 가능성 있는 일이었다. 게다가 그런 상황에서는 어머니와 누이와 마지막으로 헤어진 곳에서부터 수색을 시작하고 싶은 마음이 드는 것이 당연했다. 수비대가 두 사람을 성채 방향으로 난 길을 따라 떼밀고 내려가던 마지막 장면을 결코 잊을 수 없었다. 지금 그곳에 없다 해도 한때 그곳에 있었다면 그 사실을 담은 기록이라도 남아 있을 것이었다. 지금으로서는 그것이 수색을 시작할 수 있는 유일한 단서였다.

그리고 벤허가 희망을 품게 된 이유가 하나 더 있었다. 시모니데스로부터 자신의 이집트인 유모 암라흐가 아직 살아 있다는 사실을 알게 된 것이다. 독자 여러분은 그 충실한 하인이 허 가문에 끔찍한 재앙이 닥친 날 아침 수비대의 손길에서 벗어나 집 안으로 도망쳐 들어갔고, 그곳에서 다른 가재도구와 함께 봉인되었던 일이 기억날 것이다. 그날 이후로 시모니데스는 암라흐에게 필요한 것들을 대주었다. 그래서 암라흐는 그곳에 계속 머물며 그 커다란 저택을 혼자 지키게 된 것이다. 그라투스는 집을 매물로 계속 내놓았지만 팔아먹을 수가 없었다. 그 집의 비극적인 옛 주인에 얽힌 이야기만 해도 이방인들은 매입이든 임차든 꺼림칙해했다. 집 앞으로 지나다니는 사람들은 그 집에 귀신이 나온다고 수군거렸다. 아마도 지붕이나 창문에 암라흐가 아른거리는 모습을 보고 퍼뜨린 소문일 것이다. 하기는 암라흐보다 더 오래 그 집에 산 사람도 없었다. 또한 귀신이 살기에 그보다 더 어울릴 정도로 완전히 봉인된 집도 없었다. 그러므로 집으로 갈 수만 있다면 벤허는 암라흐로부터 보잘것없기는 해도 뭔가 도움이 될 만한 것들을 알아낼 수 있으리라고 생각했다. 어쨌든 모든 것을 차치하고 온갖 추억이 깃든 소중한 그곳에서 암라흐를 보는 것만으로도 오매불망 그리던 어머니와 누이를 찾은 것 못지않게 기쁠 것이었다.

그래서 벤허는 만사를 제쳐두고 옛집으로 가서 암라흐를 찾아보기로 했다.

그렇게 결심하고 나자 해가 지기 무섭게 산 정상에서 동북쪽으로 약간 굽은 길을 따라 내려가기 시작했다. 기드론 골짜기와 가까운 산기슭으로 내려와 남쪽의 실로암 마을로 향하는 길과 교차하는 길목에 이르러 시장으로 양을 몰고 가는 양치기와 마주쳤다. 벤허는 양치기에게 말을 걸며 합류한 후 함께 겟세마네 언덕을 지나 물고기 문(Fish Gate)[139]을 통하여 도성으로 들어갔다.

---

139) 예루살렘 북쪽에 있는 성문의 이름으로 현재의 다메섹 문이다. 느헤미야가 재건했으며, 두로나 갈릴리 등지의 상인들이 생선을 팔기 위해 출입한 데서 붙여진 이름이다.

## 4. 그리운 옛집

성문으로 들어가 목동과 헤어졌을 때 날은 이미 어두워져 있었다. 벤허는 남쪽으로 이르는 좁은 골목으로 향했다. 길에서 마주친 몇 사람이 인사를 건네고 지나갔다. 바닥에 깔린 돌들은 울퉁불퉁했다. 양쪽에 늘어선 집들은 낮고 어둡고 을씨년스러웠고, 문들은 모두 닫혀 있었다. 아기들에게 자장가를 불러주는 여인들의 음성이 가끔 지붕을 타고 들려왔다. 홀로 있는 지금의 상황, 깜깜한 밤, 이곳을 찾은 목적이 잘 이루어질지 확실치 않은 불안감 등 모든 것이 우울하게 만들었다. 점점 의기소침해지는 가운데 벤허는 지금은 베데스다 연못으로 알려진 깊은 저수조로 나아갔다. 연못에는 위에 걸린 하늘이 비쳐져 있었다. 위를 올려다보니 희미한 회색 하늘을 향해 험상궂게 서 있는 검은 안토니아 성채의 북쪽 벽이 보였다. 마치 위협하는 보초의 제지를 받기라도 한 듯이 벤허는 제자리에 멈춰 섰다.

성채는 우뚝 솟아 있었고, 굳건한 기초 위에 떡 버티고 서서 무척 거대해 보였으므로 그 위세에 기가 눌렸다. 설령 어머니가 그곳에 산 채로 감금되어 있다고 해도 무엇을 할 수 있단 말인가? 가진 거라곤 두 손밖에 없는데 설령 군대가 와서 투석기와 공성기로 공격한다 해도 꿈쩍도 않을 것 같았다. 언덕에 둘러싸인 남동쪽 탑루는 홀로 있는 벤허를 내려다보고 있었다. 그래서 벤허는 인간의 묘책이라는 것이 얼마나 쉽게 좌절되는지 절감했다. 그리고 힘없는 자들이 마지막으로 의지할 곳은 하나님밖에 없었다. 그런데 하나님의 움직임은 때로는 얼마나 더딘가!

불안과 의심에 휩싸여 벤허는 성채 앞으로 난 길로 접어들었고 그 길을 따라 천천히 서쪽으로 발걸음을 옮겼다.

저 너머 베제타 구역에 여인숙이 한 채 있는 것을 알고 있었으므로 도성에 있는 동안에는 그곳에서 머무를 작정이었다. 하지만 지금 당장은 집에 가 보고 싶은 충동을 억누를 수가 없었다. 마음이 그쪽으로 향하고 있었다.

지나가는 사람들로부터 받은 의례적인 인사가 그렇게 반가울 수가 없었다. 이윽고 동쪽 하늘이 온통 은빛으로 빛나기 시작하더니 서쪽에서는 보이지 않던 사물들이, 특히 시온 산의 모든 성채들이 깊은 어둠 속에서 나오기라도 한 듯이 갑자기 시야에 들어왔다. 입을 떡 벌리고 있는 아래 골짜기의 어둠 위로 성채들이 유령과도 같은 모습으로 허공에 떠 있는 것 같았다.

마침내 아버지의 집에 당도했다.

독자들 가운데에는 달리 설명하지 않아도 그의 기분이 어떨지 상상이 가는 사람도 있을 것이다. 그것은 아무리 오래되었어도 젊었을 때 행복한 가정에서 자란 사람들이 느끼는 그런 감정이었다. 가정은 모든 추억의 출발점이다. 울면서 쫓겨날 수밖에 없었던 낙원이요, 할 수만 있다면 다시 어린아이가 되어 돌아가고픈 곳이었다. 웃음과 노래가 떠나지 않는 곳이요, 이후에 거두게 될 그 어떤 승리보다도 더욱 소중한 사람들과의 유대가 이루어지는 곳이었다.

벤허는 옛집의 북쪽 문에 멈춰 섰다. 귀퉁이에는 저택을 봉쇄하는데 사용된 밀랍이 아직도 선명히 보였고 문짝에는 다음과 같이 쓰인 판자가 붙어 있었다.

"이곳은 황실 소유 재산임."

온 가족이 생이별한 그 끔찍한 날 이후로 이 문으로 드나드는 사람은 아무도 없었다. 예전처럼 문을 두드려볼까? 소용없다는 것을 알면서도 그렇게 해 보고 싶은 유혹을 물리칠 수 없었다. 어쩌면 암라흐가 들을 수도 있고 그쪽으로 난 창 밖으로 내다보고 있을지도 모를 일이었다. 용기를 낸 벤허는 돌멩이를 하나 집어 들고 널찍한 돌계단 위로 올라가 세 번 두드렸다. 둔탁한 메아리가 되돌아왔다. 이번에는 전보다 더욱 크게 두드렸다. 그리고 또다시 두드리고는 멈춰 서서 들어보았다. 하지만 아무런 반응도 없었고 싸늘하게 흐르는 정적만이 비웃는 것 같았다. 이번에는 거리로 되돌아가 창문을 쳐다보았다. 하지만 거기도 역시 인기척이라고는 없었다. 지붕 위의 난간은 밝은 하늘에 대비되어 뚜렷이 드러났다. 조금이라도 움직인다면 시선에서 벗어날 수 있는 것은 아무것도 없었는데, 아무런 움직임도 없었다.

북쪽 문에서 이번에는 서쪽 문으로 가 보았고 그곳으로 난 네 개의 창문을 오랫동안 초조하게 지켜 보았지만 역시 아무런 효과가 없었다. 행여 누군가 나타나지 않을까 하는 희망으로 마음이 부풀었다. 그러다 또 아무 반응이 없으면 헛된 망상이었음을 알고는 낙담했다. 암라흐는 전혀 기척이 없었다. 심지어 개미새끼 하나 어른거리지 않았다.

그러자 벤허는 조용히 남쪽으로 돌아갔다. 그곳 역시 대문이 팻말과 함께 봉쇄되어 있었다. 멸망의 산[140]이라고도 불리는 올리브 산 정상을 환히 비추는 8월의 달빛에 팻말이 또렷이 두드러져 보였다. 그것을 읽은 벤허는 분노가 치밀었지만 할 수 있는 일이라고는 박혀 있던 팻말을 떼어내 도랑 속에 던져 버리는 것이 전부였다. 그리고 나서는 돌계단에 앉아 새로운 왕을 위해, 그분이 어서 오시기만을 기도했다. 흥분이 가라앉자 한여름 뙤약볕 아래에서 오래 걸어온 노곤함이 밀려들

---

140) Mount of Offense, 또는 Mount of Corruption. 올리브 산의 다른 이름. 많은 외국 여인들을 처첩으로 맞이했던 솔로몬 왕이 늘그막에 부인들의 꼬임에 빠져 이방의 신들을 섬기는 산당을 지어 하나님의 진노를 샀기 때문에 이런 이름이 붙었다.

며 자기도 모르게 몸이 점점 가라앉더니 마침내 그대로 잠들어 버렸다.

그 무렵 두 여인이 안토니아 성채 방향에서 거리를 따라 내려오며 점차 허 가문의 저택으로 다가오고 있었다. 그들은 조심스러운 발걸음으로 살금살금 나아가다 자주 멈춰 서서 주위를 살폈다. 단단한 건물 한 귀퉁이에 이르자 한 사람이 낮게 속삭였다.

"티르자, 여기야!"

그 말에 그리운 집을 쳐다 본 티르자는 어머니의 손을 꼭 잡고 품에 기대어 소리죽여 흐느꼈다.

"어서 서둘러 가자. 왜냐하면," 어머니는 잠시 망설이며 떨었지만 곧 태연한 척 애쓰며 말을 이었다. "왜냐하면 아침이 되면 성문 밖으로 쫓겨날 테니까. 그러면 다시는 돌아올 수 없단다."

티르자는 돌 위에 주저앉아 훌쩍거리며 대답했다. "아, 예! 집에 간다는 생각만 했지 저희가 나환자라는 걸 잊고 있었어요. 이제 더 이상 집은 없죠. 죽은 사람이나 마찬가지니까!"

어머니는 몸을 숙여 딸을 다정하게 일으키며 말했다. "아무것도 무서워할 것 없단다. 어서 가자꾸나."

사실 두 사람은 나병에 걸렸으므로 군단과 마주쳐도 빈손을 들어올리는 것만으로 쫓아 버릴 수 있을 것이었다.

그들은 두툼한 담벼락에 바싹 붙어서 마치 유령처럼 미끄러지듯 대문으로 다가갔고 그 앞에서 잠시 멈추었다. 팻말을 보고는 조금 전 벤허가 밟았던 돌계단 위로 올라가 팻말을 읽었다. "이곳은 황실 소유 재산임."

그러자 어머니는 두 손을 맞잡고 눈을 위로 올리더니 말할 수 없는 고통에 신음했다.

"무슨 일인데 그러세요, 어머니? 놀랐잖아요!"

"오 , 티르자, 불쌍하게도 죽었구나! 죽었어!"

"누가요?"

"네 오라비 말이다! 놈들이 벤허에게서 전부 빼앗아갔어, 모든 것을, 이 집까지도!"

"어쩌면 좋아요!" 티르자는 멍하니 대답했다.

"이제 벤허는 결코 우리를 도와주진 못할 게다."

"그럼 우리는 어떡해요?"

"내일부터는, 내일부터는 길가에 자리를 잡고 나환자들이 그렇듯이 구걸을 해야 한단다. 구걸을 안하면,"

티르자는 다시 어머니에게 기대며 속삭였다. "차라리 죽어 버려요, 그냥 죽자구요!"

그러나 어머니는 단호하게 말했다. "아니다! 주님께서는 우리의 때를 정해 주셨단다. 그리고 우리는 주님을 믿는 사람들이니 상황이 이렇더라도 주님의 뜻을 기다려야 한단다. 어서 가자꾸나!"

어머니는 그렇게 말하며 티르자의 손을 잡고 담에 바싹 붙어 저택의 서쪽 모퉁이로 서둘러 갔다. 아무도 보이지 않았으므로 다음 모퉁이를 향해 나아가다가 거리에 면한 남쪽 문 근처를 환히 비추고 있는 달빛에 놀라 움츠러들었다. 그러나 어머니의 의지는 확고했다. 고개를 돌려 서쪽으로 난 창을 올려다보며 티르자를 끌고 달빛이 비추는 곳으로 걸어 나왔다. 그제야 입술과 볼, 초점을 잃은 눈과 갈라진 손 위로 퍼진 병세가 얼마나 심한지 드러났다. 특히나 헝클어진 기다란 머리칼은 흉측한 피고름이 엉겨 붙어 뻣뻣했고 눈썹과 마찬가지로 유령처럼 허옇게 탈색되어 있었다. 누가 어머니이고 누가 딸인지 구분할 수 없을 정도로 똑같이 백발마녀처럼 늙어 보였다.

"쉿! 저기 계단에 누군가가 누워 있구나. 가서 한번 살펴보자."

그들은 재빨리 길을 건너가 그늘에 숨어 대문 앞까지 살금살금 와서 멈춰 섰다.

"자고 있어, 티르자!"

사내는 죽은 듯이 누워 있었다.

"너는 여기 있거라. 내가 가서 대문을 살펴보고 올 테니."

어머니는 숨죽이며 조심조심 길을 건너, 열릴지는 알 수 없었지만 대문에 달린 쪽문을 건드리려고 했다. 바로 그 순간 누워 있던 사내가 한숨을 내쉬더니 불안하게 몸을 뒤척이는 바람에 머리에 쓴 두건이 벗겨지면서 위를 향한 얼굴이 달빛에 비쳐 뚜렷이 드러났다. 어머니는 잠든 사내의 얼굴을 내려다보더니 깜짝 놀랐다. 그러더니 허리를 더 숙여 자세히 들여다보고는 갑자기 손을 맞잡고 말없이 호소하는 눈빛으로 하늘을 쳐다보며 벌떡 일어섰다. 그리고 순식간에 티르자에게로 달려갔다.

"주님이 살아 계시는구나. 저 남자는 바로 내 아들, 네 오라비란다!"

어머니는 경외감에 사로잡혀 속삭이듯 말했다.

"오라버니라고요, 유다 오라버니 말인가요?"

어머니는 딸의 손을 꽉 잡았다.

"이리 오렴! 가서 함께 보자꾸나. 한 번만 더, 딱 한번만 보자꾸나. 주님, 당신의 종들을 도와주소서!"

두 사람은 손을 잡고 유령처럼 소리 없이 재빠르게 길을 건넜다. 자신들의 그림자가 잠든 벤허 위에 떨어질 거리에 이르자 걸음을 멈추었다. 손바닥을 편 한쪽 손이 계단 바깥으로 나와 있었다. 티르자는 무릎을 꿇고 그 손에 입 맞추려고 했다. 하지만 어머니가 제지했다.

"생전에는 안 돼! 절대로 안 된다! 우리는 불결하잖니!" 어머니는 조용히 속삭였다.

그 말에 티르자는 벤허가 나환자라도 되는 듯이 꽁무니를 뺐다.

벤허는 남자답게 늠름하면서도 잘 생겼다. 볼과 이마는 사막의 햇빛과 바람에 그을려 있었다. 그래도 엷은 콧수염 아래의 입술은 붉었고, 이는 하얗게 빛났고, 부드러운 턱수염은 아직 더부룩하지는 않았다. 어머니의 눈에는 그가 얼마나 늠름해 보였겠는가? 행복한 어린 시절에 늘 그랬던 것처럼 팔로 끌어안고 머리를 품에 안아 입 맞추고 싶은 마음이 얼마나 간절했겠는가! 그렇게 하고 싶은 충동을 억누를 힘이 사랑 아니면 어디서 나오겠는가?

오 독자들이여, 곧 알게 되겠지만 그녀의 모성애는 남달랐다. 대상에게는 한없이 부드러운 그 사랑은 자신에게는 가혹할 정도로 아프더라도 자기를 희생할 수 있는 모든 힘의 원천이었다. 건강과 재산의 회복, 삶의 축복, 아들의 삶을 생각한다면 차마 아들의 볼에 나환자의 입맞춤을 남길 수는 없는 노릇이었다. 그래도 어떻게든 아들을 어루만지고 싶었다. 아들을 찾자마자 이렇게 영원히 연을 끊어야만 하다니! 이얼마나 비통하고 또 비통한 일인가! 그러나 벤허의 어머니는 아무 말도 않은 채 무릎을 꿇고 아들의 발치로 기어가 흙먼지로 더러워졌어도 상관하지 않고 아들의 신발에 입을 맞추었다. 몇 번이고 계속해서 입 맞추고 또 맞추었다. 온 영혼을 담아 하염없이 입 맞추었다.

벤허는 잠결에 몸을 뒤척이며 손을 내저었다. 두 사람은 움찔하여 뒤로 물러섰지만 벤허가 꿈속에서 중얼거리는 소리를 들었다.

"어머니! 암라흐! 어디에 있어요······."

그리고는 다시 깊은 잠 속으로 빠져들었다.

티르자는 그 모습을 구슬프게 바라보았다. 땅에 얼굴을 묻고 치밀어 오르는 흐느낌을 억누르려 애쓰는 어머니의 마음은 금방이라도 터질 것만 같았다. 차라리 아들이 잠에서 깨어나길 바랐다.

아들은 꿈속에서 나를 불렀다. 아직 나를 잊지 않았어. 꿈속에서조차 나를 생각하고 있어. 그걸로 됐어.

이윽고 어머니가 티르자에게 손짓하자 두 사람은 함께 일어나 벤허의 모습을 뇌리에 각인시키기라도 하려는 듯 한 번 더 쳐다본 후 손을 잡고 온 길을 다시 건너갔다. 담벼락 그늘로 들어서자 한쪽에 몸을 숨기고 앉아 무엇인지 모르면서도 계시를 기다리듯 벤허가 깨어나기만을 기다리며 하염없이 바라보고 있었다. 두 사람이 사랑의 마음으로 보여준 그 하염없는 인내심이 얼마나 클지 알 사람은 아무도 없을 것이다.

벤허는 아직 곤히 잠들어 있는데 얼마 안 있어 또 다른 여인이 저택 모퉁이에 나타났다. 그늘에 숨어 있던 모녀는 달빛에 드러난 여인의 모습을 똑똑히 볼 수 있었다. 아담한 체구에, 등은 잔뜩 굽었고, 어두운 피부색에, 백발 머리에 하인의 복장을 단정하게 입은 여인은 채소 바구니를 들고 있었다.

계단에 누워 있는 남자를 보자 여인은 멈춰 섰다. 그러더니 결심이라도 한 듯이, 그냥 계속 걸어갔다. 그리고 잠든 벤허 가까이 다가갈수록 살금살금 걸었다. 누워 있는 그를 빙 돌아서 대문으로 다가가더니 쪽문의 빗장을 한쪽으로 밀치고는 대문을 손으로 밀었다. 그러자 왼쪽 문짝이 소리 없이 스르르 열렸다. 여인은 바구니를 먼저 들여 넣고 뒤따라 들어가려다 호기심에 못 이겨 얼굴을 자기 아래쪽으로 드러낸 채 잠들어 있는 남자를 들여다보았다.

길 건너에서 지켜보고 있는 두 모녀에게 낮게 외치는 여인의 소리가 들려왔다. 그리고는 다시 잘 보려는 듯 두 눈을 비비더니 손을 맞잡은 채 몸을 가까이 숙여 주위를 정신없이 둘러보고는 잠든 남자를 쳐다보았다. 몸을 웅크린 여인은 남자의 뻗은 손을 들어올려 다정하게 입을 맞추었다. 두 사람이 그렇게 간절히 원했건만 감히 엄두를 내지 못했던 입맞춤이었다.

그 행동에 놀라서 잠이 깬 벤허는 본능적으로 손을 뺐다. 그러나 그러던 와중에 여인의 눈과 시선이 마주쳤다.

"암라흐! 오, 암라흐! 맞아요?"

암라흐는 목이 메어 말도 못한 채 벤허의 목을 부둥켜안고 기쁨의 눈물을 흘렸다.

벤허는 암라흐의 팔을 부드럽게 풀더니 눈물에 젖은 검은 얼굴을 들어올려 입을 맞추었다. 그 역시 암라흐에 못지않게 기뻐했다. 길 건너에 있던 모녀에게 벤허가 말하는 소리가 들려왔다.

"어머니는, 티르자는? 오, 암라흐, 말해줘! 어서 말하라고, 제발!"

암라흐는 다시 울기만 할 뿐이었다.

"두 사람을 보았어? 어디 있는지 알고 있지? 두 사람이 집에 있다고 말해줘."

티르자가 움직였지만 왜 그러는지 알고는 어머니가 막아서며 속삭였다. "가면 안 돼, 절대로. 우리는 불결하잖니!"

어머니의 사랑은 강철 같았다. 두 사람 다 가슴이 미어졌지만 벤허만은 자기들처럼 되어서는 안 되었다. 마침내 티르자는 달려 나가고 싶은 충동을 억눌렀다.

그동안, 벤허가 재촉할수록 암라흐는 더욱 서럽게 울 뿐이었다.

이윽고 문짝이 열려 있는 것을 보고는 벤허가 물었다. "안으로 들어가려던 참이었어? 그럼 들어갑시다, 나도 함께 들어갈 테니." 벤허는 몸을 일으키며 다시 말했다. "로마 놈들은, 주님의 저주가 있기를! 로마 놈들은 거짓말을 했어. 이 집은 내 집이야. 일어나, 암라흐, 들어가자고."

한순간에 그들은 집안으로 사라져 버렸고 그들을 뒤쫓아 멍하니 대문을 바라보고 있는 모녀만 그늘 속에 덩그러니 남았다. 그들은 땅바닥에 주저앉았다.

이제 그들은 해야 할 일을 다 했다.

그들의 사랑은 그렇게 입증되었다.

다음날 아침 두 모녀는 사람들 눈에 띄게 되어 돌팔매질을 받으며 도시에서 쫓겨났다.

"꺼져! 너희는 죽은 자들이란 말이야. 죽은 자들에게로 꺼지라고!"

저주가 담긴 욕설을 귓전에 들으며 두 사람은 앞으로 나아갔다.

## 5. 암라흐, 옛 주인을 찾아내다


오늘날 성지 예루살렘에서 왕의 동산이라는 아름다운 이름이 붙은 명소를 찾는 여행객들은 기드론 골짜기를 내려가거나 기혼 골짜기와 힌놈 골짜기를 돌아 오래된 엔로겔 우물까지 멀리 나가 달콤한 물로 목을 축인 후 더 너머 가면 볼 만한 것이 없으므로 그곳에서 발걸음을 멈추게 된다. 그들은 우물을 둘러막은 커다란 돌들을 구경하고, 우물의 깊이를 묻고, 졸졸 흐르는 그 귀한 우물물을 퍼 올리는 원시적 방식에 미소를 짓기도 하고, 허름한 차림의 우물 관리인에게 약간의 동정심을 보이기도 한다. 그러다 모리아 산과 시온 산을 마주하고는 넋을 잃는다. 두 산 모두 가파른 북쪽으로부터 완만하게 경사져 있고 모리아 산은 오벨에서, 시온 산은 한때 다윗 도성의 터였던 곳에서 끝이 난다. 저 멀리 배경으로 우뚝 솟아 있는 성스러운 유적지의 멋진 장식들이 눈에 들어온다. 이쪽에는 우아한 돔이 있는 이슬람 사원이, 저쪽에는 폐허 속에서도 위용을 자랑하는 히피쿠스 탑의 웅장한 기저 부분이 보인다. 충분히 추억에 남을 만큼 그 풍경을 실컷 감상하고 나면 오른쪽에 있는 바위투성이 멸망의 산과 왼쪽에 있는 '악한 음모의 언덕'이 눈에 들어올 것이다. 성서 속 이야기와 전승에 대해 잘 알고 있는 사람이라면 그 산들에 관심이 생길 것이다.

성서를 보면 그 언덕을 둘러싼 많은 이야기들이 있으나 한 가지만 언급하자면, 언덕 기슭에는 후대에 불과 유황이 타오르는 지옥으로 묘사된 게헨나[141]가 있었다. 그리고 도시 맞은편의 동남쪽 절벽에는 예수

---

141) Gehenna. 예루살렘 서남쪽에 위치한 힌놈 계곡을 지칭하는 게이–힌남(힌놈의 아들)에서 유래한 그리스어. 유대인들이 불의 신 몰록과 바알에게 자신의 아이들을 제물로 바친 곳이었다

님 시대에 그랬던 것처럼 지금도 동굴 무덤들이 빼곡히 들어서 있는데, 바로 그곳이 나환자들의 오래된 집단 거주지였다. 하나님의 저주를 받은 자들이라고 손가락질당하며 쫓겨난 그들은 그곳에 둥지를 틀고 자기들만의 공동체를 이루며 살아가고 있었다.

벤허의 어머니와 누이가 도시에서 쫓겨나고 이틀째 되는 날 아침, 암라흐는 엔로겔 우물 근처까지 가서 돌 위에 앉았다. 예루살렘을 잘 알고 있는 사람이라면 그녀가 어느 유복한 가문에서 아끼는 하녀라는 것을 한눈에 알아보았을 것이다. 암라흐는 가져온 물동이와 하얀 보자기가 덮인 바구니를 옆 땅바닥에 놓은 후 머리까지 뒤집어썼던 숄을 느슨하게 걸치고는 두 손을 무릎 위로 맞잡은 채 '피의 밭'[142]으로 이어지는 가파른 산비탈을 조심스레 바라보고 있었다.

매우 이른 아침이었으므로 우물가에는 암라흐 말고는 아무도 없었다. 하지만 얼마 안 있어 한 남자가 밧줄과 가죽으로 만든 두레박을 들고 나타났다. 그는 암라흐에게 인사하더니 밧줄을 두레박에 묶고 손님들을 기다렸다. 자기가 직접 물을 긷는 사람들도 있었지만, 물 긷는 일이 업인 그 남자에게 몇 푼 주면 커다란 물동이를 한가득 채워 줄 것이었다.

암라흐는 가만히 앉아 있었고 딱히 할 말도 없었다. 남자는 암라흐의 물동이를 물끄러미 바라보더니 물을 길어주길 바라는지 물었다. 암

---

(예레미야 7:31-32). 쓰레기 소각장으로서 쓰레기와 시체를 태우느라 항상 불과 유황불이 타오르고 있었으므로 시간이 흐르면서 지옥불과 동의어가 되었다.

142) Aceldama. 원래는 옹기장이의 밭으로 불렸다. 마태복음 27장 3절에서 7절까지 보면, 은전 서른 닢에 예수를 대제사장들에게 팔아넘긴 유다는 예수가 유죄 판결을 받자 자기가 저지른 일을 뉘우친 후 은전 서른 닢을 대제사장들과 원로들에게 돌려주려 하였으나 받아들여지지 않자 은전을 성소에 내동댕이치고 목매달아 죽었다. 대제사장들은 그 은전을 주워 들고 핏값이니 헌금 궤에 넣어서는 안 되겠다고 하며 그 돈으로 옹기장이의 밭을 사서 나그네들의 묘지로 사용하기로 하였다. 그래서 그 밭은 오늘날까지 '피의 밭'이라고 불린다.

라흐가 아직 아니라고 공손히 대답하자 남자는 더 이상 관심을 보이지 않았다. 올리브 산에 희미하게 동이 트자 손님들이 하나둘씩 나타나기 시작했고 남자는 열심히 물을 길어 물동이를 채웠다. 그러나 암라흐는 꼼짝않고 자리를 지키고 앉아 언덕만 골똘히 올려다보고 있었다.

해가 중천에 뜬 뒤에도 그대로 계속 기다리고 있었다. 그녀가 무슨 까닭으로 그렇게 기다리고 있는지 살펴보자.

암라흐는 밤이 되면 시장에 나가는 것이 일과였다. 남들 눈에 띄지 않게 몰래 나가 티로포에온이나 '물고기 문' 근처의 가게에 들러 고기와 채소를 산 후 집으로 조용히 돌아오곤 했다.

옛집에서 벤허와 함께 다시 지낼 수 있게 되어서 암라흐가 얼마나 기뻐했을지는 상상이 갈 것이다. 그녀는 안주인과 티르자에 대해서는 말해 줄 것이 아무것도 없었다. 벤허는 암라흐를 그렇게 적적한 곳에 혼자 두고 싶지 않아 다른 곳으로 옮기게 하려고 했으나 그녀가 거절했다. 오히려 벤허에게 예전에 썼던 방에서 지내라고 했다. 하지만 그랬다가는 발각될 위험이 컸으므로 쓸데없이 위험을 자초하고 싶지 않았다. 그래서 집에서 지내지는 않고 가능하면 자주 암라흐를 보러 왔다. 어둠을 틈타 밤에 찾아왔다가 떠나고는 했다. 그 정도에 만족할 수밖에 없었던 암라흐는 벤허를 행복하게 해줄 묘책을 짜내느라 바빴다. 암라흐에게는 벤허가 어른으로 보이지 않았다. 또한 어렸을 적 미각을 잃어버렸을 거라고 생각하지도 않았다. 그래서 벤허를 행복하게 해 주고 싶어서 예전 것들을 만들어 주어야겠다고 생각했다. 벤허는 예전에 당과를 좋아했었다. 그래서 벤허가 가장 맛있게 먹었던 당과들을 기억해 내고는 그것들을 만들어 두었다가 언제든 그가 올 때면 먹여야겠다고 결심했다. 그보다 더 행복한 일이 있을까? 그래서 다음날 밤, 평소보다 일찍 바구니를 챙겨들고 몰래 빠져나와 물고기 문 부근의 시장으로 갔다. 그런데 양질의 꿀을 찾아 시장을 돌아다니다 한 사내가 지껄이는 이야기를 우연히 듣게 되었다.

그 사내는 바로 안토니아 성채의 지하 6호 감방에서 벤허의 어머니와 누이를 찾아내던 날 사령관을 위해 횃불을 들고 있던 사람들 가운데 하나였다. 그가 뭐라고 떠들었을지는 뻔했다. 두 사람을 찾아낸 경위를 자세히 털어놓았으므로 암라흐는 갇혀 있던 죄수들의 이름과 그 미망인이 직접 말한 사연까지 듣게 되었다.

이야기를 듣는 동안 충실한 하녀 암라흐는 뛸듯이 기뻤다. 그녀는 서둘러 장을 본 후 꿈에 부풀어 집으로 향했다. 도련님에게 이 말을 전해 주면 얼마나 기뻐하실까! 마침내 마님을 찾아냈으니 말이다!

암라흐는 집에 돌아오기 무섭게 바구니를 팽개치고 실성한 사람처럼 웃다가 울기를 반복했다. 그러다 갑자기 그치더니 곰곰이 생각에 잠겼다. 어머니와 티르자가 나환자가 되었다는 말을 해줬다가는 벤허가 죽게 될지도 모른다. 그는 아마도 악한 음모의 언덕을 찾아가서 샅샅이 뒤지고 다닐 것이었다. 병균에 감염된 무덤 동굴을 하나씩 찾아다니며 모녀에 대해 묻고 다닐 텐데 그랬다가는 그도 병에 걸려서 같은 신세가 되고 말 것이다. 암라흐는 어쩔 줄 몰라 손을 비틀었다. 어떻게 하면 좋단 말인가?

많은 선조와 후대 사람들처럼 암라흐도 지혜는 아니더라도 사랑하는 마음에서 한 가지 생각이 퍼뜩 떠올랐다.

암라흐는 나환자들이 아침이면 언덕에 있는 동굴무덤 거처에서 내려와 엔로겔 우물에서 그날 필요한 물을 길어간다는 사실을 알고 있었다. 그들은 물동이를 가지고 와서 땅에 내려놓고는 멀찌감치 떨어져서 물이 채워질 때까지 기다린다. 마님과 티르자도 그리로 올 것이 틀림없었다. 율법은 냉혹했으므로 예외란 있을 수 없다. 부유한 나환자라고 해서 가난한 나환자와 다를 것이 전혀 없었다.

그래서 암라흐는 자기가 들은 이야기를 벤허에게는 알리지 않은 채 혼자서 엔로겔로 가서 기다리기로 결심했다. 두 사람도 허기와 갈증에 못 이겨 그리로 올 테니, 나타나면 단번에 알아볼 수 있을 것으로 생각했다. 설령 자기가 못 알아본다 해도 두 사람이 자기를 알아볼 것이었다.

그렇게 생각하고 있는 동안 벤허가 찾아왔고 두 사람은 많은 이야기를 나누었다. 내일이면 말루크가 도착할 것이었다. 그러면 두 사람을 찾는 수색이 즉각 시작될 것이다. 벤허는 당장이라도 그 일을 시작하고 싶어 견딜 수 없었다. 그래서 마음을 달래려고 근처의 성지를 돌아다녔다. 암라흐는 비밀을 지키려니 마음이 무거웠지만 아무 내색도 하지 않았다.

벤허가 돌아가자 암라흐는 온갖 솜씨를 부려 먹을 것들을 분주하게 준비했다. 동이 틀 무렵에는 가득 채운 바구니와 물동이를 챙긴 후 집을 나서 엔로겔 우물로 향했다. 제일 먼저 열리는 물고기 문을 통과해 성 밖으로 나간 후 지금 우리가 본 대로 그곳에 도착해 있는 것이었다.

해가 솟아오른 직후는 우물이 가장 붐빌 때였으므로 물 긷는 사내의 손길도 덩달아 제일 바쁠 때였다. 동시에 여섯 개의 두레박으로 퍼 올릴 수 있었으므로 사람들은 물동이가 채워지기 무섭게 서늘한 아침에서 뜨거운 한낮으로 바뀌기 전에 서둘러 떠났다. 그러면 언덕을 차지하고 있던 나환자들이 하나둘씩 나타나 무덤 어귀를 서성대기 시작했다. 좀 더 후에는 아예 무리를 지어 나타났는데, 그중에는 어린아이도 적지 않았다. 꽤 많은 나환자들이 깎아지른 산의 모퉁이를 돌아 어느새 내려와 있었다. 어깨에 물동이를 이고 온 여인들과, 지팡이나 목발을 짚고 절룩거리며 오는 노약자가 있었고, 다른 이의 부축을 받으며 오는 사람, 혼자 힘으로는 꼼짝도 못하여 들것에 실려 온 사람들도 있었다. 말할 수 없이 비참한 그 상황에서도 사람들은 서로 의지해 사랑의 빛으로 고통을 견디며 살아가고 있었다. 서로 동병상련을 느끼며 격의 없이 지내게 된 것이다.

암라흐는 우물가에 미동도 않고 앉아서 무리지어 오는 사람들을 바라보며 마님과 아씨를 만나게 될 순간을 여러 번 그려 보았다. 두 사람이 저기 언덕 위에 있을 것으로 믿어 의심치 않았다. 반드시 그곳에서 내려와 모습을 드러낼 것으로 굳게 믿었다. 우물가에 있던 사람들이 모두 물을 긷고 나면 그들도 나타날 것이었다.

벼랑 기슭에는 입구가 넓게 벌어진 동굴무덤 하나가 있었는데, 거기에 자꾸 시선이 갔다. 입구 근처에는 부피가 매우 큰 돌 하나가 서 있었다. 한창 더운 한낮이 되면 햇빛이 안쪽으로 비쳐들었는데, 게헨나에서 시체를 먹어 치우고 돌아가는 들개들이 아니면 아무도 살 것 같지 않았다. 그러나 그때 놀랍게도 두 여인이 무덤에서 나왔다. 한 사람이 부축하고 한 사람은 부축을 받고 있었지만 둘 다 머리가 허옇게 변색되어 있었고 똑같이 늙어 보였다. 그러나 옷은 아직 해지지 않은 새 것이었고 그곳이 아직은 낯선 듯 주위를 둘러보고 있었다. 아래에서 지켜보고 있던 암라흐에게는 두 사람이 한데 어울려 살아가게 될 그 끔찍한 무리의 모습에 소스라치게 놀란 것처럼 느껴졌다. 미묘한 그 움직임을 놓치지 않은 암라흐의 가슴은 쿵쾅대기 시작했고 관심은 오로지 그들에게로만 쏠렸다.

두 사람은 한동안 무덤 앞 돌 옆에 그대로 있었다. 그러더니 몹시 겁을 먹고 아주 서서히 우물가를 향해 힘겹게 발걸음을 옮겼다. 그러자 두 사람을 막으려고 몇 사람이 언성을 높였다. 그런데도 그들은 계속 앞으로 걸어왔다. 물을 긷던 사내가 돌멩이를 주워들더니 던지려고 했다. 모여 있던 사람들은 두 사람에게 욕을 퍼부었다. 언덕에 있던 많은 사람들이 날카롭게 외쳐댔다. "불결한 것들, 더러운 것들!"

암라흐는 두 사람이 다가오는 것을 지켜보며 생각했다. "나환자들이 우물을 어떻게 써야 하는지 모르는 걸 보니 이곳에 온지 얼마 안 되는 것이 틀림없어."

암라흐는 일어나 바구니와 물동이를 들고 그들을 맞으러 갔다. 그러자 우물가의 소란은 금세 가라앉았다.

한 사람이 암라흐를 보며 비웃었다. "저런 멍청이! 죽은 거나 마찬가지인 저것들에게 빵을 주다니 어리석기 짝이 없군!"

또 다른 사람이 참견했다. "그리고 저렇게 가까이 다가가다니 제정신인가. 나 같으면 입구에서나 만나보려 할 텐데."

그보다는 더 선한 충동에 이끌려 암라흐는 앞으로 나아갔다. 행여나 잘못 본 것이라면! 심장이 입 밖으로 튀어나올 것만 같았다. 그리고 더 가까이 다가갈수록 점점 더 의심스럽고 혼란스러워졌다. 암라흐는 두 사람이 기다리고 서 있던 곳에서 4, 5미터 떨어진 곳에 멈춰 섰다.

저분이 정녕 그토록 사랑한 마님일까? 그 손에 감사의 뜻으로 얼마나 자주 입 맞추었던가! 기억 속에서는 그토록 점잖고 아름다운 모습인데 말이다! 그리고 저 처녀가 갓난아기 때부터 키워온 그 티르자 아씨일까? 아파하면 달래주고 함께 장난도 쳤는데! 미소짓는 귀여운 얼굴에 노래를 흥얼거리던 티르자, 대저택의 빛이었고 늘그막의 나에게 낙이 되어 줄 티르자였는데! 저 두 사람이 마님과 귀여운 아씨란 말인가? 그들을 보고 암라흐는 넋이 나갔다. 그리고는 속으로 중얼거렸다.

'마님과 아씨가 저렇게 늙었을 리 없어. 모르는 사람들이야. 그만 돌아가자.'

그러고는 돌아섰다.

그때 두 나환자 가운데 한 사람이 불렀다. "암라흐."

암라흐는 깜짝 놀라 물동이를 떨어뜨리고 벌벌 떨며 뒤를 돌아보았다.

"누가 불렀나요?"

"암라흐."

그 순간 암라흐의 놀란 눈은 말을 한 사람의 얼굴에 못 박혔다.

"누구시죠?"

"네가 찾고 있는 사람이다."

암라흐는 그 자리에 주저앉고 말았다.

"아, 마님, 마님이시군요! 저를 마님께로 이끄신 주님, 감사합니다!"

암라흐는 북받치는 감정을 주체하지 못해 무릎을 꿇은 채로 다가가기 시작했다.

"거기 서라, 암라흐! 가까이 오지 마라. 우리는 불결하다, 더러운 나환자야!"

그 말이면 충분했다. 암라흐는 고개를 숙이더니 우물가에 있던 모든 사람들에게 들릴 정도로 서럽게 대성통곡하기 시작했다. 그리고 갑자기 일어나더니 물었다.

"오, 주인님, 티르자 아씨는 어디 있어요?"

"암라흐, 나 여기 있어! 나에게 물 한 모금만 떠다주지 않겠어?"

그 소리에 암라흐는 하인 본연의 자세로 돌아왔다. 얼굴 위로 떨어진 거친 머리카락을 뒤로 넘기며 벌떡 일어나더니 바구니 있는 곳으로 가 덮인 천을 벗겼다.

"보세요, 여기 빵과 고기를 가져왔어요."

암라흐는 천을 땅바닥 위에 펼치려고 했으나 안주인이 다시 말렸다.

"그러지 마, 암라흐. 그런 짓을 했다가는 사람들이 너에게 돌팔매질을 하고 우리도 물을 못 마시게 할 거야. 바구니는 그냥 거기 놔두고, 물동이에 물을 길어 가져다주렴. 무덤까지는 우리가 들고 가마. 그러면 오늘 네 할 일은 전부 다 하는 것이란다. 서둘러라, 암라흐."

이 광경을 보고 있던 사람들은 암라흐가 지나가도록 길을 터 주었고 그녀가 물동이에 물을 채우는 것을 도와주었다. 암라흐의 얼굴이 하도 슬퍼 보여 안쓰러웠기 때문이다.

"저 사람들이 누군데 그래요?" 한 여인이 물었다.

암라흐는 순순히 대답했다. "옛날에 모시던 분들인데 제게 잘해 주셨답니다."

그리고 물동이를 어깨에 이고는 급히 돌아가 또 깜박 잊고는 두 사람 가까이 다가가려고 했으나 "불결하다, 불결해! 조심해!"라고 막아서는 소리에 멈춰 섰다. 암라흐는 물동이를 바구니 옆에 내려놓고는 뒤로 물러나 약간 떨어진 곳에 섰다.

안주인은 암라흐가 가져다준 바구니와 물동이를 받아들며 말했다. "고맙다, 암라흐. 이렇게 챙겨 주다니 정말 고맙다."

"제가 더 해드릴 것은 없나요?" 암라흐가 물었다.

물동이에 손을 댄 순간 어머니는 갈증으로 목이 탔다. 그래도 잠시 멈추었다가 일어나더니 단호하게 말했다. "그래, 유다가 집에 온 것을 알고 있다. 이틀 전 대문 앞 계단 위에 쓰러져 자고 있는 것을 보았단다. 네가 그 아이를 깨우더구나."

암라흐는 두 손을 꽉 쥐었다.

"오, 마님! 보셨군요, 그런데도 오지 않으셨어요?"

"그랬다가는 그 아이를 죽였을 것이다. 나는 다시는 그 아이를 팔에 안을 수는 없다. 더 이상 입 맞출 수도 없지. 오, 암라흐, 암라흐! 네가 그 아이를 사랑한다는 것을 알고 있단다!"

"그야 말할 것도 없죠." 암라흐는 또다시 무릎을 꿇고 눈물을 흘리며 진심으로 말했다. "도련님을 위해서라면 이 한 목숨 아깝지 않아요."

"그 말을 입증해다오, 암라흐."

"물론이죠."

"그렇다면 우리가 어디에 있다거나 우리를 보았다는 말을 절대로 해서는 안 된다. 오로지 그거 하나면 된다, 암라흐."

"하지만 도련님은 마님을 찾고 계셔요. 마님을 찾으러 멀리서 오셨다고요."

"그 아이가 우리를 찾아서는 안 된다. 지금 우리처럼 되어서는 안 된다고. 잘 들어라, 암라흐. 너는 오늘 한 것처럼 우리를 도와주면 된다. 그저 우리에게 필요한 것 몇 가지만 챙겨다 주면 돼. 그마저도 그리 오래가지는 않을 것이다. 얼마 남지 않았어. 매일 아침저녁으로 그렇게 찾아오면 된다." 그리고 약간 떨리는 목소리로 보아 안주인의 굳센 의지도 거의 무너지려하고 있었다. "그리고 벤허에 대해 전해다오, 암라흐. 하지만 그 아이에게는 아무 말도 해서는 안 된다. 알아들었느냐?"

"오, 도련님이 마님 말을 하고 사방팔방으로 애타게 찾아다니는 모습을 보면 견디기 힘들 텐데요. 도련님의 지극한 사랑을 보면서도 마님이 살아 계시다는 것을 알리지 말라니요!"

"그렇다면 우리가 잘 지내고 있다고 말할 수 있겠느냐, 암라흐?"

암라흐는 두 손에 얼굴을 묻었다.

"아니지, 그러니 아예 입을 다무는 편이 낫단다. 이제 그만 갔다가 저녁에 다시 오렴. 우리가 너를 찾아보마. 그때까지 잘 가렴."

"오 마님, 그 짐은 너무 무겁습니다, 견디기가 너무 무거워요." 암라흐는 고개를 숙이며 말했다.

"벤허가 우리와 똑같아진 모습을 보면 네 마음이 얼마나 더 괴롭겠느냐." 어머니는 티르자에게 바구니를 주며 대답했다. "오늘 저녁에 다시 오너라." 그렇게 한 번 더 말하고는 물동이를 집어 들고 무덤을 향해 걸어가기 시작했다.

암라흐는 그들이 사라질 때까지 무릎을 꿇은 채로 지켜 보았다. 그리고 보이지 않게 되자 구슬피 돌아섰다.

저녁이 되자 암라흐는 돌아왔다. 그 후로는 아침저녁으로 찾아와 두 사람에게 필요한 것을 챙겨 주는 것이 하루 일과가 되었다. 비록 돌투성이에 황량하긴 했지만 동굴무덤은 안토니아 성채의 감방보다는 덜 음산했다. 어쨌든 햇빛도 들고 아름다운 바깥세상에 속해 있었다. 그러므로 열린 하늘 아래에서 훨씬 더 큰 신앙심을 품고 죽음을 기다릴 수 있게 되었다.

## 6. 성전에서 일어난 폭동

한편 예루살렘에 도착한 말루크는 논의하느라 시간을 허비하지 않았다. 바로 조사에 착수하여, 안토니아 성채에서부터 두 사람을 찾기 시작했는데 놀랍게도 대담한 방법을 썼다. 그곳을 지휘하는 사령관을 직접 찾아가 담판을 지은 것이다. 그는 허 가문의 역사와 그라투스에게 일어난 일을 자세히 설명하면서 가해 의도는 전혀 없는 우연한 사고임을 밝혔다. 지금 그들을 찾으려는 목적은 만일 한 사람이라도 살아 있는 것을 알게 된다면 그들의 잃어버린 재산과 시민권을 되찾게 해 달라고 황제에게 탄원서를 넣기 위해서라고 했다. 사령관은 탄원서가 들어가면 황제의 명령으로 당연히 조사가 이루어질 테니 그 가족의 친구가 미리 앞서 조사해도 염려할 것은 없다고 확신했다.

그에 대한 답변으로 사령관은 성채에서 여인들이 발견된 정황을 상세히 말해 주었고, 그들의 입으로 직접 진술한 내용을 적은 기록을 열람할 수 있게 해 주었다. 기록을 베낄 것을 신청하자 그것마저도 허가해 주었다.

말루크는 곧장 벤허에게로 달려갔다.

그 끔찍한 이야기를 전해들은 벤허의 마음이 얼마나 갈가리 찢겼을지는 굳이 설명하지 않아도 알 것이다. 눈물을 흘리며 아무리 울부짖어도 고통은 줄어들지 않았다. 아픔이 너무 깊어서 말로는 표현할 수 없었다. 하얗게 질린 얼굴과 뛰는 가슴을 주체하지 못한 채 한동안 멍하니 앉아 있었다. 고뇌로 가득한 상념을 드러내듯 이따금 중얼거렸다.

"나환자라니! 어머니와 티르자가 나환자라니! 도대체 언제부터, 언제부터란 말인가! 오, 주여!"

미친 듯이 밀려오는 비통함에 마음이 갈가리 찢어지는 듯하다가, 잠시 후에는 이를 박박 갈며 복수를 다짐했다.

마침내 벤허는 벌떡 일어났다.

"그들을 찾아야 해. 죽어가고 있을지 몰라."

"어디서 찾으시려고요?"

"그들이 갈 만한 곳은 한 곳밖에 없어."

말루크는 벤허를 말리며 두 사람을 찾는 일은 자신이 맡겠다고 간신히 설득했다. 두 사람은 오래 전부터 나환자들이 구걸하는 터전인 악한 음모의 언덕 맞은 편 성문으로 함께 갔다. 두 사람은 온종일 적선을 하면서 두 여인에 대해 묻고 다녔고, 그들을 찾아낸 사람에게 후한 사례를 하겠노라고 약속했다. 그렇게 그들은 5월이 지나고 6월이 되어도 똑같은 일을 매일 되풀이하고 다녔다. 법적으로 죽은 자나 마찬가지였던 나환자들도 그 후한 사례금에 이끌려 언덕의 무덤들을 열심히 뒤지고 다녔다. 점차 우물가의 동굴무덤까지 내려와 그곳의 사람들에게도 묻고 다녔지만 그들은 비밀을 굳게 지켰으므로 아무런 소득이 없었다. 그렇게 허송세월만 하다 7월 초하루 아침 여인숙 침상에서 일어나 앉아 있던 벤허에게는 온 세상이 불만스러워 보였다. 그날 아침에 추가로 얻어낸 정보라고는 얼마 전 당국에 의해 풀려난 두 여인이 물고기 문에서 사람들에게 돌팔매질을 받고 쫓겨났다는 것이 전부였다. 이제까지 얻은 단서와 날짜를 맞춰보니 슬프게도 두 사람은 어머니와 누이가 분명했지만 그들의 행방은 오리무중이었다. 두 사람은 도대체 어디에 있단 말인가? 그리고 어찌 지내고 있는지?

"어머니와 동생이 나환자가 되었다는 것만으로 부족하단 말인가." 벤허가 얼마나 쓰린 마음으로 거듭 그 말을 쏟아냈는지 독자들도 상상이 갈 것이다. "그것으로도 부족해 이제껏 나고 자란 도시에서 돌팔매질을 받고 쫓겨나다니! 어머니는 돌아가신 게 틀림없어! 황야를 헤매고 다니다 돌아가신 게 분명해! 티르자도 죽었을 테고! 나만 홀로 외롭게 살아남았어. 무엇 때문에? 도대체 언제까지, 오 하나님, 선조들의 주님이신 하나님, 도대체 언제까지 이 로마의 폭정을 견뎌야 한단 말입니까?"

분노와 절망과 원한에 사로잡힌 채 여인숙 안뜰로 들어서니 밤사이에 들어온 투숙객들로 북적거리고 있었다. 벤허는 저녁을 먹는 동안 우연히 그들이 하는 말을 듣게 되었다. 특히 대부분 젊고 건장하며 활달한 대담한 사내들 무리에 관심이 쏠렸는데 태도나 말씨로 보아 시골 사람들이었다. 그들의 생김새에서는 묘한 분위기가 풍겼는데, 고개를 치켜든 자세와 눈빛에서 예루살렘의 서민들에게서는 찾아볼 수 없는 기개가 느껴졌다. 어떤 사람들은 산악지방 사람들의 특성이라고 생각하겠지만 그보다는 거칠 것 없는 삶을 사는 사람에게서 더 확연히 드러나는 특성이었다. 얼마 지나지 않아 벤허는 그들이 갈릴리 사람인 것을 알아챘다. 각자 여러 가지 목적이 있을 테지만 주로 그날 나팔절[143]을 쇠기 위해 예루살렘에 온 것이었다. 갈릴리에서 군대를 조직할 위업을 계획하고 있던 차에 마침 그곳 출신인 사내들을 보자 벤허는 그들을 유심히 지켜보았다.

패기 넘치는 저들을 로마식으로 혹독하게 훈련시켜 막강한 군단을

---

143) 모세 시대부터 유래한 절기. "너는 이스라엘 자손에게 다음과 같이 일러라. 일곱째 달, 그 달 초하루를 너희는 쉬는 날로 삼아야 한다. 나팔을 불어 기념일임을 알리고, 거룩한 모임을 열어야 한다"(레위기 23:24). 나팔절은 티쉬리 월(유대력의 교회력으로는 7월, 민간력으로는 1월, 지금의 양력으로는 9~10월) 초하루, 즉 새해 첫날에 지내는 절기로서 안식일로 지켜졌다. 나팔절은 가을절기를 대표하는 초막절에 포함되는데, 초막절은 나팔절과 대속죄일, 초막절로 이루어져 있다. 이스라엘 백성들은 초막절의 시작인 나팔절이 되면 예루살렘을 방문했다. 예수님께서도 초막절을 맞아 예루살렘에서 전도하며 초막절 안에 포함된 나팔절과 대속죄일도 함께 지키셨다.

만든다면 혁혁한 전과를 세울 것이라고 생각이 앞질러가고 있는데 한 남자가 안뜰로 들어왔다. 남자는 흥분하여 상기된 얼굴로 눈을 빛내며 다짜고짜 갈릴리인들에게 물었다.

"왜 여기 있는 거야? 율법학자들과 장로들이 성전에서 나와 빌라도를 만나러 가고 있는데. 서둘러, 우리도 가야지."

사람들은 순식간에 그를 에워쌌다.

"빌라도를 만난다고! 뭣 때문에?"

"음모가 드러났으니까. 빌라도가 성전세로 새로운 수로를 건설하려고 하나봐."

"뭐라고, 성전세에 손을 대겠다는 거야?"

그들은 눈에 쌍심지를 켜고 이구동성으로 외쳤다.

"하나님께 바치는 제물인데. 감히 1세겔이라도 건드리려고 했단 봐라!"

소식을 전한 사내가 재촉했다. "가자고, 지금쯤 행렬이 다리를 넘고 있을 거야. 온 도시 사람이 다 뛰쳐나와 그 뒤를 따라가고 있어. 우리라고 빠질 수는 없지. 서두르자고!"

말이 떨어지기 무섭게 일행은 거추장스러운 겉옷과 두건을 벗어던지고 민소매 차림의 가벼운 튜닉만 걸쳤다. 농부가 들판에서 수확하거나 뱃사람들이 호수에 나가 고기를 잡거나 목동이 뜨거운 뙤약볕을 받으며 가축을 몰고 언덕을 오르거나 일꾼이 포도를 수확할 때 입는 작업복 차림이었다. 사내들은 허리띠를 단단히 졸라매며 말했다. "이제 가자고."

그러자 벤허가 재빨리 끼어들었다.

"갈릴리 사람들이여, 저는 유대인입니다. 저도 함께 데려가 주시겠습니까?"

"싸움이 벌어질지도 모르오."

"제일 먼저 꽁무니를 빼는 일은 없을 겁니다!"

그들은 흐뭇하게 벤허의 재치 있는 응수를 받아들였고 시내 상황을 전했던 사내가 말했다. "꽤 건장해 보이는군요. 같이 갑시다."

벤허도 겉옷을 벗었다.

"싸움이 벌어질 것 같습니까?" 벤허는 허리띠를 단단히 조이며 조용히 물었다.

"그렇소."

"누구를 상대로?"

"그야 수비대죠."

"군단 말입니까?"

"빌라도가 의지할 데가 따로 있겠습니까?"

"어떤 무기로 싸울 작정입니까?"

그 질문에 그들은 아무 말도 못하고 벤허를 쳐다보기만 했다.

벤허가 이어서 말했다. "뭐 어쨌든, 최선을 다해야겠지요. 하지만 지휘관을 뽑는 것이 더 낫지 않을까요? 로마군은 늘 지휘관이 있기 때문에 한마음으로 움직일 수 있는 것입니다."

갈릴리인들은 그런 생각은 한 번도 해보지 못한 듯 더 호기심어린 눈으로 쳐다보았다.

"적어도 각자 행동하지 말고 한데 움직이기로 합시다. 나는 준비되었는데, 어떻습니까?"

"좋소, 갑시다."

당시 그 여인숙은 신시가지인 베제타에 있었다. 그래서 로마인들이 시온 산의 헤롯 궁전을 흉내 내어 만든 법정으로 가려면 성전의 남쪽과 서쪽의 낮은 지대를 가로질러야 했다. 남북 방향으로 가파르게 뻗은 여러 골목길들이 교차하는 거리를 따라 그들은 아크라 지구를 재빨리 우회하여 마리암네 탑으로 향했다. 거기서부터 높은 담으로 둘러쳐진 성문까지는 얼마 걸리지 않았다. 벤허 일행이 그곳으로 향하는 동안 빌라도가 저지른 신성모독 소식을 듣고 그들처럼 성난 사람들이 가세하면서 군중은 점점 불어났다. 마침내 법정 문에 도착해 보니 장로와 율법학자 행렬이 뒤따라오는 수많은 사람들과 함께 성문 안으로 들어가 있었고 밖에는 시끄럽게 외치는 더 큰 군중이 몰려 있었다.

아름다운 대리석 흉벽 아래에서는 한 백인대장이 중무장한 수비대를 거느리고 입구를 지키고 있었다. 강렬한 태양이 병사들의 투구와 방패 위로 맹렬히 내리쬐고 있었다. 그러나 병사들은 태양의 눈부신 빛과 군중들의 고함소리에도 전혀 아랑곳하지 않은 채 전열을 유지하고 있었다. 열려진 청동 문으로 많은 사람들이 물밀듯 들어갔지만, 나오는 사람들은 얼마 되지 않았다.

문 밖으로 나오는 사람에게 갈릴리 일행 한 사람이 물었다. "상황이 어찌 되어가고 있습니까?"

"특별한 것은 없어요. 율법학자들이 빌라도를 만나게 해 달라고 요구하며 궁전 문 앞에서 버티고 있지만 빌라도는 나오기를 거부했답니다. 율법학자들은 사람을 보내 빌라도가 나오기 전에는 물러나지 않겠다고 전해놓고 기다리고 있는 중이랍니다."

함께 가는 일행과 달리 세상물정에 밝았던 벤허는 율법학자들과 빌라도 사이에 의견차이가 있을 뿐더러 새로운 문제가 생기거나 양측 다자기 의지를 관철시키려다가 심각한 문제가 발생할 수도 있음을 알고는 그들을 재촉했다. "안으로 들어갑시다."

성문 안으로 들어가니 신록이 우거진 나무들이 줄지어 서 있었고 아래에는 의자들이 있었다. 드나드는 사람들은 깨끗이 닦인 흰 보도 위에 고맙게 드리운 그늘을 조심스럽게 피해 다녔다. 이상해 보일지는 모르지만, 아마도 율법에 근거해 나온 것으로 추측되는 규정에 의하면 예루살렘 성벽 안에서는 초목을 키우는 것이 금지되어 있었기 때문이다. 심지어 이집트 신부를 위해 정원을 만들고 싶었던 솔로몬 왕조차도 성벽 안이 아니라 엔로겔 우물 너머 골짜기가 만나는 곳에 정원을 건설할 수밖에 없었다고 한다.

나무 꼭대기 사이로 빛나는 궁전 외관이 보였다. 일행은 오른쪽으로 틀어 총독 관저가 있는 서쪽 면에 접한 커다란 광장으로 나아갔다. 흥분한 군중들이 이미 광장을 가득 메우고 있었다. 사람들의 얼굴은 모두 굳건히 닫혀 있는 넓은 출입구 위에 건설된 주랑 현관을 향해 있었다. 주랑 현관 아래에는 또 다른 병사들이 정렬해 있었다.

인파가 너무 빽빽이 들어차 있었으므로 벤허 일행은 원하는 만큼 앞으로 나아갈 수가 없었다. 그래서 뒤에 남아 상황이 돌아가는 것을 지켜보았다. 주랑 현관 주위로 율법학자들의 높은 터번이 보였고, 때로는 그들의 조바심이 뒤에 있던 군중에게 전해져 잦은 고함소리가 터져 나왔다. "빌라도, 당신이 총독이라면 어서 나오시오, 당장 나오라니까!"

분노로 얼굴이 붉어진 한 남자가 갑자기 군중을 헤치고 나오며 큰 소리로 외쳤다.

"이곳에서 이스라엘 사람은 아무것도 아니오. 이 거룩한 땅에서 우리는 로마의 개보다도 못한 신세요."

"총독이 나오지 않을 거라 생각하는 거요?"

"나온다고요? 벌써 세 번이나 거부하지 않았소?"

"율법학자들이 어떻게 할까요?"

"카이사레아에서처럼 빌라도가 들어줄 때까지 진을 치고 기다리겠죠."

"감히 성전세에 손을 대지야 않겠지요, 안 그런가요?" 갈릴리 일행 가운데 한 사람이 물었다.

"그야 누가 알겠소? 이미 지성소도 더럽히지 않았소? 로마인들에게 손 타지 않은 채 성한 것이 남아 있겠소?"

한 시간이 흘러도 빌라도는 아무런 답이 없었지만 율법학자들과 군중은 자리를 뜨지 않았다. 정오가 되어 서쪽에서 소나기가 들이쳤지만, 군중이 점점 불어나며 소란스러워지기만 할 뿐 상황은 변하지 않았고 사람들의 분노는 더욱 거세게 타올랐다. 이제, 나와라, 나와라 부르는 외침은 거의 끊이지 않고 있었다. 가끔은 빌라도에 대한 욕설이 터져 나오기도 했다. 그동안 벤허는 갈릴리 동료들이 흩어지지 않도록 신경 썼다. 벤허는 빌라도가 신중함보다는 자존심에 따라 행동할 것이고 곧 속내를 드러낼 것이라고 판단했다. 단지 빌라도는 폭력을 행사할 구실을 만들기 위해 군중을 자극하며 기다리고 있는 중이었다.

그리고 결국에는 올 것이 오고야 말았다. 무리 한가운데에서 갑자기 몽둥이로 내리치는 소리가 들리기 시작하더니 곧이어 비명 소리와 성난 고함이 이어지며 커다란 소동이 일어났다. 주랑 앞에 있던 율법학자들은 대경실색하여 뒤를 돌아보았다. 뒤쪽에 있던 사람들은 앞으로 떼밀려 나갔고 가운데에 있던 사람들은 빠져나가려고 발버둥쳤다. 양쪽에서 밀고 들어오는 인파에 밀려 광장은 순식간에 아수라장이 되었다. 어찌된 영문인지 몰라 묻는 수천 명의 목소리가 한꺼번에 터져 나왔지만 미처 대답할 틈도 없이 놀람은 재빨리 공포로 바뀌었다.

벤허는 정신을 바싹 차렸다.

"뭐가 보입니까?" 갈릴리인 중 한 사람에게 물었다.

"안 보입니다."

"내가 올려 줄 테니 잘 보시오."

벤허는 남자의 허리춤을 잡더니 번쩍 들어올렸다.

"무슨 일입니까?"

"이제야 보입니다. 몽둥이로 무장한 자들이 사람들을 마구 패고 있소. 옷차림은 유대인 같은데."

"누구라고요?"

"로마인들이요, 맹세코 변장한 로마인들이오. 몽둥이를 도리깨처럼 이리저리 휘두르고 있소! 저기 율법학자 한 사람이 쓰러졌소, 노인인데도! 마구잡이로 패고 있소!"

벤허는 남자를 내려놓고 외쳤다.

"갈릴리 사람들이여, 그것이 바로 빌라도의 수법이오. 자 이제 내가 하자는 대로 합시다. 저 몽둥이를 든 자들에게 설욕해 줍시다."

갈릴리 사람들의 기개는 하늘을 찌를 듯 했다.

"좋소! 좋소!"

"성문 옆의 나무 있는 쪽으로 되돌아갑시다. 헤롯 왕이 불법으로 심은 나무들을 매우 유용하게 써먹을 수 있을 거요. 갑시다!"

그들은 서둘러 성문 쪽으로 되돌아가 모두 합심하여 줄기에서 가지들을 잘라냈고 순식간에 몽둥이를 하나씩 손에 쥐게 되었다. 그리고 되돌아가던 중 광장 모퉁이에서 성문을 향해 미친 듯이 달려 나오던 군중과 마주쳤다. 그 뒤에서는 비명과 신음과 욕설이 마구 뒤섞인 함성이 이어졌다.

벤허는 소리쳤다. "벽 쪽으로! 벽 쪽으로 붙어 서시오. 사람들이 지나가게 합시다!"

그렇게 우측 성벽에 바싹 붙어 쇄도하는 사람들의 물결을 피하며 그들은 조금씩 조금씩 앞으로 나갔고 마침내 광장에 도착했다.

"자, 이제 흩어지지 말고 나를 따르시오!"

이때 벤허는 완벽한 지휘력을 발휘했다. 들끓고 있는 군중 속으로 밀고 들어가는 동안 그의 일행은 한 몸처럼 꼭 붙어 있었다. 몽둥이로 사정없이 내리치며 사람들이 퍽퍽 쓰러지는 것을 즐기고 있던 로마인들은 온몸이 날렵하며 전의에 불타는 갈릴리 사람들이 똑같이 몽둥이로 무장하고 나타나 일대일로 맞붙게 되자 깜짝 놀랐다. 격렬한 함성이 귓전에 울려 퍼졌고, 치명적으로 치고받는 몽둥이 소리가 여기저기서 난무했다. 갈릴리 무리는 불타오르는 증오심에 미친 듯이 밀고 나갔다. 그중에서도 잘 훈련된 벤허의 활약이 단연 돋보였다. 단지 공격과 방어 법을 잘 알고 있어서만은 아니었다. 벤허는 긴 팔과 완벽한 동작, 비길 데 없는 힘으로 마주치는 적마다 모두 쓰러뜨렸다. 그는 전사인 동시에 지휘관이었다. 벤허의 몽둥이는 길이와 무게가 적당했으므로 한 번의 가격으로 충분했다. 게다가 주위를 살피며 동지들의 싸움까지도 살펴보다가 위급한 순간에는 재빨리 뛰어들어 구해 주었다. 싸움을 벌이며 지르는 함성에는 자기편의 사기는 북돋고 적에게는 공포를 안겨 주는 힘이 있었다. 그렇게 예상치 못한 호적수를 만나자 로마인들은 처음에는 후퇴하더니 급기야 등을 돌리고 주랑 현관으로 도망치기 시작했다. 성급한 갈릴리 사람들이 그들을 추격하려 했지만 벤허가 지혜롭게 막아섰다.

"멈추시오, 동지들! 저기 백인대장이 수비대와 함께 오고 있소. 그들은 칼과 방패를 지녔으니 당해낼 수 없소. 이 정도면 충분히 잘 싸웠소. 후퇴해서 아직 기회가 있을 때 성 밖으로 빠져나갑시다."

그들은 벤허의 말에 따라 퇴각했지만 서두를 수는 없었다. 도처에 쓰러져 있는 동포들을 넘어가야 했기 때문이다. 몸을 뒤틀며 신음하고 있는 사람이 있는가 하면, 도와 달라고 애원하는 사람도 있고, 죽었는지 아무 말도 없는 사람도 있었다. 그러나 쓰러져 있는 사람들이 유대인만은 아니어서 그나마 위안이 되었다.

퇴각하는 그들에게 백인대장이 소리치자 벤허도 라틴어로 대답하며 조롱했다. "우리가 이스라엘의 개면 너희는 로마의 재칼이다. 꼼짝말고 기다려라, 우리가 다시 올 테니."

갈릴리 사람들은 환호했고 웃으며 계속 퇴각했다.

성문 밖으로 나오자 이제껏 안티오크의 경기장에서도 볼 수 없었던 엄청난 인파가 있었다. 주택의 지붕, 거리, 언덕 비탈이 환호하며 기도하는 사람들로 빼곡히 들어차 있었다. 대기는 그들이 내뱉는 함성과 저주로 가득 찼다.

벤허 일행은 바깥 수비대로부터 아무런 제지를 받지 않은 채 통과할 수 있었다. 그러나 그들이 빠져나가자마자 주랑 현관 앞에 있던 백인대장이 나타나 입구에서 벤허를 불렀다.

"이봐, 건방진 놈! 로마인이냐 유대인이냐?"

"나는 이곳에서 태어난 유대 자손이다. 무슨 일이냐?"

"멈춰서 한판 붙자."

"일대일로?"

"원한다면!"

벤허는 조롱하듯이 웃었다.

"오 용감한 로마인이여! 역시 치졸한 유피테르의 후예답군! 무기도 없는데 싸우자고."

"내 것을 주겠다, 나는 여기 수비대에서 빌리면 된다."

둘 사이의 대화를 듣고 있던 사람들은 잠잠해졌다. 그리고 침묵은 점점 멀리 퍼져나갔다. 얼마 전 벤허는 안티오크 사람들과 먼 동방 사람들이 지켜보는 가운데 메살라를 꺾은 적이 있었다. 그런데 이제 온 예루살렘 사람들이 지켜보는 가운데 다시 한 번 로마인을 무찌른다면 거기서 얻은 명예는 새로 오실 왕에게 말할 수 없이 큰 도움이 될 것이었다. 벤허는 일말의 망설임도 없이 곧장 백인대장에게 가서 응수했다. "좋다. 칼과 방패를 빌려다오."

"투구와 흉갑은?"

"필요 없다. 나한테는 맞지 않을 테니."

신속하게 칼과 방패가 건네졌고, 백인대장도 준비가 끝났다. 그동안 성문 옆에 전열해 있던 병사들은 미동도 않은 채 듣기만 했다. 한편 군중들 사이에서는 두 사람이 싸움을 시작할 무렵에야 "저 사람이 누구지?"라고 수군거리기 시작했지만 아무도 아는 사람이 없었다.

당시 로마가 최고의 군사력을 자랑할 수 있었던 이유는 엄격한 규율, 뛰어난 전투대형, 독특한 검법, 세 가지로 요약된다. 칼싸움을 할 때 그들은 절대로 상대를 내리치거나 베지 않는다. 처음부터 끝까지 시종일관 찌르기만 한다. 진격하면서도 찌르고 후퇴하면서도 찌른다. 그리고 대체로 그들은 적의 얼굴을 노린다. 이 모든 것을 벤허는 익히 알고 있었고, 결투를 시작하려는 순간 말했다.

"내가 유대의 자손이라고만 했지, 검투사 훈련을 받았다는 말은 안 해 주었구나. 어디 잘 막아 보시지!"

마지막 말과 함께 벤허는 적수와 맞붙었다. 잠시 두 사람은 발로 떡 버티고 서서 방패 너머로 서로 노려보았다. 이윽고 선제공격을 감행한 백인대장이 앞으로 밀고 나오며 아래쪽으로 찌르는 시늉을 했지만 벤허는 속지 않았다. 다음에는 얼굴 공격이 이어졌다. 벤허는 왼쪽으로 가볍게 피했다. 적의 공격이 빨랐지만 벤허의 발걸음은 더 빨랐다. 적수가 팔을 들어올린 틈을 타 방패를 팔 아래로 밀어붙여 상대의 칼과 칼을 든 손이 방패 위쪽에서 옴짝달싹못하게 만들었다. 그리고 이번에는 전진하며 왼쪽으로 살짝 비켜 그대로 드러난 적수의 오른쪽 옆구리를 찔렀다. 백인대장은 철퍼덕 소리를 내며 털썩 고꾸라졌다. 벤허의 승리였다. 검투사의 관습에 따라 벤허는 적의 등에 한쪽 발을 올려놓은 채 방패를 머리 위로 들어올리며 성문 옆에서 꼼짝 않고 있던 병사들에게 인사를 보냈다.

벤허의 승리를 알아채자 사람들은 미친 듯이 환호했다. 실내경기장이 있는 먼 곳의 집들까지 삽시간에 소문이 퍼져나갔고 사람들은 숄과 수건을 흔들며 소리쳤다. 벤허가 허락한다면 당장에라도 갈릴리 사람들은 그를 어깨에 메고 갈 태세였다.

그때 성문에서 나온 한 하급 장교에게 벤허가 말했다. "당신의 동료는 군인답게 죽었다. 아무런 전리품도 챙기지 않겠다. 칼과 방패만 가지고 가겠다."

벤허는 조금 떨어진 곳에 있던 갈릴리 사람들에게 돌아와 말했다.

"동지 여러분, 오늘 모두 잘 싸웠소. 추격당하기 전에 이제 여기서 각자 헤어집시다. 오늘 밤 베다니에 있는 여관에서 만납시다. 이스라엘의 사활이 걸린 일을 여러분에게 제안할 생각이오."

"당신은 누구입니까?"

"유대 자손이요." 벤허는 간단하게만 대답했다.

그를 보려는 인파가 순식간에 주위를 에워쌌다.

"베다니로 오겠소?"

"네, 가겠소이다."

"그러면 당신들을 알아볼 수 있도록 이 칼과 방패를 가져가시오."

말을 마친 후 벤허는 불어나는 군중 사이를 갑자기 헤치고 재빨리 사라졌다.

빌라도가 허용하자 사람들은 도시에서 다시 법정 쪽으로 올라가 사망자와 부상자들을 데리고 나왔고, 여기저기서 통곡소리가 들렸다. 하지만 이름 모를 용사가 거둔 승리는 큰 위로가 되어 주었다. 모든 사람이 그를 찾고 입에 침이 마르도록 칭찬했다. 꺼져가던 민족의 기상이 그 용감한 행위로 다시 살아났다. 거리와 심지어 저 위 성전에서 엄숙한 의식이 치러지는 중에도 마카베오의 옛 이야기가 다시 회자될 정도였고 수천 명의 사람들이 고개를 흔들며 속삭였다.

"형제들이여 조금만 더, 조금만 견디면 이스라엘에도 해방이 찾아올 거요. 그러니 주님을 믿고 인내합시다."

벤허는 그렇게 해서 갈릴리에 발판을 마련할 수 있었고, 오시기로 되어 있는 왕의 대의에 큰 도움이 될 수 있는 길을 닦았다.

그리고 그 결과가 어찌될지 살펴보자.

# 제7부

"그리고 잠에서 깨어나니 그녀가 거기에 있었네,
아득한 분위기에 사로잡혀 바다를 꿈꾸는.
진홍빛 수초로 엮어 짠 팔찌와
머리카락 틈에서 빛나는 해초로 만든
투명한 호박색 타원형 구슬로 장식한,
나긋나긋하고 사근사근한 사이렌이."

— 토머스 베일리 올드리치

# 1. 예언자 출현하다

벤허는 약속대로 베다니에 있는 여관에서 사람들을 만났다. 그리고 곧 갈릴리 사람들과 함께 그들의 고장으로 갔다. 예루살렘의 옛 시장 터에서 거둔 공적 덕분에 벤허는 갈릴리에서 명성과 영향력을 얻을 수 있었다. 겨울이 가기 전에 그는 세 개의 군단을 모집하여 로마식으로 조직했다. 용맹한 갈릴리 사람들의 호전적 기개는 결코 잠드는 법이 없기 때문에 더 많은 군단을 모집할 수도 있었지만 일을 추진하려면 로마와 헤롯 안티파스에 대해 세심하게 주의할 필요가 있었다. 그래서 당분간은 세 개의 군단으로 만족하고 조직적인 전투를 위해 그들을 훈련시키고 교육시키는 데에 힘썼다. 그러한 목적에서 그는 장교들을 드라고닛의 용암지대로 데리고 가서 특히 투창과 칼 등의 무기 사용법과 군단 대형에 필요한 작전들을 가르쳤다. 그렇게 교육시킨 후 다른 사람들을 훈련시키도록 고향으로 보냈다. 그래서 얼마 지나지 않아 훈련은 곧 갈릴리 사람들의 여가가 되었다.

당연히 그 일을 해 내려면 인내, 기술, 열정, 신념, 헌신이 요구되었다. 이러한 자질들은 사람들을 독려하여 어려운 일에 동참하도록 이끌 수 있는 힘의 원동력이다. 벤허만큼 그러한 자질을 갖추고 있거나 더 효과적으로 활용할 수 있는 사람은 없었다. 벤허는 자신은 전혀 돌보지 않은 채 그 일에 전념했다. 그러나 제아무리 벤허라도 무기와 자금을 대준 시모니데스와 적의 동태를 감시하며 보급품을 가져다준 일데림의 지원이 없었다면 성공하지 못했을 것이다. 거기에 덧붙여 갈릴리 사람들의 기개가 없었다면 실패했을 것이다.

갈릴리 땅은 야곱의 열두 아들 가운데 아셀, 스불론, 잇사갈, 납달리 네 아들들이 물려받은 곳이므로 갈릴리 사람들은 이 네 지파의 사람들로 구성되어 있다. 예루살렘 성전이 보이는 곳에서 태어난 유대인들은 북쪽의 이 동족을 멸시했지만 탈무드에는 이렇게 언급되어 있다. "갈릴리 사람은 명예를 사랑하고 유대 사람은 돈을 사랑한다."

그들은 조국을 사랑한 것 못지않게 로마를 격렬히 증오했으므로 모든 반란이 일어날 때마다 싸움터에 제일 먼저 달려온 것도 그들이고 마지막까지 지킨 것도 그들이었다. 로마와의 마지막 전쟁에서는 15만 명의 갈릴리 젊은이들이 죽어갔다. 큰 축제일에는 예루살렘으로 행진하여 군대처럼 야영을 했다. 그럼에도 정서적으로는 관대하여 이교도의 신앙에 대해서도 너그러웠다. 그들은 로마색 일색인 헤롯의 아름다운 도시들, 특히 세포리스와 티베리아스를 자랑스러워하며, 도시들을 건설하는데 적극적으로 지원했다. 또한 세계 도처에서 온 이방인들도 이웃으로 받아들여 평화롭게 잘 살았다. 아가서의 저자 같은 시인들과 호세아 같은 예언자들로 이스라엘 민족의 영예를 드높이기도 했다.

그토록 민첩하고 긍지 높으며 용감하고 헌신적이며 상상력이 풍부한 사람들에게 새로운 왕이 오실 거라는 이야기는 압도적인 위력을 발휘했다. 벤허가 사람들을 자기 계획으로 끌어들이는 데는 왕이 로마를 무너뜨리기 위해 오신다는 말만으로도 충분했다. 그런데다 그분께서는 로마 황제보다도 더 강력하게, 솔로몬 왕보다도 더 훌륭하게 세상을 다스리실 것이며 그분의 통치는 영원할 것이라는 말에 설득당하자 벤허의 호소에 더 이상 저항하지 못하고 온몸과 마음을 바쳐 큰 뜻에 따르겠다고 맹세했다. 주장의 근거가 무엇인지 물으면 벤허는 예언자들의 말을 인용하며 안티오크에서 그분이 오시길 기다리고 있는 발타사르에 대해 말해 주었다. 그러면 사람들은 그것으로 흡족해했다. 그것은 오랫동안 많은 사랑을 받아온 메시아에 관한 전설이어서 사람들에게는 거의 주님의 이름만큼 친숙했기 때문이다. 오랫동안 소중히 간직해 온 그 꿈은 실현될 준비가 되어가고 있었다. 이제 왕은 단지 오시기로 되어 있는 것이 아니다. 그분은 이미 가까이 와 계셨다.

그렇게 겨울이 지나갔고 서쪽 바다에서 불어오는 여름을 재촉하는 상쾌한 소나기와 함께 봄이 왔다. 그 무렵 벤허는 어찌나 열성적으로, 또 성공적으로 일을 추진해 왔는지 자신과 동료들에게 이렇게 장담할 수 있을 정도였다. "훌륭하신 왕이 어서 오시게 하자. 그분은 오셔서 어디에 옥좌를 세우실지 말만 하면 된다. 그분을 위해 그 옥좌를 유지할 병력은 이미 갖추었다."

그리고 벤허와 상대하는 많은 사람들이 그를 유대의 아들 정도로만 알고 있었으므로 그렇게 불렀다.

어느 날 저녁, 야영하던 드라고닛 부근 고지대의 동굴 입구에서 갈릴리 동료 몇 사람과 함께 쉬고 있던 벤허에게 말을 탄 아랍인 전령이 나타나 편지 한 통을 전해주었다. 겉봉을 뜯고 읽어보니 다음과 같이 적혀 있었다.


사람들이 엘리야라고 부르는 예언자가 나타났습니다. 몇 년 동안 광야에 있었다고 하는데 말하는 것을 들어보니 우리가 보기에도 예언자 같습니다.

그리고 자기 말의 힘보다도 훨씬 더 힘 있는 더 위대한 이가 곧 오실 것이라며 요르단 동쪽 강가에서 그분을 기다리고 있는 중이라고 합니다. 그 예언자를 찾아가 하는 말을 들어보았는데 그가 기다리고 있다는 그분은 당신이 기다리고 있는 왕이 분명합니다. 그러니 직접 와서 확인하시기 바랍니다.

온 예루살렘 사람들이 그 예언자의 말을 들으러 찾아가고 있으며 그가 머물고 있는 요르단 강가에는 지난 유월절에 올리브 산에 모인 사람만큼 많은 사람이 운집해 있답니다.

유대력 니산 월 4일,

예루살렘에서, 말루크 드림

이 소식을 접한 벤허의 얼굴은 기쁨으로 벌겋게 상기되었다.

"오 동지들이여, 이 전갈을 보니, 우리의 기다림도 끝난 것 같소. 왕의 사자가 나타나 곧 그가 오실 것이라고 선포했소."

편지의 내용을 들은 사람들도 거기에 담긴 약속에 모두 환호했다.

"이제 준비가 되었으니 아침이 되면 각자 집으로 출발하시오. 고향에 도착하거든 여러분 휘하의 사람들에게 말을 전하고 내가 지시하는 대로 집결할 준비를 하라고 하시오. 나는 왕께서 정말로 곧 오실 것인지 가서 확인한 후 알려 주겠소. 그동안은 주님의 약속을 품고 즐겁게 지냅시다."

동굴 안으로 들어간 벤허는 방금 전해 받은 소식과 자기가 예루살렘으로 곧 가려는 목적을 밝히는 편지를 일데림과 시모니데스에게 각각 한 통씩 썼다. 그리고 급전으로 편지를 보냈다. 날이 저물어 방향을 알려 줄 별이 뜨자 암몬과 다마스쿠스 사이를 오가는 대상들의 길을 따라 가려고 말에 올라타고 아랍인 길잡이와 함께 출발했다.

길잡이는 길을 잘 알고 있었고 알데바란은 바람처럼 빨랐다. 그래서 자정 무렵 두 사람은 용암지대를 재빨리 벗어나 남쪽으로 접어들었다.

## 2. 벤허, 이라스와 재회하다

원래 계획으로는 동이 트면 길에서 벗어나 쉬어갈 만한 안전한 곳을 찾으려고 했지만 아직 사막을 벗어나지 못했는데 날이 밝았으므로 그냥 계속 가는 수밖에 없었다. 길잡이는 조금만 가면 커다란 바위들 사이에 숨겨진 골짜기가 나온다고 했다. 그곳에는 샘이 있고 말들에게 먹일 풀과 오디나무도 충분히 있다고 했다.

벤허는 곧 닥칠 놀라운 일들과 그로 인해 이 세상에 일어날 변화에 대한 생각에 젖어 있었는데, 경계를 게을리하지 않던 길잡이가 뒤에 누군가가 오고 있다고 알려 주었다. 사막을 아무리 둘러보아도 밝아오는 빛을 받아 서서히 노랗게 물드는 모래 물결이 끝없이 뻗어 있을 뿐 초록색이라고는 찾아볼 수 없었다. 왼쪽 너머 아주 먼 곳에 낮은 산맥이 펼쳐져 있을 뿐이었다. 그렇게 아무것도 없이 텅 빈 황무지에서는 움직이는 물체가 곧 눈에 띄기 마련이다.

길잡이가 이어서 말했다. "사람들을 태운 낙타입니다."

"그 뒤로 다른 사람들이 있나?"

"아뇨, 없습니다. 아니, 잠깐만요. 말을 탄 사람이 있군요. 아마도 낙타 몰이꾼 같습니다."

잠시 후 벤허의 눈에도 낙타가 보이기 시작했는데, 예전에 다프네 숲의 분수에서 발타사르와 이라스를 태우고 가는 것을 보았던 그 놀라운 녀석을 떠올리게 만드는 하얗고 유달리 큰 낙타였다. 그렇게 생긴 다른 낙타가 있을 리 없었다. 그러자 아름다운 이집트 여인 이라스가 생각난 벤허는 자기도 모르게 말을 달리는 속도가 점점 줄더니 거의 느릿느릿 걷는 정도가 되었다. 마침내 낙타 일행이 가까이 오자 커튼이 달린 가마와 그 안에 앉아 있는 두 사람이 보였다. 만일 그들이 발타사르와 이라스라면! 아는 체 해야 할까? 하지만 그럴 리 없다. 이곳은 사막이고 그들은 다른 일행도 없이 홀로 가고 있다. 하지만 벤허가 상념에 젖어 있는 동안 낙타는 성큼성큼 발걸음을 옮기더니 어느새 그 위에 탄 사람을 벤허가 있는 곳까지 데려왔다. 벤허는 방울 소리를 들었고 카스탈리아 샘에서 많은 사람들을 매료시켰던 그 호사스러운 가마를 보았다. 또한 이집트 부녀를 늘 따라다니며 시중드는 에티오피아인도 보았다. 키 큰 낙타가 그의 말 가까이에 멈추자 벤허는 위를 쳐다보았다. 그랬더니 들어올린 커튼 사이로 놀랍게도 이라스의 얼굴이 보였다. 이라스 역시 어찌된 영문인지 놀란 눈길로 내려다보고 있었다.

발타사르가 떨리는 음성으로 먼저 인사했다. "진정한 하나님의 축복이 그대에게 내리길!"

"어르신과 따님께도 하나님의 평화가 함께 하시길."

"나이가 들어 눈이 많이 침침하긴 하지만, 얼마 전 관대한 일데림 족장의 천막에서 함께 했던 허 가문의 아들 아니오?"

"대망의 거룩한 일들에 대해 말씀해 주신 현명한 발타사르 어르신이시군요. 이 허허벌판에서 만나 뵙다니 뜻밖입니다. 도대체 여기서 뭘하고 계신 건지요?"

"주님이 계시는 곳에 함께 있는 사람은 혼자가 아니라네. 하나님은 어디에나 계시지." 발타사르는 진지하게 대답했다. "하지만 자네가 묻는 의미로 대답하자면, 우리 바로 뒤에는 알렉산드리아로 가는 대상 행렬이 있다네. 그들이 예루살렘을 지날 것이므로 성지까지 가려면 그들 행렬에 끼어가는 것이 좋겠다 싶었네. 우리는 지금 예루살렘으로 가는 길이거든. 하지만 로마 보병대의 호위를 받고 있어서 꾸물거리며 가는 바람에 답답해 참을 수가 없었네. 그래서 오늘 아침 일찍 일어나 이렇게 먼저 앞서 나오게 된 것이라네. 길목을 지키고 있는 강도들이라면 걱정할 것이 없다네. 여기 일데림 족장의 인장을 가지고 있거든. 맹수들의 밥이 되는 거야 하나님께 의지하는 수밖에 없고."

벤허는 고개를 숙이며 대답했다. "훌륭한 족장님의 인장이야 사막이 뻗어 있는 곳에서는 어디에서나 안전한 통행증이고, 제 동족 중에 왕인 이 낙타를 따라잡으려면 사자도 여간 빠르지 않으면 안 되겠지요."

벤허는 그렇게 말하며 낙타의 목을 쓰다듬어 주었다.

"그래도," 벤허에게 늘 보내던 미소를 띠며 이라스가 끼어들었다. 솔직히 벤허의 시선은 발타사르와 이야기를 나누는 동안에도 몇 번이나 이라스에게 쏠렸다. "그래도 낙타에게 뭘 좀 먹이면 좋겠어요. 제 아무리 왕이라 하더라도 배고픔과 두통은 느끼니까요. 그리고 아버지께서는 당신에 대해 누누이 말씀해 오셨고 저도 당신을 알게 되어 기뻤답니다. 그러니 물이 있는 가까운 길로 저희를 안내해 주신다면 당신에게도 좋을 겁니다. 그 시원한 물로 사막에서의 아침을 대접해드리겠어요."

벤허로서도 환영해마지 않았으므로 황급히 대답했다.

"좋습니다. 조금만 더 참으면 당신이 원하던 샘물이 나옵니다. 그리고 그곳의 물은 저 유명한 카스탈리아의 물 못지않게 달고 시원하답니다. 괜찮다면 서둘러 가시죠."

"갈증이 나더라도 참으세요. 도시의 빵 가게에서 가져온 빵에 다마스쿠스의 이슬 가득한 초원에서 난 신선한 버터를 발라서 드리겠어요."

"그렇게 맛있는 것을! 당장 가시죠."

그렇게 말하며 벤허는 길잡이와 함께 앞으로 달려갔다. 낙타에 타고 있던 이라스와 제대로 대화를 주고받을 수 없는 점이 한 가지 아쉬웠다.

얼마 후 얕은 계곡에 이르자 길잡이는 오른쪽으로 꺾어 계곡으로 내려가는 샛길로 일행을 안내했다. 길은 최근에 비가 내렸는지 바닥이 어느 정도 부드러워져 있었고 내려가는 경사는 매우 가팔랐다. 하지만 이내 길이 넓어졌고, 양옆은 흘러가는 물줄기로 여기저기 마모된 암석들이 절벽을 이루고 있었다. 마침내 마지막 좁은 길을 지나자 드넓은 골짜기가 아름답게 펼쳐져 있었다. 풀 한 포기 없는 단조로운 황무지만 보다가 갑자기 푸른 골짜기가 나타나니 마치 새로운 낙원이라도 발견한 것 같았다. 갈대에 둘러싸인 신록의 섬들 사이로 은빛 물줄기가 실처럼 구불구불 흐르고 있었다. 저 위로는 요르단 강 계곡 깊은 곳에서 피어난 협죽도가 용감하게 뻗어 나가고 있었고 별 모양의 커다란 꽃으로 주위를 환히 밝히고 있었다. 그 사이로 종려나무 한 그루도 당당한 자태를 자랑하며 우뚝 솟아 있었다. 벼랑 기슭은 갖가지 덩굴들로 뒤덮여 있었고, 길 왼쪽의 경사진 벼랑 아래에는 오디나무가 자생하고 있어 그들이 찾고 있던 샘이 있음을 알려 주고 있었다. 길잡이는 갈대 속에 숨어 있다 날아오르는 자고새와 작은 새들의 울음소리에 아랑곳하지 않고 일행을 그쪽으로 안내했다.

벼랑 틈새에서 물이 솟아 나오고 있었다. 누군가 고맙게도 틈새를 아치 모양으로 파놓았고 그 위에 히브리어로 '하나님'이라고 굵게 새겨 놓았다. 그것을 새긴 사람은 틀림없이 그곳에서 물을 마시며 여러 날 머물렀을 테고 변치 않는 샘에 감사했을 것이다. 둥근 틈새에서 흘러내린 물은 밝은 이끼가 긴 커다란 돌 위로 흥겹게 흘러내리다가 유리처럼 맑은 못으로 떨어졌다. 그리고 풀로 뒤덮인 시냇가 사이로 흘러가며 나무들을 적시다가 메마른 사막으로 사라져갔다. 못 가장자리로는 몇 개의 오솔길이 보였다. 그 외의 다른 풀숲에는 사람의 발자국이 전혀 나 있지 않았으므로 아랍인 길잡이는 아무런 방해도 받지 않고 자유롭게 쉴 수 있다고 판단했다. 그래서 말들을 풀어 주어 풀을 뜯을 수 있도록 해 주었고, 에티오피아인은 낙타가 무릎을 꿇게 한 후 발타사르와 이라스가 내리도록 부축해 주었다. 땅에 내려서자 발타사르는 얼굴을 동쪽으로 향한 채 두 손을 가슴에 경건하게 포개며 기도를 드렸다.

못 기다리겠다는 듯 이라스가 하인에게 말했다. "잔을 가져오너라."

가마에서 하인이 수정 물잔을 꺼내어 가져다주자 이라스가 벤허에게 말했다.

"제가 샘물을 떠드릴게요."

두 사람은 함께 샘으로 걸어갔다. 벤허가 물을 떠 주려고 했으나 이라스는 거절하고 무릎을 꿇어 손수 샘물이 채워지도록 잔을 들고 있었다. 아주 만족스럽지는 않지만 어느 정도 잔이 차가워지고 물이 흘러넘치자 첫 잔을 벤허에게 주었다.

그러나 벤허는 그 아름다운 손을 한쪽으로 밀어내고 치켜 올라간 속눈썹 아래 반쯤은 가린 커다란 눈을 바라보며 말했다. "아닙니다, 먼저 드시지요."

이라스는 자기 고집을 꺾지 않았다.

"우리나라에는 이런 속담이 있답니다. '왕의 재상이 되느니 행운아에게 술을 따라주는 사람이 되라.'"

"행운아라고요!"

벤허의 목소리와 표정에 놀람과 의구심이 드러나자 이라스는 재빨리 말했다.

"신들이 우리 편이라는 것이 바로 행운의 증거죠. 당신은 안티오크 경기장에서 승리를 거두지 않으셨나요?"

벤허의 볼이 붉어졌다.

"그것이 바로 행운의 증거죠. 하나 더 있죠. 로마인과의 검투에서 상대를 해치우셨잖아요."

벤허의 얼굴은 한층 붉어졌다. 이라스가 승리를 추켜세워서가 아니라 관심을 가지고 자기의 활약을 지켜보았다는데 생각이 미쳤기 때문이었다. 그런데 기쁨도 잠시, 갑자기 어떤 생각이 스쳐갔다. 그가 알기로 그 싸움은 동방 전역에 소문이 퍼졌다. 하지만 승자가 벤허라는 사실은 아주 극소수의 사람들, 기껏해야 말루크, 일데림, 시모니데스 정도만 알고 있었다. 누가 이 여인을 믿고 알려 준 것일까? 벤허는 고마움과 의구심이 뒤섞여 마음이 혼란스러웠다. 그리고 그것을 알아차렸는지 이라스는 일어나 샘 위로 다시 잔을 내밀며 말했다.

"오, 이집트의 신들이시여! 이렇게 영웅을 찾아내게 해 주시어 감사드립니다. 저의 이 영웅이 이데르네 저택에서 희생되지 않았음을 감사드립니다. 그러니, 오 거룩하신 신들이여, 이 물을 따라 마시겠습니다."

이라스는 잔에 담긴 물을 약간 샘에 따라 버린 후 나머지는 마셨다. 그리고 물 잔에서 입술을 떼고 벤허를 조롱하듯 말했다.

"일개 여인에게 그리 쉽사리 굴복하는 것이 그렇게 용감한 분의 방식인가 보죠? 자, 이제 잔을 받으시고 저를 위해 그 안에서 행복한 말을 찾을 수 없는지 봐 주세요."

벤허는 잔을 받아들고 그것을 채우려 몸을 굽혔다.

그리고 한층 더 놀란 기색을 숨기기 위해 물에 손을 담그며 말했다. "이스라엘의 후손들은 술잔을 올릴 신들이 없답니다." 이 이집트 여인이 나에 대해 무엇을 더 알고 있을까? 나와 시모니데스와의 관계를 들었는가? 그리고 일데림과 맺은 밀약도 있었다. 그것도 알고 있을까? 벤허는 의혹에 휩싸였다. 누군가가 그의 비밀을 누설했다면 그것은 심각한 일이었다. 게다가 그는 지금 예루살렘으로 향하고 있다. 다른 곳도 아닌 그곳에서 적이 그런 정보를 손에 넣는다면 벤허는 물론 그의 동료와 그들의 대의에 심각한 위험이 아닐 수 없었다. 하지만 이라스가 적일까? 글은 느린 반면에 생각은 즉각적이니 우리가 보기에는 그렇게 생각된다. 잔이 충분히 차가워지자 벤허는 물을 채워 일어났고 짐짓 아무렇지도 않은 척 말을 이었다.

"아름다운 이여, 내가 만일 이집트인이나 그리스인이나 로마인이라면 이렇게 말할 텐데." 그리고 잔을 머리 위로 들어올리며 말했다. "오 훌륭하신 신들이여! 세상의 모든 죄악과 고통에도 불구하고 아름다움의 매력과 사랑의 위안을 세상에 주시어 감사드립니다. 그리고 그 두 가지를 겸비한 나일 강의 사랑스러운 딸 이라스에게 건배!"

이라스는 벤허의 어깨에 살짝 손을 올렸다.

"당신은 지금 율법을 어기셨어요. 당신이 지금 축배를 드린 신들은 우상이에요. 율법학자들에게 일러바칠까요?"

그러자 벤허는 웃으며 대답했다. "오! 그 정도야 아무것도 아니죠. 당신이야말로 정말로 중요한 것을 많이 알고 있는데."

"거기서 그칠 줄 아시나요. 저기 안티오크의 거상 집에서 장미를 가꾸고 그늘에 불을 밝히는 그 유대 처녀에게 가겠어요. 율법학자들에게는 당신이 회개하지 않았다고 고발할 테고, 그 처녀에게는,"

"그래, 그녀에게는 뭐라 할 거요?"

"당신이 신들에게 잔을 치켜들고 나를 위해 건배한 말을 그대로 들려주겠어요."

그는 이라스가 계속하기를 기다리기라도 하듯 한동안 가만히 있었다. 그 순간, 아버지 곁에 앉아 자기가 급전으로 보낸 편지를 읽는 것을 듣거나 본인이 직접 읽고 있을 에스더가 갑자기 떠올랐다. 벤허는 에스더가 있는 자리에서 시모니데스에게 이데르네 저택에서 있었던 일에 관해 말해 주었다. 에스더와 이라스는 서로 알고 있었다. 이라스는 영리하고 세상물정에 밝았다. 반면 에스더는 단순하고 다정했으므로 이라스의 상대가 못 되었다. 시모니데스는 비밀을 누설하지 않았을 것이다. 일데림 역시 아닐 것이다. 혹시 벤허가 자기도 모르게 누설했다고 생각해 볼 수 있지만 본인에게 위험한 결과가 자초될 게 뻔한데 그럴 리가 없었다. 그렇다면 에스더가 이라스에게 알려 준 걸까? 그러나 에스더를 비난할 마음은 없었다. 그래도 한 번 의심이 생기기 시작하면 제일 원하지 않을 때 마음속에서 잡초처럼 걷잡을 수 없이 자라난다. 에스더에 대한 의심을 완전히 풀기도 전에 발타사르가 샘으로 와서 특유의 진지한 어조로 말했다.

"자네에게 커다란 신세를 졌네. 이 골짜기는 무척 아름답군. 초목과 그늘이 와서 쉬라고 손짓하는 것 같고, 다이아몬드처럼 영롱하게 흘러내리는 샘은 사랑을 주시는 하나님을 노래해 주는 것 같군. 이렇게 근사한 곳을 찾아내다니 뭐라 감사해야 할지 모르겠군. 와서 우리와 함께 식사하지 않겠나."

"우선 제가 먼저 물을 떠드리겠습니다."

그 말과 함께 벤허가 물을 채워 잔을 건네자 발타사르는 감사의 표시로 눈을 들어올렸다.

노예가 즉시 수건을 가져왔고, 세 사람은 손을 씻고 수건으로 닦은 후 동방식으로 천막에 자리 잡고 앉았다. 천막은 그 옛날 세 동방박사들이 사막에서 만났을 때 사용했던 바로 그 천막이었다. 그리고 그들은 낙타의 짐 꾸러미에서 꺼내온 맛있는 음식을 실컷 먹었다.

## 3. 영혼의 삶


천막은 나무 아래에 아늑하게 세워졌다. 물 흐르는 소리가 끊임없이 들리고 머리 위 나무줄기에는 널찍한 나뭇잎들이 펼쳐져 있었다. 진줏빛 연무 속으로 사라지는 섬세한 갈대 줄기들은 화살처럼 곧게 서 있었다. 이따금 집으로 돌아가는 벌들이 윙윙거리며 그늘을 가로질러 날아갔고 풀숲에서 기어 나온 자고새가 물을 먹고 짝을 부르다가 도망쳤다. 발타사르는 골짜기의 편안한 분위기와 싱그러운 공기, 아름다운 신록, 안식일처럼 고요한 데에 감명을 받은 것 같았다. 그의 목소리와 몸짓과 태도는 매우 온화했다. 그리고 이라스와 담소를 나누고 있는 벤허에게도 자주 자애로운 눈길을 던졌다.

식사를 마치고 나자 발타사르가 말을 걸었다. "보아하니 자네도 예루살렘 방향으로 가는 것 같은데. 자네도 거기까지 갈 작정인지 물어도 될까?"

"맞습니다. 예루살렘으로 가는 길입니다."

"번거롭게 해서 미안하네만 하나만 더 물어보세. 랍바암몬을 지나는 길보다 더 가까운 길이 있는가?"

"거라사와 랍바길르앗을 지나는 길이 좀 더 험하지만 시간은 덜 걸립니다. 저는 그 길로 갈 작정입니다."

"나는 더 이상 기다릴 수가 없다네. 최근에 잠을 자면 계속 꿈을 꾸게 되는데 그것도 매번 같은 꿈이 반복된다네. 그저 어떤 음성이 나타나 이렇게 말한다네, '어서, 일어나라! 네가 그토록 오래 기다려 왔던 분께서 가까이 왔다.'"

"유대인의 왕이 될 그분을 말씀하시는 겁니까?" 벤허는 놀라서 발타사르를 쳐다보며 말했다.

"그렇다네."

"그렇다면 그분에 관해 아무 소식도 못 들으셨습니까?"

"아무것도 못 들었네. 그저 꿈속에서 들려오는 목소리가 해 준 말 말고는."

"그렇다면, 이걸 보시죠. 저처럼 어르신도 기뻐하실 소식이 있습니다."

벤허는 앞섶에서 말루크로부터 온 편지를 꺼냈다. 그것을 받아든 발타사르의 손은 몹시 떨렸다. 그는 큰 소리로 읽기 시작했고 읽어 내려가는 동안 그의 감정은 점점 치솟았다. 목덜미의 허약한 핏줄이 부풀어 오르더니 심하게 뛰기 시작했다. 편지를 다 읽자 눈물로 가득 찬 눈을 들어 감사와 기도를 올렸다. 그는 아무것도 묻지 않았지만 이미 모든 것을 믿었다.

"오, 자애를 베풀어 주신 하나님, 간절히 청하오니 다시 구원자를 만나 뵙고 그분을 경배하게 해 주십시오. 그래야 이 종도 평안히 눈을 감게 될 것입니다."

그 말과 태도와 소박한 기도에 벤허는 새로운 느낌의 감동을 받았다. 하나님께서 그렇게 실제적이고 가깝게 느껴진 적이 없었다. 마치 그곳에서 그들을 내려다보시거나 옆에 앉아 계시는 것 같았다. 아주 허물없는 요청도 다 들어주는 친구처럼, 모든 자녀들을 똑같이 사랑하는 아버지처럼 말이다. 그것도 단지 유대인만 사랑하는 아버지가 아니라 모든 이방인마저 다 사랑하는 아버지시다. 중간에 중재자가 전혀 필요 없는, 율법학자도, 제사장도, 선생도 전혀 필요 없는 온 우주의 아버지시다. 그러한 하나님께서 인류에게 왕 대신 구원자를 보내 주실 것이라는 견해는 벤허에게는 빛처럼 새롭게 다가왔을 뿐더러 너무도 명백해서 그러한 것이 더 큰 선물이며 하나님의 본성에 훨씬 더 들어맞는다고 생각되었다. 그래서 그는 묻지 않을 수 없었다.

"오, 어르신께서는 이제 그분이 오셨는데도 여전히 그분이 왕이 아니라 구원자가 되실 거라고 생각하시는 겁니까?"

발타사르는 자애롭고 사려 깊은 눈길로 벤허를 바라보았다.

"내가 자네를 어떻게 이해하면 좋을까? 예전에 나를 이끌어 주었던 별, 즉 성령은 족장의 천막에서 자네를 만난 이후로는 다시 나타나지 않았네. 예전처럼 환상을 보거나 듣지는 못했지. 그런데 꿈속에서 말해준 그 음성이 예전에 들었던 그 음성인 것이 틀림없네. 그것 말고 다른 계시는 없었다네."

벤허는 공손히 말했다. "예전에 어르신과 저 사이에 견해차가 있었던 것이 기억나는군요. 어르신께서는 그분이 왕이 될 것이지만 황제와 같지는 않을 거라고 하셨지요. 그분은 세상을 다스리시는 분이 아니라 영을 다스리시는 분이라고요."

"그랬지, 지금도 내 생각은 변함없다네. 우리 신앙의 차이점을 알겠네. 자네는 인간의 왕을 만나러 가는 길이고 나는 영혼의 구원자를 만나러 가는 길이지."

발타사르는 너무 고차원적이어서 빨리 알아듣기 어렵거나 너무 미묘해서 간단히 표현하기가 어려운 사상을 풀어내려고 애쓰는 사람들이 흔히 보이는 표정을 지으며 잠시 말을 멈췄다.

"내 믿음을 자네가 분명히 이해할 수 있도록 도와주겠네. 그분이 세우시리라고 기대하고 있는 영적인 왕국이 단순히 황제의 호사스러운 영광보다도 모든 면에서 뛰어나다는 것을 알고 나면 우리가 맞이하려고 하는 그 신비로운 분에게 내가 왜 그렇게 관심을 가지고 있는지 더 잘 이해하게 될 걸세.

우리 모든 인간에게 영혼이라는 의식이 언제 처음 싹텄는지 알 수 없다네. 아마도 최초의 조상인 아담과 하와가 처음에 살던 낙원에서 쫓겨나면서부터 생겼을 테지. 그러나 그것이 마음속에서 완전히 사라진 적이 없다는 것은 우리 모두 알고 있지. 그것을 잊은 사람들도 있지만 다 그런 것은 아니었지. 어떤 시대에는 희미해지거나 사라지기도 했고, 완전히 의심에 사로잡혔던 시대도 있었지. 그러나 한없이 선하신 하나님께서는 때때로 위대한 현인들을 보내시어 우리의 영혼이 믿음과 희망을 회복하도록 촉구하신다네.

그렇다면 모든 사람에게는 왜 영혼이 있을까? 그것을 만드신 필요성을 잘 생각해 보게. 쓰러져 죽고 나면 더 이상 존재하지 않는다, 그것으로 끝이다. 인간이 그러한 종말을 바랐던 적은 한시도 없었네. 마찬가지로 그보다 나은 무엇인가를 마음속에 그려보지 않은 사람 역시 없을 걸세. 제아무리 훌륭한 기념비도 죽고 나면 무슨 소용인가? 온갖 조각상과 비문과 역사가 그렇지 않은가. 우리 이집트의 가장 위대한 왕도 거대한 바위에 자기 입상을 새겨 넣었다네. 매일매일 전차 무리를 이끌고 공사가 얼마나 진척되는지 보러 갔지. 그리고 마침내 완공되었을 때 그보다 더 웅장한 불후의 작품은 없었다네. 똑같은 모습에, 심지어 표정까지 똑같은 것이 마치 왕 자신처럼 보였지. 그 순간 왕은 자부심에 가득 차 이렇게 말했을 것 같지 않나. '죽음이여 올 테면 와 보라. 내게는 내세가 있다!' 그는 소원을 이루었지. 그 입상이 아직도 거기에 있으니까.

하지만 그가 그렇게 얻으려 했던 내세는 무엇일까? 기껏 해 봐야 인간의 회상 정도겠지. 그 거대한 입상의 이마를 비추는 달빛처럼 덧없는 영광이거나 말 없는 돌덩어리에 담긴 이야기 정도지. 그 이상 아무것도 아니라네. 반면에 죽은 왕은 어떻게 되었나? 미라가 되어 자신의 무덤이었던 왕묘에 누워 있을 뿐이지. 사막 저 밖에 서 있는 그 입상만큼 보기 좋지 않은 모습으로 말이야. 하지만 그 왕 자신은 어디에 있을까? 아무것도 아닌 상태로 사라졌단 말인가? 왕이 자네와 나처럼 살아 있었던 것은 2천 년 전이었네. 마지막 숨이 과연 그의 종말이었을까?

그렇다고 대답하는 것은 하나님을 욕하는 짓일세. 그보다는 우리를 위해 죽음 이후의 삶을 예비해 놓으신 그분의 더 나은 계획을 받아들이게. 나는 진짜 삶을 말하는 거라네. 없어질 기억 속에 존재하는 것 이상의 무엇이란 말일세. 오고감이 있고, 감각과 지식과 힘이 있고 모든 것을 음미할 수 있는 삶 말일세. 상태에 따라 변할 수는 있지만 말 그대로 영원한 삶이지.

하나님의 계획이 무엇인지 아나? 우리는 각자 나면서 영혼을 선물로 받았네. 이 단순한 하나님의 섭리를 보면 영혼을 통하지 않고는 영생이란 있을 수 없다는 것을 알 수 있지. 바로 그 단순한 섭리에서 내가 말한 영혼의 필요성을 알 수 있다네.

그럼 이제 필요성에서 다른 이야기로 바꿔보지. 우리 각자에게 영혼이 있다고 생각하면 얼마나 기쁜 일인가. 우선 죽음에 대한 공포가 사라진다네. 죽음은 더 나은 존재로의 변화이며, 땅에 묻힘은 새로운 생명이 싹틀 씨앗을 심는 것이기 때문이지. 그리고 지금의 내 모습을 보게. 육신은 약하고 지치고 늙고 쪼그라들었지. 주름진 얼굴과 깜빡거리는 의식과 갈라진 음성을 보게나. 머잖아 껍질만 남은 내 육신이 열린 무덤으로 들어가면 하나님의 궁전인 우주의 끝없는 문이 자유로운 불멸의 영혼이 된 나를 받아들이려고 활짝 열리리라는 약속만큼 행복한 것이 있겠는가!

그렇게 내세에는 말할 수 없는 황홀한 기쁨이 있다고 말할 수만 있다면! 내가 아무것도 모른다고 말하지 말게. 나는 그 기쁨을 충분히 알고 있으며 내게는 그것으로 족하다네. 영혼이 된다는 것은 신성하게 초월한 상태가 된다는 의미지. 그러한 존재에는 먼지도 무거운 것도 없다네. 공기보다도 맑고, 빛보다 더 만져지지 않고, 정수보다도 순수하다네. 완전히 순수 그 자체의 삶이지.

자, 이제 어떤가? 이렇게 많이 알게 되었는데 하찮은 것 가지고 왈가왈부해야 할까? 내 영혼이 어떤 모양인지? 아니면 어디에 살고 있는지? 영혼이 먹고 마시는지? 날개가 달렸는지, 이 날개를 다는지 저 날개를 다는지? 아닐세. 하나님을 신뢰하는 것이 더 맞을 것 같군. 이 세상의 모든 아름다움은 더없이 완벽한 취향을 드러내시는 그분의 손길에서 빚어진 것일세. 모든 것은 그분께서 지으셨지. 백합의 옷을 입히시고 장미를 물들이시고, 이슬방울을 맺히게 하시고 자연의 모든 음악을 만드시지 않았나. 한 마디로, 하나님께서는 현세를 위해 우리를 만드셨고 모든 상태를 지어내셨지. 그것을 강하게 확신하므로 내 영혼을 지으시고 죽음 이후의 삶을 모두 마련하시리라는 것을 나는 어린아이처럼 신뢰하며 그분께 맡기네. 하나님께서 나를 사랑하신다는 것을 알고 있기 때문이지."

발타사르는 말을 멈추고 목을 축였다. 입술로 잔을 가져가는 그의 손길은 파르르 떨리고 있었다. 발타사르가 느끼는 감정을 함께 느낀 이라스와 벤허는 침묵을 지켰다. 벤허에게 한 줄기 빛이 열리고 있었다. 전에는 결코 알지 못했던 새로운 사실을 깨닫기 시작하고 있었다. 지상의 어떤 제국보다도 인간에게 훨씬 중요한 영적인 나라가 있을지도 모른다는 사실 말이다. 그리고 결국에는 정말로 구원자가 위대한 왕보다도 훨씬 더 하나님께서 보낸 선물이라는 생각이 들었다.

"이제 한 가지 묻겠네. 고난으로 가득한 짧은 이 인생이 영혼을 위해 마련된 완벽한 영생에 바람직한지 말일세. 하지만 그 질문을 받아들여 이런 식으로 스스로 생각해 보게. 현세나 내세가 둘 다 똑같이 행복하다고 가정한다면 일 년보다 한 시간이 더 바람직하다고 할 수 있을까? 거기서부터 시작하여 마지막 질문으로 나아가게. 지상에서의 70년이 하나님과 함께 하는 영원함보다 더 좋을까? 그런 식으로 점점 생각해 보게. 그러면 내가 알려 주려고 하는 사실의 의미가 충분히 다가올 걸세. 그 사실은 놀랍기 짝이 없고, 그 부정적인 영향은 안타깝기 짝이 없다네. 그것은 바로 영혼으로서의 삶에 대한 생각 자체가 세상에서 거의 사라졌다는 사실일세. 틀림없이 영혼이 무슨 원소인양 여기저기서 떠드는 철학자를 쉽사리 찾아볼 수 있을 걸세. 그러나 철학자들은 신앙에 대해서는 아는 것이 전혀 없기 때문에 영혼이 존재라는 것을 인정하는 정도까지는 이르지 못할 걸세. 그래서 영혼의 존재이유에 대해서 전혀 모를 수밖에 없다네.

살아 있는 모든 것은 각기 알맞은 정신을 갖고 있다네. 오로지 인간에게만 미래에 대해 생각할 수 있는 힘이 있다는 것이 자네에게는 아무런 의미가 없나? 하나님이 인간에게만 그러한 힘을 주신 이유는 우리가 더 나은 내세를 위해 창조되었다는 것을 알게 하시려는 거라고 생각하네. 하지만, 안타깝게도 오늘날 사람들은 얼마나 타락했는가! 그들은 현재가 전부인 것처럼 오늘만을 위해 살며 이렇게 떠들고 다니지. '죽고 나면 내일은 없다. 설령 있다고 해도 아는 게 전혀 없는데 신경 쓸 게 뭐 있나.' 그래서 죽을 때가 되면 준비되어 있지 못하여 영광스러운 내세로 들어가는 기쁨을 맞이하지 못한다네. 다시 말해서, 인간의 궁극적 행복은 하나님과 함께하는 영원한 삶이라네. 아아, 저기 잠들어 있는 낙타도 현세의 제일 거룩한 제사장만큼 영원히 하나님과 함께할 수 있다네! 그런데도 많은 사람들이 이렇게 보잘것없는 현세에만 사로잡혀 있지! 다른 세상이 올 것이라는 사실을 거의 잊어버렸다네!

그러니 우리가 무엇을 간직해야 할지 알겠나.

한 점 거짓 없이 말하자면, 나는 영혼의 삶 한 시간을 인간의 삶 천 년과 바꾸진 않을 걸세."

이 대목에 이르자 발타사르는 옆에 누군가가 있는 것도 잊은 채 무아지경에 빠진 것 같았다.

"이승의 삶은 온갖 문제들로 가득 차 있고, 그것들을 해결하려고 애쓰며 인생을 보내는 사람들이 있네. 하지만 그것들이 내세의 문제에 비길 수 있겠는가? 또 하나님을 아는 것만큼 중요한 일이 있을까? 그 신비들이 한 번에 이해되지는 않더라도, 적어도 내가 체험했듯이 일순간에 저절로 드러날 걸세. 생각만으로도 두려움에 떨게 만드는 하나님의 심오하고도 놀라운 힘, 허공 주위에 뭍을 만드시고, 어둠을 빛으로 밝히시며, 말씀으로 무에서 천지만물을 창조하시는 하나님의 힘을 보게 되겠지. 모든 천체들이 열리게 될 테고, 나는 천상의 지식으로 충만해질 테지. 모든 영광을 보고 모든 기쁨을 맛보겠지. 존재 자체로 희열을 느끼게 되겠지. 그리고 그 순간이 지나 하나님께서 기꺼이 '영원히 나를 섬겨라'고 말씀하신다면 끝없는 욕망이 사라질 것이라네. 그리고 나면 삶의 모든 야망과 기쁨이 작은 종소리보다도 하찮아질 걸세."

발타사르는 북받치는 희열을 가라앉히려는 듯이 잠시 멈췄다. 벤허에게는 발타사르가 하는 말이 마치 영혼이 저절로 하는 말처럼 느껴졌다.

발타사르는 진지하게 고개를 숙이더니 온화한 표정을 지으며 말했다. "용서하게, 나는 그저 영혼의 삶과 그 상태와 그것이 얼마나 기쁘고 뛰어난지 자네 스스로 생각하여 답을 찾아내게 맡겨둘 작정이었네. 그러나 생각만으로도 기뻐서 나도 모르게 말이 너무 많았군. 아무리

약하더라도 내 신앙의 이유를 알려 주려고 했네. 말로 제대로 표현할 수 없는 점이 아쉽군. 하지만 자네 스스로 진실을 찾아보게. 우선, 죽은 후 우리를 위해 예비된 삶이 얼마나 훌륭할지 생각해 보고, 그 생각이 불러일으키는 감정과 충동에 주목하게나. 그것들에 주목하라고 하는 이유는 영혼이 자네를 옳은 쪽으로 나아갈 수 있게 활발히 움직이고 있기 때문이지. 다음에는 내세라는 것이 너무 알 수 없어서 그것을 잃어버린 빛이라고 부르는 것이 당연하게 되었다는 사실을 생각해 보게. 자네가 그것을 찾을 수 있다면 기뻐하게. 비록 부족한 말로 표현했지만 지금 나처럼 기뻐하게. 우리에게 주실 커다란 선물 외에 왕보다도 구원자가 절실히 필요하다는 것을 깨닫게 될 테니 말일세. 지금 우리가 만나러 가는 그분은 자네가 바라는 대로 더 이상 칼을 가진 전사나 왕관을 쓴 군주의 모습은 아닐 걸세.

그러면 이제 실제적인 문제가 남는군. 우리가 그분을 어떻게 알아볼 것인가 하는 문제지. 만일 그분이 헤롯과 같은 왕일 것이라고 계속 생각하는 한 자네는 당연히 왕홀을 쥐고 황제의 옷을 입고 있는 사람을 계속 찾아다니겠지. 반면에 내가 찾는 그분은 가난하고 보잘것없고 평범한, 겉으로 보기에 다른 사람과 그다지 다를 바 없는 사람이시라네. 그리고 그분이 그렇게 단순한 분이 아니라는 것을 표징으로 알아보게 되겠지. 그분은 나와 온 인류에게 영원한 삶으로 가는 길을 보여 주실 것이네. 영혼의 아름다운 순수한 삶 말이지."

한동안 세 사람은 말이 없다가 발타사르가 침묵을 깼다.

"이제 그만 일어나지. 일어나 출발하세. 말을 꺼내고 보니 한시도 잊은 적이 없는 그분을 어서 만나고 싶어 다시 견딜 수 없어졌네. 재촉하는 것처럼 보인다면 이해해 주기 바라네."

발타사르가 손짓하자 노예가 가죽 병에 든 포도주를 가져왔다. 그들은 포도주를 따라 마신 후 무릎에 놓았던 천을 흔들어 털며 자리에서 일어섰다.

노예가 천막과 집기들을 챙겨 가마 아래에 넣고 아랍인 길잡이가 말들을 가져오는 동안 세 사람은 못에 몸을 씻었다.

잠시 후 일행은 산골짜기를 통해 들어왔던 길을 되돌아 나갔다. 지금쯤 대상이 지나쳐갔다면 따라잡을 작정이었다.

## 4. 벤허, 이라스와 함께 밤을 새다


사막 위에 끝없이 늘어선 대상의 행렬은 매우 인상적이었다. 하지만 서서히 움직이는 모습은 게으른 뱀과도 같았다. 어떻게든 참으려 했지만 좀처럼 나아지지 않는 느린 속도에 발타사르는 견딜 수 없을 정도로 답답해졌다. 그래서 그의 제안으로 일행은 자기들끼리 따로 가기로 결정했다.

만일 독자가 젊다면, 또는 젊었을 때의 낭만에 대해 좋은 추억을 간직하고 있다면 발타사르 부녀가 탄 낙타와 나란히 말을 달리며 대상 행렬의 선두가 사막의 아지랑이 사이로 사라지는 모습을 보면서 벤허가 느낀 기쁨에 충분히 공감할 것이다.

확실히 말하자면 벤허는 이라스의 존재에 매력을 느끼고 있었다. 높은 가마에서 그녀가 내려다보기라도 하면 황급히 곁으로 다가갔다. 이라스가 말을 걸면 마음은 평상시와 다르게 고동쳤다. 어떻게든 그녀의 마음에 들고 싶은 충동에 계속 시달렸다. 가는 길에 보이는 모든 사물들이 더없이 평범해 보이다가도 이라스가 관심을 보이면 흥미롭게 변했다. 허공에 날아다니는 검은 제비도 그녀가 가리키면 후광 속으로 날아가는 것 같았다. 단조로운 모래더미에 묻힌 석영 조각이나 운모 파편이 태양빛에 반짝거리기라도 하면 말 한 마디에 당장 달려가 그것을 주워다 주었다. 그리고 보석이 아닌 것을 알고 실망한 이라스가 던져 버려도 그것을 가지러 간 노고는 잊은 채 오히려 미안해하며 좀 더 좋은 것, 루비나 어쩌면 다이아몬드가 없나 부지런히 둘러보았다. 저 멀리 희뿌옇게 보이던 산도 그녀가 탄성을 올리며 찬사를 보내면 더없이 짙고 풍요로워 보였다. 그리고 어쩌다 가마의 차양이 내려와 이라스를 볼 수 없게 되면 갑자기 하늘에서 음산한 기운이 퍼져 온 풍경이 생기를 잃는 것 같았다. 그렇게 쉽사리 이라스의 달콤한 매력에 빠지고 말았으니, 이제 함께 여행길에 오른 그녀와 가까이 지내며 겪게 될 위험에서 무슨 수로 빠져나올 수 있으랴?

사랑은 논리가 통하지 않고, 수학처럼 딱 맞아떨어지는 것도 아니기 때문에, 이라스가 자신의 매력을 마음껏 활용하여 원하는 결과를 얻어내려 할 것이 불 보듯 뻔했다.

결론적으로 말하자면, 이라스는 벤허를 자기 마음대로 주무를 수 있다는 것을 꿰뚫고 있는 눈치였다. 아침부터 장신구함을 뒤져서 동전모양의 황금장식이 달린 그물 모자를 꺼내어 이마와 볼 위로 살짝 늘어지도록 걸쳤다. 반짝거리는 장식들은 검푸른 머리카락과 함께 멋지게 흘러내렸다. 그리고 반지, 귀고리, 팔찌, 진주 목걸이 등 갖가지 보석장신구와 얇은 금실로 수를 놓은 숄로 온몸을 아름답게 치장했다. 그리고 마지막으로 솜씨 좋게 접은 인도 레이스 스카프로 목과 어깨를 부드럽게 감쌌다. 그렇게 한껏 차려입고는 말과 몸짓으로 벤허에게 온갖 교태를 부렸다. 미소가 가시지 않았고 간드러지게 깔깔대면서, 녹일 듯이 부드러운 시선과 생기있게 반짝거리는 시선을 번갈아가며 벤허에게서 눈을 떼지 않았다. 그런 술수로 안토니우스를 사로잡아 파멸로 몰아넣었던 클레오파트라조차도 이라스의 아름다움에는 절반도 못 미칠 정도였다.

그렇게 길을 가는 동안 정오가 지났고 어느덧 저녁이 되었다.

태양이 오래된 바산 산 뒤로 넘어가자 일행은 아빌레네 사막에 빗물로 생긴 신선한 못 옆에 멈춰 섰다. 그곳에 천막을 치고 저녁을 먹은 후 밤을 날 준비를 했다.

두 번째 불침번 차례가 되자 벤허는 손에 창을 들고 졸고 있는 낙타가 닿을 만큼 가까이 서서 하늘에 뜬 별들을 올려다보다가 어둠에 잠긴 사막을 바라보았다. 온 사위는 바람 한 점 없이 고요했다. 한참이 흐르고 나서야 따뜻한 미풍이 살랑거리며 스쳐갔지만 벤허는 전혀 의식하지 못했다. 이라스의 매력을 떠올리며 그녀가 어떻게 자기의 비밀을 알게 되었는지, 그걸 어떻게 이용하려는 것인지, 그녀와 함께 어떤 길을 가야 할지 등 이라스에 대한 생각에 빠져 있었기 때문이다. 그리고 온갖 상념 중에서 가장 큰 것은 강력한 유혹인 사랑이었다. 벤허가 그 유혹에 기울어지고 있던 그 순간 달빛 없는 어둠 속에서도 아름답게 빛나는 손이 그의 어깨에 사뿐히 놓여졌다. 손길에 벤허는 흠칫했고 깜짝 놀라 뒤를 돌아보니 이라스가 서 있었다.

"잠든 줄로만 알았는데."

"잠이야 노인들과 어린애들이나 자는 거고, 저는 제 친구들인 남쪽에 뜬 별들을 보러 나왔어요. 지금쯤은 나일 강 위로 환히 비추고 있겠지만요. 하지만 당신은 놀라셨군요!"

벤허는 자기 어깨에서 미끄러지던 손을 잡고는 말했다. "그랬소, 적일까 싶어서 그랬소."

"말도 안 돼요! 적이 되려면 미워해야 하는데, 증오는 병이에요. 저는 이시스 여신 덕분에 그 병에 걸리지 않죠. 어렸을 때 심장에 이시스 여신의 축복을 받았으니까요."

"당신의 말투는 아버님과는 전혀 다르군요. 아버님의 신앙을 따르지 않소?"

이라스는 낮게 웃으며 대답했다. "그랬을지 모르죠. 아마도 아버지가 본 것을 저도 보았다면 그랬겠죠. 아니면 아버지처럼 나이가 들면 그럴지도. 젊은이에게는 신앙이 필요 없죠. 시와 철학만 있으면 돼요. 그리고 술과 환희와 사랑에 영감을 주는 시가 아니라면, 한 계절도 못

갈 어리석은 짓들을 용납하지 못하는 철학이라면 사양하겠어요. 아버지가 믿는 하나님은 저한테는 너무 엄숙해서 무서워요. 다프네 숲에는 안 계신 것 같더라고요. 로마의 멋진 곳에도 계신 것 같지 않고요. 하지만, 한 가지 소원이 있어요."

"소원이라고요! 그 소원을 거절할 사람이 있을까?"

"당신에게 시험해 보지요."

"그렇다면 말해 보시오."

"아주 간단하답니다. 제가 당신을 도울 수 있게 해 주세요."

이라스는 말을 하며 더 가까이 다가왔다.

그러자 벤허는 웃음을 터뜨리며 쾌활하게 대답했다. "오, 이런 이집트! 하마터면 사랑스러운 이집트라고 말할 뻔했군! 당신 고장에는 스핑크스가 있지 않소?"

"무슨 의미죠?"

"당신이야말로 그 스핑크스의 수수께끼 가운데 하나요. 그러지 말고 당신을 이해하는데 도움이 될 만한 작은 단서라도 주시오. 내가 어떤 점에서 도움이 필요하단 말이오? 그리고 당신이 나를 어떻게 돕겠다는 것인지?"

이라스는 손을 빼더니 낙타에게로 돌아서서 아름다운 물건이기라도 하듯 낙타의 거대한 머리를 부드럽게 쓰다듬으며 다정히 말을 걸었다.

"오, 욥[144]의 짐승 가운데 제일 빠르고 위풍당당한 마지막 족속이여! 너 역시 험하고 울퉁불퉁한 길과 무거운 짐 때문에 비틀거릴 때가 있지. 그래도 말 한 마디만 해 주어도 그 속에 담긴 친절한 마음을 어찌나 잘 알아채는지. 그리고 아무리 여인의 도움이라도 어쩜 그리도 고맙

---

144) 구약성경 욥기의 저자. 알 수 없는 고통을 겪으면서도 하나님에 대한 믿음을 잃지 않았다.

게 잘 받아들이는지. 그런 네게 입 맞춰 주마, 멋진 짐승이여!" 그리고 몸을 기울여 그 넓은 이마에 입 맞추며 말하였다. "너에게는 의심하는 마음이 없으니까!"

벤허는 자신을 억누르며 조용히 말했다. "제대로 한 방 먹였소! 내가 당신 도움을 거절한다고 생각한 것 같소. 내가 그렇게 하는 이유는 명예가 걸린 일이기도 하며 다른 이들의 생명과 재산을 보호하기 위해 말할 수 없기 때문인 것 같지 않소?"

그러자 이라스는 재빨리 대답했다. "아마 그렇겠죠! 알고 있어요."

벤허는 한 걸음 물러나 놀랍다는 듯 날카로운 어조로 물었다. "도대체 뭘 알고 있단 말이오?"

이라스는 웃으며 대답했다.

"남자들은 왜 여자의 직감이 더 날카롭다는 사실을 인정하지 않을까요? 하루 종일 당신 얼굴을 지켜봤더니 마음속에 뭔가 중압감을 느끼고 있다는 것쯤 쉽사리 알 수 있었죠. 그리고 그 중압감이 무엇인지 알아내기 위해서 당신과 아버지 사이에 오간 대화를 떠올려 보았죠. 벤허!" 이라스는 아주 교묘히 음성을 낮추더니 벤허의 볼에 따뜻한 숨결이 닿을 정도로 가까이 다가와 말했다. "당신이 지금 찾아가는 그분은 유대인의 왕이 되실 분 아닌가요, 안 그런가요?"

벤허의 가슴은 빠르고 격하게 뛰기 시작했다.

"헤롯처럼 유대인의 왕이 될 분, 더 위대한 왕이 될 분 아닌가요."

벤허는 밤하늘로 눈을 들어 높이 뜬 별들을 바라보았다. 그리고 다시 이라스를 마주보았다. 어느덧 이라스는 그의 입술에 숨결이 느껴질 정도로 가까이 다가와 있었다.

"아침부터 우리는 줄곧 꿈이 있었잖아요. 내 꿈을 말하면 당신도 그렇게 해 주실 거죠? 뭐예요, 그래도 말 안 할 건가요?"

이라스는 금방이라도 갈듯이 그의 손을 밀치고 돌아섰다. 그러자 벤허가 황급히 잡으며 말했다. "멈춰요, 가지 말아요. 말해 보구려!"

이라스는 다시 돌아서서 그의 어깨에 손을 얹고 몸을 기댔다. 벤허는 그녀를 가까이 끌어당겨 꼭 끌어안았다. 그 애무에는 그녀가 요구한 대로 하겠다는 약속이 담겨 있었다.

"말해 봐요, 당신의 꿈을 말해 줘요. 오 이집트, 사랑스러운 이집트여! 제 아무리 디셉 사람 엘리야 예언자라 할지라도, 심지어 하나님이라고 해도 당신의 청을 거절하지 못하셨을 거요. 그대의 뜻에 따르겠소. 그러니 제발 쌀쌀맞게 굴지 말구려."

벤허의 품에 안겨 위를 쳐다보며 이라스는 천천히 말하기 시작했다. "제가 꾼 꿈은 땅과 바다에서 벌어지는 웅장한 전쟁이랍니다. 마치 카이사르와 폼페이우스, 옥타비아누스와 안토니우스가 되돌아온 것처럼 온갖 무기가 부딪치며 군대가 몰려왔어요. 먼지와 재 구름이 피어올라 온 세상을 뒤덮더니 로마가 사라져 버렸어요. 모든 땅이 다시 동방의 것이 되었지요. 구름 속에서 영웅들의 민족이 나타났어요. 그리고 이제껏 알려진 것보다도 더 광대한 영토와 빛나는 왕관들이 생겨났죠. 그 꿈을 꾸는 동안, 그리고 사라지고 난 후에도 스스로 계속 물어보았죠. '그 왕을 처음부터 최선을 다해 섬긴 자가 가지지 못할 것이 무엇이 있겠는가?'"

벤허는 다시 움찔했다. 그 질문이야말로 그날 하루 종일 자신을 사로잡고 있던 질문이기도 했다. 이윽고 벤허는 이라스가 왜 자기를 돕겠다고 했는지 납득이 갔다.

"이제야 알겠소. 영토와 왕관들을 손에 넣을 수 있게 돕겠다는 거로군. 알겠소, 알겠어! 그리고 당신처럼 영리하고, 아름답고, 당당한 여왕은 결코 없을 거요! 하지만, 사랑스러운 이집트여! 당신 말에 의하면 아쉽게도 그것들은 전부 전쟁으로 얻을 수 있는 전리품이요. 그런데 제 아무리 이시스가 입 맞추어 주었다고 한들 당신도 여자잖소. 그리고 왕관은 무력 못지않게 확실한 방법이 없으면 당신의 도움만으로는 얻을 수 없는 선물이오. 그러니, 오 이집트, 이집트여, 그것을 알려 주오, 그러면 오로지 당신만을 위해 그 길을 함께 걸어가겠소."

이라스는 벤허의 팔을 풀며 말했다. "당신의 겉옷을 모래 위에 깔아 주세요. 여기 낙타에 기대앉아서 나일 강을 따라 알렉산드리아까지 전해 내려온 이야기를 들려드릴게요."

벤허는 시키는 대로 겉옷을 바닥에 깔고 창을 땅바닥에 꽂았다.

이라스가 앉자 벤허는 침울하게 물었다. "어떻게 해야 할까? 알렉산드리아의 관습으로는 이야기를 들을 때 서 있는 건지, 앉아 있는 건지?"

낙타에 기대어 편안하게 자리 잡고 앉은 이라스는 웃으며 대답했다. "이야기를 듣는 사람들도 나름대로 고집이 있어서 때로는 자기들 하고 싶은 대로 하니까 마음대로 하셔요."

벤허는 순순히 모래 위에 길게 눕더니 이라스의 팔을 자기 목에 둘렀다.

"준비됐으니 시작하구려."

이라스는 이야기보따리를 풀어놓기 시작했다.




아름다운 여인이 지상에 오게 된 사연


먼저 아셔야 할 게 있어요. 이시스는 신들 가운데에서도 가장 아름다웠답니다. 지금도 여전히 아름다울 거예요. 그리고 이시스 여신의 남편인 오시리스는 현명하고 강력한 힘을 가졌지만 가끔 아내에 대한 질투심에 시달릴 때도 있었답니다. 사랑하는 마음은 신들이라고 다를 바가 없었기 때문이지요.

여신의 궁전은 달에 있는 가장 높은 산꼭대기에 자리 잡고 있었고 은으로 만들어져 있었지요. 가끔 여신은 그곳을 벗어나 영원한 빛의 원천인 태양으로 건너가고는 했답니다. 태양 한가운데에 너무 눈부셔서 인간은 쳐다볼 수 없는 오시리스 신의 황금 궁전이 있었기 때문이지요.

신들에게는 날짜 개념이 없지만, 어느 날 이시스 여신은 황금 궁전 지붕에서 남편과 행복한 시간을 보내다가 우연히 저 멀리 우주 끝자락에서 독수리를 탄 원숭이 군대와 함께 날아가던 비와 천둥의 신 인드라를 보았답니다. 애정이 듬뿍 담긴 별칭, '생물의 친구'라 불리는 인드라는 거대한 괴물 락샤카들과의 마지막 전쟁에서 승리를 거두고 돌아오고 있는 길이었습니다. 그런데 인드라 일행 가운데에는 영웅 라마와 그의 신부 시타도 함께 있었습니다. 시타 역시 이시스 여신에 버금갈 정도로 매우 아름다웠습니다. 이시스는 일어나 별들로 된 허리띠를 풀더니 반갑다는 표시로 그것을 시타에게 흔들었습니다. 기억하세요, 시타에게 흔들었다는 것을요. 그런데 갑자기, 행진하던 무리와 황금궁전 지붕 위에 있던 두 신 사이에 밤과 같은 장막이 드리우더니 아무 것도 보이지 않게 되었어요. 하지만 그것은 밤이 아니었어요. 오시리스 신이 눈살을 찌푸린 것이었죠.

아내와 두런두런 이야기를 나누고 있다가 그런 일이 벌어지자 오시리스 신은 벌떡 일어나더니 근엄하게 말했습니다. '이제 그만 집으로 돌아가. 그 일은 나 혼자 할 테니. 완전히 행복한 존재를 만드는데 당신 도움은 필요 없어. 돌아가.'

여신은 신전에서 신자들이 기도를 올리는 동안에도 그들의 손에서 달콤한 풀을 받아먹는 하얀 암소처럼 크고 검은 눈을 갖고 있었지요. 이시스는 남편을 따라 일어나더니 다정한 눈길로 웃으며 말했습니다. 그렇게 말하는 여신의 모습은 추수기의 달빛처럼 교교했지요. '안녕히 계셔요, 서방님. 곧 저를 부르시게 될 거예요. 당신이 생각하고 있는 완벽히 행복한 피조물을 저 없이는 만들지 못할 테니까요.' 그리고 그 말의 진실을 잘 알고 있다는 듯 잠시 웃더니 말을 마쳤어요. '서방님, 당신 또한 저 없이는 완벽히 행복할 수 없을 걸요.'

'그야 두고 보면 알겠지.'

자기 거처로 물러난 이시스는 바늘과 의자를 가져와 궁전 지붕 위에 앉아 지켜보며 뜨개질을 시작했답니다.

오시리스가 마음속으로 자기 뜻을 행하려고 애를 쓰면 모든 신들이 동시에 맷돌을 갈아대는 소리만큼 컸으므로 근처에 있던 별들은 마치 바짝 마른 깍지 안의 씨앗들처럼 덜그럭거렸습니다. 어떤 것들은 떨어져 없어지기도 했죠. 그 소리가 계속 들리는 동안 이시스는 한 코도 빼먹지 않고 열심히 뜨개질에 몰두하며 기다렸습니다.

얼마 안 되어 태양 위의 허공에 점만한 물체가 생겼습니다. 그것은 점점 커지더니 달만큼 커졌습니다. 그제야 이시스는 남편이 세상을 만들려고 한다는 것을 알았습니다. 그러나 그것이 점점 커져 마침내 자기가 있는 작은 밝은 부위만 제외하고 달 전체에 그림자를 드리운 것을 보고는 오시리스가 얼마나 화가 났는지 알 수 있었습니다. 그래도 결말은 자기 말대로 될 거라고 확신하며 뜨개질을 계속 했습니다.

그렇게 해서 지구가 생겨나게 되었는데, 처음에는 텅 빈 허공에 맥없이 걸려 있는 차디찬 회색 덩어리에 불과했죠. 잠시 후 여신은 지구가 여러 지역으로 분할되는 것을 지켜보았습니다. 이곳에는 평야가, 저곳에는 산이, 저 멀리에는 바다가, 그 모든 것이 생겨났지만 아직 생기는 없었지요. 그리고 얼마 후 강둑 옆에서 무엇인가가 움직였답니다. 여신은 궁금하여 뜨개질을 멈추고 지켜보았습니다. 그 무엇인가는 일어나더니 자기 존재의 근원을 안다는 표시로 태양을 향해 손을 들어 올렸습니다. 이 최초의 남자는 아름다웠습니다. 그리고 그의 주위로 우리가 자연이라 부르는 풀, 나무, 새, 짐승, 심지어 곤충과 뱀들에 이르기까지 생물들이 생겨났습니다.

그리고 한동안 남자는 행복에 겨워 돌아다녔습니다. 그가 얼마나 행복해하는지는 쉽게 알 수 있었답니다. 그리고 애쓰던 오시리스의 의지의 소리가 잠시 멈춘 사이 태양에서 비웃는 소리와 함께 다음과 같은 말이 들려왔습니다.

'흥, 당신 도움 따위는 필요 없어! 완벽하게 행복한 저 피조물을 보라고!'

이시스는 잠자코 다시 뜨개질에 몰두했습니다. 오시리스가 강한만큼 이시스는 인내심이 대단했으니까요. 오시리스가 일하는 능력이 있다면 이시스는 기다리는 능력이 있었지요. 그리고 단순한 삶에 계속 만족할 수 없다는 것을 알고 기다렸습니다.

충분히 그럴 만 했어요. 얼마 지나지 않아 남자에게 변화가 생긴 것을 볼 수 있었지요. 남자는 점차 활기를 잃더니 강가의 어느 한 곳에서 고개를 묻은 채 시무룩한 표정으로 계속 엎드려 있기만 했어요. 모든 것에 흥미를 잃어버렸죠. 그 사실을 확신한 여신이 혼잣말로 중얼거렸죠. '저 남자가 스스로에게 싫증을 느끼고 있구나.' 그러자 오시리스 신이 창조 의지를 불태우며 일하는 소리가 요란하게 들려왔고 눈 깜짝할 사이에 지구는 지금까지의 차가운 회색을 벗고 온갖 색채로 넘쳐났습니다. 산들은 자줏빛으로 물들었고, 평원에는 파릇파릇한 풀들이 돋아났고 나무들은 신록으로 우거졌고 바다는 푸른빛이 감돌고 구름들은 무한히 다채로운 모양을 띠었습니다.

그러자 남자는 벌떡 일어나더니 손뼉을 쳤습니다. 마음의 병에서 회복되어 다시 행복해졌기 때문이죠.

그 모습을 지켜본 이시스 여신은 뜨개질을 계속하며 중얼거렸어요. '잘 생각했네, 한동안은 먹히겠지. 하지만 남자에게 세상의 아름다움만으로는 충분하지 않지. 서방님이 또다시 애써야 하겠네.'

그 말이 끝나기 무섭게 바쁘게 일하는 오시리스 신의 의지가 천둥소리처럼 달을 뒤흔들었습니다. 그 모습에 이시스는 뜨개질을 멈추고 손뼉을 쳤습니다. 그때까지는 남자를 제외한 모든 것이 제자리에 고정되어 있었지만 지금은 생물이든 무생물이든 대부분 움직일 수 있게 되었습니다. 새들은 즐겁게 날아다녔고 크든 작든 짐승들은 각자의 길을 찾아 돌아다녔습니다. 나무들은 푸른 잎이 무성한 가지를 흔들며 매혹된 바람에게 인사를 했습니다. 강들은 바다로 흘러 들어갔고 바다는 속에서 요동치며 드높은 파도를 일으켰고, 밀물과 썰물로 해안에 빛나는 포말을 그려놓았습니다. 그리고 하늘에는 닻을 올리고 항해하는 배처럼 구름들이 여기저기 떠다녔습니다.

그러자 남자는 일어나 아이처럼 행복해했습니다. 오시리스는 매우 흡족해하며 외쳤습니다. '하하! 당신 없이도 내가 얼마나 잘하고 있는지 보라고!'

여신은 잠자코 자기 일에 몰두하며 변함없이 조용히 대답했습니다. '잘 생각하셨군요, 서방님. 한동안은 효과가 있겠지요.'

그리고 전처럼 똑같은 일이 반복되었습니다. 모든 것이 움직이는 광경도 남자에게는 당연하게 느껴졌습니다. 새들은 날아다니고, 강이 흐르고 바다가 요동을 쳐도 이제 더 이상 아무런 기쁨도 느낄 수 없었고 전보다 더욱 수척해졌습니다.

이시스 여신은 속으로 생각하며 기다렸습니다. '가엾은 것 같으니! 전

보다 더욱 비참해졌네.'

그리고 여신의 생각을 듣기라도 한 것처럼 오시리스 신이 부지런히 움직이기 시작했으므로, 그의 의지가 돌아가는 소리가 온 우주를 흔들었습니다. 한가운데에 있던 태양만이 굳게 서 있었습니다. 이시스가 내려다보았지만 아무런 변화도 없었습니다. 여신은 남편의 마지막 창조도 막바지에 다다른 것을 확신하며 웃었습니다. 그런데 남자가 벌떡 일어나더니 무엇인가에 귀를 기울이고 있는 것 같았어요. 이윽고 그의 얼굴이 환히 밝아지더니 기뻐서 손뼉을 쳤습니다. 지구에 불협화음, 조화로운 소리 등 온갖 소리가 처음으로 들렸기 때문이죠. 바람에 나뭇가지가 살랑대는 소리가 들렸고, 새들은 자기들만의 노래로 울거나 말을 하듯 지저귀기 시작했습니다. 강으로 흘러들어가는 작은 시냇물들은 많은 하프 연주자들이 은빛 하프 현들을 일시에 뜯는 것처럼 멋진 소리를 냈습니다. 바다로 흘러가는 강들은 웅장한 화음을 냈고 육지를 때리는 바다는 천둥과도 같은 음조를 자랑했습니다. 온 사방에 음악이 넘쳐흘렀고 끊이지 않았습니다. 남자는 다시 행복해지지 않을 수 없었습니다.

그 모습을 지켜본 여신은 남편이 잘하고 있는데 놀라 아무 말도 못하고 있었습니다. 하지만 이윽고 머리를 흔들며 생각을 떨쳐냈습니다. 색채, 움직임, 소리 ……. 그것들을 천천히 반복해 말했습니다. 빛과 형체 외에 아름다움을 이루는 요소는 없어, 지구는 그렇게 태어났지. 이제 정말로 오시리스는 할 일을 다 했어. 만일 인간이 다시 비참한 상태로 떨어진다면 내 도움을 청할 수밖에 없을 거야. 이시스는 그렇게 생각하며 부지런히 손가락을 놀렸고 한 번에 둘, 셋, 넷, 심지어 열 코까지 떴습니다.

그리고 남자는 오랫동안 행복했습니다. 그 어느 때보다도 오랫동안 말이지요. 정말로 다시는 지루해하지 않을 것처럼 보였습니다. 하지만 이시스는 더 잘 알고 있었습니다. 그래서 태양으로부터 들려오는 수많은 비웃음 소리에도 아랑곳하지 않은 채 기다리고 또 기다렸습니다. 그렇게 하염없이 기다리니 드디어 끝이 얼마 남지 않은 것이 보였습니다. 남자에게는 그 모든 소리들이 다시 익숙해지기 시작했습니다. 장미나무 아래에서 울어대는 귀뚜라미에서부터 포효하는 바다와 고함치는 폭풍우까지 온갖 소리들이 넘쳐났지만 남자에게는 특별할 것이 없었습니다. 다시 수척해진 남자는 틀어박혀 지내던 강가로 갔어요. 그리고 마침내 쓰러져 꼼짝도 하지 않았습니다.

그러자 이시스는 안타까운 마음에 말했습니다.

'오 서방님, 인간이 죽어가고 있네요.'

그러나 오시리스도 모든 것을 알고 있었지만 그냥 있었습니다. 더 이상 아무것도 할 수 없었기 때문이죠.

'제가 저 인간을 도와줄까요?'

오시리스는 자존심이 상해서 차마 자기 입으로 말할 수는 없었습니다.

그러자 마지막 코를 완성한 여신은 뜬 것을 돌돌 말아 남자를 향해 휙 집어던졌어요. 무엇인가 가까이 떨어지는 소리를 들은 남자가 위를 올려다보았습니다. 아, 그랬더니 이게 웬일이죠. 한 여인이, 최초의 여인이 자기를 일으키려 몸을 숙이고 있는 것 아니겠어요! 여인은 그에게 손을 내밀었습니다. 남자는 그 손을 잡고 일어났습니다. 그리고 이제 더 이상 불행은 없었습니다. 영원한 행복만 있었답니다.


"이것이 나일 강에서 전해지고 있는 미인의 기원설화랍니다."

이라스는 이쯤에서 잠시 쉬었다.

"멋지고 근사한 이야기로군. 하지만 뭔가 미흡한 것 같은데. 그 후에 오시리스는 어찌 되었소?"

"아, 그야 이시스 여신을 다시 태양으로 불러들여 서로 도우며 행복하게 살았지요."

"그러면 나도 최초의 남자처럼 하면 안 되겠소?"

그리고 목에 둘러져 있던 이라스의 손을 자기 입술로 가져가며 말했다. "사랑, 사랑하며 말이오!"

그리고 머리를 이라스의 무릎 위에 살며시 내려놓았다.

이라스는 다른 손을 그의 머리에 쓰다듬듯 올려놓으며 말했다. "당신은 가서 그 왕을 찾아내어 섬기세요. 당신의 칼로 그분이 주는 값나가는 선물을 얻어내세요. 그러면 그분의 최고의 전사는 나의 영웅이 될 거예요."

그는 고개를 돌려 바로 위에 있는 이라스의 얼굴을 바라보았다. 비록 그늘에 가려져 있었지만 그 순간 이라스의 눈동자는 하늘의 그 어떤 것보다도 밝게 빛나는 것처럼 느껴졌다. 이윽고 자리에서 일어난 벤허는 이라스를 꼭 끌어안고 정열적으로 입 맞추며 말했다. "오 이집트, 이집트! 만약 왕께서 왕관을 선물해 주신다면 그 중에 하나는 내 것이 될 거요. 그러면 그것을 가져와 지금 내 입술이 닿은 당신에게 씌워 주겠소. 당신은 왕비가, 더없이 아름다운 나의 왕비가 될 것이오! 그러면 우리는 언제나, 영원히 행복할거요!"

그러자 이라스도 답례로 입 맞추며 재촉했다. "그러면 뭐든지 다 말해 주세요, 당신을 도울 수 있게요."

그 질문에 벤허의 열정이 싸늘히 식었다.

"내가 당신을 사랑하는 것만으로 충분치 않단 말이오?"

"완전한 사랑이란 완전한 신뢰를 의미하죠. 하지만 신경 쓰지 마세요, 저를 더 잘 알게 될 테니까요."

이라스는 포옹을 풀고 일어났다.

"매정하구려."

이라스는 걸어가다가 낙타 옆에 멈춰서더니 낙타의 이마에 입술을 갖다대며 말했다.

"오 너는 네 족속 중에 가장 고귀하구나! 네 사랑에는 아무런 의심이 없기 때문이지."

그 말과 함께 이라스는 자리를 떴다.

## 5. 세례자 요한과 하나님의 어린 양

여정 사흘째 되던 날 정오 무렵 일행은 얍복 강 언저리에 이르렀다. 그곳에는 백 명도 넘는 사람들이 있었다. 사람들은 대부분 페레아 출신으로 가축과 함께 쉬고 있었다. 벤허 일행이 말에서 내리기 무섭게, 물병과 사발을 든 남자가 다가오더니 물을 마시라고 권했다. 배려에 매우 고마워하며 물병을 받아들자 남자가 낙타를 보며 말을 걸었다. "저는 지금 막 요르단 강에서 돌아오는 길이랍니다. 지금 그곳에는 당신들처럼 각지에서 몰려든 사람들이 많답니다. 하지만 이 낙타에 견줄 만한 것은 못 봤습니다. 매우 뛰어난 녀석이군요. 어느 혈통인지 여쭤 봐도 될까요?"

발타사르가 대답해 주고 쉴 곳을 살폈지만 이제는 벤허가 흥미를 느끼고 말을 걸었다.

"강 어디쯤에 사람들이 모여 있습니까?"

"베다바라(Bethabara)에요."

"거기는 아주 한적한 여울이었잖소. 어쩌다 그렇게 관심의 대상이 되었는지 모르겠군요."

"알겠군요. 보아하니 당신도 타지에서 오셔서 아직 좋은 소식을 못 들은 거로군요."

"어떤 소식 말인가요?"

"그게 말입니다. 한 사람이 광야에 나타났습니다. 아주 거룩한 분이랍니다. 그분이 하는 말은 이제껏 들어보지 못한 말들인데 듣는 이들을 모두 사로잡지요. 자신을 사가랴(Zacharias)의 아들 요한이라고 하며, 메시아에 앞서 보내진 사자라고 하더군요."

남자가 말을 하는 동안 이라스마저도 귀를 기울였다.

"사람들 말로는 그가 어릴 적부터 엔게디 근처의 동굴에서 기도하면서 에세네파 사람들보다도 더 엄격하게 살았다고 하는군요. 사람들이 그의 설교를 들으려고 몰려간답니다. 저도 다른 무리와 함께 그분의 말을 들으러 갔었지요."

"그렇다면 여기 있는 사람들이 모두 그곳에 다녀오는 길입니까?"

"대부분은 그리로 가는 중이고, 몇 사람만 돌아가는 중입니다."

"그가 뭐라고 설교하던가요?"

"모든 이가 말하듯이, 이제껏 이스라엘에서는 한 번도 가르친 적이 없는 새로운 가르침이더군요. 그분은 그 가르침을 회개와 세례라고 부른답니다. 율법학자들은 그분을 어떻게 판단해야 할지 모른답니다. 저희도 마찬가지구요. 그분께 그리스도냐고 묻는 사람들도 있고, 엘리야냐고 묻는 사람들도 있답니다. 하지만 그 모든 물음에 그분은 늘 이렇게 대답한답니다. '나는 주님의 길을 곧게 내려고 광야에서 외치는 이의 소리다!'"

그런데 이때 동료들이 남자를 불렀다. 그가 막 떠나려고 하자 발타사르가 떨리는 음성으로 물었다.

"잠깐만! 지금 당신이 떠나온 그곳에 가면 설교하는 그 사람을 만날 수 있는지 알려 주시오."

"예, 베다바라로 가 보시죠."

벤허가 이라스에게 물었다. "이 나사렛 사람이 우리의 왕이 오심을 알리는 사자 아니겠소?"

짧은 찰나에 벤허는 발타사르보다도 이라스가 그 신비스러운 인물에게 더 관심이 많다고 생각하여 이라스에게 물어본 것이었다. 그럼에도 불구하고 발타사르는 움푹 꺼진 눈을 빛내며 엉거주춤 일어나며 말했다.

"서두르세. 하나도 안 피곤하니."

그러자 그들은 노인을 부축하여 낙타에 태웠다.

세 사람은 길르앗라못 서쪽에서 조용히 하룻밤을 보냈다.

"벤허, 일찍 일어나세. 구원자가 오시는데 우리가 그 자리에 빠지면 안 되지 않나."

낙타 위에 올라탈 준비를 하며 이라스가 속삭였다. "왕이 자기 전령보다 한참 뒤늦게 오지는 않겠지요."

"내일이면 알게 되겠지!" 벤허는 이라스의 손에 입을 맞추며 대답했다.

다음날 아침 9시 무렵 일행은 라못을 떠난 이래로 계속 길르앗 산기슭을 도는 길에서 벗어나 요르단 강 동쪽의 불모지에 도착했다. 건너편으로는 여리고의 오래된 종려나무 숲이 유대 산악 지방까지 쭉 뻗어 있는 것이 보였다. 벤허의 피가 뛰기 시작했다. 아까 남자가 말한 그 여울 가까이 왔음을 알고 있었기 때문이다.

"기뻐하십시오, 발타사르 어른. 이제 거의 다 왔습니다."

낙타 몰이꾼은 낙타의 발걸음을 재촉했다. 이윽고 움막과 천막과 매어 놓은 짐승들이 눈에 들어왔다. 강가에는 이미 군중들이 빼곡히 들어서 있었고, 건너편 강가에도 많은 사람들이 모여 있었다. 메시아의 사자가 설교하고 있다는 것을 알아채고 그들은 한층 서둘렀다. 그러나 미처 도착하기도 전에 갑자기 사람들 사이에서 소란이 일기 시작하더니 하나둘씩 자리에서 일어나 흩어지기 시작했다.

아뿔싸, 너무 늦었다!

어쩔 줄 몰라 손을 비틀고 있는 발타사르에게 벤허가 말했다. "그냥 여기 계시죠. 세례자 요한이 이쪽으로 올 수도 있으니까요."

강가에 있던 사람들은 방금 들은 설교에 대해 열심히 이야기를 나누느라 새로 온 벤허 일행을 알아차리지 못했다. 수백 명의 군중들이 떠나 버리자 세례자 요한을 볼 수 있는 기회를 영영 놓쳐 버린 것 같았다. 그 순간 그다지 멀지 않은 강 상류 쪽에서 다른 것은 모두 잊게 만드는 독특한 용모를 지닌 사람이 다가오고 있었다.

남자의 겉모습은 거칠고 투박했고 심지어 야만인 같아 보였다. 얼굴은 갈색으로 그을린 수척한 모습이었고, 햇볕에 탄 머리칼이 마녀의 머리칼처럼 허리 아래까지 치렁치렁 늘어져 있었다. 눈은 밝게 불타오르고 있었다. 훤히 드러난 깡마른 오른쪽 옆구리는 얼굴과 마찬가지로 검게 타 있었다. 베두인족이 천막으로 쓰는 천만큼이나 거친 낙타털로 만든 셔츠는 무릎까지 내려왔고 무두질하지 않은 넓은 가죽 띠로 허리에서 졸라매고 있었다. 발은 맨발이었고 역시 무두질하지 않은 가죽으로 만든 전대를 허리에 차고 있었다. 그는 옹이가 맺힌 지팡이를 짚으며 앞으로 나아가고 있었다. 성큼성큼 빠르게 걸어오며 이상하게도 뭔가를 살피는 듯했다. 눈 위로 흐트러진 머리카락을 가끔씩 위로 밀어 올리며 마치 누구를 찾기라도 하듯이 주위를 두리번거렸다.

아름다운 이집트 여인 이라스는 혐오감은 말할 것도 없이 놀란 마음으로 사막의 아들을 훑어보았다. 이윽고 가마의 차양을 들어올리고 옆에서 말을 타고 가던 벤허에게 속삭였다.

"저 사람이 당신이 기다리는 왕의 사자란 말인가요?"

"그는 세례자 요한이오." 벤허는 위를 쳐다보지도 않고 대답했다.

사실 벤허 자신도 이만저만 실망한 것이 아니었다. 그도 엔게디에서 금욕적으로 수행하는 사람들이나 그들의 옷차림새에 대해 모르지는 않았다. 그들이 세상 사람들의 모든 견해에 초연하다는 것과 육신에 온갖 고행을 강요하는 맹세도 마다하지 않으며, 마치 다른 사람들과는 다르게 태어난 것처럼 철저하게 사람들로부터 고립되어 살아간다는 것을 익히 알고 있었다. 그리고 오는 길에 그가 자신을 광야에서 외치는 음성이라고 짤막하게 소개했다는 말을 들었음에도 여전히 위대하고 많은 것을 이룩할 왕에 대한 꿈이 온통 머릿속을 물들이고 있었으므로 왕의 도래를 선포하는 사자에게는 어떤 표징이나 훌륭한 기품을 드러내는 무엇인가가 있을 거라고 당연히 생각했다. 그런데 막상 앞에 나타난 사람의 야만스러운 모습을 보니 로마의 온천과 황실 복도에서 보았던 조신들의 화려한 모습과 비교하지 않을 수 없었다. 벤허는 놀라기도 했지만 부끄럽고 당황스러워 겨우 그렇게 대답할 수밖에 없었다.

그런데 발타사르는 다르게 느꼈다. 그가 알기로 하나님의 길은 인간이 생각하고 있는 것과는 달랐다. 이미 구유에 누운 어린 아기의 모습으로 오신 구세주를 보았으므로 그 단순하고 투박한 사람이 주님의 재림과 연관이 있다고 예상할 수 있었다. 그래서 두 손을 가슴에 모은 채 자리에 앉아 기도를 올렸다. 그는 왕을 기대하고 있는 것이 아니었다.

벤허 일행이 그렇게 각자 다르게 느끼고 있던 그 순간, 강가 바위 위에 홀로 앉아 있는 젊은이가 있었다. 아마도 조금 전까지 들었던 설교를 곱씹고 있는 듯 생각에 잠겨 있다가 갑자기 일어나더니 강가에서 서서히 위쪽으로 걸어와 벤허 일행이 있는 부근에서 세례자 요한과 마주치는 길로 접어들었다.

두 사람은 계속 길을 걸어왔고, 벤허 일행으로부터 세례자 요한은 20여 미터, 젊은이는 열 발자국 이내 거리에 이르렀다. 그러자 세례자 요한은 갑자기 멈춰 섰다. 그리고 눈에 흘러내린 머리카락을 쓸어 올리고 낯선 인물을 보더니 모든 사람들에게 보라는 듯 두 손을 번쩍 들어올렸다. 그러자 사람들 또한 멈춰 서서 어찌된 영문인지 들으려고 하였다. 주위가 쥐 죽은 듯이 조용해지자 세례자 요한의 손에 들려 있던 지팡이가 서서히 내려오더니 그 젊은이를 가리켰다.

　설교를 들었던 사람들의 눈이 동시에 젊은이에게로 향했다.

　발타사르와 벤허 역시 세례자 요한이 가리킨 젊은이를 바라보았는데 거의 똑같은 인상을 받았다. 젊은이는 천천히 뚜벅뚜벅 걸어 왔는데, 보통 사람들보다 약간 크고 가냘파 보일 정도로 호리호리했고 심각한 문제에 대해 진지하게 생각하는 사람들에게서 흔히 볼 수 있는 차분하고 신중한 발걸음이었다. 옷차림새 역시 거동과 일치했는데, 긴 소매에 발목까지 내려오는 긴 의복을 입고, 탈리트라고 불리는 기다란 외투를 걸치고 있었다. 왼팔에는 머리에 쓰는 평범한 두건을 들고 있었고, 옆구리에는 붉은 띠가 늘어져 있었다. 탈리트 아랫단에 댄 푸른색 덧단과 옆구리의 띠 부분을 제외한 의복은 아마포로 만들어진 것이었는데 흙먼지로 노랗게 변해 있었다. 아마포가 아닌 것이 하나 더 있었는데 랍비를 나타내는 푸른색과 흰색이 뒤섞인 술이었다. 샌들은 아주 소박했다. 그는 전대도 허리띠도 지팡이도 없었다.

　그러나 세 사람이 잠시 동안 훑어본 차림새는 그다지 크게 느껴지지 않았다. 바라보던 사람들의 시선을 강렬하게 잡아끈 것은 바로 그의 얼굴이었다.

　곱실거리는 기다란 적갈색 머리칼은 가운데서 갈라져 몹시 강렬하게 내리쬐던 햇빛을 받아 황금빛을 띠었다. 널찍하고 낮은 이마와 보기 좋게 구부러진 눈썹 아래에는 빛나는 짙푸른 큰 눈이 자리 잡고 있었다. 어린 아이들에게서는 흔히 보이지만 어른에게서는 거의 찾아볼 수 없는 기다란 속눈썹으로 눈망울이 말할 수 없이 온화해 보였다. 그 밖의 특징으로 보아서는 그리스인인지 유대인인지 구분하기 어려울 정도였다. 섬세한 콧매와 입매는 보통 유대인과 달랐다. 부드러운 눈망울과 창백한 안색과 고운 머릿결과, 목에서 가슴까지 내려온 보드라운 턱

수염을 보면 어떤 병사라도 싸움터에서 마주쳐도 비웃을 수 없으며, 여인들은 보자마자 자기 속내를 털어놓을 테고, 어린아이라면 본능적으로 손을 내밀며 천진난만하게 의지할 것이다. 또한 그가 아름답지 않다고 말할 사람은 아무도 없을 것이었다.

좀 더 말하자면, 그의 얼굴에는 지성, 사랑, 연민 또는 슬픔이라 부를 만한 어떤 표정이 넘쳐흐르고 있었다. 그러나 더 정확히 말하자면 그 모든 것이 섞여 있었다. 지나치는 모든 사람들의 죄를 알아보고 이해할 수 있는 운명을 타고난 순수한 영혼이 있다고 쉽사리 생각할 수 있는 그런 표정이었다. 그렇다고 절대로 연약하다고 생각되지는 않았다. 적어도 다른 이에게 고통을 안겨 주기보다는 고통을 참는 힘을 의식하는데서 사랑, 슬픔, 연민의 감정이 나온다는 것을 알고 있는 사람은 그렇게 생각하지 않았다. 그것은 바로 순교자와 신앙심이 두터운 사람들, 성인의 반열에 오른 수많은 사람들의 힘이었다. 그리고 정말로 지금 이 젊은이가 풍기는 분위기도 그러했다.

그는 가까이, 세 사람에게 가까이 다가왔다.

한편 창을 든 채 말에 올라타 있던 벤허도 시선을 끌기에 충분한 모습이었지만 젊은이의 눈길은 벤허나 아름다운 미모를 자랑하는 이라스가 아니라 늙어서 아무 쓸모도 없는 발타사르에게 머물러 있었다.

사람들은 더욱 잠잠해졌다.

잠시 후 세례자 요한이 지팡이를 거두지 않은 채 커다란 음성으로 외쳤다.

"보시오, 세상 죄를 지고 가는 하나님의 어린 양입니다!"[145]

세례자 요한의 행동에 사로잡혀 무슨 말이 뒤따를지 귀를 기울이며

---

145) 요한복음 1:29

꼼짝못하고 있던 사람들은 그토록 기묘하고 이해할 수 없는 말을 듣고는 경외심에 사로잡혔다. 그 말은 특히 발타사르에게 제일 강렬하게 다가왔다. 그는 그곳에서 구원자를 다시 한 번 보게 된 것이다. 오래 전 구원자를 보는 특별한 은총을 누린 신앙심을 아직 간직하고 있었다. 그리고 이제 그 신앙심 덕분에 그는 곁에 있던 사람들보다 훨씬 뛰어난 예지력을 가질 수 있었다. 자신이 찾던 분을 단번에 알아볼 수 있는 힘 말이다. 그 예지력을 기적이라 부르기보다는 예전에 허락받았던 하나님과의 관계가 아직 끊어지지 않은 영혼이 가진 능력이라고 보는 것은 어떨까. 혹은 거룩한 본보기는 없더라도 그 나이까지 산 삶에 대한 적절한 보답이라고, 즉 삶 자체가 기적이라고 생각해 보는 것은 어떨까. 그가 오매불망 기다리던 분이 얼굴, 몸매, 옷차림, 몸가짐, 나이 등 어느모로 보나 그야말로 완벽한 모습으로 눈앞에 서 있었다. 그분을 보는 순간 그는 바로 알아볼 수 있었다. 아, 이제 모든 의심을 떨쳐 버리고 그 젊은이가 구원자라는 것을 드러낼 무엇인가가 일어난다면!

그리고 실제로 그런 일이 일어났다.

떨고 있던 발타사르에게 확신을 주기라도 하려는 듯 절묘하게도 그 순간 세례자 요한이 다시 한 번 외친 것이다.

"보시오, 세상 죄를 지고 가는 하나님의 어린 양입니다!"

발타사르는 무릎을 꿇었다. 더 이상 설명이 필요 없었다. 그리고 나실인도 알고 있다는 듯 놀라움에 가득 차 바라보고 있던 주위 사람들을 돌아보며 말을 이었다.

"내가 전에 '내 뒤에 한 분이 오실 터인데, 그분은 나보다 먼저 계시기에, 나보다 앞선 분입니다' 한 적이 있습니다. 그것은 이분을 두고 한 말입니다. 나도 이분을 알지 못하였습니다. 내가 와서 물로 세례를 주는 것은, 이분을 이스라엘에게 알리려고 하는 것입니다. 나는 성령이 비둘기같이 하늘에서 내려와서 이분 위에 머무는 것을 보았습니다. 나도 이분을 몰랐습니다. 그러나 나를 보내어 물로 세례를 주게 하신 분이 나에게 말씀하시기를, '성령이 어떤 사람 위에 내려와서 머무는 것을 보거든, 그가 바로 성령으로 세례를 주시는 분임을 알아라' 하셨습니다. 그런데 나는 그것을 보았습니다."[146] 그는 잠시 멈추더니 흰 옷을 입은 그 젊은이를 가리키며 자기 말과 결론을 완전히 확증하듯이 끝맺었다. "그래서 나는, 이분이 하나님의 아들이라고 증언합니다."[147]

"그분이시군요. 바로 그분이세요!" 발타사르는 눈물이 글썽거리는 눈을 들어올린 채 외쳤다. 그리고는 다음 순간 의식을 잃고 까무러쳤다.

이 모든 일이 벌어지고 있던 순간 벤허는 전혀 다른 관심에서 젊은이의 얼굴을 유심히 살피고 있었다. 벤허 역시 그의 순수한 용모와, 사려 깊음, 부드러움, 겸손함, 거룩함이 느껴지지 않는 것은 아니었다. 하지만 바로 그 순간 그의 마음속에는 한 가지 생각밖에는 없었다. 이 사람이 누구지? 그리고 무엇을 할까? 메시아 아니면 왕일까? 외양으로 보아서는 왕이라고 하기에는 너무 어울리지 않았다. 아니, 그 침착하고 자비로운 용모를 보니 전쟁과 정복에 대한 생각이나 영토에 대한 욕망이 신성모독인 것처럼 느껴졌다. 그는 스스로를 타이르기라도 하듯 발타사르가 옳고 시모니데스가 틀렸다고 생각했다. 이분은 솔로몬과 같은 왕권을 다시 세우려고 오신 분이 아니었다. 또한 헤롯과 같은 성품이나 특성을 갖고 있지도 않았다. 왕이 된다면 다른 어떤 왕과도 다르고 로마의 황제보다도 훨씬 위대한 왕이 될 것이었다.

---

146) 요한복음 1:30-33
147) 요한복음 1:34

이것은 벤허가 내린 결론이 아니라 단지 인상에 불과하다는 점을 이해하기 바란다. 그런 생각을 하면서 여전히 그 놀라운 얼굴을 지켜보고 있는데 무엇인가가 그의 기억 속에서 꿈틀거리더니 떠오르려고 했다. "분명히, 어디선가 본 적이 있는데, 도대체 언제 어디서였더라?" 발타사르가 본 순간 확신할 수 있었던 것처럼 예전에 벤허도 그렇게 침착하고 연민과 사랑으로 가득 찬 그 모습을 본 적이 있었다. 처음에는 희미한 빛처럼 아른거리다 결국에는 강렬한 햇빛처럼 단번에 기억이 되살아났다. 로마 수비대에 의해 갤리선으로 끌려가던 도중에 나사렛의 한 우물에서 쓰러진 자기에게 물을 준 사람에게 전율했던 장면이 떠올랐다. 그 후로 그 얼굴은 영원히 각인되어 마음속에 고이 간직되었다. 흥분된 감정이 일시에 올라오며 세례자 요한이 설명해 준 말은 다 사라지고 마지막 말들만이 온 세상이 진동할 정도로 놀랍게 가슴을 파고들었다.

"…… 이분이 바로 하나님의 아들이시다!"

벤허는 그 은인에게 경의를 표하려고 말에서 뛰어내렸다. 그러나 그 순간 이라스가 소리쳤다. "도와주세요, 벤허, 도와주세요, 아버지가 돌아가시겠어요!"

걸음을 멈추고 돌아보니 발타사르가 쓰러져 있었다. 당장 도와주러 달려간 벤허는 이라스가 건네준 물잔을 받아들고 하인이 낙타에서 발타사르를 내리는 동안 물을 뜨러 강으로 달려갔다. 돌아와 보니 젊은이는 이미 가 버리고 없었다.

마침내 의식을 되찾은 발타사르는 손을 앞으로 내밀며 힘없이 물었다. "그분은 어디 계시는가?"

"누구요?" 이라스가 물었다.

마지막 소원이 이루어지기라도 한 듯이 그 선량한 얼굴에 갑자기 강렬한 관심이 드러났다.

"그분, 구원자, 내가 또다시 뵌 하나님의 아드님 말이다."

벤허처럼 낮은 음성으로 이라스가 물었다. "정말 그렇게 생각하세요?"

"지금은 기적으로 충만한 시대이니 기다려 보기로 하자." 발타사르는 그렇게만 말했다.

다음날 세 사람은 세례자 요한의 설교를 들으러 갔다. 설교 도중에 그가 갑자기 중단하더니 경건하게 말하였다. "하나님의 어린양을 보라!"

그가 가리키는 쪽을 돌아보니 어제의 젊은이가 다시 나타났다. 그 호리호리한 체격과 연민으로 가득 찬 아름답고 거룩한 얼굴을 찬찬히 바라보노라니 벤허에게 갑자기 새로운 생각이 떠올랐다.

"발타사르도 옳고 시모니데스도 옳아. 구원자가 또한 왕이 될 수도 있지 않을까?"

그래서 곁에 있는 사람에게 물어보았다. "저기 걸어오는 사람이 누구입니까?"

그러자 다른 사람이 비웃듯이 대답했다.

"그는 저기 나사렛 마을의 목수의 아들이오."

# 제8부

"그 누가 저항할 수 있으랴? 이 세상에서 그 누가?
그녀가 그렇게 천상의 숨결을 내뿜자
내 존재 행복한 분위기에 푹 젖어드네.
그녀는 나를 젖먹이처럼 데려가,
장미꽃 속에 눕히네. 내 운명 그렇게 허락되어,
전생을 거슬러 올라가네.
나는 황홀한 기쁨에 겨워
이 자유로운 관능의 여왕에 무릎 꿇었네."

— 키츠의 「엔디미온」 중에서

"나는 부활이요 생명이니······"

— 요한복음 11 : 25

## 1. 에스더의 질투

"에스더, 에스더! 아래에 있는 하인에게 물 한 잔 가져오라고 하여라."

"차라리 포도주를 들지 그러세요?"

"그러면 둘 다 가져오라고 하렴."

이곳은 예루살렘에 있는 허 가문의 옛 저택 지붕 위 정자였다. 안뜰이 내려다보이는 발코니 난간에서 에스더는 기다리고 있던 하인을 불렀다. 동시에 또 다른 하인이 계단으로 올라와 공손하게 인사했다.

그는 아마포에 감싼 봉인된 편지 하나를 건네주었다.

독자들의 이해를 위해 잠시 설명을 곁들이자면, 베다바라에서 예수가 요한에게 세례 받고 그리스도로 선포된 후 거의 3년의 세월이 흘러 지금은 3월의 스물 초하루였다.

그동안 아버지의 옛집이 썰렁하게 쇠락해가는 것을 견딜 수 없었던 벤허를 위해 말루크가 대신 나서서 본디오 빌라도로부터 사들였다. 그리고 보수 과정이 이어져 대문, 안뜰, 정자, 계단, 테라스, 방, 지붕 등을 말끔히 정리한 후 완전히 복구하였다. 과거의 불행을 떠올리게 할 만한 것은 모두 없애고 전보다 더욱 호사스럽게 꾸몄다. 미세눔 근처의 대저택과 로마에서 사는 동안 벤허가 키운 고상한 안목이 저택 구석구석에 드러나 있었다.

그렇다고 해서 벤허가 그 저택의 주인임을 공공연히 밝힌 것은 아니었다. 아직 그럴 때가 아니라고 생각했다. 게다가 그는 아직 본래 이름을 쓰고 있지도 않았다. 갈릴리에서 모든 것을 준비하는데 시간을 보내며 나사렛 사람이 움직이기만을 끈기 있게 기다리고 있었다. 그런데 날이 갈수록 그 나사렛 사람은 점점 수수께끼 같아졌다. 때로는 이적들을 두 눈으로 직접 보면서 그의 인품과 사명에 대해 불안한 의구심이 들었다. 벤허는 이따금 예루살렘으로 올라가 아버지 저택에 머물렀다. 그러나 언제나 이방인이요 손님처럼 머물렀을 뿐이다.

벤허는 단지 쉴 목적으로만 아버지 집을 찾아간 것은 아니었다. 발타사르와 이라스도 그 저택에 머물고 있었던 것이다. 그리고 처음과 같이 여전히 이라스의 매력에 빠져 있었다. 한편 발타사르는 육신은 훨씬 수척해졌지만 놀라운 힘을 발휘하는 말씀을 지칠 줄 모르고 들으러 찾아갔고, 기적을 행하고 다니는 그분이 자기들이 기다려온 하나님의 아들이라고 역설했다.

시모니데스와 에스더는 겨우 며칠 전에 안티오크에서 도착해 있었다. 두 마리의 낙타 사이에 매단 가마가 한결 같은 보폭을 유지할 수 없어 심하게 흔들렸으므로 시모니데스에게는 무척이나 피로한 여정이었다. 그러나 어쨌든 이제 도착하고 보니 고향은 아무리 보아도 질리지 않았다. 시모니데스는 지붕 위의 정자에 자리를 잡고 오론테스의 창고집 위에 있던 작은 방에 마련되어 있던 것과 똑같은 안락의자에 앉아서 대부분의 시간을 보냈다. 정자의 그늘에서 낯익은 동산에 가볍게 감도는 상쾌한 공기를 충분히 들이마실 수 있었다. 그리고 늘 하던 대로 해가 떠서 중천에 걸렸다가 저 멀리 사라지는 모습을 여한 없이 지켜볼 수 있었다. 에스더가 옆에 있으면 날이 갈수록 새록새록 그리워지는 또 다른 에스더, 즉 젊었을 때의 아내가 생각났다. 그렇다고 해서 사업에 소홀하지는 않았다. 막후에서 커다란 사업을 맡고 있는 산발라트로부터 전령이 매일 소식을 가져왔다. 산발라트 스스로 결정할 수 있거나 제아무리 인간이 조심해도 전능하신 분이 들어주기를 거부하는 경우를 제외한 모든 경우에 대비해 상세하게 지시하는 편지를 산발라트에게 다시 보냈다.

정자에 다시 나타난 에스더는 먼지 한 점 없는 지붕 위에 부드럽게 내리쬐고 있던 햇빛에 이제 어엿한 여인의 자태가 드러났다. 잘 균형 잡힌 작고 우아한 몸매에 젊고 건강하다는 증거인 발그레한 혈색이 돌고, 총명함으로 빛나며 헌신적 성품이 밝게 드러난 아름다운 모습이었다. 에스더에게는 늘 사랑하려는 마음이 넘쳤으므로 사람들로부터 사랑받았다.

몸을 돌리다 봉인된 편지를 받아본 에스더는 멈춰 서서 처음보다도 더 찬찬히 살펴보았다. 그러자 두 볼에 발그레한 홍조가 떠올랐다. 그 인장은 다름 아닌 벤허의 것이었다. 에스더는 발걸음을 재촉하여 아버지에게 편지를 가져다주었다.

편지를 받아든 시모니데스도 인장을 살펴보았다. 그리고 봉인을 뜯어 그 안에 담겨 있던 두루마리를 에스더에게 주었다.

"읽어 보렴."

말하는 동안 그의 시선은 에스더를 바라보고 있었는데 곧이어 얼굴에 괴로운 표정이 떠올랐다.

"누구에게서 왔는지 너도 알고 있구나, 에스더."

"예……. 주인님한테서 온 거예요."

에스더는 머뭇거리기는 했지만 솔직한 시선으로 얌전히 아버지를 바라보았다. 그의 턱은 아래에 쿠션처럼 부풀어 있는 두루마리로 서서히 떨어졌다.

그리고 조용히 물었다. "주인님을 사랑하는구나, 에스더."

"예."

"무슨 짓을 하는 건지 잘 생각해 보았느냐?"

"아버지, 저도 그분을 제가 섬겨야 할 주인님으로만 생각하려고 무던히 노력했어요. 하지만 아무리 애써도 소용없었어요."

"제 어미를 닮아 착해 빠진 것." 또다시 회상에 빠져들던 시모니데스는 에스더가 두루마리를 펼치는 소리에 다시 정신을 차렸다.

"주여, 용서하소서! 하지만 내가 가지고 있던 모든 것들을 그대로 움켜쥐고 있었더라면 네 사랑도 그렇게 헛되지는 않았을 텐데! 내가 충분히 그럴 수 있었는데, 돈이 있었다면 그런 힘을 발휘할 수 있었을 텐데!"

"아버지, 그렇게 하셨더라면 더욱 끔찍했을 거예요. 제가 그분을 무슨 면목으로 보겠어요. 그리고 아버지도 자부심을 잃으셨겠죠. 이제 그만 읽을까요?"

"잠깐만 기다려라. 쓰리긴 하지만 너를 위해 더 뼈아픈 사실을 알려주마. 나한테 들어서 아는 것이 차라리 덜 괴로울 것이다. 에스더, 그분의 사랑은 지금 온통 다른 곳에 쏠려 있단다."

"저도 알고 있어요." 에스더는 침착하게 대답했다.

"주인님은 지금 그 이집트 여인의 그물에 걸려들었단다. 그녀는 자기 종족의 영리함과 도움이 될 미모를 갖추었지. 대단한 미모와 대단한 영리함이지. 하지만 역시 자기 민족과 마찬가지로 인정머리는 없지. 자기 아버지를 우습게 보는 딸은 남편에게도 못되게 굴기 마련이다."

"이라스가 그렇던가요?"

"발타사르는 이방인으로서는 놀랍도록 추앙을 받아온 현인인 데다 그에 걸맞은 신앙을 갖고 있는 분이다. 그런데도 그녀는 제 아버지의 신앙을 조롱하더구나. 어제 우연히 그녀가 아버지에 대해 말하는 것을 들었다. '청춘이 어리석은 것은 용서받을 수 있지만 늙은이는 지혜를 빼면 존경할 만한 것이 하나도 없으니 그것마저 사라지고 나면 죽어야 마땅해.' 그 말은 로마인들에게나 어울릴법한 잔인한 말이다. 발타사르처럼 나에게도 의지가 약해질 날이 언젠간 닥칠 테니 나는 어떨지 생각해 보았다. 아니, 그렇게 멀지도 않았지. 하지만, 에스더, 너는 그렇게 말하지 않겠지. 아니, 그러면 안 된다. '차라리 돌아가시는 편이 낫겠어.' 이런 말은 결코 안 된다. 네 어미는 유대 민족의 딸이었다."

눈물이 글썽거리는 눈으로 에스더는 아버지에게 입 맞추며 말했다. "저는 어머니 딸인걸요."

"그래, 그래. 내 딸이기도 하고. 솔로몬 왕이 귀하게 여긴 온갖 궁전보다도 더 귀한 딸이지."

잠시 침묵이 흐른 후 시모니데스는 딸의 어깨에 손을 올리고 말을 이었다. "에스더, 그 이집트 여인을 아내로 맞이하고 나면 주인님은 영혼의 눈을 뜨고 후회하며 네 생각을 할 것이다. 결국에는 자신이 그 여인의 못된 야망을 채우는 도구에 불과하다는 것을 깨닫게 될 테니까. 그 여자의 모든 꿈의 중심은 로마란다. 그 여자에게는 주인님이 예루살렘 대공의 아들 벤허가 아니라 집정관 아리우스의 아들일 뿐이지."

에스더는 그 말에 충격을 받고 아버지에게 애원했다.

"아버지, 그분을 구해 주세요! 아직 늦지 않았어요!"

그러나 시모니데스는 회의적인 웃음을 띠며 대답했다. "물에 빠진 사람은 구할 수 있어도 사랑에 빠진 사람은 구할 수 없단다."

"하지만 주인님도 아버지 말은 들으시잖아요. 그분 곁에는 아무도 없어요. 위험하다는 것을 알려드리세요. 그 여자가 어떤 사람인지 말해드리세요."

"그렇게 하면 주인님을 그 여인에게서 구할 수는 있겠지. 그렇다고 네가 주인님을 차지할 수 있을까, 에스더? 아니다." 시모니데스의 안색이 어두워졌다. "우리 조상들이 대대로 그랬듯이 나도 일개 종에 불과하다. 그러니 그분께 이렇게 말할 수는 없는 노릇이다. '보십시오, 주인님, 제 딸입니다! 이집트 여인보다 아름답고 당신을 더 사랑한답니다!' 나는 꽤 오랫동안 자유를 누리면서 하고 싶은 대로 하며 살아왔다. 그런 말을 했다가는 내 혀가 온전치 못할 것이다. 내가 밖으로 나갔다가는 저 산 위의 돌들이 치욕으로 뒤집힐 것이다. 안 되지, 조상들을 걸고 맹세코 안 될 일이다. 에스더, 그러느니 차라리 우리 둘이 네 어미를 따라 저승길로 가는 편이 나을 것이다!"

에스더는 온 얼굴이 화끈거렸다.

"그런 뜻으로 말씀드린 게 아니었어요, 아버지. 저는 단지 그분이 걱정되어서, 제 행복이 아니라 그분의 행복이 염려되어서 그런 거였어요. 감히 그분을 사랑하니까 그분에게 누가 될 짓은 하지 않겠어요. 제 불찰을 용서해 주세요. 이제 편지를 읽어드릴까요."

"그래, 읽어 주렴."

에스더는 그다지 유쾌하지 못한 화제를 끝내고 싶어 서둘러 편지를 읽기 시작했다.


시모니데스에게


나사렛 사람이 예루살렘으로 가고 있습니다. 그분이 눈치 채지 못하게 1개 군단을 움직이며 저도 함께 가고 있습니다. 2군단도 뒤따라오고 있습니다. 유월절 덕분에 많은 사람들이 움직여도 의심받지 않고 이동할 수 있게 되었습니다.

그분께서는 출발하시면서 이렇게 말씀하셨습니다. '우리는 예루살렘으로 올라갈 것이다. 이제 나에 관하여 예언자들이 기록한 모든 일이 이루어질 것이다.'

우리가 고대하는 날이 머잖아 올 것 같습니다.

이만 줄입니다.

안녕히.


니산 월 8일,

갈릴리에서 예루살렘으로 가는 길에, 벤허 드림


에스더는 편지를 아버지에게 돌려주는데 울컥한 느낌이 들었다. 자기에 대해서 일언반구도 없다. 심지어 의례적인 인사말조차 없다. '딸에게도 안부 전해주시길!' 하고 한 마디 덧붙이는 것이 무에 그리 어렵다고. 에스더는 생전 처음 질투의 쓴 맛을 느꼈다.

"여드레라, 여드레란 말이지. 오늘이 에스더, 오늘이 며칠이지?"

"아흐레예요."

"아, 그렇다면 지금쯤 베다니에 도착했겠구나."

그 말에 에스더는 질투심도 잠시 잊은 듯 기뻐했다. "어쩌면 오늘 밤 만나 뵐 수도 있겠네요."

"그럴 거다, 그럴 거야! 내일이 무교절[148]이니 주인님께서도 지내러 오시겠지. 그 나사렛 양반도 올 테니 우리도 그분을 볼 수 있겠구나. 두 분 다 뵐 수 있겠어, 에스더."

그 순간 하인이 물과 포도주를 가지고 나타났다. 에스더가 아버지에

---

148) 원래는 누룩을 넣지 않은 빵을 먹으며 지내던 옛 이스라엘 농경민들의 순례 축제였으나 이스라엘 백성이 출애굽 사건이라는 역사적 구원의 체험을 예배를 통해 재현해 나가면서, 유목민들의 유월절 축제와 연계되어 거행되었다. 유월절이 끝난 후 15일 저녁부터 7일 동안 무교절을 지내는데 누룩을 넣지 않은 빵을 먹으며 첫날과 칠일에 성회를 가진다. 원래 이 두 축제는 별개의 축제로 취급되었으나 누룩 없는 빵이 노예 생활에 대한 기억이며 죄악으로부터 정결하게 된다는 것을 의미하는데다, 실질적으로 무교절에 쓸 누룩 없는 빵을 만들기 위해서는 유월절 전부터 준비해야 했으므로 점차 하나의 절기로 여겨졌다.

게 잔을 따라주고 있는 사이 이라스가 테라스에 나타났다.

에스더에게는 이라스가 이 순간처럼 눈부시도록 아름다운 적이 없었다. 온몸을 휘감은 얇은 옷자락은 마치 작은 안개구름처럼 휘날렸다. 이마와 목과 팔은 이집트인들이 그토록 중시하는 온갖 보석으로 반짝거리고 있었다. 그녀의 얼굴은 즐거움으로 가득 차 있었고 잘난 체하지는 않았지만 자신감이 넘치는 모습으로 활기차게 걸어왔다. 그 모습을 보자 움츠러든 에스더는 아버지 옆으로 바싹 몸을 붙였다.

"시모니데스 어른, 평화를 빕니다. 그리고 아름다운 에스더 당신에게도." 이라스는 시모니데스 쪽으로 고개를 기울이며 말했다. "이런 말씀 드려도 될지 모르지만, 당신을 뵈면 저녁기도를 올리려고 해 저물 무렵 신전으로 올라가는 페르시아의 사제들이 생각난답니다. 기도하다 모르는 것이 있으시면 아버지를 오시라고 할게요. 아버지야말로 사제 출신이니까요."

시모니데스는 정중하게 고개를 끄덕이며 대답했다. "아름다운 이집트 아가씨, 발타사르 어른이야말로 내가 페르시아의 지식은 그분이 갖고 있는 지혜 가운데 가장 하찮은 부분이라고 말해도 성내지 않을 만큼 훌륭한 분이시오."

이라스는 입술을 약간 삐죽이더니 말했다.

"당신이 말씀하시듯 철학자처럼 말하자면, 가장 위대한 것은 가장 하찮은 것에 들어 있답니다. 당신께서 그렇게 칭찬해 마지않는 아버지의 고결한 특성 가운데 가장 큰 것이 뭐라고 생각하시는지 여쭤 봐도 될까요?"

시모니데스는 다소 준엄한 표정으로 이라스를 바라보았다.

"순수한 지혜란 언제나 저절로 하나님께로 향하는 법이고, 가장 순수한 지혜는 하나님에 대해 아는 것이오. 그리고 내가 아는 이들 중에 훌륭하신 발타사르 어른보다 더 많이 알고 그것을 말과 행위로 분명히 드러내는 사람은 없소이다."

그쯤에서 대화를 끝내려고 시모니데스는 잔을 들이켰다.

이라스는 약간 초조한 듯이 에스더에게 돌아섰다.

"수억대 재산과 수많은 선박을 가지고도 우리처럼 단순한 여인들이 찾는 즐거움을 모르시는 것 같아요. 당신 아버지는 내버려 두고 저기 담 옆으로 가서 우리끼리 얘기해요."

두 사람은 난간 쪽으로 걸어가 수년 전 벤허가 그라투스의 머리 위로 기왓장을 떨어뜨렸던 지점에서 멈춰 섰다.

"로마에 아직 못 가 봤죠?" 벗겨낸 팔찌 가운데 하나를 만지작거리며 이라스가 말을 걸었다.

"네." 에스더가 새침하게 대답했다.

"가 보고 싶지 않나요?"

"아니요, 전혀."

"아, 무척이나 재미없게 살았군요!"

탄성에 이어 이라스는 로마에 못 가 본 사람이 자신이었더라면 훨씬 처량해 보였을 한숨을 내쉬었다. 그러더니 갑자기 아래 길거리까지 들릴 정도로 깔깔거리며 웃었다. "아아, 순진하기는! 멤피스 사막에 있는 거대한 흉상의 귀에 둥지를 튼 아기새보다도 세상물정을 모르는군요."

그러자 에스더가 당황하는 기색을 보고는 갑자기 태도를 바꾸어 친근한 척 말했다. "화내지 말아요. 그냥 농담한 거예요. 사과하는 뜻에서 당신한테만 비밀을 말해 줄게요. 제아무리 심벨이 와서 나일 강의 물보라가 담긴 연꽃 잔을 바치며 묻는다 해도 절대로 가르쳐 주지 않을 이야기예요!"

이라스는 한바탕 간드러지게 웃고 나서는 언제 그랬냐는 듯 안색을 싹 바꾸어 에스더를 날카롭게 바라보며 말했다. "머잖아 왕이 올 거예요."

에스더는 순진하게 놀란 표정으로 이라스를 바라보았다.

"그 나사렛 사람이요. 우리 아버지가 입이 닳도록 말씀하시고, 벤허가 그토록 오랫동안 애써서 섬겨온 분 말예요." 그리고 갑자기 목소리를 더욱 낮추더니 말을 이었다. "그 나사렛 사람이 내일 올 거예요, 벤허는 오늘 밤에 도착할 거고요."

에스더는 아무렇지도 않은 척하려고 했으나 그럴 수 없었다. 뺨과 이마에는 숨길 수 없는 홍조가 퍼졌고 시선은 아래로 떨어졌다. 그래서 이라스의 얼굴에 한줄기 빛처럼 스친 득의양양한 미소를 보지 못했다.

"자, 봐요, 여기 그분의 약속이 있어요."

이라스는 허리춤에서 두루마리를 꺼냈다.

"오, 친구여 함께 기뻐해줘요! 그가 오늘 밤 여기 올 거라고요! 테베레 강가에 멋진 저택이 있다고 했어요. 그것을 제게 주겠다고 약속했어요. 그곳의 안주인이 되면 ……."

바로 그때 누군가가 아래쪽 거리를 따라 빠르게 걸어오는 소리가 들리자 이라스는 말을 멈추고 누구인지 알아보려고 난간 위로 몸을 기대고 내려다보았다. 그러자 갑자기 몸을 뒤로 젖히더니 두 손을 머리 위로 꼭 쥐고 외쳤다. "이시스 여신이여 찬미 받으소서! 벤허예요, 벤허! 지금 그분에 대해 이렇게 생각하고 있는 참에 나타나다니! 이것이 길조가 아니라면 신들이 없는 거나 마찬가지죠. 에스더, 축하의 의미로 포옹과 입맞춤을 해 줘요!"

에스더는 고개를 들었다. 두 볼은 화끈거렸고 눈은 생전 처음으로 분노에 가까운 빛으로 반짝거렸다. 자기의 상냥함을 이렇게 무참히 짓밟다니. 사랑하는 남자에 대해 덧없는 꿈이나 꿀 수밖에 없다는 것으로 그치지 않았다. 오만한 이 연적은 사랑에서 승리했다는 사실과 그 대가인 찬란한 약속들을 자랑하고 있는데, 벤허는 일개 하인의 딸인 자기에 대해서는 기억조차 못하고 있는 것 같았다. 벤허의 편지를 자랑하는 이라스를 보며 에스더는 질투심이 불타올랐다. 그래서 저도 모르게 내뱉었다.

"그분을 정말로 사랑하나요, 아니면 로마를 더 사랑하는 건가요?"

그러자 이라스는 한 발자국 뒤로 물러났다가 오만한 머리를 에스더에게 바싹 들이대며 물었다.

"그게 당신과 무슨 상관이죠, 시모니데스의 따님?"

에스더는 온몸을 부르르 떨며 말하려고 했다. "그분은 나의……."

번개처럼 울리는 생각이 말을 막아섰다. 얼굴이 창백해지고 온몸이 떨렸지만 온 마음을 가다듬고 대답했다.

"그분은 아버지의 친구이셔요."

차마 자기 입으로 노예 신분을 인정할 수는 없었다.

이라스는 전보다 더 깔깔거리더니 말했다.

"그것뿐이에요? 아, 이집트의 사랑의 신들에게 맹세코 당신의 입맞춤은 필요 없으니 당신이나 간직해요. 당신은 나를 가르치려 들지만 이곳 유대에는 훨씬 더 훌륭한 사람들이 나를 기다리고 있어요. 그러니," 이라스는 돌아서서 어깨 너머로 쳐다보며 말했다. "포옹과 입맞춤은 그분들에게 받아야겠어요. 그럼 이만 안녕히."

이라스가 계단 아래로 사라지는 것을 본 에스더는 두 손으로 얼굴을 가리고 울음을 터뜨렸다. 손가락 사이로 뜨거운 눈물이 주룩주룩 흘러내렸다. 치욕과 숨 막힐 것 같은 분노에서 흘러나온 눈물이었다. 그리고 평소의 침착한 기질과 다르게 감정이 활활 불타오르며 아버지가 했던 말이 새록새록 가슴을 후벼 팠다. "내가 가지고 있던 모든 것들을 그대로 움켜쥐고 있었더라면 네 사랑도 그렇게 헛되지는 않았을 텐데! 내가 충분히 그럴 수 있었는데."

밤하늘에는 모든 별들이 나와 도시와 그 주위를 둘러싼 어두운 산자락 위로 낮게 반짝이고 있었다. 이윽고 정자로 돌아가도 될 정도로 마음이 가라앉자 에스더는 조용히 아버지의 옆자리로 돌아가 공손히 아버지의 뜻을 살폈다. 일생 동안은 아니더라도 젊은 동안에는 그렇게 아버지를 보살펴 드려야 할 것 같았다. 그리고 진실을 말하자면, 격통의 시간이 어느 정도 지나자 에스더는 언제 그랬냐는 듯 본래의 모습으로 돌아왔다.

## 2. 벤허, 나사렛 사람에 관하여 말하다

테라스에서 그런 일이 있고 나서 한 시간쯤 지난 후 에스더를 동반한 시모니데스와 발타사르는 저택의 커다란 방에서 만났다. 그리고 그들이 이야기를 나누고 있는 동안 벤허와 이라스가 함께 들어왔다.

이라스 앞에서 걸어오던 벤허는 먼저 발타사르에게로 다가가 인사를 나누었다. 그런 다음 시모니데스 쪽으로 돌아서다가 에스더를 보고는 멈칫 했다.

사람은 한 번에 여러 가지에 열정을 품을 만큼 마음이 넓은 경우는 흔하지 않다. 중요한 관심사 외에 다른 것에 대한 관심도 계속 살아남을 수는 있지만 처음만큼 강렬하지는 않다. 벤허의 경우도 마찬가지였다. 여러 가능성에 대한 많은 연구, 희망과 꿈에 대한 탐닉, 조국의 상황과 이라스로부터 받은 영향력 때문에 온 세상을 품을 만큼 야심만만해졌다. 그리고 한 번 야망을 품기 시작하여 마침내 새로 오실 왕의 총독 자리까지 탐낼 정도로 커지자 예전에 품었던 감정과 결심은 자기도 모르는 사이에 사그라지더니 결국에는 기억마저 희미해졌다. 보통 사람의 경우 기껏해야 젊은 시절의 일은 잊어버리기 쉽다. 그런데 벤허의 경우에는 적어도 희망에 젖어 그의 모든 이상을 차지하고 있던 목표에 점점 다가갈수록 그동안 겪은 고통과 행방이 묘연해진 가족에 대한 궁금함이 점점 희미해져 간 것은 당연했다. 그를 너무 엄격하게 판단하지는 않았으면 좋겠다.

이제는 어엿한 여인으로 성장한 아름다운 에스더를 보고 벤허는 놀라서 멈춰 섰다. 그리고 그렇게 바라보고 있노라니 무언중에 자신이 맹세를 지키지 않았고 임무를 완수하지 않았다는 사실이 떠올랐다. 과거의 자신으로 되돌아간 것 같았다.

벤허는 놀란 나머지 한동안 아무 말도 할 수 없었다. 그러나 곧 정신을 차리고 에스더에게 다가가 인사했다. "평화가 있기를, 아름다운 에스더." 그리고 시모니데스를 향해서도 인사를 건넸다. "아버지를 여읜 나에게 훌륭한 아버지가 되어 준 당신께도 주님의 축복이 함께 하시길."

에스더는 고개를 푹 숙인 채 그의 말을 들었고, 시모니데스가 대답했다.

"훌륭하신 발타사르 어른과 더불어 환영합니다. 아버님 집에 잘 오셨습니다. 자, 앉아서 여행 중에 겪은 일과, 그 놀라운 나사렛 사람에 대해 얘기해 주시죠. 그분이 어떤 분이고 무슨 일을 하고 다니셨는지. 자, 편히 앉으세요. 우리 모두 들을 수 있도록 가운데 앉으시지요."

에스더가 재빨리 일어나 등받이 없는 의자를 가져다주었다.

"고맙소."

자리를 잡고 앉아 잠시 이런저런 이야기를 주고받은 후 드디어 벤허가 말을 꺼냈다.

"요 근래 오랫동안 애타게 기다려온 사람을 주시하는 마음으로 그분을 따라다니며 열심히 살펴보았습니다. 저는 그분이 보통 사람처럼 온갖 시련과 시험을 겪는 것을 보았습니다. 그래서 그분도 저와 같은 인간이라고 생각하면서도, 그에 못지않게 뭔가 남다른 분이라는 확신이 들었습니다."

"어떤 점에서 다르다는 건가요?" 시모니데스가 물었다.

"어떤 점인가 하면,"

그때 누군가가 방으로 들어오는 바람에 말이 끊겼다. 들어온 사람이 누구인지 알아본 벤허는 두 팔을 내밀며 벌떡 일어섰다.

"이게 누구야, 암라흐잖아! 아, 암라흐!"

암라흐는 앞으로 달려왔다. 벤허를 보고 기뻐하는 암라흐의 얼굴은 언제 거무칙칙하고 주름투성이였냐는 듯 생기가 넘쳐흘렀다. 벤허의 발치에 꿇어앉은 암라흐는 그의 무릎을 바싹 끌어안고 손등에 몇 번이고 입을 맞추었다. 벤허도 암라흐의 양 볼에 늘어진 부드러운 회색 머리칼을 넘겨주며 입을 맞추고 물었다. "암라흐, 어머니와 티르자에 대해 아무런 소식 못 들었어? 말 한 마디라도, 작은 단서가 될 만한 것이라도?"

그러자 갑자기 암라흐는 흐느끼기 시작했다. 그보다도 더 분명한 대답은 없었다.

"하나님의 뜻이 그런가 보군." 벤허는 어머니와 여동생을 찾을 가망이 더 이상 없다는 듯 모든 이들이 알 수 있게 침통한 어조로 말했다. 사내라 사람들에게 눈물을 보이고 싶지 않았지만 어쩔 수 없이 그의 눈에도 눈물이 그렁거렸다.

마음을 추슬러 평상심을 되찾자 벤허는 의자에 앉아 말했다. "암라흐, 이리 와 내 곁에 앉아, 여기에. 아니라고? 그럼 내 발치에 앉아. 여기 계신 이 좋으신 분들께 세상에 오신 놀라운 분에 대해 해 줄 이야기가 많으니까."

그러나 암라흐는 그 자리보다는 등을 벽에 기대고 두 손은 무릎에 깍지 낀 채 벤허를 보는 편이 더 좋은 것 같아 보였다. 벤허는 시모니데스와 발타사르에게 인사를 하고 다시 이야기를 시작했다.

"그 나사렛 사람이 어떤 분인지 제대로 알려면 그분이 행하신 몇 가지를 먼저 말씀드려야 할 것 같습니다. 내일이면 그분께서 예루살렘에 들어오셔서 아버지 집이라 부르는 성전으로 올라가 자신이 누구인지 선포할 것이기 때문입니다. 그러니 발타사르 어른이 옳은지, 아니면 시모니데스 당신이 옳은지는 내일이면 알게 될 겁니다."

떨리는 손을 비비며 발타사르가 물었다. "그분을 뵈려면 어디로 가야 하는가?"

"엄청난 인파가 몰릴 것입니다. 제 생각에는 여러분 모두 회랑, 즉 솔로몬 주랑 위 옥상으로 가시는 것이 좋겠습니다."

"자네도 우리와 함께 갈 수 있나?"

"아니요, 아마도 행렬에 끼여 있는 동지들을 지휘해야 할 것 같습니다."

"행렬이라고요! 그렇게 호사스럽게 돌아다닌단 말입니까?" 시모니데스가 외쳤다.

벤허는 말뜻에 반감이 느껴졌다.

"그분께서는 열두 제자들을 데리고 다닌답니다. 어부들과 농부들이고, 한 사람은 세리 출신으로 모두 낮은 계층이죠. 그분과 제자들은 눈비와 추위, 뜨거운 태양도 아랑곳않고 걸어서 다닌답니다. 밤이 되면 길가에 멈춰 서서 빵을 나눠 먹고는 길에 누워 잠드는 그들을 보면서 귀족과 왕이 아니라 시장에서 가축을 데리고 집으로 돌아가는 목동들 무리가 떠올랐습니다. 누군가를 쳐다보거나 머리에서 먼지를 털어내려고 두건자락을 들어올리는 것을 보고야 그분이 그들의 스승이라는 것을 겨우 알 수 있었습니다. 스승이 친구와도 같은 모습이었습니다."

벤허는 잠시 쉬었다 말을 이었다. "여러분은 모두 현명하신 분들입니다. 그러니 우리 인간은 어떤 강력한 동기가 있어야 움직인다는 것과 돈이나 권력, 명예 등을 탐하며 아등바등 살아가는 것이 자연스러운 본성이라는 것을 알고 계실 겁니다. 우리 인간 본성의 법칙이 대개 그러한데 길바닥에 널린 돌멩이를 황금으로 만들어 부자가 될 수 있는 힘이 있는데도 가난을 선택한 사람을 뭐라고 하시겠습니까?"

"그리스인들은 그런 사람을 철학자라 부르지요." 이라스가 끼어들어 말했다.

그 말에 발타사르가 부인했다. "아니다, 딸아. 철학자들은 그렇게 할 힘이 없단다."

"그분께 그런 힘이 있는지 어떻게 아는가?"

"그분이 물을 포도주로 변하게 하는 것을 보았으니까요." 벤허가 재빨리 대답했다.

시모니데스가 말했다. "거참 이상하군, 아주 이상해. 하지만 그렇게 부자가 될 수 있는데도 굳이 가난하게 살려고 하는 것이 더 이상하군요. 그분이 그렇게 가난한가요?"

"그분은 가진 것이 아무것도 없고 다른 사람이 가진 것을 부러워하지도 않습니다. 오히려 부자들을 불쌍히 여기지요. 그건 그렇다 치고, 고작해야 빵 일곱 덩어리와 물고기 두 마리로 5천 명이나 되는 사람들을 배불리 먹이고도 광주리가 가득 차게 만드는 사람을 본다면 뭐라고 하실 건가요? 저는 그 나사렛 사람이 그렇게 하는 것을 보았습니다."

"직접 보셨다고요?" 시모니데스가 소리쳤다.

"물론이죠, 저도 그 빵과 물고기를 먹었는걸요. 그 뿐만이 아니에요. 그저 옷단을 만지거나 멀리서 부르는 것만으로도 병자를 치유할 수 있는 능력이 있는 사람에 대해서는 어찌 생각하시나요? 저는 그러한 일도 여러 번 보았습니다. 여리고에서 나올 때 길가에 있던 두 맹인이 그분께 소리쳤습니다. 그분이 눈을 만져주자 그들은 당장 눈을 뜨게 되었습니다. 또 사람들이 중풍병자를 데려온 적이 있었는데, 그저 '일어나 네 집으로 가거라.'라는 말만으로도 멀쩡하게 나아 돌아갔습니다. 이 모든 일을 어떻게 생각하시나요?"

시모니데스는 아무런 대답도 못 했다.

"다른 사람들의 주장처럼 지금 제가 한 말이 마술의 농간이라 생각하시는군요. 그러면 제 두 눈으로 똑똑히 지켜본 더 엄청난 일들을 말씀드려 보지요. 여러분도 아시다시피 죽기 전에는 벗어날 수 없는 천형이라는 나병을 먼저 살펴보죠."

나병이라는 말에 갑자기 암라흐가 반응을 보였다. 깍지 낀 손을 바닥에 짚고 몸을 앞으로 내밀더니 귀를 쫑긋 세우고 듣기 시작했다.

벤허는 한층 열심히 설명했다. "지금 제가 들려드린 일을 직접 보았다면 뭐라 하실지? 저희가 갈릴리에 내려가 있었을 때 한 나환자가 찾아와 말했습니다. '선생님께서는 하고자 하시면 저를 깨끗하게 해 주실 수 있습니다.' 그분께서는 그 외침을 듣고 손을 내밀어 그에게 대시며 말씀하셨습니다. '그렇게 해 주마. 깨끗하게 되어라.' 그러자 그 나환자는 지켜보고 있던 우리처럼 건강한 원래의 모습을 되찾았습니다. 그 광경을 지켜본 사람은 한둘이 아니었습니다."

이제 암라흐는 수척한 손가락으로 눈가에 흘러내리는 뻣뻣한 머리카락을 쥐어 잡고 자리에서 일어났다. 그 가엾은 노파는 오래 전에 총기가 흐려졌으므로 빨리빨리 말을 알아듣기가 힘들었다.

벤허는 쉬지 않고 말을 이었다. "어느 날 나환자 열 사람이 무리를 지어 와 그분 발치에 엎드리며 외쳤습니다. '선생님, 선생님! 저희에게 자비를 베풀어 주십시오!' 그러자 그분께서 그들에게 말씀하셨습니다. '가서 율법이 정한 대로 제사장들에게 너희의 몸을 보여라. 그곳에 가기도 전에 너희가 나을 것이다.'"

"정말로 나았습니까?"

"그렇습니다. 그들이 길을 가는 도중에 병이 나아서, 더러워진 옷 말고는 그들이 병에 걸렸었다는 사실을 떠올릴 만한 것은 아무것도 없었습니다."

"그런 일은 한 번도 들은 적이 없는데, 온 이스라엘에서 한 번도 말입니다!" 나직한 음성으로 시모니데스가 말했다.

그런데 벤허가 말하고 있는 사이, 암라흐가 몸을 돌려 살금살금 문으로 다가가더니 아무도 모르게 슬며시 나갔다.

"제 두 눈으로 그 일들을 보았을 때 어떤 생각이 들었는지는 상상에 맡기겠습니다. 하지만 저의 의심과 불안과 놀람은 이것으로 끝이 아닙니다. 여러분도 아시다시피 갈릴리 사람들은 다혈질이고 성급하지 않습니까. 몇 년 동안 칼을 들고 벼르느라 손이 델 정도였지요. 이제는 행동에 옮기는 일만 남았습니다. '그분은 왜 자신을 드러내지 않고 계시는 겁니까, 우리가 나섭시다.' 그들은 저를 다그쳤답니다. 그리고 저 역시도 더 이상 기다릴 수가 없었고요. 그분이 어차피 왕이 되실 거라면 지금은 왜 안 됩니까? 군단은 준비를 마쳤습니다. 그래서 그분이 다시 호숫가에서 가르치고 계실 때 우리는 그분이 원하든 말든 왕으로 추대하려고 했습니다. 그러나 그분은 홀연히 사라지시더니 어느새 호숫가 건너편 배에 타고 계셨습니다. 훌륭하신 시모니데스, 다른 인간들을 미치게 만드는 욕망, 즉 부와 권세, 심지어 수많은 사람들이 열렬한 사랑으로 추대하는 왕위마저도 이분을 움직일 수는 없었습니다. 도대체 이를 어떻게 생각하십니까?"

시모니데스는 턱을 가슴에 묻고 있다가 갑자기 고개를 쳐들며 결연히 말했다. "주님은 살아 계시고, 예언자들의 말씀도 마찬가지입니다. 아직은 때가 무르익지 않았습니다. 내일이 되면 알겠죠."

"그러게요." 발타사르도 웃으며 대답했다.

"그렇겠죠. 하지만 아직 할 얘기가 더 있습니다. 저처럼 그 이적들을 직접 보지 못한 사람들이 갖는 의심을 뛰어넘어 이제 앞의 것은 비교도 되지 않을 만큼 엄청난 기적들을 말씀드리겠습니다. 세상이 시작된 이래로 인간의 힘으로는 도저히 할 수 없다고 생각되는 것들을 말입니다. 죽음이 빼앗아간 것을 죽음으로부터 다시 되찾아온 사람을 본 적이 있으십니까? 죽은 목숨에 다시 숨결을 불어넣은 사람이 있습니까? 오로지 그,"

"그야 하나님이시지!" 발타사르가 경건하게 대답했다.

벤허는 고개를 숙였다.

"오 현명하신 발타사르님! 어르신 말씀이 당연히 맞습니다. 그러나 시모니데스, 만일 아무런 의식이나 별다른 말도 없이 힘 하나 들이지 않고 그저 어머니가 잠든 아이를 깨울 때처럼 죽은 사람을 되살려 놓는다면 뭐라 하실 건가요? 나인(Nain) 성읍에 내려갔을 때의 일입니다. 성문 가까이 이르렀을 때에 마침 상여를 메고 나오는 장례 행렬과 마주치게 되었습니다. 그분께서는 행렬이 지나갈 수 있게 멈춰 섰습니다. 그런데 행렬 가운데 울고 있는 한 여인의 모습을 본 그분 얼굴에 측은한 표정이 떠올랐습니다. 그분은 여인을 위로하시며 앞으로 다가서서 상여에 손을 대셨습니다. 그리고 수의를 입고 누워 있던 시신에게 '네게 말하노니, 일어나라!' 말씀하셨습니다. 그랬더니 죽었던 젊은이가 벌떡 일어나 앉으며 말을 하기 시작하였습니다."

"오로지 하나님만이 그렇게 위대하시죠." 발타사르가 시모니데스에게 말하였다.

"많은 무리들과 함께 두 눈으로 똑똑히 본 것들이 또 있으니 잘 들으세요. 이쪽으로 오는 도중에 훨씬 더 대단한 일을 보았답니다. 베다니에 나사로라는 사람이 있었는데 병을 앓다가 죽어서 묻혔습니다. 그분이 그곳에 도착하셨을 때는 커다란 돌로 입구가 가로막힌지 나흘이나 지난 후였습니다. 사람들이 돌을 굴려 치워 보니 그 안에 수의로 감긴 부패한 나사로의 시신이 보였습니다. 그 근처에는 많은 사람들이 서 있었고 우리는 모두 그분이 큰 소리로 외치는 것을 들었습니다. '나사로야, 이리 나와라!' 그러자 죽었던 이가 그에 응답하듯이 온몸에 수의를 걸친 채로 걸어 나왔습니다. 그때의 제 기분은 말로 표현할 수가 없습니다. '그를 풀어 주어라.' 그분께서 말씀하셨지요. '그를 풀어 주어서 가게 하여라.' 사람들이 되살아난 이의 얼굴에서 수건을 풀어 주자, 아 이럴 수가요! 죽었던 몸에 피가 새로 돌더니 병들기 전의 건강한 모습을 되찾았습니다. 그는 아직도 살아 있어 끊임없이 사람들이 찾아가 직접 보고 말을 나누기도 한답니다. 두 분도 내일 그를 보게 될 수도 있습니다. 자, 그러면 할 말은 다했으니 어차피 똑같은 말이겠지만 제가 하나 묻겠습니다. 오, 시모니데스, 나사렛 그분은 어디가 남다른 것 같습니까?"

그 질문은 매우 진지했으므로, 일행은 밤이 새도록 앉아서 격론을 벌였다. 시모니데스는 여전히 예언자들의 말을 자기 식대로 이해하려고 했고, 벤허는 시모니데스와 발타사르 두 사람이 모두 옳다고 결론지었다. 그 나사렛 사람은 발타사르가 말하는 구원자인 동시에 시모니데스가 말하는 곧 오실 왕일 수도 있다고 말이다.

"내일이면 알게 되겠지요. 여러분 모두에게 평화를."

그렇게 말하며 벤허는 베다니로 돌아가기 위해 자리를 떴다.

## 3. 두 모녀, 예수를 찾아 나서다

다음날 양 문[149]이 열리기 무섭게 도시를 제일 먼저 빠져나온 사람은 바로 바구니를 든 암라흐였다. 성문을 지키는 문지기들은 아무것도 묻지 않고 통과시켜 주었다. 매일매일 찾아오는 아침보다도 더 규칙적으로 그곳을 드나들었기 때문이다. 그들은 암라흐가 여염집의 충실한 하녀라는 것을 알고 있었으며 그것으로 충분했다.

암라흐는 동쪽 골짜기로 내려가는 길로 접어들었다. 짙은 초록색으로 물든 올리브 산비탈에는 절기를 지내러 온 사람들이 최근에 세운 하얀 천막들이 여기저기 보였다. 그러나 이방인들이 나다니기에는 시간이 너무 일러서 그런지 길에는 아무도 없었다. 그 이유가 아니라고 하더라도 무덤이 즐비한 곳을 지나는 암라흐를 번거롭게 할 사람은 아무도 없었다. 암라흐는 겟세마네와 베다니 길가의 무덤들을 지났다. 실로암의 묘지 촌도 지나갔다. 노쇠한 작은 몸은 이따금 비틀거렸다. 숨이 차면 잠시 앉아서 숨을 가다듬고는 곧 일어나 다시 황급히 걸음을 재촉했다. 양쪽에 늘어선 큰 바위에 귀가 있었다면 암라흐가 중얼거리는 소리를 들었을 것이다. 그 바위에 눈이 있었다면 암라흐가 동이 빨리 트는 데 조바심이 나는 듯 산 위를 초조하게 올려다보는 모습을 보았을 것이다. 바위가 말을 할 수 있었다면 이렇게 수군거렸을 것이다. "이 양반이 오늘 아침에는 몹시 서두르는군. 먹일 사람들이 무척 배가 고픈가 보네."

---

149) the Sheep's Gate. 예루살렘 동쪽 성벽 북쪽에 위치한 문으로 사자 문, 스데반 문, 베냐민 문이라고도 한다. 포로 귀환 후 느헤미야가 성벽을 건축할 때 대제사장 엘리아십이 만들었다. 양 문 옆에는 베데스다 연못이 있다.

드디어 왕의 동산에 이르자 암라흐는 발걸음을 늦췄다. 이제 힌놈 산 남쪽 주위로 멀리 뻗어 있는 나환자들의 음산한 마을이 보이기 시작했다.

지금쯤 독자들도 짐작했겠지만, 암라흐는 지금 엔로겔 우물을 굽어보는 무덤에 거처하고 있는 안주인에게 가는 길이었다.

아직 이른 시간이었지만 벌써 일어난 안주인은 티르자를 깨우지 않은 채 밖에 나와 앉아 있었다. 최근 3년 사이에 병세는 아주 빠르게 진행되고 있었다. 흉측하게 변해 버린 모습을 다른 사람들에게 보이고 싶지 않기도 했고 우아한 성품 탓에 습관적으로 온몸을 가리고 있었다. 심지어 티르자에게조차 자기 몸을 보여주지 않았다.

그런데 오늘 아침에는 주위에 아무도 없다고 생각하여 머리에 쓴 수건을 벗은 채 바람을 쏘이고 있었다. 날이 아직 환히 밝지는 않았지만 어슴푸레한 빛에 드러난 모습은 질병의 흔적이 얼마나 끔찍한지 보여주기에 충분했다. 하얗게 변해 버린 머리칼은 빗을 수도 없을 정도로 철사처럼 뒤엉겨 등과 어깨로 흘러내렸다. 눈꺼풀과 입술과 콧구멍과 양 볼의 살은 이미 썩어 문드러져 악취를 풍기고 있었다. 목덜미는 잿빛 비늘 같은 부스럼으로 뒤덮여 있었다. 옷자락 밖으로 나온 한쪽 손은 시체처럼 딱딱하게 굳어 있었다. 손톱은 이미 다 썩어 빠진지 오래였고, 손가락 마디마디는 아직 뼈가 드러날 정도는 아니었지만 붉은 분비물 딱지로 부풀어 있었다. 머리와 얼굴과 목과 손은 온몸에 퍼진 병세를 숨김없이 그대로 드러내고 있었다. 그렇게 변해 버린 모습을 보면 한때 위풍당당한 허 가문의 아름다운 미망인이었던 그녀가 3년이라는 세월 동안 어떻게 그렇게 철저히 신분을 숨겨올 수 있었는지 쉽사리 이해가 간다.

그녀는 태양이 올리브 산과 멸망의 산 꼭대기를 서쪽보다도 더 예리하고 찬란하게 물들일 때쯤이면 암라흐가 제일 먼저 우물에 나타나리라는 것을 알고 있었다. 암라흐는 두 사람을 위해 물을 길은 후 우물과 산기슭 중간 지점에 있는 바위까지 와서 먹을 것이 담긴 바구니를 내려놓고 그날 하루 마실 물을 물병에 채워 놓을 것이었다. 예전에 누리던 그 많은 행복 가운데 암라흐가 찾아주는 그 짧은 시간만이 불행한 그들에게 남아 있는 유일한 낙이었다. 아들의 근황을 암라흐로부터 단편적으로나마 전해들을 수 있었기 때문이다. 대개 소식은 충분치 않았지만 그래도 그것으로 만족했다. 때로는 아들이 집에 왔다는 소식을 듣기도 했다. 그럴 때면 동이 틀 무렵 음침한 무덤에서 나와 정오가 되고 다시 해가 질 때까지 흰 천을 둘둘 감은 채 동상처럼 우두커니 서 있었다. 기억 속에 소중히 간직되어있고, 지금 아들이 그곳에 있어 더욱 소중하게 느껴지는 옛 집이 있는 성전 위쪽 한 지점을 하염없이 바라보며 보내기 일쑤였다. 그렇게 바라보는 것 말고는 할 수 있는 일이 아무 것도 없었다. 이제 티르자는 죽은 자식이나 마찬가지였다. 그리고 자기 또한 죽음이 시시각각 다가오고 있음을 알고 있었으므로 어서 빨리 고통 없이 죽게 되기만을 기다리고 있었다.

불행하게도 동산 주위에는 세상의 아름다운 것들을 계속 의식하게 할 만한 것들이 별로 없었다. 짐승과 새들도 마치 그곳의 역사와 현재의 용도를 알고 있다는 듯 얼씬거리지도 않았다. 온갖 초목은 봄이 가기도 전에 시들어 버렸다. 관목과 땅을 뚫고 올라오는 풀들 위로는 황량한 바람이 거칠게 불어와 뿌리째 뽑히거나 메말라 죽어갔다. 어디를 둘러보아도 모든 풍경은 사방에 꽉 들어찬 무덤 때문에 울적한 느낌이었다. 그 무덤들은 찾아오는 순례객에게 조심하라는 의미로 모두 하얗게 회칠이 되어 있었다. 그저 맑은 하늘, 더없이 푸르며 오라는 듯 손짓하고 있는 하늘만이 마음의 고통을 덜 수 있는 약간의 위안이 되어 줄 것이라고 생각하기 십상이다. 하지만 아 어쩌랴! 다른 곳은 모두 아름답게 비추어 주는 태양마저도 그녀에게는 그다지 호의적이지 않았다. 끔찍하게 변해가는 모습을 적나라하게 드러낼 뿐이었다. 태양만 없었다면 자기 스스로에게조차 끔찍하게 느껴지는 공포의 대상이 되지도 않았을 것이고, 티르자 역시 꿈에서 그렇게 잔인하게 깨어나지 않을 수도 있었을 것이다. 때로는 시력이라는 선물이 끔찍한 저주가 될 수도 있었다.

그렇다면 왜 스스로 목숨을 끊지 않느냐고 묻는 사람도 있을 것이다.

그 이유는 간단했다. 바로 율법에 금지되어 있었기 때문이다!

이방인들은 그 대답에 콧방귀를 뀔지 모르지만 이스라엘의 자손은 그러지 않았다.

새벽 어스름에 그 빛보다도 더 암울한 생각에 사로잡혀 그렇게 앉아 있는 동안 갑자기 기진맥진한 한 여인이 비틀거리며 동산을 올라오는 것이 보였다.

벤허의 어머니는 황급히 일어나 머리 덮개를 쓰며 비정상적으로 쉰 음성으로 소리쳤다. "더러운 나환자에요, 더러운 나환자!"

그 경고는 무시한 채 암라흐는 순식간에 발치에 와 있었다. 오랫동안 억눌린 사랑이 폭발한 듯 암라흐는 흐느끼며 안주인의 옷자락에 입을 맞추었다. 잠시 동안 안주인은 암라흐를 피하려고 애썼지만 그럴 수 없음을 알고는 암라흐의 흥분된 마음이 가라앉을 때까지 기다렸다.

"이게 도대체 무슨 짓이냐, 암라흐? 이렇게 불순종으로 우리에 대한 사랑을 증명해 보일 셈이냐? 못된 것 같으니라고! 너는 이제 망했다. 그 아이에게로, 너의 주인에게로 이제는 영영 돌아가지 못하게 되었단 말이다."

암라흐는 흐느끼며 땅바닥을 기었다.

"너도 곧 율법에 의해 추방될 것이란 말이다. 너는 예루살렘으로 돌아갈 수 없다. 그러면 우리는 어찌 되겠느냐? 누가 우리에게 먹을 것을 가져다준단 말이냐? 오, 암라흐 이 못된 것! 이제 우리는 모두 같은 신세가 되었단 말이다!"

"용서하셔요, 마님!" 암라흐는 땅에 엎드린 채 대답했다.

"너는 네 자신을 챙겼어야 한다. 그렇게 하는 것이 우리에게 최대한의 자비를 베푸는 것이란 말이다. 이제 우리가 어디로 도망갈 수 있단 말이냐? 이제 우리를 도와줄 사람은 아무도 없다. 오 이 망할 것아! 이제까지 받은 주님의 진노로도 너무 힘겨운데 너마저 이러다니."

이때 밖에서 들려오는 소리에 잠이 깬 티르자가 무덤 입구에 모습을 드러냈다. 글로 묘사하라고 하면 펜마저도 그녀의 모습에 움츠러들 것이었다. 제아무리 사랑의 눈길로 예리하게 살핀다 하더라도 우리가 처음에 보았던 천진난만한 매력과 해맑은 모습은 온데간데없었다. 납빛 상처 딱지가 비늘처럼 덕지덕지 뒤덮고 있었고 눈은 거의 멀어 보이지 않았고 사지와 손발은 기괴할 정도로 크게 부풀어 오른 데다 반 벌거숭이 차림이었다.

"어머니, 암라흐예요?"

암라흐는 티르자에게도 기어가려고 했다.

그러나 안주인이 고압적으로 제지했다. "멈추어라, 암라흐! 그 아이를 만지지 마라. 어서 일어나 여기 있는 모습을 다른 사람들에게 들키기 전에 가거라. 아니다, 내가 깜빡했다. 나를 만졌으니 이미 늦었다! 너도 이제 이곳에 남아 우리와 운명을 같이해야 한다. 어서 일어나거라!"

암라흐는 무릎을 꿇고 일어나 두 손을 맞잡은 채 갑자기 말했다. "오 훌륭한 마님! 저는 못된 종도 아니고 잘못하는 것도 아니랍니다. 마님께 반가운 소식을 가져왔어요."

"유다에 대해서 말이냐?" 그렇게 말하며 벤허의 어머니는 머리에서 수건을 끌어내렸다.

"마님을 낫게 해 줄 능력을 가진 놀라운 분이 계셔요. 그분께서 한마디만 하면 아픈 사람들이 낫고 심지어 죽은 자들까지도 살아 돌아온답니다. 그래서 마님과 아씨를 그분께 모셔가려고 왔어요."

"가엾은 암라흐!" 티르자가 동정하듯이 말했다.

그 말 속에 들어 있는 의심의 눈초리를 간파한 암라흐가 소리쳤다. "아니에요! 주님이 살아 계시는 한, 제 이야기는 사실이랍니다. 제발 저랑 가셔요, 지체할 시간이 없답니다. 오늘 아침에 그분께서 예루살렘으로 가시는 도중 이 부근을 지나실 것이에요. 보세요! 곧 날이 밝을 거예요. 자, 여기 먹을 것을 드시고 어서 함께 가셔요."

어머니는 진지하게 듣고 있었다. 아마 그녀도 그 놀라운 사람에 대해서 들은 것 같았다. 이 무렵 그 사람의 명성은 전국 방방곡곡에 퍼져 있었기 때문이다.

"그분이 누구시더냐?"

"나사렛 사람이라고 합니다."

"누구한테 들었느냐?"

"유다 도련님에게서요."

"유다가 말해 주었단 말이냐? 그 아이가 지금 집에 있단 말이냐?"

"지난밤에 오셨어요."

안주인은 쿵쾅거리는 가슴을 진정하려고 애쓰며 잠시 조용히 있었다.

"우리에게 이 말을 하라고 유다가 보낸 것이냐?"

"아니요. 도련님은 마님이 죽은 줄로만 아십니다."

어머니는 사려 깊게 티르자에게 말했다. "한때 나환자를 낫게 한 예언자가 있었다.[150] 하지만 그 능력은 하나님에게서 받은 것이지." 그런 다음 암라흐를 향해 물었다. "그분에게 그런 능력이 있다는 것을 벤허가 어떻게 알았지?"

"도련님이 그분과 함께 돌아다니고 있었는데 나환자가 외치는 소리를 들었고, 그 다음에는 그가 멀쩡하게 나아서 가는 모습을 보셨답니다. 처음에는 한 사람이었고, 다음에는 열 사람이 그랬데요. 그들 모두 완전히 나았답니다."

들고 있던 안주인은 다시 잠잠해졌다. 해골처럼 뼈만 남은 앙상한 손이 파르르 떨렸다. 그 이야기가 신앙에 비추어 신빙성이 있는 것인지 생각하고 있는 중일 것이다. 이는 늘 절대적으로 그럴 필요가 있는 일이었다. 그녀와 마찬가지로 그리스도께서 행하신 모든 일을 직접 지켜본 당시의 사람들은 물론 그 뒤를 이은 수많은 사람들도 그랬다. 그녀는 그 일이 정말 일어났는지에 대해서는 의구심이 들지 않았다. 암라흐에게 전해 들었듯이 아들이 그 일을 직접 목격했기 때문이다. 다만 인간이 그토록 놀라운 일을 이룰 수 있게 하는 그 능력에 대해서 이해하려고 애쓰고 있는 중이었다. 사실 여부에 대해서는 조사를 하면 된다. 반면에 그 능력을 이해하려면 먼저 하나님에 대해 이해할 필요가 있다. 그리고 그것을 그냥 기다리기만 하다가는 그냥 그렇게 기다리다 죽게 될 것이다. 하지만 벤허의 어머니는 별로 주저하지 않고 티르자에게 이렇게 말했다.

---

150) 시리아 왕이 아끼던 군사령관 나아만 장군이 나병에 걸리자 고쳐 준 예언자 엘리사. 열왕기하 5장

"이분은 메시아가 틀림없다!"

그녀는 의구심을 떨쳐 버린 사람처럼 냉철하게 말한 것이 아니라 자기 민족에게 내려진 하나님의 약속을 잘 알고 있는 이스라엘 사람으로서 말한 것이었다. 약속에 대해 잘 알고 있어서 그것이 실현되리라는 아주 작은 표징에도 기뻐할 준비가 되어 있었다.

"한때 예루살렘과 온 유대 지방에 그분께서 태어났다는 이야기가 자자했던 적이 있었다. 분명히 기억난다. 지금쯤이면 그분이 어른이 되었겠구나. 틀림없이, 그분일 것이야. 맞아." 그리고 암라흐를 향해 말했다. "너와 함께 가마. 무덤 안에 보면 물병이 있으니 그것을 가져오렴. 그리고 먹을 것을 차려다오. 먹고서 떠나기로 하자."

흥분한 가운데 아침을 순식간에 해치우고 세 여자는 특이한 여정 길에 올랐다. 티르자는 어머니와 암라흐의 용기를 믿고 있었으므로 두 사람에게 짐이 될지 모른다는 것 외에 다른 두려움은 없었다. 암라흐는 그분이 베다니에서 출발하실 것이라고 했다. 당시 그곳에서 예루살렘으로 가려면 세 갈래 길이 있었는데, 하나는 올리브 산의 1봉우리를 넘는 길이고, 두 번째는 산기슭을 둘러가는 길, 세 번째는 2봉우리와 멸망의 산 사이로 가는 길이었다. 세 길은 그다지 멀리 떨어져 있지 않았다. 그러나 나사렛 사람이 오시게 될 길을 잡지 않으면 그분을 놓치게 될 가능성이 매우 컸다.

몇 가지 물어본 후에 벤허의 어머니는 암라흐가 기드론 골짜기를 벗어난 지역에 대해서는 전혀 모를 뿐 아니라 자기들이 만나보려는 그분이 어느 길로 오실지 모른다는 것도 금세 간파했다. 또한 오랫동안 노예의 습성이 몸에 밴 암라흐와 천성적으로 의존 성향이 있었던 티르자에게 길안내를 맡길 수는 없다는 생각이 들어 자기가 나서기로 했다.

"우선 벳바게(Bethphage)로 가야겠다. 일단 거기까지 가서 주님이 은혜를 베풀어 주시면 다음에 무엇을 해야 할지 알게 되겠지."

그들은 언덕을 내려가 도벳(Topheth)을 지나 왕의 동산에 이르렀고 수백 년 동안 오고간 사람들의 발걸음으로 깊은 고랑이 파인 오솔길에서 쉬었다.

"큰 길은 위험하니 사람들의 눈을 피해 바위와 나무들이 있는 길로 가는 것이 좋겠다. 오늘이 축제일이니 저기 산비탈에 엄청난 인파가 몰려 있구나. 사람들과 마주치치 않으려면 멸망의 산을 가로질러 가야겠다."

지금까지 간신히 걷고 있던 티르자는 그 소리를 듣자 벌써부터 용기가 꺾였다.

"어머니, 산이 너무 가팔라요. 저는 올라가지 못할 것 같아요."

"티르자, 잊지 마라. 우리는 건강과 삶을 되찾으러 가는 거란다. 보렴, 햇빛이 얼마나 눈부신지! 우물로 가려고 이쪽 길로 오는 여인들이 저기 보이는구나. 여기에 남아 있다가는 발각되어 돌팔매질을 당할 것이다. 가자꾸나. 이번 한 번만 더 힘을 내렴."

자신도 괴롭기는 마찬가지였을 테지만 어머니는 딸에게 용기를 불어넣으려고 애썼다. 그리고 암라흐도 옆에서 거들었다. 지금까지 암라흐와 두 병자는 서로의 몸을 만지지 않았지만 이제 암라흐는 안주인의 명령을 못 들은 척 병이 옮아도 상관없다는 듯 티르자에게 다가가 어깨를 부축하며 속삭였다. "저한테 기대세요, 아씨. 비록 늙었지만 아직 팔팔하답니다. 그리고 이제 얼마 남지 않았어요. 저기예요, 충분히 갈 수 있어요."

그들이 가로질러 가려고 하는 산길은 군데군데 구덩이가 패여 있었고, 옛 건물의 폐허가 가로막기도 했다. 그러나 그들은 마침내 산봉우리에 서서 한숨 돌리며 북서쪽으로 우뚝 솟은 장관을 바라보았다. 시온 산에 있는 성전과 왕궁의 테라스, 하늘을 찌를 듯 우뚝 솟은 하얀 탑들은 물론 그 너머까지 한눈에 들어왔다. 어머니는 생명에 대한 강렬한 욕구로 힘이 솟아났다.

"티르자, 보렴, 미문(the Gate Beautiful)[151] 위의 황금 문짝을 보렴. 태양빛을 받아 얼마나 휘황찬란하게 빛나는지 보렴! 저곳에 올라가곤 했던 것이 기억나니? 한 번 더 올라가면 얼마나 기쁘겠니? 그리고 지척에 있는 우리 집이 지성소 지붕 위로 보인단다. 유다가 거기서 우리를 맞이해 줄 것을 생각해 보렴!"

도금양나무와 올리브 나무가 푸르게 자라는 산봉우리 옆에서 가느다란 연기가 흐릿한 하늘을 향해 곧장 솟아오르고 있었다. 마치 불안한 그 일행에게 어서 움직이라고, 무자비한 시간이 빠르게 흘러가고 있으니 서둘러야 한다고 경고하는 것 같았다.

착한 암라흐는 비탈길을 내려가며 자기 몸은 전혀 돌보지 않은 채 티르자가 힘들지 않게 열심히 부축해 주었지만 티르자는 한 걸음 옮겨놓을 때마다 신음했다. 때로는 극심한 고통을 이기지 못하고 비명을 지르기도 했다. 그리고 멸망의 산과 올리브 산 2봉우리 사잇길에 이르자 완전히 기진맥진해 쓰러졌다.

"어머니, 저는 여기 놔 두시고 암라흐와 함께 가세요." 티르자는 맥없이 말했다.

"안 된다, 안 돼, 티르자. 너는 못 고치고 나만 병이 낫는다면 무슨 소용이 있겠니? 너를 버리고 갔다가 유다가 어찌 되었는지 물어보면 내가 뭐라고 말할 수 있겠느냐?"

"오라버니를 사랑했다고 전해주세요."

---

151) 예루살렘 동쪽 성전 산 쪽에 난 문. 황금 문이라고도 불린다.

어머니는 거의 실신할 지경인 딸을 내려다보다가 일어나서 희망이 꺼지는 기분으로 주위를 둘러보았다. 그 느낌은 거의 영혼이 사라지는 것 못지않은 절망감이었다. 병을 고친다한들 티르자 없이 무슨 기쁨이 있겠는가. 티르자는 아직 젊어서 건강한 삶을 되찾을 수 있다는 희망으로, 온몸과 마음을 망가뜨린 그 불행한 나날을 쉽사리 잊을 수 있을 것이었다. 용감한 어머니마저 병을 치유 받겠다고 무모하게 나선 그 모험을 이제 하나님의 뜻에 맡기려던 순간 한 남자가 동쪽에서 길을 따라 빠르게 걸어오고 있는 것이 보였다.

"용기를 내렴, 티르자! 저기 나사렛 그분에 대해 말해 줄 이가 온다."

암라흐는 티르자가 앉은 자세를 취할 수 있도록 도와주고 남자가 다가오는 동안 부축해 주고 있었다.

"어머니, 착하신 마음에 우리가 누구인지를 잊으셨네요. 저 낯선 이는 우리를 피해서 지나갈 거예요. 기껏 주는 선물이라야 돌팔매질 아니면 저주겠지요."

"두고 보자꾸나."

어머니 역시 자기와 같은 나환자에게 동향 사람들이 어떻게 대하는지 뼈저리게 잘 알고 있었기 때문에 그렇게만 대답했다.

이미 말했듯이 세 사람이 자리하고 있던 산마루에 난 길은 석회석 무덤 사이로 굽이굽이 돌아가는 작은 오솔길에 불과했다. 만일 그 낯선 이가 그 길로 계속 오면 세 사람과 맞닥뜨리게 되어 있었다. 그는 그 길을 따라 곧장 왔고 이쪽에서 외치는 소리가 들릴 정도로 충분히 가까이 다가와 있었다. 이제 어머니는 머리의 수건을 벗고 율법이 요구하는 대로 날카롭게 외쳤다.

"저희는 더러운 나환자랍니다, 더러운 나환자!"

그런데 놀랍게도 남자는 피하지 않고 계속 걸어왔다.

"무슨 일이십니까?" 남자는 열 발자국도 떨어지지 않은 곳에 멈춰 서서 물었다.

"보시다시피 저희는 나환자랍니다. 조심하세요." 어머니는 기품을 잃지 않고 말했다.

"여인이여, 저의 스승님은 당신 같은 사람들을 말 한 마디로 낫게 해 주시는 분이랍니다. 저는 두려울 것이 없습니다."

"나사렛 사람 말인가요?"

"메시아이시죠."

"그분이 오늘 예루살렘에 오신다는 것이 사실인가요?"

"지금 벳바게에 계십니다."

"어느 길로 오실 건가요?"

"이 길로 오실 겁니다."

그 말에 어머니는 두 손을 꽉 맞잡고 감사하는 마음으로 하늘을 우러러 보았다.

"그분이 누구라고 생각하십니까?" 남자가 측은한 마음으로 물었다.

"하나님의 아들이십니다."

"그렇다면 여기 그대로 계십시오. 그분과 함께 많은 군중이 올 터이니 저기 나무 아래에 있는 하얀 바위에 자리를 잡고 계시다가 그분이 지나가실 때 큰 소리로 부르십시오. 당신의 믿음이 간절하다면 온 하늘에 천둥이 쳐도 그분께서 당신의 소리를 들으실 겁니다. 저는 예루살렘을 누비며 그분이 가까이 왔으니 맞이할 준비를 하라고 사람들에게 알리러 갑니다. 여인이여, 당신과 당신 딸에게 평화가 있기를."

그 낯선 남자는 그 말과 함께 가던 길로 출발했다.

"들었지, 티르자? 들었니? 그분께서 오고 계신데. 이 길로 말이야.

그분께서 우리 소리를 들으실 거야. 한 번만, 얘야, 꼭 한 번만 더 힘을 내렴! 저기 바위까지만 가자꾸나. 한 걸음만 가면 된단다."

그 말에 티르자도 젖 먹던 힘까지 짜내어 암라흐의 손을 잡고 일어났다. 하지만 그들이 막 걸음을 떼어 놓으려는데 암라흐가 말했다. "잠깐만요, 아까 그분이 되돌아오고 있어요." 그래서 그들은 남자를 기다렸다.

남자는 어느새 그들에게 다가와 말했다. "여인이여, 하나님의 은총이 함께 하시길. 나사렛 사람 그분께서 도착하시기도 전에 해가 무척 뜨거워질 겁니다. 예루살렘이 가까우니 필요하면 저는 거기서 얻어 마셔도 되니까 이 물은 저보다는 여러분에게 더 필요할 것 같습니다. 이 물을 드시고 기운차리십시오. 그분이 지나가실 때 부르는 것 잊지 마시고요."

그 말과 함께 남자는 때로 산길을 넘는 나그네들이 지니고 다니는, 물이 가득 찬 호리병을 주었다. 그리고 멀찍이 안전하게 떨어져서 땅바닥에 내려놓는 것이 아니라 손에 직접 쥐어주었다.

"유대인 아니신가요?" 깜짝 놀란 어머니가 물었다.

"유대인 맞습니다. 게다가 지금 제가 한 것과 같은 이런 일을 말과 모범으로 매일 가르치시는 그리스도의 제자랍니다. 세상은 사랑이라는 말을 오래 전부터 알았지만 참으로 이해하지는 못했지요. 다시 한 번 당신과 따님께 평화와 용기를 빕니다."

남자는 다시 출발했고, 세 사람은 남자가 알려 준 바위를 향해 천천히 다가갔다. 바위는 길 오른쪽으로 30미터도 떨어져 있지 않았고 그들 머리 높이에 있었다. 바위 앞에 서서보니 지나가는 사람들이 틀림없이 자기들을 보고 들을 수 있을 것 같았다. 그들은 나무 그늘 아래에 들어가 누운 후 물을 마시고 쉬면서 기운을 차렸다. 티르자는 곧 잠이 들었고 잠든 그녀를 깨우지 않으려고 두 사람은 입을 다물었다.

## 4. 치유의 기적과 해후


아침 9시 무렵이 되자 길은 벳바게와 베다니 방향으로 가는 사람들로 점차 붐비기 시작했다. 그러나 10시가 되자 올리브 산 너머에서 수천 명이나 되는 커다란 무리가 나타났다. 길을 가득 메운 사람들은 저마다 갓 꺾어낸 종려나무 가지를 손에 들고 있었으므로 깨어 있던 두 사람은 놀라서 그 모습을 지켜보았다. 그렇게 진귀한 광경에 정신이 팔려 있는 동안 길 반대편 동쪽에서도 다른 무리가 다가오는 소리가 들렸으므로 그쪽으로 시선을 돌렸다. 어머니는 황급히 티르자를 흔들어 깨웠다.

잠에서 깬 티르자가 물었다. "무슨 일이예요?"

"그분이 오시고 계셔. 여기 이 행렬은 그분을 맞이하러 예루살렘에서 온 사람들이고, 저기 동쪽에서 몰려오는 사람들은 그분과 함께 오는 일행이란다. 저 두 행렬이 우리 앞에서 만나게 될 것 같구나."

"그러다 우리 소리가 안 들리면 어쩌지요."

어머니의 생각 역시 같았다.

"암라흐, 유다가 열 사람이 치유된 사연을 말할 때 그들이 나사렛 사람에게 뭐라고 소리쳤다고 하더냐?"

"그들은 '주님, 저희에게 자비를 베푸소서.' 또는 '선생님, 자비를 베푸소서.' 이렇게 말했답니다."

"그것뿐이었다고?"

"그 말밖에는 못 들었습니다."

"알았다. 그거면 됐다."

"예, 도련님이 그러는데 그들이 모두 나아서 가는 것을 보았답니다.”

그 사이 동쪽의 사람들이 서서히 산길로 올라왔다. 드디어 일행의 선두가 시야에 들어오자 세 사람의 시선은 일행 한가운데에서 나귀를 타고 오는 한 남자에게 고정되었다. 기쁨에 겨워 어쩔 줄 모르는 사람들이 그의 주위를 맴돌며 노래하고 춤추고 있었다. 남자는 머리에 아무것도 쓰지 않았고 온통 하얀 옷 차림새였다. 좀 더 가까이 다가오자 초조하게 지켜보고 있던 세 사람의 눈에는 약간 햇볕에 탄 기다란 밤색 머리칼이 가운데서 갈라져 늘어진 올리브 빛깔의 얼굴이 보였다. 그는 전혀 두리번거리지 않았다. 자기를 따르는 사람들이 내지르는 환호소리에 아무런 관심이 없는 듯, 사람들의 호의에 동요하지도 않은 채 깊은 우수에 빠져 있는 것을 표정으로 알 수 있었다. 태양이 머리 뒤로 내리쬐어 너울거리는 머리칼을 환히 밝혀 마치 황금 후광이 아른거리는 것 같았다. 그 뒤로는 끊임없이 노래하고 소리치며 쏟아져 나오는 무질서한 행렬이 보이지 않을 정도로 뻗어 있었다. 누가 굳이 알려 주지 않아도 그들은 이 남자가 그분, 그 놀라운 나사렛 사람이라는 것을 알 수 있었다.

“그분이 오셨다, 티르자. 그분이 오셨어, 얘야, 이리 오렴.”

그렇게 말하며 어머니는 흰 바위 앞으로 살며시 다가가 무릎을 꿇었다.

곧이어 티르자와 암라흐도 그 옆에 다가가 있었다. 동쪽에서 다가오던 일행을 본 수천 명의 예루살렘 군중들은 손에 든 나뭇가지를 흔들며 거의 한 목소리로 찬가를 부르듯 외쳤다.

“주님의 이름으로 오시는 이스라엘의 왕은 찬미 받으소서!”

그러자 먼 곳 가까운 곳 가릴 것 없이 그분과 함께 오던 수천 명의 군중들이 그에 화답하는 소리가 산허리를 강타하는 광풍처럼 온 천지에 울려 퍼졌다. 그 북새통에 불쌍한 세 여인이 외치는 소리는 놀란 참새의 희미한 지저귐처럼 묻혀 버리고 말았다.

드디어 두 무리가 마주치는 순간이 다가왔고 병자들은 기회를 엿보고 있었다. 지금이 아니면 기회는 영영 없을 테고, 그러면 그들도 그것으로 끝이었다.

"얘야, 조금만 더 가까이, 가까이 가자꾸나. 이러다 우리 소리를 못 들으시겠다."

어머니는 벌떡 일어나 비틀거리며 앞으로 나아갔다. 송장 같은 두 손을 치켜들고 무서울 정도로 날카롭게 비명을 질렀다. 그 흉측한 얼굴을 본 사람들은 너무 놀라서 제자리에 얼어붙었다. 이 경우에서처럼 인간은 어의를 걸친 왕만큼이나 처참한 몰골의 인간에게도 가까이 다가가지 못한다. 어머니로부터 약간 뒤쪽에 있던 티르자는 너무 기진하고 더 이상 따라 나서기가 겁나 힘없이 주저앉았다.

"나환자들이다, 나환자들이야!"

"돌로 쳐 죽여라!"

"하나님의 저주를 받은 것들! 죽여 버려라!"

비슷한 저주와 욕설들이 군중들이 지르는 호산나[152] 소리를 뚫고 튀어나왔지만 그들은 뒤쪽에 떨어져 있어서 어찌된 영문인지 알 수 없었다. 그러나 나사렛 사람과 오랫동안 함께 하며 그분의 성품을 닮아 어느 정도 연민의 마음을 품게 된 사람들이 있었다. 그들은 그분에게 눈길을 주었고 잠시 침묵하고 있었다. 드디어 그분께서 나타나시더니 벤허의 어머니 앞에 멈춰 섰다. 벤허의 어머니 또한 그분의 얼굴을 보았

---

152) hosanna. '구원하소서'를 뜻하는 히브리어에서 유래한 말로서 기쁨과 승리를 표현하는 환호성. 구약시대 이스라엘 백성은 승리를 주신 하나님께 부르짖으며 찬양하였다.

다. 평온하고 자비롭고 말할 수 없이 아름다운 커다란 두 눈에는 인자한 마음이 가득 담겨 있었다.

두 사람 사이에는 다음과 같은 말이 이어졌다.

"오 선생님, 선생님! 당신은 저희의 고통을 알고 계십니다. 당신은 저희를 깨끗하게 해 주실 수 있습니다. 저희에게 자비를 베풀어 주소서. 제발 자비를!"

"내가 이 일을 할 수 있다고 믿느냐?"

"당신께서는 예언자들이 말하던 바로 그분, 메시아이십니다!"

그분의 눈은 점점 빛나고 태도는 확신에 찼다.

"여인아, 네 믿음이 크도다. 네가 원하는 대로 될지어다."

그분은 그 많은 군중의 존재를 전혀 의식하지 않는 듯 한순간 잠시 머물렀다가 다시 앞으로 나아갔다.

본래 거룩하게 타고난 데다, 한층 더 훌륭한 모든 인간애를 갖고 있는 그분은 가장 저열하고 잔인한 인간들이 꾸민 흉계로 죽음이 임박했음을 예감하고 끔찍한 죽음의 어두운 그림자를 느끼면서도 사랑과 믿음에 대한 갈망과 열망은 변함이 없었다. 그래서 감사하는 마음으로 여인이 외친 인사가 그분께는 더 없이 소중하고 위안이 되었다.

"하늘 높은 곳에 계신 하나님은 찬미 받으소서! 저희에게 주신 아드님 또한 찬미 받으소서!"

이윽고 예루살렘에서 온 무리와 벳바게에서 온 무리는 호산나를 외치며 종려나무 가지를 흔들었다. 군중이 기쁨의 환호성을 지르며 그분 주위를 빽빽이 에워쌌으므로 그분은 세 사람에게서 멀어져갔다. 어머니는 머리를 두건으로 가리고 황급히 티르자에게 달려가 끌어안으며 외쳤다. "티르자, 고개를 들렴! 그분께서 약속하셨단다. 그분은 정말로 메시아란다. 우리는 살았어, 살았다고!" 그리고 두 사람은 행렬이 서서히 움직여 산 너머로 사라질 때까지 무릎을 꿇은 채 꼼짝도 않고 있었다. 이윽고 사람들의 노랫소리가 거의 들리지 않게 되었을 무렵 기적이 일어나기 시작했다.

먼저 두 환자의 심장에 새로운 피가 흐르기 시작했다. 그러더니 피가 더 빨리 더 세차게 흐르면서 고통 없이 병이 치유되는 기분 좋은 감각이 짓무른 몸뚱이 구석구석 퍼져 나갔다. 두 사람은 끔찍한 병마가 점차 사라지면서 기력이 서서히 되살아나고 본래의 모습으로 돌아오는 것이 느껴졌다. 이윽고 치유과정이 끝나려는 듯 몸에서 느껴지는 치유가 정신까지 이어져 엄청난 황홀감에 사로잡혔다. 그들을 사로잡은 힘은 한줄기 바람처럼 크게 휘몰아치더니 어느새 병을 말끔히 씻어냈다. 또한 치유 과정 중의 황홀한 감각뿐 아니라 기억이 다시 돌아오는 과정 또한 매우 특이하고도 거룩하여 격식은 못 갖췄어도 완전하게 감사기도를 드린 것만으로도 모든 기억을 되찾을 수 있었다.

두 사람의 치유에 따른 이러한 변모 과정을 암라흐만 지켜 본 것은 아니었다. 독자 여러분도 보았다시피 벤허는 나사렛 사람이 가는 곳마다 늘 따라다녔다. 그리고 전날 밤의 대화를 기억해 보면 나병에 걸린 두 모녀가 순례자들 앞에 나섰을 때 벤허 역시 그곳에 있었던 것이 놀랄 일은 아니었다. 벤허는 여인이 올리는 기도와 흉측한 얼굴을 보았다. 그리고 기도가 이루어지리라는 대답도 들었다. 치유 기적은 자주 목격한다고 해서 흥미를 잃을 만큼 예사로운 일은 아니었다. 설령 그렇다 하더라도, 주님의 치유 능력이 나타날 때마다 언제나 들끓는 신랄한 논쟁들 때문에 벤허의 호기심은 충분히 살아 있었다. 게다가 그 신비스러운 인물의 사명이 무엇인지 알고 싶다는 희망은 처음처럼 여전히 강렬했다. 아니 한층 더 강해졌다고 할 수 있을 것이다. 이제 얼마 있으면 해가 지기 전에 그분이 모든 사람에게 자신을 스스로 드러낼 것이 분명했기 때문이다. 그래서 나병에 걸린 여인과 예수님의 만남이 끝나자 행렬에서 빠져나온 벤허는 바위 위에 앉아 사람들이 지나가기를 기다렸다.

앉아 있던 자리에서 벤허는 기다란 외투 아래에 단검을 차고 다니는 많은 갈릴리인 부하들에게 알았다는 표시로 고개를 끄덕였다. 잠시 후 가무잡잡한 작은 아랍인이 두 마리 말을 끌고 왔다. 그도 역시 벤허의 표시를 보고 나온 것이었다.

뒤처진 사람들까지 다 사라지고 나자 벤허가 아랍인에게 명령했다. "여기서 기다리게. 예루살렘에 일찍 가야 하는데 그러려면 알데바란이 제격이지."

벤허는 힘이나 용모로 최고의 애마가 된 알데바란의 널찍한 이마를 두드려 주며 길을 건너 두 여인이 있는 곳으로 향했다.

그들은 아직까지는 벤허에게 치유 기적의 대상으로서만 관심이 있는 여인들에 지나지 않았다. 그 기적의 결과는 오랫동안 그를 사로잡아 온 신비를 푸는데 도움이 될 수도 있었다. 그는 앞으로 향하다가 하얀 바위 옆에서 두 손에 얼굴을 묻은 채 서 있는 작은 체구의 여인에게 우연히 눈길이 갔다.

"아니, 저건 암라흐잖아!"

벤허는 급히 달려가 여전히 알아보지 못하는 모녀를 지나쳐 암라흐 앞에 멈춰 섰다.

"암라흐, 도대체 여기서 뭐하는 거지?"

암라흐는 앞으로 뛰어나오더니 흐르는 눈물에 앞이 가로막히고 기쁨과 두려움이 뒤엉켜 말을 잇지 못한 채 벤허 앞에 무릎을 꿇었다.

"주인님, 주인님! 우리 주님은 얼마나 선하신 분이신지요!"

고통을 겪고 있는 다른 이들을 아무리 동정해봤자 우리가 알 수 있는 것은 그저 막연히 이해하는 정도다. 하지만 불가사의하게도 아픔을 겪는 이들과 완전히 하나가 되면 그들의 슬픔과 기쁨을 자기 일처럼 온전히 느낄 수 있게 된다. 그렇게 불쌍한 암라흐는 약간 떨어져 얼굴을 가리고 있었지만 병에 걸린 두 주인이 자기에게 한 마디 말도 없이 겪고 있는 변모를 알고 있었다. 알고 있었을 뿐 아니라 그들의 모든 감정을 충분히 느꼈다. 표정과 말과 온몸의 태도에 그녀의 느낌이 온전히 드러났기 때문이다. 그리고 벤허는 불현듯 스치는 예감으로 암라흐와 지금 막 지나친 여인들을 연결해 보았다. 암라흐가 지금 이 시간에 그곳에 있다는 사실은 어떤 식으로든 그들과 관련이 있을 것으로 생각되었으므로 자리에서 막 일어서고 있는 그들 쪽으로 황급히 방향을 틀었다. 두 사람을 바라본 순간 그는 심장이 멎어 버린 것처럼 그 자리에 못 박혀 꼼짝도 못했다. 너무 놀라서 아무 말도 안 나왔다.

아까 나사렛 그분 앞에 서 있던 여인이 두 손을 모은 채 하염없이 눈물을 흘리며 하늘을 우러러 보고 있었다. 단순히 변모한 것만으로도 충분히 놀랄 일이었다. 하지만 벤허가 그토록 놀란 데는 더 큰 이유가 있었다. 자기 눈이 잘못된 걸까? 세상 천지에 그토록 어머니와 닮은 사람이 있을 수 있을까? 그리고 지금 그 모습은 바로 자기와 영영 헤어지던 날의 모습 그대로였다. 다만 한 가지 흰머리가 희끗희끗 보인다는 점만 빼면 완전히 똑같았다. 그것도 사실 그동안 세월이 흐른 것을 생각해 보면 충분히 납득할 만한 일이다. 그리고 지금 옆에 있는 사람은 티르자가 아니면 누구겠는가? 티 없이 순수하고 아름다우며 완전히 성숙한 것만 제외하면 그라투스에게 사고가 벌어졌던 날 아침 그와 함께 난간 위에서 구경하고 있을 때의 모습과 똑같았다. 벤허는 그들이 죽었다고 생각했고 시간이 흐르면서 사별에도 어느 정도 적응이 되었다. 그들을 생각하며 애달파하지 않은 것은 아니었지만 그의 계획과 꿈과는 별개의 차원으로 밀려나 있었다. 자기 눈으로 보면서도 잘 믿기지 않아 벤허는 암라흐의 머리에 손을 얹고 떨리는 목소리로 물어보았다.

"암라흐, 암라흐! 어머니와 티르자야? 설마 꿈은 아니겠지?"

"직접 말씀하세요, 주인님. 직접 가서 말씀하셔요."

그는 더 이상 기다리지 않고 두 팔을 뻗은 채 한걸음에 달려가며 외쳤다. "어머니! 어머니! 티르자! 나야!"

벤허의 소리를 들은 두 사람도 너무 반가워 환성을 질렀다. 하지만 어머니는 갑자기 멈춰서더니 뒤로 물러나 예전의 경고를 입 밖으로 내어 외쳤다.

"유다, 멈춰라. 아들아 가까이 오지 마라. 우리는 더러운 나환자란다, 더러운 나환자!"

그 말은 그 끔찍한 병에 걸린 후로 두려움만큼 몸에 밴 습관에서 나온 것이 아니었다. 지금의 두려움은 언제나 사려 깊던 모정의 또 다른 모습이었다. 비록 몸은 완전히 치유되었지만 혹시라도 옷에 병균이 남아 있어 다른 사람을 감염시킬 수도 있었기 때문이다. 그러나 벤허에게 그런 생각은 안중에도 없었다. 지금 어머니와 티르자가 바로 앞에 있다. 그들을 불러보았고 그들이 대답했다. 이제 누가, 무엇이 내게서 두 사람을 떼어 놓을 수 있단 말인가? 다음 순간 그토록 오랜 세월 헤어져 있던 세 사람은 서로 꼭 끌어안고 하염없이 눈물을 흘렸다.

처음의 흥분이 가라앉고 나자 어머니가 말을 꺼냈다. "얘들아, 이 행복에 겨워 감사함을 잊어서는 안 된다. 우리 모두 이렇게 큰 빚을 지게 된 하나님께 감사하는 마음으로 새로운 삶을 시작하자꾸나."

그들은 모두 무릎을 꿇었고 암라흐도 동참했다. 그리고 어머니가 드리는 기도는 찬미가와도 같았다.

티르자는 어머니의 기도를 한 마디도 안 놓치고 따라했고, 벤허도 그대로 따르기는 했지만 어머니처럼 확실한 마음과 무조건적인 신앙에서 그런 것은 아니었다. 그래서 의문을 떨치지 못하고 어머니에게 물었다.

"어머니, 그분이 태어난 나사렛에서는 그분을 목수의 아들이라 부른다는군요. 그분은 대체 어떤 사람일까요?"

어머니는 예전의 그 온화한 시선으로 아들을 바라보며 나사렛 사람에게 대답했던 대로 대답했다.

"그분은 메시아란다."

"그렇다면 그분의 능력은 어디에서 왔을까요?"

"우리는 그분이 그 능력을 어떻게 사용하는지를 보고 알 수 있단다. 그분이 나쁜 짓을 한 적이 있다고 말할 수 있느냐?"

"아니요."

"그렇다면 그 표징에 의거해 대답해 주마. 그분은 그 능력을 하나님께로부터 받은 것이란다."

수년 동안 마음속에서 자라와 기본적으로 우리의 일부가 된 어떤 기대감들을 한순간에 털어내 버린다는 것은 쉬운 일이 아니다. 세상의 덧없는 일들이 그런 기대감일지 모른다고 스스로 반문하긴 했지만 벤허의 야망 또한 끈질겨서 좀처럼 포기가 안 되었다. 그는 인간이 흔히 그러듯이 끈질기게 자기 기준으로 그리스도를 매일 판단해 왔다. 우리가 그리스도의 기준으로 자신을 판단한다면 얼마나 더 좋으랴!

당연하게도, 현실적인 삶의 문제에 대해 제일 먼저 생각한 것은 어머니였다.

"이제 어쩌면 좋으냐 아들아? 어디로 가야 할까?"

그제야 벤허는 자기가 맡은 임무가 떠올랐고, 되찾은 어머니와 여동생으로부터 병의 모든 흔적이 얼마나 말끔히 사라졌는지 확인했다. 두 사람은 각각 원래의 모습으로 완벽히 돌아와 있었다. 나아만[153]이 물에서 나왔을 때와 마찬가지로 어린아이의 살처럼 새살이 돋아 있었다. 벤허는 자기 외투를 벗어 티르자에게 덮어 주었다.

그리고 웃으며 말하였다. "입거라. 전에는 사람들의 눈길이 너를 피했을 테지만 이제는 그러지 않을 것이다."

그런데 외투를 벗는 바람에 옆구리에 찬 단검이 드러났다.

그것을 본 어머니가 걱정스럽게 물었다. "전쟁이라도 났니?"

"아니요."

"그런데 웬 칼이냐?"

"나사렛 사람을 지키는데 필요할 것 같아서요."

벤허는 모든 사실을 털어놓기를 회피한 채 그렇게만 말했다.

"그분께 적들이 있다고? 대체 그들이 누구란 말이냐?"

"아, 어머니, 안타깝게도 그분의 적은 로마인들뿐만이 아니랍니다!"

"그분은 이스라엘 사람이고, 평화를 사랑하는 분이 아니냐?"

"그와 같은 분은 없죠. 하지만 율법학자들과 교사들은 그분이 커다란 죄를 저지르고 있다고 생각하고 있답니다."

"죄라니 도대체 무슨 죄를?"

"그분은 할례 받지 않은 이방인도 엄격한 관습을 지키는 유대인만큼 똑같이 소중하게 생각하십니다. 완전히 새로운 계명을 가르쳐 주신답니다."

어머니는 아무 말이 없었고, 그들은 바위 옆의 나무 그늘로 자리를

---

153) 시리아 왕의 군사령관. 나병에 걸렸으나 예언자 엘리사의 말대로 요르단 강물에 일곱 번 몸을 담근 후 나병이 나았다. 열왕기하 5:1-14

옮겼다. 마음 같아서는 당장이라도 어머니와 티르자를 집으로 데려가 그간의 사연을 듣고 싶었지만, 간신히 마음을 억누르고 지금과 같은 경우에 적용되는 율법에 따를 필요가 있음을 알려 주었다. 그렇게 결론짓고 아랍인을 불러 말들을 베데스다 옆 성문으로 데리고 가서 그곳에서 기다리라고 명령했다. 그 사이 그들은 멸망의 산으로 난 길로 출발했다. 돌아오는 길은 갈 때와는 사뭇 달랐다. 경쾌하고 가벼운 발걸음으로 얼마 지나지 않아 압살롬 무덤 부근의 기드론 골짜기를 내려다보고 있는 새로 만들어진 무덤에 도착했다. 무덤 안이 빈 것을 확인한 벤허는 어머니와 동생을 그곳에 있게 하고 그들의 새로운 형편에 필요한 것들을 준비하기 위해 서둘러 출발했다.

## 5. 벤허, 봉기를 꿈꾸다


벤허는 왕들의 무덤에서 동쪽으로 얼마 떨어져 있지 않은 기드론 골짜기 상류에 천막 두 개를 치고 편히 지낼 수 있게 만반의 준비를 해 놓았다. 그리고 한시도 지체하지 않고 어머니와 누이를 천막으로 데리고 갔다. 제사장이 어머니와 누이를 꼼꼼히 살핀 후 그들이 완전히 나았다고 인정하게 될 때까지는 그곳에서 지내게 했다.

그리고 의무 규정에 따라 벤허도 그 심각한 질병을 앓은 사람과 접촉했기 때문에 곧 시작될 유월절 축제의 예식에는 참여할 수가 없었다. 성전의 안뜰조차 출입할 수 없게 되었다. 일부러 그런 것은 아니었지만 덕분에 어쨌든 사랑하는 가족과 함께 천막에 머무르게 되었다. 그들로부터 들을 말도 산더미처럼 많았고 그들에게 들려줄 사연도 무궁무진했다.

몇 년 동안 겪은 슬픈 체험과 육신의 고통, 그보다 쓰린 마음의 고통을 털어놓기도 하고, 서로 별 연관이 없는 사건들에 대한 이야기들이 이어졌다. 어머니와 누이가 해 주는 이야기와 모든 사연을 들으며 벤허는 겉으로는 아무 내색도 하지 않았지만 속으로는 부글부글 끓어올랐다. 사실, 벤허가 로마와 로마인들에 대해 느끼는 분노는 터지기 일보직전이었다. 생각하면 할수록 복수심은 더욱 강렬해지고, 감정이 걷잡을 수 없이 격해지면 미칠 것 같은 충동에 사로잡히기도 했다. 활짝 열린 기회가 거부할 수 없는 힘으로 유혹하고 있었다. 벤허는 갈릴리에서 봉기를 일으키는 문제를 진지하게 고민했다. 대체로 끔찍한 공포를 떠올리게 만드는 바다조차 그의 상상 속에서는 제국이 약탈한 물건과 여행자들로 붐비는 온갖 항로가 자세하게 얽힌 지도처럼 생생하게 펼쳐졌다. 그러나 다행히도 곧 냉정해지면 이성을 되찾았으므로 제 아무리 강렬해도 열정에 휩쓸리지는 않았다. 뭔가 새로운 방법이 없을까 이리저리 궁리해 보았지만 결론은 언제나 같았다. 온 이스라엘이 하나로 똘똘 뭉쳐 싸우는 전쟁 말고는 완전한 승산이 있을 수 없었다. 그러면 모든 희망과 질문은 늘 출발점, 즉 나사렛 사람과 그의 목적으로 귀결되었다.

어떤 때는 터무니없게도 제멋대로 그분의 말을 상상하면서 기뻐하기도 했다.

"이스라엘아 들어라! 하나님께서 약속하신 유대인의 왕으로 난 이가 바로 나다. 예언자들이 말한 대로 너희를 다스리러 왔다. 그러니 이제 일어나 온 세상을 손에 넣자!"

그분이 이렇게 몇 마디만 한다면 얼마나 많은 봉기가 이어질 것인가! 얼마나 많은 사람들이 전쟁의 나팔을 불며 군대를 결성하기 위해 박차고 일어날 것인가!

그러나 그분이 과연 그렇게 할 것인가?

한시라도 빨리 과업을 시작하고 싶은 마음에서 세상의 방식으로 답을 구하는 벤허는 그분에게 신성과 인성 두 가지 본성이 있다는 것과, 무엇보다도 신성이 인성보다 크다는 사실을 잊고 있었다. 두 눈으로 직접 티르자와 어머니의 기적을 목격했으면서도 그 사실은 제쳐두고, 인간의 방식으로만 생각했다. 그분이 가진 힘이면 손쉽게 로마인들을 쳐부수고 유대 왕국을 건설한 후 사회를 재정비하여 인류를 순수하고 행복한 하나의 가족으로 변화시킬 수 있을 것이다. 그리고 그 과업이 완수되면 무사히 확립된 평화가 하나님의 아들에게 어울리는 사명이 아니라고 누가 감히 이의를 제기하겠는가? 누가 감히 그분이 구원자라는 것을 부정할 수 있단 말인가? 그리고 정치적 결과는 차치하더라도 그분에게 인간적으로 얼마나 눈부신 영광이 쏟아질 것인가? 인간이라면 그러한 출세를 거부할 사람은 있을 것 같지 않았다.

그 사이 기드론 골짜기 아래쪽과 베제타 방향, 특히 다마스쿠스 성문으로 가파르게 올라가는 길가에는 유월절을 지내러 온 순례객들의 임시거처인 천막들이 급속히 불어나고 있었다. 벤허는 낯선 이들을 찾아가 이야기를 나누었다. 그리고 천막에 돌아올 때마다 사람들의 수가 엄청나게 불어나 있는데 점점 더 놀랐다. 그야말로 세계 각지에서 순례객이 모여들고 있었다. 저 멀리 서쪽의 기둥(Pillars of the West)[154]까지 뻗은 지중해 양쪽의 해안 도시들, 머나먼 인도의 연안 도시들, 유럽 북단의 지방에서 온 사람들도 있었다. 옛 히브리 선조들의 말을 가끔 섞어가며 인사를 건네는 언어는 제각각이었지만 이들은 모두 유월절 축제를 기념한다는 똑같은 목적을 갖고 이 자리에 모인 것이었다. 그런데 그 광경을 보면서 약간은 망상과도 같은 생각이 뇌리를 스쳤다. 내가 혹시 나사렛 사람을 전적으로 오해하고 있었던 것은 아닐까? 그분이 말없이 준비하며 오랫동안 참고 기다려 온 이유는 영광스러운 그 과업을 완수할 적임자임을 입증하기 위한 것은 아니었을까? 게네사렛 호숫가에서 갈릴리 사람들이 그분을 억지로 추대하려고 했을 때보다 지금이 얼마나 적기인가? 그때였다면 지지자들이 고작 몇천 명에 불과했을 것이다. 그러나 지금은 그분이 선포하기만 한다면 수백만 명이 응답할 것이다. 아니 얼마나 될지 누가 알겠는가? 자기의 이론을 발전시켜 이렇게 결론지으며 벤허는 빛나는 꿈에 부풀어 감격했다. 그리고 우수에 젖어 보이는 그 인물이 실제로는 온순한 외양과 놀라운 자제심 뒤에 정

---

154) 헤라클레스의 기둥을 지칭. 지브롤터 해협의 양끝단인 이베리아 반도 남단과 북아프리카 대륙 봉우리에 솟아 있는 두 개의 산이다.

치가의 치밀함과 전사의 비범함을 숨기고 있다는 생각에 불타올랐다.

두건을 쓰지 않은 검은 수염의 건장한 사내들이 몇 차례 천막으로 찾아와 벤허에게 무엇인가를 묻곤 했다. 벤허는 그들을 늘 따로 만났다. 누구냐고 어머니가 물어보면, 갈릴리에서 온 친구들이라고만 대답했다.

벤허는 그들로부터 나사렛 사람의 동태와 그분의 적들인 율법학자와 로마인들이 무슨 짓을 꾸미는지 전해 듣고 있었다. 적들이 그분을 노리고 있다는 것은 알고 있었지만 지금 당장 그분을 해치려고 나설 만큼 대담한 자가 있을 것 같지는 않았다. 그분의 명성과 인기는 흔들림이 없었으므로 가는 곳마다 뒤따르는 엄청난 인파만큼 확실한 보호막은 없는 것 같았다. 그리고 사실 벤허가 제일 확실히 믿는 구석은 기적을 일으킬 수 있는 그리스도의 능력이었다. 순전히 인간적인 관점에서 보았을 때, 그렇게 생명을 좌지우지할 수 있는 분이 그 능력을 다른 이들을 위해서만 쓰고 자기 자신을 위해서는 쓰지 않을 거라는 견해는 이해할 수도 믿을 수도 없는 일이었다.

이 모든 일들은 현재의 달력으로 계산했을 때 3월 21일에서 25일 사이에 벌어졌다. 25일 저녁이 되자 더 이상 기다릴 수 없었던 벤허는 그날 밤 안으로 돌아오겠다는 약속을 남긴 채 예루살렘으로 황급히 말을 몰았다.

힘이 넘치는 말은 제 마음대로 날듯이 달렸지만 그 모습을 지켜본 것은 길가의 울타리에 뻗어 있는 덩굴밖에 없었다. 그 외에는 남녀노소를 불문하고 아무도 없었다. 텅 빈 길에는 강철 찻잔처럼 울리는 말발굽 소리만이 울려 퍼질 뿐이었다. 그러나 내다보는 사람은 아무도 없었다. 지나치는 집들은 하나같이 텅 비어 있었다. 천막 입구에 달아두었던 불들도 모두 꺼져 있었다. 길에는 개미새끼 한 마리 없었다. 이날은 바로 유월절 첫날 저녁이었으므로 예루살렘을 찾은 수백만 명이 모두 성읍 안에서 북적일 시간이었다. 성전 앞마당에서는 제물로 바칠 양들이 도살되고, 제사장들은 흐르는 피를 받아 재빨리 제단으로 옮기느라 북새통이었다. 밤하늘에 뜨기 시작하는 별들과 경쟁이라도 하듯 이 모든 일은 신속하게 진행되었고, 속죄의식이 끝나고 나면 도살한 양들을 굽고 흥얼거리면서 맛있게 먹었다. 그것으로 모든 축제 준비는 마치게 된다.

벤허는 커다란 북쪽 성문을 통해 성으로 들어갔다. 눈앞에는 몰락하기 전 영광스럽게 빛나는 예루살렘이 펼쳐져 있었다.

## 6. 나일 강의 독사, 본색을 드러내다

벤허는 30년도 더 전에 동방박사들이 베들레헴으로 가는 도중 묵어 갔던 여관의 문에 이르자 말에서 내렸다. 그곳에서 아랍인에게 말을 맡겨두고 걸어서 자기 집으로 향했다. 얼마 후에는 저택의 쪽문으로 들어갔다 싶더니 어느새 커다란 거실로 들어섰다. 먼저 말루크를 찾았으나 외출 중이었으므로 시모니데스와 발타사르에게 인사말을 전했다. 그들 역시 축제를 보러 나가고 없었다. 발타사르는 매우 기력이 약해졌고 마음도 몹시 우울한 상태라고 전해 들었다.

예나 지금이나 자기 마음을 제대로 잘 모르는 젊은이는 교묘하게 에둘러 표현하는 습성이 있다. 벤허가 훌륭한 발타사르를 뵐 수 있는지 정중히 예의를 갖추어 안부를 물은 이유는 사실 이라스에게 자기가 도착했음을 은연중에 알리고 싶어서였다. 하인이 발타사르의 대답을 전하고 있는데 입구의 커튼이 살짝 열리더니 이라스가 안으로 들어왔다. 평소에 좋아하고 즐겨 입는 하늘하늘한 옷에 휘감긴 이라스는 마치 하얀 구름 위에 떠 있는 것처럼 사뿐히 걸어왔다. 일곱 개의 놋쇠 촛대가 가장 환히 비추는 방 한가운데에 멈춰 서자 빛이 무색할 정도로 눈부셨다.

하인은 두 사람만을 남겨두고 나갔다.

요 며칠 동안 일어난 일에 정신이 팔려 있던 벤허는 아름다운 이집트 여인을 생각할 틈이 거의 없었다. 잠깐 생각난 적이 있다면 자기를 기다릴 수 있거나 기다리고 있다고 생각하면서 잠시 기쁨에 취했을 뿐이다.

그러나 이라스를 다시 본 순간 걷잡을 수 없이 그녀에게 사로잡혔다. 벤허는 황급히 이라스에게 다가서다가 잠시 멈칫하더니 눈이 휘둥 그레졌다. 그렇게 180도 변한 모습은 처음이었다!

그때까지만 해도 이라스는 벤허의 마음을 얻으려고 끊임없이 애썼 다. 다정한 태도와 눈길과 몸짓으로 사랑한다는 것을 드러냈고 갖은 아 양을 떨었다. 함께 있을 때는 온갖 감언이설로 가슴 설레게 했고, 떠날 때는 자기가 하루빨리 돌아오길 기다릴 것이라는 달콤한 기대감을 품 게 했다. 아름다운 눈에 더 매혹적으로 화장을 한 것도 벤허를 위해서 였다. 알렉산드리아 거리에서 흔해빠지게 듣는 사랑이야기도 황홀한 시적 표현을 곁들여 새롭게 들려주었다. 끝없이 늘어놓던 공감의 감탄 사와 미소, 손과 머리와 볼과 입술로 보여주는 사랑스러운 몸짓들, 나 일 강의 노래들, 주렁주렁 치장한 온갖 보석들, 섬세한 레이스로 장식 된 베일과 스카프, 하늘거리는 인도 실크에 뒤지지 않는 다른 섬세한 치장들도 모두 벤허를 위한 것이었다. 어떻게 하면 자기를 즐겁게 해줄 지 궁리하는 이라스의 모습은 '영웅이 미인을 얻는다'는 옛 격언을 떠 올리게 했고 벤허는 자기가 그녀의 영웅임을 믿어 의심치 않았다. 이라 스는 미모만큼 타고난 온갖 교태로 벤허가 자기에게 영웅이라는 사실 을 드러냈다. 마치 클레오파트라로부터 남자를 매혹하는 비법을 전수 받기라도 한 것 같았다.

종려나무 과수원 호숫가에서 뱃놀이를 하던 밤 이라스는 그런 모습 이었다. 그런데 싸늘하게 느껴지는 지금의 모습이란!

앞에서는 나사렛 사람에게 신성과 인성 두 본성이 있다고 언급했었 다. 그런데 이것을 보통 사람에게 확대시켜 보면 사람은 누구나 이중 본성을 갖고 있다. 즉 선천적 본성과 후천적 본성을 가지고 있다. 후천 적 본성은 교육을 통해 몸에 밴 본성으로서 때로는 교육이 너무도 완벽 히 이루어져 후천적 본성이 선천적 본성인 것처럼 보이기도 한다. 그러한 견해를 바탕으로 이제 이라스의 진짜 본성이 드러나는 것을 지켜보기로 하자.

이라스는 처음 보는 사람에게도 그렇게 매몰차게 거부하지는 못할 정도로 냉랭한 모습이었다. 고개를 약간 기울이고, 콧매는 당겨 육감적인 입술을 삐죽 내민 모습이 대리석 조각처럼 차갑게 느껴졌다.

이라스는 가시 돋친 음성으로 먼저 입을 열었다.

"마침 잘 오셨네요. 오늘이 아니면 인사할 기회도 없을 것 같아서요. 그동안 환대해 주셔서 고마워요."

뜻밖의 말에 벤허는 이라스를 계속 바라보며 살짝 고개를 숙였다.

"주사위 도박꾼들은 누가 이겼는지 알아보는 관습이 있다면서요. 도박이 끝나면 내기에 건 금액을 확인하여 서로 정산한 다음 신들에게 헌주를 올리고 행복한 승자에게 화관을 씌워 준다지요. 우리도 오랫동안 밤낮으로 계속된 도박을 했지요. 이제 그것도 끝이 났으니 승리의 화관이 누구 것인지 확인해야 하지 않겠어요?"

벤허는 여전히 조심스러우면서도 태연하게 대답했다. "남자는 여자가 자기 마음대로 하고 싶어 하는 것을 막지는 않소."

이라스는 고개를 까닥하며 비꼬는 말투로 물었다. "오 예루살렘의 귀공자님, 말씀해보세요, 그분은 지금 어디 있나요? 최근까지 놀라운 기적들로 하나님의 아들이라고 온갖 기대를 한 몸에 받고 있던 그 나사렛 목수의 아들은 어디에 있냐고요?"

벤허는 황급히 손을 내저으며 대답했다. "나는 그분을 감시하는 사람이 아니오."

그러자 이라스는 아름다운 머리를 앞으로 약간 더 낮게 내밀었다.

"로마를 무너뜨린 게 아니었나요?"

벤허는 부정하는 뜻으로 손사래를 쳤지만 이번에는 화가 났다.

"그분은 어디에 도읍을 정했지요? 그분의 옥좌와 그 아래를 떠받치고 있는 청동 사자상을 볼 수 있기나 한건가요? 그리고 그분의 궁전은 어찌 되었죠? 죽은 자도 살리는 그렇게 대단한 분이 그까짓 황금 궁전 세우는 것이 뭐 대수겠어요? 발 한 번 구르며 말 한 마디면 카르나크 신전처럼 기둥이 늘어선 휘황찬란한 궁전 만드는 것쯤이야 식은 죽 먹기 아니겠어요?"

이쯤 되자 이라스의 말투에는 농담하는 기색이 거의 남아 있지 않았다. 질문은 도발적이었고 태도에는 적개심마저 느껴졌다. 그 모습에 벤허는 한층 더 신중한 태도로 쾌활하게 대답했다. "오 이집트, 하루만, 아니 일주일만 더 기다려 봅시다. 그분과 옥좌의 사자상과 궁전을 곧 보게 될 테니."

그러나 이라스는 그러한 제안은 안중에도 없다는 듯 자기 할 말만 했다.

"도대체 지금 입고 있는 그 차림새는 다 뭔가요? 인도의 통치자들이나 다른 곳의 태수들은 그런 복장을 하지 않아요. 언젠가 테헤란의 총독을 본 적이 있는데 비단 터번과 황금빛 외투를 입고 있었고, 차고 있는 칼자루와 칼집에는 온갖 보석이 박혀 눈이 부실 지경이었죠. 오시리스 신이 그에게 태양의 광휘를 빌려 준 걸로 생각했다니까요. 그런데 당신 행색을 보아하니 저와 함께 누리자던 그 왕국에 들어갈 수 있을지나 모르겠네요."

"당신은 스스로 생각하는 것보다 친절하군. 이시스가 당신 심장에 입 맞추었어도 마음이 더 따뜻해지게 만들지는 못했다는 것을 알려 주었으니 말이오."

벤허는 냉정하게 예의를 갖춰 말했고, 이라스는 목걸이에 박혀 있던 커다란 펜던트를 만지작거리더니 대꾸했다. "당신은 유대인치고는 영리하군요. 당신이 왕이라고 믿는 그분이 예루살렘에 들어가는 것을 보았어요. 당신은 그분이 성전에서 자신이 유대인의 왕이라고 선포할 거라고 했잖아요. 저는 그분을 모시고 산에서 내려오는 행렬을 보았어요. 그들이 환호하며 노래하는 소리도 들었지요. 손에 종려나무 가지를 들고 흔드는 모습은 근사했어요. 저는 장차 왕이 될 인물을 찾아 사방을 둘러보았죠. 자주색 옷을 걸친 기병과, 기수가 모는 빛나는 청동 전차, 둥근 방패와 키처럼 큰 창을 든 당당한 전사가 어디 있나 하고 말이죠. 호위대는 어디 있는지 찾아보았죠. 예루살렘의 귀공자인 당신과 갈릴리 보병대 군단을 볼 것으로 기대했는데 유감이네요."

이라스는 벤허에게 분개할 정도로 경멸의 눈빛을 던지더니 기억에 떠오른 광경이 너무 어이가 없다는 듯이 실컷 비웃었다.

"승리를 거두고 돌아오는 이집트의 세소스트리스 왕이나 투구를 쓰고 칼을 찬 황제 대신에, 하하하! 누굴 본 줄 아세요? 아낙네처럼 가녀린 모습에 슬픈 눈을 한 사내가 나귀를 타고 오는 걸 봤다고요. 그 사람이 왕이라고요! 하나님의 아들이라고! 세상을 구원할 사람이라고! 기가 막혀서, 하하하!"

벤허는 자기도 모르게 움찔했다.

벤허가 제정신을 차리기도 전에 이라스는 계속 쏘아댔다. "오 예루살렘의 대공이여, 저는 그래도 자리를 뜨지 않고 지켜보았죠. 비웃지 않았어요. 스스로에게 타일렀죠. '기다려보자. 성전에 들어서면 세상을 지배할 영웅의 면모를 제대로 보여줄 거야.' 그 사람은 미문으로 불리는 슈샨 문[155])을 통해 여인들의 뜰로 들어오더니 문 앞에 멈춰 섰죠.

---

155) the Gate of Shushan. 예루살렘의 성문 가운데 하나. 이스라엘 민족이 바빌론에서 돌아와 제2성전을 건축할 때 예루살렘 성 동쪽 벽에 만든 문. 호화롭게 꾸며져서 미문 또는 황금 문으로 불리기도 한다. '자비의 문'과 '회개의 문' 두 개의 쌍문으로 이루어져 있다. 유대인

제가 있던 문가와 뜰에는 많은 사람들이 있었고, 주랑과 성전의 계단에도 사람들로 꽉 차 있었죠. 수없이 많은 사람들이 모두 숨죽이며 그가 메시아라는 것을 드러내기를 기다리고 있었지요. 주랑의 기둥들 역시 우리만큼 숨죽이며 기다렸죠. 하하하! 나는 거대한 로마제국의 축에 균열이 가는 소리를 들은 것으로 착각했지요. 하하하! 솔로몬 왕의 영혼에 대고 맹세코 당신의 그 왕이라는 작자는 겉옷을 여미더니 그냥 걸어가 버리더군요. 반대편 성문으로 빠져나갈 때까지 일언반구도 없었죠. 그리고 로마제국은 아직까지 건재하다고요!"

그 순간 그렇게 사라진 희망에 안타깝다는 듯 벤허는 자기도 모르게 눈을 내리깔았다.

전에 발타사르와 열심히 논쟁을 벌이거나 눈앞에서 기적들이 벌어지고 있을 때에는 알 수 없었던 나사렛 사람의 본성이 그렇게 확연히 이해된 적은 없었다. 결국 신성을 가장 잘 이해하려면 인성에 대해 잘 알아야 한다. 우리는 늘 인간보다 뛰어난 것에서 하나님을 찾으려고 한다. 나사렛 사람이 미문에서 그냥 반대편 문으로 걸어 나갔다고 이라스가 투덜거린 경우에서도 잘 드러난다. 이 이야기의 핵심은 그분이 세속적 욕망에 사로잡힌 인간의 행태를 완전히 뛰어넘었다는데 있다. 이 장면은 그리스도가 그토록 자주 역설해 왔던 사실, 즉 그분의 사명은 정치적인 데 있지 않다는 것을 알려 주는 일종의 비유다. 순간적으로 그러한 생각이 확 올라오자 마음을 온통 사로잡고 있던 복수심이 갑자기 사라지는 것 같았다. 그리고 아낙네처럼 가녀린 모습에 슬픈 눈을 한 사내가 그 영혼의 족적을 남길 만큼 또렷이 떠올랐다.

벤허는 위엄을 잃지 않고 말했다. "발타사르의 따님, 이것이 당신

들은 에스겔 44장 1-3절에 언급되어 있듯이 메시아가 올 때에 이 문이 열린다고 믿고 있다.

이 말한 승부라면 내가 졌다는 것을 깨끗이 인정할 테니 이제 하던 말이나 마저 끝냅시다. 보아하니 어떤 목적이 있는 것 같은데. 자, 어디 말해 보시오, 대답하리다. 그러고 나서 각자의 길로 갈라서서 서로 깨끗이 잊도록 합시다. 계속해 보시오. 하지만 지금까지 한 말은 그걸로 됐소."

이라스는 어떻게 할지 망설이듯 한동안 벤허를 유심히 살폈다. 아마도 그의 의중이 무엇인지 헤아리는 것 같았다. 그러다 냉랭하게 내뱉었다. "이제 그만 가시죠."

"좋소, 그럼 이만 안녕히." 벤허는 짤막하게 대답하고는 걸음을 옮겼다.

그런데 막 문을 나가려는데 이라스가 불러 세웠다.

"한 마디만요."

벤허는 걸음을 멈추고 뒤돌아보았다.

"내가 당신에 대해 모든 것을 알고 있다는 것을 잊지 마세요."

"오 아름다운 이집트 여인이여, 도대체 나에 대해 뭘 알고 있다는 거요?"

이라스는 멍하니 벤허를 바라보았다.

"당신은 히브리인보다는 로마인에 가깝죠."

벤허는 냉담하게 되물었다. "내가 어디로 봐서 로마인 같단 말이오?"

"요즘 신처럼 뛰어난 영웅들은 모두 로마인들인걸요."

"그래서 지금 나에 대해 더 알고 있는 것들을 말해 주겠다는 거요?"

"당신이 로마인에 가깝다는 점이 아직은 매력적이죠. 그 때문에 당신을 구해 주고 싶은 마음이 들 수도 있고요."

"나를 구해 준다고!"

분홍빛으로 물들인 손가락으로 목에 걸린 반짝이는 펜던트를 우아하게 만지작거리는 이라스의 음성은 한층 은근하면서 부드러웠다. 실크 신발로 바닥을 톡톡 구르는 소리가 왠지 불길한 예감이 들었다.

　이라스는 천천히 말을 시작했다. "갤리선에서 도망친 유대인 노예가 이데르네 저택에서 사람을 죽였죠."

　벤허는 한 대 얻어맞은 것 같았다.

　"그 유대인은 또 이곳 예루살렘의 시장터 앞에서 로마 병사를 죽였고요. 바로 그 유대인이 오늘밤 로마의 총독을 잡으려고 갈릴리에서 훈련된 세 개 군단을 이끌고 왔죠. 그걸로 끝이 아니죠. 그에게는 로마와 맞서 싸울 동맹군도 있는데, 그 중 하나가 일데림 족장이죠."

　이라스는 벤허 쪽으로 점점 다가와 거의 속삭이는 수준으로 말했다.

　"당신은 로마에서 산 적이 있으니 그곳 사정을 알죠. 지금 우리가 알고 있는 이 모든 것들이 사람들 귀에 들어간다고 생각해 봐요. 아, 저런! 안색이 변하셨네."

　뒤로 물러난 벤허는 고양이와 놀고 있는 줄 알았다가 상대가 호랑이인 줄 알고 놀란 사람처럼 벙벙한 표정이었다. 이라스는 틈을 주지 않았다.

　"당신도 궁중의 속사정을 훤히 꿰뚫고 있을 테니 황제의 친위대장 세야누스를 잘 알고 있겠지요. 확실한 증거와 함께, 아니 뭐 굳이 증거까지 필요 없고 그 유대인이 바로 동방에서, 아니 온 제국에서 제일 부유한 사람이라는 소문이 그의 귀에 들어간다면 어떻게 될까요. 테베레 강의 물고기들이 지금 야금야금 먹는 것보다 훨씬 더 배불리 먹을 수 있는 먹잇감이 있는데 가만히 있을까요? 그리고 그렇게 배를 불리는 동안, 대경기장의 볼거리는 얼마나 화려해질까요? 로마 사람들을 즐겁게 해 주는 것이야말로 쉬운 일이 아니죠. 그들을 즐겁게 해 줄 자금을 조달하는 것은 훨씬 더 어려운 일이고요. 그 일을 해 내는데 세야누스보다 뛰어난 사람이 있을까요?"

벤허는 과거를 떠올리고는 본색을 드러낸 이라스의 비열한 모습에 그다지 놀라지 않았다. 다른 기능들은 모두 마비되고 희미한 기억만이 가장 믿을 수 있는 때가 제법 있다. 순간 요르단 강으로 가던 도중 샘터에서 있었던 일이 떠올랐다. 그때 에스더가 비밀을 누설한 것이 아닐까 의심했던 것이 기억났는데, 이번에도 그런 의구심이 들었으므로 가능한 한 냉정하게 말했다.

"이집트의 딸이여, 당신 속셈을 알겠소. 당신에게 꼼짝못하게 생겼다 이 말이지. 당신의 호의를 바라고 싶은 생각은 추호도 없다는 말을 하면 기뻐하겠지. 당신을 이 자리에서 죽여 버릴 수도 있지만 여자이니 그럴 수도 없고. 사막으로 도망치는 수밖에 없겠군. 제아무리 로마가 사람을 토벌하는데 뛰어나다 할지라도 나를 잡으려면 꽤나 오랜 시간이 걸릴 거요. 사막 깊숙한 곳에는 모래 황무지만 있는 것이 아니라 파릇파릇 신록이 우거진 곳도 있는데다, 정복되지 않은 파르티아인들은 사막에서 잘 버티기 때문이지. 지금까지는 멍청하게 속아 왔지만 그래도 하나 알고 싶은 게 있소. 나에 대해 말해 준 사람이 도대체 누구요? 여태 갖은 풍상을 겪었는데 도망치든 잡히든, 어쩌면 죽을지도 모르는데 그 배반자를 저주라도 해야 위안이 되지 않겠소? 도대체 누가 내 이야기를 해 준 거요?"

벤허의 말투가 그대로 먹혔는지 또는 진지해 보여서 그랬는지 몰라도 어쨌든 이라스의 표정에는 약간 동정하는 빛이 떠올랐다.

"우리나라에는 폭풍우가 지나고 나면 바닷가 여기저기에 흩어져 있는 다양한 색깔의 조개껍질을 긁어모아 그것을 잘라서 대리석판에 상감세공을 한 조각씩 붙여서 그림을 만드는 장인들이 있답니다. 그렇게 하는 방법이 어떤 비밀을 푸는 열쇠라는 것을 모르시나요? 이 사람 저 사람에게서 조금씩 정보를 알아낸 다음 그것들을 한데 종합하여 한 남자의 목숨과 장래를 좌지우지할 수 있는 행운을 얻어냈죠. 그 남자를," 이라스는 말을 멈추고 발로 바닥을 구르더니 갑자기 올라온 감정을 들키지 않으려는 듯 시선을 돌렸다. 그리고 짐짓 결심하기 괴롭다는 투로 마지막 말을 끝맺었다. "어떻게 처리하면 좋을지 몰라 망설이고 있는 중이지요."

"아니, 그것으로는 충분하지 않소." 벤허는 그 농간에 조금도 흔들리지 않고 말했다. "그것으로는 대답이 되지 않소. 내일이면 나를 어떻게 할지 결정할 거 아니요. 나는 죽을 지도 모르잖소."

그 재촉에 이라스는 강조하며 재빨리 대답했다. "사실은, 사막의 과수원에서 일데림 족장이 아버지와 함께 있을 때 주워들은 것이 있죠. 그날 밤은 고요해서, 몹시도 고요해서 천막 밖에서도 안에서 하는 말이 환히 들렸죠. 낮말은 새가 듣고 밤말은 쥐가 듣듯이 말이에요."

이라스는 그 생각에 잠시 미소를 지었지만 말을 계속했다.

"그리고 전체를 상상하는데 필요한 단편 조각들을 또 누구에게서 주워들었냐 하면,"

"그게 누구요?"

"그야 바로 당신 본인이죠."

"그 외에 알려 준 사람은 없소?"

"아니요, 없어요."

벤허는 커다란 안도의 한숨을 내쉬며 가볍게 이야기했다. "고맙소. 세야누스를 기다리게 해 봐야 좋을 것 없을 거요. 나는 사막으로 언제든 도망칠 수 있으니. 자, 그럼 진짜 가겠소."

벤허는 이때까지 벗어서 팔에 들고 서 있던 두건을 머리 위에 쓰고는 막 떠나려고 했다. 그러나 이번에도 이라스가 막았다. 너무 다급했는지 손을 내밀었다.

"잠시만 기다려요."

벤허는 뒤를 돌아보았다. 반짝이는 보석의 빛으로 알아볼 수는 있었지만 이라스가 내민 손을 잡지는 않았다. 그리고 이라스의 태도로 보아 이제껏 안겨준 충격 말고도 마지막까지 아껴둔 한 방을 날리려는 것을 알았다.

"잠깐만요. 당신이 어떻게 해서 아리우스의 상속자가 되었는지 내가 안다고 해도 나를 의심하지는 말아요. 그리고 이시스 여신에 대고, 이집트의 모든 신들에 대고 맹세코! 그토록 용감하고 관대한 당신을 무자비한 세야누스 친위대장의 손에 맡긴다고 생각만 해도 치가 떨려요. 그래도 한동안 로마의 사교계에서 청춘을 보내지 않았나요. 거기에 비하면 사막은 얼마나 천지차이일지 생각해 봐요. 오, 정말 안타깝군요, 안타까워요! 하지만 내가 말하는 대로만 해 준다면 당신을 구해 주겠어요. 우리의 거룩한 이시스 여신에 대고 맹세해요!"

어떻게든 벤허의 마음을 돌려보려는 이라스는 온갖 애원과 간청을 쏟아냈고, 아름다움도 위력을 발휘했다.

"당신을, 당신 말을 믿기는 하지만," 벤허는 아직 망설이듯 웅얼거렸다. 뭔가 완전히 믿기에는 어딘가 찜찜한 구석이 있어 생기는 의심 때문이었다. 사실 그러한 의심 때문에 이제껏 여러 번 목숨과 재산을 지킬 수 있었다.

"여성에게 가장 완벽한 삶이란 사랑받으며 사는 것이고, 남자에게 가장 큰 행복은 자기를 이기는 것이죠. 지금 제가 당신에게 요구하는 것이 바로 그거예요."

이라스는 한층 활기를 띠며 재빠르게 말했다. 지금처럼 그렇게 매혹적인 모습은 처음이었다.

"당신에게 한때 친구가 있었지요. 어렸을 때 말이에요. 둘 사이에는 다툼이 있었고 그 후로는 서로 원수가 되었죠. 그가 당신에게 몹쓸 짓을 했다죠. 그리고 몇 년이 지나 당신은 안티오크의 경기장에서 그를 다시 만났지요."

"메살라 말인가!"

"맞아요, 메살라예요. 메살라는 당신에게 빚을 졌죠. 과거는 잊어 버리고 그를 다시 친구로 맞아들여요. 그가 내기로 잃어버린 재산을 다시 돌려 주고 그를 구해 줘요. 그깟 6달란트쯤이야 당신에게는 푼돈이 잖아요. 이미 큰 잎들로 가득한 나무에 달린 싹 하나의 값어치도 안 되잖아요. 하지만, 그에게는, 아 그는 망가진 몸으로 돌아다녀야 한다고 요. 어느 곳에서든 그는 당신을 올려다볼 수밖에 없는 앉은뱅이 신세 라고요. 오 벤허! 로마의 혈통을 타고난 그가 무일푼 신세가 된다는 것 은 죽을 만큼 끔찍한 일이에요. 제발 그가 알거지가 되는 것만은 막아 줘요!"

이라스가 재빨리 지껄인 것은 벤허가 딴 생각을 할 틈을 주지 않으 려는 교묘한 속셈이 깔려 있었다. 그러나 사실 이라스는 생각을 통해서 가 아니라 갑자기 확 깨닫게 될 수도 있다는 사실을 전혀 모르거나 잊고 있었다. 이라스가 벤허의 대답을 들으려고 잠시 멈춘 사이 벤허는 마치 메살라 본인이 이라스의 어깨 너머로 자신을 조롱하며 바라보고 있 는 것처럼 느껴졌다. 그리고 메살라의 표정은 구걸하는 사람이나 친구 의 모습으로는 느껴지지 않았다. 비웃는 그 모습은 언제나 그랬듯이 흠 잡을 데 없이 사람을 약오르게 만드는 거만한 귀족의 모습 그대로였다.

"그 사건은 이미 판결이 났으므로 이번만큼은 메살라도 끝났소. 가 서 내 사건일지에 적어야겠군. 로마인이 로마인을 심판한 경우라! 하지만, 그건 그렇고 나한테 이렇게 부탁하라고 보낸 것이 설마 메살라였나?"

"그는 고귀한 성품을 지녔기 때문에 당신도 자기처럼 그럴 것이라 생각했죠."

벤허는 이라스의 팔을 잡고 대답했다.

"아름다운 이집트 여인이여, 그를 그렇게 잘 알고 있다니 어디 말해 보구려. 입장이 완전히 바뀌어 내가 그런 처지라면 그는 어찌할 것 같소? 어디 이시스 여신에 맹세코 대답해 보구려! 솔직히 말해 보란 말이오!"

팔을 잡고 있는 벤허의 손길과 표정에서 단호함이 느껴졌다.

"오! 그야 그는,"

"로마인이니까 그렇다고 대답할 참이로군. 나는 유대인이니까 그처럼 요구하면 안 된다 이 말이지. 그자는 로마인이고 나는 유대인이니 무조건 용서해야 한다고 주장하고 싶은 거로군. 발타사르의 딸이여, 어디 할 말이 더 있다면 빨리빨리 해치우시지. 이스라엘의 주 하나님께 맹세코 이렇게 열통이 나고 울화가 치밀어 오르니 예쁜 여자라고 그냥 봐줄 수는 없다고! 로마인의 가증스러운 앞잡이로 보고 가만히 안 둘 수도 있으니까. 자, 어서 말해 보시지."

이라스는 벤허의 손을 뿌리치고는 빛이 환히 비치는 곳으로 물러났다. 그 바람에 그녀의 눈과 목소리에 담겨 있던 사악한 본성이 드러났다.

"더럽고 속빈 껍데기 같은 주제에! 메살라를 본 내가 당신 따위를 사랑한다고 생각하다니! 당신 같은 인간은 메살라의 발뒤꿈치 때도 못 되는 위인이야. 6달란트만 순순히 넘겨 주었더라면 그도 만족했을 텐데. 하지만 이젠 그거로는 어림없어. 6달란트에 20달란트를 더 올리겠어.

들었어? 20달란트라고! 내 작은 손가락에 입 맞춘데 대한 대가야. 비록 내가 허락하긴 했지만 그건 당연히 메살라의 몫이었으니까. 그리고 짐짓 당신을 좋아하는 척하면서 오랫동안 따라다니며 견딘 것도 다 메살라를 위해서 그런 거라고. 여기 상인이 당신의 돈을 관리하고 있다는 것을 알고 있어. 내일 정오까지 26달란트, 잘 들어, 26달란트라고, 그 돈을 메살라에게 지급하도록 명령하지 않으면 세야누스에게 모든 걸 알릴 거야. 잘 생각해 보시지, 그럼 이만.”

이라스가 문쪽으로 향하자 이번에는 벤허가 그녀를 막아섰다.

“당신 안에는 그 교활한 이집트의 피가 흐르고 있군. 언제 어디서든 메살라를 만나거든 이 말을 꼭 전해주길. 내가 돈을 전부 되돌려 받았다고, 심지어 강탈해간 우리 아버지의 재산에 포함된 그 6달란트까지 말이야. 나를 지옥과도 같은 갤리선으로 보냈지만 버젓이 살아남아 지금은 이렇게 녀석의 처량한 신세와 굴욕을 한껏 즐기고 있다고 전해주시지. 지금 녀석이 겪는 육체의 고통은 힘없는 이들에게 저지른 죗값으로 우리 주님께서 죽음보다도 더 어울리게 내리신 저주라고 말해주길. 그리고 나병에 걸려 죽으라고 안토니아 성채의 지하 감방으로 보낸 어머니와 여동생은 당신이 그렇게 경멸하는 그 나사렛 사람 덕분에 나아서 멀쩡히 살아 있다고 말이야. 더 고소한 사실을 하나 전해 주시지. 그들은 지금 내 곁으로 돌아와, 당신이 가짜로 보여준 더러운 열정을 충분히 보상하고도 남을 만큼 넘치는 사랑을 줄 거거든. 오 교활한 여우여, 그 작자 못지않게 당신도 궁금해할까봐 해 주는 말인데, 세야누스는 내 재산을 빼앗으려고 해도 아무것도 찾아내지 못할 거야. 미세눔의 별장을 비롯해서 집정관에게서 물려받은 재산은 이미 모두 처분하여 세계 곳곳의 거래소에 어음으로 맡겨놓아서 손댈 수 없다고. 게다가 이 집과 시모니데스가 수완을 발휘하여 이익을 불리고 있는 동산과 상품과 선박과 대상들은 모두 황제가 뒤를 봐주고 있지. 아주 현명하게도 돈으로 황제의 총애를 사는 방법을 알아냈지. 세야누스로서도 피를 묻히고 불의로 얻는 이득보다는 공물로 받는 정당한 이득이 더 마음에 들걸. 그것 말고도 또 있지. 그 돈과 재산이 전부 내 것이라고 밝혀도 메살라는 한 푼도 차지할 수 없을걸. 우리의 어음을 찾아내 지불을 동결하려 든다면 우리에게도 최후의 수단이 남아 있거든. 황제에게 전부 선물로 바쳐 버리면 된다고. 오 이집트, 이 모든 것이 다 로마의 밀실에서 배운 거야. 자, 가서 내 도전을 전하시지. 저주의 말 대신, 모든 저주를 합한 것보다도 내 증오심이 얼마나 더 큰지 잘 보여 줄 수 있는 사람을 보낼 테니. 발타사르의 딸이여, 녀석은 영리하니까 내 말대로 전하면 무슨 뜻인지 알 것이다. 이제 그만 가 보시지, 나도 가야겠으니.”

벤허는 일부러 정중하게 이라스를 문까지 안내했고 그녀가 지나가는 동안 커튼을 잡아주었다.

“잘 가시오.” 황급히 사라지는 이라스 뒤에 대고 외쳤다.

## 7. 벤허, 에스더에게로 돌아가다

응접실에서 나오는 벤허의 모습은 들어갈 때와 달리 그다지 활기가 없었다. 고개를 푹 숙인 채 느릿느릿 걸어 나왔다. 사람은 몸이 망가져도 정신은 멀쩡할 수 있다는 사실을 알게 되었으므로 지금 막 알아낸 일들에 대해 곰곰이 생각하는 중이었다.

조금 전의 충격적 상황이 벌어진 뒤 돌이켜 생각해 보니 도처에 증거가 널려 있었던 것을 쉽사리 깨달을 수 있었다. 그런데도 이라스와 메살라의 관계를 전혀 의심하지 않은 채 그 몇 년이나 되는 시간 동안 이라스에게 휘둘려온 것을 전혀 몰랐다는 생각에 자존심이 무척 상해 혼자 중얼거렸다. "그러고 보니 이제야 생각나는군. 카스탈리아 분수에서 메살라가 무례하게 굴었어도 이라스는 전혀 분개하지 않았지! 종려나무 과수원의 호수에서 배를 탈 때도 메살라를 칭찬했었잖아! 아, 그런데도 멍청하게 속아 넘어가다니!" 벤허는 멈춰 서서 오른손 주먹으로 왼손을 격렬하게 치며 외쳤다. "아! 이데르네 저택에서 만나자고 불러냈던 그 일도 이제야 의문이 풀렸군!"

벤허는 자존심에 상처를 입었을 뿐이다. 그리고 다행히도 사람들은 자존심에 상처 입었다고 죽거나 오래 아파하지는 않는다. 더욱이 벤허의 경우에는 그것을 극복하게 해 주는 힘이 있었다. "오 주님, 더 이상 여인에게 휘둘리지 않게 해 주시어 감사합니다! 그 여자를 사랑했던 게 아니었음을 알겠나이다."

그러자 마음의 부담감이 모두 사라진 듯 앞으로 나아가는 발걸음이 한결 가벼워졌다. 그리고 테라스에서 아래쪽 안뜰로 향하는 계단과 위쪽 옥상으로 향하는 계단이 갈라지는 지점에 이르자 위쪽 계단으로 올라가기 시작했다. 그리고 마지막 층계참에 이르자 다시 멈춰 섰다.

"발타사르도 오랫동안 가면을 쓰고 정체를 숨겨왔던 이라스와 한통속이었을까? 아니, 그럴 리가 없어. 그처럼 나이든 이에게 위선은 어울리지 않아. 발타사르는 훌륭한 분이야."

이렇게 결론짓고 계속 옥상으로 올라갔다. 머리 위의 달은 보름달이었지만 그 순간 하늘은 도시의 길거리와 공터에서 타오르는 불빛으로 환히 빛나고 있었고, 이스라엘의 오랜 시편을 읽고 암송하는 소리들이 구슬프게 울려 퍼지며 귓전에 들려왔다. 고통에 신음하는 수많은 음성들이 이렇게 말하는 것만 같았다. "오 유다의 아들이여, 우리는 주 하나님을 섬기는 마음과 넘치는 애국심을 보여주었소. 기드온이든, 다윗이든, 마카베오든 어서 보게 해 주시오, 우리는 이미 준비가 끝났소."

그것은 시작에 불과했고, 곧이어 나사렛 사람이 떠올랐다.

어떤 기분에 젖으면 터무니없는 망상으로 자신을 속이기 마련이다.

옥상을 가로질러 집의 북쪽 거리로 나 있는 난간으로 향하는 동안 아낙네처럼 우수에 찬 그리스도의 얼굴이 떠올랐다. 그 얼굴에서 전쟁과 결부시킬 만한 징후는 전혀 찾아볼 수 없었다. 오히려 고요한 저녁 하늘처럼 모든 것을 평온하게 바라보는 것 같았으므로 오래 전부터 품어온 질문이 다시 올라왔다. 그는 도대체 어떤 사람인가?

벤허는 난간 밖을 한번 쳐다본 후 돌아서서 자기도 모르게 정자로 향했다.

그리고 서서히 걸음을 옮기며 중얼거렸다. "할 테면 해 보라지. 나는 로마 녀석을 결코 용서하지 않겠어. 내 재산을 나누어 줄 생각도 없고 선조들의 이 도시에서 도망치지도 않을 거야. 먼저 갈릴리 군단을 불러들여 싸움을 시작하겠어. 그리고 용맹을 떨쳐 12지파들을 우리 편으로 만들고야 말겠어. 내가 실패한다면 모세를 세우셨던 하나님께서 우리의 지도자를 찾아주시겠지. 나사렛 사람이 아니더라도 자유를 위해 기꺼이 목숨을 바칠 사람들은 많으니까."

천천히 어슬렁거리며 다가가니 정자 내부는 어슴푸레했다. 기둥의 희미한 그림자가 북서쪽으로 바닥에 길게 드리어 있었다. 안을 들여다보니 시모니데스가 늘 앉아 있던 안락의자가 시장터가 가장 잘 보이는 지점에 놓여 있었다.

"시모니데스가 돌아 왔군. 잠들지 않았다면 이야기나 좀 해야지."

벤허는 안으로 걸어 들어가 살금살금 의자로 다가갔다. 높은 등받이 뒤에서 내려다보니 아버지의 무릎 덮개를 포근히 덮은 채 잠든 에스더의 작은 체구가 보였다. 헝클어진 머리카락이 얼굴 위로 떨어져 있었다. 숨소리는 낮고 불규칙했다. 한 번은 긴 한숨이 터져 나왔다가 곧 흐느낌으로 바뀌었다. 한숨 때문인지 외로움 때문인지 모르지만 지금 에스더의 모습을 보니 피곤에 지쳐서라기보다는 울다가 지쳐 잠든 것 같았다. 자연의 섭리는 친절하게도 어린아이에게 그런 식으로 고통을 덜어주게 마련이었다. 그리고 벤허 자신은 에스더를 어린아이 이상으로 생각해 본 적이 거의 없었다. 그는 의자 등받이에 손을 올려놓으며 생각했다.

"깨우지 말아야지. 할 말이 없잖아, 사랑한다는 말 외에 다른 말은……. 에스더는 유대의 후손이고 아름답고 이라스와는 전혀 다르지. 이라스가 허영심과 야심과 이기심으로 똘똘 뭉쳤다면 에스더는 진실되고 의무감이 강하며 헌신적이지. 아니, 내가 에스더를 사랑하느냐가 아니라, 에스더가 나를 사랑하느냐가 중요하지. 에스더는 처음부터 나를 염려했지. 안티오크의 테라스에서 로마에 맞서지 말라고 얼마나 천진하게 애원했던가, 그리고 미세눔 집과 그곳의 삶에 대해서 말해 달라고 했었지! 내가 입 맞추었을 때 어떤 생각을 했는지 모르고 있겠지. 입맞춤한 것마저 잊었을까! 나는 잊을 수 없는데. 사랑하고 있는데 ……. 이 도시의 사람들은 내가 어머니와 누이를 숨겨두고 있다는 사실을 모르지. 이집트 여인에게는 차마 그 얘기를 꺼내지 못했지. 하지만 이 작은 여인은 그들을 되찾았다는 것을 알면 얼마나 함께 기뻐해줄까. 또한 사랑으로 맞이해 주고 몸과 마음을 다해 얼마나 진심으로 위해 줄까. 어머니에게는 또 다른 딸이 되어 주겠지. 티르자도 제 몸처럼 아껴 줄 테고. 당장 깨워서 이 모든 것을 말해 줘야지. 아 하지만 그 이집트의 요부! 그 여자와의 어리석은 짓을 도저히 털어놓을 수는 없어. 오늘은 이쯤에서 끝내고 다른 날을 기약해야지. 기다리겠소, 아름다운 에스더. 언제나 헌신적인 유대의 딸이여!"

벤허는 들어왔을 때처럼 살며시 나갔다.

## 8. 겟세마네 – 누구를 찾느냐?

거리는 오가는 사람들, 고기를 굽느라 불가에 모여 있는 사람들, 축제를 즐기며 노래하고 행복해하는 사람들로 넘쳐났다. 활활 타오르는 향나무 냄새와 고기 타는 냄새가 연기와 함께 대기를 가득 메웠다. 그리고 이 시기는 이스라엘의 모든 자손이 서로 한 형제가 되어 정을 나누는 명절이었으므로 벤허는 걸음을 옮길 때마다 사람들로부터 인사를 받았다. 불가에 모여 있던 사람들은 함께 하자고 손짓했다. "와서 함께 드십시다. 주님의 사랑 안에서 우리는 모두 한 형제 아닙니까." 하지만 벤허는 고맙다는 인사만 하고는 걸음을 재촉했다. 여관에 있는 말을 타고 서둘러 어머니와 누이가 있는 기드론 골짜기의 천막으로 되돌아갈 생각에서였다.

그곳에 가려면 곧 그리스도의 수난이 시작될 큰 대로를 가로질러야 했다. 그곳에서는 경건한 의식이 한창 절정에 달했다. 거리를 올려다 보니 마치 깃발처럼 움직이며 쏟아져 나오는 횃불의 행렬이 보였다. 그리고 횃불이 다가오고 있는 쪽에서는 노랫소리가 멈춘다는 것을 알아챘다. 하지만 횃불의 연기와 너울대는 불꽃 사이로 로마 병사가 있음을 입증하듯 더욱 날카롭게 번쩍거리는 창끝을 보았을 때 벤허의 호기심은 극에 달했다. 저 조롱하기 좋아하는 로마 군인들이 유대인의 종교 행렬에 끼어 뭘 하고 있는 거지? 그런 상황은 처음이었으므로 어찌된 영문인지 알아보려고 자리를 뜨지 않았다.

달은 한창 빛나고 있었지만 달빛과 횃불과 거리의 불빛과, 창문과 열린 문에서 새어나오는 불빛으로는 충분치 않다는 듯 행렬에 있던 몇 사람이 등불을 들고 있었다. 그런 등불을 사용하는 데에는 특별한 목적이 있다는 것을 알고 있었으므로 거리로 내려간 벤허는 행렬에 바싹 다가가 지나는 사람들을 하나씩 살펴보았다. 횃불과 등불을 든 하인들은 각자 곤봉이나 뾰족한 몽둥이로 무장하고 있었다. 그들의 역할은 행렬 속에 있는 고위인사들을 위해 돌들을 피해 제일 평탄한 길을 골라 안내하는 것처럼 보였다. 고위인사들은 장로들과 제사장, 기다란 수염과 두툼한 눈썹과 매부리코를 한 율법학자들, 공회 의원인 대제사장 가야바와 안나스 같은 사람들이었다. 도대체 어디로 가는 중이지? 성전으로 가는 길이 아닌 것은 분명했다. 그들이 내려온 시온 산에서 성전으로 가는 길은 경기장 옆쪽이었기 때문이다. 그리고 전시 상황도 아닌데 병사들은 왜 대동한 거지?

행렬이 옆을 지나치기 시작하자 벤허의 관심은 특히 나란히 걷고 있는 세 사람에게 쏠렸다. 그들은 모두 앞으로 향하고 있었고 앞서 걷고 있던 하인들은 매우 신경 써서 길을 내고 있었다. 세 사람 가운데 왼쪽에서 움직이고 있던 사람은 성전의 수석 경비병이었고 오른쪽은 제사장이었다. 그리고 가운데 있는 사람은 처음에는 쉽사리 알아볼 수가 없었다. 다른 사람들의 팔에 기대어 걸으며 마치 얼굴을 숨기려는 듯 가슴 쪽으로 고개를 푹 숙이고 있어서였다. 그의 안색은 붙잡힌 두려움에서 아직 회복되지 않았거나, 뭔가 끔찍한 일, 즉 고문이나 사형을 당하려고 끌려가는 죄수의 표정과 흡사했다. 양쪽에 있는 고위인사들과 그들이 관심을 기울이는 것으로 보아 그가 그 행렬의 목적은 아니더라도 적어도 그 목적과 깊은 관련이 있는 것만은 분명했다. 증인이거나 길안내인 아니면 밀고자 중에 하나일 것이다. 그의 정체가 무엇인지 알 수 있다면 지금 무슨 일을 꾸미고 있는지 짐작할 수 있을 것 같았다. 그렇게 확신하며 벤허는 제사장의 오른쪽으로 재빨리 끼어들어가 나란히 걸어갔다. 가운데에 있는 저 사내가 고개를 들면 좋으련만! 그리고 얼마 후 정말로 사내는 고개를 들었다. 두려움으로 일그러진 창백하고 멍한 얼굴이 등불 빛에 훤히 드러났다. 수염은 마구 뒤엉켜있고, 움푹 들어간 희미한 두 눈은 절망감에 휩싸여 있었다. 나사렛 사람을 자주 따라다닌 덕분에 벤허는 그분 못지않게 제자들까지도 훤히 꿰뚫고 있었다. 이제 고개를 든 그 우울한 얼굴을 알아보고는 저도 모르게 소리쳤다.

"가룟 유다!"

점차 고개를 돌린 사내가 마침내 벤허를 보자 뭔가 말하려는 듯 입술을 움직였지만 제사장이 재빨리 가로막았다.

"넌 누구냐? 썩 꺼지지 못해!" 그는 호통을 치며 벤허를 밀쳐냈다.

벤허는 하는 수 없이 물러나 기회를 엿보며 행렬 속으로 다시 끼어들었다. 그렇게 행렬에 몸을 싣고 함께 거리를 따라 내려가 베제타 언덕과 안토니아 성채 사이의 붐비는 저지대를 통과해 베데스다 저수지 옆을 지나 양문(the Sheep Gate)으로 들어갔다. 어디를 가나 사람들로 넘쳐났고, 어디에서나 사람들은 축제를 지내는데 정신이 팔려 있었다.

그날은 유월절 밤이었으므로 성문의 문짝은 활짝 열려 있었다. 문지기들도 어디서 잔치를 즐기는지 자리를 비우고 없었다. 아무런 제지도 받지 않고 거침없이 나아가던 행렬 앞에는 깊은 기드론 골짜기가, 그 너머로는 온 하늘을 은빛으로 물들이고 있던 달빛보다 어두운 향나무와 올리브 나무가 들어선 올리브 산이 있었다. 북동쪽에서 오는 길과 베다니에서 오는 길은 성문 앞에서 만나 하나로 합쳐진다. 더 가야 할지 말아야 할지 고민하는 사이 어느새 갈림길이 나타났고 벤허는 일행에 휩쓸려 골짜기로 접어들었다. 그 행렬이 한밤중에 어디로 가는 건지 여전히 감 잡을 수 없었다.

이윽고 행렬은 골짜기로 내려가 기슭에 있는 다리를 건넜다. 군중들이, 아니 이제는 뿔뿔이 흩어진 사람들이 길섶을 곤봉과 막대기로 휘두르며 지나가니 길바닥에는 큰 소리가 울렸다. 조금 더 가더니 그들은 왼쪽으로 방향을 틀어 길에서 보이는 돌담으로 둘러쳐진 올리브 과수원 쪽으로 향했다. 그곳에 있는 것이라고는 오래되어 비틀린 나무들과 잡초, 기름을 짜내기 위해 거대한 바위를 판 커다란 홈통이 전부였다. 야심한 시간에 그렇게 외진 곳에 도대체 무슨 볼일이 있어 가는 것인지 점점 더 궁금해졌다. 이유를 알 수 없어 이리저리 생각을 굴리고 있는데 그들이 갑자기 멈춰 섰다. 그때 갑자기 앞쪽에서 흥분하여 소리치는 사람들의 음성이 들려왔다. 오싹한 기분이 사람들 사이로 전해졌다. 사람들은 잽싸게 물러났고 앞이 제대로 안 보이는 사람들은 서로 걸려 비틀거렸다. 오로지 병사들만이 흐트러지지 않고 있었다.

순식간에 무리들 틈에서 빠져나와 앞쪽으로 달려간 벤허는 과수원으로 들어가는 입구에서 벌어진 광경을 보고 우뚝 멈춰 섰다.

흰 옷을 걸치고 머리에는 아무것도 쓰지 않은 한 남자가 두 손을 앞가슴에 모은 상태로 입구 밖에 서 있었다. 긴 머리와 야윈 얼굴에 완전히 체념한 채 기다리듯 몸을 앞으로 숙이고 있는 가냘픈 체구의 사내였다.

그 사람은 다름 아닌 나사렛 사람이었다!

그 뒤로 입구 옆에는 제자들이 무리지어 있었다. 그들은 모두 스승보다 흥분하여 어쩔 줄 모르고 있었다. 횃불 빛이 나사렛 사람을 붉게 비추고 있어 그의 머리칼은 원래 색보다도 붉은 기가 감돌았다. 그러나 표정만은 언제나 변함없이 온화하고 연민으로 가득 차 있었다.

반대편에는 놀라서 입을 벌린 채 아무 말도 못하고 경외심에 위축된 오합지졸이 서 있었다. 그들은 나사렛 사람에게서 조금이라도 적대적인 기색이 보이면 당장 덤벼들 태세였다. 나사렛 사람과 적대적인 무리

한가운데에 있던 가룻 유다를 재빨리 훑어본 벤허는 그제야 행렬의 목적을 확연히 알아차렸다. 이쪽에는 배신자가, 저쪽에는 배신당한 사람이 서 있었다. 그리고 이 모든 곤봉과 죽창과 병사들은 그를 잡아가기 위해 동원된 것이었다.

인간은 실제로 어떤 일이 닥치기 전에는 자기가 무엇을 할지 모르기 마련이다. 지금과 같은 비상사태에 대비해 벤허는 몇 년이나 준비해 왔다. 자기가 그토록 신경 써서 생명과 안전을 지켜 주려고 애써 왔던 그분이 지금 위험에 처해 있다. 그러나 벤허는 꼼짝않고 서 있기만 했다. 인간의 본성에는 그렇게 모순이 존재하기도 한다! 오 독자들이여, 사실을 말하자면, 벤허는 이라스가 들려준 미문 앞의 그리스도에게서 받은 충격에서 완전히 회복되어 있지는 않았다. 게다가 그 신비스러운 인물이 자기를 잡으러 온 자들 앞에서 매우 침착한 태도로 일관하는 것으로 보아 위험에서 벗어날 수 있는 힘을 충분히 비축해 놓았을 것이라는 생각에 가만히 보고만 있었다. 평화와 선의, 사랑과 무저항이 바로 나사렛 사람의 가르침의 핵심이었다. 그분은 자기가 늘 말하던 것을 실행에 옮기려는 것일까? 그분은 생명을 주관하시는 분이다. 죽은 생명까지도 되살릴 수 있다. 죽음을 기꺼이 받아들일 수도 있다. 이제 그 힘을 어떻게 쓰려는 것일까? 자신을 방어할까? 그렇다면 어떤 방법으로? 말 한 마디, 숨 한 번, 생각 한 번만으로도 족할 것이다. 무엇이든 초자연적인 놀라운 힘을 드러내 보일 것이다. 그렇게 믿으면서 벤허는 기다렸다. 이 모든 점으로 보아 그는 여전히 자기 기준, 즉 인간의 기준으로 나사렛 사람을 판단하고 있었다.

이윽고 그리스도의 분명한 음성이 들려왔다.

"누구를 찾느냐?"

"나사렛 사람 예수요." 제사장이 대답했다.

"내가 그 사람이다."

흥분하거나 경계하는 빛 없이 답한 이 짧은 한 마디에 공격하러 온 자들은 움찔해서 몇 걸음 뒤로 물러났고 겁 많은 자들은 주저앉았다. 그리고 유다가 그에게 걸어가지 않았더라면 그를 홀로 남겨두고 사라졌을 것이다.

"스승님, 안녕하십니까?" 유다는 다정한 말과 함께 그분께 입을 맞추었다.

나사렛 사람은 온화하게 말하였다. "유다야, 너는 입맞춤으로 사람의 아들을 넘겨 주려고 하느냐? 무엇 때문에 온 것이냐?"

유다로부터 아무런 대답을 듣지 못하자 스승은 다시 군중을 향해 말했다.

"누구를 찾느냐?"

"나사렛 사람 예수요."

"내가 그 사람이라고 너희에게 이미 말하였다. 너희가 나를 찾거든, 이 사람들은 물러가게 하여라."

부탁하는 이 말에 율법학자들이 그를 덮치려고 했다. 그들의 의도를 알아차린 제자들 몇 사람이 가까이 다가왔다. 그들 가운데 한 사람이 대제사장의 종의 귀를 내리쳐 잘라 버렸지만 스승이 잡혀가는 것을 막지는 못했다. 그런데도 벤허는 꼼짝않고 있었다! 병사들이 포박할 준비를 하고 있는 동안에도 나사렛 사람은 커다란 자비를 보여주었다. 인간의 관용을 훨씬 뛰어넘는 용서를 보여주고 있다는 점에서 제일 큰 자비였다.

"무척이나 아프겠구나." 그분은 상처 입은 사람에게 그렇게 말하며 귀에 손을 대어 고쳐 주셨다.

그 광경을 지켜보던 적과 동료들은 모두 당황했다. 적수들은 그분이 그런 일을 할 수 있다는 데에, 제자들은 그런 상황에서 그렇게까지 한 다는 데에 놀랐다.

'틀림없이 저들이 포박하게 내버려 두지는 않을 거야!'

벤허는 그렇게 생각했다.

"네 칼을 칼집에 도로 꽂아라. 아버지께서 나에게 주신 이 잔을 내가 마셔야 하지 않겠느냐?" 그리스도는 칼을 쓴 제자에게서 시선을 거둬 자기를 잡은 자들을 향해 말했다. "너희는 강도라도 잡을 듯이 칼과 몽 둥이를 들고 나를 잡으러 나왔단 말이냐? 내가 날마다 성전에 앉아 가 르쳤지만 너희는 나를 붙잡지 않았다. 그러나 이제는 너희 때요 어둠이 권세를 떨칠 때다."

경비병들은 용기를 내어 그분을 에워쌌다. 그분 편을 찾아보았지만 어느새 모두 사라지고 없었다. 단 한 사람도 남아 있지 않았다.

그 버림받은 사내를 에워싼 군중은 소리치며 부산스럽게 움직였다. 그들 머리 위로 횃불과 연기가 넘실거렸고, 분주한 사람들 틈 사이로 언뜻 벤허는 그분을 보았다. 그토록 애처롭고, 친구 하나 없이 철저하 게 버림받은 모습은 처음이었다! 그래도 벤허는 생각했다. 저분은 스스 로 방어할 수 있었을 텐데. 마음만 먹으면 단숨에 적들을 해치울 수 있 었을 텐데. 하지만 그러지 않았다. 아버지가 주신 잔을 마셔야 한다는 말이 무슨 뜻일까? 그리고 그렇게 복종해야 하는 아버지는 도대체 어 떤 분이란 말인가? 의문에 의문이 꼬리를 물었다. 온통 이해할 수 없는 일들뿐이었다.

얼마 후 일행은 병사들을 앞세운 채 도시로 돌아가기 시작했다. 벤 허는 초조해졌다. 그대로 마냥 있을 수만은 없었다. 횃불이 있는 저 무 리들 한가운데에서 나사렛 사람을 찾을 수 있으리라는 것을 알았다. 갑 자기 그분을 다시 봐야겠다고 결심했다. 딱 한 가지 물어보고 싶은 것

붙잡히는 그리스도, 알브레히트 뒤러

이 있었다.

긴 겉옷과 두건을 벗어서 과수원 담장에 던져놓고 경비병 일행을 뒤쫓기 시작한 벤허는 대담하게도 무리들 속으로 섞여 들어갔다. 뒤처진 사람들 사이를 헤집고 점점 앞으로 나아가 죄수를 묶은 오랏줄을 쥐고 가는 사람이 있는 곳까지 겨우 다가갔다.

나사렛 사람은 두 손을 뒤로 결박당한 채 고개를 숙이고 천천히 걷고 있었다. 머리가 얼굴을 수북이 덮고 있었고 평상시보다 몸을 숙이고 있었다. 주위에서 무슨 일이 벌어지는지 전혀 의식하지 않는 듯했다. 몇 걸음 앞에서는 제사장들과 장로들이 이야기를 나누며 가끔 뒤를 돌아보았다. 마침내 골짜기의 다리 가까이 이르렀을 때 벤허는 하인에게서 오랏줄을 빼앗아들고 그를 지나쳤다.

그리고 나사렛 사람에게 바싹 다가가 귀에 대고 급하게 불렀다. "선생님, 선생님! 제 말이 들리십니까, 선생님? 한 마디만, 단 한 마디만 해 주십시오."

오랏줄을 뺏긴 하인이 당장 내놓으라고 했다.

"제발 말씀해 주세요, 이렇게 끌려가는 것은 스스로 원해서인가요?"

이제 사람들이 나타나 화를 내며 소리쳤다. "대체 웬 놈이냐?"

초조한 마음에 날카로워진 음성으로 벤허는 황급히 다그쳐 물었다. "오 선생님, 저는 당신 편이고 마음으로 따르는 사람입니다. 그러니 제발 말씀해 주세요, 제가 구해드리겠다고 하면 받아들이시겠습니까?"

나사렛 사람은 고개를 들지도, 알아들었다는 최소한의 표현도 하지 않았다. 우리가 고난을 겪을 때는 우리를 보고 있는 사람들에게, 설령 모르는 사람이더라도 그 고난을 털어 놓기 마련이지만 지금 그분은 그러지 않았다. 벤허의 마음속에서 갑자기 이런 소리가 들려오는 것 같았다. "그를 내버려 두어라. 그는 친구들로부터 버림 받았고 세상으로부터도 거부당했다. 쓰라린 고통 속에서 그는 인간들에게 작별을 고했다. 그는 지금 어딘지 알지 못하는 곳으로 가고 있으며 상관하지도 않는다. 그냥 두어라."

이번에는 벤허가 위급한 상황에 몰렸다. 열두 개나 되는 손들이 그에게 뻗치며 온 사방에서 외치는 소리가 들려왔다. "저놈도 한 패다. 붙잡아라. 저놈을 내려쳐라, 죽여라!"

흥분할 때마다 여러 번 위력을 발휘했던 힘을 모아 벤허는 덤비는 자들에게 팔을 뻗어 주먹을 날렸다. 그리고 단단히 에워싼 포위망을 뚫고 뛰쳐나갔다. 지나쳐가는 동안 손들이 그를 붙잡는 바람에 등 쪽의 옷이 찢어졌지만 아랑곳하지 않고 도망쳤다. 친근한 어둠에 휩싸여 다른 어느 곳보다도 어두웠던 골짜기가 그를 안전하게 맞아 주었다.

벤허는 과수원 돌담에 걸쳐 두었던 두건과 겉옷을 다시 걸치고는 성문으로 되돌아갔다. 그곳에서 다시 여관으로 가서 말에 올라탄 후 왕들의 무덤 옆 가족의 천막이 있는 곳으로 달려갔다.

말을 타고 달려가는 동안 벤허는 나사렛 사람을 내일 보러 가야겠다고 결심했다. 친구 하나 없는 그분이 그날 밤 곧장 안나스의 집으로 끌려가 재판 받게 될지는 까맣게 모르고 있었다.

침상에 누운 벤허의 가슴은 너무도 무겁게 짓눌려 잠을 청할 수가 없었다. 새로운 유다 왕국을 세우겠다는 거창한 계획이 산산이 무너져 한낱 꿈으로 되돌아갔기 때문이다. 충격에서 회복될 수 있거나 아니면 적어도 그 영향에서 벗어날 만큼 충분한 시간을 두고 우리가 지은 성들이 하나씩 차례로 무너지는 것을 지켜보기란 괴로운 일이다. 하지만 배가 가라앉듯이, 지진으로 집이 무너져 내리듯 모든 것이 한꺼번에 무너진다면 사람들은 보통 때와는 다르게 강철 같은 정신력으로 견뎌내기 마련인데, 지금의 벤허는 그렇지 않았다. 그가 떠올린 미래의 모습은 한 나라의 궁전이 아니라 에스더와 함께 평온하게 꾸려가는 아름다운 가정이었다. 더디게 흘러만 가는 그날 밤에는 미세눔 근처의 별장과 정원을 거닐다 중앙 거실에서 쉬고 있는 아담한 체구의 에스더가 자꾸만 아른거리는 것이었다. 위로는 네아폴리스의 하늘이, 발아래로는 햇살 가득한 땅과 짙푸른 해안이 보였다.

벤허는 내일이면 모든 것이 결판날 위기 국면으로 접어들고 있었고, 그 모든 것은 나사렛 사람이 어떻게 하느냐에 달려 있었다.

## 9. 골고다로 향하는 길

다음날 아침 8시 무렵 두 남자가 벤허의 천막을 향해 전속력으로 달려오더니 말에서 내려 그를 보기를 청했다. 벤허는 아직 자리에서 일어나지는 않았지만 들어와도 좋다고 허락했다.

그들은 갈릴리 사람들이었고 믿을 만한 장교들이었다. "어서 오게나, 동지들. 앉겠는가?"

그러자 나이 많은 사람이 무뚝뚝하게 대답했다. "아닙니다. 앉아서 쉬었다가는 나사렛 사람을 잃고 말 것입니다. 일어나 함께 가시죠. 벌써 판결이 내려졌습니다. 골고다에서는 이미 십자가 나무를 준비하고 있다고 합니다."

벤허는 깜짝 놀라 그들을 노려보았다.

"십자가라고!" 그 순간 할 수 있는 말은 그 말이 전부였다.

"지난 밤 저들이 그분을 잡아 재판한 후 새벽녘에 빌라도 앞으로 끌고 갔지요. 빌라도는 두 번이나 그분이 죄가 없다며 넘겨주기를 거부했지만 저들의 저항이 완고하자 마침내 손을 씻으며 말했습니다. '그렇다면 당신들 뜻대로 하시오.' 그러자 저들이 대답했습니다."

"누가 대답했다는 거요?"

"저들이, 제사장과 사람들이 이렇게 대답했습니다. '그 사람의 피에 대한 책임은 우리와 우리 자손들이 질 것이오.'"

"아브라함 선조께서 무덤에서 벌떡 일어나실 일이로군! 로마인이 동포인 이스라엘 사람보다도 너그럽다니 말일세! 그리고 만일 그분이 정말 하나님의 아들이라면 그들의 자손들이 무엇으로 그분의 피를 씻겠다는 것인지? 그래서는 안 될 일이지. 자, 이제 싸울 시간이오!"

벤허의 얼굴은 굳은 결의로 밝아졌고 손뼉을 쳐서 아랍인을 불렀다.

"당장 말을 준비하도록! 그리고 암라흐에게 먹을 것을 좀 내오게 하고 내 칼도 가져오게! 동지들이여 이제 이스라엘을 위해 죽을 시간이오. 내가 돌아올 때까지 잠시만 기다리시오."

빵과 포도주로 대충 배를 채운 후 벤허는 서둘러 밖으로 나갔다.

"어디로 먼저 가시렵니까?" 갈릴리 사람이 물었다.

"군단을 소집해야지."

그러나 갈릴리 사람은 손을 내저으며 외쳤다. "아아!"

"왜 그러는 건가?"

남자는 부끄러워하며 대답했다. "아, 대장님. 대장님을 따를 사람은 저와 이 친구밖에 없습니다. 나머지 사람들은 모두 제사장들 편으로 돌아섰습니다."

"뭣 때문에?" 벤허가 고삐를 당기며 물었다.

"그분을 죽이려고요."

"나사렛 사람은 아니겠지."

"아니요, 맞습니다."

벤허는 두 사람을 천천히 번갈아가며 바라보았다. 어젯밤 나사렛 사람이 던진 질문이 또다시 들리는 것 같았다. "아버지께서 나에게 주신 이 잔을 내가 마셔야 하지 않겠느냐?" 그분께 자기가 했던 질문도 떠올랐다. "제가 구해드리겠다고 하면 받아들이시겠습니까?" 벤허는 속으로 생각했다. "이 죽음은 피할 수 없을지도 모른다. 그분은 자신의 사명을 시작한 날부터 이미 충분히 알고 계시면서 그 길로 나아가고 있는 것이다. 그것은 그분보다 훨씬 높으신 이의 뜻이다. 주님의 뜻이 아니라면 누구의 뜻이겠는가! 그분이 주님의 뜻을 받아들이고 있다면, 기꺼이 죽음을 맞이하러 가고 있다면 그 누가 무엇을 할 수 있겠는가?"

벤허는 자신이 갈릴리 사람들의 충성심을 기반으로 짰던 계획이 수포로 돌아가리라고는 꿈에도 생각하지 못했다. 사실 그들이 돌아섰으므로 손을 써볼 여지도 없었다. 하지만 하필 그 모든 것이 그날 아침에 일어나다니 너무도 기묘했다! 벤허는 두려움에 사로잡혔다. 어쩌면 자기 계획과 거기에 들인 막대한 노력과 자금 등이 하나님 보시기에 불손해 보였는지도 모른다. 벤허는 고삐를 쥐며 말했다. "형제들 가세." 지금은 모든 것이 불확실했다. 격동의 현장에서 영웅이라면 필수적으로 갖추어야 할 자질인 재빠른 결단력이 지금은 아무런 힘도 발휘하지 못하고 있었다.

"가세, 형제들. 골고다로 가세."

그들은 자기들처럼 남쪽으로 향하고 있는 흥분한 군중 틈을 뚫고 지나갔다. 예루살렘 도성의 북쪽 고을들이 모두 일어나 움직이고 있는 것 같았다.

판결을 받은 죄수들은 헤롯이 남긴 거대한 흰 탑들 부근 어딘가에서 만날 것이라는 말을 듣고 세 사람은 아크라 남동쪽을 돌아 그쪽으로 향했다. 히스기야 우물 아래 골짜기는 수많은 군중에 의해 길이 막혀 뚫고 나갈 수 없었으므로 말에서 내려 어느 집 처마 밑에서 쉬며 기다리는 수밖에 없었다.

세 사람은 그렇게 기다리며 마치 강둑에 앉아 흐르는 물을 지켜보듯이 끊임없이 지나가는 인파를 지켜보았다.

앞에서 그리스도 시대에 유대인의 민족성이 어떻게 형성되었는지 설명한 적이 있다. 그것은 한편으로 지금 이 장면을 염두에 두고 쓴 것이기도 하다. 그래서 그 부분을 주의 깊게 읽은 독자라면 지금 벤허가 십자가로 향하며 보고 있는 모든 광경들, 진귀하고 놀라운 그 광경이 이해가 갈 것이다!

30분이 지나고, 한 시간이 지나도 벤허와 동지들 옆으로 팔만 뻗으면 닿을 거리에서 끝없이 밀려오는 인파는 줄어들 기미가 보이지 않았다. 예루살렘의 모든 계급들, 유대의 모든 종파들, 이스라엘의 모든 부족들, 그리고 그들로 대표되는 세계의 모든 민족들이 다 모인 것 같았다. 리비아의 유대인이 지나갔고, 이집트의 유대인이 지나갔고, 라인 강에서 온 유대인도 지나갔다. 한 마디로 어딜 가나 동방과 서방에서 온 유대인들과, 교역관계가 있는 모든 섬들에서 온 온갖 유대인들이 넘쳐났다. 걷는 사람, 말이나 낙타를 탄 사람, 가마와 마차에 몸을 실은 사람 등 각양각색의 사람들이 보였고, 옷차림도 제각각이었다. 그러나 기후와 생활방식은 각기 달라도 하나같이 이스라엘인 특유의 비슷한 용모를 지니고 있었다. 세상에 알려진 온갖 언어가 난무하는 가운데 각자 구사하는 언어로 겨우 차이점을 구분할 수 있을 뿐이었다. 그들은 모두 조바심을 내며 북적거리는 가운데 서둘러 걸음을 옮겼다. 모두들 중죄인들 사이에 끼여 있는 가엾은 나사렛 사람의 최후를 구경하러 가는 길이었다.

하지만 유대인만 있었던 것은 아니었다.

행렬을 따라 움직이는 사람들 가운데 수천 명은 유대인이 아닌 이방인이었다. 유대인을 미워하고 깔보는 그리스인, 로마인, 아랍인, 시리아인, 아프리카인, 이집트인, 그 외에 동방 사람들이 있었다. 그러니 그 군중들만 살펴보면 온 세상 사람들이 그곳에 나와 있는 것 같았고, 그런 의미에서 십자가 현장에 함께 있는 것 같았다.

사람들의 물결은 이상하게도 조용했다. 말발굽이 바위에 부딪치는 소리, 덜그럭거리며 굴러가는 바퀴소리, 시끄럽게 대화하는 소리, 가끔씩 부르는 소리를 비롯한 온갖 소리들이 거대한 인파의 행렬 위로 떠돌았다. 그래도 모든 사람들은 뭔가 끔찍한 광경, 갑작스런 조난이나 붕괴 또는 전쟁의 대참사를 보러 서둘러 가는 표정을 짓고 있었다. 그리고 그러한 표정을 근거로 벤허는 이들이 유월절을 지내러 예루살렘으로 올라온 여행자들일 것으로 판단했다. 그렇다면 그들은 나사렛 사람의 재판에 참여하지 않았을 테고 어쩌면 그분에게 호의적인 사람들도 있을 것이었다.

이윽고 커다란 탑 방향에서 처음에는 멀리서 희미하게 수많은 사람들의 고함소리가 들려왔다.

"들어보세요, 저들이 오고 있어요." 동지 가운데 한 사람이 말했다.

거리에 있던 사람들은 잠시 멈춰 서서 들었다. 하지만 외치는 소리가 들려오자 서로 바라보며 아무 말 없이 떨면서 다시 움직였다.

외침은 매순간 점점 가까이 다가왔다. 외치는 소리와 사람들의 전율이 온 사방으로 퍼지는 가운데 시모니데스의 하인이 안락의자에 앉은 주인과 그 옆에서 걷고 있는 에스더와 함께 오고 있는 것이 보였다. 그 뒤에는 덮개가 덮인 가마가 있었다.

그들과 마주치자 벤허가 인사했다. "평화가 함께 하시길, 시모니데스, 에스더. 만일 골고다로 가는 길이라면 행렬이 지나갈 때까지 여기서 기다리시죠. 저도 함께 가겠습니다. 이 집 옆에 잠시 쉴 공간이 있습니다."

고개를 푹 숙이고 있던 시모니데스가 정신을 차리며 대답했다. "발타사르 님께 말해 보시죠. 그분이 괜찮다면 저도 좋습니다. 지금 가마에 누워 계십니다."

벤허는 황급히 가마의 커튼을 밀쳤다. 안에 누워 있던 발타사르의 파리한 얼굴은 너무도 애처로워 죽은 사람의 얼굴처럼 보였다. 어떻게 할 것인지 그의 의향을 물어보았다.

발타사르는 희미한 목소리로 되물었다. "그분을 뵐 수 있을 것 같은

가?"

"나사렛 사람 말인가요? 물론이죠. 분명히 바로 이 옆으로 지나가실 겁니다."

그러자 노인은 열렬하게 외쳤다. "오 좋으신 주님! 한 번만 더, 제발 한 번만 더 보게 해 주소서! 아, 참으로 온 세상에 끔찍한 날이로다!"

잠시 후 벤허 일행은 길가 집 그늘에서 쉬며 기다리고 있었다. 자기 생각을 입 밖으로 드러내는 것이 두려운지 아무도 입을 열지 않았다. 모든 것이 불확실했고, 특별히 이렇다 할 의견들도 없었다. 발타사르는 간신히 가마에서 몸을 일으켜 하인의 부축을 받고 섰다. 에스더와 벤허는 시모니데스를 부축했다.

그 사이 인파는 계속해서 쏟아져 들어왔고 오히려 전보다도 더 늘어났다. 그리고 외치는 소리가 점점 가까워져 날카롭고 거슬리는 소리가 잔인하게 울려 퍼졌다. 드디어 행렬이 나타났다.

벤허가 쓰라린 심정으로 말했다. "보시죠! 저기 예루살렘을 대표하는 자들이 오고 있군요."

제일 선두를 떠맡은 것은 야유하며 소리를 지르는 소년들 무리였다. "유대인의 왕이오! 비켜요, 비켜, 유대인의 왕이 납시오!"

시모니데스는 그들이 여름날 곤충 떼처럼 빙빙 돌며 춤추는 모습을 지켜보며 엄숙하게 말했다. "도대체 어쩌다 이 꼴이 되었는지, 아아 솔로몬의 도시가!"

그 뒤로는 완전 무장한 병사들 무리가 뒤따랐는데, 휘감은 갑옷과 청동 방패만 번쩍일 뿐 그들은 완전히 냉담한 자세로 행진하고 있었다.

그리고 드디어 나사렛 사람이 나타났다!

그분은 곧 죽을 것 같은 모습이었다. 걸음을 옮길 때마다 금방이라도 쓰러질 듯 비틀거렸다. 솔기 없는 속옷 위로 걸친 피 묻은 겉옷은 어깨에서 심하게 찢겨져 있었다. 맨발을 옮길 때마다 돌바닥에는 붉은 핏자국이 남았다. 목에는 죄인이라고 쓰인 팻말이 걸려 있었다. 머리에 쓴 가시관에 눌린 상처에서 나온 피가 얼굴과 목으로 흘러내려 지금은 검게 말라붙어 있었고, 가시관과 뒤엉킨 긴 머리카락은 핏덩이로 두껍게 뭉쳐 있었다. 안색은 몹시 창백했고, 두 손은 앞으로 결박되어 있었다. 보통은 죄수가 처형장까지 십자가를 메고 가는 것이 관례지만 십자가의 무게에 짓눌려 오는 도중 기진해 쓰러졌기 때문에 지금은 다른 사람이 대신 십자가를 지고 가고 있었다. 성난 군중들로부터 지키기 위해 네 명의 병사들이 호위하고 있었지만 군중들은 불쑥 끼어들어와 몽둥이로 치거나 침을 뱉었다. 그래도 그분의 입에서는 원망은커녕 신음소리조차 나오지 않았다. 벤허 일행이 쉬고 있던 집 앞에 거의 이르러서도 고개를 들지 않았다. 그곳에 있던 벤허 일행은 연민으로 마음이 찢어질 것 같았다. 에스더는 아버지에게 바싹 매달렸고 강철처럼 심지가 굳센 시모니데스마저 몸을 부들부들 떨었다. 발타사르는 말을 잊은 채 엎드려 있었다. 벤허는 가만히 있을 수 없었다. "오 주여! 주여!" 그러자 마치 그들의 감정을 헤아렸는지 또는 벤허의 절규를 들었는지 나사렛 사람은 창백한 얼굴을 돌려 벤허 일행을 한 사람 한 사람 찬찬히 바라보았다. 그 모습은 그들의 뇌리에 각인되어 평생 잊히지 않았다. 저분은 본인이 아니라 우리들을 생각하고 계시는구나. 말을 못하게 하니 죽음을 코앞에 두고도 눈빛으로라도 우리에게 축복을 주고 계시는구나.

정신을 차린 시모니데스가 물었다. "주인님의 군사들은 어디 있습니까?"

"그 답은 안나스가 알고 있을 겁니다."

"뭐라고요? 모두 그쪽으로 돌아섰단 말입니까?"

"그렇습니다, 이 두 사람만 빼고요."

"그렇다면 모든 것이 허사로군요. 이 선량한 분은 영락없이 죽게 생겼군요!"

말을 하는 동안 시모니데스는 경련을 일으키듯 얼굴을 찌푸리며, 고개를 푹 수그렸다. 그는 벤허가 무장봉기를 준비할 수 있도록 물심양면으로 도우며 똑같은 희망을 품고 있었는데 이제 그 희망의 불씨가 모두 꺼져 버렸다.

나사렛 그분 뒤로 십자가를 진 또 다른 두 남자가 따라가고 있었다.

"저들은 누구입니까?" 벤허가 갈릴리 사람들에게 물었다.

"나사렛 사람과 함께 처형될 강도들입니다."

행렬 옆에서는 대제사장의 황금 예복을 걸친 고위급 인물이 거드름을 피우며 걷고 있었다. 성전 경비대장들이 그를 커튼처럼 둥글게 에워싸고 있었다. 그리고 그 뒤로는 공회 의원들과 제사장들의 기다란 행렬이 차례로 걸어가고 있었다. 특히 제사장들은 흰 복장에 여러 겹으로 된 색색의 허리띠를 두르고 있었다.

"안나스의 사위로군." 벤허가 낮은 소리로 중얼거렸다.

시모니데스는 잠시 동안 생각에 잠겨 그 오만한 대제사장을 바라본 후에 덧붙였다. "가야바잖아! 전에 본 적이 있습니다. 이제야 분명히 알겠습니다. 영혼이 확실히 깨어난 것처럼 확신이 듭니다. 저기 맨 앞에서 목에 명패를 달고 가시는 분이야말로 그 명패에 쓰인 그대로 유대인의 왕이라는 것을 이제야 알겠습니다. 저분이야말로 유대인의 왕이십니다. 평범한 사람이라면, 사기꾼이나 중죄인이었다면 저런 식으로 처형하러 가지는 않겠지요. 그러나 보십시오! 여기 온 민족이 모여 있습니다, 예루살렘과 이스라엘의 온 사람들이요. 여기 대제사장의 제의를 보십시오. 장식이 달린 푸른색 예복과 자줏빛 석류와 황금 공 모양 장식들은 얏두아[156)가 마케도니아인들을 맞으러 나갔던 날 이후로 거리에서 본 적이 없던 것들입니다. 이 모든 것이 바로 저분이 왕이라는 확실한 증거입니다. 아 일어서서 저분을 따라갈 수만 있다면 좋으련만!"

벤허는 놀라서 그 말을 들었다. 그리고 이례적으로 감정을 드러낸데 시모니데스 자신도 놀랐는지 초조하게 말했다.

"발타사르 어른께 말씀드려 그만 가시지요. 예루살렘이 곧 뒤집어질 겁니다."

그러자 에스더가 물었다.

"저기 울고 있는 여인들이 있네요. 누구지요?"

에스더가 가리키는 곳을 보니 네 여인들이 울고 있었다. 그 가운데 한 여인은 나사렛 사람과 비슷하게 생긴 청년의 부축을 받고 있었다. 벤허가 바로 대답해 주었다. "저 청년은 나사렛 사람께서 가장 사랑하는 제자입니다. 그의 부축을 받고 있는 분은 스승님의 어머니인 마리아이십니다. 나머지 여인들은 그리스도를 따르는 갈릴리의 여인들이랍니다."

에스더는 슬퍼하는 여인들이 인파에 가려 보이지 않게 될 때까지 눈물을 글썽거리며 지켜보았다.

아마도 위의 대화들이 조용한 분위기에서 오고간 것으로 생각할 독자도 있겠지만 사실은 그렇지 않았다. 시끄러운 파도 소리가 들려오는 바닷가처럼 주위에서는 소음이 끊이지 않았다. 모여 있는 군중이 웅성거리는 소리는 비할 데 없이 시끄러웠다.

그 행렬의 모습은 30년 후 쯤 온갖 파벌들이 주도하여 예루살렘을

---

156) 마케도니아의 알렉산드로스 대왕이 예루살렘에 입성할 당시(BC 333년) 유대의 대제사장.

갈가리 분열시킬 시위의 전조였다. 지금의 군중은 수적으로 뒤지지 않았고, 열광적이며 살기등등했다. 어디를 가나 분노로 들끓는 군중이 있었다. 하인들, 낙타몰이꾼, 시장상인, 문지기, 정원사, 과일장수와 포도주 장수, 개종자, 개종하지 않은 외국인, 성전 경비병과 하급관리, 도둑, 강도, 어느 부류로 딱히 분류할 수 없는 잡다한 사람들이 넘쳐났지만, 이번에는 어디에서 왔는지 알 수 없는 졸렬한 자들이 나타났다. 그들은 굶주렸고 동굴과 오래된 무덤 냄새를 풍겼다. 머리카락과 수염은 빗지 않아서 한데 얽혀 있었고, 팔다리가 드러나는 진흙 색 옷 하나만 걸친 채 머리에는 아무것도 쓰지 않은 모습이었다. 야수처럼 외치는 소리는 사막을 가로지르는 사자의 포효처럼 울려 퍼졌다. 개중에는 칼을 가진 자들도 있었고 창과 투창을 휘두르는 자들도 꽤 있었다. 무기 대부분은 막대와 옹이진 곤봉과 투석기였다. 특히 투석을 위해 전대나 때로는 더러운 튜닉 앞자락에 임시로 매단 자루 안에 돌멩이들을 넣어가지고 다녔다. 율법학자들, 장로들, 서기관들, 넓은 술이 달린 예복을 걸친 바리새인과 멋진 겉옷을 걸친 사두개인 등 고위인사들은 거대한 인파 틈에 끼여 여기저기서 사람들을 선동하거나 지휘했다. 한 사람이 계속 외치다 지치면 또 다른 사람이 외치게 만들었다. 뻔뻔스러운 야유가 잦아들 기미가 보이면 다시 분발하도록 조종했다. 어쨌든 군중은 끝없이 욕설을 퍼부어댔지만 대충 몇 마디를 되풀이하고 있었다. 유대인의 왕! 유대인의 왕에게 길을 터주어라! 성전을 더럽힌 자! 하나님을 모독한 자! 십자가에 못 박아라, 십자가에 못 박아! 그리고 마지막 외침이 가장 집요하게 되풀이되는 것처럼 들렸다. 이것이야말로 군중의 제일 큰 바람이고 나사렛 사람에 대한 증오를 가장 단적으로 드러내고 있었기 때문이다.

　발타사르가 움직일 준비가 되자 시모니데스가 말했다. "가시죠. 앞으로 가 보십시다.”

하지만 벤허에게는 그 소리가 들리지 않았다. 지나가는 일부 행렬의 잔학하고도 피에 굶주린 모습과는 너무도 대조적인 나사렛 사람의 모습이 다시 생각났다. 그분의 온화한 모습과 고통 받는 이들을 위해 보여준 수많은 사랑의 행위들이 떠올랐다. 생각에 생각이 꼬리를 물고 이어졌다. 그러다 문득 그분께 커다란 빚을 진 것이 생각났다. 예전에 자기도 십자가형만큼이나 죽을 것이 분명한 판결을 받고 로마 수비대에 의해 끌려가다가 나사렛 우물가에서 그분이 주신 시원한 물 한 잔을 얻어마셨다. 그때 보았던 그분의 거룩한 얼굴 표정이 떠올랐다. 그리고 나중에 보여주신 선행과, 종려나무 주일에 어머니와 누이에게 베풀어 주신 기적도 생각났다. 그러자 그분께 받은 도움을 되갚거나 보답조차 할 수 없는 무력한 자신을 보니 괴로워 미칠 지경이었고 자책하지 않을 수 없었다. 마땅히 해야 할 일을 다 하지 않았다. 갈릴리인들과 함께 상황을 주시하면서 그들이 배반하지 않고 만반의 태세를 갖추도록 만들 수도 있었다. 그리고 지금, 아! 지금이야말로 공격을 감행할 때였다! 지금 제대로 공격한다면 폭도들을 흩어 버리고 나사렛 사람을 구해내는데 그치지 않을 것이었다. 그것은 온 이스라엘에 봉기하라고 부르는 외침이 되어 자유를 위해 오랫동안 꿈꿔온 싸움을 촉발할 절호의 기회였다. 그런데 기회가 사라지고 있다. 시간이 흐를수록 점점 멀어지고 있다. 그러다 영영 사라져 버린다면! 오 아브라함의 하나님! 진정 할 수 있는 일이 아무것도 없단 말입니까, 아무것도?

그 순간 갈릴리 사람들 무리가 눈에 띄었다. 벤허는 사람들 틈을 헤집고 그들을 따라잡았다.

“나를 따라들 오게. 할 말이 있네.”

벤허는 아까 쉬고 있던 집의 처마로 그들을 데려가 말을 꺼냈다.

"자네들은 나와 함께 오시기로 되어 있는 왕과 자유를 위해 싸우기로 약속하지 않았나. 이제 자네들에게는 칼이 있으니 지금이야말로 그 칼로 싸울 때네. 가서 구석구석 살펴서 우리의 동지들을 찾아내게. 그리고 십자가 부근에서 나를 만나자고 전하게. 그렇게 서 있지 말고 어서들 서두르게! 나사렛 사람은 왕이시네. 그리고 그분이 돌아가시면 자유도 끝이라네."

그들은 벤허를 존경스럽게 바라보았지만 움직이려고 하지 않았다.

"내 말 들었나?"

그러자 한 사람이 대답했다.

"대장님, 지금 속고 있는 분은 저희나 동지들이 아니라 당신입니다. 나사렛 사람은 왕이 아닙니다. 왕의 기개도 없고요. 그가 예루살렘으로 들어올 당시 저희도 함께 있었습니다. 성전에서 그를 보았지요. 그는 자신을, 우리를, 이스라엘을 저버렸어요. 그는 미문에서 하나님께 등을 돌리고 다윗의 옥좌를 거절했습니다. 그는 왕이 아닙니다. 그러므로 갈릴리는 그의 뜻에 따르지 않을 것입니다. 그는 죽겠지요. 그러나 잘 들으십시오. 우리는 당신이 주신 칼을 갖고 있으므로 자유를 위해 그것을 꺼내 휘두를 준비가 되어 있습니다. 갈릴리도 마찬가지입니다. 자유를 위해서라면! 오 대장님, 자유를 위해서라면! 십자가 있는 곳에서 당신과 합류하겠습니다."

지금이 벤허에게는 일생일대의 고비였다. 그 제의를 받아들여 한 마디만 했다면 역사는 다르게 흘러갔을 것이다. 하지만 그것은 하나님이 아니라 인간에 의해 결정된 역사일 것이다. 그런 일은 결코 없었고, 그렇게 되어서도 안 되었다. 벤허는 혼란에 휩싸였다. 지금은 어떻게 해야 할지 알 수 없었지만 나중에야 그분 덕이라는 것을 깨닫게 되었다. 나사렛 사람께서 부활하셨을 때 부활을 믿으려면 죽음이 필수적이라는 것을 깨달았다. 부활의 신앙 없이는 그리스도교도 빈껍데기에 불과하다. 혼란에 휩싸인 벤허는 결단을 내릴 수 없었다. 그는 무력하게, 심지어 말 한 마디 하지 못한 채 서 있었다. 얼굴을 두 손에 묻은 채 명령을 내리고 싶은 자기 뜻과 엄습한 힘 사이의 갈등으로 온몸을 떨었다.

"가시죠, 기다리고 있었습니다." 시모니데스가 네 번이나 재촉했다.

그 말에 벤허는 자기도 모르게 의자와 들것을 따라 걸어갔다. 에스더는 그와 함께 걸었다. 발타사르와 그의 친구들인 동방박사들이 사막의 집결지로 나아갔던 그날처럼 벤허 역시 알 수 없는 힘에 이끌려가고 있었다.

## 10. 십자가 위에서의 죽음

발타사르, 시모니데스, 벤허, 에스더, 두 갈릴리 심복이 십자가 현장에 도착할 당시 벤허는 그들을 앞에서 이끌고 있었다. 벤허는 흥분한 사람들로 가득 찬 틈을 헤집고 어떻게 길을 낼 수 있었는지 자기도 몰랐다. 어느 길로 가야 할 지, 그곳에 가려면 시간이 얼마나 걸릴지도 몰랐다. 아무것도 보이거나 들리지 않았고 어디로 가고 있는지 목적도 잊은 채 무의식적으로 걸어갔다. 그런 상태라면 어린아이라도 앞으로 일어날 끔찍한 범죄를 막기 위해 뭔가를 할 수 있었을 것이다. 우리 인간이 하나님의 뜻을 이해하기는 쉽지 않다. 그러나 그 뜻이 어떻게 이루어질지 알기란 더 어렵고, 결국에는 마지막이 되어야 알 수 있게 된다.

벤허는 멈춰 섰다. 그를 따르던 사람들도 함께 멈췄다. 몽롱한 상태에 있던 마법의 힘이 풀리자 청중 앞에 드리운 커튼이 걷히듯 다시 의식이 명료해졌다.

바싹 말라서 흙먼지가 일고 듬성듬성한 우슬초 관목을 제외하면 풀 한 포기 없고 해골처럼 둥글게 생긴 낮은 언덕 꼭대기에 빈 공간이 있었다. 그 공간을 살아 있는 사람들이 울타리처럼 에워싸고 있었다. 서로 밀치며 인파 너머로 보려는 사람과 틈새로 엿보려는 사람들로 장사진을 이루었다. 안쪽에는 백인대장이 지휘하는 로마 병사들이 담처럼 둘러서서 바깥 줄의 인파들이 넘어오지 못하도록 단단히 버티고 있었다. 그렇게 경비가 삼엄한 최전방까지 벤허는 자기도 모르게 이끌려 올라간 것이다. 이제 그 맨 앞줄에 서서 북서쪽을 바라보았다. 그 언덕은 옛 아람어로는 골고다(Golgotha), 라틴어로는 갈바리아(Calvaria), 영어로는 갈보리(Calvary)로 불리는데 해골이라는 의미이다.

산비탈과 골짜기, 낮은 구릉과 높은 산마루 할 것 없이 온 땅이 기묘한 광채를 내며 반짝거리고 있었다. 십자가 주위의 울타리 바깥 부분을 보면 흙도 바위도 푸른 것도 전혀 보이지 않았다. 불그레한 얼굴에 박힌 수천 개의 눈동자만 보였다. 그 광경에서 조금 떨어져 보면 눈들은 안 보이고 오로지 불그레한 얼굴들만 보였다. 조금 더 멀리 반경을 넓혀 보아도 보이는 것은 온통 얼굴들뿐이었다. 그것은 바로 3백만 명이나 되는 사람들이 운집한 광경이었다. 그 사람들은 모두 가슴을 졸이며 언덕 위에서 벌어지고 있는 일을 주시하고 있었다. 십자가에 함께 매달리게 될 강도들은 전혀 관심 밖이었고 증오심에서인지 두려움에서인지 호기심에서인지 오로지 나사렛 사람만 뚫어져라 지켜보았다. 그들 모두를 사랑했고 이제 그들을 위해 죽게 될 그분을.

그렇게 엄청나게 운집한 사람들 틈에 있다 보면 거칠게 날뛰는 광활한 바다를 굽어볼 때처럼 어디서도 느낄 수 없는 당혹감과 매혹감을 맛볼 것이다. 그러나 벤허는 그저 스치듯 한번 훑어보았을 뿐이다. 십자가 부근에서 벌어지는 일들에 온통 마음이 가 있었으므로 그런 것에 신경 쓸 겨를이 없었기 때문이다.

사람들로 인산인해를 이룬 높은 언덕에 고위인사들 머리 위로 솟은 대제사장관과 거만한 태도 때문에 쉽사리 알 수 있는 대제사장이 보였다. 언덕 더 높은 곳, 멀리에서도 볼 수 있는 둥근 정상에는 몸을 숙인 채 고통스럽지만 침묵을 지키고 있는 나사렛 사람이 있었다. 수비대의 조롱은 극에 달해 가시관으로는 부족하다는 듯 오른손에 갈대를 쥐게 했다. 울려대는 굉음처럼 함성이 그분 위로 쏟아졌다. 때로는 비웃음과 저주가 구분이 안 될 정도로 뒤섞여 터져 나왔다. 한 사람, 단 한 사람만이 이스라엘 민족에 대한 사랑을 잊지 말라고 성난 함성을 꾸짖고 영원히 문제삼지 않았을 것이다.

이제 모든 사람들의 눈은 나사렛 사람에게 고정되어 있었다. 지금 저분의 마음을 움직이고 있는 것은 아마도 연민일까. 이유가 어찌 되었든, 벤허는 자신의 마음이 변하고 있음을 의식했다. 이 세상의 가장 좋은 것보다도 더 좋은 것이 있을 수 있다는 생각이 들었다. 나약한 인간이 육체적 고통은 물론 정신적 고통까지 견딜 수 있는 힘을 주고 기꺼이 죽음을 맞이할 수 있게 해 주는 훨씬 더 좋은 무엇이 있다. 어쩌면 현세의 삶보다 더 순수한 또 다른 삶, 발타사르가 그렇게 굳건히 믿은 영혼의 삶일 것이다. 그 생각이 점점 더 분명해지기 시작하더니 결국 나사렛 사람의 사명은 자신을 사랑하는 사람들을 위하여 그 경계를 뛰어넘어, 그의 왕국으로 들어가도록 이끄는 인도자라는 것을 확실히 깨닫게 되었다. 그 순간 거의 잊고 있던 사실이 허공을 타고 온 듯 또는 나사렛 사람이 말하듯 다시 귀에 들려왔다.

"나는 부활이요 생명이다."

그 말은 몇 번이나 저절로 되풀이되면서 형태를 갖추게 되었고, 서광이 비치듯 새로운 의미로 가득 찼다. 그리고 사람들이 의미를 제대로 이해하기 위하여 같은 질문을 몇 번이고 되풀이하듯이 벤허는 가시관 아래에서 의식을 잃어가고 있는 언덕 위 인물을 바라보면서 되뇌어 물었다. 누가 부활이고 누가 생명이란 말입니까?

"나다."

그 인물이 그렇게 말하고 있는 것 같았다. 그리고 벤허를 위해서 그렇게 말해 주는 것 같았다. 그러자 전에는 한 번도 느껴보지 못했던 평안함이 찾아들었다. 모든 의심과 의문이 흔적도 없이 사라지고 믿음과 사랑과 분명한 이해가 시작되는 평안함이었다.

벤허는 갑작스러운 망치 소리에 멍한 상태에서 깨어났다. 그제야 잠시 잊고 있었던 언덕의 정상을 바라보니 병사들과 인부들이 십자가를 준비하고 있었다. 나무를 집어넣을 구덩이는 이미 다 파놓았고, 지금은 가로대를 제자리에 고정시키고 있었다.

대제사장이 백인대장에게 말했다. "서두르라고 하시오. 땅을 더럽히지 않으려면 이 자들은 해 지기 전에 죽어 묻혀야 하오. 그게 율법이오."

측은한 마음이 든 한 병사가 다가가 마실 것을 좀 주었지만 나사렛 사람은 거절했다. 그러자 또 다른 병사는 그의 목에서 글씨가 적힌 명패를 벗겨 그것을 십자가 윗부분에 박았다. 그로써 모든 준비가 끝났다.

"십자가가 준비되었습니다." 백인대장이 대제사장에게 말하였고, 그 보고에 대제사장은 손을 흔들며 대답했다.

"하나님을 모독한 자부터 먼저 집행하시오. 하나님의 아들이라면 자신을 구할 수 있을 테지. 어디 한 번 봅시다."

십자가 처형이 단계별로 준비되는 것을 지켜보며 참을 수 없다는 듯 고함치던 사람들의 외침이 일순간 멈추더니 사방이 쥐 죽은 듯이 고요해졌다. 생각만으로도 몹시 충격적인 십자가형 집행이 임박해 있었다. 이제 곧 죄인들은 십자가에 못 박힐 것이다. 형 집행을 위해 병사들이 나사렛 사람에게 제일 먼저 손을 대자 사람들은 전율했다. 가장 잔혹한 인간들마저 두려움에 휩싸였다. 갑자기 공기가 싸늘해져 한기에 몸을 떨었던 것이라고 나중에 말하는 사람들도 있었다.

"어쩌면 이리 고요할까요?" 에스더는 아버지에게 기대며 말했다.

끔찍한 고문을 당했던 것이 생각나 시모니데스는 에스더의 얼굴을 끌어당겨 가슴에 묻으며 떨리는 목소리로 말했다.

"보지 마라, 에스더. 보지 말렴. 이 광경을 지켜보는 사람은 죄가 있든 없든 모두 지금 이 순간부터 저주받을 것 같은 느낌이 든다."

발타사르는 무너지듯 주저앉았다.

시모니데스가 더욱 흥분하여 말했다. "주인님, 만일 여호와께서 한시라도 손을 내밀어 저분을 구해 주시지 않으면 이스라엘은 망합니다, 우리도 끝장이고요."

벤허는 침착하게 대답했다. "시모니데스, 제가 잠시 꿈을 꾼 것 같은데, 꿈속에서 이 모든 일이 왜 일어나고 있는지, 왜 계속되어야 하는지 들었습니다. 이것은 나사렛 사람의 뜻입니다, 하나님의 뜻이기도 하고요. 여기 발타사르 어른처럼 그저 우리도 잠자코 기도하죠."

언덕을 다시 올려다보니 서늘한 정적을 뚫고 아까 그 말이 귓전에 들려왔다.

"나는 부활이요, 생명이다."

그는 말씀하는 사람이 앞에 있는 것처럼 경건하게 머리를 숙였다.

그 사이 정상에서는 십자가에 매달기 위한 작업이 계속되고 있었다. 병사들이 나사렛 사람의 옷을 벗겨냈고 그는 벌거벗은 채로 수백만 명 앞에 섰다. 아침 일찍부터 받은 채찍질로 등에서는 아직도 피가 흐르고 있었다. 그런데도 가차 없이 십자가 위에 뉘어졌다. 먼저 두 팔이 가로대 위에 얹혀졌다. 대못은 무척이나 날카로워 몇 번의 망치질로도 부드러운 손바닥을 뚫고 깊숙이 박혔다. 그런 다음 그들은 나무 위에 발뒤꿈치가 반듯이 놓이도록 무릎을 모은 후 포개 얹은 두 발에 못을 박아 단단히 고정시켰다. 둔탁한 망치 소리가 병사들이 에워싼 울타리 밖으로 울려 퍼졌다. 소리가 들리지 않을 만큼 멀리 떨어진 곳에서 지켜보던 사람들은 망치가 떨어질 때마다 두려움에 떨지 않을 수 없었다. 수난 받는 그분의 입에서는 신음이나 절규나 원망의 소리가 단 한 번도 새어나오지 않았다. 적들의 비웃음을 살 말이나, 사랑하는 사람들을 통회하게 만들 말도 전혀 나오지 않았다.

"어느 방향을 보게 세울까요?" 병사 한 사람이 퉁명스럽게 물었다.

"성전 쪽을 향하게 하시오." 대제사장이 대답했다. "성전이 저자에게 아무런 해도 입지 않고 건재하다는 것을 지켜보면서 죽어가도록."

인부들은 십자가를 들어올려 모두 한데 짊어지고 세울 곳까지 가져갔다. 그리고는 구령에 맞춰 나무를 구덩이에 박아 넣었다. 그러자 나사렛 사람의 몸도 아래로 축 처져 못 박힌 손에 겨우 지탱하여 매달려있게 되었다. 그래도 여전히 고통의 소리는 들리지 않았다. 성경에 기록된 모든 절규 가운데 가장 성스러운 절규만이 새어나왔을 뿐이다.

"아버지, 저들을 용서해 주십시오. 저들은 자기들이 무슨 짓을 하는지 모릅니다."

이제 하늘을 향해 가장 높이 우뚝 솟은 십자가를 보고 군중은 기쁨을 터뜨렸다. 나사렛 사람의 머리 위에 걸린 명패를 읽은 사람들은 재빨리 그 의미를 파악했고 그 말은 삽시간에 퍼져나가 잠시 후에는 온 군중이 이쪽저쪽에서 비웃음과 욕설로 그 말을 되풀이했다.

"유대인의 왕! 유대인의 왕, 만세!"

명패의 의미를 누구보다 잘 알고 있던 대제사장이 내용을 바꿔 달라고 항의했지만 소용없었다. 그래서 유대인의 왕이라고 불리게 된 나사렛 사람은 언덕 위에서 죽어가는 눈으로 발아래 펼쳐진 조상들의 도시를 바라보아야 했다. 자신을 그토록 무참히도 버리고 만 예루살렘을 ······.

이제 해는 정오를 향해 급속히 떠오르고 있었다. 햇살을 받은 산들은 황무지 가슴을 드러냈고, 더 멀리 근엄한 자줏빛 안개로 뒤덮여 있던 산들도 환호하는 것 같았다. 예루살렘의 성전, 궁전, 탑, 첨탑을 비롯한 뛰어난 건축물들은 마치 사람들이 자기들을 바라보며 느끼는 자긍심을 알고 있다는 듯 찬란하게 빛나고 있었다. 그런데 갑자기 하늘에

십자가에 달린 그리스도, 알브레히트 뒤러

어스름이 퍼지더니 땅을 뒤덮기 시작했다. 처음에는 그저 날이 흐려지는가 싶더니 때 이르게 날이 저무는 것처럼 아직 환한데도 초저녁이 찾아드는 것 같았다. 그러나 어둠이 점점 깊어졌으므로 사람들은 주목하기 시작했다. 어느 틈엔가 외치는 소리와 비웃음이 찾아들더니 사람들은 모두 자기 눈을 의심하며 영문을 모르겠다는 듯 서로 쳐다보았다. 그리고는 다시 태양을 바라보았다. 이윽고 좀 더 떨어진 산과 그 부근의 하늘과 풍경도 어둠 속으로 가라앉고 있었다. 참극이 벌어지고 있던 언덕 위도 마찬가지였다. 이 모든 광경에 사람들은 다시 서로 바라보며 하얗게 질린 채 할 말을 잊었다.

시모니데스가 놀란 에스더에게 달래듯 말했다. "그저 안개거나 지나가는 구름일 거란다. 곧 밝아질 거야."

하지만 벤허는 그렇게 생각하지 않았다.

"이건 안개나 구름이 아닙니다. 공기 속에 깃든 영혼들, 즉 자신들과 온 세상을 불쌍히 여긴 예언자와 성인들이 하신 일입니다. 오, 장담하는데 하나님이 살아 계신 것이 분명하듯이 저기 매달린 저분은 하나님의 아들입니다."

그 말에 깜짝 놀란 시모니데스를 내버려 둔 채 벤허는 옆에 주저앉아 있던 발타사르에게로 다가가 어깨를 잡았다.

"오 현명한 이집트 어르신, 들어 보십시오! 당신만이 옳았습니다. 저분이야말로 진정 하나님의 아들이십니다."

발타사르는 벤허를 가까이 끌어당기더니 힘없이 대답했다. "나는 그분이 태어나 구유에 누워 있던 아기의 모습을 보았다네. 그러니 내가 그분을 먼저 알아본 것은 당연하지. 하지만 오늘까지 살아남아 이렇게 끔찍한 모습을 보게 될 줄이야! 차라리 형제들과 죽었더라면! 멜키오르, 가스파르 자네들이 부럽구먼!"

"기운 내십시오! 틀림없이 그분들도 여기 계실 것입니다."

희미하던 어둠은 점점 더 짙어졌지만 언덕 위에 있던 좀 더 대담한 사람들은 아랑곳하지 않고 할 일을 계속했다. 나사렛 사람과 함께 있던 다른 두 강도들도 차례로 십자가에 못 박은 후 땅에 꽂아 세웠다. 그제 야 수비대가 형장에서 물러났고 그들이 막고 있던 정상 부근의 사람들 은 빽빽하게 밀고 나가 마치 큰 파도가 일어나듯 십자가 주위로 몰려들 었다. 한 사람이 좀 제대로 볼라치면 어느 틈에 새로 온 사람이 밀고 들 어가 그 자리를 꿰차고, 또 새로 온 사람이 밀고 들어오고……. 그들은 나사렛 사람을 향해 온갖 조롱과 상스러운 농담과 욕설을 쏟아내었다.

"하하! 네가 유대인의 왕이라면 너나 구원해 보아라." 한 병사가 외 쳤다.

그러자 한 제사장도 거들었다. "지금 십자가에서 내려와 보시지. 그 러면 우리가 믿을 터인데."

다른 이들도 고개를 흔들며 조롱했다. "성전을 허물고 사흘 안에 다 시 짓겠다는 자야, 너 자신이나 구해 보아라. 네가 하나님의 아들이라 면 십자가에서 내려와 보아라."

그 말에 가세하여 함께 비아냥거리는 이들도 있었다. "자기가 하나 님의 아들이라고 했으니 어디 하나님이 저자를 구하시는지 보자고."

그곳에서 사람들이 퍼붓고 있는 말은 모두 이제껏 들어본 적이 없는 편견에 가득 찬 것이었다. 나사렛 사람은 이제껏 누구에게도 해를 입히 지 않았다. 아니 오히려 그가 겪고 있는 이 끔찍한 순간 이전에는 그와 일면식도 없는 사람들이 대부분이었다. 그런데 희한하게도 그들은 그 에게만 온갖 욕설을 퍼붓고 오히려 강도들에게는 동정을 보였다.

그런데 그렇게 하늘에서 내려오는 기이한 어둠에 에스더는 불안해 졌다. 그리고 더 용감하고 강한 사람들마저도 두려운 마음이 들기 시작했다.

　에스더는 한 번 두 번 세 번 재차 재촉했다. "이제 그만 집으로 가요. 하나님께서 노하신 것이 분명해요, 아버지. 또 다른 무서운 일이 일어 날까봐 두려워요."

　그러나 시모니데스는 자리를 뜨려고 하지 않았다. 말은 거의 없었지 만 마음속으로는 굉장히 동요하고 있는 것이 분명했다. 한 시간이 지났 을 무렵 언덕 위 군중들의 폭언이 어느 정도 가라앉자 시모니데스의 제 안에 따라 일행은 십자가 가까이 가 보기 위해 앞으로 나아갔다. 벤허 가 부축해 주기는 했어도 발타사르는 힘겹게 위로 올라갔다. 새로 자리 잡은 곳에서는 나사렛 사람의 모습이 희미하게 매달린 형체로만 보여 제대로 알아볼 수 없지만 소리는 들을 수 있었다. 한숨을 쉬는 소리 가 똑똑히 들려왔는데, 그 소리에서 극도의 인내심과 군중들의 소란한 소리가 잠시 멎을 때마다 신음과 애원을 쏟아내던 도둑들보다도 훨씬 기진맥진한 것이 느껴졌다.

　십자가에 달리고 두 시간이 흘렀지만 별 변화가 없었다. 나사렛 사 람에게 그 시간은 모욕과 도발을 받으며 서서히 죽어가는 시간이었다. 그동안 내내 단 한 번만 입을 열었을 뿐이다. 가까이 다가와 십자가 발 치에 무릎을 꿇고 앉은 여인들 가운데에서 사랑하는 제자와 함께 있는 어머니를 알아보았다.

　"여인이시여, 이제부터는 이 청년이 어머니의 아들입니다!" 그리고 제자를 향해 말하였다. "이제부터는 이분이 네 어머니시다!"

　세 시간째가 되어도 사람들은 무엇에 홀린 듯 꾸역꾸역 언덕으로 몰 려들어 떠나지 않고 있었다. 아마도 한낮에 밤처럼 어두워진 상황 때 문이었을 것이다. 이제 사람들은 전보다 많이 잠잠해져 있었다. 그래 도 가끔씩은 어둠 속에서 떼를 지어 서로 소리치고 있는 것이 들렸다.

그 와중에 십자가 가까이 다가와 나사렛 사람을 아무 말 없이 바라보고는 조용히 돌아가는 사람들이 생겨났다. 조금 전까지만 해도 제비를 뽑아 예수의 겉옷을 나누어 가졌던 병사들에게도 비슷한 변화가 일어났다. 그들은 장교들과는 약간 떨어진 곳에서 오가는 인파보다는 나사렛 사람을 가만히 주시하고 있다가 그가 숨을 격하게 몰아쉬거나 고통에 겨워 고개를 쳐들면 바싹 긴장했다. 그러나 가장 놀라운 것은 대제사장과 그들의 측근이었다. 간밤에 재판이 진행되는 동안 나사렛 사람의 면전에서 대제사장 편에 서서 열렬히 지지했건만 어둠이 내려앉기 시작하자 그들의 자신감도 사라지기 시작했다. 그들 가운데에는 천문학을 배워 당시 대중이 매우 무서워하던 귀신들에 대해 익히 알고 있던 사람들이 많았다. 그들이 알고 있는 지식은 선조로부터 대대로 전해져 온 것들이 많았고 그 중에는 바빌론 유배가 끝난 시점까지 거슬러 올라가는 것도 있었다. 성전에서 예식을 행하려면 그런 것들을 잘 알고 있어야 했다.

이렇게 함께 모여 있는 동안 태양이 그들의 눈 앞에서 점차 희미해지더니 산과 언덕이 어둠에 잠겨 보이지 않게 되었다. 그들은 대제사장 주위에 모여 지금 벌어지고 있는 일에 대해 각기 다른 견해를 내놓았다. "지금은 달이 꽉 찼으니 일식일 리가 없소." 하지만 아무도 만족할 만한 대답을 내놓지 못했다. 그 어둠이 도대체 무엇인지 하필이면 지금 이 시간에 일어난 것인지 속시원히 밝힐 수 없었으므로 마음속으로는 그 현상이 나사렛 사람과 관계가 있을 거라는 생각이 들었다. 그러다 어둠이 가실 기미가 없이 오히려 점점 짙어지자 두려운 생각이 들기 시작했다. 병사들 뒤에서 나사렛 사람의 일거수일투족을 지켜보며 그가 한숨을 쉴 때마다 간담이 서늘해져 서로 수군거렸다. 저 사람이 어쩌면 메시아일지도 몰라, 그렇다면 ……. 하지만 기다리면 알게 될 것이었다!

　한편 벤허는 더 이상 그런 생각에 시달리지 않았다. 완전한 평온이 찾아왔다. 어서 그 모든 일들이 끝나기만을 기도했다. 그는 아직도 완전히 믿지 못하고 망설이는 시모니데스의 마음이 어떤지 알고 있었다. 심각한 표정으로 보아 깊은 생각에 잠겨 있는 게 분명했다. 그 어둠의 원인이 무엇인지 알아내려는 듯 묻는 눈길로 태양을 바라보고 있었다. 벤허는 에스더가 아버지에게 매달려 두려움을 억누른 채 아버지가 하는 대로 따르고 있는 것을 보았다.

　시모니데스가 딸을 달래는 말이 들렸다. "두려워하지 말고 내 곁에서 함께 지켜보렴. 이 애비보다 곱절이나 오래 살아도 지금처럼 매우 중대한 일은 보지 못하게 될 것이다. 또 다른 계시가 나타날 것이다. 끝까지 지켜보자꾸나."

　두 시간 반 정도가 흘렀을 무렵 가장 하층민, 아마도 도시의 무덤 주위에서 온 부랑자들로 보이는 사람들이 십자가 중앙 앞으로 오더니 멈춰 섰다.

　"이자가 바로 그 사람, 유대인의 새로운 왕이래."

　한 사람이 그렇게 말하자 다른 사람들이 웃음을 터뜨리며 외쳤다. "만세, 모두 만세, 유대인의 왕이여!"

　아무런 대답이 없자 그들은 십자가에 바싹 다가가 더 크게 외쳤다.

　"네가 유대인의 왕이나 하나님의 아들이라면 어디 내려와 보시지."

　이 말을 듣고 한 강도가 신음을 멈추고 나사렛 사람을 불렀다. "그래, 네가 그리스도라면 너 자신과 우리를 구원해 보아라."

　사람들이 박장대소하며 나사렛 사람이 뭐라고 대답하는지 귀 기울이고 있는데, 다른 강도가 건너편 강도를 꾸짖었다. "너는 하나님이 두렵지도 않으냐? 우리야 우리가 저지른 일 때문에 그에 마땅한 벌을 받고 있으니 당연하지만, 이분은 아무것도 잘못한 일이 없다." 구경꾼들이 깜짝 놀라서 쥐죽은 듯 조용해지자 강도는 나사렛 사람을 향해 말했다. "주님이 주님의 나라에 들어가실 때에 저를 기억해 주십시오."

시모니데스는 움찔했다. "주님의 나라에 들어가실 때"라니! 그 부분이 그의 마음에서 가장 받아들이기 어려운 점이었다. 그래서 발타사르와 그토록 자주 논쟁을 벌이기도 한 것이다.

벤허가 시모니데스에게 말했다. "들으셨습니까? 저 나라는 이 세상에 속한 것이 아닙니다. 저 증인은 주님이 주님의 나라에 들어간다고 했습니다. 그리고 사실 저도 꿈에서 똑같은 말을 들었습니다."

"쉿!" 시모니데스는 그 어느 때보다도 다급하게 막아섰다. "조용히 해 보세요! 저분이 뭐라고 하려는 것 같아요 ……."

그리고 바로 그 순간 나사렛 사람이 확신에 가득 찬 명료한 음성으로 대답했다.

"내가 진실로 너에게 말한다. 너는 오늘 나와 함께 낙원에 있을 것이다!"

시모니데스는 또 다른 말이 있는지 들으려고 기다렸다. 그러다 그 말이 끝난 것을 알고는 두 손을 맞잡으며 말했다. "됐습니다, 주여, 이제 충분합니다! 어둠이 사라졌습니다. 이제야 새로운 눈으로 보게 되었습니다. 발타사르처럼 저 역시 완전한 신앙의 눈으로 볼 수 있게 되었습니다."

충실한 하인은 드디어 자기에게 꼭 맞는 보답을 받았다. 그의 망가진 육신은 다시 회복되지 못할 수도 있다. 또한 고문의 기억이나 그로 인해 힘들었던 세월에 대한 기억에서 완전히 벗어날 수도 없다. 하지만 갑자기 새로운 삶이 보였고, 그것은 자신을 위해 마련된 것이라는 확신이 들었다. 이 세상 너머에 있는 새로운 삶, 그리고 그 세상의 이름은 바로 낙원이었다. 그곳에서는 그가 그동안 꿈꿔 왔던 나라와 왕을 보게 될 것이었다. 그 순간 완전한 평화가 그에게 찾아왔다.

그러나 십자가 앞에 있던 사람들은 놀라고 경악할 뿐이었다. 그곳에 있던 교활한 궤변론자들은 강도의 질문에 깔린 전제와 나사렛 사람의 대답에 내포된 허락을 연결지어 생각했다. 온 나라를 돌아다니며 자신이 메시아라고 주장하고 다녔다는 구실로 그를 십자가에 못 박았다. 그런데 보라! 그 어느 때보다도 당당히 자신이 메시아라고 거듭 주장할 뿐 아니라 강도에게 자신의 낙원을 누리게 해 주겠다고 약속하고 있지 않은가. 그들은 자기들이 한 짓을 생각하고 떨었다. 오만한 대제사장마저도 겁을 먹었다. 진리가 아니라면 이 사람이 어디서 이런 확신을 얻을 수 있단 말인가? 그리고 그 진리는 바로 하나님이 아니고 무엇이겠는가? 아주 작은 계기만 있어도 그들은 모두 도망갈 태세였다.

나사렛 사람의 숨결은 점점 거칠어졌고 한숨은 커다란 헐떡임으로 바뀌었다. 십자가에 못 박힌 지 세 시간이 지났을 뿐인데 임종을 맞이하고 있었다!

임종이 가까워졌다는 소식은 순식간에 입을 타고 옮겨져 모든 사람들이 다 알게 되었다. 그러자 모든 것이 잠잠해졌다. 바람조차 잦아들더니 멈추었다. 숨 막힐 듯한 안개가 대기를 가득 메웠다. 암흑에 열기까지 더해졌다. 설령 언덕에서 떨어져 있어 그 사실을 잘 모르더라도 짙게 드리운 어둠에 잠긴 3백만 명의 사람들은 두려움에 사로잡혀 무슨 일이 벌어질지 기다리고 있었다. 숨조차 멎은 듯했다!

그런데 그 어둠과 침묵을 뚫고 십자가 지척에 있던 사람들의 머리 위로 원망은 아니지만 절망에 찬 울부짖음이 들려왔다.

"나의 하나님, 나의 하나님! 어찌하여 나를 버리셨습니까?"

그 소리를 들은 사람들은 모두 깜짝 놀라 어찌할 바를 몰랐다.

병사들은 포도주와 물이 담긴 잔을 가져와 벤허로부터 약간 떨어진 곳에 내려놓았다. 해면을 신 포도주에 푹 적셔서 갈대에 꿰어 그에게 주면 마음껏 혀를 축이게 할 수 있었다. 벤허는 나사렛 근처 우물에서 그분이 주었던 물 한 잔이 생각났다. 그래서 더 이상 참지 못하고 해면을 집어 포도주를 적신 후 십자가를 향해 달려갔다.

길에 있던 사람들이 화를 내며 외쳤다. "내버려 둬. 어디 엘리야가 와서 그를 구하여 주나 두고 보자고!"

그러나 벤허는 아랑곳하지 않고 냅다 달려 해면을 나사렛 사람의 입술에 대주었다.

하지만 너무 늦었다, 늦었어!

그제야 벤허의 눈에 똑똑히 들어온 얼굴은 피멍이 들고 먼지로 더러워진 상태에서도 갑작스럽게 빛나기 시작했다. 두 눈을 크게 뜨고 오로지 자신에게만 보이는 하늘 저편의 어떤 존재를 응시했다. 그리고 터져 나온 그의 외침에는 만족감과 안도감, 심지어 승리감마저 느껴졌다.

"다 이루어졌다! 다 이루어졌다!"

그렇게 인간의 죄를 죽음으로 속죄하는 영웅은 마지막 격려의 말로 죽음에 승리를 거두었다.

그의 눈에서 빛이 사라져갔다. 가시관을 쓴 머리가 마지막 숨을 몰아쉬고 있던 가슴 위로 툭 떨어졌다. 벤허는 이제 모든 것이 끝났다고 생각했다. 하지만 희미해지는 정신을 그러모아 나사렛 사람은 자신과 주위에 있던 몇몇 사람만이 들을 수 있게 마치 옆의 누군가에게 속삭이듯이 낮은 소리로 말하였다.

"아버지, 제 영을 아버지 손에 맡깁니다."

만신창이가 된 육신이 마지막으로 떨렸다. 날카로운 단말마의 비명과 함께 그의 사명과 이 세상에서의 삶도 끝이 났다. 사랑만이 가득했던 그 심장이 멎었다. 오 독자들이여, 그분은 바로 사랑 때문에 죽었다!

벤허는 일행에게 돌아가 간단히 말했다. "다 끝났습니다. 그분은 돌아가셨습니다."

그 상황은 삽시간에 군중 사이로 전해졌다. 아무도 큰 소리를 내지 않았지만 웅성거리는 소리가 언덕에서 사방으로 들불처럼 퍼져나갔다. "그가 죽었대! 그가 죽었대!" 속삭임과도 같은 웅얼거림이 전부였다. 사람들은 드디어 원하는 바를 이루었다. 나사렛 사람이 죽었다. 그런데도 그들은 겁에 질려 그저 서로 바라보고만 있었다. 그의 피가 그들 위에 뿌려졌다! 그런데 갑자기 땅이 흔들리기 시작했다. 사람들은 쓰러지지 않으려고 저마다 옆에 있던 사람들을 잡았다. 눈 깜짝할 사이에 어둠이 걷히더니 태양이 나왔다. 모든 이들이 지진에 술 취한 것처럼 휘청거리는 언덕 위의 십자가들을 일시에 바라보았다. 세 개의 십자가를 모두 쳐다보았지만 한가운데에 있는 십자가만이 제대로 보이는 것 같았다. 그리고 십자가가 위로 끝없이 늘어나는 것 같더니 그 위에 있던 사람을 이리저리 흔들며 푸른 하늘로 점점 더 높이 받들어 올리는 것 같았다.

나사렛 사람을 조롱했던 모든 이가, 그를 때렸던 모든 이가, 그를 십자가형에 처하라고 찬동했던 모든 이가, 성읍에서부터 행렬에 끼어 행진해 온 모든 이가, 마음속으로 그가 죽기를 바랐던 모든 이가, 십중팔구 자기가 선택된 사람이라고 생각하고 있던 모든 이가 살려면 하늘의 진노를 피해 되도록 빨리 도망쳐야 한다고 생각했다. 그들은 달리기 시작했다. 온 힘을 다해 내달렸다. 말과 낙타와 전차를 몰고 황급히 달리는 사람도 있고 맨발로 달음박질하는 사람도 있었다. 그리고 마치 그들이 한 짓거리에 분노했는지, 아무 죄 없는 사람을 외롭게 죽어가게 한 원수를 갚으려는지 지진이 그들을 뒤쫓았다. 사람들은 위로 튕겨져 오르기도 하고 아래로 곤두박질치기도 하면서 커다란 바위들이 갈라지고 찢어지는 끔찍한 굉음에 혼비백산했다. 모든 이가 가슴을 치며 공포의 비명을 질렀다. 그의 피가 그들 위에 뿌려졌다! 유대인, 이방인, 제사장과 평민, 거지, 사두개인, 바리새인 가릴 것 없이 모두 도망치기 바빴고 누가 누군지 구분할 수 없을 정도로 한데 뒹굴었다. 주님을 소리쳐 불러도 성난 대지만이 격분하여 대답할 뿐 모두 같은 취급을 받았다. 대제사장이라고 나을 것이 하나도 없었다. 지진이 엄습하자 그 역시 쓰러져 예복의 끝단은 온통 흙을 뒤집어썼고 황금종은 모래로, 입은 흙먼지로 가득 찼다. 그와 그의 측근들은 적어도 한 가지 점에서는 모두 똑같았다. 나사렛 사람의 피가 그들 모두에게로 뿌려진 것이다!

햇빛이 다시 십자가 위로 비추었을 때는 나사렛 사람의 어머니와 제자와 갈릴리의 신실한 여인들, 백인대장과 그의 병사들, 벤허 일행만이 언덕 위에 남아 있었다. 이들은 서로 조심하라고 소리치느라 여념이 없었으므로 군중이 도망치는 모습을 볼 겨를이 없었다.

벤허는 시모니데스의 발치에 공간을 마련해 주며 에스더에게 말했다. "여기 앉아요. 눈을 가리고 위를 쳐다보지 말고 그대의 모든 믿음을 하나님과 지금 막 이곳에서 비참하게 돌아가신 저분의 영혼에 의탁하시오."

그러자 시모니데스가 경건하게 말했다. "앞으로는 저분을 그리스도라고 부릅시다."

"그렇게 하죠."

얼마 후 지진의 파동이 언덕을 강타했다. 흔들거리는 십자가 위에 매달린 강도들의 비명소리는 듣기에도 끔찍했다. 흔들리는 땅 때문에 어지럽기는 했어도 벤허는 발타사르를 살폈다. 발타사르는 땅에 엎드린 채 꼼짝도 않고 있었다. 서둘러 다가가며 불렀지만 아무런 대답이 없었다. 그 훌륭한 노인은 이미 숨져 있었다! 그제야 벤허는 마지막 순간에 나사렛 사람의 절규에 대답하기라도 하듯이 어디선가 외치는 소리가 들렸던 것이 기억났다. 하지만 그때는 경황이 없어서 그 소리가 어디에서 나는지 돌아볼 여유가 없었다. 지금 생각해 보니 그의 영혼이 주님의 영혼을 따라 낙원으로 함께 들어간 것이었다. 그 이유는 발타사르의 외침을 들었을 뿐 아니라 그의 고귀한 삶에 더 어울리는 보답이라고 생각되었기 때문이었다. 가스파르는 신앙, 멜키오르는 사랑에 합당한 보답을 받았다면, 세 가지 덕목인 믿음, 사랑, 선행을 한평생 온몸으로 보여준 발타사르 역시 특별한 보답을 받았을 것이다.

발타사르의 하인들은 이미 도망쳐 버리고 없었다. 하지만 모든 것이 끝나자 두 갈릴리 사람이 발타사르의 시신을 가마에 실어 성 안으로 옮겼다. 잊을 수 없는 그날 해질녘 벤허의 저택 남쪽 문으로 들어서는 일행은 슬픔에 잠겨 있었다. 거의 같은 무렵 그리스도의 시신도 십자가에서 내려졌다.

발타사르의 시신은 응접실에 안치되었고, 모든 하인들이 울면서 고인의 죽음을 애도했다.그가 주위의 모든 이들에게 사랑을 베풀었기 때문이다. 슬퍼하던 사람들은 고인의 얼굴과 드러난 미소를 보자 눈물을 훔치며 말했다. "잘 됐어요. 오늘 아침에 나가실 때보다도 훨씬 행복해 보이시네요."

한편 벤허는 이라스에게 아버지의 죽음을 알리는 일을 하인에게 맡기고 싶지 않았다. 자기가 직접 가서 시신이 안치되어 있는 곳으로 데려오려고 했다. 얼마나 슬퍼할지 알 수 있었다. 이 세상에 홀로 남겨졌으니. 이제는 그간의 일을 용서하고 동정을 베풀 때였다. 그제야 아침에 왜 이라스가 일행 중에 빠졌는지 그녀가 어디에 있는지 물어보지도 않은 것이 기억났고 부끄러운 마음에 사과할 준비가 되어 있었다. 이제 아버지의 죽음을 알면 더 큰 슬픔에 빠질 테니 그보다 더한 일이라도 할 태세였다.

이라스의 방 앞에서 커튼을 흔들었다. 안쪽에서 작은 종이 울리는 소리가 들려왔지만 아무런 기척이 없었다. 이번에는 이름을 불러보았다. 거듭 불러보았지만 여전히 대답이 없었다. 마침내 커튼을 옆으로 젖히고 방 안으로 들어갔지만 이라스는 보이지 않았다. 황급히 옥상으로 올라가 찾아보았지만 그곳에도 없었다. 하인들에게 물어보았으나 그날 그녀를 본 사람은 아무도 없었다. 온 집안 구석구석을 샅샅이 뒤져도 찾지 못하자 벤허는 응접실로 돌아와 마땅히 이라스가 지키고 있어야 할 고인의 옆을 대신 지켰다. 그리고 그리스도께서 그의 늙은 종에게 얼마나 자비로우셨는지 생각했다. 발타사르는 낙원의 문 앞에서 이승에서의 모든 고통과 심지어 딸에게 버림받은 것조차 남겨두고 모두 잊은 채 행복하게 그 낙원으로 들어가 영원한 안식을 얻게 된 것이다.

장례식의 우울한 분위기가 거의 사라지고, 나병이 나은 지 아흐레째 되던 날 율법에 규정된 대로 벤허는 어머니와 티르자를 집으로 데려왔다. 그리고 그날 이후로 그 집 사람들은 다음 두 이름을 가장 성스럽게 불렀다.

"성부 하나님과 성자 그리스도."

## 11. 지하 교회의 태동

그리스도가 십자가에서 처형된 지 5년이 흘렀다. 벤허의 아내가 된 에스더는 미세눔의 아름다운 저택 안방에 앉아 있었다. 장미와 포도덩굴이 한창 무르익는 여름, 이탈리아의 따뜻한 태양이 내리쬐는 정오였다. 실내의 모든 장식은 로마식이었으나, 에스더가 입고 있던 옷만 유대풍 복장이었다. 바닥에 깔린 사자 모피 위에서는 두 아이가 티르자와 놀고 있었다. 다정하게 바라보는 눈길로 보아 두 아이는 에스더의 자식이 분명했다.

에스더는 세월의 풍상을 전혀 겪지 않았다. 전보다도 훨씬 아름다워졌고 그 저택의 안주인이 된 것을 보면 소중하게 품었던 꿈들 가운데 하나는 이루어진 셈이었다.

소박하면서도 안온한 시간을 보내고 있는데 하인이 문가에 나타나 말했다.

"마님께 드릴 말씀이 있다고 찾아오신 분이 계셔요."

"들어오시라고 해. 이곳으로 모시고 오너라."

이윽고 낯선 여인이 들어왔다. 손님을 보고 일어나 인사하려던 에스더는 주저하더니 안색이 변하며 뒤로 물러섰다. "아는 분 같으신데. 혹시……."

"네, 맞아요. 발타사르의 딸 이라스예요."

에스더는 놀란 마음을 추스르며 이라스에게 의자를 내오라고 했다.

그러나 이라스는 차갑게 거절했다. "아니에요. 금방 갈 거예요."

두 사람은 서로 응시했다. 에스더가 어떤 모습인지는 이미 살펴보았다. 아름다운 여인, 행복한 어머니, 만족스러운 아내의 모습이었다.

반면에 예전의 연적에게 닥친 운명은 그리 행복하지 못했던 것이 분명했다. 호리호리한 몸매는 여전히 우아함을 잃지 않고 있었지만 불행한 삶의 흔적이 온몸에 배어 있었다. 얼굴은 까칠했고 퀭한 두 눈은 충혈되어 있었다. 입술은 비웃듯 굳어 있었고, 제대로 가꾸지 않았는지 나이보다도 훨씬 더 늙어 보였다. 옷차림도 옹색하고 더러웠다. 신발에는 길가의 진흙이 묻어 있었다. 이라스는 고통스러운 침묵을 깼다.

"당신 아이들인가요?"

에스더는 아이들을 바라보며 미소지었다.

"그렇답니다. 말을 걸어보시겠어요?"

"괜히 놀라게만 할 걸요." 이라스는 그렇게 대답하더니 에스더에게 바싹 다가갔고 에스더가 움츠러드는 것을 보고는 말했다. "두려워하지 말아요. 남편께 드릴 말씀이 있어 찾아온 거니까. 그분께 숙적이 죽었다고 전해주세요. 못된 짓을 일삼아서 제 손으로 죽여 버렸다고요."

"숙적이라고요!"

"그래요, 메살라요. 제가 당신 남편을 해치려 했기 때문에 이렇게 천벌을 받은 거라는 말도 전해 주세요."

어느덧 에스더는 눈물을 글썽거리며 뭔가 말하려고 했다.

그러나 이라스가 막아섰다. "아니요, 동정이나 눈물은 원치 않아요. 마지막으로 남편께 로마인이 되는 것은 야수가 되는 것이라는 사실을 이제야 깨달았다고 전해 주세요. 그럼 이만 안녕히."

이라스가 나가려하자 에스더가 따라나서며 말렸다.

"기다렸다가 남편을 보고 가세요. 그분은 당신에게 아무런 감정도 없답니다. 온 사방으로 당신을 찾았는걸요. 당신을 보살펴 주실 겁니다. 저도 보살펴드리겠어요. 우리는 그리스도인이니까요."

그러나 이라스는 완강했다.

"아니에요. 내가 택한 길로 가겠어요. 그것도 이제 곧 끝나겠지만."

"그래도 뭔가 원하는 것이 없나요? 저희가 해드릴 것이 ……."

그 말에 이라스의 표정이 조금 누그러졌고 입가에는 희미한 미소마저 떠올랐다. 이라스는 바닥 위에서 놀고 있던 아이들을 바라보며 말했다. "있기는 하죠."

에스더는 이라스의 눈길을 따라가다 재빨리 알아채고는 대답했다. "하시고 싶은 대로 하세요."

이라스는 아이들에게로 다가가더니 사자 모피 위에 무릎을 꿇고는 두 아이에게 입을 맞추었다. 그리고 천천히 일어서서 아이들을 다시 물끄러미 바라보았다. 그리고는 문을 지나 작별 인사도 없이 나가 버렸다. 에스더가 어떻게 해야 할 지 미처 마음을 정하기도 전에 이라스는 사라져 버리고 없었다.

이라스가 찾아왔었다는 말을 들은 벤허는 그간의 상황이 오랫동안 짐작해 왔던 대로였다는 것을 알았다. 십자가 처형이 있던 바로 그날 이라스는 메살라를 위해 아버지를 버린 것이었다. 그럼에도 불구하고 즉시 이라스를 백방으로 찾아보았지만 헛수고였다. 그 후로 다시는 이라스를 보지도, 소식을 듣지도 못하였다. 태양 아래에서 눈부시게 웃고 있는 푸르른 해변만이 어두운 비밀을 간직하고 있었다. 말을 할 수 있었다면 아마도 그 이집트 여인에 대해 알려 주었을 것이다.


시모니데스는 매우 연로해졌다. 마지막까지도 맑은 정신과 좋은 심성을 유지하며 성공을 거두다 네로 재위 10년째 되던 해에는 오랫동안 안티오크를 본거지로 벌여왔던 사업을 접었다.

그해 어느 날 저녁, 그는 안티오크의 사무실 테라스에 나와 안락의자에 앉아 있었다. 벤허와 에스더, 그들의 세 자녀들이 함께 있었다.

선박들은 한 척만 남기고 모두 정리했으므로 마지막 남은 선박만이 물결에 흔들리며 선착장에 정박해 있었다. 십자가 사건이 있던 날부터 지금까지 오랜 시간 동안 그들이 딱 한 번 겪은 불행은 바로 벤허의 어머니가 돌아가신 일이었다. 그때나 지금이나 그리스도를 믿는 신앙이 아니었다면 그들은 슬픔을 견디기 힘들었을 것이다.

어제 막 도착한 배는 로마에서 네로가 그리스도인들을 박해하기 시작했다는 소식을 전해 왔고 테라스에 있던 벤허 일행은 그 소식에 관해 이야기를 나누고 있었다. 그때 아직 그들을 위해 일하고 있던 말루크가 나타나 벤허에게 서신을 전했다.

편지를 읽고 난 후 벤허가 물었다. "누가 가져온 건가?"

"어떤 아랍인이 가져왔습니다."

"지금 어디에 있나?"

"전해 주고는 바로 돌아갔습니다."

"읽어드릴 테니 들어보시죠." 벤허가 시모니데스에게 말하더니 편지를 읽기 시작했다.


관대한 일데림의 아들이자 일데림 부족의 족장이 유다 벤허께.

오, 아버지의 벗이여, 아버지께서 당신을 얼마나 사랑하셨는지 아시는지. 여기 동봉하는 것을 읽어보시면 아시게 될 겁니다. 아버지의 뜻이 곧 내 뜻이니 그분이 주신 것은 당신 것입니다.

아버님은 파르티아인들과 큰 싸움을 치르다 돌아가셨습니다. 제가 그 원한을 갚아드렸고, 그들이 빼앗아간 모든 것들을 되찾아 왔습니다. 편지와 다른 모든 것들, 아버님 생전에 별처럼 빛나는 새끼를 낳은 미라의 자식들까지 다 찾아 왔답니다.

당신과 당신의 모든 가족에게 평화가 있기를.

사막의 족장 일데림이 전합니다.

벤허는 바싹 마른 뽕잎처럼 누렇게 바랜 파피루스 한 장을 펼쳤다. 너무 삭아서 금방이라도 부서질 것 같았다. 벤허는 조심스럽게 파피루스를 펴들고 읽어 내려갔다.

관대한 일데림으로 통하는 일데림 부족의 족장이
나를 계승할 아들에게.
오 아들아, 내가 갖고 있는 것은 네가 나를 계승하는 날 전부 네 소유가 될 것이다. 단 하나 예외가 있으니 그것은 바로 종려나무 과수원으로 알려진 안티오크의 부동산이다. 그것만은 원형경기장에서 우리에게 그토록 대단한 영광을 안겨준 벤허에게 영구 양도하기 바란다. 네 아버지를 욕되게 하지 마라.
관대한 족장 일데림

"어떻게 생각하십니까?" 벤허가 시모니데스에게 물었다.
에스더는 기뻐하며 직접 그 편지를 읽어 보았다. 시모니데스는 잠자코 있었다. 눈길은 배에 머물렀지만 곰곰이 생각 중이었다. 마침내 입을 열어 진지하게 말했다.
"자네는 요 몇 년 동안 주님의 은총을 입었으니 감사해야 할 것이 많네. 점점 불어나는 그 막대한 재산을 주신 의미가 무엇인지 마침내 결정해야 할 때가 아닐까?"
"저는 이미 오래 전에 결정했습니다. 재산은 그것을 주신 분을 위해 써야 합니다. 일부가 아니라 전부를 말입니다. 이미 그 질문에 대한 답은 알고 있었지만 그분의 대의를 위해 어떻게 하면 가장 유용하게 쓸 수 있느냐가 관건이죠. 그러니 그걸 알려 주세요."

시모니데스가 대답했다.

"자네가 이미 이곳 안티오크 교회에 막대한 재산을 희사했다는 것은 잘 알고 있네. 그런데 이제 공교롭게도 관대한 족장의 선물과 로마에 있는 형제들에 대한 박해 소식이 함께 들어왔으니 새로운 일을 시작해야 하는 것 아닐까. 제국의 수도에서 그리스도의 빛이 꺼져서는 안 될 일이지."

"어떻게 그 빛을 살려놓을지 말씀해 주시죠."

"내가 아는 한 제아무리 네로라 할지라도 로마인들이 손댈 수 없는 것이 두 가지가 있다네. 그것은 바로 죽은 자의 유골과 무덤이지. 주님을 경배할 성전을 지상에 세울 수 없다면 지하에 세우도록 하게. 그리고 이교도들의 발길이 닿지 못하도록 그곳에 신앙을 위해 죽은 순교자들의 시신만을 안치해 두는 것이 좋겠네."

벤허는 흥분하여 벌떡 일어섰다.

"훌륭한 생각입니다. 쇠뿔도 단김에 빼라고 지금 당장 시작해야겠습니다. 우리 형제들이 고통 받는 소식을 전해온 저 배를 타고 로마로 돌아가겠습니다. 내일 당장 떠나지요."

벤허는 말루크를 돌아보며 말했다.

"말루크, 배를 준비시키고 자네도 함께 갈 채비를 하게."

"좋습니다." 시모니데스가 말했다.

"에스더, 당신은 어떻게 하겠소?" 벤허가 에스더에게 물었다.

"그렇게 최선을 다해 그리스도를 섬기실 거잖아요. 방해만 안 된다면 저도 함께 가서 돕겠어요."


혹시 로마를 방문해 산 세바스티아노의 카타콤베보다도 훨씬 오래된 산 칼릭스토의 카타콤베를 여행할 기회가 있다면 벤허의 재산이 어떻게 쓰였는지 알 수 있을 것이다. 그리고 그에게 감사하게 될 것이다. 그 거대한 지하 교회에서 태동한 그리스도교가 마침내 황제들을 넘어설 수 있게 되었으니.

작가 및 작품 해설

  루이스 월리스는 1827년 4월 10일 인디애나 주 브룩빌에서 데이
빗 월리스와 에스터 월리스의 차남으로 태어났다. 웨스트포인트 사관
학교를 졸업하고 법률을 공부하여 법률가가 된 후 지방정계에도 진출
한 아버지 덕분에 유복한 어린 시절을 보냈다. 그러나 일곱 살 되던 해
인 1834년 급성 폐결핵으로 어머니를 잃는 아픔을 겪었다. 1837년에
는 인디애나 6대 주지사로 선출된 아버지를 따라 가족 모두 인디애나
주 인디애나폴리스로 이주하게 되었다. 학창 시절에 해당하던 이 시기
에 월리스는 학업에는 그다지 흥미를 보이지 않았다. 수학은 매우 싫어
했지만 미술에는 관심이 많았고 책 읽는 것을 무척이나 좋아했다. 주의
회 의사당 도서관에 틀어박혀 다양한 책들을 읽었고 나중에는 무엇이
든 독학으로 깨우칠 수 있었다고 한다. 특히 월터 스콧의 역사소설과
제임스 맥퍼슨의 『오시안(Ossian)』을 비롯한 역사 이야기나 지리에 관
한 책들을 즐겨 읽었는데 이것이 나중에 소설을 쓰는 자양분이 되었다.
  열여섯 살의 나이로 독립한 월리스는 주급 18달러를 받고 법률회사
에서 법률 문서를 복사하는 일을 시작했다. 생활하기에 부족하지는 않
았지만 남은 일생 동안 복사 일만 하면서 살 수는 없다고 생각하여 독학
으로 공부를 시작했고, 결국에는 법률가가 되기로 결심하고 아버지 밑
에서 형과 함께 법률을 공부했다. 1846년 변호사 시험 준비를 할 무렵
에 멕시코 전쟁이 발발하자 모험심이 발동한 월리스는 시험 준비는 제
쳐둔 채 사람들을 모집하여 인디애나 의용군을 조직했다. 인디애나 제
1보병대 소위로 참전한 월리스의 부대는 전투는 별로 벌이지 못했지만

많은 사람들이 병으로 죽었다. 이때의 체험은 첫 소설 『백색의 신(The Fair God)』을 쓰는데 많은 도움이 되었다. 첫 작품에서부터 월리스는 이미 흥미로운 전투 장면을 묘사하는데 두각을 나타내었다. 전쟁이 끝난 후 집으로 돌아온 월리스는 법률 공부를 다시 시작했고 1849년에는 변호사시험에 합격했다.

1850년에는 코빙턴에 법률 사무소를 열었고, 멕시코 전쟁 당시 상관이었던 헨리 스미스 레인의 집에서 열린 파티에서 레인의 처제인 수전 아널드 엘스턴과 만나 사랑에 빠졌다. 엘스턴 은행의 창립자로 유명한 사업가 아이작 엘스턴의 딸로 여류시인이자 작가이기도 했던 수전은 아버지의 반대에도 청혼을 받아들여 월리스가 자리를 잡을 때까지 기다려주었다. 1852년에 결혼한 두 사람은 외아들을 낳은 이듬해인 1853년 처가 근처의 크로퍼즈빌로 이사했다. 1861년 남북 전쟁이 일어나자 주지사 올리버 모턴의 의뢰를 받고 북군 의용대를 조직하여 제11의용연대장으로 출정했다. 전쟁에서 보인 눈부신 활약으로 월리스는 1년이 지나지 않아 34세의 나이에 최연소 소장으로 진급했다. 그러나 샤일로 전투에서 많은 희생자를 내는 바람에 지휘권을 박탈당한다. 그 후 2년 동안은 지휘권을 되찾기 위해 각고의 노력을 기울이며 모턴 주지사가 군사적으로 어려움을 겪을 때마다 의용군을 조직하여 도와주었다. 1864년 3월에 드디어 링컨 대통령에 의해 볼티모어 제8연대의 지휘관으로 임명되었고, 7월에는 막강한 남부 동맹군의 공격에서 워싱턴을 지켜내는 위업을 달성했다.

전쟁이 끝난 후에는 다시 법조계로 돌아가 1865년에는 링컨 대통령 암살 공범 용의자 8명에 대한 군사재판과 앤더스빌 감옥에서 일어난 북군 포로학대 사건 재판 등에 재판관으로 참여했다. 또한 멕시코 정부가 여러 나라의 공격에 시달리자 모금한 돈으로 무기와 탄약을 마련하여 도움을 주었다. 그러나 별 성과가 없자 1868년에는 크로퍼즈빌로 돌아와 변호사업무를 재개하였고 1870년에는 국회의원으로 출마했지만 당선되지는 못했다. 1871년에는 마르쿠스 아우렐리우스의 아들로 로마 제국의 제일 가는 폭군으로 평가받는 콤모두스 황제를 주제로 희곡 『콤모두스(Commodus)』를 썼다.

1873년에는 20년 전에 시작한 미완성 첫 작품 『백색의 신(The Fair God)』을 다시 써서 완성했다. 백색의 신은 남미의 고대 문명에 공통적으로 나타나는 창조신 비라코차를 의미한다. 살갗이 하얗고 흰 옷을 입었으며, 머리카락과 수염까지 흰색이었던 비라코차는 문명을 세운 후 사람들에게 많은 것을 가르쳐주고 다시 돌아오겠다는 말을 남기고 바다로 사라진다. 이 소설은 몬테수마가 다스리던 멕시코 아즈텍 왕국이 바다 건너 온 백인 정복자 스페인의 코르테스에게 멸망당하는 과정을 다룬 역사소설이다. 월리스의 재능을 알아본 출판사가 곧바로 작품을 출간하였고 2년 동안 15만부가 팔려나갔다. 이러한 성공으로 작가로서 자신감을 얻은 월리스는 곧 다음 소설을 쓰기 시작했다. 처음에는 1873년부터 잡지에 연재를 시작한 동방박사 이야기의 연작을 구상했는데, 소설의 후반부는 예수의 이야기와 가상의 인물 유다의 모험담을 연결시키는 방향으로 바뀌었다.

벤허의 5부까지 완성이 된 1878년에는 뉴멕시코의 주지사로 임명되어 그곳으로 부임하게 된다. 이스라엘이나 중동에 가본 적이 없었던 월리스는 뉴멕시코의 황량한 풍경을 배경 삼아 상상력을 발휘하거나 국회도서관을 비롯해 워싱턴, 보스턴, 뉴욕을 오가며 부지런히 모은 자료에 의거하여 『벤허』를 써내려갔다. 주 행정을 돌보며 산타페 집무실에서 틈틈이 작업에 열중한 결과 뉴멕시코에서 모든 원고를 탈고할 수 있었다.

중동 지역에 대해 뭔가 아는 사람을 찾고 있던 터에 『벤허』를 읽고 매우 정확한 역사적 정보와 지리적 정보로 가득 찬 것을 알게 된 가필드 대통령은 1881년 월리스를 터키 공사로 임명했다. 월리스는 현재의 이스탄불인 콘스탄티노플에 주재하는 동안 처음으로 중동지역을 여행하면서 자신이 수집한 자료에만 의존했던 작품 속 묘사가 틀리지 않았다는 것을 확인하고는 매우 기뻐했다. 민주당의 집권으로 1885년 터키 공사 자리에서 물러나 귀국한 월리스는 그동안 『벤허』를 통해 벌어들인 수입이 막대했으므로 공직에서 은퇴하고 강연이나 저술 활동에 힘썼다. 1893년에는 두 번째 장편소설 『인도의 왕자(The Prince of India)』를 출판했는데 이 작품 역시 1453년 비잔티움 제국의 수도인 콘스탄티노플이 오스만 투르크에 의해 함락당한 사건을 소재로 한 역사소설이었다.

말년에는 자서전 집필에 몰두하던 중 위암에 걸려 1905년 77세의 나이로 사망했고 자서전은 아내 수전의 손을 빌려 이듬해에 완성된 후 출판되었다.

『벤허』는 1880년 11월 12일 하퍼 앤 브라더스에서 출간되었는데, 처음에는 비평가들로부터 차가운 반응을 받았다. 당시 미국 문학계는 이미 리얼리즘 시대에 접어들었으므로 역사소설은 한물 건너간 시대착오적 발상이라는 의견이 주류를 이루었다. 그런 이유에서인지 초반에는 판매량이 부진했다. 그러나 해를 거듭할수록 점차 판매량이 증가했고 많은 대중이 읽기 시작하면서 기하급수적으로 늘어나더니 결국에는 베스트셀러 반열에 올랐다.

이 작품이 대단한 성공을 거두게 되면서 월리스의 일생 동안 그를 괴롭힌 일화가 있다. 철저한 무신론자로 기독교를 반박하기 위해서 자료를 수집하여 작품을 쓰다가 신앙을 갖게 됐다는 어느 학자의 이야기처럼 월리스 역시 무신론자였다가 소설을 쓰기 위한 배경자료 수집 차 성지를 방문했다가 종교에 귀의하게 되었다는 이야기가 떠돌기 시작한 것이다. 그러나 월리스 자신은 이 이야기를 부인하며 자신은 무신론자라기보다는 기독교에 대해 별 관심도 없었고 무지했으며 벤허를 쓰기 전에는 성지에 가본 적이 없었다고 고백했다. 그리고 『벤허』를 집필하게 된 동기는 당시 미국에서 유명한 불가지론자였던 로버트 잉거솔 대령과의 만남이었다고 자서전에서 밝혔다. 우연히 같은 기차에 동승하게 된 대령과 대화할 기회가 있었던 월리스는 잉거솔이 하나님, 악마, 천국, 지옥, 내세 등에 대해 열변을 토하며 하나님과 그리스도와 천국을 믿는 사람들을 신랄하게 비난하는데 한 마디도 대꾸하지 못했다고 한다. 아내와 가족들과 늘 교회에 나가기는 했어도 정작 기독교에 대해 아는 것이 전혀 없다는 데에 충격을 받은 월리스는 그 일을 계기로 기독교에 대해 공부하기로 결심했고, 그 결과로 나온 것이 바로 『벤허』였다.

월터 스콧 경과 제인 포터의 낭만주의 소설과 알렉상드르 뒤마에 심취해 있던 월리스는 그러한 소설들에서 영감을 받기도 했는데 특히 『몬테크리스토 백작』(1846)의 영향을 많이 받았다고 한다. 한편으로는 남북전쟁과 멕시코 전쟁에 참여한 월리스 자신의 체험이 작품을 쓰는 밑바탕이 되기도 했다.

월리스가 『벤허』를 쓸 당시만 해도 픽션은 '단순히' 오락적으로만 간주되어 논픽션보다 저급하며 도덕적으로 교훈적이기보다는 문제의 소지가 있다는 인식이 팽배했다. 그러나 역사적 사실과 종교적 사실에 충실하게 심혈을 기울인 이 작품으로 훌륭한 픽션은 오락적인 재미를 주는 동시에 교육적일 수 있다는 것을 입증했다.

19세기에 가장 영향력 있는 기독교 역사소설로 평가받은 이 작품은 판매량에서 해리엇 비처 스토의『톰 아저씨의 오두막』(1852)을 능가하는 베스트셀러 소설이 되었다. 또한 이 작품은 성서를 배경으로 하는 다른 많은 작품들에 영향을 미쳤으며 각색되어 연극으로 상연되거나 영화화되기도 하였다. 1936년 마가렛 미첼의『바람과 함께 사라지다』가 출간되기 전까지는 최고의 베스트셀러였다. 1959년 MGM 영화사에서 제작한 영화는 수천만 명의 관객을 모았고 1960년 아카데미 11개상을 받음에 따라 책 판매량도 증가하여『바람과 함께 사라지다』를 앞질렀다. 또한 소설로서는 교황 레오 13세의 축성을 받는 최초의 영예를 얻기도 했다. 소설 원작과 연극, 영화의 성공으로 벤허는 수많은 상품을 만들어내는데 활용되는 인기있는 문화 아이콘이 되었다.

## 벤허 시대의 팔레스타인

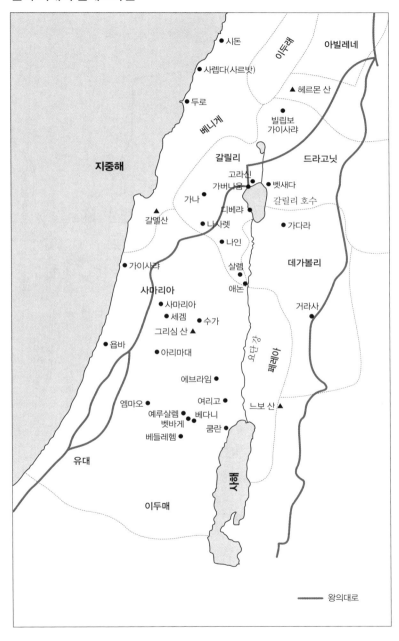

시돈

사렙다(사르밧)

두로

이두래

아빌레네

▲ 헤르몬 산

베니게

빌립보
가이사랴

지중해

갈릴리

드라고닛

고라신
가버나움 ● 벳새다

가나

갈릴리 호수

디베랴

갈멜산 ▲

나사렛

가다라

나인

가이사랴

살렘

데가볼리

애논

사마리아

사마리아

거라사

세겜

수가

그리심 산 ▲

욥바

요단강

아리마대

페레아

에브라임

엠마오

여리고

느보 산 ▲

예루살렘
벳바게

베다니

쿰란

베들레헴

유대

염해

이두매

━━ 왕의대로

## 벤허 시대의 예루살렘

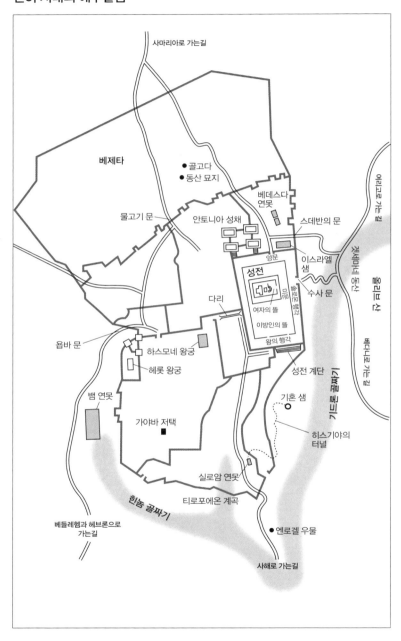

사마리아로 가는길

베제타

● 골고다
● 동산 묘지

베데스다
연못

물고기 문

안토니아 성채

스데반의 문

양문

이스라엘
샘

성전

수사 문

다리

여자의 뜰

이방인의 뜰

왕의 행각

욥바 문

하스모네 왕궁

헤롯 왕궁

성전 계단

뱀 연못

기혼 샘

가야바 저택

히스기야의
터널

실로암 연못

티로포에온 계곡

힌놈 골짜기

베들레헴과 헤브론으로
가는길

● 엔로겔 우물

사해로 가는길

여리고로 가는 길

겟세마네 동산

올리브 산

베다니로 가는 길

기드론 골짜기

옮긴이  **서미석**

서울대학교 스페인어과를 졸업하고 20년 이상 전문번역가로 활동한 베테랑 번역가다. 『에디스 해밀턴의 그리스 로마 신화』, 『칼레발라: 핀란드의 신화적 영웅들』, 『아서 왕과 원탁의 기사들』, 『러시아 민화집』, 『아이반호』, 『북유럽 신화』, 『호모 쿠아에렌스: 자연과학자의 눈으로 본 인류문명사』, 『십자군전쟁 그것은 신의 뜻이었다!』, 『패션의 문화와 사회사』, 『로빈후드의 모험』 등 다양한 책들을 번역하였고, 특히 문학 작품의 번역에 있어 뛰어난 문장력을 인정받았다.

현대지성 클래식 10

## 벤허: 그리스도 이야기

**1판 1쇄 발행** 2016년 8월 2일
**1판 3쇄 발행** 2023년 12월 29일

**지은이** 루 월리스
**옮긴이** 서미석
**발행인** 박명곤  **CEO** 박지성  **CFO** 김영은
**기획편집1팀** 채대광, 김준원, 이승미, 이상지
**기획편집2팀** 박일귀, 이은빈, 강민형, 이지은
**디자인팀** 구경표, 구혜민, 임지선
**마케팅팀** 임우열, 김은지, 이호, 최고은

**펴낸곳** (주)현대지성
**출판등록** 제406-2014-000124호
**전화** 070-7791-2136  **팩스** 0303-3444-2136
**주소** 서울시 강서구 마곡중앙6로 40, 장흥빌딩 10층
**홈페이지** www.hdjisung.com  **이메일** support@hdjisung.com
**제작처** 영신사

ⓒ 현대지성 2016

"Curious and Creative people make Inspiring Contents"
현대지성은 여러분의 의견 하나하나를 소중히 받고 있습니다.
원고 투고, 오탈자 제보, 제휴 제안은 support@hdjisung.com으로 보내 주세요.

현대지성 홈페이지

## "인류의 지혜에서 내일의 길을 찾다"
# 현대지성 클래식

현대지성 클래식 살펴보기